삼대

삼대

염상섭 장편소설

애플북스

낯선 아버지의 일기를 읽다[1]

(이인화 아들 중기의 넋두리)

임 정 진

"중기야. 네 아버지가 돌아가셨다는구나."

아버지가 내 방문 앞에서 머뭇거리다 말했다. 멀쩡히 살아 있는 아버지가 내 앞에서 아버지가 돌아가셨다고 말씀하다니? 그럼 대체 어느 아버지? 아, 나의 생부. 그렇구나. 병이 깊다고 기별이 온 적이 있었다. 잊고 있었다.

솔직히 말하자면 나의 느낌은 간단히 말하자면 '귀찮은 일이 생겼군'이었다. 생부를 본 날이 내 생에 몇 번이나 되는지 손꼽을 수 있을 지경이었고 그 날들도 시간을 따지자면 차마 말하기도 부끄럽게 한 식경이 채 안 된 그런 스침이었지, 만남이라 하기도 민망스러웠다. 그렇다고 애틋한 편지를 받아본 적도 없거니

1 이 글은 작가 임정진이 염상섭 작가의 작품 〈만세전〉을 추억하며 쓴 소설이다.

와 귀한 선물을 사 보내거나 한 적도 없었다. 다만 호적에 내 이름이 이인화의 아들 이중기로 그리 올라 있으니 그런 줄 알고 지냈다. 나는 큰아버지를 아버지로, 숙모를 어머니로 알고 자랐다. 물론 그분들은 어릴 적부터 나의 생모와 생부가 따로 있음을 알려주셨지만 나는 개의치 않았다. 나를 입히고 먹이고 걱정해주고 아껴주는 이분들이 나의 어머니 아버지가 아니면 누구란 말인가. 핏줄이 중하다 하지만 그 핏줄이 몸 밖에 줄줄이 연결되어 있는 것도 아닌데 내 핏줄이 어디 닿아 있는지 어찌 안단 말인가. 나를 애지중지 해주는 관심이 나에겐 더욱 중요했다.

"아이고. 이를 어쩌니?"

뒤따라온 어머니는 가냘픈 허리를 꺾으며 내 방 앞에서 쓰러지듯 주저앉아 울기 시작하였다. 물론 나의 생모는 아니다. 생모는 내가 핏덩이일 적 돌아가셨으니 이 어머니가 나의 유일한 어머니다. 나를 키우고 사랑해주셨다. 돌아가신 어머니를 불쌍히 여기기는 하지만 그리워해 본 적은 없었다. 외롭고 또 외로운 어머니는 나만을 위해 긴 세월을 별별 서러운 꼴을 다 참고 사셨다. 안방에서 울음소리를 듣고 큰 어머니가 나오셨다.

"유난스럽기는. 자네가 언제 도련님을 보기나 했다고 그리 서러워하나."

나는 나의 이런 복잡한 가계도가 늘 싫었다. 이런 개화된 시절에 첩을 들여 한 집에 두 여인이 살게 한 야만적인 아버지를 도저히 존경할 수는 없었다. 두 어머니는 늘 나에게 경쟁적으로 너그러움을 베푸셨다. 그러나 자식을 생산하지 못한 건넌방 어머니에게 나는 더 정이 갔다. 그리고 안방 어머니가 어느 순간 그런 나의 태도를 알아차리시고는 나에게 들어가는 학비를 아까워하기 시작하셨다. 하지만 내 학비는 서울 할머니가 대부분 보내주시니 큰 어머니가 어찌 조절할 수 있는 부분은 아니었다.

"갈 차비를 해라. 여러 날 걸릴 터이니. 아니, 이참에 너도 서울에 머무르는 것도 생각해보는 게 좋겠다. 이미 날이 저물었으니 내일 일찌감치 떠나도록 하자."

갑자기 집안은 부산스러워졌다. 두 어머니도 장례를 보러 같이 가니 짐을 꾸려야 했다. 여인들의 짐 꾸리기는 내 보기엔 늘 허황스러웠다. 무얼 그리 많이 싸는지 알 수 없었다.

나는 자리끼를 들고 들어온 어머니에게 지나가는 말투로 말했다.

"어머니, 이참에 저하고 서울로 가서 삽시다. 내일 올라갈 적에 귀중한 것은 챙겨 가셔요."

어머니는 놀라서 눈이 휘둥그레졌다.

"너야 그 집 자손이니 그게 당연한 일이나 어찌 나까지."

"어머니는 내 어머니시니 당연한 일이지요."

어머니는 내 손을 잡고 소리 내지 못하고 우셨다. 그것은 무엇이겠는가. 찬동의 의미인 것이다.

장례절차는 간소했다. 처의 죽음을 허망하게 목격했던 지아비로서의 경험이 있었던 분이라 그랬는지 미리 자신의 죽음을 예지하고 자신의 시신을 화장한 후, 남김없이 산골散骨해달라는 유언장을 미리 써두셨다. 처 없이 오래 지낸 분이라 살림이랄 것도 없었고 오랜 이국 생활로 가까운 친구도 별로 없었다. 일본에서 병이 깊어진 후에 서울로 온 터라 식구들도 어느 정도 죽음을 예비

하고 있었다.

마지막 부탁이니 펫줄 얻어 쓴 아들 된 도리로 그 정도 부탁도 아니 들어드릴 수는 없는지라 꽤 높은 산까지 올라가 뼛가루를 허공에 뿌렸다. 내가 딸이 아니어서 다행이었다. 딸이었다면 눈물도 아니 흘리고 생부의 장례를 치른다면 다들 수군거렸을 것이다. 나는 다만 장엄한 표정만 지었다. 물론 즐겁지는 않았다. 내가 맡은 일이니 잘하고 싶기는 하였다. 가계도가 이제 좀 단순해진 듯하여 저으기 안심되는 면도 있었다. 이제 아버지는 세상에 한 분뿐이니 복잡한 일이 한 가지 줄어들었다. 산골을 하고 할머니 집으로 돌아와 할머니께 무사히 장례를 마쳤음을 고했다.

“일본 유학까지 하고 온 분이라 냉정하게 단도리를 하였구나. 서운타 말거라.”

칭송인지 한탄인지 모를 어투로 말하며 할머니는 날 물끄러미 올려다보셨다. 할머니는 너무 쇠약하셔서 아들의 죽음을 슬픔으로 새길 기운도 없으셨다. 나에게 손짓을 하셔서 나는 할 수 없이 가까이 다가가 앉았다. 할머니는 내 손을 잡고는 “아까운 사람, 아까운 사람”만 몇 번 뇌까리셨다. 난 곧 일어서서 할머니 방에서 나왔다. 할머니가 덮은 희번뜩한 양단이불이 어찌 그리 호사스럽게 보이던지 오래 보기 민망하였다. 아들이 죽었는데 어찌 저리 호사스런 이불을 덮을까 하는 생각이 났던 모양이었다. 그런 생각을 잠시나마 했던 내가 나는 또 몹시 우스웠다. 생부가 사망하여 그 뼈를 허공에 뿌리고도 마음이 이리 냉랭한 자식이 더욱 우스운 게 아닌가. 늙은 할머니가 아들이 죽었다고 갑자기 거친 삼베이불을 장만해서 덮을 수야 없지 않은가 말이다. 늘 덮던 이불을 덮고 있는 것이 당연한데도 그걸 언짢아하는 내 심사가 더욱 고약하였다. 그러고 보니 나는 어찌 이리도 냉정한가. 대전서 모시고 온 두 어머니는 본인들의 인생살이를 되짚으며 슬퍼하는 것인지는 몰라도 계속 '불쌍해서 어떡허나'를 뇌까리셨다. 두 분의 마음이 그리 일치하는 것도 오랜만에 보았다.

나는 생부의 죽음은 병으로 인한 것이고 인간은 아직 병을 이길 과학을 다 쟁취하지 못하였으니 그야말로 운명이 다 한 것으로 생각하고 싶었다. 인간은 누구나 늙어 죽거나 병들어 죽기 마련 아닌가. 단지 조금 남들보다 생부의 수명이 짧다고 하나 생모에 비하면 장수한 셈이다. 무엇과 비교하느냐에 따라 장수인지 단명인지 알 수 없겠다.

사랑채로 나오니 집안일을 도맡아 해주고 병간호도 두 달가량 맡으셨던 큰 고모님이 내게 작은 보따리를 내밀었다.

"다른 건 다 본인이 일본서 미리 태웠다 하더라. 이것만 남겼단다. 아마 너에게 남겨주고 싶었던 모양이다."

"유언장이 또 있던가요?"

"문학가였으니 아마도 작품인가 싶다. 두툼한 걸 보니. 나도 자세히는 모른다. 유고작이 되는 건가."

"문학가요? 생부가?"

"그럼. 몰랐느냐?"

난 웃음이 나오려는 걸 간신히 참았다. 나는 짐짓 엄숙한 얼굴로 보따리를 받아들고 사랑방 문을 닫았다. 문학을 공부하면 다 문학가인가. 눈이 있어 그림을 본다고 다 화가는 아닐 터인데 말이다. 생부가 문학도이었는지는 모르겠으나 그 또한 허명虛名

일 것이다. 내가 짐작키로 생부는 일본에서 생활하는 것이 좋았을 뿐이지 문학 공부하는 것이 좋아서 일본에 갔던 사람은 아니었다. 아니 일본이 좋아서라기보다 단지 가족들의 구속이 싫었던 것이리라. 더 먼 나라로 갈 수 있는 기회만 있었더라면 생부는 분명히 그리하였을 터이다. 그 마음은 분명히 알겠다. 왜냐면 나도 그러하니까. 그 부분만큼은 내가 생부의 자식임을 스스로 인정하고 싶었다.

걱정과 달리 그 원고 뭉치는 일기장이었다. 젊은 시절의 생부의 글씨들은 가지런하고 영민해 보였다. 그러나 읽어갈수록 나는 그 정갈한 글씨들이 가증스럽게 보였다. 왜 다른 것은 다 태우고 이 일기장을 남겼을까. 나는 이해할 수 없었다. 하나 있는 아들에게 주고 싶은 그런 일기장이 아니었다. 나는 일기장을 다 읽고 화가 나 턱이 덜덜 떨렸다. 피곤한데도 잠을 안 자고 읽은 게 분할 지경이었다. 일기장 내용은 이러했다.

나의 생모, 그러니까 생부의 처가 다 죽게 되었다는 전보를 받고 일본 유학생이었던 생부는 집으로 돌아왔다. 동경, 고베, 시모노세키, 부산, 김천, 대전, 서울까지 여정이 어찌나 지루한지 하품이 나올 지경이었다. 교수에게는 아내가 다 죽게 되었다는 말 대신 노모가 변고가 생겼다 이야기하고 곧바로 와도 시원찮을 판에 가는 곳곳마다 별별 여자들을 다 만났다. 서울역에 내려서까지 어떤 기생을 따라갈까 말까, 인사말을 할까 말까 망설였다.

다만 안심스러운 부분은 생부가 화장이라는 장례절차에 대해서 십팔 년 전부터 호감을 갖고 있었다는 사실을 확인한 것이었다. 일시적인 치기로 한 유언은 아니었으니 화장을 해드린 것이 마지막 효도가 된 셈이었다. 어쨌든 이 사람이 나의 생부였다니 실망스러웠다. 생부는 나에게만 냉정했던 사람이 아니었다. 자기 처에게도 더없이 냉정했던 사람이었다. 이런 냉정스런 인격으로 무슨 문학을 하였겠는가. 대체 이 수치스런 일기장을 왜 안 태우고 남겼단 말인가. 이토록 뻔뻔해도 된단 말인가.

나는 일기장 뭉치를 되는 대로 부여잡고 부엌으로 나갔다. 그리고 웅크리고 앉아 아궁이에 종이뭉치를 쑤셔 박았다.

후르륵. 순식간에 종이 뭉치는 다 타버렸다. 눈앞이 아득해지다 환해졌다.

"중기야. 뭐 하니?"

이른 새벽인데 어느새 어머니가 부엌으로 나와 내 등을 보고 있었다.

"화장했습니다."

"무얼 화장을 또 해?"

"생부의 어둔 과거를 화장했습니다. 생물학적 자식 된 도리로."

"용서해드려라."

"네?"

어머니는 내게 한 번도 이래라저래라 해본 적이 없는 위인이었다. 그런데 나에게 생부를 용서하라 이르셨다. 난 놀라 아궁이 앞에서 몸을 일으켜 어머니와 마주 섰다.

"그분도 어찌할 수 없었을 것이다. 인생이 그리 자기 뜻대로만 흘러가지 않더라."

"미워하지 않겠습니다."

나의 목소리가 먹먹해졌다.

"산 것들은 다 불쌍하지. 암만."

어머니, 내 어머니. 최금순 여사가 그리 말씀하셨다. 난 왈칵 눈물이 쏟아졌다.

임정진 《바우덕이》로 22회 한국아동문학상 수상. 《행복은 성적순이 아니잖아요》《있잖아요 비밀이에요》《지붕 낮은 집》《발끝으로 서다》 등의 청소년소설과 《나보다 작은 형》《땅끝 마을 구름이 버스》《겁쟁이 늑대 칸》 등의 동화책을 썼다.

차례

일러두기

1. 이 책에 수록된 작품은 염상섭이 1931년 〈조선일보〉에 연재한 장편소설이다.
2. 맞춤법, 띄어쓰기는 현대어 표기로 고쳤으나 작가가 의도적으로 표현한 것은 잘못되었더라도 그대로 두었다. 띄어쓰기와 맞춤법은 국립국어원의《표준국어대사전》을 기준으로 삼았다. 한글로 표기된 외래어는 외래어맞춤법에 맞게 고쳤으나 시대적 상황을 드러내주는 용어는 원문을 그대로 살렸다.
3. 한자는 한글로 표기하고 의미상 필요한 경우에만 한글 옆에 병기하였다.
4. 생소한 어휘는 독자들의 이해를 돕기 위하여 각주로 설명을 달아두었다.
5. 대화에서의 속어, 방언 등은 최대한 살렸으나 지문은 현대어로 고쳤다.
6. 대화 표시는 " "로 바꾸었고, 대화가 아닌 혼잣말이나 강조의 경우에는 ' '로 바꾸었다. 또한 말줄임표는 모두 '……'로 통일하였다.

삼대

두 친구

덕기는 안마루에서 내일 가지고 갈 새 금침을 아범을 시켜서 꾸리게 하고 축대 위에 섰으려니까 사랑에서 조부가 뒷짐을 지고 들어오며 덕기를 보고,

"애, 누가 찾어왔나 보다. 그 누구냐? 대가리 꼴하고…… 친구를 잘 사괴야 하는 거야. 친구라고 찾어온다는 것이 왜 모두 그따위뿐이냐?"

하고 눈살을 찌푸리는 못마땅하다는 잔소리를 하다가, 아범이 꾸리는 이불로 시선을 돌리며 놀란 듯이,

"애, 애, 그게 뭐냐? 그게 무슨 이불이냐?"

하며 가서 만져보다가,

"당치 않은! 삼동주[1] 이불이 다 뭐냐? 주속[2]이란 내 나쎄나 되어야 몸에 걸치는 거야. 가외 저런 것을 공부하는 애가 외국으로 끌고 나가서 더럽혀버릴 테란 말이냐? 사람이 지각머리가……."
하며 부엌 속에 쭉치고[3] 섰는 손주며느리를 쏘아본다.

덕기는 조부의 꾸지람이 다른 데로 옮아간 틈을 타서 사랑으로 빠져나왔다. 머리가 텁수룩하고 꼴이 말 아니라는 조부의 말눈치로 보아서 김병화가 온 것이 짐작되었다.

"야아, 그러지 않아도 저녁 먹고 내가 가려 하였었네."

덕기는 이틀 만에 만나는 이 친구를 더욱이 내일이면 작별하고 말 터이니만치 반갑게 맞았다.

"자네 같은 부르주아가 내게까지! 자네가 작별하러 다닐 데는 적어도 조선은행 총재나……."

병화는 부옇게 먼지가 앉은 외투 주머니에 두 손을 찌른 채 딱 버티고 서서 이렇게 비꼬는 수작을 하고서는 껄껄 웃어버린다.

"만나는 족족 그렇게도 짓궂이 한마디씩 비꼬아보아야만 직성이 풀리겠나? 그 성미를 좀 버리게."

덕기는 병화에게 부르주아, 부르주아 하는 소리가 듣기 싫었다. 먹을 게 있는 것은 다행하다고 속으로 생각지 않는 게 아니나 시대가 시대이니만치 그런 소리가—더구나 비꼬는 소리는 듣고 싶지 않았다.

"들어가세."

1 속에 솜을 두고 비단으로 둘러싼 이불.
2 명주붙이. 명주실로 짠 여러 피륙.
3 '죽치다'의 뜻. 활동하지 않고 한 장소에 오랫동안 붙박혀 있다. 이 책의 '쭉치다'도 같은 뜻이다.

"들어가선 무얼 하나. 출출한데 나가세그려. 수 좋아야 하루에 한 끼 걸리는 눈칫밥 먹으러 하숙에 기어들어 가고도 싶지 않은데…… 군자금만 대게. 내 좋은 데 안내를 해줄게!"

"시원한 소리 한다. 내 안내할게 자네 좀 내보게."
하며 덕기는 임시 제 방으로 쓰는 아랫방으로 들어갔다.

"여보게 담배부터 하나 내게. 내 턱은 그저 무어나 들어오라는 턱일세."
하며 병화는 방 안을 들여다보고 손을 내밀었다.

"나 없을 땐 소통 담배를 굶데그려."

덕기는 책상 위에 놓인 피죤 갑을 들어 내던지며 웃다가,

"그저 담배 한 개라도 착취를 해야 시원하겠나. 자네와 나와는 착취와 피착취의 계급적 의식을 전도시키세."
하며 조선옷을 훌훌 벗는다.

"담배 하나에 치를 떠는—천생 그 할아버지의 그 손자다!"

병화는 담배를 천천히 피워서 맛이 나는 듯이 흠빽 빨아 후우 뿜어내면서,

"여보게, 난 먼저 나가서 기다림세. 영감님이 나와서 흰 동자로 위아랠 훑어보면 될 일도 안 될 테니까!"
하고 뚜벅뚜벅 사랑문 밖으로 나간다.

아닌 게 아니라 덕기도 조부가 나오기 전에 얼른 빠져나가려던 차이다. 덕기는 병화의 말에 혼자 픽 웃으며 벽에 걸린 학생복을 부리나케 떼어 입고 외투를 들쓰며 나왔다. 조부는 병화가 누구인지도 모르면서 다만 양복 꼴이나 머리를 덥수룩하게 하고 다니는 것으로 보아 무어나 뜯으러 다니는 위인일 것이요, 그런

축과 얼려서 술을 배우고 돈을 쓰러 다닐까 보아서 걱정을 하는 것이었다.

"내일 몇 시에 떠나나?"

"글쎄, 대개 저녁이 되겠지."

덕기도 유한계급인의 가정에서 자라나니만치 몇 시 차에 갈지 분명히 작정도 안 하였거니와 내일 못 가면 모레 가고 모레 못 가면 글피 가지 하는 흐리멍덩한 예정이었다.

"언제 떠나든 상관 있나마는 상당히 탔겠네그려?"

"영감님 솜씨에 주판질 안 하시고 내노시겠나?"

"우는소리 말게. 누가 기대일까 봐 그러나?"

"기대면 줄 것은 있구……."

"앗! 그래두 한 달 치는 해주어야 떠내보낼 텔세. 있는 놈의 집 같으면 그대로 먹어주겠지만, 주인 딸이 공장에를 다녀서 요새 그 흔한 쌀값에 되되이 팔아먹네그려. 차마 볼 수가 있어야지……."

"흥……."

하고 덕기는 동정하는 눈치더니,

"자네 따위를 두기가 불찰이지."

하고 웃어버린다.

"그러기에 세상은 살라는 마련 아닌가?"

"딴은 그래!"

"하지만 '자네 따위는 사괴기가 불찰'이란 말은 차마 아니 나오나 보이그려?"

병화는 여전히 비꼬아본다.

"그런 줄은 자네가 먼저 아네그려."

덕기도 지지 않고 대거리를 한다.

"내니까 자네 따위를 줄줄 쫓아다니며 토주[4]라도 해서 먹어주는 줄은 모르구……."

"왜 안 그렇겠나. 일세의 혁명가가 인제 중학교나 면한 어린애를 친구라기는 창피도 할 걸세. 대단 영광일세."

일 년에 한두 번 방학 때만 오래간만에 만나는 터이나 이 두 청년은 입심 자랑이나 하듯이 주고받는 말끝마다 서로 비꼬는 수작밖에 없건마는 그래도 한 번도 정말 노해본 일은 없는 사이다.

중학에서 졸업할 때까지 첫째 둘째를 겯고틀던 수재이고 비슷비슷한 가정 사정에서 자라났기 때문에 어린 우정일망정 어느덧 깊은 이해와 동정은 버리려야 버릴 수가 없는 것이었다.

이지적이요 이론적이기는 둘이 더하고 덜할 것이 없지마는, 다만 덕기는 있는 집 자식이요 해사하게 생긴 그 얼굴 모습과 같이 명쾌한 가운데도 안존하고 순편한 편이요, 병화는 거무테테하고 유들유들한 맛이 있느니만큼 남에게 좀처럼 머리를 숙이지 않는 고집이 있어 보인다.

그 수작 붙이는 것을 보아도 덕기 역시 넉넉한 집안에 파묻혀서 곱게 자라난 분수 보아서는 명랑하지 못한 성미이나, 병화는 이 이삼 년 동안에 더욱이 성격이 뒤틀어진 것을 덕기도 냉연히 바라보고 지내는 터이었다.

"헌데, 좋은 데 있다더니 어딘가? 자네 말눈치 같아서는 기껏

4 술을 억지로 달라고 하여 마심.

해야 청요릿집에나 오뎅집에나 가는 것이 불평인 모양이니 오늘은 어디 ××관에 가서 기생이라두 불러볼까?"

덕기는 사실 이때껏 가보지 못한 요릿집에 가보고 싶은 생각도 있었다.

"흥, 이건 누구를 병정으루 아는 게로군. 있는 놈의 꽁무니나 따라다니며 등쳐먹는 병정두 아니지만, 그런 데는 내 주제에는 어울리지 않으니까."

"흥, 토주를 하는 것만 고마운 줄 알라고 생색을 내더니 기껏 선술집인가?"

"응, 선술집 밑천이라두 내놓고 자넬랑은 기생집으로 가게그려."

또 비꼬기 시작이다.

두 청년은 아무래도 발길이 진고개로 향하였다.

"그러지 말구 여기 들어가서 저녁이나 먹세. 하루에 한 끼니라는 곯은 배를 채워야지."

술을 좋아 아니하는 덕기는 몇 번 가본 양요릿집 문 앞에 멈칫하며 끌었다.

"아냐. 저기 좀 더 가면 좋은 데 있어. 정체는 모르겠지마는 놀라 자빠질 미인이, 조촐한 미인이 둘이나 있구……."

병화는 먹는 것보다는 술 생각이 간절하였다.

"인제 알았더니 숨은 난봉꾼일세그려. 어디, 자네 가는 데가 오죽할라구. 허허허."

덕기는 비로소 웃으며 따라섰다.

"어제 끌려가 보았지만 바커스(주신酒神)라구—그 이름이 좋지 않은가—조촐한 데가 있어. 웬일인지 이런 룸펜을 대환영이거던.

원체 잘생겨 그런지, 서울 장안에서 내가 그만치 대접받기는 처음이야."

병화는 아까와는 딴판으로 신기가 좋아서 기고만장이다.

"흠……."

하고 덕기는 잠자코 바커스로 따라선다.

있는 사람을 따라다니며 얻어먹기도 싫다, 화려한 좌석에서 어울리지 않게 놀기도 싫다고 하는 병화의 말이 옳지 않은 것은 아니요, 그 기분을 아주 이해하지 못하는 것은 아니나 덕기는 자기를 빗대놓고서나 하는 말 같아서 듣기 싫었다. 그뿐 아니라 언제든지 빼어 먹고 쓰고 할 것은 다 하면서 게걸대고 입바른 소리를 툭툭 하는 것이 밉살맞기도 하였다. 있는 사람의 통성[5]으로 자기에게 좀 고분고분하게 굴어주었으면 좋았다.

그러나 없는 사람이 있는 친구와 어울리면 병정 노릇이나 하는 것 같은 일종의 굴욕을 느끼는 것도 사실이겠고 또 그렇게 구칙칙하거나[6] 더럽게 굴지 않고 자기의 자존심을 더럽히지 않으려는 것이 취할 모라고 아직 경력 없는 덕기건만 돌려 생각도 하는 것이었다.

주부가 술상을 차려 왔다. 술상이래야 유리 고쁘[7]에 담은 노란 술과 김이 무럭무럭 나는 '오뎅' 접시뿐이다.

술을 좋아하지 않는 덕기는 더구나 그 유칙한[8] 고쁘찜을 보고 눈이 저절로 찌프러졌다. 모든 것이 그의 그 소위 고상한 취미에

5 공통으로 가지고 있는 성질.
6 당당하지도 분명하지도 못하다. 하는 짓이 더럽고 너절하다.
7 일본어로 '컵'을 뜻함.
8 몹시 투박하고 크다.

맞지 않았다.

마담은 꼭 째인 얼굴판이 좀 검은 편이었으나 어디인지 교육 있는 여자 같고, 맑은 눈 속이라든지 인사성이 있는 미소를 띤 입술을 삐뚜름히 꼭 다문 표정이 몹시 이지적인 것을 알 수 있다.

"놀라 자빠질 지경이라던 여자가 지금 그 여자인가?"

덕기는 병화가 주부가 들어가기도 전에 그 큰 고뿌를 들고 벌떡벌떡 다 켜기를 기다려 물어보았다. 병화는 '오뎅'을 반이나 덤뻑 떼 물어서 우물우물 씹느라고 미처 대답을 못하다가 반씩 반씩 씹는 말로,

"아니— 참 물어볼걸."

하고 입으로는 여전히 씹으면서 손뼉을 친다. 병화는 먹기에 정신이 팔린 것은 아니나, 덕기에게 말은 그렇게 하였어도 실상 이 집에 미인이 있고 없는 데에 그리 마음이 쓰이는 것이 아닌지라 이때껏 무심하였던 것이다.

주부가 오니까 병화는 씹던 것을 이제야 삼키고,

"그 사람 어데 갔소?"

하고 묻는다.

"예, 지금 막 목욕 갔어요. 곧 오겠지요."

하며 중턱에 서서 상긋 웃고는 시선을 덕기에게 준다.

주부의 눈에 비친 덕기는 해끄무레하고 예쁘장스러운 똑똑한 청년이었다. 이 여자에게는 조선인이라는 경멸하는 마음은 그리 없으나 그 해끄무레하고 예쁘장스러운데다가 학생복이나마 값진 것을 조촐하게 입은 양으로 보아서 어느 부잣집 아기거니 하는 생각이 들어서 약간 얕잡아 보는 마음이 들었다. 그러나 한편

손님(병화)이 그동안 두어 번 보았어도 허술한 위인은 아닌 모양인데 그런 사람하고 추축이 되면 저 청년(덕기)도 그런 부잣집 귀동아기로만 자라난 모던보이 같지 않다는 생각도 들었다. 이 여자는 올가을에 처음으로 이 장사를 벌인 터이라, 드나드는 손님이 하도 많지만, 이런 장사에 찌들어서 여간 것은 눈에 띄지 않을 만큼 신경이 굳어지지 못한 탓이라 할까 여하간 여염집 여편네의 호기심으로 처음 보는 남자마다 유난히 호기심을 가지고 인금[9] 나름을 하는 것이다.

그러면서도 어쩐 일인지 별안간 머릿속에 정자 생각이 떠올라왔다. 정자란 조선에 와 있는 ××지방 재판소 오 판사의 맏딸이다. 성은 오嗚가라도 일본말로 '구레'라고 하는 일본 사람이다. 이 주인 여편네가 ××시에서 도道 자혜병원에서 간호부장 노릇을 할 때에 오정자가 무슨 병으로든가 입원한 후로 자연히 가까워졌던 것이다.

그러나 왜 지금 그 정자의 생각이 났는가? 어쩐지 덕기에게서 받은 인상이 그 정자와 남매 같다고 생각하는 것이었다. 남매—가당치도 않은 생각이다. 민족이 다른 사람이다.

그러나 그보다도 정자가 퍽 새로운 생각을 가지고 사회 비평이나 정치 비평을 도도히 할 때마다 이 집 주인은 늘 웃으면서 다만 귀엽게 들어주기도 하고 장단을 맞추어주기도 한 일이 있었더니만큼, 자기 역시 비교적 신지식에 어둡지는 않다고 생각하던 터이라, 머리 덥수룩한 청년(병화)이 친구들과 와서 일본말로

9 사람의 가치나 인격적인 됨됨이.

저희끼리 떠드는 소리를 귓결에 들을 때도 소위 '마르크스 보이'로구나 하고 반은 비웃음 섞인 친근한 감정을 느꼈었기 때문에 지금 보는 덕기도 한종류려니 하는 생각도 부지중에 나서 '마르크스 걸'인 정자가 불시에 연상된 듯도 싶다.

홍경애

주인 여편네는 손님이 심심해하는 양을 보고 가까이 교의를 끌어다 놓고 두 사람을 타서 앉으며,

"오늘도 주정허시랍니까, 주정허시면 내쫓습니다."

하고 웃으려니까 병화는,

"내가 주정을?……"

하고 깜짝 놀란다. 사실 그날도 점심 저녁 다아 굶고 술을 과히 먹었기 때문에 그런 생각이 지금 어렴풋도 하지만, 혹시는 평시에 계집에게 담백하니만치 일시 희롱했는지도 모르겠다고 혼자 생각을 하여보았다.

"시치미 딱 떼고 딴전을 붙이시는군요. 약주 취한 체하고!"

주부는 이야깃거리를 만들려고 여전히 병화의 주정 부리던 이야기를 계속한다. 그러나 병화는 재미없었다.

"사실 그런 게 아닌데…… 당신 같으면 붙들고 시달렸을지 모르지만— 하하……."

"호…… 그랬드면 정말 큰일 났게!"

주부가 이런 소리를 하려니까,

"다다이마(지금 옵니다)."
하고 역시 일복한 여자가 목욕 대야를 들고 들어오다가 손님이 있는 것을 보고 오뚝 서버린다.

무심코 건너다보던 덕기는 얼음장을 목덜미에 넣는 듯이 모가지를 옴츠러뜨리며 눈을 술잔으로 보냈다. 들어오던 여자도 주춤하고 서는 기척이더니 소리 없이 살며시 돌쳐나간다.

'경애!'

덕기는 속으로 이렇게 불러보고는 두 눈이 확 달면서 더운 것이 흐르는 것 같았다. 그러나 눈물이 날 지경은 아니었다.

다만 칠분쯤 남은 술 고쁘가 위아래로 춤을 추는 것 같고, 술을 아무리 못 먹어도 그만 술에 취할 리가 없겠는데 머리가 어찔하고 앉은 자리가 휘휘 둘리는 것 같았다.

"어떤가? 놀라 자빠지지는 않겠나? 허허허…… 내 눈도 자네 눈만큼은 높지?"
하며 남의 속은 모르고 취기가 돈 병화는 껄껄 웃는다.

"그야 미인보고 예뻐다 하지. 그렇지만 놀라 자빠질 지경이야……."

주부는 여자의 본능으로 엷은 시기를 느끼는 눈치인지 병화에게 이런 핀잔을 준다.

"오바상! 술을 또……. 그리고 아이꼬상더러 어서 나오라고 해주슈."

'아이꼬상'이라는 것은 이 집에서 경애敬愛라는 애愛 자를 일본말로 부르는 이름이다. 주부는 발딱 일어나서 들어갔다.

"여보게! 그것 누군 줄 아나?"

주부가 안으로 들어간 뒤에 병화가 웃으며 묻는다.

"누구라니?"

덕기는 위아래 어금니가 맞닿는 소리로 대꾸를 하며, 무엇에 놀란 표정으로 친구의 얼굴을 말뚱히 쳐다보았다. 이 친구가 그 여자의 내력을 뻔히 아는가 싶어 무서웠던 것이다.

"아아니, 지금 그 애가 일녀□女인 줄 아나?"

병화는 또다시 싱글싱글 웃는다.

"그럼 조선 여자란 말인가?"

덕기는 역시 자기의 눈이 틀리지 않았다는 생각을 하면서 가슴이 한층 더 무거워졌다.

"허허허…… 나도 처음 왔을 때는 못 알아보았네마는 알고 보니 수원 나그네—가 아니라, 수원 여자라네! 이름은 홍경애……."

친구의 입에서 홍경애라는 이름까지 듣고 나니 덕기는 새삼스레 가슴이 두근거리기까지 하였다. 아무 말도 못 하였다.

병화는 덕기가 깜짝 놀라리라고 생각하였던 것과 달라서 아무 대답도 없이 한 모금 술에 발개졌던 얼굴이 해쓱하여지는 것을 보고 무슨 의미인지 해석할 수 없다는 듯이 머쓱한 낯빛으로 친구를 한참 바라보다가,

"자네 그 여자를 아나?"

하고 물어보았다.

"몰라!"

덕기는 약간 떨리는 듯하면서 침통한 소리로 간단히 대답을 하면서도 자기의 낯빛이 친구에게 이상히 보일까 보아 술 고쁘

를 선뜻 들어서 입에 댄다.

껄덕껄덕…… 반 이상이나 한숨에 켰다.

병화는 덕기가 술을 이렇게 단김에 켜는 것을 처음 보았다.

'웬일일까?'

병화는 혼자 의아하였다.

손뼉을 쳤다. 그러나 '아이꼬'가 술을 가지고 나오는 게 아니라 주부가,

"미안합니다."

고 소리를 치며 나온다.

"아이상은 왜 안 나오우?"

병화가 물었다.

"머리 빗어요. 인제 나오겠지요."

주부는 술을 덕기에게도 따랐다. 한 고쁘 다 마셨으니, 다른 때 같으면 덕기는 싫다고 할 터인데 잠자코 있다. 덕기는 어떻게 할지 속으로 망설이었다. 어서 병화를 일어나게 해서 그대로 가 버리고도 싶고 이왕이면 좀 더 앉았다가 그 미인을 다시 한 번 만나보고 가고 싶은 충동도 없지는 않다.

"여보게, 그만하고 저녁을 먹으러 가세."

덕기는 암만 생각하여도 자리를 뜨는 것이 옳겠다고 생각하며 발론하여보았다. 그러나 뒤숭숭한 마음은 조금 안정된 것 같기도 하였다.

"왜 그러나? 모처럼 왔다가 미인도 안 보고 가려나?"

병화는 둘째 잔을 반이나 한숨에 마시고 움직일 생각도 없이 매우 유쾌한 모양이다.

"자네두 어서 좀 먹게. 오늘은 좀 취하세그려. 오래 또 못 만날 텐데……."

"왜, 이 양반 어디 가시나요?"

주부는 병화의 말에 덕기를 아까보다도 친숙한 눈치로 쳐다본다.

"아직 공부하는 어린 자식놈이 보구 싶기에 동기방학冬期放學에 불러왔다가 내일 떠내보내는데 지금 송별연을 차린 거라우."
하며 병화는 껄껄 웃었다.

"호호호……. 부자분이 아주 의취가 좋으십니다그려."
하며 주부가 웃으려니까,

"미친 사람!"
하고 그제서야 덕기가 픽 웃는다.

"학교는 어디시게요?"

"경도[10]삼고京都三高!"

덕기가 딴생각에 팔려서 잠자코 앉았으니까 역시 병화가 대꾸를 하였다.

"예에 경도! 경도에 오래 계서요?"
하고 주부는 경도라는 데 반색을 하면서 덕기의 얼굴을 들여다본다.

"예에, 한 이태쯤!"

덕기는 얼빠진 사람처럼 앉았다가 대꾸를 해주고,

"어서 일어스게!"
하고 또 재촉을 한다.

10 '교토'를 말함.

"왜 그러세요? 오시자마자."

주부는 장사치의 인사로만 아니라 어쩐지 이 젊은 사람들을 더 붙들고 이야기하고 싶은 눈치다.

"떠날 준비도 있고 어디 가서 밥을 먹어야지."

덕기는 경애를 단연코 만나지 않고 가리라고 생각하였다. 그 여자에게 자기로서는 아무 감정이 있는 것은 아니나 어쩐지 만나기가 가슴 아팠다. 더구나 이런 자리에서 술집 작부로 떨어진 경애와 만난다는 것은 의외라도 이런 의외가 있을 리 없고 자기인들 아무리 타락하였기로 만나려고 할 리가 없을 것이니 얼른 피해주는 것이 옳다고도 생각하였다.

"이 사람아, 밥은 밤낮 먹는 거 아닌가? 좀 가만 앉았게그려."

"술이라면 떨어질 줄을 모르니 어쩌잔 말야, 자네 그 유위한[11] 청년의 머리를 술에 절여버리려나?"

덕기는 좌석이 거북하니만큼 거진 노기를 품은 소리로 이렇게 비꼬아본다.

"사실은 나는 밤낮 먹는 그 밥도 없네마는 술도 못 얻어먹으면 냉수나 마시고 살라는 말인가? 대관절 나 같은 놈에게서 술마저 뺏으면 무에 남겠나? 그래도 술을 먹지 말라는 말인가?"

"암 그렇고말고요! 퍽 유쾌하신 모양입니다그려?"

별안간 이런 소리를 치면서 '아이꼬상'이란 여자가 내달아서 주부 옆에 와 서며 덕기에게는 눈도 거들떠보지 않고,

"긴상, 저런 도련님과 무얼 그렇게 설교를 하고 앉으셨소? 자

11 능력이 있어 쓸모가 있다.

아, 술이나 잡수세요."

하고 주부 앞에 놓인 술통을 들고 달려든다.

"사실 아이상 말이 옳지? 자아, 당신부터 한 잔……."

하고 병화는 의기양양하여 빈 고쁘를 내어민다.

"나두 먹죠."

하고 경애는 선뜻 잔과 술통을 바꾸어 받는다.

병화는 선 채 내미는 경애의 잔에 술을 따랐다.

경애가 고쁘 술을 받아서 마시는 것을 보고 덕기는 외면을 하였다. 처음에 소리를 치며 해롱해롱하며 내닫는 그 꼴에도 가슴이 내려앉듯이 놀랐지만 그 술 마시는 데에 한층 더 놀라고 밉고 더럽고 가엾고 한 복잡한 감정을 참을 수가 없었다.

부친에게 이 꼴을 뵈었으면 좋겠다고 생각하였다. 부친에게 대하여 이때껏 느껴보지 못한 반항심이 부쩍 머리를 들어오는 것을 깨달았다.

그러나 경애가 술을 이렇게 마구 먹는 것을 보고 놀란 사람은 덕기뿐이 아니었다.

"어쩌자구 이래? 오늘은 무슨 일 났나?"

주부는 경애가 장난으로 대객 삼아 그러는 줄만 알고 웃으며 바라보다가 정말 반 고쁘 턱이나 흘러 들어가는 것을 보자 질겁을 하면서 경애의 입에서 술잔을 빼앗아 내렸다.

"에구 이게 얼마야! 이러구두 사람이 배기나!"

하며 주부는 내려놓은 고쁘의 술 대중을 본다.

그 말이 지나는 인사거나 주인으로서 부리는 사람을 꾸짖는 어투가 아니라 주책없는 어린 동생이나 나무라는 것같이 다정스러이 들리었다. 두 청년은 그것이 자기에게나 당한 일같이 고마운 생각이 들었다.

"나두 이만한 술은 먹어요."

경애는 언제 들으나 도리어 얄미울 만치 혀끝이 도는 일본말로 이런 소리를 하고 무슨 대담한 장난이나 한 뒤의 어린아이처럼 얼레발 치는 웃음을 생글 웃어 보이다가 거기 놓인 피죤 한 개를 꺼내 붙인다.

덕기는 담뱃불을 붙이는 동안에 경애의 얼굴을 잠깐 엿보았다. 그렇게 보아서 그런지 새빨간 두 눈에 성냥불이 어리어서 눈물이 글썽글썽한 것 같다.

'그래도 우는구나!'

고 덕기는 도리어 가엾은 생각이 났다.

예전에 같이 보통학교에 다니고 교당에 다니던 생각을 하면 이렇게도 변하였으랴—이렇게도 타락하였으랴 싶건마는 지금 이렇게 술을 먹는 것도 화풀이 술이요 하등 카페의 여급 모양으로 무람없이 손님의 담배를 제 마음대로 피워 무는 것도 화풀이로 그러려니 하는 생각이 들었지만 그보다도 눈물을 머금는 것을 보니 그래도 아직 타락하지 않은 곳이 남아 있는 것같이 보이고 그렇게 생각할수록 측은하여 보이었다.

"그 술잔을 내게 돌려보내 주어야지! 괜히들 술을 못 먹게 하는군! 아이상! 어서 그 잔을 마시고 내줘."

병화는 가만히 앉아서 이 사람 저 사람 눈치만 보다가 남은 술을 또 경애에게 권한다.

"난 그만해요. 우리 합환주 하십시다. 부자 댁 도련님 술은 얻어먹어두 나 먹던 술은 더러워 못 자시겠에요?"

어느 틈에 병화와 덕기의 새에 들어와 앉은 경애는, 이런 소리를 거침없이 하며 자기가 먹던 술잔을 들어다가 병화의 앞으로 밀어놓는다.

덕기는 경애의 시치미 뚝 떼고 비꼬는 말을 듣고 또 한 번 가슴이 선뜻하면서[12] 무심코 놀란 눈을 경애에게로 보냈다.

대관절 이 여자의 정체를 알 수 없다고 도리어 무서운 생각이 들었다.

"자아 마시세요!"
하고 경애는 제가 먹던 잔 위에 더 부어 가뜩 채운다.

병화는 기다렸다는 듯이 선뜻 들어서 벌떡벌떡 켠다.

"인젠 가세."

덕기는 병화가 안주도 들 새 없이 재촉을 하였다. 도깨비에게 홀린 것 같아서 인제는 더 앉았을 수가 없었다.

"가만있게! 아이꼬상 말마따나 부자 댁 도련님 술을 얻어먹자니 힘도 무척 드네. 먹을 것 먹어야 가지 않나?"
하고 병화는 주기가 차차 돌으니만큼 불쾌스럽게 대꾸를 하고 '오뎅'을 어귀어귀 먹는다.

주부가 깔깔 웃으려니까, 덕기는 좀 머쓱해졌다. 실상 주부가 웃는 것은 병화가 게검스럽게[13] 먹는 것을 보고 웃는 것이나 덕기 생각에는 병화나 경애가 비꼬는 듯이 주부 역시 자기를 우스꽝스럽게 보고서 비웃는 것인가 하여 열적었던 것이다. 덕기는 잠

12 몸이나 마음에 갑자기 찬 느낌을 받는다는 '선득하다'의 뜻으로 쓰임.
13 음식을 욕심껏 먹어대는 꼴이 보기 흉하다.

자코 앉아서 세 사람의 눈치만 보는 수밖에 없으나 아무리 보아도 그 세 사람들이 자기와는 딴세상 사람 같았다. 세 사람이 입을 모으고 자기만 따돌려 세운 것같이 섭섭한 생각도 들었다.

"참, 이 양반도 약주를 좀 잡수셔요. 색시처럼……."

주부가 인사성스럽게 다시 덕기에게 알은체하고 술을 권하려니까 경애가,

"아직 도련님을 술을 먹여 되나요. 내나 먹지!"
하고 덕기의 앞에 놓인 술잔을 얼른 들어 오면서 조선말로 덕기만 알아들을 만치,

"빨아먹을 수만 있으면 부자의 피를 다아 빨아먹겠는데."
하고는 바로 앉는다. '부자'라는 말은 '아비 아들'이란 말인지 돈 있는 부자란 말인지 알 수 없다.

경애는 그 술잔을 들어서 입에 대려고는 아니하였다. 다만 부자의 피라도 빨아먹겠다!는 한마디가 하고 싶어서 일부러 덕기의 술잔을 빼앗아 온 것이었다. 그리고 이 말을 일부러 한 것은 내가 너를 몰라본 것이 아니라는 예기지름[14]을 하고 싶었던 까닭이었다.

—이 술잔은 조상훈趙相勳이의 아들 조덕기趙德基의 술잔이거니 하는 생각을 잊어버리지는 않았기 때문이다.

상훈이는 누구요 덕기는 누구이냐?…… 이쨌든 한때는 내 남편이요 따라서 아무리 언상약한[15] 어릴 때의 학교 동무라 하여도 아들이라는 이름이 지어 있던 사람이다!

14 장차 될 일에 대해 미리 짐작하여 못을 박음.
15 나이가 서로 비슷하다.

이런 생각이 앞을 서기 때문에 경애는 덕기의 술잔을 끌어다가는 놓았어도 입에 대려고는 아니하였던 것이다.

덕기는 모든 것이 어이가 없어서 가만히 쭉치고 앉았을 뿐이었다. 도리어 경애가 술이 취해서 괴둥괴둥[16] 제 내력을 이야기할까 보아 속으로 애가 씌었다.

"아이꼬상! 왜 이래? 또 애인 생각이 나는 게로군?"

주부가 경애를 웃으며 바라보다가 놀리는 듯하면서도 이렇게 타일렀다.

'애인 생각!'

하며 덕기는 가슴이 찌르르하는 것을 깨달았다.

"실없는 소리 마슈! 오늘은 유쾌해서 죽을 지경이니까 좀 먹을 테야."

하고 경애는 앞에 놓인 술잔(덕기의 술잔)을 들어서 가운데 놓인 담배 재떨이에 조르르 쏟더니 다시 술잔을 병화에게 내밀며 따르라고 한다.

이번에는 병화가 반 잔만 따랐다.

"저게 무슨 짓이야! 손님 잔을……."

하고 주부가 또 나무라니까 경애는 거기에는 대꾸도 아니하고 덕기에게로 향하여,

"각세이상(학생 양반)! 당신은 안 자시니까 그래두 상관없지?"

하고 보통 손님에게 대하듯이 상냥스럽게 묻는다.

덕기는 얼떨결에 얼굴이 새빨개지며 '응'이라고 하였는지 '예

16 말이나 행동 등을 되는 대로 아무렇게나 하는 모양.

에'라고 하였는지 자기도 알 수 없는 대답을 얼버무려뜨렸다.

"내가 이렇게 술을 먹는다고 누구든지 타락하였다고 하겠지? 허지만 타락하였으니까 술을 먹는다는 말도 술을 먹으니까 타락하였다는 말도 안 될 말이지. 또 여자가 술을 먹는다고 타락하였다면 술 먹는 남자는 모두 타락하고 술 안 먹는 목사님 같은 사람은 모두 천당 가신다는 말이지? 네? 긴상(김 씨) 정말 그런가요?" 하고 병화의 무릎을 탁 친다.

경애는 술이 돌으니까 점점 웅변이 되고 하느적거리는 교태가 여자의 눈에도 한층 더 아름다워 보였다.

그러나 경애가 목사를 끌어내는 말에 병화는 하려던 말을 멈칫하고 고개를 끄덕거리며 덕기를 쳐다보았다.

병화의 아버지가 현재 장로요, 덕기의 아버지도 목사 장로는 아니나 교회 사업을 하고 있는 터이다. 물론 경애가 병화나 덕기의 부친을 알 리 없으니 빗대놓고 한 말은 아니라고 생각하였지마는 병화는 현재 자기가 장로인 부친과 사상 충돌로 집을 뛰어나와서 떠돌아다니는 신세이니만큼 평범한 그 말이 몹시 가슴에 찔리었다. 그러나 덕기는 경애의 말을 결코 무의미한 말로 듣지는 않았다. 무의미는 고사하고 자기더러 들어보라고 한 말임을 짐작하자 뒤달아 또 무슨 소리가 나올지 몰라 인제는 정말 일어서 비려야 하겠다고 속이 달았다.

"난 결단코 타락하지 않았어요! 설사 내가 타락하였드라도 그것이 남의 탓이라고 칭원을 하지는 않지만 내가 타락하였다면 이 세상 년놈은 어떻게 하게요! 난 천당에 자리를 비워놓았대도 가지 않겠지만……."

경애는 점점 더 취기가 돌아서 가다가다 혀 꼬부라진 소리를 내지만 목사니 천당이니 하는 소리를 연발하는 것을 보면 이 여자가 어떤 교회 학교 출신인가 하는 생각을 병화는 하였다.

"그렇구말구요. 그런 소리는 마시우. 우리는 우리의 할 일이 있으니까…… 당신은 언제든지 그런 생각으로 굳세게 살어가시기를 바랍니다!"

병화도 얼굴이 시뻘게져서 맞장구를 치고 공연히 흥분이 되었다.

"헌데 당신은 대관절 무얼 하는 양반요?"

경애가 별안간 병화에게 이렇게 묻고 이야기판을 차리려는 듯이 달려든다.

"나? 나요? 흐흥…… 당신 눈에는 무얼 하는 사람같이 뵈우?" 하고 병화는 여전히 웃는다.

그러자 문이 훽 열리면서 다른 손님 한 축이 서넛 몰려 들어오는 바람에 말허리가 잘렸다.

이튿날

"어서 일어나요. 어머니 오셨어요."

아내가 건넌방 창으로 달아와서 깨우는 바람에 덕기는 그제서야 우뚝 일어나 앉았다.

"어제 늦은 게로구나? 그래, 오늘 떠나니?"

모친은 들어오면서 말을 건다. 아들이 떠난다니까 보러 온 것이었다.

"봐서 내일 떠나지요……."

덕기는 일어서며 하품 섞인 소리로 대답을 한다.

아내도 뒤따라 들어와서 부리나케 자리를 개 얹는다.

안방 식구는 내다보지도 않는다. 안방 식구란 덕기의 서조모庶祖母 식구다. 말하자면 서시어머니가 안방에 있을 터이나 덕기의 모친은 건너가 보려고도 아니하고 또 나 어린 서시어머니는 조를 차려서[17] 들어와 보려니 하고 버티고 앉았는지 내다보지도 않는다.

서시어머니가 안방 차지를 한 지가 오 년, 따라서 덕기의 부모가 따로 나간 지도 오 년이다. 자기보다도 다섯 살이나 아래인 서시어머니하고 한솥의 밥은 먹기 싫었다. 싫기는 피차일반이다. 부자간에도 역시 그러하였다. 노영감은 손주는 귀애하여도 아들은 못마땅하였다. 게다가 귀한 젊은 첩을 들어앉히자니 아들 식구는 밀어내었던 것이다. 또 피차에 난편[18]도 하였던 것이다.

칠십 당년에 첩의 몸에서 고명딸 겸 막내딸을 낳았다. 지금 네 살, 이름은 귀순이다.

덕기의 부모가 따로 날 때 중학교에 다니던 덕기도 물론 부모를 따라 나갔었다. 그러나 중학교 사 년 때에 장가를 들자 반년쯤 부모 앞에서 지내다가 이 할아버지 집으로 옮아왔다. 어머니는 내놓으려고 아니하였다. 색시의 친정에서도 젊은 시서조모 밑에 두기를 싫어했다. 그러나 조부의 엄명을 거역하는 수는 없었다. 조부의 엄명은 서조모의 엄명이다. 서조모가 만만한 어린 내외를

17 짐짓 품격을 높게 가지려고 한다.
18 몹시 불편함.

데려다 두고 휘두르며 부려먹기에도 알맞고 또 한 가지는 나 먹은 며느리—눈 안 맞는 며느리를 고독하게 만들자는 것이었다.

그래도 노영감으로서는 손주 내외가 귀여워서 데려온 것일지 모른다. 또 덕기도 저 아버지보다는 조부에게 따랐던 것이다. 게다가 재산이 아직도 조부의 수중에 있고 단돈 한 푼이라도 조부가 차하를 하는 터이라 조부의 뜻을 맞추어야 하겠다는 따짐도 있었다.

혼인한 이듬해에는 건넌방에서도 아이 우는 소리가 나게 되었다. 첫아들이었다. 집안이 경사 났다고 떠들었다. 그러나 입으로만이었다. 서조모는 소견이 좁고 보고 배운 것이 없었다. 공연히 건넌방 아이, 증손자를 시기하는 것이었다. 네 살짜리의 할머니와 세 살 먹은 손주가 자랄수록 손이 맞아서 일을 일리고[19] 어른 싸움이 벌어지게 하는 것이다.

증조부가 간혹 건넌방 아이를 좀 안아주면 안방 마마의 눈귀가 가로 째지는 것이었다.

노영감도 불공평하자는 것은 아니나 몸이 괴로웠다. 결국에는 자기 딸이 귀엽고 젊은 첩에게로 쏠리건마는.

"아버니[20] 지금 계서요?"

덕기는 마루로 나와서 또 한 번 커다랗게 하품을 하고 건넌방에다 대고 물었다. 부친에게 길 떠나는 문안을 갈 생각이다.

"몰라! 사랑에 계신지 나가셨는지."

모친의 대답은 냉담하였다. 원체 이 중늙은이 내외는 이름만

19 '일으키다'의 방언.
20 아버지.

걸린 내외였다.

식사도 사랑, 잠도 사랑, 세수까지도 사랑에서 내다가 하는 것이었다. 남편의 코빼기도 못 보는 날이 많다. 그래도 남 보기에는 그리 의가 좋지 않은 것 같지도 않다. 검다 희다 말이 도대체 없기 때문이다. 그가 특별히 하느님의 아들 노릇을 하기 때문에 세속 일에 대범하고 초연해서 그런지? 도를 닦아서 여인에게는 근접을 아니하느라고 그런지는 몰라도 어쨌든 사십에 한둘 넘은 이 중년 부인은 얼굴을 잊어버리게 된 남편을 미워하고 원망하는 것이었다.

"이 애는 어디 갔니?"

모친은 손주 새끼의 얼굴이 보고 싶었다.

"업고 나갔어요. 사랑 마당에서 노는지요."

하고 어린 며느리는 안방 애 보는 년을 불러내어서 나가보라고 이른다.

"얘, 얘, 사랑에 나가건 영감님께 화개동 마님께서 오셨다고 여쭈어라."

며느리는 안방 아이를 업고 마루로 내려가는 계집애년에게 소곤소곤 일렀다. 자기 시어머니가 시할아버지께 문안드릴 기회를 만들자는 분별이다.

아이년이 나가자 노영감이 곧 들어왔다. 며느리가 그리 급히 보고 싶은 것이 아니라 온종일 할 일이 없어서 하루에도 몇십 번씩 들락날락하는 것이 유일한 소일인데 성미가 급하여서 듣기가 무섭게 들어온 것이다.

사랑문에서부터 기침을 칵 하는 소리에 건넌방에서 며느리가 나왔다.

"음……."

며느리를 쳐다보고는 이렇게 한마디 하고 마루 끝에서 자리옷을 입고 세수를 하다가 일어서는 손자를 보고,

"무슨 옷을 저렇게 헤갈[21]을 해 입었니?"

하고 우선 한 번 쏜 뒤에,

"어제는 어디를 갔다가 몇 시에 들어왔단 말이냐?"

하고 역정을 낸다. 몇 시에 들어온 것은 오늘 아침에 벌써 안방마마의 보고로 알고 있으면서 묻는 것이다.

덕기는 물 묻은 얼굴로 가만히 비켜섰을 수밖에 없었다. 영감이 안방으로 들어가니까 며느리도 따라 들어가서 절을 하였다. 비로소 시서모와 대면을 하였다.

"응, 별고 없지?"

영감이 출입이 별로 없고 며느리도 이 집에를 여간한 일이 아니면 오기를 싫어하니까 시아버지 문안이 한 달에 한 번도 될까 말까 하다.

"내일모레 제사까지 묵어갈 테냐?"

며느리는 천민의외의 소리를 시아버니에게 들었다. 잠자코 섰을 뿐이다.

생각해보니 모레가 바로 시할아버지 제사—이 영감에게는 친기[22]인 것을 깜빡 잊어버렸던 것이다.

"급한 일 없거든 왔다 갔다 하느니 아주 묵으려므나. 어린것들

21 물건 등이 흩어져 어지러운 상태.
22 부모의 제사.

만 맡겨두어두 안 될 것이고 하니……."

며느리 입에서는 '네' 소리가 좀처럼 아니 나왔다. 시아버지는 못마땅하였다.

"그럼! 좀 있어서 차려주어야지. 나 혼자서는 어린것을 데리고 이 짧은 해에……."

한옆에 모로 앉았던 젊은 시서모가 비로소 말참견을 했다. 어린것들에게만 내맡겨둘 수 없다는 영감의 말이 며느리 앞에서 자기에게 모욕이나 준 것같이 못마땅하여서 슬쩍 이렇게 둘러댄 것이다. 며느리는 꿀 먹은 벙어리처럼 여전히 입을 봉하고 섰다.

첫째 그 반말이 듣기 싫었다. 마주 반말을 해도 좋으나 그래도 밑지는 수밖에 없는 것이 분하다.

'첩노릇은 할지언정 원바닥이 있고 얌전하다면서 소대상을 차리니 말인가 무슨 장한 제사를 차린다고 엄두를 못 내는 것이람! 어린애 핑계를 하니 아이 기르는 사람은 제사도 못 지내던감.'

이런 생각도 하여보았다.

"너희는 예수교인지 난장인지 한다고 조상 봉제사도 무언지도 모르나 보더라마는 내가 살아 있는 동안에는 막무가내하다!"

며느리가 끝끝내 잠자코 섰는 것이 못마땅하니까 연년이 제사 지낼 때마다 부자간에 충돌이 생기던 것을 생각하고 주름살 많은 얼굴이 발끈 상기가 되며 치미는 화를 참는다. 며느리는 좀 선뜻하였으나 무어라고 입을 벌릴 수는 없었다.

"그래 너두 이제는 천주학쟁이가 되었니? 내가 죽은 뒤에는 물 한 방울 떠놓겠니?"

시아버지의 언성은 점점 더 높아갔다.

수원집(시서모는 수원 태생이다)은 영감이 며느리 꾸짖는 것을 보고 까닭 없이 시원하였다. 며느리가 무어라고 말대답이나 한마디 하였으면 더 좋겠다고 생각하였다.

"아내요. 재 떠나는 것도 보고 아주 제사까지 치르고 가겠에요. 그러지 않어두 그럴 생각으로 왔에요."

며느리의 말이 의외로 온순하여지니까 영감은 도리어 김이 빠지는 것을 깨달으면서도 마음이 저윽히 풀리었다. 그러나 수원집은 마치 불구경 나갔다가 연기만 모락모락 나고 그만두는 것을 보고 돌아올 때와 같은 싱거운 생각이 들었다.

"예수교 아니라 예수교보다 더한 것을 믿기로 그래 조상 제사—부모 제사 지내는 게 무에 틀린단 말이냐? 예수는 아버지를 모른다더라마는 어쨌든 예수도 부모가 있었기에 태어나지 않었겠니?…… 덕기도 잘 들어두어라……."
하고 영감은 마루편으로 소리를 치고 나서 또 밤낮 듣는 잔소리를 꺼낸다.

예수교 논래[23]—뒤따라서 아들의 논래를 한참 늘어놓고 나서는,

"덕기야!"
하고 세 방으로 들어가서 수건질을 하고 섰는 손주를 불렀다.

"네—."
하고 건너왔다.

"그 일복 좀 벗어버려라. 사람이 의관을 분명히 하고 있어야지!"
하고 우선 꾸지람을 한 뒤에,

23 '주위를 불편하게 만드는 이야기'의 뜻으로 쓰인 듯함.

"너도 제사 지내고서 떠나거라!"
하고 엄명을 하였다.

"네—."

덕기는 고단도 하고 어제 의외에 만난 경애를 그대로 내버려 누고 가기가 좀 마음에 걸리던 차에 도리어 잘되었다고 생각하였다. 경애 일에 몸 달 일이야 없고 그것으로 출발을 연기까지 할 묘리는 없으나 이래저래 잘된 셈이다.

그러나 덕기는 조부가 부친에게 대하여 육장 줄로 친 듯이 꾸지람을 하는 것이 듣기 싫었다. 누구 편은 더 들고 누구 편은 덜 드는 것이 아니지만, 조부의 곁은 잔소리—그거나마 어려서부터 귀에 못이 박히도록 들은 예수교 논래에는 시비는 하여간에 이제는 머리가 띵하였다. 일 년에 몇 차례씩 되는 제사 때면 한층 심한 것이다.

더구나 자기 마님 제사—즉 덕기에게는 조모 제사요 부친에게는 친기가 되지만 그때가 되면 연년이 난가[24]가 되는 것이다.

"에미도 모르는 자식!"

이 소리가 사랑으로 안으로 들락거리는 노영감의 입에서 몇십 번 몇백 번이나 나오는지 파제삿날 저녁때나 되어서 눈에 띄는 사람이 없어져야 간정이 되는[25] 것이었다.

"대체는 영감마님이 의는 퍽 좋으셨던 게야."

젊은 여편네들이 수원집더러 들어보라고 짓궂이 이런 소리를 하면 덕기 모친은,

24 싸움이나 말썽으로 소란스러운 집안.
25 소란하던 것이 가라앉다.

"내외분의 의가 좋으셨기나 하였기에 혼쭐나게 얌전하고 유우명짜한 그런 아드님을 나셨지!"
하고 자기 남편을 비웃는 것이었다.

그러나 부친은 끝끝내 자기 어머님 제사 참례도 아니하고 영감님 분별로 덕기 모자와 일가에서 모여드는 동항렬끼리만 지내는 것이었다.

게다가 할머니 제사에 또 한 가지 겹치는 것은 수원집이 까닭도 없이 방구석에만 쪽치고 들어앉아서 꽈리[26] 주둥이가 되어 아이들만 들볶는 것이었다. 여편네들은 그 꼴이 미워서 잔칫집처럼 깔깔대고 법석을 하면서, 영감님이 친기보다도 마님 제사는 더 위하신다는 둥, 나도 죽어서 영감의 손으로 이런 제사를 받아보았으면 원이 없겠다는 둥, 마님 혼령이 오늘은 안방에 드셔서 편히 쉬고 가시겠다는 둥—하는 소리를 수원집 턱밑에서 주거니 받거니 하고 밤새도록 떠드는 것이었다.

덕기는 조부의 제사에 정성이 부족하다는 훈계를 들으면서도 지끈지끈하는 무거운 머리로,

'오늘 저녁때 바커스에 다시 한 번 가볼까?'
하는 생각이 떠오를 뿐이요, 조부의 쓴 안경알이 꺼멓게 어른거리는 것조차 멀리 어렴풋이 바라다보였다.

어제 왔던 그런 좋지 못한 친구하고 어울려서 밤늦도록 나다니지 말라는 훈계가 끝나자 덕기 모자는 겨우 안방에서 풀려서 건넌방으로 건너왔다.

26 '파리'의 방언.

덕기는 밥상을 받고, 화롯가에 담배를 피워 물고 가만히 앉았는 모친을 바라보고는 또다시 어제 만난 경애 생각이 났다.

'어머니는 대관절 그 일을 아시나? 아신다면 그 당시에 어쨌을꾸?…… 그러나 어떻게 돼서 언제 헤지고 말았는구?…… 분명히 소생—내게는 누이동생이나 코빼기도 보지 못한 고마울 것도 없는 누이동생이 하나 있다는 말을 들었는데…….'

덕기는 혓바닥이 알알이 해어지고 머릿속에서 그저 지진이 나는 것 같은 것을 참고 물말이를 정신없이 퍼 넣으며 혼자 생각을 하였다.

'어머니께 여쭈어볼까?'

이런 생각도 하여보았다. 그러나 모친에게 묻기가 너무 잔인한 것 같기도 하고 알든 모르든 가엾은 생각이 나서 그만두리라고 돌려 생각하였다.

그러나 이 수수께끼 같은 일을 뉘게 물어보나? 하고 공연히 갑갑증이 났다. 부친에게 직통 대고 묻는 수도 없고 집안에서도 물어볼 사람이 없다. 시급히 알아보아야 할 일은 아니건마는 그래도 궁금하였다.

부친의 친구를 찾아가서 물으면 알리라 하는 생각이 들자 물어봄 직한 사람을 속으로 골라보았다. 몇 사람 머리에 떠오르기도 하나 부친은 혼자만 속에 넣어두는 일생의 비밀일 터인데 섣부른 짓을 하다가 덧드러내게 되면 큰일이라고 이것도 돌려 생각을 하였다. 교회 속 일이니만큼 그리고 아직도 부친이 교회의 신임도 받고 그 사회 속에서는 그래도 웬만큼 알리어 있느니만큼 부친의 전비前非[27]는 어쨌든지 명예를 위하여 함부로는 발설 못 할 일이었다.

그러나 부친을 위하는 마음이 생길수록 이상하게도 한옆에서 부친을 미워하는 마음이 머리를 들었다. 부자의 정리보다도 부친에게 대한 인격적으로 존경할 수 없는 불쾌한 감정이 불현듯이 떠올라왔다. 그와 동시에 혹은 그와 같은 정도로 옆에 앉았는 모친과 경애가 가엾이 생각되었다. 죽었는지 살았는지도 알 수 없는 경애가 낳은 딸—보지 못한 누이동생 그리고 자기 남매까지 불행하고 측은히 생각되었다.

부친이 그리 잘난 인물은 못 되더라도 인격으로 아들에게만이라도 숭배를 받았던들 얼마나 자기는 행복하였을까? 덕기는 자기 부친에게 인격적으로 경의를 표할 수 없는 것을 몹시 괴로워하였다. 그렇지 않았다면 설혹 부친이 자기에게 냉담하더라도 자기가 진심으로 섬겨보고 싶었다.

'할아버지께서 이해가 없으신 것도 사실이지만 아버니만 그러시지 않아도 어머니도 행복이시고 우리도 행복이었을 것이다. 경애도 제대로 올곧게 제 운명 제 갈 길을 찾아나갔을 것이 아닌가…….'

이번 양력설을 쇠고는 스물세 살이 된 그다. 세상의 못된 물이 들지 않고 지각도 들 만큼 들어갈 때다.

"어머니! 요새두 아버니께서 약주 잡수세요?"

덕기는 숭늉을 천천히 마시다 말고 옆으로 앉은 모친을 쳐다보았다.

27 이전에 저지른 잘못.

"누가 아니! 약주를 잡숫든 기생방에를 가든!"

하고 모친은 핀잔을 주다가 자기 말이 너무 몰풍스러운[28] 것을 뉘우친 듯이,

"술상 보아 내오라는 말씀이 없으니 안 잡숫는 게지."

하고 다시 웃는 낯을 지어 보였다.

그러나 모친의 나중 말도 덕기에게는 부친을 비웃는 말로밖에 아니 들렸다.

"아버님께서 잡숫는 걱정은 말고 당신이나 주의를 해요!"

시어머니와 화로를 격해서 윗목에 쪼크리고 앉았던 아내가 오금을 박는다.

"잔소리 말어!"

하고 핀잔을 주고 덕기는 담배를 들고 가만히 화롯불에 꾹꾹 눌러 붙인다.

"너두 술 먹니?"

하고 모친은 얼마쯤 놀란 듯이 아들을 쳐다본다.

"어제두 곤드레만드레가 되어서 오밤중에나 들어왔답니다."

며느리는 남편이 무어랄까 보아 얼른 이렇게 고자질을 하고는 밥상을 번쩍 들고 나가버렸다.

"내력 술이니까 하는 수 없지만 벌써부터 술을 배워 되겠니?……"

모친은 가볍게 나무라두었다.

"친구에게 끌려서 부득이…… 몇 잔 먹구 취하나요. 하지

28 정이나 격이 없어 보이다.

만…….”

하고 덕기가 말을 끊으니까 모친은 덕기의 뒷말을 기다리고 앉았다가,

“너 아버지 말이냐? 너 아버지야 그저 그런 이로 돌리려니와…….”

하고 말을 미리 받는다.

“글쎄 금주 선전 신문인가 무엇엔가 글이나 쓰지 말으셨으면 좋지 않아요! 도무지 교회도 나와버리시구 그런 데 간섭을 마셨으면 좋을 게 아니에요. 밤 열시까지는 설교를 하시고 그리고 열시가 지나면 술집으로 여기저기 갈 데 안 갈 데 돌아다니시니 그러면 세상이 모르나요, 언제든지 알리고 말 것이요…… 그것도 거기다가 목숨을 매달고 서양 사람의 돈푼이나 얻어먹어야 살 형편이면 모르겠지만…….”

덕기는 일전에 병화가 새문 밖 냉동 근처의 좋지 못한 술집에서 자기 부친을 분명히 만나보았다고 신야넉시야 하며[29] 듣기 싫은 소리를 주절대던 것을 생각하며 분해 못 견디겠다는 듯이 이런 소리를 조용조용히 하였다.

“그런 소리를 왜 날더러 하니? 너 아버지한테 가서 무슨 소리든 시원스럽게 하렴!”

하고 모친은 핀잔을 주었다.

‘그러는 어머니도, 당신 그러면 그러지, 뉘 아나! 하고 남남끼리처럼 하시지 말고 지성껏 아버지를 받들고 그렇게 못하시게

29 마음속에 벌렸던 말을 거침없이 하다.

하시면 자연히 아버지 신상이나 집안 꼴이나 나아가지 않어요!'

덕기는 이런 말을 하려다가 참아버렸다.

말은 그쳤다. 모자는 담배만 피우며 싸운 사람들같이 가만히 앉았다.

중문간에서 아이 우는 소리가 엉엉 난다. 모친은 앞창을 열고 내다보며,

"추운데 어디를 이렇게 싸지르는 거냐?"

하며 애년을 나무라고 나서,

"어 우지 마라! 어어 우지 마라!"

하고 건너다보고 어른다.

며느리가 얼른 가서 우는 아이를 받아 안고 들어왔다.

할머니가 손을 내밀어 보았으나 아이는 어머니 겨드랑이만 파고 울음을 그치지 않는다.

"이게 무슨 짓이야? 할머니께 안녕 안녕— 하는 게 아니라."

하고 어미는 나무라면서 그래도 시어머니 앞에서 젖퉁이를 내놓기가 부끄러운지 머뭇머뭇하니까,

"어서 젖을 물리렴!"

하고 시어머니는 그래도 귀한 손주 새끼를 넘겨다본다.

어린애는 젖을 물자 눈을 감아버린다.

"잠이 와서 그러는구나."

"새벽같이 깨어서 바스락거리니까요……."

고식도 더 말할 게 없는 사람처럼 다시는 입을 아니 벌렸다. 이 방(건너방)의 아이 보는 계집애년은 세 식구가 잠잠히 앉았는 것을 보고 심심해서 스르르 마루로 나가버렸다. 그 바람에 시어

머니는 말을 꺼낸다.

"이 추이에 얼마나 고생이냐? 손등에 얼음이 들었구나!"

하며 시어머니는 아이를 안고 앉은 며느리의 새빨간 두 손을 바라보고 눈을 찌푸렸다.

"무어 그저 그렇지요."

며느리는 예사롭게 대답을 하며 상끗 웃었다.

"안방에서는 여전히 쓸어맽기고 모른 척하니?"

"그러믄요!"

하고 어린 며느리는 시어머니의 다정한 말에 눈물이 글썽해진다.

"밤낮 그 아이 하나로 온종일 헤나지를 못하고 방문 밖이나 나오시나요."

하고 하소연을 한다.

"계집애년두!"

"그럼요. 버릇을 애초에 잘못 앉치셨으니까요."

"행랑것은 새로 들어왔다더니 어떠냐?"

"밥이나 짓지요마는 온 지 메칠 안 된 것이 능글능글하게 얼레발만 치고 안방에만 들락날락거리고 가관이죠."

"지시는 누가 했는데?"

"모르겠어요. 할아버지께서 사랑에서 데리고 들어오셔서 오늘부터 두게 된 것이라고 하셨으니까 아마 사랑 손님이 지시한 것인지요."

"어쨌든 그래서 안됐구나."

"무어요?"

"아니, 글쎄 말이다, 안방에만 긴한 듯이 달라붙어 버리면 어지중간에 너만 괴롭지 않겠니?"

"……."

며느리는 시어머니의 동정에 감격해서인지 고개를 숙이고 콧물을 훌쩍 들이마신다.

"어리다고 하속배[30]라도 넘볼 것이요 윗사람이라고 그 모양이니…… 네 고생도 다 안다. 내가 너희들만 데리고 있다면야 낸들 무슨 걱정이 되고 무슨 불평이 있겠니! 그것두 모두 내 팔자소관이니까."

시어머니는 이런 소리도 하였다. 이 부인은 야소교인[31]이 아닌지라 '그것두 모두 하느님의 뜻'이라 하지 않고 내 팔자소관이라고 한다.

덕기는 더 듣고 앉았기가 싫어서 벌떡 일어났다. 쓸데없는 소리 말라고 핀잔을 주려다가 모친 앞이라 참아버렸다.

덕기는 사랑으로 나오면서 혼자 한숨을 쉬었다. 집안이 어찌 되려고 이러는고 싶었다.

사랑 댓돌 위에는 고무신 경제화가 네댓 켤레 놓여 있다. 할아버지의 그 쌀쌀한 규모로 사랑에도 육십 먹은 지 주사 한 사람 외에는 군식구를 두지 않건마는 그래도 놀 데 없고 먹을 것 없는 노인들은 모여드는 것이었다.

덕기는 제 방으로 들어가 누우면서 지금 안에서 듣던 말을 생각하여보았다.

지체 보아서 한다고 할아버지가 야단야단 치고 얻어 맡긴 아

30 하인배, 하인의 무리.
31 '예수교인'의 음역어.

내는 또 그것도 처음에는 좋다가 일본 갈 때쯤은 싫은 증도 났던 아내이건마는 시서조모 앞에서 남편도 없는 동안에 고생하는 생각을 하면 가엾기도 하였다.

사실 소학교밖에 졸업 못 하고 구식 가정에서 자라났기에 이 속에서 배겨 있지 요새의 신여성 같으면야 풍파가 나도 몇 번 났을지 모를 거라는 생각을 하면 신지식 없다고 싫어하던 것이 인제는 도리어 잘되었다고 생각되는 것이다.

어느덧 한잠 푹 들어버렸다.

"……덕기도 제사까지 지내고 가라고 하였다……."

덕기는 분명히 조부의 이런 목소리를 들은 법하다. 꿈이 아니었던가 하며 소스라쳐 깨어 눈을 떠보니 머리맡 창에 볕이 쨍쨍히 비친 것이 어느덧 저녁때가 된 것 같다. 벌써 새로 세시가 넘었다. 아침 먹고 나오는 길로 따뜻한 데 누웠으려니까 잠이 폭폭 왔던 것이다. 어쨌든 머리를 쳐드니, 작취가 인제야 깨인 듯이 거뜬하고 몸도 풀린 것 같다.

"네 처두 묵으라고 하였다만 모레는 너두 들릴 테냐? 들리면 무얼 하느냐마는……."

조부의 못마땅해하는— 어떻게 들으면 말을 만들어보려고 짓궂이 비꼬는 강강한 어투가 또 들린다.

덕기는 부친이 왔나 보다 하고 가만히 유리 구멍으로 내다보았다. 수달피 깃을 댄 검정 외투를 입은 홀쭉한 뒷모양이 뜰을 격하여 큰 마루 앞에 보이고 조부는 창을 열고 내다보고 앉았다. 덕기는 일어서려다가 조부가 문을 닫은 뒤에 나가리라 하고 주저앉았다.

"저야 오지요마는 덕기는 붙드실 게 무엇 있습니까, 공부하는 애는 그보다 더한 일이 있더라도 하로바삐 보내야지요……."

이것은 부친의 소리다. 부친은 가냘프고 신경질인 체격 보아서는 목소리라든지 느리게 하는 어조가 퍽 딴판인 인상을 주는 것이었다. 그 부드러운 목소리와 느린 말투는 젊었을 때에도 그랬는지는 모르겠으나 아마 예수교 속에서 얻은 수양인가 보다고 덕기는 늘 생각하는 것이다. 거기다가 비하면 조부의 목소리와 어투는 자기 생긴 거와 같이 몹시 신경질이요 강강하였다.

"그보다 더한 일이라니?"

시비를 차리는 사람이 저편의 말끝을 잡은 것만 다행하는 듯이 조부의 목소리는 긴장하여졌다.

부친은 잠자코 섰는 모양이다.

"계집자식이 붙드는 게 그보다 더한 일이냐? 에미 애비가 숨을 몬다면 그보다 더한 일이냐?"

"왜 불관한 일에 그렇게 말씀을 하세요?"

똑같이 부드럽고 똑같이 일 분간에 오십 마디밖에 아니 되는 듯한 말소리다. 그러나 노영감은 아들의 그 말소리가 추근추근히[32] 골을 올리려는 것같이 들려서 더 못마땅하였다.

"그래 무어 어쨌단 말이냐? 에미 애비 제사도 모르는 놈이 당장 내가 숨을 몬다기로 눈 하나 깜짝이나 할 너이냐? 그런 놈을 공부는 시키면 무얼 하니?"

영감은 입에 물었던 담뱃대로 재떨이를 땅땅 친다. 방 안에 좌

32 달라붙어서 졸라대다.

우로 늘어앉은 노인 축들은 두 손을 쓱쓱 비비며 꾸벅꾸벅 조는 사람처럼 고개들을 파묻고 앉았을 뿐이다. 이 사람들은 주인 영감의 말이 꼭 옳은지 안 옳은지 뚜렷이 판단할 수는 없으나 어쨌든 일리 있다고는 생각하는 것이다.

"종교가 달라서 제사 안 지낸다고 반드시 부모의 임종까지 안 하리고야 할 수가 있겠습니까?"

'아들의 말을 들으면 그도 그래!' 하는 생각을 노인들은 하였으나 그래도 제사 안 지낸다고 야단치는 점만은 주인 영감이 옳다고 속으로들 시비를 가리는 것이었다.

"무슨 잔소리를 그래도 뻔뻔히 서서 하는 것이냐? 어서 가거라! 네 자식도 너 따위를 만들 작정이냐? 덕기는 내가 길르고 내가 공부를 시키는 터이다. 너는 낳달 뿐이지 네 손으로 밥 한 술이나 먹이고 학비 한 푼이나 대어주었니? 내가 아무러면 너만큼 못 가르쳐놓겠니? 잔소리 말고 어서 가거라! 도덕이니 박애니 구원이니 하면서 제 자식 하나 못 가르치는 놈이 입으로만 허울 좋은 소리를 떠들면 세상이 잘될 듯싶으냐!"

이것도 이 영감에게서 한두 번 들은 말이 아니다. 옳은 말이라고 노인들은 생각하였다.

"영감, 고정하시지요. 영감 말씀이 저저히[33] 옳으신 말씀이지만 저 사람도 사회에 나가서 일을 하려니까 제사 참례만 안 한다는 것이지 어디 누가 반대를 하는 건가요."

저녁때가 되어서 사람이 삐어[34] 식구가 줄면 술상이나 나올까

33 '저저이'로 이것저것 모두.
34 모였던 사람들이 차츰 줄어들거나 흩어져 없어지다.

하고 배를 축이고 앉았는 제일 연장 되는 노인 한 분이 중재를 하는 것이었다.

덕기는 더 참을 수가 없어서 아랫방에서 나왔다.

"오늘 가 뵈랴고 하였어요. 글피쯤 떠날까 봅니다."

덕기는 부친 앞에 가서 이런 소리를 하고,

"안으로 들어가시지요."

하고 재촉을 하였다.

부친은 잠자코 아들을 바라보다가 모자를 벗고 방 안에다 대고 인사를 한 뒤에 안에는 아니 들르고 대문 편으로 나가버렸다.

조부가 창문을 후닥닥 닫았다.

올 적마다 조부에게 꾸중만 맞고 안에도 들르거나 말거나 하고 훌쩍 가버리는 부친의 뒷모양을 바라보고 덕기는 민망한 생각이 들었다.

자기 부친에게 잘못이 없다는 것은 아니나 그렇다고 남에 없는 위선자거나 악인은 아니다. 이 세상 사람을 저울에 달아본다면 한 돈[一錢]도 못 되는 한 푼[一分] 내외의 차이밖에 없건만 부친이 어떤 동기로이었든지—어떤 동기라느니보다도 이삼십 년 전 시대의 신청년이 봉건사회를 뒷발길로 차버리고 나서려고 허비적거릴 때에 누구나 그리하였던 것과 같이 그도 젊은 지사志士로 나섰던 것이요 또 그러노라면 정치적으로는 길이 막힌 그들이 모여드는 교단 아래 밀려가서 무릎을 꿇었던 것이 오늘날의 종교 생활에 첫 발길이었던 것이다. 그것도 만일 그가 요샛말로 자기청산을 하고 어떤 시기에 거기에서 발을 빼냈더라면 그가 사상적으로도 더 새로운 시대에 나오게 되었을 것이요 실생활에 있어서도 자기의 성격대로 순조로운 길을 나아가는 동시에 그러한 위선적 이중생활 속에서 헤매지는 않았을 것이다.

"나도 너희들의 생각하는 것이나 기분을 이해하지 못하는 것은 아니다. 사회의 현실상現實相 앞에 눈이 어두운 것은 아니다. 그러나 나는 내가 살아온 시대상과 너희의 시대상의 귀일점을 찾으려는 것이다. 쉽게 말하자면 네 사상과 내 사상이 합치되는 소위 '제삼제국'을 바라는 것이다. 너희들은 한 걸음 나아갔고 나는 그만치 뒤떨어진 것은 사실이다. 그러나 너의 시대에서 또 한 걸음 다시 나아가면 그때에는 도리어 내 시대의 사상, 즉 지금 내가 가지고 있는 사상의 어떠한 일부분이라도 필요하게 될지 누가 아니? 나는 그것을 믿고 그것을 찾는다……."

이번에 덕기가 돌아와서 부친과 병화의 이야기를 하다가 사회사상 문제와 실제 운동 문제에까지 화제가 돌아갔을 때 덕기가 부친에게 종교를 내던지라고 하니까 부친은 이와 같은 대답을 하였던 것이다.

덕기는 부친의 이러한 의견에 반대하고 싶지 않은 것은 아니었으나, 역시 구습상 부친에게 반대할 수도 없고 또 제 주제에 길게 논란할 수도 없는 터이어서 그만두었었다. 그뿐 아니라 부친이, 생각하였던 것보다는 현대 사상 경향이나 사회 현상에 대하여 아주 어둡고 무관심한 것이 아닌 것을 발견한 것이 반갑기도 하고 부자간의 이런 토론은 처음이었으나 그로 말미암아 부친과 자기 사이가 좀 가까워진 것 같은 기쁜 생각이 들어서 그대로 웃고만 말았지만, 어쨌든 부친은 봉건시대에서 지금 시대로 건너오는 외나무다리의 중턱에 선 것 같다고 생각하였다. 마침 집안에서도 조부와 덕기 자신의 중간에 끼어서 조부 편이 될 수도 없고 아들인 덕기 자신의 편도 못 되는 것과 같은 어지중간에 선 처지라고 새삼스러이 생각하였다. 따라서 그만치 사회적으로나 가정적으로나 또는 자기의 사상 내용으로나 가장 불안정한 번민기에 있는 것이 사실이라고 보고 있다. 그러므로 덕기는 부친에게 대하여 가다가다 반감이 불끈 치밀다가도 한편으로는 가엾은 생각, 동정하는 마음이 나는 것이었다.

안으로 들어온 덕기는 제 방에서 어젯밤에 들어와 벗어 걸은 양복을 주섬주섬 갈아입었다. 웬 셈인지 오늘은 더욱이 사랑에 나가서 혼자 오뚝이 앉았기도 맥없고 안에 들어와서 고식이 마주 앉아 안방 논래나, 부친 논래를 하고들 있는 것을 듣기도 싫었다.

"저녁두 안 먹고 지금 어디를 가니?"

모친은 나무라듯이 물었다.

"잠깐 바람 쏘이고 들어와요."

"아버지 뵈러 가지 않니?"

"아버닌 지금 다녀가셨는데요."

"응?……"

모친은 놀라는 소리를 하다가 입을 꼭 다물고 말았다. 자기가 와 있어서 안에는 안 들러 갔구나—고 생각한 것이었다.

"그럼, 안에 어쩌면 좀 안 들어오시고 그대로 가셨어요?"

아내도 섭섭한 듯이 시어머니 대신에 묻는다.

"바쁘시니까 그런 게지!"

하고 덕기는 핀잔을 주었다.

덕기는 잔소리를 길게 늘어놓기가 싫어서 그런 것이지만 모친은 속으로 아들도 못마땅하였다.

'너두 네 애비 편만 드는구나!' 하는 야속한 생각으로.

"어머니—그런데 오늘 묵어가세요?"

덕기는 다시 온유한 낯빛으로 물었다.

"그럼 어쩌니! 나는 사십을 먹어도 호된 시집살이다!"

모친은 이렇게 자탄을 하다가 나가는 길에 화개동 집에 가서 자기가 묵는다는 말을 이르고 누이동생을 데리고 오라고 한다.

"글쎄— 갈 새가 있을라구요. 아무쪼록 가겠습니다마는 누구든지 보내십쇼그려."

덕기는 정처가 있어서 나가는 것은 아니지만 여기서 화개동 막바지까지 가기가 싫어서 이렇게 일러놓고 나오면서 지갑 속에 든 돈 요량을 하여보았다. 아직 노비와 학비를 분명히 타지 않았기 때문에 병화의 밥값 한 달 치를 주기는 어려웠다.

하숙집

진고개로 올라가서 무어나 사볼까?—꼭 무엇이 살 게 있는 것이 아니나 돈푼 있는 사람의 버릇으로 막연히 이런 생각을 하다가,

'오늘 떠날 줄 아는데 병화가 기다리고 있지나 않을까?' 하는 생각을 하니 어제 취중에 병화더러 밥값을 해가지고 하숙으로 가마고 약속을 한 듯도 싶으나 기억이 몽롱하다.

덕기는 지나가는 전차에 뛰어올랐다. 서대문에서 내려서 몇 번이나 물어 홍파동에까지 와가지고 수첩을 꺼내 보고, 이 골목

저 골목을 꼬불꼬불 빼빼 돌아야 양의 창자다. 서울서 이십여 년을 자랐건만 이런 동네에는 처음 와보았다. 반 시간 턱이나 휘더듬어서 짧은 해가 뉘엿뉘엿 넘어갈 때나 되어서 바위 위에 대롱 매달린 일각대문 앞에 와서 딱 서게 되었다. 이 동네를 휘더듬는 동안에는 이런 집도 많이 보았지만 그래도 하숙이라 하니 외연만 한[35] 집인 줄 알았다. 덕기는 참 정말 이런 집은 처음 본 것 같았다. 쓰러져가는 일각대문이라도 명색이 문이 있으니 물론 움은 아니다. 그러나 마치 김칫독을 거적으로 싸듯이 꺼멓게 썩은 거적으로 빽 둘러싼 집이다.

'이놈이 여기 들어엎대서 게다가 외상밥을 먹어!'

이런 생각을 하니 병화가 불쌍하다느니보다도 너무 무능한 것 같고 밉살맞은 생각이 났다.

세 번, 네 번 불러도 대답이 없다. 기웃이 들여다보니 고양이 이마만한 마당인데 안이 무엇이 멀다고 안 들릴 리는 없다.

얼마 만에 발자취도 없이,

"어디서 오셨에요?"

하는 소리가 들린다. 문틈으로 보니 머리는 부엌방석[36] 같고 해끄무레한 얼굴만 없었다면 굴뚝에서 빼놓은 족제비다. 아니, 그보다도 깜장 토시짝 같다. 이 아낙네는 그렇게 가냘프고 키가 작았다. 목소리도 그렇지만 얼른 보기에도 삼십은 넘어 보인나.

"김 선생요? 편찮어 누셨에요."

대번에 뛰어나오지 않는 것을 보고 혹시 자기 집에나 갔는 것

35 웬만하다.

36 재래식 부엌에서 아궁이에 불을 땔 때 깔고 앉는 방석.

을 길이 어긋나서 못 만나보는 게다 하였더니 그래도 집에 있다는 데에 덕기는 반색을 하였다.

"못 나오면 좀 들어가 보아도 좋을까요?"

덕기는 조금 문을 밀치며 이렇게 물었다.

주부는 사나운 꼴을 보이는 것이 부끄러워서 찔끔하면서도 손님의 얼굴을 보려는 듯이 말끔히 내다보다가,

"잠깐 가만히 계서요."

하고 들어가려니까, 안에서 창문 열리는 소리가 나며,

"조 군인가? 들어오게!"

하는 병화의 목쉰 소리가 난다.

덕기는 헛기침을 한 번 하고 들어섰다.

주부는 안방 문을 열면서도 손님을 또 한 번 돌아다보았다. 덕기도 무심하고 마주 쳐다보며 얌전한 아낙네라고 생각하면서 가엾은 생각이 들었다.

'딸은 지금 없나? 어머니가 저럴 제야 딸도 예쁘장하고 얌전하겠다!' 하는 생각을 하면서 병화를 쳐다보고,

"웬일인가? 이태백도 술병 날 때가 있나?"

하고 웃고만 섰다. 마루 꼴하고 운 수 같은 방 안에 들어갈 생각은 아니 났다.

"어서 들어오게. 에 추어!"

하며 병화는 입고 자던 양복 주머니에 손을 찌르고 어깨통을 흔든다. 입고 자던 양복이 아니라 출입벌이고 무어고 단벌이다. 덕기는 먼지가 뿌옇게 앉은 그 양복바지를 비참하다는 눈으로 한참 바라보고 섰다.

“왜 이렇게 얼이 빠져 섰나? 모든 것이 너무 비참한가?”

병화는 막걸리에 결은 사람 같은 거센 목소리로 이런 수작을 하였다.

“나가세…….”

“나가드라도 좀 들어오게. 난 게다가 감기가 들고 허기가 져서 꼼짝할 수 없네.”

병화는 떼를 쓰듯이 이런 소리를 한다.

덕기는 망단하였다.[37] 더구나 안방 영창에 붙은 유리 구멍으로 누가 내다보는 것이 공장에 다닌다는 딸인가 싶어서 호기심도 없지 않았으나 열적은 생각이 들어서 어느 때까지 그대로 섰을 수가 없었다.

“그럼 약이라도 어서 먹어야지!”

덕기는 이런 인사를 하며 껑충 뛰어 툇마루로 올라섰다.

“허기가 져서 죽겠다는데 약은 무슨 팔자에…….”

병화는 일종의 분기를 품은 목소리로 책망하듯이 중얼댄다.

“그러기에 어서 나가자는 밖에! 어서 선술집이구 설렁탕집이구 가세그려.”

하며 방에 들어서 보니 발밑에 닿는 방바닥이 얼음장이다.

이때까지 들쓰고 누웠던 이부자리는 어디가 안이요 어디가 거죽인지 알 수가 없다. 발바닥에서부터 찬 기운이 스며 올라오건마는 퀴퀴한 기름때 냄새 같은 사내 냄새가 코를 찔러서 비위를 뒤흔들어 놓는다.

37 바라던 일이 실패하여 어찌할 바를 모르다.

덕기는 담배를 하나 꺼내 물고 책상 위의 성냥통을 집었다. 책상에는 잡지 권이 되는 대로 허뜨러져 있고 잉크병밖에는 눈에 띄는 것이 없다. 머리맡에는 신문이 헤갈을 하여 있다.

'이런 생활도 있다'고 덕기는 속으로 놀라면서 병화가 가엾은 생각이 들었다. 이런 궁극에 달한 생활을 하면서도 남에게 굽히지 않고 자기 주의를 위하여 싸우는 것이 말하자면 수난자受難者의 굳건한 정신이 있기 때문이려니 하는 동정이 한층 더 깊어졌다.

'나 같으면 하루도 못 배기겠다. 벌써 다시 집으로 기어들어가서 부모의 밥을 먹었을 것이다'고 덕기는 생각하였다.

"안 나가려나?"

또 한 번 재촉을 하여보았다.

"자네 같은 귀골은 일분이 민망할 걸세마는 어쨌든 이리 좀 앉게."

하고 방 주인은 이불을 밀쳐놓고 앉는다. 그러나 덕기는 구중중해서 앉기가 싫었다.

"이는 없네. 이 올릴까 봐서 못 앉겠나?"

그런 중에도 병화는 연해 비꼬는 소리만 한다.

"미친 사람! 그러지 말고 어서 옷을 입게."

"머리가 내둘려서 못 나가겠어. 그런데 오늘 떠나나?"

"사흘 동안 물렸네."

"왜?"

병화는 실망한 낯빛으로 물었다. 이 사람이 오늘 안 떠나면 어제 약조한 돈이 오늘 틀리기 때문이다.

"증조할아버지 제사 지내고 가라고 하셔서."

"자네, 증조부 뵈었나? 코빼기도 못 본 증조부 제사에 자네가 꼭 참례를 해야 제사를 받으시겠다고 천당인지 극락세계에선지 라디오가 왔던가?"

하며 병화가 웃으려니까 덕기도 마주 웃으면서,

"에이 미친 사람!"

하고 눈을 찌푸려 보인다.

"하여간 자네 증조부 덕에 내 일이 낭팰세."

"왜?"

"자네가 어서 떠나야 내 형편이 피지 않나!"

"그렇게 급한가?"

"급하고말고—오늘은 안집에서 그대로 있네. 사람들이 무던해서 내게는 아무 말도 없지만, 그런 눈치기에 이래저래 싸고 드러누워서 실상은 자네 오기만 은근히 기다리고 있었네."

덕기는 무엇보다도 주인집이 가엾었다.

"딸은 공장에도 아니 갔나?"

"간 모양이지만 가면 뭘 하나. 당장 몇 푼이라도 들고 돌아오는 게 아니니까."

"주인 사내는 무얼 하게?"

"놀지! 집안 보탬이라고는 유치장 밥이나 콩밥을 나가 먹어서 한 식구 덜어주는 것 외에는 별수 있나!"

하며 병화도 코웃음을 치고 덕기가 내놓은 담뱃갑에서 담배를 꺼내 붙인다.

"왜? 부랑잔가? 주의잔가?"

덕기는 놀라는 눈치로 묻는다.

"그저 그렇지!"
하고 병화는 말을 돌려서,
"아무것두 가진 것은 없나?"
하고 급한 문제부터 꺼낸다.
"글쎄 아직 노비를 못 타서 많이는 없어두 우선 한 오 원 내놓고 가려던 차일세."
"그럼 됐네. 이리 주게."
병화는 급한 듯이 손을 내민다. 병화는 오 원을 받아 들고 마루로 나가면서 아주머니를 부른다. 안방에서도 마주 나오며 수군수군하다가,
"에구, 손님께 미안해서 어떡허나!"
하는 주부의 얕은 목소리가 두세 번 난다.
덕기는 좋은 일 하였다는 기쁜 생각과 주인에게 대한 자랑도 느꼈지만 처음 목도하는 이 광경이 너무나 참담하여 도리어 송구스러웠다.
"자아, 인젠 나가세."
병화는 이제는 한시름 잊었다는 듯이 화기가 돌면서 부덩부덩[38] 옷을 입고 앞장을 선다. 덕기는 무엇 하나 놓치고 가는 듯이 서운하였다. 생각해보니 이 집에는 또다시 올 일이 없을 텐데 주인이란 사람과 주인 딸이 보고 싶다. 주인보다도 이 집 살림을 혼자 벌어 대고 주의자 사이에서 똑똑하다고 칭찬이 놀랍다는 주인 딸이 까닭없이 호기심을 끌었다. 실상 생각하면 오늘 여기 나온 동기가 딸도

38 팔다리를 내저으며 자꾸 움직임.

좀 보겠다는 몽롱한 호기심이 반은 되었던지도 모른다.

"자네 자당께서는 자네가 여기 있는 걸 아시겠지? 설마 그 꼴을 보시면야 어느 때까지 그대로 내버려두시겠나?"

덕기는 잠자코 걷다가 지금 속생각과는 딴전의 소리를 하였다.

"가만 내버려두지 않으면 어떻게 하겠나마는 우리 어머님도 하느님의 딸이 아닌가!"

하고 병화는 냉소를 한다.

너만 괴로우냐

병화가 자기 모친까지를 비웃는 듯한 빙퉁그러진 소리를 하는 것이 덕기에게는 못마땅한 생각이 들었다.

계모 같으면 그도 모르겠지마는 병화의 모친이 계모가 아닌 것은 번연히 아는 터이다. 중학교 시대에는 병화의 부친이 황해도 지방에 목사로 내려가 있었기 때문에 그 부모를 별로 만나본 적이 없었으나 그래도 졸업 임시에는 한두 번 학교로 찾아온 것을 보았었다. 삼 년 전 일이니 기억에 몽롱하나 그래도 얌전한 시골 아낙네이었던 인상이 남아 있다. 지금은 서울 와서 살기 때문에 덕기의 부친도 병화 부친과 안면은 있는 모양이지마는 중학교를 졸업한 후 덕기는 삼 년이나 경도에 가 있었고 병화는 일 년 뒤떨어져서 동경에 건너갔다가 올가을에—해가 바뀌었으니 작년 가을이다—서울로 돌아왔었기 때문에 두 청년은 그리 자주 만날 기회가 없었더니만큼 피차에 더욱이 덕기는 병화의 부모를 만나볼 새가 없었다. 따라서 그들의 인품은 짐작할 수 없으나 아무려면 같은 서울 안에서 자식이 이렇게 곤궁한 것을 모친까지 모른 척하고 내버려두랴 싶었다. 그건 하여간에 이 두 청년이 졸업 후에 만난 것은 병화가 동경에 갈 적 올 적에 경도에 들른 것과 이번에 와서 만난 것 알라[39] 세 번째요 그럭저럭 상종이 드물었었다.

학교에 있을 때도 그리 자별한 동무는 아니었다. 그러나 피차의 부모가 교회의 교역자라는 것과 또 자기 자신들이 교회에 다니는 점으로써 얼마쯤 서로 친하였던 것이다. 그것도 ××고등보통학교 삼 학년부터는 병화가 덕기를 따라서 △교 예배당으로 올라온 뒤부터이었다. 그러나 이 천진스러워야 할 두 아이들의 교제도 어른들의 버릇으로 친하긴 하면서도 제각기 제 생활을 들추어 보일까 보아 경이원지敬而遠之하는 그러한 친절로써 사귀었던 것이다. 그러던 것이 중학교를 떠난 뒤에 피차에 교회와 멀어지게 되니까 또다시 새로운 친분이 서로 생기게 된 것이었다.

경성제국대학의 법문과에 지원을 하였다가 실패한 병화가 일 년을 부모가 있는 해주로 내려가서 다음 해의 입학 준비를 하여 가시고 일 년을 뒤떨어저서 동경 가는 길에 경도에 들렀을 때 병화는 덕기더러 이런 소리를 하였다.

"아버니께서는 동지사(경도에 있는 대학이다) 신학부에 들어가거나 거기서도 안 되거든 동경으로 가서라도 신학을 공부하라고 하시기에 녜에 녜에 하고 떠나오긴 했지만 난 죽어도 목사

39 '얼러'를 말하는 것으로 '~을 포함하여'의 뜻이다.

노릇은 아니할 텔세. 목사는커녕 실상 내 짐 속에는 바이블(성경책)도 없네."

이 말을 들을 때 덕기는 친구의 말에 놀라기보다는 내심으로 반색을 하였었다. 종교 생활에 대하여 병화처럼 노골적으로 대담히 반기를 들 수 없이 머뭇머뭇하고 있던 차에 옛 동무—더구나 같은 처지에 놓인 교회 동무가 이러한 말을 할 제 동감되지 않을 수가 없었다.

"허지만 그렇다면 당장 학비가 오지 않을 게 아닌가? 더구나 자네 아버지께서는 어떻게 그렇게 해서 입학만 되면 교회 속에서 학비라도 끌어내실 작정이실지도 모르지?……"

병화의 집이 그리 넉넉지 않은 것을 아는 덕기는 그때부터 이러한 염려까지 하였던 것이다.

"그야 내가 자네보다 더 생각했지! 허지만 몇 해 동안 학비 얻어 쓰자고 자기를 팔 수 있나?—자기의 신념을 팔 수야 있나? 만일 신앙을 잃고서 그 잃은 신앙의 내용을 공부한다면 그건 대관절 무엇인가? 예수를 팔아먹는 것이 아닌가? 나더러 유태가 되란 말이 아닌가? 유태보다도 송장 빼놓고 장사 지내는 걸세그려! 죽은 자식의 수의는 지을지언정 파묻은 자식의 설빔을 짓는 사람은 없겠네그려? 여보게, 사리가 그렇지 않은가?"

그때에 병화는 이렇게 떠벌려놓으며 기고만장이었다.

"여보게, 세상은 움직이네. 가령 종로 바닥에 자선냄비를 걸어놓고 기도를 올리는데 사대문 바람에 이리 휩쓸리고 저리 휩쓸리는 거지 깍정이가 돈 지키는 사람이 조으는 줄 알고 그 자선냄비에서 동전 한 푼을 훔치다가 들킬 때 자네는 그 거지를 붙들어

때리고 절도범으로 옭아 넣겠나? 혹은 회개하고 부활하라고 기도를 또 한 번 하겠나? 우선 그것만 말하게!…… 여보게, 세상은 움직이고 앞에서는 거지가 훔치네! 그리고 자네나 내나—아니 자네 부친이나 우리 아버지나 그 자선냄비를 털외투를 입고 나서서 지키고 섰어야 옳을 건가?"

그때 병화는 입에 거품을 품고 팔짓을 해가며 이러한 열변도 토하였던 것이다. 그는 때를 기다리고 있었던 것처럼 중학교를 졸업하자 사상이 돌변하였고 또 첫 서슬이니만치 유치는 하였어도 순진하고 열렬하였었다. 그 병화를 지금 앞을 세우고 석다리(서대문 밖)를 지나 내려오며 덕기는 그 뒤의 병화의 생활과 지금 생활을 곰곰이 생각하여본다.

—그렇게 하고 동경으로 간 병화는 와세다 전문부의 정경과에 이름을 걸어놓고 한 학기쯤 다녔으나 부친이 학비를 보낼 리가 없었다. 애초에 경성제대의 법문과에 입학하려는 것을 허락하였던 부친이니 제대로 내버려두고 아무리 어려운 중에라도 뒤를 대어주었다면 모든 일이 순편하였을지 몰랐으나 두 고집이 맞장구를 쳐서 학비는 끊어지고 말았었다.

거기에는 물론 병화의 노골적으로 반항하는 편지를 한 탓도 있었다. 제 사상이 변했더라도 어름어름 부친의 비위를 맞춰나갔다면 좋았겠지마는 변통성 없는 어린 마음에 곧이곧솔로[40] 나갔던 것이다.

그러나 굶으며 먹으며 동경 바닥에서 일 년간 뒹구는 동안에

40 곧이곧대로.

는 생활이 그러니만치 사상이나 기분이 더욱 과격하여졌었다. 부친과의 거리가 천리만리 떨어진 것은 말할 것도 없고, 할 수 없이 경도까지 노자를 만들어가지고 덕기에게 귀국을 시켜달라고 왔을 때 덕기도 자기와도 사상으로 거리가 여간 멀어지지 않은 것을 보고 놀랐었다.

집에 돌아와서는 두 달도 못 되어서 부친과 충돌이 생겼다. 밥상 받고 기도 아니하는 데서부터 충돌이 생겼던 것이다. 아비 말 안 듣고 신앙도 빠뜨리고 다니는 자식은 어서 뒈져버리든지 나가버리든지 하라고 야단을 친 것이었다.

"죽기는 싫으니까 나는 나갑니다."

하고 덮어놓고 나왔던 것이다.

"여보게, 그러지 말고 그때 얌전히 신학교에나 들어갔었더면 좋지 않았겠나!"

덕기는 혼자 생각에 팔려서 걷다가 밑도 끝도 없는 말을 불쑥 내놓으며 웃었다.

"무어? 뭐?"

병화는 마주치는 찬 바람에 눈물이 글썽하여진 눈을 안경 속에서 번득거리며 불쾌한 듯이 묻는다. 자기의 처지가 이 사람에게 가엾이 보여서 이런 소리를 듣는구나—하는 생각을 하니 조금 아까 오 원 받던 것까지 손에 쥐었으면 내던지고 싶을 만치 불쾌한 것을 참았다.

"아니, 자네 뒷머리를 늘인 것을 보니 경도에서 만났을 제 생각이 별안간 나네그려……."

하며 덕기는 일부러 웃었다. 무어라나 들어보고 싶고 골을 내고 덤비는 것이 우스워서 짓궂이, 깐깐히 말을 만드는 것이었다.

"그래 어쨌단 말인가?"

병화는 점점 시비조다.

"그렇게 골을 낼 게 아니라 그랬더면 지금쯤은 편안히 자선냄비를 지키고 섰을 것이란 말일세. 하하하."

하고 덕기는 또 웃었다. 덕기는 물론 그때에 병화의 말을 되풀이하여 목사가 되었다면 좋지 않았느냐는 말이었으나 병화 귀에는 몹시 거슬렸다.

"자네의 그 오 원은 자선냄비에서 훔친 것은 아닐세. 언제든지 갚음세!"

병화는 이런 소리를 내던지고 홱 돌아서서 인사도 없이 가버린다. 덕기는 웃으면서 바라보다가 잠자코 따라섰다.

"어린애처럼 왜 그러나?"

"머리가 아파서 난 들어가 누워야 하겠네."

병화는 여전히 걷는다.

"내가 공연한 소리를 해서 잘못되었네. 허지만 그까진 돈 말은 끄내지 말게. 내가 아무러면 그따위 소견으로 그렇겠나. 다만 자네가 좀 돌려 생각을 하고 머리를 숙이고 집으로 들어가게 했으면 좋겠다는 생각으로 그러는 걸세."

덕기가 손을 붙들고 달래니까, 병화도 하는 수 없이 멈칫 선다.

"어쨌든 자네와 언제까지 이대로 교제해나가기는 어려울 것 같으이. 자네가 내게로 한 걸음 다가오거나 내가 자네게로 한 걸음 양보를 하지 않으면…… 그러나 피차에 어려운 일이요 이대로 나간다면 무의미할 뿐 아니라 공연히 자네게 신세만 지는 셈쯤 될 거니까."

병화는 종래의 교분으로 현상유지를 해오기는 하나 돈 있는 친구와 사귀기가 어려운 것을 생각하고 친구의 교의도 아주 청산을 해버리겠다는 불끈한 생각이 들었던 것이다.

"나도 그런 생각이 없는 것은 아닐세마는 하여간 가세. 어디든지 들어가서 천천히 이야기나 하고 헤지세그려."

하며 덕기는 붙들고 발길을 돌렸다. 병화도 잠자코 돌아섰다. 다시 감영 앞까지 와서 저녁 먹을 데를 찾다가 남대문 편으로 그대로 내려서서 일본 국숫집 앞까지 왔다. 쌀쌀한 저녁 바람이 어두워가는 길거리를 휩쓸었다. 전등불이 환한 문 안으로 덕기가 앞장을 서 들어가려니까 두어 걸음 뒤떨어졌던 병화가 들어오려다 말고 또 돌쳐나간다. 덕기는 이 사람이 또 그래도 객기를 부리나 하고 따라 나가보니 병화는 문밖에서 남대문 편을 바라보고 섰다. 한 칸통[41] 앞에서는 흰 저고리에 검정 치마를 입은 색시 하나가 목도리를 오그려 두 볼을 가리고 총총걸음을 걸어온다. 병화는 이 여자를 기다리고 섰는 모양이다.

머리는 틀어 올렸으나 열예닐곱쯤 되어 뵈는 어린 아가씨다. 덕기는 병화의 하숙집 딸이군 하고 직각하였다.

"선생님, 여기 웬일이세요?"

하며, 덕기를 바라보는 필순이도 그 학생이 누구인 것을 대번에 짐작하자 부끄러운 듯이 외면을 하고 잠깐 멈칫하다가 그대로 지나치려 한다.

41 집의 몇 칸쯤 되는 넓이의 단위.

"춥지?……"

병화는 인사로 한마디 하고 무슨 말을 걸려니까 덕기가 다가서며 귀에다 대고,

"추운데 잠깐 녹여 가랬으면 어때?"

하고 수군거린다. 실상은 병화도 그러고 싶은 생각은 있으나 모르는 남자와 음식집에 끌고 들어가기가 안되었을 뿐 아니라, 당자도 들을 것 같지도 않고, 지금 막 말다툼을 한 끝이라 그렇게 하고 싶지도 않았다. 그러나 덕기의 말이 퍽 간절하고 또 아침도 변변히 먹지 못하고 갔을 텐데 이 쌀쌀한 날 용산서 걸어 들어오는 것을 생각하면 무어나 먹여 보냈으면 하는 생각이 역시 간절하였다. 그뿐 아니라 자기 친구의 사진들을 구경시키다가 덕기 사진을 보고 칭찬을 할 때 언제든지 놀러 오면 인사시켜 주마고 실없는 소리도 한 일이 있던 것을 생각하면 당자도 좋아할지 몰랐다.

병화는 그래도 주저주저하며 뒤만 바라보다가 몇 발자국 쫓아가며,

"필순이, 이리 좀 와."

하고 불렀나.

"왜요?"

하고 싹 돌아선다.

"글쎄 이리 좀 와."

필순이는 느럭느럭 다가온다.

"춥지? 그 먼 데를 걸어오게 다리도 아플 테니 나하고 잠깐만 쉬어서 같이 가."

"싫여요."
하고 한 칸통이나 떨어져 섰는 덕기를 바라본다.

"상관없어. 그때 왜 내가 말하던 친구인데 잠깐 이야기하고 갈 게니 같이 들어가서 불이나 쪼이고 가요."
하고 병화는 덮어놓고 끈다.

필순이는 좀 망단하였다. 병화의 친구들이 오면 같이 앉아 놀기도 하고 또 병화의 친구는 대개 자기 부친의 친구이어서 모두 통내외하고 무관히 지내니까 다른 때 같으면 조금도 꺼릴 것 없으나 저 사람이 부잣집 아들 조덕기거니 하는 생각이 앞을 서서 어쩐지 제 꼴사나운 게 부끄럽고 더구나 음식집에 끌려 들어가는 것이 구칙칙한 듯하여 창피스러웠다. 배 속이 비었을수록에 더 그런 생각이 들어서 용기가 아니 났다.

"상관없어! 요릿집도 아니요 일본 소바(국수)집인데 불만 쬐고라도 가요."
하고 병화는 잡담 제하고 앞장을 세우고 들어갔다. 필순이도 하는 수 없이 끌려 들어갔다.

먼저 들어와서 난로 앞에 섰던 덕기는 반색을 하면서 자리를 비켜섰다. 세 사람은 난로를 옹위해 섰다.

"자아, 이 친구는 조덕기라는 모던보이, 이 아가씨는 고무공장에 다니시는 이필순 양—조 군이 불량소년 같으면 이렇게 소개를 할 리가 없지만 그래도 불량은 아니니까 이런 영광을 베푸는 걸세."

병화는 아까 불뚝 심사를 부리던 것은 잊어버린 듯이 너털웃음을 내놓았다.

두 남녀는 웃으면서 고개를 숙여 보였으나 필순이는 얼굴이 발개지며 난로 연통 뒤로 얼굴을 감추어버렸다.

덕기의 눈에는 필순이가 미인으로 보였다. 아직 자세히 뜯어볼 수는 없으나 밝은 데서 보니 나이는 들어 보이면서도 상글상글한 앳된 티가 귀여운 인상을 주었다.

옷 입은 것도 얄팍한 옥양목 저고리 하나만 입은 것이 추워 보이기는 하나 깨끗하고 깜장 세루치마 밑에 내다보이는 버선 등도 더럽지는 않다. 공장에 다니는 계집애들이 구두 모양을 내고 인조견으로 울긋불긋하게 차린 것에 비하면 얼마나 조용하고도 수수한지 몰랐다.

테이블로 와서들 앉으니까 필순이는 손에 들었던 조그만 보따리를 무릎 위에 가만히 숨기듯이 내려놓았다. 벤또[42]갑이 뗑그렁 소리를 낼까 보아서 조심하는 것이다. 병화는 그 벤또 그릇을 보고 아침은 못 먹었는데 어제 저녁밥을 싸두었다가 가지고 갔는가 하는 생각을 하니 가엾은 증이 났다.

덕기가 음식을 시키려니까 병화가 필순이 몫은 닭고기 얹은 밥을 시키라고 하였다. 그러나 필순이는 자기만 밥을 먹이려는 것은 굶은 줄 알고 그러는 것 같아서 얼굴이 빨개지며 싫다고 굳이 사양하였다.

우선 국수가 나오고 술이 벌어졌다. 구수한 국수 냄새에 비위가 당기기도 하나 지금쯤 집에서는 밥이나 지었나? 그대로들 앉으셨나? 하는 조바심에 필순이는 젓가락을 들기가 어려웠다. 그

42 일본어로 '도시락'을 뜻함.

뿐 아니라 걸신들린 사람처럼 허겁지겁을 해 먹는 것같이나 보일까 보아서 머뭇거리기만 하고 앉았다.

"집엔 걱정 없어! 내가 어떻게 해놓았으니까 염려 말고 어서 먹어요."

병화가 툭 터놓고 이런 소리를 한다. 필순이는 이 말에 안심은 되었으나 병화가 떠드는 게 또 창피스럽기도 하였다.

부친과 병화 들의 감화를 받아서 구차[43]라는 것을 창피한 것, 부끄러운 일이라고는 생각지 않으나 집안 이야길랑은 여기 들어오기 전에라도 하여주든지 스스러운[44] 사람 앞이니 잠자코 있어주었으면 좋을 것을 기탄없이 탕탕 말하는 것이 듣기 싫었다.

'잔칫집에 데리고 다녔으면 똑 좋을 사람이다!'

필순이는 이런 생각을 하면서 점점 더 자리가 불편하여 그대로 가버리는 것을 공연히 들어왔다고 후회를 하였다.

그러나 그건 고사하고 돈이 변통되었으면 쌀, 나무를 사들여오고 할 사람이 없는데 어쩌나? 아버지는 단벌 두루마기를 빨아 입느라고 어제부터 갇혀 들어앉았는 터이요…… 어머니가 두루마기를 오늘 다아 지셨을까?…… 이러한 자질구레한 걱정을 하노라니 날은 추운데 모친이 혼자 쩔쩔매는 양이 눈에 선히 보이는 것 같아서 좀이 쑤시고 곧 일어나고만 싶었다.

그러다가 문득 그 돈이 어디서 생겼을까 하는 생각이 날 제 눈이 번쩍 띄는 것 같고 얼굴이 확확 달아올라왔다. 사실 찬 바람을 쐬다가 더운 데 들어오기는 하였지마는.

43 살림이 몹시 가난함.
44 조심스럽다.

"어서 자시지요. 우리 집에 한번 놀라 오세요. 내 누이하고 사괴노세요. 올에 열일곱, 아니 양력설을 쉬었으니까 열여덟이 되었습니다."

덕기가 비로소 이런 말을 붙였다.

필순이는 덕기의 말이 귀에 들어오는 둥 마는 둥 하였으나 고개만 꼬박해 보였다. 속으로는 여전히 딴생각—필시 돈이 덕기에게서 나온 것이리라, 덕기가 오늘 찾아왔다가 밥 못 지은 것을 보고 돈을 내놓고 종일 굶어 누운 김 선생을 끌고 나온 것이리라—하는 생각에 팔려서 앉았었다.

"참 어서 식기 전에 먹어요."

병화도 뜨거운 국수를 걸쌈스럽게[45] 쭈룩쭈룩 먹다가 이렇게 권하고 나서,

"참, 자네 누이가 벌써 그렇게 컸나? 꼭 동갑세로군! R학교 고등과에 다니지?"

"응, 인제 사 년급 되는군."

"허지만 자네 누이와 교제는 안 될걸! 나는 자네를 감화를 시킬 자신이 있어도 여자란 암만해두 마음이 약해서 그런 부르주아의 온실 속에서 자란 귀한 따님하고 놀면 허영심만 늘어가고 못쓰지!"

필순이가 부잣집 딸과 사귀면 마음이 변해갈 것을 염려해 하는 말이나 덕기는 듣기 싫었다.

"부르주아란 우리가 무슨 부르주아란 말인가? 일본 정도로만

45 먹음새가 탐스러운 데가 있다.

본대도 중산 계급도 못 되는 셈일세. 그는 하여간 내 누이가 그런 요새 계집애는 아닐세."

덕기는 심사 틀리는 것을 참고 조용히 이런 변명을 하였다. 필순이는 병화가 너무 사리는 것 없이 남 듣기 싫은 소리를 텅텅 하는 것이라든지 자기가 아무러면 그런 허영심 많은 사람이랴 하는 마음이 들어서 못마땅하였다.

"자, 어서 좀 같이 드십시다요. 시간이 늦으면 댁에서 궁금해 하실 텐데 외려 미안합니다."

덕기가 또 이렇게 권하는 바람에 필순이는 겨우 저를 들었다.

그러지 않아도 늦어져서 애가 씌는데 그런 사정까지 보아주는 남자의 다심한 인사가 필순이에게는 고마웠다.

병화는 필순이의 몹시 수줍어하는 것이 못마땅하였다. 다른 남자에게는 아무리 초대면이라도 할 말은 또랑또랑하게 하고 과똑똑이란 별명을 들을 만큼 매섭게 굴던 사람이 오늘에 한하여 덕기의 앞이라고 별안간 꼭 들어앉았던 구식 처녀처럼 몸 둘 곳을 몰라하는 양이 보기 싫었다.

'돈 있는 남자라니까?—조촐한 미남자이니까?……'

병화는 공연히 소개를 하지나 않았나? 하는 엷은 후회도 났다. 결코 질투심은 아니다. 어린애 마음을 뒤숭숭하게 만들어놓거나 모처럼 공들여서 길러가는 사상의 토대가 흔들려서는 안 되니까 걱정이 된다고 병화는 자기의 심중을 홀로 살펴보며 스스로 변명을 하였다.

필순이는 그래도 '덴뿌라 우동' 한 그릇을 그럭저럭 다 먹었다. 저를 짓고 가만히 입가를 씻은 뒤에 병화를 보고 먼저 가겠다고 소곤소곤한다.

덕기는 무엇을 더 먹여 보내려 하였으나 병화가 늦기 전에 보내야 한다 하여 두 청년은 문간까지 필순이를 배웅하여 내보냈다.

"공부라도 좀 시켰더면 좋을 것을 똑똑한데!"

하며 덕기는 진심으로 가엾이 생각하고 진심으로 칭찬하였다.

"정 그렇거든 자네가 공부나 시켜주게그려."

"당자가 그럴 생각만 있으면 그리 어려울 것도 없지. 화개동 집에 가서 있으면 누이도 혼자 적적해하는데 마침 좋고 아무러면 학교 뒷배야 하나 못 보아주겠나."

병화는 실없이 한 말인데 덕기는 진담이다.

"날 좀 그렇게 시켜주게그려. 나는 사내니까 안 되겠나?"

하고 병화는 비꼬아보다가,

"돈 있는 놈이 여학교 공부시키는 것은 알조 아닌가? 자네두 자네 부인 하나에만은 만족을 못 하겠나 보이마는 그 애가 첫눈에 그렇게 드나? 허허허……."

하고 또 듣기 싫은 소리를 한다.

"어디까지든지 나를 그렇게 모욕을 주어야 시원하겠나?"

덕기는 불쾌히 대거리를 하다가,

"허지만 자네두 우리 아버지와 타협을 하겠거든 방 하나 치우라 하고 가서 있게그려."

하며 웃어버린다.

"고만두게. 자네 부친하고 타협하려면야 우리 부친하고 벌써 타협했게!"

하고 병화는 머리가 그저 내둘린다고 고쁘를 가져다가 또 고쁘찜을 한다.

"이렇게 먹고 내일 또 머리가 내둘린다고 또 먹어야 할 테니 언제 맑은 정신이 들어보나?"

덕기는 딱한 듯이 친구의 술잔을 바라보다가,

"그러지 말고 그야말로 타협을 하고 댁으로 들어가게. 언제까지 이런 방랑 생활을 하고서 무슨 일이 되겠나?"

하며 진담으로 권고를 하여보았다.

"타협? 요컨대 아버지와 타협이 아니라 밥하고 타협하고 밥을 옹호하는—부르주아지의 파수 병정하고 타협을 하라는 말이지?"

"부자간에 그런 이론을 세워서 담을 쌓는다는 게 말이 되는 수작인가? 타협이 아니라 인륜으로 생각하면 어떤가?"

"하여간에 자기의 직업적 신앙에 따라오지 않고 입내를 내지[46] 않는다고 내쫓는 부모면야 자식이 부모의 소유물이나 노예가 아닌 이상 자식도 제 생활이 있는 이상 어찌하는 수 없지 않은가?"

병화는 취기와 함께 점점 열변이 되어간다.

"그는 하여간에 부자간 윤기[47]라는 것이야 어찌하는 수 없지 않은가? 거기에는 타협이니 자기 생활이니 하는 문제가 애초에 붙을 리가 있나!"

덕기는 자기가 꺼내놓은 타협이란 말을 병화가 부자간 관계를 두고 한 말인 줄 오해할까 보아 또 한 번 따졌다.

"그따위 소리 인젠 집어치우세. 자네는 자네 길로 가고 난 내 길로 가면 그만 아닌가."

46 소리와 말로 흉내를 내다.
47 윤리와 기강紀綱을 아울러 이르는 말.

병화는 내던지는 소리를 한다.

"자네는 아까도 곧 절교라도 할 듯이 날뛰데마는 나 같은 놈도 실상은 있어 필요할 걸세."

덕기도 냉연한 어조다.

"무엇에? 응! 가끔 돈푼 구걸해 쓰니까?……"

"흥, 그것두 말이라구 하나?"
하고 덕기는 쏘아본다.

"하여간 정말 우정에는 이용이란 것은 없네. 더구나 동지애면야!"

병화는 무슨 생각에 팔려 앉았다가 한마디 내놓는다.

"소위 동지애—동지의 우정이란 점으로는 자네게 불만일지 모르네마는 어쨌든 자네만이 괴로운 것은 아닐세……."

덕기도 침울한 표정이었다.

"그런 건 부르주아의 호사스러운 고통—호강스러운 센티멘털이겠지."

병화는 또 비꼰다.

"자네 같은 사람의 눈에는 그렇게 보일지 모르지만 우선 우리 집안—삼대가 사는 우리 집안 속을 모르니까 그런 소리를 하는 걸세……."

"그러니까 자네가 할아버지나 아버지께 타협할 수 있듯이 나더러도 타협 타협 하네그려? 그야 상속 받을 것도 있으니까!"
하고 병화는 또 시달려준다.

덕기는 잠자코 일어나서 셈을 한다.

새 누이동생

덕기는 낮에 조부 몰래 빠져나와 총독부 도서관에 들어가 앉아서 반나절을 보냈다. 급히 참고하여야 할 것이 있는 것은 아니나 어디서 시간 보낼 데가 없기 때문이다. 제삿날 집에 들어앉았으면 영감님이 안방으로 드나들며 잔소리하는 것도 듣기 싫고 안에서는 여편네들이 법석들을 하는 통에 부쩝[48]을 할 수 없는데다가 생전 붙잡아보지 못하던 모필로 조부 앞에 꿇어앉아서 축문을 쓰기도 싫고 제물을 고여 올리는 데 시중을 들기도 싫었다. 하여간에 오늘은 조부의 분부가 내리기 전에 일찌감치 빠져나왔다가 어둡거든 들어가자는 것이었다. 덕기는 전깃불이 들어오기 전에 도서관에서 나와서 어디 가 차나 먹을까 하고 진고개로 향하였다. 병화 생각도 나기는 하였지만 병화를 끌면 또 술을 먹게 되고 게다가 사람을 꼬집는 그 찡얼대는 소리가 머릿살도 아파서 혼자 조용히 돌아다니는 편이 좋았다. 우선 책사에 들어가서 책을 뒤지다가 잡지 두어 권을 사 들고 나와서 복작대는 거리를 예서 제서 흘러나오는 축음기 소리를 들어가며 올라갔다.

일전에 병화와 갔던 바커스 생각이 났다. 경애가 여전히 잘 있나? 하는 생각도 떠오른다. 그동안 며칠이 퍽 오래된 것 같기도 하고 그날 저녁 일이 먼 날 꾸었던 꿈같이 기억에 흐릿하기도 하다. 떠나가기 전에 한 번 더 가서 경애를 만나보고 자세한 사정이나 물어보고 가려는 생각이 없지 않았고, 또 그저께 저녁에 병화

48 '부접附接'을 강조하는 말. 가까이 접근함.

와 새문 밖 소바집에서 나와서 끌고 그리 가볼까 하는 생각도 하였으나 병화를 데리고 가면 조용히 이야기가 되지 못할 것이요 공연히 부친의 감추어진 허물까지 병화에게 알리게 될 것이 싫어서 언제든지 가면 혼자 가보리라 하는 생각이었었다. 그러나 좀처럼 갈 용기가 아니 났다. 진고개로 향할 때부터 몽롱히 그런 생각이 아니 나는 것은 아니었으나,

'하지만 거기에는 술뿐이요, 밥이 없어…….'

바커스가 가까워오니까 덕기는 이런 생각을 하고 그만두어 버리겠다고 생각을 하였다. 그러나 그것은 안 가려는 핑계에 지나지 않았다.

'지금 못 가면 못 가보고 떠나는 게다. 그동안에—봄방학에 다시 귀국할 동안에, 또 어디로 불려 갈지 모르니까 결국 다시는 영영 못 만날지 모른다…….'

이렇게 생각하면 그래도 그대로 가버리는 것이 섭섭하고 인사가 아닐 것 같기도 하다.

'하지만 내가 안 찾아가 본다고 인사가 아닐 것이야 무어 있나! 자기네들이 해결할 문제면 자기네들이 해결할 것이요 또 벌써 해결되었으면 고만 아닌가…….'

이렇게 내던지는 생각으로 단념해버리려고도 하였다.

그러나 딸—누이가 살았다면 문제가 그렇게 간단할 것도 같지 않다.

'간단치 않으면 또 어떻게 하나? 간단치 않을수록에 내 힘으로는 해결하기 어려운 일이요 자기네들도 그만 생각들이야 있겠지!…… 그러나 한 핏줄이다!…… 부모가 다아 세상을 떠난다면

그 애는 누가 거두나?'

덕기는 머릿속이 띵하였다. 부모들의 일이니만치 또 게다가 경애란 사람이 단순히 서모이었던 사람이 아니라 자기와는 어렸을 때 동무이니만치 모든 일이 거북하다. 덕기의 성질이 무뚝뚝하게 무어나 딱 끊어버리는 사람 같으면 아무 일 없지만 그렇지도 않은 성미다. 너무 다심하고 다감하니만치 무엇을 보거나 듣고는 혼자 께름해하는 것이다.

'어쨌든 차나 먹어가며 좀 더 생각을 해보고 가든 마든 하자'는 생각을 하며 찻집을 고르며 천천히 걷는다.

"어디 가요?"

진고개 복작대는 길바닥이라 뒤에서 이런 여자의 목소리가 들린 법하나 덕기는 그대로 걷는다.

"나 좀 봐요!"

바로 뒤에서 같은 목소리가 난다. 덕기는 귀가 번쩍하며 휙 돌아다보았다.

경애가 딱 섰다!

웃지도 않는 얼굴로 누구를 나무라는 사람처럼 눈을 똥그랗게 뜨고 마주 바라본다.

덕기는 마침 이렇게 만난 것이 신기도 하고 놀랍기도 하다.

"어디 가슈?"

경애는 그제서야 조금 상글해 보인다.

"좋은 찻집은 없나 하구 찾는 중인데……."

하고 덕기도 의미 없이 웃어 보인다.

"그런데 왜 그저 안 떠났소?"

"내일 떠날 텐데……."

덕기는 말끝을 어떻게 아물려야 좋을지 몰라서 어름어름한다. 깍듯이 공대도 하기 싫고 반말도 하기 어려운 터이다.

"내가 바쁘지만 않으면 어디든지 같이 가서 이야기라도 좀 하겠지만……."

하며 경애는 눈을 말똥히 뜨고 무슨 생각을 한다.

"그리 늦지도 않았는데 잠깐 근처에서 저녁이나 먹읍시다그려. 그러지 않아도 좀 다시 한 번 들러볼까 하였던 터인데……."

"이야기할 것도 별로 없지만, 아이가 감기로 대단해서 지금 가는 길인데……."

"어디루든지 잠깐 갑시다."

'아이'라는 말에 덕기는 더욱이 붙들어 물어보고 싶었다.

"그럼 잠깐만……."

하고 경애는 따라섰다.

덕기는 나란히 서서 걸으면서 이전 경애와 지금 경애를 비교해보았다. 벌써 오 년 만에 비로소 만났건마는 얼굴은 조금도 상한 데가 없어 보이고 키도 그때보다 더 컸을 것 같지도 않다. 다만 얼굴 표정과 몸 가지는 것, 수작 붙이는 것이 달라졌을 뿐이다.

'이 여자가 바커스 같은 그런 조그만 술집의 고용살이꾼이라고 누가 곧이들을꾸?'

덕기는 경애의 양장한 모양을 보고 혼자 생각을 하였다. 속에다가는 무엇을 입었는지 어스름한 속에서 보이지 않으나 위에 들쓴 짙은 등황색 외투와 감숭한[49] 모자와 서슬 있는 에나멜 뾰족구두로 보아서 어디 무도장이나 무대에 내놓아도 빠지지 않을 만한 차림차리다.

"아이는 지금 어디 있는데 대단치는 않으우?"

한참 만에 덕기가 입을 벌렸다.

"창골 어머니한테. 그런데 돌림감기인지 벌써 사흘째나 되는데 점점 더해가나 봐—뒈질 거면 어서 뒈져버려두 좋겠지만."

경애는 이런 소리를 하고 입을 뾰족 내민다.

다른 데는 번화할 것 같아서 역시 일본 국숫집으로 데리고 들어갔다.

할 말이 많을 것 같으나 막상 마주 앉고 보니, 할 말이 없었다.

"다들 안녕하슈?"

경애가 먼저 입을 벌렸다.

"예에."

"아버지께서는 여전히 '아아멘' 하시구?"

경애는 모멸하는 냉소를 띤다.

"그렇지요."

덕기도 열적은 웃음을 띠었다. 부친의 말이 나오는 것은 괴로웠다.

경애는 저녁을 먹고 나왔다고 아무것도 먹지 않았다. 덕기도 한편이 가만히 앉았으니 먹고 싶지 않아서 국수 한 그릇만 시켰다.

"지금 있는 데는 어떻게 간 거요?"

덕기는 우선 궁금한 것을 묻기 시작하였다.

"왜요?"

49 드물게 난 잔털이 거무스름하다.

하고 경애는 웃기만 하다가,

"그 주인 여편네가 내 동무지요. 그래서 첫 솜씨고 하니 같이 해보자고 끌어서 심심하기에 그대로 가본 것인데 재미있어요."
하고 살짝 웃는다.

덕기는 더 캐어묻기도 어려웠다.

"그 애 몇 살 되었소? 계집애던가……."

"인제 다섯 살이라우. 허지만 아들이었다면 더 성이 가셨을 게야."

부끄러워하는 기색도 없이 이렇게 대답을 하다가,

"그 애야말로 예수—계집애 예수지."
하고 또 냉소를 한다.

"왜요?"

"애비 없는 아이니까 말요."

"왜?"

"호적이나 했다구? 예수교인—목사님은 그런 딸은 소용없고 조씨 댁의 가문을 더럽히니까 으레 그럴 것 아니요."

밸듯이 이런 소리를 할 때 경애의 얼굴에는 살기가 잠깐 떴다 꺼진다.

덕기는 삼사코 국수만 쫓겨 가는 듯이 먹고 일어섰다.

"길은 좀 외지지만 한번 안 가보시려우? 지금 와서야 어린 게 불쌍하니 어쩌니 하고 싶지도 않지만 어쨌든……."

경애는 소바집에서 나와서 진고개 길을 같이 내려오며 이런 소리를 꺼냈다.

경애가 '어쨌든……' 하고 말끝을 흐려버리는 것은 '어쨌든 한 핏줄이 아니냐'고 하고 싶었으나 차마 입에서 나오지를 않았던 것이다.

덕기도 말눈치를 못 알아들은 것은 아니나 가자고 선뜻 대답은 아니하였다.

처음부터 모른 척해버리거나 자란 뒤에는 몰라도 앓는 아이를 일부러 찾아가 볼 필요는 없을 것같이도 생각이 들었다. 찾아가 볼 성의—성의라느니보다도 애정이나 의리가 있다면 그것은 부친의 일이다. 쥐뿔 나게 자기가 튀어 나설 막幕이 아닐 상도 싶었다.

'대관절 아버지는 어떤 생각이시고 얼만한 정도의 책임감을 느끼시는 건가? 그는 그렇다 하고 민적을 안 해주면 그 애는 자라서 어떻게 되라는 셈인고!……'

이런 생각을 하니 경애가 가엾고 보지 못한 이복동생이 불쌍하지 않은 것도 아니다. 그리고 이 두 모녀가 가엾으면 가엾을수록 부친이 또 못마땅하였다.

"내가 어째서 그렇게 되었든지 또는 어째서 지금 이렇게 되고 말았는지 그건 혹시 덕기 씨도 알지 모르지만 알면 알고 모르면 모르는 대로 내버려 두고 내게 물을 것도 못 될 거요, 또 내가 말을 내놓고 시비를 따지고 싶지 않지만 어쨌든 그 애나 한번 가서 만나보아 주시구려. 가만히 생각하면 그 역시 쓸데없는 일이요, 덕기 씨로서는 성이 가신 군일이겠지만 그래도 그 애 쪽으로는 일 년 열두 달 한번 들여다보는 사람도 없으니까 아모리 어린 것일지라도 너무 가엾어서……."

경애의 말은 의외로 감상적이었다.

'이 여자도 역시 보통 여성, 가정적 어머니로구나!'

덕기는 이런 생각을 하면서 가자고 응낙을 하였다.

"내 처지는 실상 생각하면 매우 우스꽝스럽게 난처는 허지만 그 애를 생각하면 가보는 것도 옳은지 모르고…… 또 더구나 아버지께서 그대로 내버려두신다면—그리고 역시 조가로 태어난 다음에는 십 년 후, 이십 년 후에 아무도 돌볼 사람이 아주 없어진다면 나마자 시치미를 뗄 수도 없지 않소. 이왕이면 잘 길러놓아야지 어리뻥뻥하게 내버려두었다가 사람을 버려놓는다든지 한 뒤에 거둔댔자 꼴만 안될 것이요……."

덕기는 말하기가 퍽 거북한 듯이 떠듬떠듬 이런 소리를 해 들려주었다. 조가의 집 가문 더럽히지 않게 주의하라는 다짐이다.

경애는 찬찬히 걸으면서 귀만 기울이고 아무 대꾸도 아니하였다. 어쨌든 그만치라도 생각해주는 것이 나이 보아서는 숙성하고 고맙기도 하였다. 그뿐 아니라 사실 말하자면 너 아버지 대신에 너라도 맡아 가거라 하는 생각이 있어서 데리고 가서 보이려던 것인데 이편이 꺼내기 전에 저편에서 그만큼 생각하고 있는 것은 반가웠다.

'어쨌든 한번 만나뵈어 놓고 자주 찾아다니게 하면 그러는 동안에는 버리지는 못하게 되는 게다!'

이런 생삭도 경애는 하는 것이다.

경애의 집은 북미창정 쑥 들어가서였다. 덕기는 처음 오는 길이라 다시 찾아 나가기도 어려울 만큼 구석지다.

"약이나 좀 지어가지고 왔니?"

모친은 기다렸다는 듯이 내달으며 소리를 치다가 덕기가 뒤에 섰는 것을 보고 물끄러미 내려다본다.

집은 비교적 오뚝한 얌전한 기와집이라 전등을 환히 켠 마루

안을 들여다보아도 살림이 군색치는 않은 것을 알 수 있다.

'누구하고 사나? 아버지가 차려준 것일까?'

이런 생각을 하면서 덕기는 마루 위로 뒤따라 올라섰다.

누웠던 어린아이는 엄마를 보고 금시로 켕켕거린다. 하루에 한 번씩 보지만 이 엄마에게 안겨보는 일은 드물다. 그렇기 때문에 누워서 짜증을 낼 뿐이지 엄마더러 안으라고는 아니한다.

"우지 마라, 손님! 손님!"

하고 덕기를 가리키니까 낯 서투른 손님을 말끔히 쳐다보다가는 이번에는 아주 울어버린다.

"우리 예수 씨—우리 그리스도!"

젊은 어머니는 외투를 벗어서 벽에 걸고 와서 앉으며 누운 아이를 무릎 위에 안아 올린다.

덕기도 아랫목 발치에 앉았다.

"오빠! 오빠야. 너 오빠 보고 싶다고 하였지?"

하며 경애는 아이를 추슬러서 덕기 편으로 얼굴을 내민다. 열기로 해서 얼굴이 발갛게 피어오른 아이는 오빠라는 소리에 눈물 어린 두 눈을 놀란 듯이 크게 뜨고 바라보다가 어머니 겨드랑 밑으로 고개를 파묻는다.

"왜? 오빠 아닌 것 같으냐?"

하고 경애는 덕기에게로 향하여 웃는다. 자기 입에서 오빠라는 말이 거침없이 나오는 것이 속으로 우습고 열적기도 하지만 덕기의 귀에도 서툴렀다.

영리한 예쁜 애라고 덕기는 생각하며 벙벙히 앉았기가 안되어서,

"아직두 열이 있겠군! 한약을 좀 써보지요."

하고 경애의 모친을 치어다보았다. 모친이란 사람은 좀 수다스럽고 거벽스러워는[50] 보이나 함부로 된 위인 같지는 않다.

이때까지 눈치만 슬슬 보고 앉았던 모친은 입을 벌릴 틈을 탄 듯이,

"이 양반이 맏아드님?"

하고 딸에게 눈짓을 슬슬 한다.

딸도 눈으로 대답을 하며,

"우리 어머니세요."

하고 덕기에게 인사를 시킨다.

"응, 이 양반이 맏아드님이야!"

하고 누구를 놀리듯이 뇐다.

아까부터 오빠라는 말에 알아차렸던 것이나 좀 못마땅한 얼굴빛으로 흐들갑스럽게 대꾸를 하고 나서 수다를 늘어놓으려 한다.

"어쩌면 그렇게 발을 뚝 끊으신단 말이요? 이태 삼 년이 되어야 같은 서울 안에서 자식이 궁금해서라도 좀 들여다보아 줄 게 아니요. 내 딸하고 원수를 졌기로 그럴 수는 없는데……."

딸이 눈짓을 하다 못해,

"그런 소리는 왜 이 양반을 보고 해요!"

하고 핀잔을 주려니까 말을 멈칫하다가 그래도 분이 치미는 듯이,

"어쨌든 이걸 이만치라도 켜놓을 제야 이 늙은 년의 뼛골이 얼마나 빠졌겠는가를 좀 생각해보라고 가서 말씀이나 하우."

하고 얼굴이 시뻘게진다.

50 억척스럽고 묵직하다.

덕기는 의외의 큰소리에 뜨끔하지 않을 수 없었으나 꿀 먹은 벙어리처럼 고개를 수그리고 앉았을 따름이다. 애초에는 어떻게 된 일이요 또 무슨 까닭에 헤어졌는지 궁금은 하나 물어볼 수도 없었다.

"이 장한 집 한 채 내맽기었다고 어린애도 아니 돌아보니 그럴 자식을 왜 낳아놓았더란 말이요."

모친이 또 말을 꺼내려니까, 경애는 암상을 내며 모친더러 건넌방으로 가라고 소리를 친다.

덕기는 애매한 야단을 만나나 어찌하는 수 없었다. 그러면 '응, 이 집은 아버지가 사주신 집이로군' 하며 무슨 새 소문이나 들은 듯싶어 노파의 입에서 또 무슨 말이 나왔으면 좋겠다고도 생각하였다.

"왜 말 못할 게 무어냐? 무슨 죄졌니? 부자간이면야 부친에게 당한 듣기 싫은 소리라도 듣는 것이지…… 당신이나 이 애(어미 무릎에 안긴 애를 가리키며)나 아버지 잘못 만난 탓이지. 어쨌든 인제는 이 애를 데려가슈. 당신두 이제는 공부 다 하고 나온 모양이니 아버니가 안 데려다 기른다면 당신이라도 데려다가 기르슈. 어엿한 누이동생인데 데려다 기르기로 억울할 건 조금도 없을 게니!"

"가만히 계서요. 어떻게 하든 좋도록 조처를 하지요. 그보다도 어서 약을 써서 병부터 나아야 하지 않아요."

덕기는 겨우 이렇게 한마디 하였다.

"어머니는 괜히 까닭도 모르는 이를 붙들고 왜 이러슈. 참 정말 어서 건너가세요."

하고 딸은 민주를 대듯이[51] 모친을 또 우박지른다.[52]

"아버지께는 만났단 말씀도 말우."

경애는 모친이 나간 뒤에 이런 소리를 꺼냈다. 모친을 제지할 때와는 딴판으로 암상이 난 소리다. 모친이 충동여놓은 바람에 잠자던 노염이 다시 머리를 든 것이었다.

"이거 하나만 없어도 덕기 씨를 이 집에 오시라고도 하기커녕 길에서 만나도 알은체도 아니하였을지 모르지! 교회 안의 소문이 무섭고 사회의 시비가 무서워서—말하자면 남은 몸을 버렸든지 자식이 있든지 없든지 남의 사정은 손톱만큼도 모르고 나 하나만 사회적 생명을 이어나가면 고만이라고 걷어찰 제, 누가 비릿비릿하게 쫓아다니자던 것도 아니요, 다시는 잇살도 어우르자[53]는 게 아니니까……."

경애는 조용조용히 이야기를 하면서도 뼈에 맺힌 무엇이 있는 듯한 말소리다.

"그야 내 잘못도 모르는 것은 아니야요. 그렇게 말씀하는 어머님두……."

경애는 또 한참 만에 이런 소리를 하다가 뚝 끊어버리고 무슨 생각을 하는 양이더니 머리맡에 놓인 약봉지를 꺼내서 환약을 세면서 건넌방에다 대고 아이년더러 물이 더웠느냐고 소리를 친다.

경애가 제 잘못도 안다는 것은 자기의 허영심이 이렇게 일을

51 몹시 귀찮고 싫증나게 하다.
52 허물이나 결함을 나무라거나 핀잔하다.
53 더불어 이야기를 나누다.

벌여놓은 것이라는 뜻이요 모친도 지금은 큰소리를 하지만 잘하였을 것은 없다는 말이다. 이태 동안이나 미국 다녀온 사람 그리고 도도한 웅변으로 설교하는 깨끗한 신사—그때는 덕기의 부친도 사십이 아직 차지 못한 한창때의 장년이요 호남자이었다. 게다가 뒤에는 재산이 있으니 교회 안의 인기는 이 한 사람의 독차지였다. 이십 전후의 젊은 여자의 추앙이 일신에 모인 것도 사실이었을 것이다.

건넌방에서 조그만 계집애년이 어린애 놋대접에 물을 가지고 건너왔다.

조금 간정하고 코가 막혀서 쌔근쌔근하던 아이는 약과 물그릇을 보더니 불이 붙은 듯이 울어젖힌다.

그래도 어쩐둥해 세 알갱이 약이 어린아이의 입에 들어갔다. 무릎에서 미끄러져 내려와서 발버둥질 치는 것을 덕기도 거들어서 먹이고 나서는 어린애를 붙들었던 것을 생각하고 덕기는 속으로 웃었다.

덕기는 지난날의 일이 머리에 어제 일같이 떠올라왔다.

덕기와 경애는 남대문 ×소학교에서 한 해에 같이 졸업을 한 것이 벌써 팔구 년 되나 보다. 물론 남녀부男女部가 다르고 경애는 덕기보다 두 살이 위이지마는 학년은 같았다. 경애는 삼 년급에 중간에 들어와서 같은 해에 졸입한 것이나.

이 학교는 덕기의 부친이 돈을 조금 내놓은 관계로 설립자의 명의를 한몫 가지고 있는 교회 학교였다. 덕기의 부친이 원시 이 교회에 관계가 깊었기 때문에 학교에도 돈을 기부한 것이요 또 아들도 교인인 관계도 있어서 다른 공립보통학교에 보내지 않고 화개동에서 남대문까지 먼 데를 다니게 한 것이었다.

어쨌든 이 두 아이는 같은 삼 학년 때의 크리스마스 축하 연극을 할 때부터 서로 알게 되었다. 열 살 먹은 덕기와 열두 살 먹은 경애는 학교의 재동이로 장을 쳤었다.[54] 둘이 똑같이 예쁘고 둘이 똑같이 창가와 연설과 연극이 능란하고 재롱거리였던 것이다. 그때 덕기는 아직 어렸으니까 어리둥절하게 지낸 일도 많지만 계집애요 또 열두 살이나 된 경애는 덕기를 어린애다운 우정으로 퍽 귀애하였던 것을 지금도 분명히 기억하고 있다.

학교에서 파해서 혹시 어린애들끼리 몰려나오게 되면 두 아이는 그중에서도 함께 걸어 남대문 밑까지 와서는 경애는,

"잘 가거라!"

소리를 치며 봉래교 편으로 떨어져 가는 것이었다. 그러나 경애가 수원서 올라온 아이인지 저 아버지가 감옥에 들어가 있는지 미근동 근처의 외삼촌 집에 붙어 있는지 그런 것은 조금도 모르고 지냈던 것이다.

지금도 제일 기억에 똑똑한 것은 사 년급 때던가 오 년급 때 크리스마스 연습으로 학교에 모였던 날 점심시간에 경애가 문밖에 끌고 나가서 모찌떡을 사서 저도 먹고 덕기에게도 한턱내던 것이었다. 이것을 같은 동무애가 고자질을 해서 덕기는 상관없었으나 경애는 열세 살이나 되는 커단 계집애가 군것질이 무슨 군것질이냐고 여선생님에게 몹시 꾸지람을 듣고 창가도 아니 시키고 반나절이나 교실 밖에서 울고 섰던 모양, 지금도 덕기의 머리

54 어떠한 판을 휩쓸다.

에 분명히 떠오른다.

그러던 경애가 지금 덕기 앞에 덕기의 누이동생을 안고 앉아서 자기 부친의 원망을 하고 있다. 덕기는 웃어야 좋을지 울어야 좋을지 그때가 꿈인지 지금이 꿈인지 도무지 알 수가 없다.

"그것도 없는 탓이지만 아버니께서 살아만 계셨어도 이렇게는 아니 되었을 것을…… 우리 아버니 못 보셨지?"

덕기와 경애는 소학교를 마친 뒤에 교제가 없었고 소학교에 다닐 때에는 감옥에 들어앉았던 경애의 부친을 보았을 리가 없다.

"우리 아버니는 너무 호활하시고[55] 살림에 등한하셔서 삼사백 하던 재산을 모두 학교에 내놓으시고 소작인에게 탕감해 주어버리시고 감옥에 들어가시기 전에는 무슨 장사를 해서 다시 번다고 하시다가 3·1 운동이 덜컥 나서 감옥에 들어가시게 되니까 옥바라지하고 변호사 대고 어쩌고 한다고 자꾸 끌려 들어가기만 해서 나중에는 집까지 팔아가지고 올라왔었지요. 지금 생각하면 서울로 올라온 것이 내 신상에도 좋을 건 조금도 없건마는……."

경애는 자기가 그렇게 된 변명을 하느라고 그러는지 조금 아까 살기가 돌 때와는 딴판으로 재미있는 옛이야기나 하듯이 자기 집 내력, 자기 내력을 풀어낸다.

덕기는 그런 변명이나 하소연을 들을 묘리도 없고 더구나 자기 부친에게 대한 푸념을 듣고 앉았는 것은 불쾌도 스러웠으나 남의 내력을 듣는 호기심으로 귀를 기울이고 앉았다.

"집 팔고 어쩌고 해서 어머니께서 돈 천 원이나 가지고 올러

55 막힌 데 없이 시원하다.

오신 모양이나 당장 집을 사려야 마땅한 게 나서지도 않고 해서 외삼촌 집에 가서 붙어 있으면서 그 돈을 외삼촌에게 맡겼더니 아저씨가 몽탕 가지고 들고뺐겠지요…….”

“흥! 난봉이던가요?”

덕기는 놀라는 소리로 장단을 맞춘다.

“아니얘요. 자기 딴은 무슨 일을 해본다고 상해로 뛴 것이지만 우리 집에는 큰 못할 일을 해놓았군요.”

두 남녀는 서모뻘이라는 격이 스러지고 옛날 동무라는 생각이 앞을 서서 서로 공대를 한다.

“어쨌든 그래서 아버니께서 옥중에서 병환으로 집행정지가 되어 나오시니까 약은 고사하고 여전히 외갓집 구석에서 세 때가 분명치 못한 형편인데 거진 일 년이나 앓아누셨으니 기막힌 사정 아내요.”

경애는 급작시리 말을 뚝 끊는다. 별안간 무슨 생각이 나서 말하기가 거북해진 눈치다.

“헤에……?”

하고 덕기는 말 뒤를 기다리다가 가만히 쳐다보았다. 경애는 어린아이에게로 눈을 떨어뜨리고 앉았다. 어린애는 쌔근쌔근 겉잠이 어리어리 든 모양이더니 가위에 눌린 것처럼 몸을 뒤흔들며 찌르는 듯이 또 울어젖힌다.

“난 가겠소.”

하고 덕기는 마침 잘되었다고 일어서 버렸다.

“그럼 내일은 떠나슈?”

하고 경애는 앉은 채 쳐다본다. 좀 더 이야기를 하고 싶었으나,

더 붙들고도 싶지 않았다.

"봄방학에 혹시 오게 되면 그때나 또 만납시다."

"그럼 난 못 나가요."

경애는 우는 아이를 달래며 일어선다.

"에에, 바람을 쏘이면 안 될 테니까."

덕기는 마루로 나와서 구두를 신으려니까 모친이 건넌방에서 나와서,

"어둔데 살펴 가슈."

하고 인사를 한다. 또 무슨 수다가 나오려니 하였더니 의외로 인사가 간단하다.

안방에서도,

"먼 길에 조심해 가셔요."

하는 경애의 목소리가 난다.

대문 밖을 나서니 선뜻한 밤바람이 시원하였다. 훗훗한 방 속에 있어서도 그렇겠지만 무엇에 갇히었다가 빠져나온 것같이 기분이 거뜬해진다.

'응—그때부터이었다! 그때가 시초이었던 것이다…… 그래서 지금 말을 하다가 뚝 끊어버린 것이다!'

덕기는 꿈틀거리는 밤길을 더듬어 나오면서 혼자 이렇게 생각하였다.

벌써 오 년이 되었는지 육 년이 되었는지 그 겨울에 덕기는 화개동 집으로 경애가 부친을 찾아왔던 것을 잠깐 본 기억이 지금 새삼스러이 난다. 그때 덕기는 아직 화개동 집에 있을 때이다.

소학교에서 헤어진 지 삼사 년이 되었고 그 후 덕기는 화개동

에서 가까운 안국동 예배당에 다니기 때문에 오래 못 보았지만 그동안 경애는 놀랄 만치 커져서 어른 꼴이 박히고 자기 따위는 어린애로 내려다보는 것 같아서 반가우면서도 말도 변변히 붙여 보지 못하고 경애보다도 자기 편이 더 열적어하던 생각이 난다.

그때 부친에게,

"그 애가 왜 왔었에요?"

하고 물어보니까, 저 어머니 심부름으로 왔단다 하면서 경애 모친이 남대문 교회에 다닌다는 것과 또 부친은 감옥에서 나와서 근 일 년이나 앓아누웠는데 인제는 죽기나 기다리는 터이라는 말을 간단히 들려주었었다. 그때는 다만 가엾다고만 생각하고 신지무의[56]하였지만 지금 생각하니 그때 아마 모친의 심부름으로 돈을 취하러 왔던 것 같았다.

경애의 부친은 애국지사였다. 수원의 누구라면 알 만한 교역자일 뿐 아니라, 감옥 소식을 전할 때나 집행정지로 나오게 될 때에 신문에 여남은 줄이라도 기사가 날 만한 인물이었다. 경애의 모친이 그 부인이라 하니 교인들도 알아보았었다. 목사의 기도 속에 경애 부친의 이름이 나오고 '이 병든 아드님을 아버지의 뜻이옵거든 좀 더 이 세상에 머무르게 하사 저희의 일을 더 돕게 하여주시옵소서' 하고 경애의 부친의 중병이 낫게 하여지이다고 기도를 드린 뒤부터 경애의 모친의 존재는 교회 안에 뚜렷해지고 경애의 미모는 한층 더 빛났던 것이다. 예배가 끝나면 경애 모친은 보지도 못하던 뭇 형님 아우님과 이름도 모르는 오라버니의 흐들갑스

56 조금도 의심하지 아니하고 믿음.

러운 인사—남편의 병 위문 받기에 얼굴이 취하도록 한바탕 분주하였던 것이다.

이렇게 되고 보니 인제는 병이 근심이요 병구원이 걱정이기는 일반이나 호강스럽기도 하였다. 그 오라버니 중에는 물론 조상훈이가 빠질 수 없었다. 자선심 많고 돈 많고 목사보다도 신임과 경애를 받고 세력을 가진 조상훈—덕기 부친—이에게 친절한 인사를 받는 것은 다른 교인의 열 몫 백 몫이나 되는 것이었다. 더구나 조상훈이는 이 부인에게 한창 더 친절하고 은근하였다. 그렇다고 결단코 자기 학교에서 길러내고 또 교회 안에서도 재색이 겸비하다고 손꼽는 경애의 모친이라 하여서 그런 것이라 하여서는 조상훈이의 명예와 인격을 위하여 큰 모욕이다. 적어도 모든 사람이 그렇게 보지도 않았고, 또 조상훈이 자신도 그렇게 생각해본 일은 없었다.

"아버니 병환이 요새는 좀 어떠신가?"

조상훈 선생은 경애를 만나면 자상하고 온유한 말소리로 이렇게 물었던 것이다. 그리고 모친을 만나면,

"차도가 계신가요. 한번 가 뵌다 하며 바빠서 못 갑니다. 선생님은 이때껏 뵈온 일은 없지만 병환이 안 계시드라도 선배로서 찾아가 뵈어야 할 텐데!……"
하고 가볼 시간을 묻는 것이었다.

그러기를 한 서너 번 한 뒤에 그해 겨울 어느 일요일에 예배를 마치고 경애 모녀를 앞세우고 조상훈은 목사와 함께 미근동 경애 외삼촌 집으로 선배에게 대한 경의를 표할 겸 병위문을 갔던 것이다.

병인은 반가워하였다. 신장염에 기관지병이 겹쳐서 중태이었으나 강기로 버티고 누웠던 사람이 일어나서 손을 맞았다. 그는 고사하고 상훈이를 첫대바기[57]에 놀라게 한 것은 그 마님이 사십쯤밖에 안 되었는데 영감은 육십을 훨씬 넘은 듯한 백발이 성성한 것이었다. 사실 경애의 모친은 이 영감의 첩장가나 다름없는 삼취이었고 경애는 전무후무한 이 삼취 소생이있다. 이 몸에서 남매가 겨우 나서 경애 하나가 자란 것이다.

동지 전 추위에 방은 미지근하고 머리맡에 양약병에는 먼지가 앉고 중문 안에 놓인 삼태기에 쏟아버린 약 찌꺼기는 얼고 마르고 한 것이 상훈이의 눈에 띄었다. 약이나 변변히 쓰랴 하는 생각을 하니 늙은 지사志士의 말로가 가엾었다.

병인과 감옥 이야기, 교육계 이야기, 사회 이야기를 하다가 돌아갈 제 상훈이는 부인을 조용히 불러서 이따가 세시 후에 따님 아이든지 누구든지 자기 집으로 보내달라 하고 주소를 두 번 세 번 일러주었다.

"왜요? 왜 그러세요?"

하고 부인은 물었으나 속으로 그 뜻을 대강 짐작치 못한 것은 아니었다.

"아니, 선생님 병환에 맞을 약이 집에 있을 법한데 좀 보내드릴까 해서 그래요."

상훈이는 다만 이렇게 귀띔만 하여두었다.

이리하여 경애가 화개동으로 찾아간 것이요 그때에 덕기가 만

57 맞닥뜨린 맨 처음.

나본 것을 지금 기억에서 찾아낸 것이다.

그때 상훈이는 집에 있는 인삼 몇 뿌리에 자기 부친이 지금도 경영하는 남대문 안 대성정미소에서 찾을 쌀 한 가마니 표와 돈 십 원을 넣은 봉투를 경애에게 주어 보냈던 것이다. 그 속에는 물론 아까 만나고 온 노선배에게 얌전한 붓끝과 맵시 있는 편지투로 보내는 것을 받는 사람이 부끄러이 여기지 않게 정중한 편지를 써 넣을 것을 상훈이는 잊지 않았다.

그러나 이 모든 호의가 늙은 지사의 비참한 말로를 동정하는 데서 나온 것이요 결코 오늘날 경애의 무릎에서 신열이 사십 도 내외를 오르락내리락하는 가운데 신음하는 딸 하나를 얻고 싶어서 계획적으로—그 값으로 보낸 것은 아니었다.

며칠 후에 상훈이는 병인을 또 위문 갔었다. 결코 전일의 후의에 대한 인사를 받자고 간 것은 아니다. 그러나 세 식구는 상훈이를 에워싸고 엎드러질 듯이 치사하였다. 또 이 사람도 어쩐지 이 세 식구가 마음으로 가엾었다.

하여간 치사를 받을수록에 호의는 더 높아갔다. 그리하여 그 날은 자기 집 단골의사를 소개하여 진찰을 시켜주었다.

아주 절망 상태이기에 가출옥이 된 것이요 워낙 노인이라 병도 하도 여러 가지이니까 이루 이름을 주워섬길 수 없지만 그래도 감옥에서 나와서는 좀 돌리는 눈치더니 심한 추위와 구차로 해서 또다시 기울어져갈 뿐이었다. 상훈이가 댄 의사도 별도리는 없었다.

해가 바뀌어서는 한층 더하였다. 약을 쓰는 것은 마치 죽기를 재촉하느니나 다름없이 말라가는 등잔불이 깜박거리다가 홀깍 꺼지고 말았다. 살려 하고 살리려 하여 애는 썼지마는 설사 살아났어도 얼마 안 남은 그 목숨을 또 시기하고 노리고 있는 편이 있는 바에야 남은 징역살이를 하다가 옥사를 하게 하느니보다는 처남의 집에설망정 편안히 눈을 감은 것이 차라리 다행하다고들 생각하였다.

임종에는 목사도 있었고 상훈이도 있었다. 유언이란 것은 별로 없었으나 남기고 가는 처자가 마음에 놓이지 않아서 안타까워하였다. 그러나 조상훈이를 얼마쯤은 믿었다. 사귄 지는 얼마 안 되어도 그처럼 친절히 해주는 것을 보고 아무리 보통 사람과 다른, 종교사업가라 하여도 지금 세상에는 어려운 일이라고 가상히도 생각하고 고마운 생각이 그지없었다.

"여러분이나 가족에게 그렇게 폐를 끼치지 않고 어서 하느님의 안온한 품으로 들어가고 싶었더니 이제야 때가 온 것 같소이다. 가는 사람은 편안하고 행복되나 남은 사람은 여전히 괴로운 것이요. 우리 동포 우리 동지—이 사회를 그대로 두고 먼저 가는 것이 무엇보다도 끄리키오. 여기 앉았는 이 자식을 혈혈단신으로 내던져두고 가는 것도 마음에 아니 놓이지마는 육십 평생에 그래도 무슨 일이나 하나 남겨놓고 가자 하였더니 남은 것이라곤 이 자식—벌거벗겨 길거리에 내놓으나 다름없는 이 자식 하나와 이 세상에 오랫동안 끼친 신세뿐이요. 하여간 사회의 일은 여러분이 잘 맡아 하시려니와 저 어린것도 여러분이 잘 돌보아주시오. 조 선생께는 무어라고 치사를 다 할지 결초보은하여도 오히려 족하지 않겠지마는 나 죽은 뒤라도 이 두 모녀를 걷으뜨려주시기를 염의없는 말이나마 부탁하오……."

운명할 때까지 의식이 말짱한 병인은 이러한 장황한 감회와 부탁을 남겨놓고 여러 사람의 기도와 축복 속에 운명을 하였던 것이었다.

상훈이는 힘자라는 데까지는 죽은 이의 뜻을 받겠다고 맹서하였다. 그 맹서를 지키고 안 지키는 것은 물론 죽어간 사람의 알 바 아니나, 그러나 그 자리에 앉은 사람은 한가지로 증인이 되었다. 아니, 그보다도 존엄한 하느님이 천만 인간에 못지않은 증인이었을 것이다.

초상은 치렀다. 교회와 수원 학교 측과 유지인사의 기부와 열성으로 호상이었다. 상훈이는 경성 측의 장의위원장 격이었었고 장비로도 오십 원을 내놓았다.

장례는 ××문 예배당에서 치르고 수원까지 운구를 하여 거기서 영결식을 하고 선영에 안장을 하였던 것이다.

초상을 치르고 나니 살아서는 쌀 한 되 값, 나무 한 단 값에 그렇게 쩔쩔맸어도 오륙백 원 돈이 남았다. 그것도 전 재산을 사회와 교육계를 위하여 내던진 보람이었다.

하여간 그 오백여 원 돈은 우선 생활에 큰 도움이라느니보다도 한밑천이 되었다. 상훈이와 의논한 결과 그것으로 조그만 전셋집을 얻기로 하였다. 흐지부지 녹여 써버려도 안 되겠거니와 오라범댁과 그대로 살림을 한다면 안방 식구와 여전히 한데 먹어야 할 것이니 그것도 할 수 없는 일이라 역시 아무 턱 없는 오라범집 식구를 그대로 두고 나오기도 박정한 노릇이나 펀둥펀둥 노는 만조카 자식더러 벌어먹으라 하고 나오기로 한 것이다.

그리고 경애가 그해 봄에 여학교만 졸업하면 어떻게든지 벌어

먹을 수 있는 큰 희망도 있었다.

상훈이는 이것저것 많이 애도 쓰고 앞일에 무엇에나 의논에 대거리가 되어주었지만 집을 정하고 들어앉으면 경애가 두 달 후에 졸업하고 취직이 될 때까지 식량만은 몇 달 대어주마고 자청하였다.

그리하여 두 모녀의 앞길은 도리어 환하였다.

당주동에다가 조그마한 전세 한 채를 얻고 떠나니, 이 역시 돌아간 영감이 남겨놓고 간 유산이나 다름없고 영감의 덕이라 하겠지마는 일편 생각하면 상훈이의 주선 아니더면 엄두도 못 내었을 것이니 상훈이의 덕이기도 한 것이었다.

"조 선생의 신세를 무얼루 이루 다 갚는단 말이냐?"

모녀가 마주 앉으면 말끝마다 나오는 입버릇이었다.

상훈이로 말하면 그때나 이때나 부친이 매삭[58] 대어주는 것으로 사는 터이라, 넉넉지는 않으나 기위 손을 댄 터에 야멸치게 물러서기도 어려워서 그랬겠지마는, 쌀이야 부친의 정미소에서 떨어질 새 없이,—떨어질 새 없이라느니보다도 쌀 주고 떡 사 먹게까지야 주책없지 않았을망정, 젓갈 장수 기름 장수의 외상값을 쌀로 에낄 수 있을 만큼은 흥청망청 대어주었고, 경애가 졸업하고 자기 학교로 오게 될 때까지 두서너 달 동안 뒤치다꺼리도 지성껏 해주었던 것이다.

상훈이란 사람은 물론 시정의 장사치도 아니요 매사를 계획적으로 앞길을 보려는 속다짐이 있어서 소금 먹은 놈이 물켜겠지

58 다달이.

하는 따위의 딴생각을 먹고 이런 일을 할 사람은 아니었다. 도리어 나이 사십을 바라보도록 세상 고초를 모르느니만치 느슨하고 호인인 편이요, 또 그러니만치 어려운 사정을 돕는다는 데에 일종의 감격을 가지고 더욱이 저편이 엎으러질 듯이 감사하여주는 그 정리에 끌려서 이편도 엎으러졌다 할 것이다. 그러나 다만 한 가지 경애가 귀엽게 보이지 않은 것도 아니었다. 혹은 만일 경애 같은 예쁜 딸이 없었던들? 하고 반문할지 모르나 그것은 너무나 잔인한 말이다.

하여간 교회 안에서도 상훈이의 애국지사의 유가족을 끝끝내 돌보아주는 그 독지篤志에 대하여는 칭송이 자자하였다. 그러나 그 칭송이 어느덧 시기와 의심으로 변하였다.

"그러기루 아침저녁으로 문안까지야 다닐 게 무언구?"

"그만 정성이면야 효자로도 몣째 안 가겠수."

이런 소리가 마님네들 모인 자리에서 이야깃거리가 되기 시작하였다. 아닌 게 아니라 큰댁 문안은 일주일에 한 번, 고작해야 두 번이나, 학교에서 화개동 집에 올라가는 역로이기도 하지마는, 당주동에는 하루가 멀다고 들렀던 것이었다.

"아니, 늙은 과부댁만 죽치고 엎댔으면야 나부터두 갈 재미 있겠나마는, 딸이 있거던……."

편이 있으면 적도 있는 것이다. 학교 인의 젊은 교원 축끼리도 이런 실없는 소리가 나왔다.

그러던 경애가 여학교를 졸업하고 나니까 설립자 대표인 상훈이의 천으로 학교에 들어오게 되었다. 교원들은 이 미인 신임 선생을 배척하도록 싫은 것은 아니면서도, 돌아서서는 입을 딱 벌리며 서로 눈짓콧짓을 하는 것이었다.

그러나 세상에 갓 나온 경애는 그런 영문을 눈치챌 수가 있을 리 없었던 것이다.

경애로서 조상훈을 대할 때 그는 다만 존경과 흠모의 대상일 뿐 아니라 은인이다. 부친의 생전 사후를 통하여 은인일 뿐 아니라 자기의 현재와 앞길이 그의 지도에 달렸다고 생각하는 것이다. 이 사람이 살라면 살고, 죽으라면 죽어도 아까울 것 없을 만치 마음을 턱 실리려는 믿음과 애정을 느꼈고 또 그 모친도 친오라비 이상으로 믿은 것이다. 그러나 경애의 그 믿음과 그 애정은 부친이나 오라비나 혹은 친한 동무에게 느끼는 소녀다운 그런 애정이었다.

그러던 것이 동무들의 뒷공론이 점점 노골적으로 맞대해놓고 입을 비쭉거리며 비웃게까지 되었을 제 놀랍고 분한 한편에 차차 조 선생을 슬슬 피하지 않을 수 없게 되었다. 그러나 조 선생에게 대한 공포심은 일어날지언정 결코 조 선생이 미운 것은 아니었다. 미워졌으면 좋겠는데 밉지가 않은 자기 마음이 도리어 밉고 안타까웠다. 사실 생각하면 조 선생을 미워할 아무 건더기가 없었다. 조 선생은 예나 이제나 다름없는 조 선생이었다.

그러나 동무들의 면대해서 쏘지도 않고 빗대놓은 조롱은 점점 더 늘어갔다. 빗대놓고 들컹거리는[59] 말이니 탄할 수도 없고 변명할 길도 없다. 울분과 번민이 어린 가슴을 터지게 하였다. 그러나 그러면 그럴수록 거죽으로는 조 선생을 슬슬 피하면서 속으로는

59 불쾌한 말로 자꾸 남의 비위를 건드리다.

무서워하던 마음까지 스러지고 한층 더 경애하는 마음이 스며 솟았다. 모친에게도—이 세상에서 단 하나 의지할 모친에게도 터놓고 하소연할 수 없는 그 분한 말을 조 선생에게는 다 쏟아놓을 수 있을 것 같았다. 경애는 삼 학기도 거진 가까워졌을 때 조 선생과 한번 만나서 의논을 하고 싶었다. 설마 당신 때문에 학교에를 다닐 수 없다고는 할 수 없으니까 될 수 있으면 다른 학교로 옮겨 가게 해달라고 청도 하고 의논도 하고 싶었다. 모든 사람의 눈총을 맞아가며 학교에 다니기가 싫도록 경애의 신경도 쇠약하여졌던 것이다.

그러나 조용히 만날 틈이 없었다. 이때쯤은 조 선생도 경애에게서 멀어져가는 듯이 설면하게 굴고 경애 집에도 들러주지를 않았다. 그러므로 아무래도 자기 집으로 찾아가는 수밖에 없었다. 집으로 가면 작년 겨울과 같이 덕기와 마주칠 것이 싫기도 하였지만 그래도 학교 안에서나 예배 파한 뒤에 만나자면 남의 눈에 뜨일 것이니 그보다는 낫다고 생각하였다. 집으로 청해다가 이야기하고도 싶었지마는 그것도 모친 때문에 어려웠다.

그래도 얼마를 망설이다가 조 선생이 감기로 이틀이나 학교에 나오지 않는다는 말을 듣고 모친에게도 조 선생을 위문을 잠깐 갔다 오마고 하고 학교에 다녀오는 길로 책보만 내놓고 큰마음 먹고 나섰다. 모친도 앓는다는 말에 놀라면서 같이 가도 좋을 듯이 말을 하다가 저녁도 지어야 하겠고 우선 딸을 보내서 전갈만 시켜놓고 병이 더하다면 자기도 나중에 가리라는 생각으로 어서 가보라고 하여 내보냈다.

경애는 사실 병위문도 겹쳤을 뿐 아니라 모친에게까지 알리고 가는 것이니까 조금도 떳떳치 못할 게 없겠으나 화개동이 차차 가까워오니까 혹시 학교에서나 교회에서 누가 위문을 오지 않았을까 하는 애도 쓰이기 시작하였다. 그러나 이왕 왔다가 발길을 돌이킬 수도 없었다.

문 앞에 다 와서도 차마 들어가지를 못하고 또 망설이었다. 누구나 나왔으면—하고 문진에서 기웃거리려니까 마침 행랑어멈이 벌써 저녁이 되었는지 밥그릇을 들고 나온다.

어멈은 안으로 들어갈 줄 알았더니 사랑으로 들어갔다가 나와서 들어오라 한다. 주인이 저녁밥을 먹는다면 안에 있을 터인데 사랑에 있다면 필시 손님이 있는 것인데 누구일까? 학교에서 누가 온 것은 아닐까?…… 상관은 없는 일이지만 이런 걱정을 하며 들어가 보니 아무도 없이 주인 혼자 마루 끝에 나와서 반가이 맞아준다. 말소리를 들어서는 그리 심한 감기도 아닌 모양이었다.

"잠깐 추운데 미안하지만 기다려주. 급히 어디를 갈 데가 있어서 나가려던 터이니……."
하고 상훈이는 방으로 다시 들어가서 입고 있던 두루마기 위에 외투를 입고 모자를 손에 들고 급히 나온다.

유리알 안으로 보니 밥상을 막 내다놓은 모양이다.

"진지 잡수세요. 저는 가겠습니다. 편찮으시다니까 어머니께서 다녀오라구 하셔서 왔었에요."

경애는 이렇게 인사를 하면서도 이왕이면 같이 나가는 것이 덕기에게나 다른 손님에게 안 들키겠느니만치 도리어 안심이 된다고 생각하였다. 상훈이도 역시 그래서 앞질러 급히 나온 것이요, 또 마누라의 공연한 잔소리가 듣기 싫은 것도 한 가지 이유이었다.

경애를 앞세우고 상훈이가 나오려니까 어멈이 숭늉을 떠가지고 나오다가 이쪽을 바라보느라고 정신이 팔려서 축대에 낙수가 얼어붙은 데에 미끈하면서 놋쟁반에 얹힌 숭늉 대접도 미끄러져서 하마터면 언 마당에 떵그렁 떨어뜨릴 것을 질겁을 해서 붙들기는 하였으나 물은 반 넘어 출렁하고 엎질러졌다.

문 밑까지 나가던 사람들은 어멈이,

"에그머니!"

소리를 치는 통에 멈칫하고 돌려다 보았다.

"조심을 하고 다녀!"

하고 주인 나리는 불쾌히 소리를 쳤다. 어멈은 무색해서 진지를 잡수셨나? 상을 들여갈까 물어보지도 못하고 얼이 빠져 섰었다.

상훈이는 이때까지 돌아오지 않은 덕기와 길에서 마주칠까 보아 삼청동으로 빠져서 영추문 앞 넓은 길로 길을 잡아들었다.

두 사람은 언제까지 말이 없었다.

'엎지른 물이다!'

상훈이는 금방 집에서 나올 때 본 광경이 머리에 떠올라와서 무심코 이런 생각을 하다가 그것이 자기의 지금 심리를 설명하는 말인 것 같아서 선뜻한 생각이 들면서,

'언제 엎질러졌나?'

하고 변명을 하였다. 귓속에는,

'조심해 다녀!'

하고 나무라던 자기 말이 그저 남았다.

"집으로 바로 갈 텐가?"

영추문 앞까지 나와서 상훈이는 비로소 입을 벌렸다.

"예…… 한데 선생님께 조금 말씀할 게 있는데요."

경애는 망설이다가 결단을 하고 이렇게 대답을 하였다.

"무슨 말?……"

하고 상훈이는 발을 멈칫하고 계집애의 얼굴을 들여다보다가 길 한가운데 섰을 수가 없어서 장담 밑으로 와서 나란히 섰다. 그러면서도 상훈이는 가슴속이 설렁설렁하는 것을 어찌할 수 없었다.

그동안 상훈이도 경애만큼 혼자 번민을 하던 것이었다. 자기 귀에 여러 가지 소리가 떠들어오는 것을 처음에는 귀를 막고 지내려 하였다. 또 그다음에는 어서 경애의 혼처만 골라서 그 부친의 초상을 치르듯이 얼른 결혼식까지 치러주면 모든 오해가 일소될 뿐 아니라 자기의 낯이 한층 더 나타나리라고 생각하였다. 그러나 멀리하자 하면 마음으로는 이상히도 한 걸음씩 더 다가서는 것 같았다. 혼처를 구하자면 마땅한 데가 금시로 나설 수도 없겠으나 그럴 기력까지 없었다. 자기의 마음을 채찍질해도 보았으나 그러면 그럴수록 번민은 늘어갈 뿐이었다. 감기가 들었다 하고 이틀 동안 가만히 누워보았다. 그러나 별도리도 없고 마음은 간정이 되지를 않았다. 거기에 무엇이 지시를 하여 끌어다 댄 듯이 경애가 달려든 것이다. 사실은 감기로 앓는다는 말을 듣고 경애나 경애 모친이 오지나 않을까? 하는 생각이 어렴풋이 있었던지도 모를 것이다…….

"왜? 무슨 일이 있어?—"

경애의 입에서 무슨 소리가 나올지 공연히 애가 쓰이면서 또 다시 물었다.

"글쎄, 학교를 어떻게 할지요…… 다른 데로 주선해주실 수 없을지요?"

삼각산에서 내리지르는 저녁 바람이 영추문 문루의 처마 끝에서 꺾이어서 경애의 말을 휩쓸고 날아간다.

두 사람이 다시 걷기 시작하였다.

"왜 별안간 그런 생각이 든 거람?……"

물론 그 심중을 못 살피는 것이 아니나 이런 소리를 하였다.

"……."

말은 또 끊였다. 총독부 앞으로 나오려니, 전등불이 환한 전차가 효자동서 내려와 닿다가 떠난다. 상훈이는 어찌할까 망설이었다. 이야기를 좀 하자면 어디로든지 들어가 앉아야 하겠는데, 갈 만한 데도 마땅치 않고 전차를 태워가지고 진고개 방면으로 가자 해도 우선 차 속에서부터 누구를 만난다든지 하는 것이 싫었다.

황토현 앞까지 내려오면서도 두 사람은 또 아무 말도 없었다. 말을 꺼내기에는 똑같이 가슴이 벅찼던 것이다.

경애는 따라가면서도 일종의 불안과 공포를 느끼지 않을 수 없었다. 잠깐 만나서 몇 마디 이야기만 하고 헤어지면 고만이었을 텐데 일이 이렇게 되니 남의 눈을 기우면서 무슨 나쁜 짓이나 하는 것 같은 이상한 불안과 공포를 느끼는 것이다. 그러면서도 유혹의 감미甘味라 할까 어쨌든 뿌리치고 가고 싶지는 않았다.

당주동 자기 집 들어가는 골목 앞을 지나치면서도 경애는 잠자코 말았다.

두 남녀는 황토현 네거리에 있는 파출소 옆 식당으로 들어갔다. 누구나 저녁 먹을 때이다. 식당 안은 불만 환하고 난로 앞에 일본 계집애들이 옹기종기 앉았다가 우중우중 일어난다.

미인을 앞세우고 들어가는 훌륭한 신사인지라 대우가 융숭하다. 난로와는 떨어졌으나 구석빼기에 가서 경애는 돌아앉아서 자리를 잡았다.

"다니기가 고단해서 그러는 거야?"

상훈이가 아까 말의 계속을 꺼냈다.

"고단두 하고 성이 가셔서 수원 ××학교로나 가볼까도 하는데요?……"

××학교란 경애 부친이 설립한 학교요, 경애도 어려서 삼 년급까지 다니던 학교다.

"거기서 오라고 하던가?"

"아녜요, 하지만……."

"하지만 어째?"

하고 상훈이는 웃으며 한참 기색을 바라보다가,

"설사 자리가 있다기로 서울서 살림을 벌였다가 또 내려간다는 것도 말이 안 되고, 여기 학교에서 누가 무어라기에…… 혹 젊은 애들이 성이 가시게 굴어?"

"아뇨!"

하고 경애는 얼굴이 발개진다.

"그럼 알 수가 없지 않은가……?"

하고 상훈이는 아무 눈치 못 채는 듯이 시치미 뗀다. 자기의 가슴속도 입덧 난 사람처럼 근질거리는지 느글거리는지 알 수가 없지마는, 내색을 보일 형편도 아니 되고 모든 것을 모른 척하는 수밖에 없다.

"모두들 듣기 싫은 소리만 하고 놀려요."

한참 만에 경애는 속의 말을 쏟아놓아 버리자고 결심한 듯이 하소연을 하고 나서는 입이 배쭉배쭉해지며,

"분해서……."

하고 고개를 폭 수그린다.

"누가 무어라고 놀린단 말이요? 놀리건 받아주기만 하면 그만 아니겠나?"

하며 상훈이는 대범하게 타이르듯이 위로를 해주었다.

"나만 놀렸으면 좋겠지만 공연한 선생님까지……."

경애는 차마 입에 올릴 수 없는 말을 꺼내고 나서는 눈물이 걷잡을 새 없이 쪼르륵 흘러서 고개를 둘 데가 없었다. 자기도 무슨 까닭에 이렇게 눈물이 나오는지 알 수가 없었다. 실상인즉 교원 자리를 다른 데로 구해주든지 그렇지 않으면 수원 학교로 운동해 가겠다는 간단한 의논을 하자는 것인데 딱 마주 대하고 보니 정작 의논보다도 억울하고 분하던 생각부터 앞을 섰다.

"울 거야 뭐 있소. 남은 무어라든지 나만 정당하면 그만이지!"

상훈이는 나무라듯이 이런 큰소리를 하였으나 그 눈물이 측은도 하고 자기 마음이 자기 말과 같지 않은 것을 무어라고 형용할 수 없이 괴로워하였다. 두 남녀가 맥맥히 마주 앉았으려니까 음식을 날라 온다.

상훈이는 좀 멈칫하다가 맥주를 청하였다. 경애는 놀라는 기색으로 치어다보았다. 그러나,

"약주를 잡수세요?"

하고 묻기도 싫고 그건 왜 먹느냐고 말리기도 싫었다. 그보다도 감기는 들었다면서 이 추운 날에 찬 맥주를 마시면 어쩌나 하고

애가 씌었다.

"술은 먹지 않지만 가슴이 답답하고 홧홧할 때 맥주 한 잔쯤은 좋아요."

하고 상훈이는 변명을 하였다.

그러나 다른 사람은 몰라도 조 선생이 술을 마신다는 것은 의외이었고 절대로 믿으니만큼 인격을 의심하는 생각이 어렴풋이 든다. 그러면서도 과히 책잡고 싶은 미운 생각까지는 아니 났다. 맥주를 따라놓는 것을 들고 벌떡벌떡 반이나 마시는 것을 경애는 곁눈으로 슬슬 보았다.

"신열이 나셔서 홧홧하시다면서 그 찬 것을……."

하고 눈을 찌푸려 보였다.

상훈이는 거기에는 들은 척 만 척하고 성난 사람처럼 잠자코 접시의 안주만 먹는다. 가슴이 홧홧하다는 말을 신열이 난다는 뜻으로 알아들은 것이 다행하기도 하나 얼마쯤 섭섭하기도 하였던 것이다. 경애는 공연히 머리가 뒤숭숭하고 앉은 자리가 불편하여, 먹어보지 못하던 양요리건마는 접시마다 건드려만 보고 들여보냈다.

"실상은 나 역시 학교에 그리 간섭하기도 싫고, 다른 사람한테 맡겨버리고 싶지마는……."

그는 한 잔만 먹는다던 맥주를 어느덧 한 병 다 마시고, 두 병째도 가져오는 대로 내버려둔다.

"그까짓 것 언제까지 붙들고 있자는 것도 아니요, 차차 무어나 큼직한 일을 해야 하겠지만 요새 같애서는 사는 것조차 짐이 되고 귀치않은 증이 나서……."

상훈이는 이래저래 홧김에 술을 먹는 모양이었다.

그러나 두 병이나 먹고도 그리 취기가 없는 것을 보고 인제 알았더니 술을 퍽 먹는고나고 경애는 어이가 없었다.

신성神聖에 대한 환멸을 느꼈다. 예수교인이라면 으레 술 담배 안 먹는 사람이요, 계집은 자기 아내밖에 모르는 사람—자기 아내기로 성경을 읽고 기도를 드리고 찬미가를 부르는 사람이 어찌 한자리에 누울꼬? 하는 어렴풋한 생각을 혹시 하여도 그런 더러운 일은 상상할 수조차 없는 경애가 그 신성하여야 할 조 선생님이 술을 마시고 얼굴이 벌게진 것을 보고는 딴사람 같아서 마주 보기가 도리어 겸연쩍었다.

조 선생님이나 그런 부류의 사람들을 신성한 사람으로 보아온 것이 잘못이었던가? 자기가 아직 철이 덜 나고 경력이 부족해서 이만쯤 한 일에 놀라는 것인가? 혹시는 그들이 신성한 체 얌전한 체를 눈 가리고 아웅 하는 셈으로 꾸미었던 것인가? 또는 세상이란 으레 그러한 것이요 세상 사람이란 그저 그렇게 살아가는 것을 모르고 유달리 생각하던 자기가 어리석었던가? 우리 아버지도 그런 양반이었던가?……

숭배하던 조 선생이 맥주를 조금 먹었다는 일이 이 소녀의 머리를 한층 더 뒤숭숭하게 하였다.

두 사람은 식당에서 나와서 오던 길로 다시 향하였다. 경애는 자기 집으로 가는 지름길로 들어가려 하였으나 조기까지만 걸어보자고 하여서 따라선 것이었다.

"왜 내가 술을 먹었다고 못마땅해서 입을 봉하고 있소?"

육조 앞 컴컴한 넓은 길로 들어서니까 상훈이가 입을 벌렸다.

"아뇨!"

하면서도 경애는 자기 마음을 속인다고 생각하였다. 그러나 조 선생이 자기의 눈치를 짐작해준 것도 좋고 사과하듯이 부드러운 목소리로 다정히 말을 붙이는 것도 얼마쯤 마음을 눅여주는 것이었다.

"추운데 목도리를 꼭 해요."

하며 상훈이는 목도리 뒤를 치켜주었다. 경애는 전신이 오싹하면서 배 속에서 무엇이 찌르르 스며 내려가는 것 같은 느낌을 깨달았다. 머리 쪽지에는 어느 때까지 상훈이의 손이 닿은 감촉이 남아 있었다.

"이 야기夜氣에 감기 안 들게 조심해요."

어린 사람을 가꾸는 자애스러운 목소리다. 경애는 얼굴이 홧홧이 달아오르는 것을 깨달았다. 그러나 그래도 상훈이가 밉거나 무서운 생각은 아니 들었다. 술을 먹은 데 대한 책망도 잊어버렸다.

'그러나 내가 왜 이런가? 누가 어째기에……? 추우니까 감기 들까 보아 목도리쯤 치켜주었기로…….'

경애는 이렇게 자기를 되레 꾸짖고 울렁거리는 가슴을 간정시키려 하였다. 보병대 앞까지 왔을 제 경애는 헤어져 가려 하였다.

"그럼 늦기 전에 어서 가우. 그리고 공연한 생각 말고 잘 다니면 차차……."

하고 상훈이는 말을 얼버무려뜨리며 헤어지려는 눈치더니 다시 발을 아래로 떼어놓으며 어둬서 호젓할 테니 데려다 주마고 한다. 경애는 싫다고 하였으나 역시 따라온다. 싫을 것도 없다.

"성이 가시고 괴롭기는 피차일반이오!"

상훈이는 애수에 잠긴 목소리를 가라앉혀서 이런 소리를 하다가 자기의 감정을 좀 더 분명히 표시하고 싶어서 다시 말을 잇는다.

"남이 들으면 웃을지 모르지만, 사십이나 된 놈이 나이 아깝다고 욕을 할지 모르지만, 아직 이십 때의 생각—내 자식 보기가 부끄럽고 경애 양에게 눈치를 보일까 봐 부끄러운 그러한 십 년 전, 이십 년 전의 정열과 얼마나 싸웠는지 아무도 모를 게요."

기어코 이런 말을 하고야 말았다. 상훈이는 자기가 지금 무슨 말을 하였는지 귀가 먹먹하였고 숨이 목 밑까지 차올라왔다.

경애도 주기를 품은 남자의 더운 입김이 반만 내놓은 옆 뺨에 스치는 것을 깨달았으나 지금 무슨 소리를 들었는지 머릿속이 띵하였다. 한 말도 한 마디도 입을 벌릴 기운이 아니 났다. 다만 가슴이 울렁거릴 뿐이었다.

당주동으로 돌아들어 가는 동구에 왔을 때 경애는 상훈이더러 인제는 가라고 하고 싶었으나 말이 목 밑에 붙어서 아무래도 나오지를 않았다. 하는 수 없이 또다시 캄캄한 길로 들어섰다. 아무쪼록 한 걸음 뒤서려고 애를 쓰면서…….

"그러나 그까진 소리는 다아 그만두고……."

상훈이는 다시 말을 꺼내면서 한 걸음 멈칫하여 나란히 서며,

"……쓸데없는 소리 말고 어쨌든 곧 결혼을 하우! 결혼만 하면……."

하고 말을 딱 끊는다. 경애는 다소 안심이 되며 말 뒤를 기다리려니까 별안간 손에 무엇이 와서 닿는다.—상훈이의 화끈하는 손이다. 경애는 감전된 듯이 전신이 찌르르하며 하마터면 발부리가 채어 엎드러질 뻔하였다.

경애는 붙잡힌 손을 뿌리칠 수도 없이 놀란 비둘기는 소리는 치련마는 숨을 죽이고 몇 발자국 따라가려니까 상훈이는 별안간 손이 으스러질 듯이 꽉 쥐었다가 탁 놓으며 노한 사람처럼,

"가우! 가—."

하고 돌쳐서 가버린다. 컴컴한 속에서 검은 그림자가 어른어른 움직이는 것을 경애는 잠깐 바라보다가 고개를 떨어뜨리고 그대로 한참 섰었다. 지나던 사람이 들여다보고 간다.

경애의 머리에는 아무 생각도 떠오르는 것이 없었다. 까닭 없이 울고만 싶었으나 눈은 보송보송하다.

이 두어 시간 동안에 경애의 눈에 비친 세상은 금시로 변하였다. 조상훈이의 세상이 아니어든 조상훈이에게 대한 관찰이 변하였다고 세상까지 돌변해 보이랴마는 세상이 우스꽝스럽다 할지, 무섭다 할지, 더럽다 할지, 재미있고 희망에 가득하다 할지, 형용할 수 없는 것이 이 세상인 듯하였다.

이튿날 경애는 학교에 아니 갔다. 갈 용기가 아니 났다. 온 밤을 모친 몰래 꼬빡 새우고 나서 머리가 내둘리기도 하지만 학교에 가면 오늘쯤은 조 선생이 나왔을지도 모르는데 얼굴을 맞대할 것이 걱정이었다. 부끄럽기도 하고 이상하기도 하였다. 겁도 났다. 아니, 그보다도 무슨 중대한 일을 해결하여야 할 것 같았다. 그러나 그 중대한 일이 무엇인지는 자기도 알 수가 없었다.

모친은 간밤에 야기를 쐬어서 감기가 들었느냐고 애를 쓰며 약을 지어다 주마고 서둘렀다. 그러나 모두 싫다 하고 하루를 버둥버둥 누워서 지냈다. 아무쪼록은 모친과 떨어져서 혼자 있고 싶었다.

'조 선생이 미쳤단 말인가? 술이 취해 그랬나? 미쳤거나 술이 취하지 않았으면 어제 헤질 때 그게 무슨 짓이더람…….'

그러나 암만 생각해도 실진한 사람은 아니다. 그리 취하지도 않았던 것이다.

자식 보기에 부끄럽고 어쩌고 하던 말을 생각하여보았으나 머리에 다시 떠오르지 않는다. 그러나 다만 한 가지 뜻은 어렴풋이 알 수 있는 것 같았다. 천만의외이었다. 그러나 그러면 또 나중에 어서 결혼을 하라는 말은 무슨 뜻인가?

"쓸데없는 소리 말고 결혼만 하면……."

하고 조 선생이 말을 뚝 끊던 것을 생각하여보았다.

—쓸데없는 소리는 누가 하였던가? 결혼만 하면…… 어떻게 되리라는 말인가? 경애는 알 수가 없었다.

실상은 자기가 자기 자신에게 한 말이었다. 그따위 쓸데없는 소리 말고 경애를 혼인만 시키면 상훈이 자신도 마음이 가라앉고 아무 일 없어지리라는 뜻이었을 것이다. 상훈이는 자기 마음이 위험해가는 것을 피할 도리가 다만 경애를 얼른 결혼시키는데 있다고 생각하는 것이었다.

하루 놀고 다음 날은 학교에 가보았다. 둘째 시간에 들어갈 때 조 선생은 사무실에 들어왔었다. 여러 사람이 병위문을 아니하는 것을 보니 조 선생은 어저께도 왔던 모양이다. 조 선생은 그제 저녁에 보던 조 선생이 아니다. 그전대로의 조 선생이다. 경애에게 인사를 하고 수작을 붙이는 것도 조금도 그전과 다를 것이 없다. 경애는 또 한 번 얼떨떨한 생각에 끌려들어 갔다. 그저께 일이 꿈결 같고 사람이란 옷 한 겹만 입은 것이 아니라 마음과 몸 위에 몇백 겹, 몇천 겹 눈에 보이지 않는 그 무엇으로 싸고 살아가는 것 같았다. 조 선생뿐 아니라 모든 사람이 조 선생 같아 보였다. 대하는 사람마다 새삼스러이 얼굴이 치어다보였다. 그중에 오직 자기만이 아무것으로도 싸지 않고 난 대로 벌거벗고 있는 것 같고 또 그것이 자랑이라느니보다도 이상스러웠다.—허위의 갑옷을 입을 것을 배웠다.

하학 후에 누구보다도 먼저 책보를 싸 들고 나가려니까 문간에서 마주 들어오는 조 선생과 마주쳤다. 조 선생은 눈으로 좌우를 경계하는 표정이더니 외투 주머니에서 봉투를 꺼내서 약삭빠르게 준다. 경애는 얼굴이 화끈하며 급히 받았다. 결코 그 편지가 반가운 것이 아니라 누구에게 들킬까 보아 아무 소리도 못 하고 받아서 책보 밑에 감춘 것이다.

편지에는 아무 말 없이 어저께 왜 아니 들어왔더냐는 인사와 그저께 저녁 일은 아무 일 없었던 듯이 피차에 기억에서 없애자 하고 용서하여달라고 여러 번 진심으로 뇌었을 뿐이다. 가슴을 두근거리며 몰래 펴던 경애는 도리어 김이 빠지었다. 좀 더 무슨 뼈진 말[60]이 있을 것같이 생각되었고 또 그런 말이 없는 것이 이상히도 섭섭하였던 것이다. 그렇다고 결코 상훈이를 그립게 생각하거나 뼈 있는 말이 듣고 싶었던 것은 아니다. 다만 편지가 너무 싱거웠기 때문이었다.……

그러나 오 년 전의 이러한 갈피를 누가 알랴? 덕기는 물론이요, 경애의 모친도 결과만을 알 뿐이지 자초를 알 리가 없었다.

60 야무지고 단단한 말.

지금 어미의 무릎 위에서 잠든 이 아이인들 그 결과를 설명할지언정 그 갈피야 알 것이냐! 당자까지들도 인제는 가끔 머리에 떠오르는 추억에 그치고 말 것이다.

경애가 상훈이의 첫 편지를 받은 지 다섯 달도 못 되어서 경애는 학교를 나오고야 말았다. 경애는 그때 학교를 나오면서 서울을 떠났다. 동경 유학—이름 좋은 동경 유학을 내세우고 학교를 떠났던 것이요, 또 사실 동경에 안 간 것도 아니었다. 그러나 호화로운 유학이 아니라 할 수 없이 피접 나간 것이었다.

학교에서들은 동경 유학이란 말을 들을 제,

"그러면 학비는 누가?"

하고 서로 웃는 입들을 치어다보았다. 다른 사회에서면야 그런 것이 그다지 문제도 되지 않았겠지만 교회 속이니까 문제는 수군거리며 커가는 것이었다.

어쨌든 경애가 동경 가서 아무도 만나지 않고 시외 '오오모리' 한구석에 박혀 있던 석 달 동안은 징역살이였다. 몸 고된 일이 있고 돈에 군색해서가 아니라 적막하기가 귀양살이 같았기 때문이었다. 더구나 만날 사람을 못 만나는 고민은 피차가 일반이었다. 그러나 상훈이는 서울을 떠날 수가 없었다. 서울에서 단 일주일이라도 소문 없이 자취를 감춘다면 비평이 스러져가려던 판에 또다시 동경으로 경애의 뒤를 따라갔다는 소문이 짝자그르 날 것이기 때문이다. 그러나 경애는 동경 간 지 삼 개월 만에 다시 도망구니[61]처럼 서울로 기어들었다. 용산역에서 내려서 사람의 눈을 피하여 밤

61 몰래 도망질하는 사람.

중에 자동차로 모친에게 끌려 들어온 경애는 지금 들어 있는 북미창정 이 집에 처음 집알이[62]를 하게 된 것이었다.

이 집은 물론 상훈이가 경애를 위하여 마련해놓았던 집이다. 하필 교회와 학교에서 가까운 이 근처에 정할 묘리는 없었으나 경애의 모친이 당주동으로 떠난 뒤에는 그 근처의 종교 예배당에를 다닌 관계로 우대에서는 살기 싫고 삼청동 근처도 아니 되었고 또 집도 알맞은 것이 나서지를 아니하니까 부친이 경영하는 이 근처인 대성정미소의 주무에게 부친이 빌려주었던 이 집을 내놓게 하고 들여앉힌 것이었다. 그렇게 해놓고 보니 등하불명이란 말이 예 두고 맞힌 듯시피 도리어 상관없을 성싶었다.

하여간 예닐곱 달 된 남의 눈에 뜨일 만한 배를 안고 새집에 들어와 앉으니 경애는 그래도 마음이 후련하고 다시 살아난 것 같았다.

모친은 처음부터 아무 말 없었지만 석 달 만에 만나서도 별말 없었다. 이왕지사 떠들면 무얼 하랴는 단념으로인지? 자기 남편 때 일을 생각하고 은인이라 하여 그것을 딸의 몸으로 갚겠다는 생각인지 혹은 명에 있고, 아니 그까짓 명예라는 것은 무엇 말라 뒈진 것이냐—돈 있는 사람이니 이 사람의 첩장모 노릇이라도 하여두면 죽을 때 육방망이[63]는 못 써도 마주잡이를 해서 나가지는 않으리라는 속다짐으로인지…… 그러나저러나 이 속다짐이 무엇보다도 앞을 섰던 것일 것이다.

이 늙은 부인은 손에 성경책 넣은 검은 헝겊 주머니를 들고 다

62 새로 집을 지었거나 이사한 집에 집 구경 겸 인사로 찾아보는 일.
63 방망이 여섯 개를 가로 꿰어 열두 사람이 메게 된 상여.

니는 전도 부인이다. 그러나 살아 나아가야 할 수단을 잊어버린 어리보기는 아니었다. 게다가 첩에서 조금 면한 삼취댁이다. 만일 예수 믿고 사회 일 하는 남편을 만나지 않았다면 장거리에서 술구기[64]를 들었을지 딸자식을 기생에 박았을지 누가 알랴. 이것은 이 노부인을 모욕하여 하는 말이 아니라 이 부인의 성격이 그만치나 걸걸하고 수단성 있다는 말이요, 또 누구나 그 놓인 처지에 따라서 이렇게도 되고 저렇게도 된다는 말이니 만일에 자기 남편이 단 사오십 석의 유산만 남겨주었었던들 이 부인은 조상훈이의 은혜를 받을 기회커녕 서울로 올라오지도 않았을 것이 아니냐?……

그러나저러나 이 부인은 새집 든 지 석 달 만에 손주딸을 보았다. 쉬쉬하고 세상을 숨기고 낳은 목숨이다. 그러나 이 손주 새끼는 외할머니로 하여금 교회에서 멀어지게 하였던 것이다.

제1 충돌

"글쎄, 아버니께서는 망령이 나셔서 그리시든 옛날 시절만 생각하고 그리시든 형님으로서는 되레 그러지 못하시게 말려야 할 것이 아닌가요?"

"자네가 못하는 일을 내가 어떻게 말리나? 자네가 못하시게 하지 못하기나 내가 여쭈어 안 들으시기나 매한가지가 아닌가?"

64 독이나 항아리 등에서 술을 풀 때에 쓰는 도구.

"못하시게 하기는 고사하고 그렇게 하시도록 충동이고 다니는 사람은 누구게요."

"글쎄 이 사람아, 딱한 소리도 하네그려. 그래 아저씨께서 누구 말은 들으시던가? 내가 다니면서 일을 꾸며놓은 것같이 생각을 하지만 자네 어쩌자고 그런 소리를 하나?"

"어쨌든 이 전황한 판에 무슨 정성이 뻗혔다고 별안간 십 대조니 십 몇 대조니 하는 조상의 산소치레를 하고 있단 말씀이요?"

상훈이는 문제의 산소가 몇 대조의 산소인지도 모른다.

"아버니께 여쭈어보게그려!"

상훈이의 재종형 창훈이는 핏대를 올리고 소리를 높인다.

제삿날이라 열시가 넘으니까 당내[65]가 꾸역꾸역 모여들어서 사랑 건넌방 안은 뿌듯하고 담배 연기가 자옥하다. 상훈이는 제사 참례는 아니하여도 으레 제삿날이면 사랑에 와서 앉았다가 음복까지 끝나야 가는 것이었다.

영감님은 모든 분별을 하느라고 안방에 들어가 앉았고 사랑 큰방에는 윗항렬 노인들과 제삿밥 기다리는 노인 축이 점령하고 떠든다. 덕기도 아까 여덟시가 넘어서 들어와서 제삿날 나다닌다고 조부에게 한바탕 꾸중을 듣고 안에서 제물 올리는 시중을 들고 있다. 일할 사람이 없어서 그러는 것이 아니라 어동육서魚東肉西니 조율이시棗栗梨柹니 하는 절차부터 가르치기 위하여 꼭 손자를 시키는 것이다. 영감으로서 생각하면 죽은 뒤에 아들의 손으로 제사 받기는 틀렸으니까 장손에도 외손자인 덕기 하나를 믿

65 같은 성을 가진 팔촌 안의 일가.

는 것이었다.

내가 죽은 뒤에 기도를 어떤 놈이 하면 내가 황천으로 가다 말고 돌아와서 그놈의 혓바닥을 빼놓겠다고 노영감은 미리미리 유언을 해둔 터이다. 아들이 예수교식으로 장사를 지내줄까 보아 그것이 큰 석정인 것이다. 그러기 때문에 자기가 죽으면 호상[66]은 사랑에 있는 지 주사로 정하고 모든 초종범절은 지금 사랑 건넌방에서 상훈이와 말다툼을 하고 있는 당질 창훈이더러 서로 의논해 하라는 것이 벌써부터의 유언이다. 아들더러는 후록코트[67]나 입고 마차나 자동차를 타고 따르든지 기생집에서 콧노래를 부르고 누워 있든지 너 알아 하라고 일러두었다.

도대체 영감의 소원은 앞으로 십오 년만 더 살아서(십오 년이면 여든두셋이나 된다) 안방 차지인 수원집의 몸에서 아들 하나만 더 낳겠다는 것이다. 인제라도 태기가 있다면 죽을 때는 열다섯 먹은 상제 하나는 삿갓가마[68]를 타고 따르리라는 공상이다.—영감의 걱정이란 대개 이런 따위이다. 창피해서 입 밖에 내지는 않으나 작년 올에 있을 태기가 없어서 아들 낳는다는 보험만 붙은 계집이면 또 하나 얻어도 좋겠다는 속셈이다.…… 날마다 지 주사는 아랫방 마루 안에 놓인 약장 앞에서 십오 년 더 살 약과 아들 날 약을 짓기에 겨울에는 발이 빠질 지경이다.

그러나 이 영감이 십오 년을 더 사는 동안에는 호상 차지할 맞늙는 지 주사와 오십 넘은 창훈이가 먼저 죽을지 모를 것이다.

66 초상 치르는 일을 책임진 사람.
67 서양식 예복의 하나인 '프록코트'.
68 예전에 초상初喪 중에 상제가 타던 가마.

"대관절 대동보소[69]를 이리 옮겨 온 것도 형님이 아니요?"

상훈이는 종형을 또 들이댄다.

"옮겨 오고 말고가 있나. 그런 일이란 집안 어른이 하셔야 할 것이요 나는 영감님 분부대로 심부름만 한 게 아닌가? 자네는 나만 보면 들컹거리네마는 대관절 내가 무얼 잘못했단 말인가?"

창훈이는 다시 순탄한 목소리로 눅진눅진 대거리를 하고 앉았다.

"그야 큰댁 형님 말씀이 옳지요. 또 사실 사무소를 둘 만한 곳이 어디 있습니까?"

옆에 앉았던 젊은 재종이 창훈이 편을 든다.

"대동보소로 모두 얼마나 쓰셨소?"

상훈이는 자기 부친이 족보 인쇄하는 데 적어도 삼사천 원은 그럭저럭 부스러뜨렸으리라고 생각하는 것이었다.

"그 역 나도 모르지. 장부에 뻔한 것이요 회계 본 애가 있으니까."

창훈이는 냉연히 이렇게 대답하다가,

"자네 생각에는 내가 거기서 담배 한 갑이라도 사 먹고 밥 한 그릇이라도 먹었을 상싶지만 없네 없어! 나도 조가로 태어났으니까 싫어도 하고 좋아도 하는 노릇이 아닌가?"

하고 코웃음을 친다.

서울 올라올 제의 고무신짝이 구두로 변하고 땟덩이 두루마기가 세루 두루마기로 되더니 올겨울에는 외투가 그 위에 또 늘은 것은 어디서 생긴 것이요? 하고 들이대고 싶은 것을 상훈이는 참았다.

69 동성동본에 딸린 모든 파派의 족보를 합쳐서 엮는 일을 맡아보는 곳.

"그래 대동보소 문패는 언제 떼게 될 셈인가요?"

한참 만에 상훈이는 또 비꼬아서 말을 꺼냈다.

"인쇄가 다 되었으니까 떼지 말래도 떼게 되겠지."

"응, 그러니까 일거리가 인제는 없어져서 여관 밥값들이 밀리게 되니까 또 새 일거리를 꾸며냈단 말이지……."

좌중은 아무도 대꾸를 안 하고 조용하다.

수하동 조 의관 댁 문지방 없는 솟을대문에는 언제부터인가 ××조씨 대동보소라는 넓고 기다란 나무패가 붙기 시작하였었다. 근 이태 동안 무릇 ×× 조씨라고 하는 '종씨' 쳐놓고 안 드나드는 사람이 없게 되었다. 종씨, 종씨—보도 듣도 못 하던 종씨의 사태가 났던 것이다. 그 종씨가 상훈이에게는 구살머리적고[70] 못마땅하였다. 그러나 조 의관은 그 무서운 규모로도 이 종씨를, 할아버지 아저씨 하고 덤벼드는 시골 꼬라지 젊은 애들을 며칠씩 묵혀서는 노잣냥 주어 내려보내는 것이었다.

조 의관에게는 평생의 오입이 몇 가지 있다. 하나는 을사조약 한창 통에 그때 돈 이만 냥, 지금 돈으로 사백 원을 내놓고 사십여 세에 옥관자를 붙인 것이다. 차함[71]은 차함이로되 오늘날의 조 의관이란 택호宅號가 아주 터무니없는 것이 아니요, 또 하나는 육년 전에 상배하고[72] 수원집을 들여앉힌 것이니 돈은 여간 이만 냥으로 언론이 아니나 그 대신 귀순이를 낳고 또 여든나섯에 죽을 때는 열다섯 먹은 아들을 두게 될지 모르는 터인즉 그다지 비싼

70 '구살머리쩍다', 마음에 마땅치 않고 귀찮다.

71 이름만 걸어둔 벼슬.

72 상처하다.

오입이 아니나 맨 나중으로 하는 오입이 이번 이 대동보소를 맡은 것인데 이번에는 좀 단단 걸려서 이만 냥의 열 곱 이십만 냥이나 쓴 것이다. 그것도 어엿이 자기 집 자기 종파의 족보를 꾸민다면야 설혹 지금 시대에 역행하는 일이라 하더라도 덮어놓고 오입이라고 하여서는 말이 아니요 인사가 아니겠지만 상훈이로 보아서는 대동보소라는 것부터 굳이 반대는 안 한다 하여도 그리 긴할 것이 없는데 게다가 ××씨의 족보에 한몫 비집고 끼려고—덤붙이가 되려고 사천 원 템이나 생돈을 내놓는다는 것은 적어도 오입 비슷한 일이라고 생각하는 것이었다.

'돈 주고 양반을 사!'

이것이 상훈이에게는 일종의 굴욕이었다.

그러나 조 의관으로서 생각하면 이때껏 자기가 쓴 돈은 자기 부친이 물려준 천 냥에서 범용한 것이 아니라 자수로 더 늘린 속에서 쓴 것이니까 그리 아깝지도 않고 선고先考의 혼령에 대하여도 떳떳하다고 자긍하는 것이다. 저 잘나면 부조父祖의 추증[73]도 하게 되는 것인데 있는 돈 좀 들여서 양반 되기로 남이 웃기는새로에[74] 그야말로 이현부모[75]가 아닌가 하는 용량이다. 어쨌든 사천 원 돈을 바치고 조상 신주 모시듯이 ×× 조씨 대동보소의 문패를 모셔다가 크나큰 문전에 달고 ×× 조씨 문중 장손파가 자기라는 듯이 버티고 족보까지 박게 되고 나니 이번에는 ×× 조씨 중시조인 ○○당堂 할아버니의 산소가 수백 년래에 말이 아니 되었

73 종이품 이상 벼슬아치의 죽은 증조부, 조부, 부에게 벼슬을 주던 일.
74 '새로에'는 '고사하고, 그만두고, 커녕'의 뜻을 나타내는 보조사.
75 以顯父母, 자식의 공적으로써 부모를 명예롭게 하는 일.

으니 다시 치산治山을 하고 그 옆에 묘막보다는 큼직한 옛날로 말하면 서원 같은 것을 짓자는 의논이 일어났다.

지금 상훈이가 창훈이더러 일거리가 없어져가니까 또 새판으로 일을 꾸민다고 비꼬는 말이 이를 두고 하는 말이다.

제절[76] 앞의 석물도 남볼썽 사납지 않게 일신하게 하여야 하겠고 묘막이니 제위답祭位畓[77]이니 무엇무엇…… 모두 합하면 한 만 원 예산은 있어야 할 터인데 반은 저희들이 부담하겠지만 절반 오천 원은 아무래도 조 의관이 내놓아야 하겠다는 것이다.

양자를 들어가면 재산상속을 받을 권리도 있지만 없는 양부모면야 벌어서 봉양할 의무도 지는 것이다. 조씨 문중에 돈 낼 만한 사람이 없고 또 벌이지 않았으면 모르거니와 벌인 일인 바에야 시종이 여일하게 깡그러뜨려야 할 일이다. 그러나 오천 원을 저희가 분담한대야 그것은 이 영감에게서 울궈내려는 미끼로 하는 헛말임은 물론이요, 이 영감이 내놓는 오천 원에서 뜯어먹으려고나 안 했으면 다행이나 원체가 뜯어먹자는 노릇인 다음에야 더 말할 것도 없는 일, 어쨌든 뭇놈이 드나들며 굽실거리고 노영감을 쑤셔대기도 하지만 아무래도 못하겠다는 말이 입에서 아니 나와서 울며 겨자 먹기로 추수나 하면 내년 봄쯤 어떻게 해보자고 아직 밀어 나오는 판이다. 내년 봄이라야 음력설만 쇠면 석 달이 못 가서 한식이다.

이 영감에게 제일 신임 있는 창훈이를 앞장세우고 요새로 부쩍 조르고 다니는 것은 어서 급급히 착수할 준비를 하여 한식 차

76 산소 앞의 널찍한 부분.
77 제사 비용을 대기 위한 논.

례를 잡숫게 하고 이눌러 일을 시작하자는 것이다.

그러나 영감으로서는 이렇게 쌀값이 폭락하여서는 도저히 힘에 겨우니 좀 더 연기를 하였다가 추석에나 가서 착수를 하든지 또다시 내년 한식 때에 의논을 해보자는 것이다.

영감도 결단코 어수룩한 사람은 아니다. 어수룩이라니 거의 후반생을 산가지와 주판으로 늙은 사람이다.

속에서는 쪼르륵 소리가 나면서 천 냥 만 냥 판으로 돌아다니거나 있는 집 사랑 구석에서 바둑으로 세월을 보내는 조가의 떨거지들이 다른 수단으로는 이 영감의 주머니 끈을 풀게 할 도리가 없으니까 족보를 앞장세우고 삶고 굽고 하는 바람에 조춤조춤[78] 쓰기 시작한 것이 삼천여 원, 근 사천 원을 쓰게 되고 보니 속으로 꽁꽁 앓는 판인데 또 ○○당 할아버니가 앞장을 서서 오천 원 놀래[79]가 나온 것이다. 그러나 오천 원을 부른 사람도 그만큼 불러야 삼천 원은 울궈내려니 하는 것이요, 조 의관도 오천 원의 반절은 아무래도 또 털리는 것이라고 생각하고 있는 것이다. 그것도 죽을 날이 얄팍하여가니까 ××조씨 문중에서 자기가 둘째 중시조나 되는 셈 치고 이 세상에 남겨놓고 가는 기념사업이라는 생각도 없지 않아서 해보려는 노릇이다.

그래서 요새로 부쩍 달고 치는 바람에 그러면 우선 천 원 하나를 내놓을 터이니 오백 원은 산역에 쓰고 오백 원은 묘막을 짓되 부족되는 것은 묘하[80]에 있는 조씨들이 금력으로 보태든지 돈

78 망설이며 조금씩 자꾸 움직이는 모양.
79 논래.
80 조상의 산소가 있는 땅.

없는 사람은 부역으로 흙 한 줌, 떼 한 장씩이라도 떠다가 힘으로 보태라고 한 것이다.

그러고 나서 제위답으로는 다소간 나중에 마련해노마고 하였다. 조 의관 생각에는 그렇게 하면 천 원 내놓고 이천 원 들인 생색은 나려니 하는 속다짐이다.

"그래야 결국 아저씨께서는 돈 천 원, 하나밖에 안 내노신다니까 나중 뒷갈망은 우리가 발바투 돌아다니며 긁어모아야 할 셈이라네. 말 내놓고 안 할 수 있나! 이래저래 뼛골만 빠지고 잘못되면 시비는 우리만 만나고……."

창훈이는 한참 앉았다가 혼잣말처럼 이런 소리를 한다.

"장한 사업 하슈. ○○당 할아버니가 묘막 지어달라고, 제절 앞에 석물이 없어서 호젓하다고 하십디까?"

상훈이는 '합디까?'라고 입에서 나오는 것을 겨우 '하십디까'라고 존대를 하였다. ○○당 할아버니라고 부르는 것도 좀 어설프다. 예수교인이라 하여 자기 조상을 존경할 줄 모르는 것이 아니라 부친이 새로 모셔 온 십 몇 대조 할아버지라 하니 좀 낮 서투른 때문이다.

"그런 소린 아예 말게. 자네는 천주학을 하니까 이런 일에는 반대인지 모르지만 조상 없이 우리 손이 어떻게 퍼졌으며 조상 모르는 사람이 이 세상에 어디 있단 말인가? 어떻게 우리 조씨도 그렇게 해서 남에 빠지지 않고 자자손손이 번창해나가야 하지 않겠나."

창훈이는 못마땅한 것을 참느라고 더욱 이죽이죽 대거리를 한다.

"조가의 집이 번창하려고?…… 하지만 꾸어온 조상은 자기네 자손부터 돕는답디다…….”

상훈이는 불끈하여 소리를 높이며 또 무슨 말을 이으려다가 마루 끝에서 영감님의 기침 소리가 나는 바람에 좌우 방 안은 괴괴하여졌다.

“왜들 떠드니?……”

화를 참는 못마땅한 강강한 목소리와 함께 건넌방 문이 활짝 열린다. 방 안의 젊은 애들은 우중우중 일어서며 아랫목에 앉았던 상훈이는 윗목으로 내려섰다.

방 안에서는 더운 김이 서린 담배 연기가 뭉긋뭉긋 흘러나온다.

“이게 굴뚝 속이지, 젊은것들이 무슨 담배를 이렇게 피우며 주책없는 소리들만 씨부렁대는 거냐?”

영감은 방 안을 들어서며 우선 나무라놓고 아랫목으로 가서 앉으며 자기의 발끈한 성미를 속으로 간정시키려는 듯이 목소리를 가라앉혀서,

“어서들 앉어라.”

하고 무슨 잔소리를 꺼내려는지 판을 차린다. 영감은 제청[81]을 다아 배설[82]해놓고 시간을 기다리느라고 사랑으로 나오다가 종형제 간의 말다툼을 가만히 듣고 섰다가 참을 수 없어 튀어든 것이다.

“너 어째 왔니? 오늘은 예배당에 안 가는 날이냐?”

영감은 얼굴이 발끈 취해 올라오며 윗목에 숙이고 섰는 아들을 쏘아본다.

“어서 가거라! 여기는 너 올 데가 아니야! 이 자식아! 나이 오

81 제사를 지내기 위하여 마련한 대청.
82 연회나 의식에 쓰는 물건을 차려놓음.

십 줄에 든 놈이 젊은것들을 앞에 놓고 철딱서니 없이 무어 어쩌고 어째? 조상을 꾸어왔어? 꾸어온 조상은 자기네 자손만 도와? 배지 못한 자식!……"

영감은 금시로 숨이 넘어가려는 사람처럼 헐떡거리며 벌건 목에 푸른 힘줄이 벌렁거린다. 상훈이는 여전히 고개를 숙이고 한 구석에 섰다.

"너두 내가 낳아놓은 자식이면야 사람이겠구나? 부모의 혈육을 타고났으면 조상은 알겠구나? 가사 젊은 애들이 주책없는 소리를 하더라도 꾸짖고 가르쳐야 할 것이 되레 철부지만도 못한 소리를 텅텅 하니 이게 집안이 되려고 이러는 거란 말이냐? 안되려고 이러는 거란 말이냐?—"

여기서 영감은 숨을 돌리고 나서 다시 목청을 돋운다.

"이 집안에서 나만 눈을 감아보아라! 집안 꼴이 무에 되나? 가거라! 썩썩 나가거라! 조상을 꾸어왔다니 너는 네 아비도 꾸어왔겠구나? 꾸어온 아비면야 조금도 네게는 도울 게 없을 게다!—다시는 내 눈앞에 띠일 생각도 말아!"

오른손에 든 장죽을 격검대[83] 모양으로 들었다 놓았다 내밀었다 들이켰다 하며 펄펄 뛴다.

사천 원 돈이나 드는 줄 모르게 들인 것을 속으로 앓고 또 앞으로 돈 쓸 걱정을 하는 판에 앨 써 해놓은 일에 내하여 자식부터라도 그따위 소리를 하는 것이 귀에 들어오니 이래저래 화는 더 나는 것이다. 게다가 원래 못마땅한 자식이요, 또 오늘은 친기

83 검도 연습을 할 때 칼 대신 쓰는 참대로 만든 긴 막대기.

라 제사 반대꾼을 보니 가만있어도 무슨 야단이든지 날 줄은 누구나 짐작했지만 마침 거리가 좋아서 야단이 호되게 된 것이다.

"아니애요, 그런 말씀이 아니애요. 아저씨께서 잘못 들으셨나 보외다."

창훈이는 속으로는 시원하다고 생각하면서도 인사치레로 한마디 하였다.

"잘못 듣다니? 내가 이롱증[84]이 있단 말인가?"

"그만해두세요. 상훈 군도 달래 그렇겠습니까? 이 전황한 통에 꿈쩍하면 돈이니까 그것을 걱정해서 그러는 것이지요."

창훈이는 이렇게도 변명해주었다. 그러나 상훈이로서는 때리는 사람보다 말리는 놈이 미웠다.

"누가 돈 쓰는 것을 아랑곳하랬나? 누가 저더러 돈을 쓰라니 걱정인가? 내 돈 가지고 내가 어떻게 쓰든지……."

"아버니께서 하시는 일에……."

조금 뜸하여지며 부친이 쌈지를 풀어서 담배를 담는 동안에 상훈이는 나직이 말을 꺼냈다.

"……돈 쓰신다고만 하는 것도 아닙니다마는 어쨌든 공연한 일을 만들어내는 사람들이 첫째 잘못이란 말씀입니다."

"무에 어째 공연한 일이란 말이냐?"

부친의 어기는 좀 낮추어졌다.

"대동보소만 하더라도 족보 한 길에 오십 원씩으로 매었다 하니 그 오십 원씩을 꼭꼭 수봉하면 무엇하자고 삼사천 원이 가외

84 소리를 듣지 못하는 병.

로 들겠습니까?"

"삼사천 원은 누가 삼사천 원 썼다던?"

영감은 아들의 말이 옳다고는 생각하였으나 실상 그 삼사천 원이란 돈이 족보 박는 데에 직접으로 들어간 것이 아니라 ×× 조씨로 무후無後한 집의 계통을 이어서 일문일족에 끼려 한즉 군식구가 늘면 양반에 진국이 묽어질까 보아 반대를 하는 축들이 많으니까 그 입들을 씻기기 위하여 쓴 것이다. 하기 때문에 마치 난봉자식이 난봉 핀 돈 액수를 줄이듯이 이 영감도 실상은 한 천 원 썼다고 하는 것이다. 중간의 협잡배는 이런 약점을 노리고 울궈 쓰는 것이지만 이 영감으로서 성한 돈 가지고 이런 병신구실 해보기는 처음이다.

"그야 얼마를 쓰셨든지요. 그런 돈은 좀 유리하게 쓰셨으면 좋겠다는 말씀입니다."

'재하자 유구무언'[85]의 시대는 지났다 하더라도 노친 앞이라 말은 공손하였으나 속은 달았다.

"어떻게 유리하게 쓰란 말이냐? 너같이 오륙천 원씩 학교에 디밀고 제 손으로 가르친 남의 딸자식 유인하는 것이 유리하게 쓰는 방법이냐?"

아까부터 상훈이의 말이 화롯가에 앉아서 폭발탄을 만지작거리는 것 같아서 위태위태하더리니 겨우 간정되려던 영감의 감정에 또 불을 붙여놓고 말았다.

상훈이는 어이가 없어서 얼굴이 벌게진다.

85 在下者 有口無言, '아랫사람은 할 말도 못하고 지낸다'는 뜻.

부친의 소실 수원집과 경애 모녀와는 공교히도 한고향이다. 처음에는 감쪽같이 속여왔으나 수원집만은 연줄연줄이 닿아서 경애 모녀의 코빼기도 못 보았건마는 소문을 뻔히 알고 따라서 아이를 낳은 뒤에는 집안에서 다 알게 되었던 것이다. 덕기 자신부터 수원집의 입에서 대강 들어 안 것이다. 그러나 상훈이 내외끼리 몇 번 싸움질이 있은 외에는 노영감님도 이때껏 눈감아버린 것이요, 경애가 들어 있는 북미창정 그 집에 대하여도 부친이 채근한 일은 없는 것이라서 지금 조인광좌[86] 중에서 아들에게 대하여 학교에 돈 쓰고 제 손으로 가르친 남의 딸 유인하였다는 말을 터놓고 하는 것을 들으니 아무리 부친이 홧김에 한 말이라 하여도 듣기에 괴란쩍고 부자간이라도 너무 야속하였다.

"아버니께서는 너무 심한 말씀을 하십니다마는 어쨌든 세상에 좀 할 일이 많습니까. 교육 사업, 도서관 사업, 그 외 지금 조선어 자전 편찬하는 데……."

상훈이는 조심도 하려니와 기를 눅이어서 차근차근히 이왕지사 말이 나왔으니 할 말은 다 하겠다는 듯이 말을 이어나가려니까 또 벼락이 내린다.

"듣기 싫다! 누가 네게 그따위 설교를 듣자든? 어서 가거라."

"하여간에 말씀입니다. 지난 일은 어쨌든 지금 이 판에 별안간 치산이란 당한 일입니까. 치산만 한대도 모르겠습니다마는 서원을 짓고 유생들을 몰아다 놓으시렵니까? 돈도 돈이거니와 지금 시대에 당한 일입니까?"

86 여러 사람이 빽빽하게 많이 모인 자리.

상훈이는 아까보다 좀 어기를 높여서 반대를 하였다.

"잔소리 마라! 그놈 나가라니까 점점 더하고 섰고나. 내가 무얼 하든 네가 무슨 총찰이란 말이냐. 내가 죽으면 동전 한 닢이라도 너를 남겨줄 테니 걱정이란 말이냐. 너는 이후로는 아무리 굶어 죽는다 하여도 한 푼 막무가내다. 너는 없는 셈만 칠 것이니까…… 너희들도 다아 들어두어라."

하고 좌중을 돌려다 보며 말을 잇는다.

"내 재산이라야 얼마 있는 게 아니다마는 반은 덕기에게 물려줄 것이요, 그 나머지로는 내가 쓰고 싶은 데 쓰다 남으면 공평히 나누어주고 갈 테다. 공증인을 세우든 변호사를 불러 대든 하여 뒤를 깡그러뜨려 놀 것이니까 너는 인제는 남 된 셈만 쳐라. 내가 죽으면 네가 머리를 풀 테냐? 거성[87]을 입을 테냐?"

영감은 사실 땅문서도 차츰차츰 덕기의 명의로 바꾸어놓아 가는 판이요 반은 자기가 쓰다가 남겨서 수원집과 막내딸의 명의로 물려줄 생각이다. 만일에 십오 년 더 사는 동안에 아들 하나를 더 본다면 물론 그 아들을 위하여 반은 물려줄 요량도 하고 있는 터이다.

이때까지 술이 취하면 주정으로 이런 말을 하는 것을 듣기도 하였지만 오늘은 친기라 하여 술 한 잔 안 자신 이 영감이 맑은 정신으로 여러 젊은 애들 앞에서 이런 말을 떠들어놓는 것은 처음이다. 그래야 이 방중은 고사하고 이 집안 속에서 자기편을 들어줄 사람이라고는 하나 없고나 하는 생각을 하니 상훈이는 새

87 거상. '상복喪服'을 속되게 이르는 말.

삼스러이 고독을 느끼고 모든 사람이 야속하였다.

"애비 에미도 모르고 계집자식도 모르는 너 같은 놈은 고생을 좀 해봐야 한다. 내가 돈이 있으니까 네가 한 달에 한 번이라도 들여다보는 것이지 내가 아무것도 없어보아라. 돌아다보기커녕 고려장이라도 족히 지낼 놈이 아니냐. 어서 나가거라. 이 자식, 조상을 꾸어왔다는 자식은 조가가 아니다."

하고 노인은 별안간 벌떡 일어나서 아들을 떼밀며 내쫓으려는 듯이 덤벼든다. 젊은 사람들은 와아 달려들어서 가로막는다.

"상훈이, 어서 나가게. 흥분이 되셔서 그러시니까……."

창훈이는 상훈이를 끌고 마루로 나왔다.

부친이 망령이 나느라고 그러는지는 모르겠으나 젊은 사람들이나 자식 보는 데 창피도 스러웠다. 상훈이는 안방으로 들어가는 수도 없고 아랫방에도 덕기 또래의 아이들이 모여 있으니 그리 들어갈 수도 없다. 하는 수 없이 모자를 집어 쓰고 축대로 내려오려니까 덕기가 아랫방에서 나와서 뜰로 내려온다.

"아랫방으로 들어가시지요."

덕기는 민망한 듯이 이렇게 부친에게 말을 걸었으나, 부친은 잠자코 나가버렸다.

제2 충돌

파제삿날 아침에도 간밤 두시에나 취침한 영감이 첫새벽에 일어나서(이날은 사랑에서 자는 사람이 많아서 영감은 안방에서 잤

다) 아침 술 석 잔을 마시고 사랑으로 나갔다. 밤을 새우다시피 한 젊은 사람들을 들쑤셔 깨우려는 생각이었다. 그러나 영감이 사랑으로 막 나가자 사랑 편에서 방문을 우당퉁탕 여닫는 소리가 나고 지껄지껄하는 소리가 안방에 앉았는 수원집의 귀에까지 들렸다. 부엌에서 어제 휩쓸어두었던 그릇을 설거지를 하던 손주며느리가 깜짝 놀라서 귀를 기울이다가 옆에서 쌀을 일고 섰는 어멈더러 나가보고 들어오라고 재촉을 하려니까 안방에서도,

"어멈, 사랑에 좀 나가보고 들어오게."

하고 소리를 친다. 사랑으로 내닫던 어멈은 단걸음에 되짚어 뛰어 들어오면서,

"에구 안방마님! 어서 나가보세요. 큰일 났에요. 영감마님께서 댓돌에 미끄러져서 넘어지셨에요."

하고 소리를 친다.

"무어?……"

안방에서는 수원집이 경풍을 해서 뛰어나와서 고무신짝을 거꾸로 꿸 듯이 하고 사랑으로 내달았다. 손주며느리도 뒤따르고 어멈도 다시 줄달음질을 쳐서 나갔다. 안방 계집애년도 뛰어나왔다. 그 바람에 안방에서는 어린애가 잠을 깨어 킹킹대며 울기 시작한다.

건넌방에서 아침잠이 뭉긋이 들었던 덕기는 그제서야 눈이 띄어서,

"왜들 그러니?"

하고 미닫이를 여니까 아랫방에서 모친이,

"어서 사랑에 나가봐라. 할아버니께서 넘어지셨단다."

하고 소리를 친다. 모친은 어제 와서 같이 잔 딸이 학교에 가느라고 머리를 빗는데 일어나는 길로 뒷머리를 따주고 앉았었기 때문에 얼른 일어서지 못하였다. 한방에 자던 여편네들도 인제야들 일어나 앉아 씩둑거리고 있다가 매무시도 채 못 해서 곧 나오지들을 못하였던 것이다.

덕기가 바지저고리만 꿰고 뛰어나간 뒤에야 비로소 모친과 덕기 누이 덕희가 사랑으로 나갔다.

덕기 모친은 먼저 나갔던 사람들과 사랑 문간에서 마주쳤다. 수원집은 암상이 나서 못 본 척하고 지나쳐버린다. 늦게 나온다고 못마땅해서 그러는구나 하는 생각을 하니 덕기 모친도 심사가 났다.

"좀 어떠시냐? 다치시지는 않으셨니?"

그래도 노인이 빙판에 넘어졌다니 애가 씌어서 시서모의 뒤를 따라 들어오는 며느리더러 물어보았다.

"다치신 데는 없에요. 들어가 누웠에요."

사랑방에 누운 영감도 며느리가 늦게 나와보는 것이 못마땅하였다. 그래도 며느리는 아들보다 낫게 생각하는 터이라 내색은 보이지 않고 며느리가 문안 겸 인사를 하니까,

"응, 허리가 좀 아프지만 별일 있겠니?"하고 나서 손주딸을 치어다보고 온유한 낯빛으로,

"학교 가기 곤하겠구나? 그저 잤던?"

하고 말을 붙인다. 그저 자리 속에 있어서 인제야 나왔나 하고 묻는 것이었다.

"안예요. 머리 빗느라고 어머니가 막 땋는데 넘어지셨다죠."

하고 덕희는 어리광 삼아 생글 웃고 옆에 섰는 오라비를 돌려다 보고,

"오빠 같은 게름뱅이나 이때까지 자지요."

하고 놀린다.

"예끼 넌! 이때까지 머리를 제 손으로 못 딴단 말이냐?"

할아버지는 이런 소리를 하고 웃었다.

"저두 딴답니다. 하지만 숱이 많아서…… 그리고 제 손으로 따면 하이칼라가 못 돼서요."

하고 덕희는 또 색색 웃는다.

"조넌 벌써 하이칼라만 하려들고…… 그럼 학교 안 보낸다."

조부도 재롱을 보느라고 연해 웃으며 대거리를 하여준다. 방 안에는 웃음소리와 화기가 가득하였다. 사실 이런 때의 이 노인은 천진한 어린아이같이 백발동안[88]이 온화하였다.

조부가 몸을 추스르다가 허리가 아픈 듯이 에구구 하며 눈살을 찌푸리니까,

"너 좀 주물러드려라."

하고 모친이 시키는 대로 덕희가 가까이 가려니까,

"그만두어라. 학교 갈 시간 늦는다. 의사를 부르러 갔으니까 인제 올 게다."

고 하며 안으로 쫓아 들여보내고 어서 수원집을 나오라고 불러내었다.

바지와 마고자에 흙이 묻어서 수원집은 가림 것을 가지고 사

88 머리털은 허옇게 세었으나 얼굴은 소년처럼 붉다는 뜻. 나이는 많은데 젊어 보이는 사람을 이르는 말.

랑으로 나갔다.

"어쩌면 집안이 그렇게 떠드는데 모른 척하고 들어앉았드람……."

수원집은 영감 들어보라고 혼잣말처럼 며느리 모녀를 두고 하는 말이다.

"계집애넌 머리를 따주느라고 그랬다지만 아무려면 상관있나."

영감이 이런 소리를 하는 것이 수원집은 싫었다. 맞장단을 쳐주어야 좋을 것인데 며느리 역성을 들어주는 것 같은 말눈치가 싫은 것이다.

"내일모레면 시집갈 년의 머리를 일일이 빗겨주다니 공연한 소리지. 아까부터 약주상을 들여가고 해야 모른 척하고 들어앉아서……."

수원집은 아까부터 못마땅하였던 것이다.

"그야 어제 늦게 자고 또 새애기가 없으면 모르거니와 그 애가 나와서 일을 하니까 그렇겠지."

영감의 말은 옳았다. 그러나 수원집은 점점 더 뾰루퉁하여졌다.

영감은 허리가 아파서 옷은 이따가 갈아입는다 하여 수원집은 마지못해 잠자코 영감의 허리만 주무르고 앉았다.

며느리가 늦게 나왔다고 시비는 하면서도 허리를 주무르기는 귀찮았다. 더구나 한통이 돼서 며느리 흉하적을 하지[89] 않는 것이 못마땅하니까 더욱이 싫증이 났다. 그건 고사하고 영감이 넘어졌다 할 제 그렇게 허겁을 해서 뛰어나오면서 얼마나 애가 키었

89 '흉아적하다'로 남의 허물을 들추어 비난하다.

던가? 지금 이 당장에는 제 생각이 어떠한가? 이보다 좀 더 몹시 다쳤드면 생각이 어떠하였을꼬?…… 모를 일이다.

의사가 오니까 수원집은 안으로 들어가 버렸다. 의사나 누구나 내외를 하는 것이 아니니 진찰하는 것을 보고 들어가도 좋으련만—하는 생각이 영감에게도 없지 않았다.

의사는 그리 대단치는 않으나 혹시 삐었는지 모르니까 반듯이 누워 있는 것이 좋겠다 하며 약을 바르고 찜질을 해놓고 갔다.

안방에서 아침밥을 먹을 제 여편네들은 영감님 넘어지신 것으로 떠들어대었다.

"그래두 그만하시니 다행하지 노래[90]에 빙판에 넘어지셨으니 속으로 골탕을 잡숫거나 하였더면 어쩔 뻔했어."

한 여편네는 이런 소리를 하니까,

"저기서 누구도, 최사천 영감 말야, 그 영감은 빙판도 아니요 댓돌에서 내려서다가 허리를 빼서 석 달을 꼼짝을 못 하고 누었었대……."

하고 침모가 대꾸를 한다.

"음 참, 최사천 영감?…… 어디 댓돌에서 넘어졌나. 젊은 댁을 너무 받치다가 어느 날은 자리 속에서 그렇게 되어서 이내 못 일어났는데."

하며 돌아간 마님의 친구 마누라가 웃었다.

"마님두—무에 그렇게 되었단 말씀예요."

하고 침모도 따라 웃는다. 방 안에서는 수원집과 주인 고식만 빼

90 '늘그막'을 점잖게 이르는 말.

놓고 모두 웃었다. 수원집은 얼굴이 발개졌다.

"그래도 퍽 정정하신 셈야. 십 년은 넉넉히 더 사실걸."

당숙모 마님이 이런 소리를 한다.

"하지만 마님이 주의를 해드려야지."

침모가 또 짓궂이 이런 소리를 하였다. 수원집은 점점 더 듣기 싫었다.

"강기로 버티시기는 하시지만 인제는 아주 그전만 못하세요. 연치도 연치시지만……."

덕기 모친은 별뜻 없이 이런 소리를 하였지만 수원집은 귀에 예사로이 들리지 않았다.

"그래두 더 사셔야지. 췔량[91] 많겠다 저런 귀한 마님과 따님이 있겠다……."

또 누구인지 이런 소리를 한다. 그러나 '저런 귀한 마님'이라는 말이 또 수원집의 귀를 거슬렀다. 아까부터 모두들 자기만을 놀리는 것 같아서 점점 더 심사가 좋지 못한 것이다.

"더 사시기로 무얼 시원한 꼴을 보시겠에요. 아무튼 노인네는 언제나 돌아가실 때 되건 편안히 주무시듯이 돌아가시는 게 상팔자겠에요."

덕기 모친은 또 이런 소리를 하였다. 물론 무슨 생각이 있어 한 말은 아닐 것이요 자기가 세상이 신산하니까 무심코 한 말일 것이나 수원집은 매섭게 눈을 뜨고 쳐다본다.

"말을 해두 왜 그렇게 해!"

91 천량. 살림살이에 드는 돈과 양식.

수원집은 손위 며느리의 밥술이 들어가는 입을 노려보다가 한마디 톡 쏘았다.

"무엇을 말인가?"

덕기 모친에게는 당숙모요 수원집에게는 사촌 동서뻘인 노마님이 영문을 모르는 듯이 탄한다.

"아니, 글쎄 말예요. 어서 돌아가셨으면 좋을 것같이 말을 하니 말씀이죠."

"그게 무슨 소리야? 내가 언제 어서 돌아가시라고 했단 말야?" 하고 덕기 모친도 눈을 똥그랗게 뜨고 쳐다보다가,

"사람 잡겠네!"

하며 코웃음을 치고 먹던 것을 먹는다. 두 암상이 마주쳤으니까 그대로 우물쭈물하고 싱겁게 떨어지지는 않을 것이다. 하여간 좋은 구경거리가 생겼다고 다른 여편네들은 말리려고도 아니하고 물계만 보고[92] 있으나 손주며느리는 애가 부덩부덩 탔다.

"그래, 내 말이 틀린단 말이야? 그야말로 참 사람 잡을 소리하네. 나만 들었으면 모르겠지마는 다른 사람은 고만두고 쟤(손주며느리를 가리키며)더러 물어봐요. 죽을 때가 되건 어서 죽어야 한다고 당장 한 소리를 잊어버리지는 않았겠지?"

수원집은 밥술도 짓고 아주 시비판을 차리는 모양이다.

"그래, 내가 아버니께 돌아가시라고 그랬어? 아버니께서 더 사신대야 시원한 꼴을 못 보실 테니까 그게 가엾으시다는 말이지."

덕기 모친은 말끝을 잡힌 것이 분하기도 하거니와 해혹하기가

92 어떤 현상의 처지나 속사정을 알아보다.

좀처럼 어렵게 된 것이 더 분하였다.

"왜 시원한 꼴을 못 보신단 말이야? 누구 때문이기에?"

"누구 때문이기에라니? 나 때문이란 말이야?"

덕기 모친도 발끈하였다.

"자기 입으로도 그리데. 아드님을 잘 두었다구."

"아드님을 잘 두었든 못 두었든 자기가 나놓았으니 걱정인가! 누구나 내 똥 구린 줄은 모르구!"

"무어 어째? 내가 구린 게 뭐야? 구린 게 있건 대! 대요! 무에 구립단 말야?"

수원집은 얼굴이 파래지며 달려든다. 아닌 게 아니라 덕기의 모친은 급한 성미에 감잡힐[93] 소리를 또 무심코 하여놓고 보니 말문이 꼭 막히고 말았다.

"왜 이 집 안방 차지가 하고 싶어서 사람을 잡는 거야? 안방이 들고 싶거든 순순히 내놓으라지, 왜 사람을 잡아 흔들어서 내쫓지를 못해서 야단이야?"

"누가 안방 내놓랬어?"

"그럼 무어야? 무에 구립다는 거야?"

수원집은 점점 악을 쓰고 덤비나 덕기 모친은 잠자코 앉았을 뿐이다.

"어디, 무슨 뜻이 있어서 그런 말인가. 처음에 한 말도 무심코 한 말이요, 말다툼이 되니까 자연 그런 말이 나온 것이지 말을 잡자면 모두 시비가 되는 것이지."

93 시비를 다툴 때 약점을 잡히다.

당숙모가 이렇게 변명을 해주었다.

"그러기로 무슨 까닭이 있어서 그러는 게지? 응! 내가 소년 과부가 되어서 팔자를 고쳤다고 깔보고 그러는 것이지?……"

수원집은 바르르 떨다가 그만 울음이 확 쏟아지고 말았다.

"팔자가 사나워서 이렇게 와 있기로 나중에는 들을 소리 못 들을 소리 다 듣고……."

울음 섞인 푸념을 하려니까 밖에서 인기척이 난다. 새며느리가 내다보니 시아버지다. 여편네들은 우우 나와서 인사를 하였으나 싸우던 두 사람만은 앉은 채 있었다.

상훈이는 딸이 학교에 가는 길에 기별을 해서 급히 병문안을 왔으나 부친이 잠깐 눈을 떠보고는 그대로 눈을 감고 자는 척하기 때문에 곧 나와서 안에 들른 것이었다.

"추운데 어서 들어오게."

하며 당숙모가 권하는 데는 대꾸도 아니하고,

"왜들 그러니?"

하며 축대에 내려섰는 며느리를 바라본다.

"안예요……."

안방에서는 한층 더 섧게 운다.

상훈이는 벌써 알아차렸다.

"왜 지각없이 그 모양이야? 이 집 저 집으로 나니면서!"

안방에다 대고 자기 마누라를 꾸짖고 다시 며느리더러,

"어서 너 어머니 집으로 가시라고 해라."

하고 상훈이는 훌쩍 나가버렸다.

덕기 모친은 영감이 가는 기척을 듣고 건넌방으로 건너가 버린다.

수원집은 손님들이 가도 변변히 인사 한마디 없이 입을 봉하고 있다가 다아 가기를 기다려서 사랑으로 나갔다.

영감은 운 눈이 벌겋고 눈등이 통통히 부은 것을 보고 놀랐다.

말이 없이 옆에 쪽치고 앉은 것을 한참 보다가,

"왜 그래?"

하고 물으니까,

"저는 여기 있을 수 없어요. 여관 구석으로든지 어디로든지 나갈 테야요."

하고 눈물이 글썽글썽하여진다.

영감은 놀라면서도 화가 났다.

"무슨 주책없는 소리야! 왜 그러는 거야? 말을 시원히 해야지?"

하고 소리를 벼락같이 질렀다.

"나중에 차차 아세요. 전 어쨌든지 나가요."

하고 수원집은 참 정말 당장 나갈 듯시피 막 잘라 말을 하고 일어선다.

영감은 일어나려야 일어날 수 없는 몸이다. 성한 몸 같으면 급한 성미에 벌떡 일어나서 머리채라도 휘어잡았을지 모르나 꿈쩍할 수 없다.

"거기 앉어! 사람이 왜 그 모양이야?"

하고 몸을 놀리지 못하느니만치 소리만 고래고래 높아간다.

수원집은 잠자코 반칸통이나 떨어져 앉았다.

"누구하고 싸운 거야? 싸웠기로, 아무리 화가 나기로 내가 이리고 누었는데 빈말인들 나간다는 소리가 어떻게 나오느냐 말야?"

며느리와 평시부터 맞지 않는 것은 알지만 며느리와 싸웠느냐고 묻기는 싫었다.

“제가 아무리 이렇게 이 댁에 들어와 있기로 어쨌든 아랫사람인데 아랫사람에게 입에 담지 못할 욕을 먹고서야 어떻게 한신들 붙어 있을 수 있겠습니까?……”

“누가 무어라기에?”

“덕기 어멈이 영감님은 어서 돌아가셔야 하고 저는 제 똥이 구린 줄을 모른다고 제멋대로 야단이니 이 댁은 며느리만 사람입니까?……”

“그게 무슨 소리란 말인가? 그럴 법이 있나? 그 애가 그런 애는 아닐 텐데…….”

영감은 노기를 감추고 도리어 나무라는 어조이다. 영감으로는 그렇게밖에는 할 말이 없었다.

“그래도 영감께서는 그런 소리를 하시죠. 내 말씀은 못 믿으셔도 며느님 말은 믿으시겠다는 말씀이죠?”

또 발끈하며 대들었다.

“잔소리 말어. 이 집안에는 그래 어른이 없고 예절도 없다는 말이야. 그래 그런 소리를 좀 들었다기로 나간다는 것은 무슨 당치 않은 소린가. 이 집안에는 덕기 모만 있고 덕기 모를 바라고 이 집에 와서 사는 거란 말인가? 생각을 좀 해보아! 그만 요량은 들었을 게 아닌가?”

영감은 천천히 나무랐다. 수원집은 당신 말씀이 옳소이다 하는 듯이 고개를 숙이고 앉았다. 새삼스럽게 이 영감의 말에 감동이 되어서 마음을 돌렸으랴. 처음부터 나간다는 것이 한번 트집을 잡고 말썽을 만들어보자는 것인 것야 영감도 짐작 못 하는 것이 아니다.

"그리고 아무러면 나더러 어서 죽으라고야 할까. 설사 그런 악독한 생각이 있기로서니 제 속에 넣어둘 게지 입 밖에 낼 리야 있나. 그래 당장에 내 귀에 들어올 것을 알면서 자네 듣는 데 그런 소리를 할 사람이 있단 말인가?……"

역시 며느리 두둔만 하는 것같이 들렸다.

"그런 생각이 노상 마음속에 있으니까 무심중간에 나오는 것이지요. 암상 많은 사람이 발끈하면 무슨 말은 아니할까요."

그렇게 듣고 보니 그도 그럴듯하다. 영감은 잠자코 눈만 껌벅거리고 누웠다.

"그래 무엇 때문에 그 애가 나 죽기를 바란다든가?"
하고 말을 시켜보려 한다.

"무엇 때문은 무에 무엇 때문예요. 영감만 돌아가시면 나는 자연히 밀려 나갈 테니까 그러면 제가 안방 차지를 하고 아들 내외와 재밋다랗게 살자는 것이죠."

듣고 보니 그 역시 그럴듯도 하다. 영감은 잠자코 화를 참는다.

"그래 자네한테는 무에 구립다든가?"

영감의 입에서, 또다시 그런 말은 말라고 달래는 듯 나무라는 듯하는 소리가 나오지 않는 것을 보니 영감의 마음이 차차 돌아서는 기미이다. 수원집은 좋아라고 얼굴을 쳐든다.

"누가 압니까. 제가 못된 짓을 하는 것을 본 게지요!"
하고 아랫입술을 악물다가,

"그런 소리를 내놓아서 내쫓자는 게지요!"

하고 치를 떤다.

이 말도 또한 듣고 보니 그럴듯한 말이다.

"그것두 아무도 없는 데면 모르겠지만 손님들이 열좌를 하고 어린 며느리가 있는 앞에서……."

수원집은 말을 맺지 못하고 울어버린다. 영감은 첩이 볶이는 것이 가엾은 생각이 들었다.

제3 충돌

덕기는 떠나는 것을 또 하루이틀 물리는 수밖에 없었다. 부친이 시탕[94]을 한다든지 하면 걱정이 없겠지만 형편이 제가 앞에 있어서 조부가 기동이나 하는 것을 보고 갈 수밖에 없었다.

조부도 떠날 테거든 떠나라고는 하지마는 그래도 앞에 있어주기를 바라는 눈치였다.

그러나 집에 들어앉았기도 싫었다. 모친과 서조모와 충돌이 생긴 이후로는 제 처와 안방 식구와도 싸우고 난 닭 모양으로 지내는 것이 보기 싫었다.

이튿날 덕기는 부친에게 가보았다. 이것저것 이야기할 것이 많았다. 경애 이야기도 물론이려니와 그저께 저녁에 조부와 충돌된 데에 대해서 제 의견을 이야기하고 싶었다.

부친은 아직 일어나지 않아서 안으로 들어갔다. 모친이 조부

94 어버이의 병환에 약시중을 드는 일.

의 증세를 물은 뒤에 서조모가 무어라 하더냐고 물었으나 모른다고만 하였다. 어제 사랑에 나와서 울며불며 무슨 말을 한 것은 몰라도 제 처를 가지고 나는 나갈 테니 잘들 살아보라느니 너의 세 식구가 입을 모고 나를 쫓아내려 한다느니 하고 까닭 없이 들볶는 것을 못 들은 것도 아니요 또 아내에게 자질구레한 사연을 듣고는 분하기도 하고 의아한 점도 있었으나 그까짓 말은 모두 귓가로 넘기자는 것이었다.

"또 네 처를 볶겠구나? 할아버니께 또 있는 말 없는 말 쏘삭이는 것은 어쨌든지 간에 그 어린것을……."

모친은 새삼스럽게 분해한다.

"그런 줄을 뻔히 아시면서 더뜨려[95]놓으시는 어머니께서 딱하시지 않아요. 무어라든 어쩌든 가만 내버려두시면 그만 아녜요."

"사람을 까닭 없이 들컹거리는 것을 어떻게 가만있니? 어제 아침만 해도 사랑에 좀 늦게 나갔다고 시비요, 네 처를 보고 시아버니가 숨을 몰아도 눈 하나 깜짝 안 할 사람이니 어서 돌아가셔서 모두 제 차지가 되었으면 너희들은 춤을 추겠구나—하고 생트집을 잡드라니 그게 말이냐? 제가 그따위 앙심을 먹고 어서 돌아가셔서 벳백[96]이고 꾸려가지고 한 살이라도 더 늙기 전에 조씨 집에서 빠져나가려는 생각이니까 그러는 게 아니냐?"

모친은 이에서 신물이 나는 듯이 펄펄 뛴다.

"글쎄 어머니께서부터 그 사람을 그렇게 생각하시니 그 사람도 우리를 또 그렇게 들씌우는 소리를 하는 게 아닙니까? 첩이라

95 덧내다.
96 볏백, 벼 백 섬.

하고 게다가 나이 젊으니까 하는 수는 없지만 더구나 네 똥 구린 줄을 모르느니 하는 말씀을 하시면 누구는 가만있을까요."

팔이 안으로 곱는 것이라 덕기는 자기 모친 편을 들고 싶지 않은 것은 아니지만 그래도 자기 모친이 매사에 좀 더 점잖게 해서 수원집을 꽉 누르고 채를 잡지 못하는 것이 마음에 부족하였다.

"아무러면 내가 공연한 소리를 했겠니? 제삿날만 하더라도 그 부산통에 어멈과 틈틈이 수군거리다가 남들은 바빠서 쩔쩔매는데 친정에서 누군가 올라와서 무슨 여관에선가 앓아누웠는데 곧 가보아야 할 일이 있다고 영감님이 안 계신 틈을 타서 휘 나가버리니 제 어멈이 숨을 몬대도 그럴 수 없는데 그게 말이냐? 그건 고사하고 간난이년이 보니까 최 참봉하고 문간에서 또 수군거리다가 최 참봉은 사랑으로 들어가 버리고 수원집은 허둥지둥 나가드라니 저희끼리 무슨 꿍꿍이속이 있는지 암만해도 수상하지 않느냐? 아무리 정성이 없고 할 줄 모르는 일이라 하기로 대낮까지 경대를 버티고 앉았던 사람이 겨우 나물거리를 뒤적거리는 체하다가 쓸어 맽겨놓고 휘 나가는 그런 버릇은 어디 있고, 원체 그 어멈이 최 참봉의 천으로 들어온 거라는데 들어온 지 며칠이 못 되어서 부동이 되어 숙덕거리고 또 게다가 나갈 제 대문 안에서 최 참봉과 수군거린다는 것은 무엇이냐. 어쨌든 저희들끼리 무슨 내통들이 있는 것이 뻔한 게 아니냐마는 할아버지께서야 그런 걸 아시기나 한다든!"

덕기는 수원집이 제삿날 조부가 출입한 틈을 타서 한 시간 동안이나 나갔다 들어왔다는 말은 아내에게 들었으나 그다지 의심스럽게 생각지 않았다. 그러나 모친의 말대로 그렇다 하면 좀 더 의아하기는 하다.

건넌방 아이 보는 간난이년이 보고 들어와 한 말이니 최 참봉하고 수원집이 문간에서 만나본 것은 사실일 것이나 애초에 수원집을 조 의관에게 대어준 사람이 최 참봉이니 들어오고 나가고 하다가 우연히 문간에서 만난 것인지도 모르겠고 어멈을 최 참봉이 지시하여 들인 것도 우연히 그렇게 된 것이지 반드시 그 지간에 맥락이 있는 일이라고만 생각할 수도 없으며 또 수원집이 제삿날 나갔다는 것만 하여도 사실 친정에서 누가 와서 있다가 독감이고 걸려서 누워 있게 되어 사람을 보내서 만나자고 기별하니까 어멈이 말을 받아넘기느라고 수군수군하고 뒤미처 나갔던 것인지 모를 일이다.

"친정에선 누가 왔대요?"

덕기가 물으니까,

"오라비라나 보드라마는 오라비면야 왜 사랑에 와서 판을 차리고 누웠지 않고 여관에 가서 자빠졌겠니? 어쨌든 오라비기로 그렇게 불이시각[97]하고 뛰어갈 건 무어냐?"

하는 모친의 말눈치는 어디까지든지 의심을 내는 것이었다.

"그 역시 사람의 일을 누가 안다고 그렇게만 밀어붙여 둘 수 있나요? 할아버니께서는 벌써 말씀해두고 나갔던 것인지도 모를 것이요……."

덕기는 그래도 모친의 그런 생각을 말리려 하였다. 수원집을 두둔하려는 게 아니라 어쨌든 구순하게 지내게 하자는 생각으로

97 시각을 잠시도 지체하는 법이 없음.

이었으나 모친은 아들이 자꾸 수원집 편을 드는 것 같아서 못마땅하였다.

모자는 잠깐 말이 끊기자 덕기는 일어서면서,

"할아버니께서 이따고 내일이고 좀 오시라고 하시드군요."

하고 조부의 명을 전하였다.

"어차피에 어떠신가 가 뵈려 했지만 무슨 말씀이 계신 게로구나?"

모친은 잠깐 뜨끔한 생각이 들었다.

"몰라요. 수원집이 무어라고 했는지요."

"그야 묻지 않아도 뻔한 노릇이지만……."

모친은 아무래도 뒤가 꿀리는 말을 해놓아서 애가 씌었다.

부친은 사랑에서 밥상을 받고 앉았었다.

"오늘 못 떠나겠구나?"

"네—."

덕기는 할아버니와 아버니께서만 그러시지 않으셨으면 저야 가도 좋겠지요만…… 이라고 하고 싶었으나 말이 나오지를 않았다.

"이번 봄이 졸업 아니냐? 그래 어디를 들어갈 테냐?"

부친이 아들의 공부에 대하여 묻는 것은 처음이다. 절대 방임주의, 절대 자유주의라 할지 덕기가 꼼꼼 혼자 생각하고 결정을 하여 조부에게 말하면 이 양반은 신지식에 어두워 그런지 학비만 내어 물 뿐이요, 부친에게 허락을 구하면 그저 고개만 끄떡일 뿐이었다. 그것으로 보면 덕기가 이만치나 되어가는 것은 제가 못생기지 않고 재주도 있거니와 철도 일찍 들어 그렇다고 할 것이다.

"경도제대로 들어갈까 하는데요."

"그럴 게 무어 있니? 경성제대로 오면 입학에 경쟁이 심할 것도 아니요 또 집안 형편으로도 좋지 않으냐?"

"글쎄올시다. 그래도 좋겠지요."

덕기는 아무쪼록 서울을 떨어져 있고 싶었으나 경성으로 오게 되면 와도 그리 싫을 것은 없었다.

"그렇게 해라. 그렇게 하는 게 무엇보다도 집안 형편에 좋고……."

부친은 말끝을 아물리지 않았다. 실상은 "내게도 좋겠다"는 말을 하려다가 만 것이었다.

상훈이의 생각으로 하면 부친이 이대로 나아가다가는 어떠한 법률상 수단으로든지 자기는 쑥 빼어놓고 한 대 걸러서 이 아들에게로 상속을 시킬지 모르겠고 또 게다가 수원집의 농락이 있으니까 아무래도 뒷일이 안심이 안 된다. 그렇다고 요사이의 누구누구의 집 모양으로 부자가 법정에서 날뛰는 그따위 추태는 자기의 체면상으로도 못할 일이요, 더구나 종교가라는 처지로서 재산 문제로 마구 나설 형편은 못 되는 것이다. 그러니까 어쨌든 덕기를 꼭 붙들어 앉혀서 수원집이나 기타 일문일족의 간섭이나 농간을 막게 하고 한편으로는 덕기를 자기 손에 쥐고 조종해나가는 것이 제일 상책이라고 생각한 것이요, 또 그러자면 아무리 부자간이라 하여도 지금까지와는 태도를 고치어서 비위를 맞추어주고 살살 달래서 버스러져나가지 않게 해야 하겠다고 생각하는 것이다.

이렇게 되고 보니 부자간도 서로 이용하고 서로 이해타산으로 살아 나아가는 것쯤 된다. 돈—그 돈도 아직 손에 들어온 돈은 아니나 돈 앞에는 아들에게도 머리를 숙이게 되는 것이다.

"무슨 과가 지망이냐?"

"법과를 할까 보아요."

덕기는 법과 중에도 형법에 주력을 써서 장래에는 변호사가 되겠다는 생각을 가지고 있다. 형사 전문의 변호사는 아니 되더라도 어쨌든 조선 형편으로는 그것이 자기 사업으로 알맞을 것 같았다.

병화에게 언제인가 그런 말을 하니까,

"흥, 자네는 전선戰線의 후부에 있어서 적십자기旗 뒤에 숨어 있겠다는 말일세그려?"

하고 비웃은 일이 있었다.

"말하자면 군의총감軍醫總監이 되겠다는 말이지?"

"누가 아나. 그야말로 자네 따위라도 그 소위 전선에서 포로가 되면 나 같은 간호졸看護卒도 필요할지."

"포로엔 간수가 필요한 걸세. 간수가 되겠다는 걸세그려? 자네다운 소리일세."

하고 짓궂이 놀리었던 것이다.

어쨌든 덕기는 무산운동에 대하여 무관심으로 냉담히 방관만 할 수 없고 그렇다고 제일선에 나서서 싸울 성격도 아니요, 처지도 아니니까 차라리 일 간호졸 격으로 변호사나 되어서 뒷일이나 보면 좋겠다는 생각이었다. 덮어놓고 크게 되겠다는 공상도 가지고 있지 않으나 책상물림의 뒷방 서방님으로 일생을 마치기도 싫었다. 제 분수대로는 무어나 하고 싶었다.

"법과보다는 경제과나 상과를 하면 어떻겠니?"

부친은 아들을 실업 방면으로 내보내고 싶어 하는 말눈치였다. 그렇게 되면 자기는 그것을 이용하여 자기대로의 무슨 사업을 해 보겠다는 셈속이다.

"경제과는 해도 좋지만 상과는 싫어요."

여기에도 덕기는 몽롱하나마 제 속다짐이 있는 것이었다.

"너 알아 하렴."

부친은 아무쪼록 아들의 말을 거스르지 않으려는 듯이 가벼이 대답을 해 집어치우고 나서 목소리를 낮추어서,

"그건 그렇다 하고 너 일전에 어느 카페에 갔었니?"
하고 조용히 묻는다.

덕기는 깜짝 놀랐다. 카페에를 갔기로 부친이 별안간 물을 리가 없다.

'이 양반이 벌써 어디서 듣고 묻는 것일까?'
하는 생각을 하며,

"네에, 김병화에게 끌려서 가본 일이 있어요."
하고 부친의 눈치를 쳐다보았다. 그러면서도 도리어 덕기의 얼굴이 벌게졌다.

"거기서 누구 만났니?……"

덕기는 부친에게 앞질려서 한 수 넘어간 듯도 하여 무어라 대답할지 맥맥하였다.

"대강은 짐작하는 터요, 상관없는 일이지만……."

부친은 또 말을 시키려고 애를 쓴다.

"홍경애—를 만났지요."

홍경애라는 이름을 부르기가 서먹서먹하고 거북하였다.

"어느 카페든?"

"카페가 아니얘요. 바커스라는 술집…… 오뎅야드군요."

덕기는 이렇게 대답을 하면서도 조금도 겸연쩍은 낯빛은 없이 남의 일처럼 묻는 부친의 얼굴이 빤히 보이었다.

"무얼 하고 있든?"

한참 만에 또 묻는다.

"술을 팔드군요."

"제 손으로 경영을 해?"

"아뇨, 고용살이인가 봐요."

덕기는 그 주인과 동무로서 같이하자고 하여 소일 삼아 하느니 어쩌느니 하는 말을 하고 싶지 않았다. 도리어 가엾은 사정이요 타락한 모양이더라고 하고 싶었다. 그것은 경애에게 동정이 가게 하려는 것이 아니라 그 여자가 당신 때문에 그렇게 되었습넨다…… 고 오금을 박고 싶은 충동으로이었다.

"꼴은 어떻든?"

"그저 그렇지요. 일본 옷 조각을 입고……."

부자의 수작은 잠깐 끊기었다.

"그건 어디서 들으셨에요?"

한참 만에 덕기가 물었다.

"글쎄 어디시 잠깐 들었기에 말이다."

하고 부친은 웃어버린다.

덕기는 더 캐어볼 수도 없고 궁금증이 났다.

"김병화가 그런 말씀 해요?"

"아니, 김병화를 내가 만나기나 하였니?"

하고 또 웃으면서,

"하여간 그런 데로 술을 먹고 다니지 마라. 벌써부터 술을 그렇게 먹고 다녀서 쓰겠니?"

하고 부친은 타일렀다.

그 말이 옳기는 하면서 덕기에게는 도리어 반항심을 자극하고 말았다. 하여간 술을 그렇게 먹지 말라는 말을 들으니 그날 몹시 취한 김에 뉘게 그런 말을 해서 부친의 귀에까지 들어가지 않았나 싶었다. 그러나 뉘게 이야기를 하였을꼬? 생각이 막연하다.

그날 취중에 아내에게 경애를 만났다는 이야기를 하였던가? 그래서 아내가 어머니께 말씀하고 또 그 말이 아버니께로 들어가고 만 것인가?—덕기는 이렇게 생각하여보았다.

사실 그 추측이 옳았다.

모친은 가뜩이나 한 판에 며느리에게 '어제 애아범이 홍경애인가를 일본 술집에서 만났대요' 하는 소리를 들을 제 한동안 잊었던 일이 다시 머리를 쥐어뜯었고 영감이 그저 끼고돌면서 밑천을 대어주어서 그런 하이칼라 술집까지 경영시키는 것이라고만 믿어버렸다.

모친은 아들을 보고 너까지 그년과 한편이 되어서 술을 얻어먹으러 다니느냐고 듣기 싫은 소리를 하고 싶었으나 그동안 큰집에서는 이런 말을 꺼낼 틈이 없었고 아까 안방에서는 수원집 놀래를 하기에 깜빡 잊어버렸던 것이다.

하여간에 영감이 어젯밤에 모처럼 안방에 들어와서 왜 수원집과 싸우고 다니느냐고 야단을 칠 때 마누라의 입에서 홍경애 놀래가 나오고 말았다.

마누라의 말은 네 살이나 다섯 살 먹은 자식까지 달렸는데 좀처럼 헤어질 리가 있겠느냐고 상성이요, 영감의 말은 헤어지든 말든 아랑곳이 무어냐? 지금이라도 이혼해달라면 이혼해주마고 맞장구를 친 것이었다.

"어떻게 된 일인지는 모르겠습니다마는 저대루 내버려두시면 어떻게 합니까?"

덕기는 말을 꺼내기가 거북한 것을 억지로 부리를 땄다.

"내버려두지 않으면 어떻게 하니? 내 처지도 내 처지요, 제가 발광을 하고 떨어져 나간 것을……."

"말눈치가 그렇지 않은가 보던데요. 어쨌든 아버니 체면만 생각하시고 거기 달린 두 사람 세 사람을 희생을 해버리시고 마는 것은 아무리 아버니께서 하신 일이라도 저는 큰 잘못이라고 생각합니다."

덕기는 당돌히 하고 싶은 말을 꺼냈다.

"네가 참견할 것 아니야!"

하고 부친은 소리를 친다.

"제가 참견할 것도 아닙니다마는 처음 일이고 나중 일이고 모두 아버니 책임이 아닙니까? 그 책임을 어떻게 하시렵니까?"

아들은 대드는 수작이다.

"책임이 내가 무슨 책임이란 말이냐? 어쨌든 네가 쥐뿔 나서 나설 일이 아니야!"

부친은 또 불쾌히 핀잔을 주었다. 학교 이야기를 할 때까지는 덕기의 비위를 거스르지 않고 잘 어루만져주어야 하겠다는 생각을 하였으나 지금은 그것도 잊어버리고 전대로의 까닭 모를 못마땅한 생각이 머리를 든 것이다.

"어쨌든 저편에서 일을 벌이집어[98] 낸 것도 아닐 것이요, 저편에서 물러선 것은 아니겠지요. 세상에서 떠드니까……."

"잔소리 마라! 어린 게 무얼 안다고 주책없이 할 소리 못할 소리 무람없이……."

부친은 듣기도 싫지만 아비 된 성검[99]을 세우려는 것이다.

덕기는 잠자코 앉았을 수밖에 없었다. 그러나 말이 난 김이니 하고 싶던 말은 다 하고야 말겠다고 단단히 결심하였다.

"어쨌든 그 애가 불쌍하지 않습니까? 그 애까지야 무슨 죄로 희생이 됩니까? 제가 감히 아버니의 잘잘못을 말씀하려는 게 아닙니다마는 뒷갈망을 하셔야 하지 않습니까?"

"나더러 무슨 뒷갈망을 하라는 말이냐? 그 자식은 내 자식이 아니야!"

하고 부친은 소리를 한층 더 버럭 지른다.

"그건 무슨 말씀입니까? 저도 그저께 저녁에 가보고 왔습니다만 어째서 그런 말씀을 하십니까? 안 할 말씀으로 아버니께서 책임을 모피하시려고—허물을 저편에 들씌우고 발을 빼시려고 그렇게 모함을 잡으신 것은 설마 아니시겠지요?"

덕기는 상성이 났다.

"무어 어째? 그게 자식으로서 아비에게 하는 말버릇이냐?"

하고 부친은 화를 참느라고 소리를 낮추어서,

"어서 가거라! 어서 가!"

98 작은 일을 크게 부풀려 떠벌리다.

99 성스러운 칼, 여기서는 '위엄, 권위'로 쓰임.

하고 돌아앉는다. 마치 제삿날 조부가 자기에게 한 말을 대를 물리듯이 나가라고 한다.

부친은 덕기가 아이까지 가 보았다는 말에는 역정을 내면서도 궁금증이 났다. 그러나 그것을 다시 따져서 물어볼 형편도 아니다.

지금 덕기에게 그 자식은 내 자식이 아니라고 막가는 말을 하기는 하였지만, 이때까지 교회 사람이나 일반 사회에 대하여 경애와 아무 관계가 없는 듯이 변명하기 위하여 해 내려온 말을 자식에게도 되풀이한 것에 지나지 않는 것이요 자기 마음을 혼자 몰래 쪼개놓고 본다면 내 자식이 아니라고는 생각해본 적이 없다. 더욱이 자식보다도 경애 자신에게 대하여까지라도 삼 년이 넘는 오늘날까지 아주 잊어버린 것은 아니다. 다만 지금 와서는 새삼스럽게 가까이할 기회도 멀어졌고 만나볼 면목도 없고 보니 애를 써 묵은 부스럼을 건드릴 필요가 있으랴는 생각으로 내버려둘 뿐이다.

지금은 상훈이만 하여도 그때에 경애를 그렇게 매정스럽게 떼버리지 않고도 다른 도리가 있었을 것이지만 그 당시의 상훈이는 대담치가 못하였다. 세상—세상이라느니보다도 교회 속에 소문이 퍼지는 것만 무서워서 겁을 벌벌 내다가 그야말로 어떻게 뒷갈망을 할 수 없으니까 흐지부지 멀어지게 되고 만 것이다. 그때 돈 천가량만 들여서 멀리 딴 시골로만 보내버려도 좋았겠지만 부친의 손에서 명목 없는 돈을 천 원씩 끌어내기 어렵고 화개동 집의 집문서조차 부친의 수중에 있으니 불시에 빚을 내는 수도 없는 터에 동경 간 경애는 미칠 듯이 돌아오겠다 하고 또 사실 몸이 무거워가는 것을 내버려둘 수도 없고 하여 데려 내오기로는 하였으나 나와서 당주동 집에 있으면 드나드는 교회의 전도 부인들의 눈이 무섭고 하니까 급한 대로 북미창정 집으로 숨겨버린 것이었었다.

남 듣기에는 딸은 여전히 동경서 공부하고 자기는 서울서 혼자살이 하기 어려우니까 수원으로 다시 내려간다 하고 교회 사람의 전별[100]까지 무서워서 어름어름하고 수원까지 잠깐 갔다가 올라와서 집 정돈을 하고 딸을 맞아들인 것이다. 모녀의 종적이 감쪽같아진 것을 보고 누구나 천당에 먼저 올라가서 있으리라고 생각지는 않았던 것이다. 감추고 숨기는 것도 하루 이틀이지 요좁은 서울 바닥에서 전차 속에서나 길거리에서 전일의 교회 형님 아우님을 만날 때 시골서 잠깐 다니러 왔다는 핑계도 한두 번이다. 소문은 얼토당토않은 데서부터 시작되어 점점 정통을 쏘아들어가게 되니 어지중간에서 볶이는 사람은 경애 모친이요, 상훈이는 얼굴이 노래서 돌아다닐 뿐이었다. 아주 교회와 담을 쌓고 패를 치고 나선다면 첩 하나 얻었다고 세상에 없는 죄를 지은 것이 아니요 도리어 떳떳할지 모르겠지만 그래도 세간적 명예를 희생할 용기는 아니 났다. 그러면서도 아직은 멀리 보내거나 떨어지기도 싫었다. 그동안에 아이는 낳았다.

“자아, 인제는 멀리 떨어져 가 살 테니 한밑천 해주우. 죄인같이 서울 속에서 숨어 살 수도 없고 수원으로도 갈 수가 없지 않소. 자식은 물론 길러 바칠 것이요 인연을 끊자는 것도 아니요.”

경애 모친은 또다시 돈 놀래를 꺼냈다. 생각해보니 상훈이가

100 잔치를 베풀어 작별한다는 뜻.

교인이라 아내가 죽기 전에는 이혼을 할 수 없고 이혼 못 하면 떳떳이 내놓고 살 수 없다. 그것도 자기네들이 교회 방면에 연이 없었다면 모르겠으나 그렇지 못한 사람의 유족으로서 가위 조상훈이의 첩 노릇을 한대서야 상훈이의 체면도 체면이려니와 죽은 이의 낯도 더럽히는 것이다. 어쨌든 서울은 떠나고만 싶었다.

그러나 상훈이는 몇 달 전에 경애를 동경서 불러내려 할 때보다도 돈 순환이 더 어려웠다. 그것은 수원집이 그동안에 수원 떨거지 편으로 소문을 듣고 영감님에게 고자질을 하기 때문이다.

영감은 아들에게는 이런 말 저런 말 안 하였으나 한층 더 돈 한 푼 자유로 쓰지 못하게 단속을 한 것이었다. 이와 같이 돈을 시원히 해줄 수 없는 한편에 소문은 점점 퍼져가고 게다가 수원집이 덕기 모친을 속을 태워주느라고 이런 사연을 짓궂이 들려주고 충동이니 덕기 모친도 가만히 있지는 않았다.

덕기 모친은 부부끼리 옥신각신하기 전에 수원집이 가르쳐주는 대로 단통[101] 북미창정으로 뛰어가서 경애 모녀를 붙들고—머리채만 내두르지 않았을 뿐이지 갖은 욕설 갖은 위협을 다 하였던 것이다. 위협이라는 것은 너희가 떨어지지 않으면 교회 속에 소문을 퍼뜨리고 우리 서시어머니를 시켜서 너의 고향인 수원에까지도 발을 들여놓지 못하게 만들겠다는 것이었다.

이때부터 상훈이의 부부는 아주 등을 맞대고 살게 된 것이었으나 아내가 방망이를 들고 났댔자 그것이 무서운 것은 아니었다.

또 덮어놓고 세상을 꺼린다 하여도 상훈이로서는 세상 사람이

101 단번에.

경애의 부친이나 그 가족에게 친절히 한 것이 처음부터 그 딸 하나를 보고 야심이 있어서 한 것이라고 오해할 그 점이 싫었던 것이다. 처음에는 다만 지사요 선배요 또한 그들의 가긍한[102] 처지에 동정하여서 도운 것이요 나중에 경애와 그렇게 된 것은 전연히 딴 문제이건만 그것을 혼동해 생각할 것이 자기의 인격상 큰 차이가 있게 된다고 생각하는 것이었다.

어쨌든 시퍼렇게 살아 있는 자기 아내를 교인인 처지로서나 장성한 자식들의 낯을 보아서나 도저히 이혼할 수는 없는 처지이니 어차피에 오래가지 못할 바에야 아이는 얼른 떼어서 누구에게나 내맡기고 제대로 시집이나 가게 하자는 생각도 없지 않았다. 그러재도 역시 얼마간 주어서 시골로—아무쪼록 학교에 취직할 자리가 있을 만한 시골로 쫓아 보내는 것이 상책이었으나 그렇게 입에 맞는 떡이 여기 있소 하고 나설 리도 없으니 차일피일하고 지냈던 것이다.

그러나 경애 모로 생각하면 이런 억울한 일이 없다. 딸 버리고 넓은 세상을 좁게 살고 욕 더미에 앉아서 소득이라고는 성이 가신 외손주 새끼 하나뿐이다. 들어 있는 집도 문서가 남의 손에 있으니 내 것이 아니다. 만일 이 사람이 은인이라는 한 가지 굽죄는 일만 없으면 멱살이라도 들고날 것이요, 둘러치나 메치나 매한가지니 벗고 나서서 세상에 떠들어 욕이라도 보이고 싶으나 그럴 수도 없는 의리가 있다.

우선 돈 천 원 해달라고 하여 어디로든지 서울을 뜨자는 것이

102 가엾다.

나 그 역시 정말 힘에 겨워 그런지 마음에 없어 내대는 수작으로 그런지 어름어름하고 그날그날을 보낼 따름이었다.

그러다가 하루 와서 큰 결심이나 한 듯이 척 하는 소리가,

"아이는 뉘게 맡기고 우선 이것을 가지고 어디로든지 가시오. 자식은 꼭 내 자식이란 법도 없고 내 자식이기로 없었던 셈만 치면 그만 아니요?"

하고 돈 삼백 원을 내놓았던 것이다.

그리고 또 한다는 소리가 당주동 집을 떠날 때 오백 원 전셋돈 찾은 것이 있으니 그럭저럭 천 원 돈은 되는 셈이 아니냐는 것이다. 그 오백 원이라는 것은 이사하고 세간 장만하고 해산하고 하는 데 상훈이가 대어주었대도 넉넉지 못하니까 찔러 들어가고 그 동안 몇 달 사는데도 식량 이외에는 날돈으로 대준 게 없으니 자연 흐지부지 다 쓰기도 하였지마는 어쨌든 하는 말이 괘씸하였다. 또 그것은 고사하고 딸자식은 꼭 내 자식이란 법도 없고 내 자식이라 하여도 없었던 셈만 치자는 말을 들을 제 트집을 잡을 말이 없어서 한 말이라 하기로 이것이 사람의 탈을 쓴 놈의 말인가 하고 어이가 없어 말이 아니 나왔다. 대자바기[103]만큼 싸워야 소용이 없었다. 남은 것은 단돈 삼백 원이요, 그 이튿날부터는 상훈이가 발그림자도 아니하게 되었다.

상훈이는 그렇게 해서 피차에 징을 떼자는 것이요, 세상에 대하여도 변명거리가 된다고 생각한 것이다. 결국에 경애 모녀가 종적을 감춘 것은 누구인지는 모르겠으나 그 아이 아비 되는 남

103 대짜배기. 엄청나게 큰 것.

자와의 연애 문제 때문이라고 소문을 내놓기에 편리하기 때문이었다. 그뿐 아니라 그렇게 해놓고 보면 싫어도 하는 수 없이 조만간 자기 말대로 아이는 뉘게 내맡기고 시골로 취직자리를 얻어서 숨어버릴 것이요, 그러노라면 다른 사람과 결혼을 해버리리라고 생각한 것이다. 자기 손으로 뒷갈망을 못 할 것이니까 자연히 해결되게 할 도리는 그밖에는 상책이 없다고 믿었던 것이다. 그러나 경애 모녀는 그대로 오늘날까지 삼사 년간을 그 집 속에서 들어엎디어 사는 것이다.

경애 모친도 사내같이 걸걸한 성미에 그까짓 사람답지 못한 놈과 다시 잇살은 어울러서 무엇하겠느냐는 뻔대는 생각과 또 하나는 그래도 전일의 은인이라는 의리를 저버릴 수 없어서 모든 분을 참고 제대로 내버려둔 것이었다.

한 달 두 달이 일 년이 되고, 일 년이 이태 되니 분도 식어간 것이다. 이런 사정은 상훈이도 대강 짐작은 하고 있으나 더 캐어 알려고도 아니하였다. 아무쪼록 잊어버리기에 노력해왔고, 또 그 집에 대하여는 노영감도 세전 안 받고 빌린 셈 치고 내버려두었다. 그것은 노영감이 아직도 헤어진 줄 모르기 때문인지도 모르겠으나 이랬거나 저랬거나 아들의 명예를 위하여 휩싸주려는 것이다.

재회

덕기는 사흘 후에 경도로 떠났다. 조부는 점점 더 허리를 꼼짝 못하게 되어 척 늘어져 누워서 똥오줌을 받아내는 터이나 원체가 생병이라 먹을 것은 다 먹고 의사의 말도 한 일주일 있으면 기동하리라고 하니까 조부도 떠나라 하고 학교도 졸업 미처에 너무 빠질 수 없어서 떠나는 것이었다.

모친은 오늘도 오지 않았다. 그끄저께 덕기가 기별을 하여 문안 겸 왔을 때 시아버지께 어찌나 혼이 났던지 좁은 생각에 암상도 났고 분하고 무서워서 그전 같으면 날마다 앓는 시아버니 문안을 왔을 텐데 그제 어제 이틀은 덕희만 보내고 자기는 오지를 않았었다. 그렇기 때문에 오늘은 와보고 싶건마는 그러면 시아버니가 너는 앓는 애비는 보러 오지 않고 자식이 길 떠난다니까 온 거로구나 하고 또 야단을 만날까 보아 안 오고 만 것이다.

저번에 왔을 제 시아버니는 수원집보다 한길 더 뛰며 야단을 쳤었다.

시아비더러 얼른 죽으란 년은 쫓아버릴 것이로되 자식들의 낯을 보아서 십분 용서하지만 다시는 오지도 말라고 아들에게 예증[104]같이 하는 소리를 며느리에게도 하였었다. 그것은 외레두커녕 수원집이 구린 게 무어냐고 본 일이 있거든 본 대로 들은 것이 있으면 들은 대로 아뢰 바치라는 데는 진땀을 빼었다.

그렇지 않다는 변명을 요만치라도 하려면 꼼짝 못하고 반듯이 누운 영감이 손짓 발짓—발짓이라느니보다도 어린애처럼 발버둥질을 쳐가며 소리를 고래같이 지르는 통에 한마디 핵변[105]도 못하고 돌아왔던 것이다.

104 평소에 늘 보이는 좋지 아니한 버릇.
105 사실에 근거하여 밝힘.

"너희 연놈들이 짜고서 나를 어서 죽으라고 기도를 하는고나? 그놈은 하느님한테 기도를 한다드니 너는 산천 기도를 드리니? 너 같은 년이 내 앞에 있다가는 약에 무엇을 타서 먹일지 모르겠다."
고 어린애처럼 뛰었다. 덕기 모친은 무엇보다도 이 말에 가슴이 선뜻하고 정이 떨어졌다. 아무리 젊은 첩에게 빠져서 그 말을 곧이듣고 그렇다 하더라도 그 이튿날만 되면 역시 웃어른이니 병문안을 갈 것이로되 참 정말 무슨 탓이나 무슨 모해나 만날까 보아 가기가 무섭기도 하였다. 안 할 말로 잠깐 다녀온 뒤에 누가 무슨 짓을 해놓고 자기에게 들씌울지 수원집을 못 믿느니만큼 무서웠다.

덕기는 이래저래 성이 가시고 또 펀둥펀둥 있어야 소용이 없어서 떠나는 것이다. 저녁때 화개동 집에를 가보니 모친은 할아버니께 억울한 꾸중만 듣고 한마디 변명도 못 한 것이 분하다고 울고 앉았고 사랑에서는 부친이 친구들과 앉았다가,

"응, 떠나니? 하여간 봄방학에는 나오렴."
하고 냉랭히 대꾸를 하다가 아들이 절을 하려는 것도,

"얘 그만둬라. 어서 가거라."
하고 절도 안 받으려 하였다.

너무 신식이 되어서 그런지 하여튼 덕기는 여기를 가나 저기를 가나 쓸쓸하고 순편치가 않았다.

그러나 나오려니까 부친이 마루까지 쫓아 나와서,

"너 일전에 말하던 술집이라든가 카페라든가가 어디든?"
하고 방 안에 들리지 않게 묻는다.

"본정통 삼정목애요."

덕기가 다시 안으로 들어오려니까, 안식구들과 함께 배웅하러 뜰에 나와 기다리던 모친이 사랑문 밑에 섰다가,

"본정통 삼정목이란 무엇 말이냐?"

하고 곱게 묻는다. 덕기는 눈을 무심코 찌푸리며,

"안애요. 무슨 책사 말애요."

하고 얼른 둘러대었다.

"경애가 그 근처의 어느 술집에 있다지 않니?"

모친은 중문 밖까지 쫓아 나오며 인제야 생각난 일을 채쳐 물었으나 덕기는 창황 중에 무어라 대답할 수 없어서,

"모르겠에요."

하고 딱 잡아떼어 버렸다.

모친의 얼굴빛은 변하였다. 떠나는 아들이 섭섭한 것보다도 너까지 한통이 되어서 나만 돌려세우는구나 하는 야속한 생각이 앞을 섰던 것이다.

덕기가 간 뒤부터 눈발이 날리기 시작하였다. 화개동 사랑에서는 손들이 그저들 가지 않고 앉았다가 마장[106] 판을 벌이었다. 오늘은 금요일이라 여기 모인 사람들은 교회에 볼일들이 없는 판에 눈이 오기 시작하니까 한판 놀자는 생각들이다. 누구의 머리에나 끝장에는 청요리 접시라도 나오거나 늘 가는 '그 집'—숨은 술집에를 가게 되리라는 희망이 있는 것이다.

밖은 함박눈이 퍼부어서 삽시간에 하얗게 쌓이니 우중충하던 방 안이 도리어 환하여졌다.

106 마작.

교인들의 놀이라 그러한지 사랑문을 닫아걸어 버리고 조용히 들 앉아서 노름 모양으로 수군수군할 뿐이요 마장 짝 부딪는 소리만 자그럭댄다.

"내년에도 또 풍년 들겠군. 올해는 대체 눈도 퍽 온다."

"풍년이라도 들어야지. 조 선생 같으신 분은 머리를 내두르겠지만."

"요따위로 풍년만 들어서 무얼 한담."

마장과는 딴판으로 이런 수작들을 한다.

전등불이 들어오자 안에서 주인 밥상이 나왔다. 그러나 아무도 밥상을 거들떠보는 사람은 없었다.

어멈은 눈살을 찌푸렸다. 무엇인지는 모르겠으나 골패 짝 같은 것이 벌어지면 밥상은 오밤중까지 놓여 있고 청요리를 시키든지 하여 이 추운 날 얼른 들어앉을 수가 없기 때문이다. 그것도 풍성풍성히 사들여서 하다못해 청요리 찌끼라도 남는 것이 있으면 모르겠지만 여기 모이는 손님들은 삼대 주린 걸신들인지 접시를 핥아 내놓으니 조금도 반가울 것이 없다.

"진짓상을 다시 들여갔다가 잡술 때 내올까요?"

식을까 보아 이렇게 물으니까 주인나리는 그대로 두라 하고 자기끼리 수군수군하더니 아니나 다를까 청요리를 시켜 오라고 쪽지를 적어준다.

"사랑문을 꼭 닫아두고 누가 오든지 없다고 해라."

이 댁 나리는 하느님 앞에서는 누구나 형제자매지만 집에 들어오면 양반이라 해라를 하는 것이다. 그건 어쨌든 오늘은 문만 닫는 게 아니라 누가 오든지 따버리라 하는 것이 어멈에게도 처음 듣는 일이요 이상하였다.

빚쟁이가 오나? 아주 판을 차리고 밤들을 샐 생각인가?—어멈은 이렇게 생각하였으나 기실은 그 청요리 이름을 적은 쪽지에 배갈 한 근이 적히었기 때문이었다. 설경을 보아가며 한잔 먹자는 판인데 자기네 축 이외의 교회 사람이 찾아오거나 하면 여간 파흥으로 언론이 아니기 때문이다.

마장이 두 판째 끝날 때쯤 해서 청요리는 왔다. 어멈이 안에 있었기 때문에 사랑지기가 나가서 문을 열어주었다. 바깥은 깜깜히 어둡고 눈은 아까보다는 뜸하나 그래도 세차게 온다.

사랑사람이 안에다 대고 소리를 쳐서 어멈이 손반[107]을 들고 나와서 마루 끝에 놓고 청요리 접시를 꺼내놓는다. 방에서는 상 들어올 동안 얼른 끝을 내려고 급히 서두른다.

그러자 사랑문이 삐걱하며 눈을 밟는 소리가 서벅서벅 난다. 어멈이 돌려다 보니 검은 양복쟁이가 뒤에 우뚝 섰다. 깜짝 놀랐다.

"누구세요?"

"큰댁 서방님 오시지 않았소?"

"다녀가셨에요."

방 안에서 순사나 만난 노름꾼 모양으로 금시로 괴괴하여지더니 문이 열리며 눈살을 찌푸린 주인의 얼굴이 앉은 채 나타난다.

"저올시다!"

하며 양복쟁이는 모자를 벗고 굽실해 보였다.

"어어, 난 누구라고. 어서 올러오게."

107 '소반'의 오식으로 보임.

병화인 것을 알자 주인은 안심한 듯이, 안심뿐만 아니라 반가운 듯이 웃음을 띠며 일어섰다.

"아니올시다. 자제가 오늘 떠난다죠? 이리 왔다기에 쫓아왔는데요."

"응, 벌써 다녀갔는데…… 왜 저 집에 없던가?"

"지금 들렀더니 이리 왔다고 해요."

"하여간 추운데 어서 올러오게."

"안올시다. 가겠습니다."

하면서도 병화는 교인들 축이 숨어 노는 꼴이 보고 싶은 호기심도 났다.

"관계치 않아. 추운데 녹여 가야지."

하며 주인은 강권하였다. 속으로는 왜 문 간직을 잘못해서 이 사람이 들어오게 하였단 말이냐고 불쾌도 하였으나 음식도 벌어지고 술병도 놓이고 했는데 이 험구가를 그대로 쫓아버려서는 아니 되겠다고 한층 더 친절히 하는 것이었으나 또 하나 생각하는 점도 있는 것이다.

사실인즉 청인놈이 와서 섰는 틈이기에 들어온 것이지 그렇지 않으면 이 눈을 맞고 문전에서 그대로 뒤통수를 쳤을 것이다. 병화도 권하는 대로 성큼 올라섰다.

방 안 사람들은 새로운 침입자를 거들떠보지도 않고 하던 노름에 팔려 있으나 병화가 보기에는 그중의 한두 사람은 병화도 교회에 출입할 시절에 안면이 있던 사람이다.

음식상이 들어온 뒤에도 얼마 만에야 끝이 났다. 몇천 끗이니 몇백 끗이니 하고 떠들며 상을 둘러앉을 때 병화는 일어나려 하였으나 주인은 놓아 보내지 않았다.

정거장으로 나간대도 아직 시간이 멀었고 저녁 전일 것이니 같이 먹자고 하여 주인은 자기 몫을 병화에게 권하였다. 병화도 저녁을 굶고 다니는 것보다는 낫다 하고 넙적넙적 먹기 시작하였다. 술도 순배가 도는 대로 받아먹었다. 안주는 넉넉하지만 술이 적다고 한 병을 더 시켰다. 그들은 혀가 문드러지는 술을 갈급이 들린 듯이 쪽쪽 들이마시었다. 무엇에 쫓겨 가는 사람처럼 급급히 마시는 것이었다. 술의 풍미를 본다거나 눈 오는 밤에 운치로 먹는다느니보다는 어서 취하여버리겠다는 사람들 같았다. 그 점에는 병화도 일반이나 그 뜻이 달랐다.

"요새 새문 밖 어디 있다지?"

한참 동안 쭈루룩쭈루룩 쩌덕쩌덕 하고 부산히 먹기에 입을 벌리는 사람이 없다가 비로소 주인이 병화에게 말을 걸었다. 이 사람이 아들의 친구건마는 상훈이는 무관히 할뿐더러 얼마쯤 친숙하게도 생각하는 한편에 무서워도 하는 것이었다. 오늘만 하더라도 자기네의 이러한 비밀한 놀이를 하는 것을 여기저기 다니며 떠들어놓을까 보아 한층 더 관대를 하는 것이었다.

"그래 무어 버는 것도 없이, 지내는 게 용하이그려. 언젠가 일전에 어르신네는 잠깐 만나 뵈었지만…… 그러지 말고 댁으로 그만 들어가는 게 어떤가?"

상훈이도 술이 몇 잔 들어가더니 말수가 많아지며 타이른다. 병화는 좌중을 쓱 한 번 둘러보고 나서,

"여기서처럼 술도 먹고 밥 먹을 때 기도도 않고 하면 들어가도 좋죠만 집의 아버니는 아편 중독에도 삼 기가 넘으셨으니까요."

하고 픽 웃는다. 그네들은 종교를 아편이라고 부르는 버릇이었다.

병화의 말에 여러 사람은 무색하면서도 반항심이 부쩍 얼굴빛에 나타났다. 상훈이도 말이 꽉 막히고 말았다. 사실 그들은 집에서 처자와 밥상 받을 때에는 기도를 하나 지금 여기서는 기도할 것을 잊어버렸다. 청국 요리와 술에 대하여는 하느님이 기도를 면제하여준 것같이! 그러니만치 좌중은 병화를 요놈! 하고 흘겨보는 것이었다.

"실례입니다만 여러분께서도 언제나 이렇게 노시면 자유스럽고 유쾌하고 평화스럽고 사람 된 제대로 사는 맛을 보시겠지요? 시집가는 색시처럼 성적[108]을 하고 눈을 감고 활옷을 버티어 입고 앉았으면 괴로우시겠지요?"

한잔 김에 병화는 이렇게 또 역습을 하여보았다.

"사람이 파탈을 하는 것도 어떤 경우에는 좋을지 모르지만 무상시로 술이나 먹고 취생몽사로 흘게가 느즈러져서야 쓰겠나. 가다가는 긴장한 정신과 생활에 안식을 주려고 이렇게 노는 것도 무방은 하지만……."

상훈이가 반대도 아니요 변명도 아닌 어름어름하는 수작을 하였다.

"하필 술을 먹고 논다 해서 말씀이 아니라 기분으로나 양심으로 말씀입니다. 술이나 먹고 마장이나 하고 농세상으로 지내니까 자유스럽고 유쾌하고 평화스러우리라는 그런 타락한 인생관이 어디 있겠습니까마는 지금 말씀하신 그 긴장한 정신, 긴장한

108 혼인날 신부가 얼굴에 분을 바르고 연지를 찍는 일.

생활이란 것이 무엇을 위한 것이었던 것인가를 생각하실 필요가 있겠지요. 종교 생활보다도 더 긴장한 생활, 더 분투의 생활이 있는 것을 생각하셔야지요……."

병화가 문학청년같이 도도한 열변을 꺼내놓으려니까 여러 사람은 나중 시킨 술이 왜 안 오나? 하는 생각들을 하며 눈살을 찌푸리고 앉았다. 그러자,

"술이 왔어, 술이 왔어."

하고 청요릿집 배달이 닫은 문을 흔드는 바람에 방문들을 여닫고 또 한참 부산하였다. 병화는 좀 더 자기의 포부도 늘어놓고 좌중 사람에게 듣기 싫은 소리를 내놓고 싶었으나 이야기할 틈을 탈 수가 없었다.

음식이 끝나니까 상훈이는 병화를 재촉하듯이 하여 데리고 나와버렸다. 병화는 취하지 않았으나 상훈이 생각에는 취한 것 같아서 공연히 여러 사람들에게 쨍이질을 할까 보아서 얼른 배송을 내자는 것이었다.

"마장인가 하는 그따위 고등유민—유한계급의 소일거리 판을 차려놓고 어중이떠중이 모아들이시지 말고 그런 돈을 좀 유리하게 쓰시는 게 어때요?"

병화는 문간에 나오면서 또 이런 듣기 싫은 소리를 하였다.

그런 돈을 유리하게 쓰라는 말에 상훈이는 일전에 자기 부친더러 유리하게 돈을 쓰라고 하던 말을 생각하면서,

"누가 마장 판을 늘 차려놓고 모나코 왕국을 꾸미겠나마는 올봄에 안동현 갔던 길에 싸니 한 벌 사라고 권하기에 사다가 두었던 것이지……."

하며 변명을 하고 나서는,

"김 군도 주량이 상당하군! 어디 가서 좀 더 자실까?"

하고 묻는다.

"손님들을 두고 나오셔서…… 어서 들어가십쇼. 저는 정거장에 좀 나가봐야 하겠습니다."

"벌써 떠났을걸."

"지금 곧 나가면 되겠습니다."

"지금이 몇 신 줄 알구 무턱대고 나간다는 것인가. 여덟시가 넘었네."

상훈이는 시계를 꺼내 보았다.

"그러지 말고 어디 좋은 데 있거든 가보세."

실상은 병화를 보내고 한잔 김에 경애가 있다는 바커스라던가 하는 데를 가보고 싶어서 손님들도 내버려두고 나선 것이었다.

"한 군데 가보실까요?"

병화도 정거장에는 틀렸으니 술이나 먹고 싶었다.

"어디?"

안국동 네거리에서 전차를 기다리며 상훈이는 물었다.

"저만 쫓아오셔요."

하고 전차에 상훈이부터 타게 하였다. 병화는 역시 바커스로 끌고 가고 싶었다. 어쩐지 아이짱(경애)이라는 모던걸이 늘 마음에 키었던 것이요, 더구나 일전에 덕기를 데리고 갔을 때도 이야기를 하다가 다른 손님들이 들어오는 바람에 덕기에게 끌려오고 말아서 그 후 궁금도 하고 다시 만나서 이야기가 해보고 싶었다. 어쨌든 그 여자가 심상한 여자 같지 않아 보이는 것이 병화에게는 호기심을 더 끌게 하는 것이었다.

상훈이는 바커스로 끌고 가나 보다 하는 생각을 하며 한편으로는 마침 잘된 것 같기도 하고 또 한편으로는 이 사람 앞에서 경애가 함부로 굴까 보아 겁도 났다. 그보다도 병화가 덕기를 끌고 간 지 며칠 안 되어서 자기가 끌려가는 것이 실답지[109] 못하게 보일 것 같아서 경애에게 창피할 듯하나 또 어떻게 생각하면 아무러면 상관있겠니 하는 풀어진 생각도 드는 것이었다. 어쨌든 한번 가본다면 맹숭맹숭한 얼굴로 가기도 어렵고 또 이런 사람에게 끌려가면 경애가 보기에도 덕기에게 무슨 말을 듣고 일부러 찾아온 것이 아니라 젊은 애에게 술을 사달라고 졸려서 지나는 길에 끌려온 것같이 보일 것이니 도리어 이런 기회에 들여다보고 오는 것이 좋을 것 같기도 하였다. 또 생각하면 실상은 이 사람이 앞장을 서주기를 은근히 기다리고 같이 나왔던 것인지 자기도 자기 마음을 분명히 모른다. 어쨌든 상훈이가 오늘은 종일 들어앉아서 경애 생각을 하다가 밤이 되거든 한번 가보리라는 작정은 하였던 것이요, 또 지금 그 생각을 술김을 빌어서 실행하게 된 것이다.

"어디로 갈 텐가?"

상훈이는 전차에서 내려서 끌려가며 시치미 떼고 물었다. 병화가 무어라나 말을 들어보려는 것이다.

병화도 일전에 이 사람의 아들이 줄줄 좇아오면서 대관절 어디를 가느냐고 조바심하던 것을 생각하고는 혼자 웃으며,

109 미덥다.

"아무튼지 와보시기만 하십시오그려. 훌륭한 데지요. 경국지색傾國之色을 보여드릴 테니 그 대신에 하느님의 은총을 감사하실 게 아니라 제게 한턱이나 단단히 내십쇼."

하고 웃는다.

"이 늙은 사람에게 미인이 무슨 소용 있나. 허허……."

"아직 노인도 아니시지만 노인에게는 미인이 따르지 않아 걱정이지 신로심불로[110]란 말이 있지 않습니까? 하하하…… 하여간 중년 연애란 더 무서운 것이지요."

하고 병화는 비웃듯이 또 껄껄 웃는다. 상훈이는 중년 연애란 더 무서운 것이라는 말을 듣자 속으로 깜짝 놀랐다. 병화가 모든 것을 다 알고 자기를 무슨 욕이나 보이려 끌고 가는 것이 아닌가 하는 겁이 펄쩍 드는 것이었다. 그러나 지금 와서 안 간달 수도 없다.

덕기가 경애의 내력을 이야기하였을지 모른다. 그렇게 생각하면 자식이 미웠다. 또 비록 아비의 명예를 위하여 제 친구에게 발설을 아니하였더라도 이 사람이 다른 데서 듣지 말라는 법도 없다. 어쩌면 경애 자신과 한통이 되어가지고 덕기를 만나보게 하여주고 또 이번에는 자기를 끌고 가서 욕을 보이려거나 욕은 안 보이더라도 무슨 귀정[111]을 내려는 것일지도 모른다. 상훈이는 이런 생각을 하니 술이 금시로 깨고 관(푸주)에 들어가는 소같이 바커스에 들어가기가 싫었다. 그러나 저희들이 아무러면 나를 어쩌랴 하는 반감을 가지고 상훈이는 병화의 뒤를 따라 들어섰다.

110 身老心不老, '몸은 늙었으나 마음은 그렇지 않다'는 뜻.
111 그릇된 일이 바른 길로 돌아옴.

함박눈이 오고 푸근한 밤이라, 네 패쯤 앉을 테이블이 꽉 차고 방 안은 운기와 담배 연기로 자욱하였다.

상훈이의 노중에서 꺼내 쓴 노랑 알 안경에 김이 서려서 잠깐 동안은 아무것도 아니 보였다. 안경을 벗어서 집어넣으며 난로 앞으로 가려니까,

"실례의 짓 말아요."

하고 일본말로 소리를 치는 여자의 목소리가 들린다. 귀에 익은 목소리다. 건너다보니 오른편 쪽 들어간 구석에 경애가 틀어박혀서 있다. 술 취한 손님들이 좌우를 막고 앉아서 안 내보내려느니 경애는 나오겠다느니 하며 실랑이를 하는 거동이다.

경애는 병화를 건너다보고,

"어서 옵쇼……."

하고 눈웃음을 쳐 보이다가 상훈이의 늙직하고도 혈색 좋은 얼굴이 뒤미처 나타나자 놀란 눈이 말뚱하여지며 맥없이 섰다. 너무 의외인지라 저 사람이 여기 올 리가 왜 있나? 하며 자기 눈을 의심하였다. 그러나 두 사람의 표정 없는 눈이 마주치자 피차에 눈을 내리깔고 말았다.

나오려던 경애는 그대로 앉아버리고 말았다. 경애를 시달리던 손님들은 이편을 돌려다 보다가 경애가 앉는 것을 보고 "으아" 소리를 치며 환호들을 한다. 그러나 병화는 좀 불쾌하였다. 앉을 자리도 없지만 새로 온 사람을 어디 가 비집고 앉게 한다든지 자리가 없으니 가란다든지 어쨌든 나와서 알선을 해주는 것이 아니라 나오려다가 말고 그대로 앉아버린다는 것은 괘씸하였다.

"쥔 없소?"

하고 병화는 불끈하며 손뼉을 쳤다. 주부가 등 뒤에 섰던 것처럼,

"네에……."

하고 쏙 나왔다. 손에는 종이로 만든 접시에 거스른 돈을 담아 들었다. 바로 옆에 앉았는 손들은 돈을 집어 들고 일어섰다.

병화와 상훈이는 그 뒤를 물려서 앉았다. 공교롭게도 병화가 경애와 등을 지고 상좌로 앉고 상훈이가 마주 앉게 되었다. 병화는 앉다가 다시 생각하고 바꾸어 앉자고 하였으나 상훈이는 그대로 앉아버렸다.

경애는 여전히 눈도 거들떠보지 않고 일본 손님들과 마구 터놓고 기롱[112]을 하고 있다. 일부러 이편에서 보라는 듯이 유쾌히 깔깔대며 웃는다. '긴샤'인지 홀가분한 일복을 입고 금테 안경을 쓴 양이 생각하였더니보다는 조촐해 보이었다. 그러나 아까 들어올 제 "이랏샤이 마시(어서 옵시요)" 하고 인사를 하는 어조라든지 지금 손님하고 노는 양을 보니 조선집으로 말하면 갈보요 일본집으로 하면 작부나 하등 카페의 여급이라는 것이 틀에 박힌 것 같았다. 상훈이는 저절로 눈살이 찌프러지고 어금니에 무에 끼인 것같이 빼근하였다.

"그것만 한숨에 켜면 내 상급을 주지."

경애의 옆에 앉았는 손은 고쁘 술을 먹이지 못해서 애를 쓴다.

"응? 얼마 낼 테야?"

손은 지갑을 꺼내서 십 원짜리를 빼내어 테이블 위에 놓는다.

"그럼 먹지!"

112 기롱, 실없는 말로 시시덕거리는 짓.

껄껄껄 웃는 소리가 한소끔 왁자히 나다가 잠잠하여진다.

상훈이가 힐끈 돌려다 보니 경애는 유리 고뿌를 입에다 대고 턱을 차차차차 쳐들어 간다. 고뿌의 노랑 물은 반이나 기울어져 들어간다. 병화도 돌려다 보다가 눈살을 찌푸리며 상훈이에게 눈을 준다. 상훈이는 얼굴이 검어지며 고개를 떨어뜨리고 앉았다.

한 고뿌가 그뜩한 것은 아니나 한숨에 쭉 마시고 나니까 옹위를 하고 앉았던 일본 손들은,

"용하다 용하다!"

하고 또 한 번 환성이 일어났다. 경애는 얼굴이 발개지며 생글생글 웃기만 하고 맥이 빠진 듯이 앉았다가 안주로 담배를 붙인다.

"아이상 그런 화풀이 술을 먹으면 안 되어요."

이편에서 병화가 일본말로 소리를 쳤으나 경애는 못 들은 척하고 한눈을 팔고 있다. 병화는 머쓱해서 바로 앉으며 술잔을 들다가,

"어서 잡숫지요."

하고 상훈이에게 말을 걸었으나 상훈이는 손에 든 담뱃불만 들여다보고 무슨 생각에 팔려 있다.

화풀이 술을 먹지 말라는 병화의 말이 상훈이에게는 또 무심코 들리지 않았다. 암만해도 자기네들의 내용을 알고 비꼬는 것 같았다. 그는 고사하고 대관절 경애가 왜 저렇게 술을 먹는 것인가? 나 때문에 그야말로 화풀이 술을 먹는 것이리라…….

'그렇지 않으면 돈 십 원에……?'

하는 생각을 하니 상훈이는 앞이 캄캄한 것 같았다.

그러나 정말 화풀이 술이라면 고마웠다. 너는 너요 나는 나라

는 길에 지나가는 사람같이 생각하면야 저럴 리가 없을 것이라고 상훈이는 도리어 고마운 생각이 드는 것이다. 그러나 다만 한 가지 미심쩍은 것은 병화와 둘의 사이가 퍽 가까운 모양인 것이다. 말을 걸어도 못 들은 척하는 것은 자기 때문일 것이다—고 생각하였다.

"사람을 이렇게 깔보기야? 아무러면 돈 십 원에 팔려서 먹기 싫은 술을 먹었을라구!"

별안간 경애의 째진 목소리가 방 안에 퍼진다. 모든 사람의 시선이 그리로 쏠리었다. 만지면 베어질 것 같은 십 원짜리 지폐가 경애의 손에서 후르르 날아가 땅바닥에 떨어진다.

"그럼 백 원?"

하고 옆의 청년이 웃는다.

"흐응! 백 원이면 십 원의 열 곱인가! 하하하……."

경애는 옆의 남자를 멸시하는 눈으로 바라보며 웃고 나서,

"이건 누구를 큰길가에서 재주 피는 청인으로 알았는가 뵈, 하하하…… 백 원이면 끔찍한 돈이겠지만 어서 집어넣어 두었다가 마누라 '고시마끼(속곳)'라도 사다 주시죠! 뽀오나쓰(상여금) 푼이나 타서 돈 십 원 남았다고 이렇게 쓰다가는 자볼기[113] 맞으시리다!"

하고 또 커다랗게 웃으며 발딱 일어선다.

"하하…… 걸작傑作, 걸작!"

하고 좌중은 손뼉을 치며 떠든다. 돈 내놓은 청년은 도리어 무색해서 설익은 웃음을 띠고 앉았다가 취중에 무슨 모욕이나 당하

113 자막대기로 때리는 볼기.

였다는 생각이 들었든지 별안간 얼굴을 붉히며,

"사람을 업신여겨두 분수가 있지! 약속을 한 것이니까 약속대로 돈을 주는 게 아니냐? 나두 신사다! 돈 십 원쯤에 네 따위에게 그런 말 듣겠니?"

하고 소리를 버럭버럭 지르나 원체가 이 여자의 환심을 사느라고 한 노릇이라 딴 손님들 보는 데 창피할 것 같아서 허풍을 치는 눈치다.

"굉장한 호기로군! 준다는 돈 싫다는데 호령야? 이 양반은 도둑놈에게 절하고 다닐 양반이로군! 지금 세상에 좀 보기 드문 여덟 달 반 치로군!"

하며 빠져나오다 말고 선 채 깔깔 웃는다. 여러 사람들은 또 손뼉을 치며,

"히여 히여!"

하고 웃는다.

"어디 얼마나 가지고 그러는지 있는 대로 밑천을 다 털어놓아 보슈. 그 돈 가지고 한턱 잘 먹읍시다그려! 여러분 내 한턱 쓸게요!"

경애는 또 찧고 까부는 수작으로 농쳐버린다.

"옳지 됐다! 됐어! 그래도 우리 아이상이 달라! 아이상 만세!—아이코상 예찬禮讚!"

하고들 떠들었다. 숭배하는 미인의 솜씨 있이 돌려대는 밀솜씨에 외국 청년들은 아주 녹았다. 그 바람에 기껏 노해 보이던 친구도 껄껄 웃고 마는 수밖에 없었다.

"자아 이렇게 된 바짜에야 우리 대장—우리 여왕 모시구 자리를 안 뜰 수 없네. 자네 그 백 원 이리 내게. 아이상 갑시다요."

한 청년이 서둘러댄다. 경애는 생글생글 웃고만 섰다.

"그렇구말구 아이상의 그 지개志槪에 대하여 경의를 표하는 의미로도 가야 하네! 자아, 돈은 자네들이 쓰구 생색은 내가 냅세."

또 한 청년은 이런 소리를 하고 경애의 겨드랑이를 낀다.

"자아, 그럼 가자구!"

하고 경애는 청년의 팔을 뿌리치고 안으로 쪼르르 들어간다. 병화의 상 앞을 지나다가,

"미안합니다. 많이 잡숫고 가세요."

하고 지나는 인사 한마디만 내던져주었다.

상훈이는 점점 더 모욕을 당한 것 같아서 술을 입에 댈 맛도 없었다.

경애는 후딱 양장을 차리고 나왔다. 푸근한 털외투에 검정 모자를 삐딱이 쓴 모양이라든지 주기가 오른 불그레한 얼굴이 아까와는 또 다른 교태가 남자들의 눈을 현황하게 하였다.

"자아, 어서 나오슈."

하고 경애는 재촉을 한다.

"그럼, 일찍이 들어와요. 술 먹지 말고…… 요새는 왜 이렇게 난봉이 났누."

주부는 이런 소리를 하였으나 못 나가게 말리지는 않았다. 주인으로서 말리지 못하는 것을 보니 경애가 이 집에 꽉 매인 고용꾼이 아닌 것은 상훈이도 짐작할 수 있었다.

사오 인의 주정꾼이를 몰고 나가는 경애의 뒷모양을 상훈이와 병화는 멀거니 바라보고만 앉았을 수밖에 별수가 없었다. 닭 쫓던 개의 상판이었다.

그 한 패가 나가니까 한구석이 텅 빈 듯이 별안간 쓸쓸하여졌다.

"그 누구들이요?"

병화가 주인을 보고 물었다.

"여기 다니시는 은행 축들예요. 재미있는 젊은이들이죠."

"퍽 친한가 보군요?"

"아뇨. 공연히 오늘은 해망[114]이 나서 그러지요. 인제 곧 오겠지요."

"곧 오거나 말거나……."

병화는 이런 소리를 하면서도 모처럼 왔다가 무시를 당하는 것이 분하기도 하고 섭섭하기도 하였다.

"일 보는 사람을 손님들이 마구 끌고 나다녀도 가만 내버려두우? 카페 같은 데서는 그렇게 못하지?"

상훈이의 말은 경관의 시비 비슷하게 들렸다.

주부는 말똥히 이 처음 보는 남자를 쳐다보다가,

"아무러면 어떻습니까? 그 사람은 내가 부리는 사람도 아니요, 내 친구예요."

하고 좀 아니꼽다는 기색이면서도 휘갑[115]을 친다.

아무려나 더 앉았기는 싫었다. 욕보러 애를 써 온 것 같아서 다만 분하였다. 두 사람은 선뜻 일어섰다.

"왜 그러세요? 미인이 없어서 그러십니까?"

하고 주부가 놀리듯이 웃는 것도 못마땅하였다.

두 사람은 그 옆 카페로 가서 술을 또 먹었다. 상훈이는 이번 이야말로 화풀이 술을 기껏 먹으려고 판을 차린다. 자식의 친구

114 행동이 해괴하고 요망스러움.
115 더 이상 말하지 못하도록 함.

인 병화가 있거나 말거나 체면 없이 계집애들을 주물러 터뜨릴 듯이 떠듬거리는 일본말을 반씩 반씩 해가며 갖은 추태를 부리는 양을 보고 병화도 어이가 없었다.

이 사람이 이러다가도 내일이면 교당에 가서 '아아멘'을 부르려니 하는 생각을 하면 미운증이 지나쳐서 흠씬 놀려주고 싶었으나 그래도 친구의 부친이라 웃고만 앉았을 수밖에 없었다.

열한시나 넘어서 카페에서 겨우 떨어져 나왔다. 그러나 이때까지는 이것저것 다 잊어버렸다던 것 같던 사람이 거리로 나오니까 또 바커스로 가자고 발론을 한다.

"여보게, 우리 다시 한 번 가세. 고 계집애에게 그런 푸대접을 받고 자네 낯이 깩이지 않나."

상훈이는 다소 혀 꼬부라진 소리를 하나 그래도 꿋꿋하였다.

"가시죠. 내 체면이 깎인다는 것보다도 그 계집애 손이라도 한 번 못 만져보시고는 댁에 가서 잠이 아니 오시겠지요?"

하고 병화는 놀리면서 바커스로 끌고 들어갔다.

"그까짓 년, 세상에 계집이 그밖에 없겠나마는 그 애가 조선년이라지?"

"그래요. 하지만 자제하고 매우 친한 모양인데 선생께선 마구 못 하십니다."

병화는 무어라나 들어보려고 장난으로 이런 소리를 해보았다.

"무어? 어째?"

상훈이는 코웃음을 치며 시치미를 떼었다.

"왜 실망을 하셨습니까?"

병화는 또 냉소를 한다.

"실망은 내가 왜 실망을 해? 나는 지금 자네와 결혼이라도 시켜주려는 판인데……."

상훈이는 이런 분수에 닿지 않는 실없는 소리를 하면서도 경애가 없어 흥이 빠져 한다.

주부는 술을 내오고 나서, 어느덧 자정이 가까워오니까 문을 걸어버린다.

"그런 여자가 저 같은 빈털터리에게 눈이나 거들떠보겠습니까?"

병화는 상훈이의 농담이 결코 듣기 싫은 것도 아니었다.

"아까 못 보았나? 돈 십 원이고 백 원이고 그까짓 돈 보고 하기 싫은 일 하겠느냐고 뽐내던 말을 들으면 퍽 돈에는 더럽지 않은 위인인 모양이니 안심하게."

"글쎄 그럴까요? 그럼 부디 잘 주선만 해주십쇼, 하하하……."
하고 마주 웃어버렸다.

"사막에 해가 떨어지고 밤이 될 때…… 임이시여……."

자정이 넘으니까 이 좁은 거리의 발자취도 드물어지고 점점 가까워지는 유행 창가 소리가 유난히 요란스럽게 들려온다. 그중에서도 째진 여자의 목소리가 도드라지게 들리자 병화와 상훈이의 둘이만 앉았는 옆에서 주정받이를 하고 있던 주부는 눈살을 찌푸리며,

"주징뱅이들이 또 몰려오는군! 하지만 길거리에서 지게 무슨 짓들이야."
하고 주부는 닫은 문을 열려고 마주 나간다. 벌써 가게는 들이고 이 두 손님도 보내려고 애를 쓰고 있는 판이라, 주정꾼들이 문 밑에 와서 소리를 딱 그치며 문을 통통통 두드리며 하도 법석을 하

니까, 주부는 문을 열었으나,

"가게는 들였에요. 내일들 또 오세요."

하고 문을 가로막으며 대지르고 들어오겠다는 손들을 내미는 모양이다.

경애는 거기에는 아랑곳도 안 하고 여전히 '아라비아 노래'인가 하는 것을 콧노래 삼아 하면서 주부가 길을 터주는 데로 들어오다가 환한 불 밑에 두 남자가 고주가 되어서 청승맞게 마주 앉았는 것을 보자 경애는 웬일인지 눈물이 핑 돌았으나 취중에도 그것을 감추려고 소리를 한층 더 높여서 하던 노래를 계속하며 테이블 사이로 댄스를 하고 한 바퀴 돌더니 병화에게로 와락 달려들어서 무심히 앉았는 사람의 팔을 홱 낚아 잡아 일으키니 부엌방석 같은 남자의 머리가 어느덧 여자의 가슴에 싸였다. 경애는 유착한 남자의 몸을 질질 끌면서 여전히 춤을 추며 테이블 새로 돈다.

"정신 좀 차려요. 두부로 비져 만든 사내도 다아 보겠다! '곤냐꾸(족편 같은 일본 음식)'처럼 왜 이 모양이야?"

하고 경애는 눈물을 감추고 병화의 대강이를 장갑 낀 조그만 주먹으로 쥐어박고 나서 깔깔 웃다가 또 다른 소리를 같은 곡조로 꺼내며 맴을 돈다.—

"……이운 달이 또 여즈러졌으니[116] 해 뜨면 못 볼까 봐 동틀 머리까지 지키고 앉었나? 해 뜨면 못 볼 게니 눈이 시도록 보아라…… 턱을 괴고 앉았는 꼴 기구망측지상[117]이로구나…… 하하

116 '이지러지다'의 방언.

117 岐區罔測之上, 운수가 사납기 짝이 없는 상황.

하…… 하하하……."

무당 넋두리하듯 입에서 나오는 대로 노래를 만들어보다가 경애는 커다랗게 웃으며 남자를 탁 떠밀고 오뚝 서다가 취한 사람이 나가자빠지려는 것을 보자 얼른 가서 다시 얼싸안으며,

"에구 가엾어라. 우리 큰둥이를 누가 그랬단 말이냐?"
하고 어미가 자식 어루만지듯이 등을 두드리다가 입을 쭉쭉 맞춘다.

상훈이는 일거일동을 바라만 보고 있다가 무심코 실소를 하며 외면을 하였다.

그러자 밖에서 이때껏 실랑이를 하고 있던 주정뱅이가 주부가 안으로 잠그고 두 손으로 버티고 섰는 것을 떼어밀고 쏟아져 들어왔대야 두 사람밖에 아니 되었다. 그중 한 사람은 아까 십 원짜리를 내놓던 청년이다. 두 일본 청년은 한가운데 들어와서 딱 버티고 두 남녀가 끼고 섰는 것을 보자 눈에 쌍심지가 뻗히면서,

"흥…… 잘들 노는구나! 그래서 우리를 따돌려 세려는 거로구나! 인제 알았더니 또 한 가지 영업하는 게 있구나!(밀매음을 시킨다는 말이다) 훌륭한 음식점 취체 위반이다! 어디 해보자……."
하고 두 청년은 겨끔내기[118]로 떠들어댄다. 경애는 그래도 못 들은 척하고 공중 매달려 나니는 병화를 끼고 좁은 속에서 밀고 나갔다, 끌고 뒷걸음질을 쳤다 하며 춤추는 형용을 하다가 고개를 홱 돌리더니,

118 번갈아.

"시끄럽게 왜들 이래? 찰거머리처럼 무얼 먹겠다고 쫓아다니는 거야? 어서 그만 가 자요?"
하고 몰풍스럽게 소리를 친다.

"무어 어째? 그래두 못 떨어지겠어?"

"무슨 상관 아랑곳야? 남이 어쩌든지 이건 제 계집이나 가지고 윽살리듯 하네! 어서 집에 가봐요…… 마누라가 어떤 놈하고 이렇게 끼고 맴을 돌지 모를 게니! 그때 할 소리를 미리 여기서 연습을 해보는 게로군! 좀 또 보여줄까?"
하고 경애는 또다시 병화에게 입을 맞추는 형용을 한다. 형용만을 하는 것이 아니라 참 정말 맞춘다. 병화는 싫다고도 할 수 없고 좋아서 헤에 할 수도 없으나 좋지 않을 것도 없다.

"누구를 놀리는 거냐? 더러운 것들! 파출소에 고발할 테다."

술이 취한 젊은 애들이 몇 달을 두고 다니다가 결국에 이런 꼴을 보는 것도 분한데 골을 올려주니 눈에 불이 나는 것이다. 더구나 이때까지 세네 시간을 같이 놀면서 수십 원 돈을 쓰고도 손 한번 만져보지 못하던 '여왕'이 다른 조선 남자에게 키스를 하다니 해괴한 일이다.

봉욕

주부는 청년들의 말에 노하면서도 취한 사람으로 돌리고 뜯어말려 돌려보내려고만 하였다. 그러나 병화는 그렇지 못하였다. 눈찌가 곤두서며 쇠한다.

"더러운 것들이라? 고발을 한다? 더러운 걸 무얼 봤니? 마뜩치 않은 놈들! 너희들은 뭐냐? 경찰의 개냐?"

경애를 떼어놓고 몹시 노려보던 병화는 단번에 달려들려 하였다. 저편도 물론 그대로 있지는 않았다. 그러나 경애는 병화를 마주 얼싸안아 버리고 주부는 두 청년을 두 활개를 벌리고 가로막았다. 상훈이는 그대로 앉아서 물계만 본다. 술이 금방 번쩍 깨는 것 같았다.

그러나 두 계집의 힘으로 술 취한 세 장정을 막아낼 장비가 없었다. 담배 재떨이가 병화의 뺨 옆으로 날으며 맞은 벽에 우지끈 딱 하고 악살[119]이 되는 것을 군호로 하고 세 사람은 맞달라붙었다. 어느덧 한 놈은 벌써 나둥그러졌다. 상훈이도 일어서려니까 나둥그러진 자가 일어나서 상훈이에게 달려든다. 이번에는 병화와 맞붙은 자와 상훈이가 나둥그러졌다. 이것을 보자 병화는 둘째 번 넘어진 자를 서너 번 발길로 쥐어박고서 상훈이에게 응원을 갔다. 멱살을 낚아가지고 일깃거리는[120] 테이블과 교의에 허리를 걸치어서 메다치니 우지끈하고 부서지는 위에 널치[121]가 되어 쓰러진다.

"잘한다! 잘한다!"

하고 경애는 마치 씨름판이나 투우장에 와서 구경하듯이 바라만 보고, 주부는 아직도 불기가 있는 난로에 와서 쓰러질까 보아 가로막고만 섰는 것이다.

119 박살.
120 일긋거리다. 물건의 사개(네 귀퉁이)가 잘 맞지 않고 느슨해 자꾸 일그러지다.
121 '넙치'의 방언.

상훈이는 단박에 고꾸라져서 외투는 흙투성이가 되고 오른손 엄지손가락을 깨물렸는지 짓찧었는지 피가 줄줄 흐르는 것을 추켜들고 씨끈거리며 앉았으나 경애는 못 본 척할 뿐이다.

밖에서는 길 가던 사람이 우중우중 모여 서서 두런두런하는 모양이나 아무도 문을 열고 들어오지는 못하였다.

두 청년은 일어서서 인제는 덤비지는 못하고 욕지거리만 하였으나 또 달려들 거동이라 주부가 발발 떨며 두 청년을 흙을 털어주고 어서 가라고 달래이나 장본인인 경애는 샐샐 웃고만 서서,

"왜들 그래? 젊은 사람들이 술들을 먹거든 곱게 새겨야지! 그러나 애들 썼네! 우선 한숨들 돌리게."

하고 외투 주머니에서 해태표를 꺼내서 일일이 권하러 돌아다녔으나 두 청년은 손으로 탁 쳐버리고 상훈이는 권하지도 않으니까 차례에 못 가고 병화만 하나를 받아서 붙여주는 불에 붙이었다. 경애도 피워 물었다.

"눈이 쌓이고 이 좋은 날 이 속에서 싸우다니…… 훈련원 벌판, 아니, 경성운동장으로 가서 최후의 결승을 하거나 장충단 솔밭에 가서 결투를 해버리는 게 옳을 일이지."

하고 경애는 또 골을 올린다.

"가자, 너 같은 놈은 버릇을 가르쳐야지."

한 청년이 숨을 돌려가지고 병화에게 달려들었다.

"어디든지 가자! 하지만 어디냐?"

"비릿비릿하게 경찰서에 갈 거 무어 있니. 대문 밖에라도 나가서 요정을 내자."

"그거 좋은 말이다."

하고 병화가 이번에는 찢어진 외투를 벗어부치려니까 문간에서 동동 두들기는 소리가 난다. 호기스럽게 호령하듯 문 열라는 소리가 순사다. 주부는 구세주나 만난 듯이 얼핏 가서 열었다. 순사는 왜들 떠드느냐고 호령을 하며 들어와서 휘이 둘러보다가 병화를 유심히 노려본다. 순행 순사의 출현을 두 청년도 반가워하였다. 일본 순사이기 때문이다. 잔뜩 긴장하였던 마음이 풀리니까 다시 취해들 올라왔다. 순사 보기에는 모두 주정뱅이 같아서 대강 이야기를 듣고 모두 파출소로 가자고 한다. 주부와 경애도 가자고 하였으나, 경애만 나섰다. 주부는 집이 빈다고 사정을 하며 의자이며 기명[122] 깨어진 것은 값을 안 받아도 좋으니 어서들 끌고 가서 무사 보내달라고만 부탁하였다.

상훈이도 하는 수 없이 따라나서면서도 누구나 만나지 않을까 그것이 염려이었다.

구경꾼은 쫙 헤어졌다가 하나둘씩 모여서 줄줄 쫓아온다. 순사도 인제는 제지도 아니하고 가만 내버려둔다. 좌우 양쪽의 상점 문은 다 들이고 낮같이 밝은 전등불이 눈 위에 반사되어 끌려가는 사람들의 얼굴들이 한층 더 분명히 보인다. 상훈이는 이 밤중에 설마 아는 사람, 그중에도 교회 사람을 만나랴 싶었으나 그래도 애가 씌어서 멀리서 사람 그림자만 나타나도 겁을 벌벌 내었다. 외투깃을 올리고 노랑 안경을 다시 꺼내 썼다.

파출소에 들어가서는 데리고 간 순사가 한층 더 뽐내며 두 일본 청년의 말부터 들은 뒤에 병화와 상훈이의 말은 들으려고도

122 그릇.

않고 으르딱딱거렸다. 옆의 순사는 경애를 보자,

"얘는 바커스 계집애가 아닌가?"

하고 반색을 하는 듯이 웃다가,

"우와끼(난봉)를 작작 하지!"

하고 놀린다.

이런 데 와서 대접받으랴마는 생전 처음 당하는 일이라 경애는 분해 못 견디었다. 자기가 조선 사람이고 가외 술집에 있기 때문에 이런 하대를 받고 놀림감이 되는구나 하는 생각이 가슴을 찔렀다. 하나 무어라고 대거리 한마디 할 수 없었다.

데리고 온 순사가 동료에게 설명을 한다. 그중에도,

"고이쓰또 키쓰오! 고이쓰또 키쓰오!"

라는 말이 여러 번 나왔다. 이놈과 입을 맞추었다는 말이다.

"흥, 이왕이면 돈 무게가 나가는 남자하고 키스를 하든 무얼 하든 할 일이지?"

하고 젊은 순사가 병화의 구지레한 꼴을 바라보다가 경애를 놀린다.

"오지랖 넓은 일이외다. 순사 나리란 도적놈에게만 필요한 줄 알았더니 꽤 바쁘신 모양이로군! 키스 도적놈을 잡은 것도 아닐 텐데!"

경애도 취중이요 분한 김이라 대거리로 한 번 씹었다.

"잔소리 마라! 건방진 년! 예가 어딘 줄 알고 주둥아리를 함부로 놀리는 거냐!"

데리고 온 순사가 불호령을 한다.

"아직 술이 덜 깨었군! 본서로 데리구 가서 재워야 하겠는

걸…….”

선부른 소리를 했다가 핀잔맞은 순사도 발끈하였다. 그래도 미인의 취담이라 재롱으로 보았던지 손을 대지는 않았다.

싸움한 경위를 대강 취조를 하고 나서도 일본 청년은 주소 성명만 적고 돌려보냈다. 그러나 세 사람은 모른 척하고 한참 세워 두더니 본서로 전화를 건다. 말눈치가 저편에서는 그대로 놓아 보내라 하는 모양인데 이편에서,

“암만해도 너무 반항을 해서…….”
하고 어쩌고 한다.

전화를 끊더니 아까 실없는 소리를 하던 순사더러 본서로 데리고 가라고 분부를 한다.

“누가 무슨 반항을 했단 말이요? 아까 그놈들하고 함께 가기 전에는 안 갈 테요.”

병화는 눈에 쌍심지가 솟았다. 경관에게 육장 부대끼는 병화는 이런 데쯤에 비쓸비쓸할 사람은 아니었다.

“나두 우리 집으로 갈 테얘요.”
하고 경애가 파출소에서 돌쳐서 나오려니까 순사는 허겁을 해서 목덜미를 휘어잡았다.

경애는 삐끗하고 하마터면 넘어질 뻔한 것을 겨우 가누고 다시 불들려 섰다. 줄기차게 지키고 섰던 구경꾼들 속에서는 킥킥 웃는 소리가 났다.

데리고 갈 순사는 부리나케 칼을 저그럭거리며 차고 모자를 떼어 쓰며 나선다. 경애는 그래도 발악을 하고 병화도 발을 구르며 떠들어대었으나 무슨 소리인지 순사들의 호령 소리와 맞장구

를 쳐서 잘 들리지 않는다. 그러는 동안에도 상훈이는 반씩 반씩 어우르는 일본말로 애걸을 하고 섰다. 그러나 경애에게 감정이 잔뜩 난 순사들은 마음을 돌리려고는 아니한다. 그렇다고 세 사람을 포승으로 묶어가지고 갈 수도 없고 지랄들을 치는 것을 눈길에 끌고 나서기도 싫은 모양이다.

병화는 뺨을 두어 번 얻어맞았으나 얻어맞으면 더 날뛴다. 애초부터 엄포로 가자고 한 것이었던지 본서로 가는 것은 흐지부지하고 병화의 정강이를 구둣발길로 걷어차서 마루에 주저앉게 하니 그제서야 좀 조용해졌다.

상훈이가 그 틈을 타서 또 애걸을 하니까 그제서야 주소 성명 직업을 적으라 하고 상훈이만은 나가라 한다. 직업에 학교 교원이라고 쓰니까 어느 학교냐고 묻더니 장황한 설유가 나왔다.

"밋숀 스쿨이 아닌가! 교원이요 게다가 크리스찬으로서 그만한 지각이 들었을 사람이 젊은 사람을 데리고 다니면서 술을 먹고 우리들을 성이 가시게 하고 다니다니 창피한 줄 알겠지?"

개 꾸짖듯 꾸짖는 것도 고개를 굽실거리며 듣는 수밖에 없었다.

상훈이는 혼자 갈 수 없었다. 그러나 상훈이 말로 내놓을 리도 없다. 순사는 병화를 구류간 속인지 뒷간 속인지 저 구석으로 끌어다 넣어버렸다. 경애에게는,

"넌 여기 있거라. 한데 두면 또 키스를 할라!"

하고, 숙직실인 다다미방에다가 데려다 두었다. 경애는 그래도 미인이라 우대를 하는 것이다. 저희들 자는 방에다가 넣어두는 것도 우스운 일이나 어쨌든 어한도 되고 구경꾼 보는 데 섰는 것보다 좋았다.

상훈이가 하는 수 없이 혼자 바커스로 향하여 가려니까 구경꾼도 흩어졌다.

"선생님……."

몇 칸통쯤 떨어져 가려니까 뒤에서 누가 부른다. 돌려다 보니 중산모 쓰고 양복 입은 청년이다. 목도리를 칭칭 감아서 그런지 누구인지 알 수 없으나 상훈이는 등에 식은땀이 쭉 배었다.

"지금 어딜 가십니까?"

하고 모자도 벗지 않고 인사를 하며 목도리 속에서 턱을 빼낸다. 그러나 역시 상훈이는 알아볼 수 없다. 청년은 짓궂은 웃음을 띠며,

"저 몰라보십니까? 덕기하고 한 회에 졸업한 ×××올시다."

하고 제 이름을 댄다.

"어—."

하고 대꾸를 하여주었으나 결코 반갑지 않은 손이었다. 입에서는 술 냄새가 후르르 끼친다.

"파출소의 그 여자도 같은 옛날 동창생인데요. 왜 그랬에요?"

"응, 젊은 애들이 술이 취해서 싸움을 하는 것을 말리려고 하다가……."

상훈이는 어름어름하고 어서 빠져 달아나려 하였다. 그러나 짓궂이 쫓아오며 잔소리를 꺼내놓다가 추우니 어디 가서 술을 먹자고 조른다.

"선생님은 저를 잘 모르셔도 저는 길러내 주신 은혜를 잊지 않습니다. 제 정성을 그렇게 막으시면 안 됩니다."

실없이 주정처럼 하는 소리가 비웃는 것같이 들렸다. 상훈이는 화를 참으며 달래어 보내고 나니 마침 바커스의 주부와 마주

쳤다. 주부는 기다리다 못해서 문을 잠그고 파출소로 가는 길이었다. 잘되었다 하고 둘이 또다시 파출소로 갔다.

파출소에 가서도 거진 한 시간이나 애걸복걸을 하여 두 사람을 데려 내왔다.

그들이 그렇게까지 승강이를 한 것은 그 영업을 벌이고도 어느 기회에 한잔 안 낸 것과 언제인가 조사를 갔을 때 경애가 나와서 보통 카페 계집애처럼 친절히 아양을 부리지 않은 것들이 감정을 사게 된 때문이었다.

이튿날 상훈이는 자리 속에 누워서 일어날 기운이 없었다. 마장꾼들이 새벽 세시에 들어오는 주인을 기다리고 그대로들 있어서 함께 자버렸지만 그야말로 노름꾼들처럼 늦은 아침에 일어나서 어제 어디 갔더냐고 묻는 데에 변변히 대답도 못 하였다. 생각할수록 자기 낯이 뜨거웠다. 봉욕 봉욕 하여야 그렇게도 가지가지로 욕을 톡톡히 보기는 좀처럼 어려울 것 같았다. 경애에게 기구망측지상이라고 놀림을 받았다든지 파출소에 불려 가서 설유를 당한 것은 위레두커녕 경애가 병화와 입을 맞추고 그 법석을 한 것과 나중 판에 예전 소학교 졸업생이라는 아이를 만난 것이 생각할수록 분하고 께름하였다. 병화의 춤에 논 것이지만 어쨌든 그대로 내버려둘 수는 없었다. 오늘이 토요일이라 저녁에 예배당에 갔다가 오는 길에 또다시 경애를 한번 찾아서 보리라는 궁리를 하였다. 그러나 그는 고사하고 어젯밤에 만난 그놈이 술을 먹고 다니는 것을 보면 교회에는 아니 다니는 것 같으나 그래도 저희들 축에서 소문이 돌아서 교회 속에까지 말이 들어갈까 보아 그것이 또 염려가 되기는 하였다.

새 번민

부친은 간밤부터 감기가 더쳤다. 큰집에서 하인이 다녀간 뒤에 상훈이가 갔을 때에는 의사도 와서 앉았었다.

암만해도 폐렴이 되기가 쉽겠으니 요새 며칠 특별히 주의하라 하고 가버렸다.

상훈이는 그래도 한약을 쓰는 것이 좋겠다고 생각하였으나 자기가 발론을 하면 부친이 안 들을 것 같아서 나와서 지 주사를 시켜서 말씀을 해보았더니 영감은 싫다고 한다. 별안간 개화를 해서 그런지 감기는 내치라도 양약이 한약만 하고 더구나 폐에 관한 것은 양약이 좋다고 고집을 부렸다.

그러나 상훈이의 생각에는 그날에 부친이 안에서 취침하고 나오던 판에 넘어졌었고 감기 기운도 그때부터 있었던 터이요 하니 한약 몇 첩으로 다스려버렸으면 그만일 것 같았다.

어쨌든 하는 수 없이 지 주사는 종일 영감 옆에 앉아서 허리와 가슴에 찜질을 갈아 대고 있었다. 가슴에는 폐렴이 될 염려가 있다고 하여 오늘부터 시작한 것이다.

영감은 사지와 머리만 빼놓고는 오줌 싼 자리에 누운 듯이 뜨뜻하고 축축한 솜 속에 파묻혀 있는 셈이었다. 그것이 영감에게는 처음 해보는 일이요, 뼈만 남은 몸뚱아리에 퍽 좋았다. 조금 몸을 추스를 수만 있으면 안방으로 옮겨 들어가서 수원집의 간병을 받고 편안히 누워 있겠으나 허리 때문에 절대로 움직이지 말랄 뿐만 아니라 또 사실 움직일 수도 없었다. 영감은 안방에만 들어가 누우면 한약을 써도 좋겠다고 생각하는 것이다. 한약에 반대를 하는 것은 정말 양약을 믿기 때문이 아니라 양약은 병마개를 종이로 풀칠까지 해서 꼭 봉해 오는 것을 머리말에 두고 자기 손으로나 혹은 자기가 보는 앞에서 따라 먹는 것이요 또 만일에 약에 무슨 변통이 생기더라도 즉시 의사를 불러 대서 남은 약을 검사만 해보면 당장 해혹도 되고 의사도 그만큼 책임을 지고 약을 쓰겠지만 한약이면 달여서 사랑에 내올 때까지 일일이 감독도 할 수 없거니와 그 중간에 몇 사람의 손을 거치느니만큼 안심이 아니 되는 것이다. 사랑에서 자기 눈앞에서 달이게 한다면 누구나 변괴로 여길 것이요 자기의 심중을 들추어 내보이는 셈쯤 될 뿐 아니라 도대체 양약처럼 몇 번에 잘라 먹는 것이 아니다. 한약이란 한 번에 쭉 마셔버리는 것이니까 오장에 들어가만 놓고 나면 그만이다. 다시 무를 수가 없다. 또 약그릇을 씻어버리고 약 찌끼를 없애버리면 무슨 일이 있은 뒤라도 감읏같이[123] 흔적도 찾을 수 없는 것이다…… 영감의 신경과민은 이러한 공상과 강박관념을 나날이 심하게 한 것이었다. 더구나 수원집이 며느리를 헐어서 속삭인 뒤로 더하여진 것이다. 죽을까 보아 생겁을 벌벌 내는 사람에게 자식들이 어서 죽기를 죄인다고 하여놓았으니 겁도 내는 것이 무리치도 않을 것이나 게다가 몸을 꼼짝 못하는 생병이다. 워낙 잠이 없는 늙은이가 긴긴 밤을 새우노라니 느는 것은 그런 까닭 없고 주책없는 공상뿐이다. 더구나 자식부터 노리고 있는 재산이 있다 생각하면 믿을 사람이라고는 그래도 한자리에서 자는 귀여운 수원집뿐이요, 그 외 놈년들은 남이요 한

123 감쪽같이.

푼이라도 뜯어먹지 못해서 눈이 벌게 돌아다니는 놈들뿐이라고 생각하는 것이다.

상훈이는 저녁밥 후에 교회에 가는 길에 큰집에 또 한 번 들렀다. 환자는 저녁때가 되면 오한이 심하다가 이맘때쯤에는 번열이 다시 나는 것이었다. 그러나 상훈이로서는 여전히 약 쓰는 데 개구를 못 하고 병인은 안방으로 옮겨만 달라고 어린애 보채듯 보챌 뿐이다. 야기를 쏘여서는 아니 될 테니 내일 들어가시라고 하여 간신히 간정이 되는 것을 보고 상훈이는 예배당으로 갔다. 친환이 어서 낫게 하여달라고 기도하려고.

사실 예배당에 가서는 부친의 병위문을 받기에 상훈이는 분주하였고 기도들을 할 때에도 상훈이 부친의 병이 어서 쾌차하게 해달라는 한마디를 끼울 것을 잊지들 않았다.

오늘 토요 예배는 아홉시 전에 끝이 났다. 예배가 끝난 후 마장 축들이 슬슬 상훈이의 기색만 보면서 따르는 수작이 어디로 놀러 가자고 발론이 났으면 좋을 듯한 눈치였으나 상훈이는 모른 척하고 혼자 전차를 타버렸다. 진고개로 올라가는 길이니 전차를 탈 필요도 없지만 그 사람들을 피하려니까 길을 돌아가려는 것이었다.

상훈이는 바커스 앞을 지나면서 들어갈 생각은 아니 났다. 속에는 손님이 없는지 조용한 모양이나 그대로 지나쳤다. 이제 봉욕하던 교번소[124] 앞을 지날 때 저절로 외면이 되면서 경애가 빠져나가다가 순사에게 고작[125]을 들려서 끌려 들어가던 꼴을 생각해보고는

124 파출소.
125 상투.

그래도 경애가 가엾었다. 그러나 병화와 미친 사람처럼 키스를 하고 자기에게 빗대놓고 창가를 하고 하던 양이 눈앞에 떠오르니까 또 얄미운 생각이 났다.

'만 이태! 그동안에 변하니 변하니 해도 그렇게 변하였을까?……'

상훈이는 이런 생각을 하다가 일전에 아들이 '책임'이란 말을 꺼내던 것이 생각났다.

'전부가 내 책임일까?'

상훈이는 저 혼자라도 변명할 거리를 생각해보다가,

'책임을 회피하려는 것은 아니지만 그러면 그 책임에 대하여 나는 어떠한 수단을 취하면 좋다는 말인가?'
하고 스스로 물었다. 그러나 아무 방침도 머리에 떠오르는 것은 없었다. 하여간에 어제고 오늘이고 경애를 만나러 가는 것이 그 '책임'을 어떻게 조처하려는 것인가? 하면 그런 것도 아니다. 어제는 다만 묵은 추억이 유혹한 것이요 오늘은 어제에 꼬리가 달려서다. 그보다도 병화에게 대한 질투와 자식의 친구 앞에서 보여준 모욕을 참을 수 없어서다…….

K 호텔에 들어간 상훈이는 사무소로 바로 들어가서 급히 인력거를 불러달래다가 경애에게 편지를 써 보냈다.

K 호텔은 한 삼 년이나 발을 끊었었건마는 하녀들만은 갈렸으나 그전과 조금도 변함이 없었다.

"그동안 왜 그렇게 한 번도 안 들러주세요. 옥상(아씨)께서도 다 안녕하시죠?"

일인 사무원은 이런 인사를 하고 세월없는 타령을 꺼내놓았다. 상훈이는 하회[126]를 기다리는 동안에 이야기 대거리를 하다가 뒤에 단 하나 있는 온돌방을 치운 데로 건너갔다.

이 방은 언제 보나 산뜻하고도 아늑하고 반가웠다. 방이 반가운 것이 아니라 이 방이 주는 인상이나 과거의 추억과 연상이 얼마나 반갑고 유쾌한지 모르는 것이다. 오 년 전—그때도 이런 겨울날이었지만 그때와 변한 것은 순 조선식으로 꾸며놓았던 보료며 장침 안석[127]들이 더러워진 것과 방에 인제 불을 때느라고 그런지 알코올 불을 켠 스토브를 놓은 것이다.

상훈이는 석유 냄새가 훅 끼치는 데에 눈을 찌푸리면서 화로만 놓아두고 알코올 스토브는 내가라고 명하였다.

찬 기운이 훌쩍 끼치는 보료 위에 앉으니 금시로 쓸쓸한 증이 나면서도 마음속은 봄을 만난 듯이 서성거리었다. 방 안을 휘 돌려다 보니 처음 경애와 이 방에 들어앉을 때의 생각이 아름다운 꿈처럼 머리에 떠올라오는 것이었다.

그러나 결국에 아니 오고 보면 어쩌나 하는 애가 씌기 시작하였다. 지금과 같이 이 방에서 초조한 마음으로 혼자 기다리고 앉았던 것도 여러 번이었다. 어제도 그랬었고 그제도 그랬던 것처럼 먼 날의 일이 이상히도 가깝게 생각히는 것이었다. 그러나 오늘은 경애가 아니 올까 보아 애가 타고 몸이 다는 것이 아니라 이렇게 앉았다가 결국에 오지도 않고 혼자 뒤동수를 치고 나가게 되면 주인이나 하인들 보기에 창피할 것이 먼저 걱정되는 것이다.

126 회답을 기다림.
127 몸을 기대는 방석.

하녀가 차를 날라 왔다. 그래도 그때까지 보낸 인력거꾼은 아직 아니 왔다. 상훈이는 그대로 입고 앉았는 외투 주머니에서 담뱃갑을 찾다가 담뱃갑은 아니 나오고 조그만 책이 만치는[128] 것을 무심코 꺼내보았다. 성경책이다. 혼자 픽 웃고서 누가 볼까 봐 무서운 듯이 얼른 다시 넣었다.

지금 생각하고 보니 오늘은 교당에 가는 날이라 담뱃갑을 아니 넣고 나왔다. 담배를 가져오라 하려고 초인종을 누르려니까 멀리서 발자국 소리가 가까워온다. 상훈이는 새삼스러이 가슴이 설렁하며 외투를 급히 벗어 걸고 얌전히 앉았다.

그러나 방문 밑에서 나는 발자취는 한 사람의 자취다. 하녀가 문을 열고,

"조금 있다가 오신답니다."

는 전갈이다.

전화가 왔느냐니까 그런 게 아니라 인력거는 도루 보내왔다 한다.

열시나 되었는데 좀 있다가 온다면 오늘은 여기서 자게 될 거니 잘되었다고 생각하였다. 보료 밑은 차차 더워오나 그래도 춥기도 하고 심심하여 술이나 한잔 먹고 싶으나 주기가 있어 만나면 위신이 깎이고 또 어제 모양으로 흐지부지 실없는 농담이나 하고 헤어질 것 같아서 참기로 하였다.

그러나 입에도 아니 대는 차를 두 번째 갈아 온 것이 또 식어버릴 때까지 소식이 감감하다.

128 만져지는.

상훈이는 웅숭그리고 드러누웠다가 제일 선선해 견딜 수가 없어서 기에 술을 명하고 말았다. 열한시나 되어 술을 시작하고 앉았으니 이런 외딴 방에 하녀부터도 붙어 앉았으려고 아니한다. 그러나 혼자 술을 먹는 수도 없다. 호텔 사무원을 불러들이니 이자도 추운 판에 암칫국하고[129] 들어와 앉아서 대작을 한다.

"옥상이 안 오시는 것은 아니겠지요만 매우 늦습니다그려."

반또(사무원)는 술 한 잔에 고개를 세 번씩 꼬박거린다.

옥상이라는 것은 경애 말이다. 이 사람은 그 후에 경애와 북미창정에서 살림하는 것을 상훈이 자신의 입으로 들어서 아는 터이다.

"아니 누구를 잠깐 만날 사람이 있어서……."
하고 상훈이는 웃었다. 경애가 조금 있으면 오겠지만 잔소리가 나올 게 귀찮으니까 이렇게 대꾸를 해둔 것이다.

"허허허…… 너무 외도가 심하시면 옥상이 가만 계시겠습니까? 그런 좋은 옥상을 가지시고도 온 영감도 너무 과하십니다. 욕심이 과하십니다."

반또는 이런 소리를 하고 또 껄껄 웃는다.

으레 어떤 종류의 계집이 올 것을 알아차리는지라 내일 아침이면 이 세월없는 판에 행하가 상당하리라고 반또부터 속으로 이긴 손님을 반기는 것이다. 더구나 상훈이에게는 씀씀이가 호활한 데 맛을 들여서 대접이 전부터 융숭하다.

"내가 무슨 외도를 한다고 별명을 짓나. 허허…… 난 원체 계

129 위신이나 체모를 생각지 않고 거리끼지 않다.

집 복이 없어서…… 허허……."

"게서 더 있으면 어쩝니까? 그때 그 색시는 어떻게 되었나요? 그 후에 또 좀 들리실 줄 알았더니……."

반또는 벌써 이태 삼 년이나 지난 옛이야기를 꺼내는 것이다. 경애와 그렇게 된 후 재작년 봄에 한참 달떠 돌아다니는 판에 숨어 다니는 술집 주모가 대어준 모던걸 하나를 데리고 주체를 할 수가 없어서 이 집에 데려다가 한 사날 묵혀 보낸 일이 있었다. 그 후에도 두어 번 더 와서 하루씩 묵은 일은 있으나 상훈이는 벌써벌써 잊어버린 생게망게한[130] 묵은 치부장이다.

"어쨌든 그 후에는 벌써 이태나 되어갑니다만 아주 발을 뚝 끊으셨으니 그동안은 퍽 얌전해지셨습니까? 혹시는 단골을 다른 데를 정해놓고 다니십니까? 저희가 거행 잘못한 것은 없을 듯한데요."

상훈이가 웃고만 앉았으니까 반또는 또 이런 소리를 하고 웃는다.

"실없이 날 난봉꾼으로 만드네그려. 허허…… 그건 하여간에 사람을 또 좀 보내볼까?"

"그럽지요. 어딥니까?"

"응, 바로 요기야……."

하고 상훈이는 그런 조그만 술집에 이 집 사람을 보내서 경애를 데려오는 것은 반또 보기에도 창피하여 망설이다가 경애가 그 술집을 경영한다는 이야기를 간단히 체면 좋게 꾸며대고서 사람

130 하는 행동이나 말이 갑작스럽고 터무니없는.

을 보내라고 부탁하였다.

"예— 예— 그러면야 저라도 가서 모셔 옵죠."

하고, 반또는 굽실거리며 나갔다.

나간 지 십분도 못 되더니 여러 사람 발자취가 이리로 향하여 온다. 벌써 데려왔을 리는 없고 마침 제풀에 왔나 하고 가만히 앉았으려니 문이 활짝 열리며 경애가 딱 섰다.

"흐흥—."

하고, 코웃음을 치는 표정이나 선뜻 들어오려고도 아니한다. 술이 취했나? 하고 쳐다보니 그렇지도 않다.

경애도 이 방을 들여다볼 제 반갑기도 하면서 선뜻 발을 들여놓을 수가 없을 만큼 정이 떨어지는 듯한 이상한 느낌이 없지 않았다.

이대로 획 가버릴까 하는 생각이 났다. 만나고 싶은 생각은 꿈에도 없었으나 어제 의외로 찾아와서 그렇게 하고 갔으니까 으레 한 번쯤은 또 오려니 하는 짐작도 없지 않았던 차에 기별이 왔기에 무슨 소리를 하나 들어나 보고 실컷 듣기 싫은 소리도 하여준 뒤에 어린애 문제를 귀정지어보려고 오기는 왔으나 지지벌개[131] 앉았는 이 중늙은이를 더구나 이 방 속에서 바라보니 속이 볶여서 치받치는 것이다.

'누구 탓을 하랴. 내가 어려서 그 수에 넘어간 것이 어림없지!'

속에서 불뚝 심지가 나고 나도 남과 같이 시집을 가서 재밋다랗게 살아보았다면 하는 생각이 날 제마다 이렇게 생각하여왔지

131 단정하지 못하게 아무 데서나 떡 벌리고 앉다.

만 오래간만에 딱 만나니 그래도 심사가 편할 수 없다.

경애는 들어와서 멀찌감치 모로 앉았다.

"추운데 이리 가까이 앉어요."

상훈이는 감개무량한 낯빛과 어제 바커스에서 뒹굴고 교번소에서 아들 같은 순사에게 굽실거리던 상훈이가 아니라 옛날 숭배하던 시절의 상훈이가 죽었다 살아온 듯이 점잔하고 엄숙한 자태를 꾸며 보인다. 경애는 속으로 흐흥 하고 코웃음을 치며 남자를 말끄러미 쳐다보다가,

"왜 오라고 하셨에요?"

하고 시비조로 묻는다. 상훈이는 대답이 탁 막혔다. 무슨 말이든지 하고 싶은 말이 있어서 오라기는 한 것이지만 그 무슨 말을 해야 할지 자기도 분명히 알 수 없다.

"시비하려는 사람처럼 그럴 것 무엇 있소. 지난 일은 도틈어[132] 내가 잘못이니까……."

하고, 말을 이으려는데 경애를 데려다 두고 물러갔던 하녀가 되집어 와서,

"오늘 묵으시는지요? 묵으시면 묵으실 차비를 차리구요?……"

하고 묻는다.

상훈이는 으레 묵을 작정이면서도 시계를 공연히 들여다보고,

"늦었으니 묵기로 하지."

하고, 경애를 쳐다본다.

132 '도틀어'가 잘못 인쇄된 것. 여러 말 할 것 없이 죄다 몰아서.

"난 곧 갈 테니 문은 걸지 말우."

경애가 옆에서 주의시켰으나,

"어쨌든 그렇게 준비를 해주게."

하고 상훈이는 눈짓을 했다.

하녀는 다 알아차렸다는 듯이 가버렸다.

"내가 잘 데가 없을까 보아 부르셨군요? 오늘도 파출소에 가서 잘까 봐 애가 씌어 오셨군!"

하고 경애는 냉소를 한다.

"아무려나! 누가 붙들자는 것은 아니지만 오래간만에 이야기나 좀 하자고 청한 것이니 바뿌건 지금이라도 가고 또 다른 기회를 만듭시다그려."

상훈이도 그리 탐탁지 않은 눈치로 탁 내맡기는 소리를 한다. 그러나 경애는 남자가 냉연한 태도를 보이니까 도리어 김이 빠지는 것을 느꼈다.

상훈이는 언제나 이러한 수단으로 여자의 마음을 낚아왔고 또 경애는 이 사람의 그 수단에 넘어간 것이었다. 처음에 밤거리를 거닐다가 손목을 잡혔을 때 상훈이는 실성한 사람처럼 혹은 자기의 불의의 실수를 금시로 뉘우치는 것처럼 홱 뿌리치고 달아났었다. 그러나 그로 말미암아 한자리에 제대로 섰던 경애의 마음은 상훈이에게 향하여 한 걸음 물러섰다가 다시 두 걸음 다가서게 되었었고 그 다음다음 날 학교에서 간단한 사과편지를 주어서 호기심과 막연한 기대를 들쑤셔놓고는 모른 척하니까 경애는 도리어 서운한 생각이 들어서 이편에서 답장을 하게 되었던 것이 시초가 되어서 오늘날 이렇게까지 된 것이다. 오 년 전 그때는 심지가 미정하고 이성을 꿈결같이 찾던 때이니까 한층 더 그랬지만 지금도 누구나 저편이 덤벼들면 툭 차다가도 만일에 저편에서 냉담한 눈치면 이편에서 짓궂이 덤벼드는 그런 성질이었다. 누구나 다소 그렇지만 이 여자는 한층 더하였다.

"어제오늘 별안간 웬일이에요. 인제는 하느님이 나 같은 년도 만나도 좋다고 하시든가요? 매당집에 계집년들이 떼도망을 갔나요?"

매당집이라는 것은 상훈이의 축이 수년래로 비밀히 술을 먹으러 다니는 고등 내외술집[133]이요 동시에 뚜쟁이들과 소위 은근자[134]의 소굴이다. 그러나 경애가 매당집을 안다는 것은 천만의외이다.

"매당집이 어디란 말인가?"

하며, 상훈이는 웃다가 이 계집애도 그런 데 연줄이 닿은 것은 아닌가? 하는 생각을 하니 그렇게까지 타락한 것에 새삼스러이 놀랐다. 무엇에 속았던 것처럼 엷은 실망까지 느꼈다.

"그래 아이는 잘 자라지?"

한참 만에 다시 말을 꺼냈다.

"아닌 적엔 그건 왜 물으시나요?"

경애는 아이 말을 꺼내니까 지금과는 아주 딴사람처럼 얼굴이 발끈해지며 싸우려는 사람처럼 무섭게 쳐다보다가,

"조상훈 씨의 명예를 위하여 이 세상을 이따라도 하직할 테니 안심하셔요!"

하고 아랫입술을 악문다. 눈물까지 핑 돌았다. 자식에게 대한 애정으로인가? 이 남자에게 대한 애정으로인가? 이 남자에게 못

133 접대부가 술자리에 나오지 않고 술을 순배로 파는 술집.
134 은근짜, 은근히 몰래 몸을 파는 여자.

들을 소리를 듣고도 참아 내려온 원한으로인가? 어쨌든 뼈에서 우러나오고 치가 떨리는 그 무엇이 있는 것이었다.

"왜 그년이 앓나?"

상훈이는 무표정한 얼굴로 남의 말 하듯이 묻는다.

"앓든 숨을 몰든 당신이 아랑곳이 무어애요? 조가의 씨가 아니라는 다음에야 더 말할 게 무어 있기에!"

하고 경애는 더 앉았을 수가 없는 듯이 발딱 일어선다.

"왜 이래?…… 앉어요."

"앉긴 왜 앉어요? 당신 앞에 무엇하자고 앉었에요? 뉘 놈의 자식이든 내 배 속으로 난 자식이니까 내 무릎에 뉘고 죽일 거니까 곧 가봐야 해요."

입으로는 이런 소리를 하면서도 이 남자가 정말 끝끝내 냉담히 할까 보아 염려가 아니 되는 것도 아니었다. 지금 또 이대로 헤어진 뒤에 남자가 영영 시치미 떼어버리면 걱정 아닌 것도 아니다. 이태 삼 년을 모른 척하다가 별안간 찾게 된 것은 덕기가 무어라고 하여서인지는 모르겠으나 어쨌든 이렇게 전황한[135] 판에 도저히 살아가는 수가 없고 바커스에서 밤낮 뒹군댔자 어엿하게 돈 한 푼 생기는 형편도 아니다. 어쨌든 이 사람을 다시 붙들고 집 귀정도 내어야 하겠다는 생각을 한 것이었다.

"나도 생각이 아주 없는 것도 아니요, 어떡하든지 의논해서 잘 조처할 게니 염려 말아요."

하며, 상훈이는 옷자락을 붙들어 앉히려 한다.

135 돈이 귀하다.

경애는 상훈이가 너무나 선선한 데에 도리어 의심이 들었다. 이 느물느물한 사나이가 무슨 생각으로 별안간 이러는 것인가? 심심파적으로 또 얼마 동안 농락이나 하다가 툭 차버리려는 계교 속인가? 툭 차버리거나 말거나 그까짓 것은 조금도 무서울 것이 없지만 이번에야말로 어설피 떨어지지는 않겠다.—골탕을 먹여도 단단히 먹이고 말리라—고 혼자 생각하였다.

"그럼 어떡하시겠단 말애요?"

경애는 다시 앉으며 물었다. 그러나 상훈이는 또 말이 막혔다. 경애를 다시 찾은 것도 일시적 충동으로이었지만 더구나 아이에게 대한 구체적 방침을 생각한 것은 아무것도 없다.

"글쎄 어떡했으면 좋을까? 소원대로 말을 해보지?"

"난 그 애를 내놓고는 살 수 없에요. 지금 독감에 걸려서 내일 어떨지 이따 죽을지는 모르겠지만……."

상훈이는 이왕이면 죽어주었으면 좋겠다고 혼자 생각하였다. 그러나 그 애가 죽으면 경애와의 인연이 아주 끊어지고 말 것이니 그것도 아니 되었다.

"글쎄 누가 그 애를 떼놓으라는 것은 물론 아니지만 그러자면 모든 오해고 불평이고 다 잊어버리고 다시 살아볼 도리를 차려야 그 애 신상에도 좋을 것이 아닌가? 나는 아무래도 좋으나 경애만 마음을 돌리면 당장이라도 원만히 해결될 것이지?……"

"별안간 그게 무슨 소리세요. 그따위 입에 붙은 말에 넘어갈 이전 홍경애도 아니지만 내 사정이 그렇게는 못 되어요."

경애는 지금 와서는 어름어름해두고 실사고[136]만 하였으면 그만이라고 생각하면서도 한번 튀겨보았다.

"왜?……"

하고, 상훈이는 의외라는 듯이 묻는다. 다른 남자가 있어서 그러느냐는 뜻이다.

이삼 년을 젊은것이 그대로 지냈을 리가 없고 그동안 먹고사는 것은 어디서 났을까? 그런 것을 지금 캐어보는 사람이 어림없다. 그러나 그 남자가 누구일까? 설마 병화는 아니겠지. 하지만 어제 눈치로 보아서는 병화일지도 모른다. 병화는 돈은 없으나 새파랗게 젊고 인물이 깨끗하다. 돈 십 원을 내주어야 눈도 거들떠보지도 않는 여자이니 목통이 커서도 그럴지 모르지만 예전에 지내보아도 그 모녀가 돈에는 그리 더럽지 않은 것도 사실이니 병화에게 돈 없다고 뜻이 안 맞을 리도 없다.

이렇게 생각하면 경애가 매당집 같은 데 드나드는 축과 어울리나 보다 하는 추측은 가당치도 않은 생각이요 주의자들 속에서 '여왕' 노릇을 하는 마르크스 걸이 되었는지도 모를 것 같다. 그렇다면 더욱이 가만 내버려둘 수 없는 일이다.

"김병화는 언제부터 알았어?"

상훈이가 불쑥 이렇게 물으니까 경애는 벌써 그 배짱을 알아차리고,

"왜요?"

하며, 배쭉 웃는다. 경애는 주책없는 소리 말라는 경멸하는 마음으로 웃었으나 상훈이에게는 그 웃음이 더욱 의심스러웠다.

"어제 아무리 주기가 있다기로 그 애가 내 자식 친구인 줄은

136 겉에 드러나지 아니한 실제의 이익.

번연히 알 터인데 내 앞에서 그게 무슨 짓이야?"

이렇게 나무라보았다.

"누가 누구의 친구인지 어떻게 일일이 안답디까? 아들의 친구를 데리고 다니며 술을 자시는 이가 잘못이지요."

"그야 길가에서 취한 아이에게 붙들려서 하는 수 없이 끌려 들어갔지만……."

어제 부득이 또 우연히 끌려갔던 변명을 하고 나서,

"하여간 아무리 취했기로 그런 추태가 있을 리가 있나! 파출소에 끌려다닌 것도 키스 때문 아닌가."

하고 또 나무란다.

"추태는 무슨 추태! 그런 추태를 부리게 한 사람은 누구기에?"

경애의 이 말은 남자를 콕 찔렀다. 아들이 말하던 '책임'을 묻는 것이다. 파출소에 끌려간 것도 당신 때문이라는 말이다.

"그러지 말고 분명히 말을 해요. 공연히 남 창피한 꼴 당하지 않게!"

상훈이는 몸이 달아간다.

"무얼 분명히 말을 하라는 것이구 무에 창피하단 말애요? 밤낮 창피 창피 하지만 창피한 노릇을 왜 벌어 하시랍디까?"

경애는 또 코웃음을 친다. 상훈이는 점점 더 의혹이 들어간다. 의혹이 들게 만드는 것이다.

"노골적으로 말하면 말이야……."

"어째요?"

남자의 얼굴을 빤히 쳐다보다가 배쭉 코웃음을 치는 양이 이거 왜 곁몸이 달아서 이래! 하는 표정이다.

"탁 터놓고 말하면 누구하고 살림을 할 텐데 그 아이가 성이 가셔서 조처를 해달라는 말이냐 말이야?"

"왜 그렇게 '말이야'가 많으슈?"

하고, 경애는 여전히 남자를 놀리며 우박을 주다가,

"그렇단 말애요!"

하고 한마디 내던지고서는 담배를 붙인다.

두 사람의 이야기는 버스러져버렸다.

"이태 삼 년씩 모른 척할 때는 언제요, 별안간 몸이 달아서 내 생활의 비밀을 알랴고 애를 쓰실 제는 언제요? 내야 어떻게 살든지 누구하고 결혼을 하든지 그거야 아랑곳하실 게 뭐애요. 하여간 그 아이 민적부터 넣어주시고 그 아이 평생 기르고 살아갈 몫을 떼어 내노세요. 데려다가 기르라는 것은 아니니."

"민적이 그렇게 급한가."

"급하지 않으면 이따 죽어도 당장 파묻을 수가 없고 요행이 살아나서 유치원에라도 보내고 남과 같이 학교에를 보내자면 어떡하란 말애요."

경애는 남자 편에서 허덕허덕 덤벼드는 눈치니까 막 버티어보는 것이다.

"글쎄 그건 어려운 일이 아니지만 정말 결혼을 할 테란 말이야?"

"결혼할 테애요. 할 테니 어쩌란 말애요?"

"누구하고?"

"그건 알아 무얼 하세요?"

"아니, 글쎄 잭히나 좋으랴 싶어서……."

하고 상훈이는 머쓱해 웃어버린다.

아무리 이야기를 하여야 속 각각 말 각각임을 피차에 깨닫자 오늘은 이대로 헤어지는 수밖에 없다고 생각하였다. 그러나 상훈이로서는 경애가 확실히 결혼하는지 또는 누구와 당장 사는지 그것만은 알아두고 싶었다. 다시는 마음을 돌리게 할 여지가 없다면야 애를 써 쫓아다니며 만날 필요가 없기 때문이다. 그러나 안 만날 때는 그렇지도 않더니 이렇게 만나니 욕심이 다시 머리를 드는 것이다. 이때껏 계집을 많이는 못 보았으나 이것저것 보는 중에 경애만 한 계집도 사실 얻기 어려운 것을 깨달았다. 마누라와는 인제는 다시는 제대로 들어설 수 없고 그렇다고 마누라가 죽을 때만 바라고 언제까지 홀아비 생활을 할 수도 없는 것이다. 무어나 하나 얻고야 말 테니 동가홍상[137]이면 이 계집을 다시 붙드는 것이 상책이요, 그렇게 되면 아이 문제도 원만히 해결되는 것이다. 그러나 뒤에 정말 누가 있다면 섣불리 건드려만 놓아서 자기 마음만 뒤숭숭하게 되고 또 혹을 떼려다가 붙이는 셈으로 어린애만 안고 자빠지게 될 것이다.

하지만 또 한편으로 생각하면 그런 술집에서 일을 보고 있는 것으로 보아 아직까지는 달린 남자가 없으나 요즈음에 작자가 나섰거나 나설 형편인지도 모르겠다. 그것이 혹시는 병화일까? 그렇다면 일이 우습게 되고 창피하여갈 것이나 아무리 돈에 담박하다 하여도 설마 아주 빈털터리인 병화를 어를 리는 없을 것 같기도 하다.

"그러면 아이는 내가 데려가기로 하지."

137 같은 값이면 다홍치마라는 뜻.

상훈이는 아이만 안고 자빠지는 한이 있더라도 무슨 굳은 결심이나 있는 듯이 힘 있게 한마디 하였다.

"데려다 어떻게 하시게요?"

"어떻게 하든지 내 자식이니까 내가 데려가는 것이 당연하지 않은가? 그렇게 되고 보면 그 애 신상에도 좋지 못할 것이요, 신혼부부에게도 성이 가실 게 아닌가?"

"남의 사정 몹시 보시는군요."

경애는 비꼬아보았다. 별안간 자식 귀한 생각이 났다는 것도 말이 아니요, 도대체 믿을 말 같지도 않으나 짓궂이 권리를 주장하고 뻗대면 성이 가신 일이다.

"하여간 그렇게만 하면 일이 순편히 낙찰될 게 아닌가?"

말을 시키느라고 짓궂게 들쑤신다.

"안 되어요. 자식은 아비에게 딸린 것이요, 에미게는 권리가 없으란 법이 어데 있어요."

"암, 자식은 아비에게 딸린 것이지! 법률이 그렇게 인정하는 것이고 도덕 관습이 그런 것을 어쩌나?"

상훈이는 분연히 주장한다.

"법률이고 도덕이고 난 몰라요. 나는 그 자식은 못 내놓아요. 데려다가 말려 죽이랴구?"

"결국에 그 자식을 내세우먼—자식 떠세[138]를 하면 돈이 나올 줄 알지만 안 될 말이지."

상훈이는 물론 미운 생각이 있는 것은 아니나 분을 돋아주려

138 재물이나 힘 따위를 내세워 억지를 씀.

고 밉둥을 부리는 것이다.

"이것두 말이라구 해! 내가 당신의 돈을 얼마나 썼다고 그런 소리가 뻔뻔스럽게 어느 입에서 나오는 거요? 난 자식 팔고 당신 밥 얻어먹어 본 일 없소. 아니꼬운 돈! 이때까지 내 자식 아니랄 때는 언제요, 자식 찾을 생각은 무엇 때문에 들었다는 거요?"

"이때까지 먹지를 못했으니까 좀 먹어보랴고 자식을 붙들고 늘어지는 것이란 말이야? 그렇지 않으면야 결혼한다면서—서방 얻어 가는 사람이 남의 자식을 붙들고 늘어질 필요가 없지 않은가?"

"그만둬요! 이것도 사람의 탈을 쓴 사람의 말이람! 내가 돈을 먹자면 아무렇게 하면 못 먹어서? 정조 유린죄로도 몰 수가 있고, 위자료를 청구하려도 어엿이 청구할 테요. 부양료도 받겠고…… 자식 내놓고 맡으라면 누가 성이 가시겠기에! 해봐요! 마음대로 해보슈. 나도 인제는 참을 대로 참았으니까. 수단껏 할 테니!"

실없이 말다툼이 되니까 경애는 바르르 떨면서 모자를 만적거리고 일어서려 한다.

"그러면 누가 눈 하나나 깜짝할 줄 아는 게로군. 어떤 놈이 뒤에서 쑤석거리는지는 모르겠지만 공연히 주착없는 소리 말고 좋도록 의논을 하잔 말야."

상훈이는 다시 휘갑을 치려 한다. 그러나 저편이 수그러지는 것을 보자 경애는 한층 더 뾰롱뾰롱하며 일어서 버렸다.

"난 몰라요. 그래도 조금은 자기 잘못을 회개하고 본정신이 든 줄 알았더니……. 개 꼬리 삼 년 묻어야 황모 못 된다더니……."

마지막 한마디를 내던지고 경애는 휙 나가버렸다. 상훈이는 좀 지나쳤다고 후회를 하면서도 붙들려고는 아니하였다. 붙들면 점점 더 약점을 잡히는 것 같고 더구나 개 꼬리 삼 년 묻어도 어쩌고 한 소리를 듣고서야 체면을 차려서라도 노하여 보이지 않을 수 없었다.

순진? 야심?

병화는 파출소에 붙들려 갔던 이튿날 아침에 책상 위에 놓인 덕기의 편지를 발견하였다. 어제 저녁때 덕기가 와서 자기 방에까지 들어와 편지를 써놓고 갔다 한다. 그러니까 길이 어긋났던 모양이다. 뜯어보니 우선 반가운 것이 돈 십 원이다. 길 떠나는 사람이 이렇게까지 먼 데를 찾아와서 돈까지 두고 갈 줄 알았다면 화개동서 청요리 접시에 팔려서 눌어붙지를 말고 정거장에 나가 주는 것을 잘못하였다고 병화는 후회하였다. 그러나 눈이 퍼붓는데 정거장까지 기를 쓰고 쫓아 나가면 부탁한 돈 때문에나 그런 줄 알 듯도 싶고 하여 되어가는 대로 그만 내버려두었던 것이다.

> 자네에게 충실한 친구임을 알려두려 신용을 단단히 보여두려 왔었네마는 필순 양을 만나고 가는 것만은 왔던 보람이 있는 것 같으이. 그러나 실없는 말을 할 줄 모르는 나이니 웃으며 이 글을 쓰지는 못하는 것일세. 내가 없어지면 자네가 담배를 굶을 듯하기에 내 '벤또'값을 두고 가네…… 일전에 실없는 말로만 하였지만 참 정말 필순 양이 공부할 의향이면 기별만 하게. 어떻게든지 도리는 있을 것이니…….

병화는 실없는 말을 못 하는 성미이니 웃으면서 편지를 쓰는 것이 아니라는 말이 무슨 의미인지 처음에는 선뜻 못 알아보았다. 그러나 필순이를 만나서 반갑다는 말과 공부를 시켰으면 좋겠다고 실없이 한 말을 또 뇐 것을 대조해보고는 알 수 있었다.

병화야말로 편지를 물끄러미 들여다보며 웃어야 좋을지 울어야 좋을지 몰랐다. 이런 생활을 보지 못하고 자란 귀동자라 몹시 동정이 가는 것인지도 모르겠지만 필순이란 여자가 없었던들 그렇게 열심이었을 수가 있을까? 필순이를 한 번 보고 이렇게까지 열심인 것도 결코 순진한 것으로만 볼 수도 없는 것이다. 다만 그 위인이 아깝다거나 그 가정 사정이 가엾어서 마음이 움직였다고 할 수는 없다. 이 세상에 그런 천진스런 사람이 있을 수가 있을까? 자기의 감정을 대담히 솔직히 표백하는 것은 정직하고 또 동정심 많은 위인이기로 호기심이나 한 걸음 더 나가서는 야심이 없다고는 말 못 할 것이다.

그러나 덕기는 처자가 있는 사람이다.

그는 고사하고 대관절 공부를 시키면 어쩐다는 말인가? 별로 야심이 있는 것은 아니나 귀동자다운 센티멘털한 감정이 파뜩하는 대로 당장 보기에 가엾어서 그럴 수도 없지 않으나 어쨌든 병화는 그대로 내버려두어서는 안 되겠다고 생각하였다. 이 두 남녀 간에 장래에 무슨 비극이 생길지도 모를 것 같은 겁이 났다.

두 사람 사이에 열렬한 연애가 성립되어 필순이는 호의호식하게 되고 부모들도 그 덕에 밥은 안 굶게 된다고 하자. 그러나 그 결과는 어떻게 되나? 딸을 팔고 주의主義를 팔고 동지를 팔고 그리고 덕기의 현재의 처자는 생목숨을 끊을 것밖에 아무것도 아니 남을 것이다—병화는 그렇게 되는 듯시피 혼자 공상을 하다가 혼자 눈을 부릅뜨며 화를 내어보았다.

그러나 그 돈 십 원은 당장 생광[139]스러웠다. 누구보다도 필순이 모친이 기뻐하고 칭찬이 늘어졌다. 신수도 얌전해 보이지만, 아무리 친한 사이기로 길 떠나는 사람이 그 눈 속에 애를 써 찾아와서 돈을 두고 간다는 사람은 이 세상에 둘도 없으리라고 자기 일같이 기뻐하였다.

병화는 자기 친구가 칭찬 듣는 것이 좋지 않은 것도 아니요, 덕기가 자기에게 그렇게 고맙게 구는 것이 특별히 필순이란 계집애가 여기 있기 때문에 한층 더 꾸며서 하는 일이라고는 생각지 않으나 그래도 그 뒤에는 필순이에게 자랑하는 마음이나 필순이에게 보라는 조그만 허영심이 움직인 자취가 아주 없지 않으리라는 것이 얼마쯤 불쾌도 하였고 그런 생각이 있을수록에 아무 멋도 모르고 입에 침이 없이 칭찬하는 주인댁의 말이 듣기 실쭉하기도 하였다.

병화의 고분고분치 않은 성질로는 덕기에게 고맙다는 엽서 한 장이라도 부치기가 귀찮았다. 감사한 생각이 없는 것은 아니나 감격한 듯이 허겁지겁을 해서 인사치레하는 것이 그 사람에게 굴하는 것 같기도 하고 또 으레 길 떠난 사람이 잘 도착했다는 기별을 먼저 할 것이니까 그때나 자기 부친과 하룻밤 지낸 이야기를 할 겸 답장을 해주려고 생각하였다.

삼사 일을 지내니까 생각하였던 거와 같이 덕기에게서 간단한

139 아쉬운 때에 쓰게 되어 보람을 느낌.

엽서가 왔다. 다만 안부와 졸업 시험 준비로 바빠서 긴 편지는 못 쓴다는 말뿐이었으나 끝에 필순이와 주인 내외에게 안부 물어달라고 말을 껴 얹었다. 필순이에게만 인사를 한 것이 아니라 아직 안면이 없는 주인 부부에게까지 안부를 전하라는 것에 병화는 혼자 웃었다. 물론 필순이에게 호의를 가지니까 자연히 그 부모에게도 마음이 가는 것이겠지만 병화는 이것까지를 무슨 야심으로 뒷길을 두느라고 그 부모의 환심을 사려는 인사치레로 생각지는 않았다. 도리어 이 집안 전체에 대하여 그 극도의 빈궁을 동정하기 때문에 저절로 우러나오는 호의인 것을 짐작할 수 있고, 또 그렇게 생각하니 병화는 얼마쯤 마음이 가벼워지는 것을 깨달았다.

사람의 마음이란 간특한 것이다. 지나는 전차 속에서 잠깐 마주 보고도 공연히 달라는 것 없이 얄미운 사람도 있고 오고 가는 길가에서 눈결에 스쳐 가는 사람도 많이 본 사람같이 눈에 익고 호의가 쏠리는 경우가 있다. 덕기의 이 집안 사람에게 대한 감정이 그러한 것일지 모른다. 필순이가 세상에 없는 미인이라 하여 그런 것도 아니요, 필순이나 이 집안 사정이 남에 없이 동정할 만한 처지라 하여 그런 것이 아니라 덕기에게는 어쩐지 가엾고 어쩐지 남의 일 같지 않게 생각되는 것인지 모를 일이다. 그러한 까닭 없는 동정을 받고 안 받는 것은 그 사람의 임의이겠지만 어쨌든 받는 사람으로서는 소위 인복이 있는 사람이다. 사실 필순이의 집안사람은 누가 보든지 싫다 안 할 것이요, 인복이 있는 사람 같다. 인복이 있는 게 아니라 인복을 받을 만큼 마음씨가 좋고 깨끗한 사람들이다.

병화는 이런 생각을 혼자 하며 버둥버둥 누웠다가 일어나서 제 머리처럼 먼지가 뿌옇게 앉은 책상 앞으로 다가앉았다. 덕기에게 답장을 쓰려는 것이나 편지 쓰는 그 일이 흥미가 나는 게 아니라 일전에 덕기 부친과 하룻밤을 지낸 일을 써 보내고 싶은 충동이 더 많은 것이었다.—

여보게 바커스 퀸(여왕)의 우박 같은 키스—아니 실상은 진눈깨비 같은 키스이었던지 모르지만—어쨌든 불의에 맛보는 그 키스의 불같고도 촉촉한 쾌감이 자네의 전송을 방해하여서 그날은 정거장에 못 나간 것일세. 이것은 자랑이 아니요 핑계도 아니라 나에게도 난생처음 당하는 행복의 절정(?)이었었다는 것을 정직하게 고백—보고하는 것일 뿐일세. 하여간 그날부터 내 마음이 좀 싱숭생숭해진 것은 사실일세. 그렇다고 내 인생관이나 신념에 지진地震이야 왔겠나마는 그러나 그 후부터는 그 집에는 가고 싶지 않은 내 심경을 혼자 생각해보아도 얼굴이 붉어지네그려. 머리도 좀 깎을 생각이 나고 옷에 먼지도 털고 싶고 될 수 있으면 '크림'도 발라보고 싶다면 이 사람! 자네 웃으려나? 웃지 말게! 정말일세. 자네 일전에 그 굉장한 편지와 함께 내 담뱃값을 두고 갔네마는 이번에는 어떠면 자네가 크림값까지 대어야 할지 모르겠네. 그러나 다행한 일은 내가 그 헌털뱅이 외투를 면하게 된 것일세. 여기에 대한 설명은 차차 추후로 하기로 하고 어쨌든 인간도처 유청산이라더니 죽으면 파묻힐 곳만 있는 게 아니라 사람이란 살라는 마련인가 보데.—다른 말이 아니라 내 그 외투가 어느 때 어느 경우에 운수가 좋느라고 갈가리 찢어졌네그려. 그래서 자네 어르신네가 특별히—특별히라느니보다도 그 자선심에 호소

하셔서 여벌 외투를 한 벌 내리셨네. 이 어의御衣의 대추[140]를 입고 나니 거리의 '룸펜'이 내가 보아도 놀랄 만큼 깎은 듯한 신사가 되었네. 이것을 입고 바커스의 퀸을 찾아가서 배알하고 싶은 생각이야 간절하나 여보게 내 주제에 얻어 입은 것이 빤히 보일 것 같아서 낯이 간지럽기도 하고 또 군량(술값)이 있어야 가지 않나. 그래서 이 외투를 잡혀가지고 가볼까 하는 생각도 없지는 않으나 날이 좀 뜨뜻해져야 하지 않나. 꽁지 빠진 새 모양으로 북데기[141] 양복 위아랫막이만 입고 갈 수도 없으니까 말일세. 지금도 벽에 걸린 외투를 바라보고 침을 삼키네…….

그러나 내가 정말 그 여자를 사랑하는가? 만일 사랑한다면 아무리 자네에게이기로 이렇게도 경솔히 더구나 실없이 토설을 하겠나. 모르면 몰라도 자네도 아마 소위 첫사랑의 경험이 없는 모양이지만 나도 동정童貞은 지키지 못하였으나 연애란 경험은 없네. 세상 사람은 청춘을 그대로 시들리고 늙히는 것을 불행이다 하지만 나는 그런 생각조차 없네. 이지적이요 타산적인 내 성격도 성격이지마는 중학교 졸업 후의 생활환경이 그렇게 만들었는가 보이.

내가 오늘까지 욕정을 돈으로 식히는 수단 이외의 여자로서 아는 사람은 필순이밖에 없네마는 필순이는 내게 대하여는 이성이 아니라 동기同氣일세. 웬일인지 내게는 누이동생으로밖에는 보이지 않네. 그 애의 존재가 내 생활의 중축[142]이요, 그 애가 있기 때

140 남이 쓰다가 물려준 물건.
141 짚이나 풀 등이 난잡하게 얼크러진 모양.
142 물건의 한가운데를 가로지르는 축.

문에 굶고 벗는 고통의 절반 이상이 덜리고, 그 애가 있음으로 말미암아 내 마음이 언제나 깨끗할 수가 있는 것일세. 그러나 그 애를 나의 사랑하는 이성으로 생각해본 적은 없네. 공상으로라도 그 애를 장래의 내 배우자로 생각해본 일은 없네. 그러기에는 그 애가 너무나 맑고 그러기에는 그 애가 너무나 천진하고 귀여운 여러 가지 미점을 가졌기 때문일세. 나의 이러한 감정이 모순일까? 그러나 결코 나는 모순을 느끼지 않네. 그 애 자신은 세상의 모든 소녀들과 같이 제 본능과 이 사회가 가르쳐주고 보여주는 갖은 욕망을 공상하고 있을지 모르나 그 욕망을 채울 기회가 절대로 없기를 나는 축수하는 것일세. 후일 그 애의 배우자를 선택한다면 나 같은 무능자도 못쓰겠지만 자네 같은 유위의 청년도 거절하여야 할 것일세. 고무공장에 보내는 것도 안되었으나 그래도 자네 댁 같은 유산계급이나 중산계급의 가정에 며느리로 들여보내는 것보다는 낫다고 생각하네. 공장 안에서는 그래도 제 생활이 있으나 중산계급 가정에 들어가서는 '마네킹 걸'이 되니까 말일세. 자네가 만일에 빈궁한 서생이었다면 혹시 삼십 퍼센트까지는 필순이를 사랑할 자격이 있었을지?

어떻게 말이 딴 길로 나갔네마는 자네가 필순이를 공부를 시키지 못해하는 본의는 어디 있나? 시비조같이 들릴지 모르나 그 열성이 어디서 나온 것인가? 공부를 시킬 수만 있으면 시켜도 좋은 일이지만 공부를 시키면 무얼 하겠다는 말인가? 거기에도 프티부르주아의 유희적 기분이 섞이지 않았나 하는 의심도 없지 않으나 그건 고사하고 지금 이 집에서는 그 애의 매삭 십오륙 원 수입이 아니면 당장 사오 식구의 입에 거미줄을 칠 지경일세. 이런 속에 끼아치고[143] 있는 나 같은 잡아먹지도 못할 위인은 애초에 거론도 할 것 없거니와 하여간 그 애를 공부시키자면 그 부모의 생활비부터 부담할 각오가 있어야 할 것이나 자네의 자력資力과 성의가 거기까지 미치겠나? 결국에 자네 같은 사람의 하염직한 동정인지 취미인지는 모르겠지만 그는 고사하고 지금의 그 알뜰한 교육은 시키면 무얼 하나. 너무 막 잘라 말하였다고 노하지나 말게.

써놓고 보니 역시 공연한 잔소리였네. 그보다는 우리의 퀸 이야기를 좀 더 하여야 하겠네. 대관절 자네 생각에는 내가 홍경애라는가 하는 여자를 사랑할 자격이 있겠나. 자격 심사부터 해보아주게. 아마 자네가 필순이에게 무자격한 것 이상으로 무자격할 것은 나도 모르는 것이 아닐세. 그러나 여보게, 나 보기에는 그 여자가 암만해도 보통 여자 같지는 않으이. 아니, 그보다도 먼저 할 말은 자네가 그 여자를 예전부터 아는가? 하는 의문일세. 더구나 자네 부친이 그 여자를 아시는 모양이데그려. 암만해도 내 눈에는 이상히 보이기에 말일세. 가령 이런 경우를 상상해보세. 그 여자가 나의 작반해[144] 간 사람을 놀린다든지 혹은 그 사람의 속을 태워주려고 아무 상관 없는 나에게 친절한 작태를 해 보인다면 내 꼴은 무에 되나. 가만히 생각하면 내게 특별호의를 보인 그 우박 같은 키스—아니 진눈깨비 같은 키스가 무슨 이용거리가 아니었던가 싶어서 이상도 하고 께름칙도 하이. 그야말로 멍텅구리 노릇을 하고 혼자 좋아서 날뛰는 내 꼴을 멀리 상상해보고 혼자 웃지나 말게…….

143 '끼치다'로 남에게 은혜나 괴로움을 받게 하다.
144 동무로 삼다.

병화는 덕기 부친과 파출소에 붙들려 갔다는 말을 덕기에게 쓸 수가 없었다. 아무래도 부자간인 다음에는 듣기 싫어할 것이요 대접이 아닐 것 같아서 무척 찧고 까불어줄 말이 많건마는 참아버렸다.

그러나 어제 덕기 부친에게 일자이후[145]의 인사를 하러 들렀을 때에 외투를 준 것은 고마우나 경애와 무슨 깊은 관계나 있는 듯이 미투리꼬투리 캐는 데는 성이 가시었다.

“그래도 몇 번 만난 사람이면야 그럴 리가 있겠나?”
하며 나이 아깝게 체통 없이 자꾸 뇌까릴 제, 병화는 진정으로 변명을 하다가 놀려주고 싶은 생각이 나서,

“예전부터 친한 관계가 있습니다만 선생님께서 정 마음에 드신다면 양보하지요.”
하고 웃어버렸다. 그러나 관계라는 말에 상훈이는 또 놀라는 눈치였다.

“그거 무슨 실없는 소리를 그렇게 하나. 그러나 바른대로 말을 하게. 그 애를 나도 대강 짐작하는 게 있으니 말일세.”
하고 점점 더 몸이 달았다.

“바른대로 말씀입니다마는 저도 대강 짐작하지요.”

병화는 짐작은 무슨 짐작이 있으랴만 서로 수수께끼 같은 소리를 하였다. 병화도 속을 뽑아보려는 것이었다.

“그 애 어르신네를 안단 말이야?”

“어르신네는 인사는 없었죠만 대강 짐작은 하지요.”

145 그 뒤부터 지금까지.

병화는 입에서 나오는 대로 헛소리만 탕탕 하였다.

"아, 홍×× 씨를 안단 말이야?"

홍××란 이름에 병화는 좀 놀랐다.

'경애가 그 사람의 딸이야?'

하고 속으로는 입을 딱 벌렸으나 병화는 능청스럽게,

"글쎄, 그러니 딱하지요."

하고 대꾸만 하여주었다.

홍××라는 이름은 병화가 기미사건 이후에 들어 잘 알던 터이다.

"나 역시 그 애를 어려서만 보았고 그 후에는 어떻게 되었는지 몰랐다가 거기서 만나보고 놀랐네마는 자네라도 또 만나거든 권고를 하게."

"무어라구요?"

"그런 데서 나와서 무어든지 정당한 직업을 붙들든지 시집을 가라고 말일세."

"글쎄요. 부자에게 첩으로나 들어가면 갈까요—지금 판에 취직도 용이치 않겠지만 웬만한 거야 눈에 찰 리도 없고…… 선생님이 어떻게 거들어주십쇼그려."

병화는 슬쩍 이렇게 말을 걸어보았다.

"글쎄, 나 역 그 부친과 다소 교분이 있던 것을 생각해두 그대로 내버려둘 수는 없으나 그러자면 공연한 세상의 오해가 무서워서……."

상훈이는 이런 소리를 하고 웃어버렸다. 상훈이는 병화의 속을 뽑으려다가 도리어 뽑힌 것쯤 되었으나 상훈이로서는 이렇게 말을 비쳐두어야 병화에게 오해를 받지 않겠기 때문이었다. 실상은 아주 탁 터놓고 홍경애와 나와는 그렇지 않은 관계라는 말을 들려주어서 다른 마음을 먹지 못하게 만들어두고도 싶었으나 그 말을 꺼내면 자초지종을 기다랗게 설명하여야 할 것이니 그것이 창피도 스럽고 또 제 말은 그야말로 무슨 관계나 있는 듯이 풍을 치나 머리 하나 못 깎고 담뱃값 한 푼 없이 돌아다니는 위인이 감히 그런 하이칼라의 모던걸하고 어울리지도 못할 것이요 경애도 결단코 병화쯤이야 문제도 삼지 않을 것이니 공연히 숙호충비[146]로 먼저 말을 꺼낼 필요도 없다고 생각한 것이었다.

그러나 덕기 역시 별안간 그 아이 문제를 해결하라고 한 것을 생각해보면 수상하지 않은 것도 아니다. 가령 제 친구인 병화가 전일의 서모요 더구나 그 자식이 있는 경애와 심상치 않은 관계인 것을 알고는 잠자코 방관만 하고 있을 수 없어 이 기회에 당연히 귀정을 내고 자식을 찾아오라는 뜻으로 그런 말을 꺼냈던 것인지도 모르겠다는 의혹이 부쩍 들었다.

만일 그렇다면 일이 여간 꼴사납게 되지 않을 것이다.

그러나 설사 그렇더라도 자기의 내력을 지금 병화에게 설파하기에는 아직 이르다. 증이파의[147]면야 더구나 결과를 기다려보아야 할 것이다.

"하여간 그 애는 여간내기가 아니니 어련할 게 아니나 자네야말로 선부른 짓 하지 말게."

146 宿虎衝鼻, '자는 호랑이의 코를 찌른다'로 가만히 있는 사람을 공연히 건드려 화를 입는 것을 이르는 말.

147 甑已破矣, 시루는 이미 깨어졌다는 뜻, 그릇된 일을 뉘우쳐도 소용 없음을 이르는 말.

상훈이는 그래도 미심쩍어서 헤어질 때 병화에게 이런 충고 비슷한 말로 뒤를 다져두었다.

"온 별말씀을 다 하십니다. 저야 문제도 아닙니다마는 선생께서야말로……."

하고 병화도 슬쩍 한마디 대거리를 해두고 헤어져 나오며 코웃음을 쳤다. 그러나 어쨌든 경애에게 한번 가서 캐어보리라고 생각하였다.

병화가 이런 생각을 할 제 상훈이도 속히 경애를 다시 만나서 따져도 보고 병화에게 절대로 자기네 내평[148]을 발설 못 하게 일러 놓아야 하겠다고 궁리를 하였다.

그러나 병화는 어제 상훈이에게 찾아갔을 제 설왕설래하던 것도 편지에는 한마디도 비치지 않았다. 이렇게 부리만 따놓으면 덕기 편에서 무어라고든지 답장이 올 것이니 그것을 보리라고 생각하였다.

편지를 써놓고 났으나 우표가 없다. 이 집 문 안에 돈 십 원이 들어온 것도 벌써 삼사일이 지났으니 더구나 병화의 주머니 속에 오리동록[149]이 남았을 리 없다. 혹시 안에는 동전푼 남았을지 모르나 한 푼을 둘에 쪼개 쓰려는 터에 우표값 내노라고 하기도 염의가 없어서 여차직하면 그대로 넣어버려도 좋고 이따 나가면 친구의 주머니를 털리라 하는 생각으로 그대로 내던져 두고 이불을 뒤집어쓰고 몸을 녹였다.

요새는 낮잠 자는 게 일이다. 추우면 추워서 그렇고 배가 고프

148 속내.
149 '반 전짜리 녹슨 동전'으로 몹시 적은 액수의 돈을 비유적으로 이르는 말.

면 배가 고파서도 그러나 두 끼니를 먹는 날도 할 일이 없다. 동지가 모이는 데는 난롯불도 못 피우는 먼지 구덩이에 들어가서 뿌연 책상만 바라보고 앉았을 수 없으니 가기 싫고 겨울 들어서며부터 모이던 두셋 친구의 여관도 한 동지가 붙들려 들어간 뒤로는 요새는 위험해서 모이지들을 않는다. 얼마간은 누구나 잠잠히 들어앉아서 물계만 보는 판이다. 그야말로 동면상태이다. 무료하고 무능하게 쭉치고 누웠는 생각을 하면 저번 통에 나도 휩쓸려 들어갔다면 차라리 편하였겠다는 생각도 없지는 않으나 그렇게 한 모퉁이 해보지도 못하고 어설피 붙들려 들어가고는 싶지 않다.

요새 며칠은 불도 뜨뜻이 때고 마음 놓고 밥도 먹으니까 심신이 편해 그런지 잠이 많아졌다. 어쩐둥 잠이 든 것이 전등불 들어올 때까지 잤다. 눈을 떠보니 필순이가 들어와서 깼는지 앞에 오도카니 섰다.

"무슨 잠을 이렇게 주무세요? 인젠 동이 텄으니 어서 일어나 진지 잡수세요."

하고 나무라듯 하며 웃는다. 팔을 걷고 손에는 거멍 검디양칠[150]을 하고 한 모양이 벌써 공장에서 와서 부엌일을 하다가 들어온 모양이다.

"에쿠쿠…… 이거 미안하군! 아가씨의 꾸중을 듣게 되긴 되었군마는 바깥이 춥지? 남은 추운데 갔다 왔는데 나는 이렇게 코를 골고 자빠져서 죄송 무쌍합니다."

150 검댕칠.

하고 병화는 이불을 걷어차고 일어나 앉으며 넙죽이 절을 한다.

"그래두 잠이 덜 깨신 게군? 정신 차리세요?"

"정신은 바짝 차렸지만……."

하고 병화는 무슨 실없는 소리를 하려는 듯이 웃다가 말을 돌려서,

"방이 왜 이렇게 더운가? 응? 불까지 땠어? 이거 정말 미안해서 살 수가 있나. 오늘은 내 밥을랑 필순이가 겸쳐 먹게. 입두 염의[151]가 있겠지 함부로 먹자고 보챌 리야 있나."

하며 기지개를 커닿게 켜고 하품을 한다. 병화는 제 방 군불을 제 손으로 때는 것이나 추운데 돌아온 필순이가 땐 것이 더욱 미안하였다.

필순이는 어린애처럼 병화의 하품하는 그 큰 입에 주먹을 넣으려는 흉내를 내며,

"아이구 저 입 봐! 먹자고 보지 않는 저 입 봐!"

하고 깔깔 웃다가,

"게름쟁이 선생님의 죄지, 그 입야 무슨 죄가 있다고 굶기세요. 어서 안방으로 건너가 진지 잡수세요."

하고 소리를 쳤다.

병화가 나가는 뒤를 따라 나오던 필순이는 책상 위에 놓인 편지가 눈결에 띄자 멈칫하며 본다.

"선생님, 편지 부치십니다그려?"

"응, 거기 놔두어!"

"고맙단 말씀이나 단단히 하시지요."

151 무엇을 하고자 하는 생각.

"응, 모두 고맙다고 하는데 필순이만은……."

하다가 병화는 말을 뚝 끊어버렸다. 필순이만은 고맙다 안 한다고 썼다고 하려다가 그런 실없는 소리를 하는 것이 안되었다는 생각이 들어서 말을 끊어버린 것이었다.

"필순이만은 어째요? 네?"

필순이는 여전히 편지를 들고 서서 마루 끝에 나와 앉았는 병화에게 소리를 친다. 뒷말이 듣고도 싶고 어쩐지 '조덕기 형'이란 넉 자가 반가이 보이는 것이었다.

"아냐, 실없는 소리야. 필순이만은 욕을 하더라고 썼단 말야."

병화는 하는 수 없이 대꾸를 하였다.

"왜 내가 그이를 욕을 해요? 아무 상관 없는 이한테 왜 내가 욕을 할라구?"

하고 짜증을 낸다. 필순이는 실없는 말같이 하나 목소리는 실없지 않았다.

병화는 도시 공연한 소리를 냈다고 후회하며,

"거기 놔두어! 장난의 말야."

하고 방문 안을 들여다보다가 다시 방으로 들어갔다.

"그런데 왜 안 부치셨에요?"

"우표가 있어야지. 그대로 두어."

하고 병화는 빼앗아서 벽에 걸린 외두 주머니에 넣어버렸다.

"돈 드릴까? 내게 삼 전 있는데."

"삼 전 있건 고구마나 사 먹어요."

"누구를 어린애로 아시네."

"어린애가 아니면 고구마는 소통[152] 싫어하는데!"

하고 병화는 껄껄 웃어버렸다.

병화는 주인과 겸상을 해 밥을 먹는 것이었다. 마누라는 안방을 아니 치웠다고 사내들의 밥상은 건넌방으로 들여가게 하였다.

밥을 먹으며 필순이 부친도 덕기의 말을 꺼냈다. 별 의미가 있는 것이 아니라 아까 딸과 이야기하는 것을 안방에서 들었기 때문이다.

"이 밥이 말하자면 그 사람의 밥이라 해서 말이 아니라 위인 딴은 퍽 얌전하고 상냥한 모양이야. 사상은 어떤지 모르지만 장래 잘 이용해두 상관없지. 별수 있나. 무슨 일을 하든지 한 푼이라도 있는 놈의 것을 끌어내는 수밖에."

필순이 부친은 이런 소리를 하였으나 병화는 잠자코 먹기만 한다.

필순이 부친은 다북한 윗수염에 벌써 흰 털이 두서넛 생기니 만치 겉늙어서 한 오십이나 되어 보이고 캥캥하니 암상궂게 생겼으나 상냥한 대신에 별로 주변성이 없어 보이는 중늙은이다.

"요전에 일본서는 무산자 병원에 어느 재산가가 기부를 한다니까 이러니저러니 문제가 많다가 한편에서는 안 받기로 결의를 하고 한편에서는 받는다고 하였는데 결국에는 기부자가 취소를 하였다더군마는 내 생각 같아서는 얼마든지 받아도 좋을 것 같드군. 내는 놈이야 회유懷柔 수단이거나 말거나 거기에 이용되고 넘어가지만 않으면 그만 아닌가. 결국에 그 회유 수단이란 것도 생각하기에 따라서는 섶을 지고 불로 들어가는 것이 아닌가. 적

152 쇠통, '전혀, 온통'의 방언.

이 주는 군량을 먹고는 못 싸우란 법이 있나. 그따위 조그만 결벽도 역시 소시민성이지."

병화가 잠자코 있는 것은 불찬성의 뜻인 줄 알고 주인은 이런 주장을 한 것이다.

"그렇지만 문제가 표면에 나타나면 일반 민중의 유치한 의식이 흐려질 것이요, 또 돈 내놓는 사람은 그 점을 노리고 하는 일이니까 정책상 받지 않는 것도 옳은 일이지요."

병화는 비로소 한마디 대꾸를 하였다.

"그야 물론이지만 조선같이 조직적 기반이 없고 부득이 비합법적으로 나가는 경우에는 그런 결벽성은 불필요하단 말이야."

"하지만 덕기 따위 아직 어린애야 이용하고 무어고 있나요. 그 집 영감이 미구 불원간 죽으면 덕기 부친이 상속을 하니까 얼러본다면 덕기보다 한 대 올라가서 얼러봐야죠."

병화는 무슨 속셈이 있는 듯이 이런 소리를 하다가,

"참 그런데 한 가지 이용해보시려우?"

하고 웃는다.

"무어?"

"실없는 말이지만 조 군이 필순이를 보더니 공장에 보내서 썩히는 게 아까우니 공부를 시켰으면 좋겠다고 하던데?……"

"공부?"

하고 필순이 부친이 고개를 들다가 잠자코 만다.

"왜 어떠세요?"

"글쎄, 조금만 셈이 피면 공부를 시켜서 제 손으로 벌어라도 먹게 만들어주고 싶지만 그런 젊은 애를 믿을 수가 있나?"

"아까 이용한다는 말씀과는 다릅니다그려?"
하고 병화는 웃었으나 믿을 수 없다는 의미가 아까 말과는 딴 의사인 것을 짐작 못 하는 것도 아니었다.

주인은 무슨 말을 좀 더 하려다가 안방에서 필순이가 숭늉을 뜨러 나오는지 인기척이 나니까 말을 뚝 그쳐버렸다.

주인이란 사람은 지금은 표면에 나선 운동자는 아니나 병화들의 선배 격이요 한때는 칠팔 년 전에 제일기생 격으로 감옥에도 다녀 나온 사람이다. 나이 사십이 훨씬 넘었으니 인제는 한풀 빠졌다고도 보겠으나 그렇다고 아주 무기력한 사람도 아니다. 다만 어린 처자와 생활에 너무 쪼들리고 또 지금 형편에 직업을 붙든다는 수도 없으니 이렇게 들어앉아서 썩으면서 딸이 벌어 오는 것을 얻어먹는 판이다. 그러니만치 딸자식만은 자기의 밟은 길을 밟히지 않고 그대로 평범히 길러서 시집가기 전까지는 아들 겸 앞에 두고 벌어먹다가 몇 해 후에 시집이나 잘 보내자는 작정이다. 그러나 그것도 제 소원대로 남과 같이 공부나 시켜서 하다못해 소학교 교원 노릇이나 유치원 보모 노릇이라도 시켰으면 좋겠건만 가운이 이렇게 기울어지고 보니 고등과 이년에서 그만두게 하고 만 것이다. 그래도 당자는 지금이라도 공부라면 상성이다.

외투

병화는 밥을 뚝 따세고는[153] 허둥허둥 나왔다. 아까부터 드러누워 생각하였지만 암만해도 오늘은 경애를 가보고 싶은 것이다. 오늘은 덕기에게 보내는 편지에 경애 말을 쓰기 때문에도 그렇지만 아까 주인과 이야기한 것과 같이 덕기 부친을 이용하기 위하여서도 경애를 잔뜩 껴야만 되겠다는 생각이 불현듯이 난 것이다. 병화는 결단코 경애를 사랑한다고 생각지는 않는다. 그 여자가 자기를 사랑할 리도 없지만 자기도 그 여자의 정체를 캐어보자는 호기심이 있을 따름이요, 또 형편 보아서 상훈이와의 관계를 이용이나 해보겠다는 생각을 하는 것이다. 사랑하고 싶은 정열이 없는 게 아니나 자기 처지가 허락지를 않으니까 단념을 하는 것이다.

병화는 쌀쌀한 바람을 안고 육조 앞으로 삼청동으로 기어 올라갔다. 상훈이에게로 가는 것이다. 어제 새 외투를 주는 바람에 입었던 찢어진 헌 외투는 거기다가 벗어두고 왔는데 그때도 그렇게 생각했지만 역시 가지고 왔다면 좋을 것을 공연히 두고 왔다고 생각하였다.

상훈이는 없었다. 저녁때 나갔다고 한다. 주인이 없다는 말을 들으니 경애를 만나러 가지 않았나 하는 의심이 든다. 볼일이 그밖에 없을 리가 없겠건마는 공연히 그렇게 생각이 드니 더욱이 시기가 나면서 점점 더 계획대로 할 생각이 든다. 사랑지기를 앞세우고 방으로 들어가 보았으나 외투가 아니 걸렸고 가택 수색하듯이 양복장 문을 열게 하자니 잠기었다. 적지 아니 낙심이 되어 멀거니 섰으려니까 사랑사람이 그세서야,

"무슨 외투 말씀요?"

하고 꿈속같이 묻는다.

153 (음식 등을) 먹다.

"아니, 어제 내 외투를 여기 벗어놓고 갔는데……."

"그 찢어진 거요?"

"예에, 그것 말씀요."

하며 병화는 반색을 한다.

"그럼 그건 아까 주인 영감이 아범을 주시나 보던데."

하고 픽 웃는다.

"아범을? 행랑아범을?"

하고 병화는 더욱 낙심이 되면서도 실소하지 않을 수 없었으나 웃고만 있을 때가 아니다.

"그건 남의 단벌 외투인데…… 그건 고사하고 아무리 찢어졌어도 삼대째 물려 내려온 우리 집 가보나 다름없는 것인데 말이 되나. 하여간 바꿔 입으러 왔는데……."

하고 병화는 서둘러대었다.

"그대로 입어두시구려. 설마 영감이 그 외투를 다시 벗어 내라고야 하시겠소."

사랑사람은 여전히 싱글싱글 웃으며 가장 사폐[154]나 보아주듯이 이런 소리를 한다.

"안 돼요. 좀 창피는 하지만……."

체면이고 무어고 다 집어치웠다. 사랑사람은 참았던 웃음을 커닿게 한 번 웃고서 마루 끝에 나와서,

"아범! 아버엄."

하고 소리를 친다. 아범 대신에 어멈이 한참 만에 대답을 하고 행

154 일의 사정. 이 책에서는 '사패'로도 쓰인다.

랑방 문을 덜컥 열고 나와 사랑문을 삐걱 밀치고 들어온다.

"왜 그러세요. 아범은 병문에 나갔는데요."

이거 틀렸구나 하고 병화는 또 염려가 되었다. 어디로 번져 없으면 낭패다.

"어서 가서 불러오게."

어멈은 나갔다. 그러나 혹시 외투를 아끼어서 방에 걸어두고 나가지나 않았는지? 만일 그렇다면 창피하게 당자가 보는 데 가져가는 것보다도 그대로 뚝 떼어가지고 가버렸으면 설왕설래 말 없이 좋을 것 같았다.

"아, 그럴 게 아니라 제 방에 두고 나갔으면 내가 떼가지고 가지." 하며 병화는 말리는 것도 듣지 않고 구두를 끌고 쭈르르 나가버렸다.

병화가 빈손으로 들어오려니까 뒤미처 아범이 큰기침을 하고 터덜터덜 들어온다.

걷어 올린 외투 깃 속에 방한모 쓴 대가리를 푹 파묻고 좌우 주머니에 두 손을 찌른 양이 푸근한 눈치다.

"여보게, 그 외투 벗어서 이 양반 드리게."

"왜요?"

하고 아범은 놀란다.

"왜든 어서 벗어드려! 이 어른 거야."

하고 사랑사람은 두 사람을 다 놀리듯이 웃는다.

"아니, 영감께서 저더러 입으라고 내주셨는뎁쇼?"

그래도 아범은 벗기가 아까운 모양이다.

"압따, 잔소리 퍽두 하네. 자네 팔자에 외투가 당한가! 하루쯤 입어봤으면 고만이지."
하고 껄껄 웃는다.

아범은 그래도 내놓기가 서운해서 외투 입은 제 모양을 두서너 번 위아래로 훑어보다가 기가 막힌 듯이,

"흠!"
하고는 입맛을 다시고 또,

"흠!"
하고는 입맛을 쩍쩍 다시다가,

"옜습니다!"
하고 훌떡 벗어서 병화에게 내던지듯이 준다.

"이거 대단 미안하우. 추운데…… 내 며칠 후에 형편 피면 다시 갖다 주리다."

병화는 참 미안하였으나 이왕지사 지금 와서는 그대로 안 받을 수도 없다.

"싫습니다!"

아범은 코대답을 하고,

"흠! 이건 선불리 감기만 들겠는걸!"
하고 웅숭그리고 나간다.

병화는 아범이 입었던 외투를 속에 껴입고 뚜벅뚜벅 버티고 나오려니까 외투를 바꿔 입고 갈 줄 알았던 사랑사람은 문을 걸러 쫓아 나오다가 이력차게,[155]

"전당국에를 가시는 모양이구려?"

155 이력이 나다. 어떤 일에 경험을 많이 쌓아 숙달되다.

하고 또 껄껄 웃는다.

한 시간쯤 후에는 병화가 바커스에 들어설 수가 있었다. 주부는 일전 일이 있는지라 반가워하지 않으나 경애는 난로 앞에 앉은 채 은근히 반기는 눈웃음을 치며,

"그동안 웬일얘요?"

하고 묻는 양이 오래 안 온 것을 나무라는 듯싶다.

"무에 웬일이란 말이요?"

병화는 반갑지 않은 게 아니요 더욱이 전일보다 더 친숙히 말을 거는 어조나 태도가 기쁘기는 하나 일부러 핀잔주듯이 맛대가리 없이 대꾸를 하였다.

"아니, 글쎄 말야……."

하고 경애는 눈을 떨어뜨려 버린다. 처음 들어올 때부터 수심이 낀 낯빛으로 풀이 없이 앉았는 모양이나 그것이 병화의 감정에는 발자하게[156] 새새거리며 날뛰는 경애보다 은근하고 깊이가 있어 보여서 좋았다.

"거기 앉으셔요."

시름없이 무슨 생각을 하는 눈치다가 옆에 불을 쬐이고 있는 병화를 다시 쳐다본다.

"왜 무슨 걱정이 있소?"

병화는 담배를 꺼내며 앉으라는 교의에 털썩 주저앉았다.

경애는 거기에는 대꾸도 안 하고 병화의 기닿게 얽어맨 외투 소매를 만져보면서,

156 꺼리거나 주저함 없이.

"그날 이렇게 찢어졌어? 어디 입겠소."

그 말투가 구차한 부부끼리 옷 걱정을 해주듯이 붙임성이 있어서 병화는 또 기뻤다. 만약 상훈이가 준 그 외투를 입고 왔던들 어땠을까? 하는 생각도 났다. 상훈이의 대추인 줄은 모른다 하여도 한창 모양이나 내느라고 뻗쳐 입은 것을 보고 이 여자가 속으로 웃었을 것이다. 웃기까지는 않더라도 적어도 이러한 다정한 말은 아니 붙였을 것이다.

"아무러면 어떤가? 그러지 않아도 그 덕에 외투가 하나 생겼는데……."

병화가 웃으며 여기까지 말을 꺼내려니까 저편에서 조용히 술을 먹던 한 패가 부르는 바람에 경애는 일어섰다. 오늘은 날이 몹시 추워서 그런지 아홉시나 되었건만 조선 손님이 단 한 패뿐이다. 이 사람들은 이 집이 익숙하지가 못해 그런지 양복값을 하느라고 체면 차려서 그런지 이편을 가끔가끔 유심히 바라볼 뿐이나 그리 떠들지도 않고 경애를 불러 가려고 애도 안 쓴다.

경애는 술을 가져다가 따라주고 곧 이리로 다시 왔다.

"그래 어쨌어요? 왜 안 입었에요."

허리가 부러진 재미있는 이야기나 되는 듯이 경애는 소곤소곤 뒷말을 채친다.

"그래 하루를 입어보니까 암만해도 내 주제에는 구격이 들어맞지 않기에 오늘 여기 오는 군자금으로 끌어버렸지."

하며 병화는 웃는다.

"뉘 건데?"

"뉘 걸까? 생각을 해보구려."

병화는 웃으면서도 '여기다!' 하는 듯이 경애의 얼굴을 유심히 바라보았다. 무어라고 말이 나오나 들어보자는 것이다.

"응, 같이 왔던 그이?"

"그이가 누군지 알아? 서로 아는 모양이던데 왜 그날 내 앞에서는 시치미를 뚝 떼어요?"

"글쎄 안다면 알고 모른다면 모르지만 왜 그이가 무어라고 해요?"

"별말은 없지만……."

경애는 아직까지도 상훈이와의 내력을 이야기하기 싫었다. 그러나 이 남자가 그러한 창피스런 말까지 흉허물 없이 하는 것이 사내답게 시원스러워 좋다고 생각하였다. 지금 맑은 정신으로 생각하면 일전 밤에 키스를 하고 댄스를 한 것이 어렴풋하고 취중에 상훈이 보라고 일부러 한 일이지만 그렇다고 후회를 하거나 께름한 생각이 들지는 않는다. 어느 모를 보아서 그런지 병화가 첫눈에 흉하지 않고 일전 만났을 제 덕기에게 들은 말이지만 자기 부친과 신앙 문제로 충돌이 되어서 그 모양으로 떠돌아다닌다는 것이 동정을 끄는 것이다.

병화로 생각하면 무엇보다도 큰 동기는 역시 일전에 그 키스를 해준 데 있지만 그것이 일시적 희롱이거나 무슨 이용거리로 한 일이리라는 의심이 없지 않으면서도 어느덧 이런 통사정까지 하게 되었는가 하는 생각을 하면 이상도 하다.

"아무것두 안 잡수세요? 애를 써 전당까지 잡혀가지고 오셨는데."

어설피 말문이 막힌 것을 깨뜨리려고 경애가 물었다.

"왜 안 먹긴. 오늘은 내 한턱 쓰리다."

"난 그렇게 못 먹어요."

"왜?"

"어디 좀 갈 데가 있어서."

"어디요? 좋은 데면 나두 대서볼까?"

하고 병화가 웃으려니까 경애는 곤댓짓을 하며 마주 웃고 일어섰다.

병화는 문득 상훈이와 만날 약속을 한 것이나 아닐까 하는 의혹이 들자 자기도 놀랄 만치 시기심이 부쩍 나는 것을 깨달으면서 오늘은 아무래도 놓아 보내지 않으려고 생각하였다. 상훈이가 아니고 다른 남자일지라도…….

경애는 싫다던 술을 심심풀이로 홀짝홀짝 마시고 앉았다. 술을 먹여서 못 가게 하겠다고 생각한 병화는 애를 써 권할 필요도 없었다.

병화는 아까 아범의 외투를 벗겨 입던 이야기를 하여 들려주며 서로 웃었다.

"이 헌털뱅이라도 그 사람에게는 가문에 없는 것일 텐데 남 못할 일을 했어. 병문[157]에 나가서 친구들에게 자랑도 하였겠고 좋아라 하고 어깨춤이 났을 텐데 생각하면 가엾지."

병화는 이런 소리도 하였다.

"그러지 말고 잡힌 것을 다시 찾아 입고 그 외투는 갖다가 주슈. 술은 얼마든지 내가 낼 테니."

"나두 그럴 생각이지만 실상이야 누가 술에 몸이 달아 왔나?……"

157 골목 어귀.

"그럼 무엇에 몸이 달아서? 흐흥……."
하고 경애는 코웃음을 친다. 그것이 병화에게는 자기를 모멸하는 듯이 들려서 불쾌하였으나 말을 돌리어 어째 덕기 부자를 만나서 모르는 체하였느냐고 여러 번 조짐을 해보아도 경애는 생글생글 웃기만 하다가,

"차차 알지요. 이야기할 계제가 되면 이야기하죠. 하지만 좀 더 지내보고요."
하고 좀처럼 말을 아니하였다. 그러나 좀 더 지내보고 이야기한다는 말에 병화는 반색을 하였다.

"좀 더 지내보다니 내가 당신의 비밀을 지킬 만한 사람인가 아닌가를 다져보겠다는 말이지?"

"그도 그렇지만……."
하고 경애는 여전히 웃을 뿐이다.

병화는 수수께끼 같은 이 여자의 속을 점점 더 알 수가 없었다. 자기와 동지가 될 만한 교양이나 의식이 있는 것인가? 단순히 성욕적으로 자기가 총각이라니까 호기심이 있어서 그러는 것인가? 혹은 자기를 상훈이나 덕기의 병정으로 알고 상훈이와의 사이에 자기를 다리를 놓으려는 수단인가?…… 자기에게 취할 점이라고는 없는데 이 계집이 무슨 소득이 있으리라고 이러는지를 알 수가 없다. 행랑아범이 입었던 외투를 벗겨 입고 다니는 처지인 줄 알면서 웬만한 계집이면 아랫입술을 빼물 텐데 아무리 핏줄은 다르다 하겠지만 역시 홀벌[158]로만 보기 어려운 계집 같다.

158 속이 깊지 못하여 얇은 사람.

"간다는 데는 안 가우?"

병화는 도리어 똥겨주었다.

"차차 가죠. 하지만 당신도 쫓아와 보지 않으려우?"

주기가 조금 도니까 경애는 도리어 추긴다.

"어딘데? 좋은 데면 가다 뿐일까."

"좋은 데 아니면 내가 가나?"

"은근한 데?"

실없이 이런 소리도 해보았다.

"은근도 하지!"

하고 경애도 웃는다.

"나하구 둘이만?"

"그럼 둘이만이지!"

"만난다는 사람은 누구게?"

"만날 사람야 어쨌든지……."

"무슨 소리인지 알 수가 없군."

"잔소리 말구 오구 싶건 나만 쫓아와요. 훌륭한 데 데리고 갈 테니."

"알고 보니 여간 불량이 아니로군!"

"에에 에에, 불량에도 불량! 대불량 소녀지."

하고 경애는 깔깔 웃으며 일어나서 안으로 들어간다.

아까 있던 손들도 벌써 가버리고 텅 빈 방에서 혼자 유쾌한 듯이 술잔을 기울이고 앉았으려니 한참이나 치장 차리느라고 거레[159]

159 까닭 없이 매우 느리게 움직임.

를 하고서 경애가 나온다.

"자식새끼는 숨을 모는데 술만 먹고 돌아다니는 이러한 철저한 불량도 없을걸."

경애는 병화 앞에 와서 서며 자탄하듯이 이런 소리를 한다.

"자식이라니? 아이가 있소?"

병화는 놀랐다.

"왜 동정녀 마리아도 아이를 낳는데 나는 혼자몸이라고 아이 못 났을까? 둘이 만드는 것보다 혼자 만드는 게 더 용하고 현대적이라우."

경애는 말끝만 붙들면 예수교를 비꼬는 버릇이다.

"흥, 딴은 용하군마는 현대적을 찾자면 애아버지는 기저귀 빨고 애어머니는 술 먹고 돌아다니는 게 원래 제격이지…… 한데 아이가 앓는다구?"

"앓아요. 약은 지어서 이렇게 들고만 다니구……."

경애는 농담을 집어치우고 금시로 애연한 낯빛을 띠며 외투 주머니에서 양약 봉지를 꺼내 보인다.

"아이는 어디 있기에 아무러면 약 갖다 줄 틈이 없을라구? 약부텀 갖다 줍시다. 애아버지도 구경할 겸."

애아버지를 구경하겠다는 말에 경애는 속으로 웃으면서 그러지 않아도 애아버지를 구경 가는 길이라고 혀끝까지 말이 나오는 것을 참아버렸다.

길에 나와서도 병화는 약부터 갖다 주자고 여러 번 권하였으나 경애는 잠자코 나만 따라오라고 하면서 앞장을 서서 걷는다.

병화는 쫓아가면서도 처음에는 물론 상훈이를 만나러 가나 보다 하고 생각하였다. 그러나 상훈이를 만나는데 자기를 끌고 갈 리가 없다. 취흥인지도 모르겠으나 상훈이라면 언제 약속을 했는지 알 수 없다. 어쨌든 경애와 같이 가서 만나서는 재미없는 일이 많다.

경애는 K호텔까지 와서 잠깐 섰으라 하고 먼저 뛰어 들어간다.

정말 장난으로 둘이만 끌고 왔는가도 싶다. 그렇다면 이 거지 꼴을 하고 따라 들어가기가 창피하여 애가 씌었다. 어쨌든 이러한 데에 드나드는구나 하는 생각을 하니, 쳐다보던 경애가 뚝 떨어진 것 같은 경멸하는 생각도 든다. 모던걸이란 으레 그런 줄 알았지만 경애도 보통 소위 밀가루에 지나지 않는다 하는 환멸을 느꼈다. 그러나 상훈이고 누구고 없다면 자기를 무얼 보고 이렇게도 쉽사리 제풀에 서두를까? 의심쩍기도 하다. 그러나 결코 재미없을 것도 없다. 물계만 보고 있으려니까 사무실로 들어가는 눈치던 경애가 하녀와 같이 마루 끝에 나와서 밖에 컴컴한 속에 섰는 병화를 손짓으로 부른다.

병화는 볼이 미어진 구두를 벗으면서 나올 제 닦아나 신을 걸—하는 생각을 했다.

촌계관청[160]으로 병화는 두 계집애 뒤만 따라서 으슥한 복도를 돌아들어 가면서 어쩐지 마음이 싱숭생숭하는 것을 깨달았다.

하녀는 어느 구석진 양실 방문 앞에 와서 선다. 밑에는 슬리퍼—한 켤레가 코를 밖으로 돌려서 얌전히 놓였다. 병화는 새삼스럽게 무엇에 속았던 것처럼 놀라면서 무슨 말을 붙이려는데 경

160 촌닭을 관청에 잡아다 놓은 것 같다는 뜻.

애가 벌써 손잡이를 돌려서 문을 활짝 열었다. 병화의 눈을 또 놀랜 것은 맞은 벽에 둘러친 조선 병풍이다. 무엇에 홀린 것 같다.

경애의 뒤에서 들여다보니 거기에는 상훈이의 지지벌건 상이 내려다보인다. 상훈이의 얼굴에서는 웃음이 스러지며 병화를 험상스런 눈으로 칩떠보다가 얼른 감추고 다시 웃는 낯으로,

"어서 들어오."

하고 알은체를 한다.

'망신이로구나! 공연히 왔구나!' 하는 후회가 잠깐 났으나,

'망신은 내가 망신이냐? 저편이 망신이지' 하는 생각이 들어서 딱 버티고 들어서며 병화는 껄껄 웃음부터 내놓았다.

"이거 댁 사랑을 떠다 놓신 것 같습니다그려? 아늑한 품이 미인 앉히고 술 먹기 똑 알맞은걸요."

"그래서 이렇게 미인을 청해 오지 않았소. 허허허."

상훈이는 무색하고 화증이 나는 것을 참느라고 호걸풍의 속빈 웃음을 내놓았다.

"자아, 술친구를 모셔 왔으니까 나는 갑니다."

앉지도 않고 섰던 경애는 다시 나가려 한다.

상훈이는 얼떨떨하였다. 그보다 병화의 처지가 몹시 군색하였다.

"명색 없이 영문도 모르는 사람을 데려다 놓고 가면 어쩌잔 말이요? 두 분이 재미있게 노실 텐데 멋모르고 따라와서 우습게는 되었지만 잠깐 앉으시구려. 나는 곧 갈 게니."

병화는 경애를 붙들었다.

"누가 당신 때문에 간다나요. 난 약을 갖다 주어야 해요. 어린 것이 숨이 깔딱깔딱하는데 술주정받이 하고 앉았겠에요."

경애는 상훈이 들어보라고 이런 포달[161]을 부렸다.

"그럼 무엇하자고 나를 끌어다 놨단 말요? 그러지 말고 앉으슈. 약은 댁이 어딘지 가르쳐만 주면 내가 가는 길에 갖다가 두리다."

"고맙습니다. 하지만 무얼 무엇하자고 오셔요.—애아버지 구경하겠다고 하셨지? 이렇게 애아버지 구경두 하시구 내 대신 술 대작도 하시구려."

하고 경애는 두 사람을 다 놀리듯이 생생 웃는다.

병화는 애아버지 구경하라는 말에 눈이 번쩍 띄었으나 시치미 딱 떼고,

"나더러 당신 서리署理[162]를 보라지만 선생님이 들으실 리 있나. 이 손으로 술을 따라서야 맛이 있나요? 허허허……."

하며 슬쩍 농쳐버리다가,

"선생님, 이거 실례 많습니다. 선생님께서 저두 데리구 오라셨다고 끄는 대로 온 것이라서 누가 이런 줄야 알았겠습니까? 저는 물러갑니다. 용서하십쇼."

하고 엉덩이를 들먹거린다.

상훈이는 실없이 자기가 놀림감이 된 것 같아서 창피스럽고 화가 났으나 꾹 참고 병화는 붙들면서 경애더러는 가라고 역정을 내었다.

"왜 내게 화를 내슈? 당신께는 자식이 아무것두 아니겠지만 나는 그렇지 않아요. 자식이 발을 삔게 되어도 당신 술타령이나 하는 데 쫓아다녔으면 좋을 듯싶지요? 왜 오너라 가너라 하고 날

161 악을 쓰고 함부로 욕을 하며 대드는 일.
162 직무를 대신하는 사람.

마다 성이 가시게 하는 거예요?"

경애는 시비판을 차리려는 듯이 주저앉아 버린다.

상훈이는 어제오늘 이틀이나 이 집에 와 앉아서 경애를 부르는 것을 어제는 가만 내버려두고 오늘은 올까 말까 망설이던 차에 병화가 달려들어서 이렇게 늦게야 오게 된 것이다.

경애도 말이 그렇지 그렇게 뿌리치고 가려는 것은 아니었지만 남자들은 경애가 앉는 것을 보고 마음이 놓였다.

상훈이는 말대꾸를 하면 점점 창피할 것이니까 시치미 뚝 떼고 병화에게 술만 권한다. 얼른 고뿌찜으로 몇 잔 먹여서 배송을 내려는 것이다.

"이건 내가 댁의 산소를 봅니까?"

병화는 고뿌 술을 먹이려는 의사를 알아차렸다.

"김 군은 우리 집 산소를 보고 나는 김 군 댁 산소를 봅세그려." 하고 상훈이는 웃다가 병화의 외투를 인제야 보았는지 깜짝 놀라며,

"그건 웬 외투요?"

하고 묻는다.

"왜요? 내 외투지요."

"응? 아까 바깥애를 내주었는데?……"

"네! 바깥애에게서 찾았습니다."

병화는 시치미를 뗀다.

"온, 말이 되나. 내 건 어떻게 했단 말인가?"

"배에 들어가 있습니다."

"벗어버리게. 행랑것 입힌 것을…… 이가 꾀었을 거야."

하고 상훈이는 눈살을 찡그린다.

"벗어버리면 또 주시겠습니까? 물각유주物各有主[163]인데 내 말 없이 주신 게 잘못이시지요."

"주는 대로 잡혀먹게! 김 군 줄 게 또 있으면 바깥애를 대신 주겠네. 없는 사람이란 으레 그런 거지만 여간 천량[164] 가지고는 밑 빠진 가마에 물 붓기지 대는 수가 있나."

상훈이가 웃으면서도 삐쭉하고 핀잔을 준다. 이때까지의 화풀이를 여기다 하려는 것 같다. 병화는 아니꼬운 품이 곧 대들어보고 싶었으나 그래도 덕기의 낯을 보아서 참으려니까 경애가,

"이 양반한테 무얼 얼마나 대어주셨다고 그런 소리를 하슈?"
하고 말을 가로맡는다.

"아니야, 옳은 말씀은 옳은 말씀인 것이 원래 술이란 밑 빠진 가마에 물 붓기니까…… 술만 안 얻어먹으면 그런 소리 들을 리도 없겠지만 외투는 내일 댁으로 갖다가 드리죠. 난 갑니다. 더 앉았으면 인제는 가달라고 하실 거니까……."
하고 병화는 홱 일어섰다.

"나도 가요. 같이 가세요."

경애도 일어섰다.

상훈이는[165] 다시 붙들고도 싶지 않았으나 일이 이렇게까지 되어가는 것이 무슨 때문인지 얼떨떨하였다.

"이거 봐. 잠깐 내 말 듣고 가."

163 모든 물건은 제각기 임자가 있다는 뜻.
164 재산.
165 원문에는 '병화'임.

경애를 붙들려 하였으나 그대로 나가면서,

"약이 급해서 그래요. 이야기는 같이 가면서 못 하세요?"
하며 그래도 차마 훌쩍 가지는 못한다.

상훈이는 하는 수 없이 따라 일어섰다.

병화는 두어 칸통 앞을 서서 뒤도 아니 돌아다보고 휘죽휘죽 간다.

"김 군, 김 군!"
하고 상훈이는 불러보았다. 그래도 나 어린 사람을 그 모양으로 노해 보내서는 체면이 아니라고 생각한 것이다.

"내가 가서 붙들지요."
하고 경애는 쪼르르 쫓아간다.

"너무 그리지 말아요. 어쨌든 그러지 말 일이 있으니 슬슬 비위를 맞추어요. 그리고 내일 저녁때 세시에 저리 오슈."

경애는 병화에게 이렇게 일러 보내고는 뒤떨어져서 상훈이와 만났다.

"술이 취해서 그대루 간대요. 실례가 있더라도 용서하시라구요."

경애는 아까보다도 마음을 푼 것 같았다.

"실례야 무슨 실례될 거 있나. 내가 실없이 말이 잘못 나갔지만 그것도 저편이 없는 사람이니까 곡자아의[166]로 그러는 거지."
하고 상훈이는 신지무의하였다.

두 사람은 잠자코 조선은행 앞을 지나 남대문 편으로 향한다.

"어디를 가세요? 댁으로 아니 가세요?"

166 마음이 비뚤어진 사람이 매사를 자기 마음대로 함.

경애는 줄줄 쫓아오는 상훈이를 가만 내버려두었다가 재동 빌딩 앞에 와서 발을 멈춘다.

"어서 가요. 데려다 줄게."

상훈이는 앓는 자식의 얼굴도 보고 경애 모친과 묵은 감정도 풀어볼까 하는 생각이 있어서 경애를 집까지 데려다 주려는 것이다. 그러노라면 모녀의 감정도 풀려서 모친도 딸을 권할 것이요, 또 경애 자신의 의향도 자세히 들을 수 있으리라는 생각이었다. 그러나 문전까지 와서는,

"늦었으니 그만 가시죠. 서로 불편한 일도 있고 하니 며칠 후에 아이나 성해지고 하건 다시 들러주세요."
하고 아이년이 열어주는 문 안으로 들어서서 들어올까 보아 가로막고 서버린다.상훈이는 어쩌는 수 없이 돌쳐서 버렸다. 그러면서도 어떤 놈이 있어서 그러는 거나 아닌가 하는 의혹이 들어서 불쾌하지 않을 수 없었다. 그렇다고 몇 해 만에 집에를 부덕부덕 들어가자 할 체면도 아니었다.

상훈이는 이튿날 늦은 아침에 일어나서 세수를 하다가 아범이 도로 땟덩이 회색 두루마기를 입고 터덜터덜 들어오는 것을 보고 우스운 생각이 나서,

"그 외투는 도루 뺏겼다지?"
하고 말을 걸었다.

"네에. 십상 좋은 걸 그랬어와요. 부덕부덕 벗으라시는 걸 어쩔 수가 있나요? 그런데 그 서방님 댁이 어디애요."

"왜? 다시 가서 달라려구?"

"아니애요……."

"참 그런데 어제 그 편지 갖다두었니? 만나 뵈었니?"

어제 저녁때 나갈 제 아범에게 편지를 써 맡기고 나간 생각이 인제야 난 것이다.

"네! 갖다드렸에요.…… 그런뎁쇼……."

아범은 눈이 멀게서 망단한 듯이 어름거린다.

"왜 무엇 말이냐?"

"저어, 무얼 적어주시던뎁쇼……."

말을 할까 말까 망설이다가 꺼내고야 말았다.

"무어? 그래 어쨌단 말이냐?"

상훈이는 급히 묻는다.

"어따가 떨어뜨렸는지 온 식전 찾아봐두 그 답장이 없어와요. 분명히…… 아마 그 외투 주머니 속에 넣은 걸……."

"분명히…… 아마란 무슨 소리야? 지금 곧 가서 찾아가지고 오너라."

하고 야단을 친다.

여자에게서 오는 답장이라 으레 불호령이 내릴 것을 생각하고 아주 속여버릴까 하는 생각도 없지 않았으나 그랬다가 나중에 그 외투 임자가 편지를 가지고 와서 주머니 속에 이런 것이 있습디다 하고 주인에게 내놓으면 그때 가서는 속였다는 죄목이 하나 또 늘 것이니 그것이 무시워서 망설이다가 이실직고를 하고 만 것이다.

"네! 그 외투 속에 제가 넣었기만 하였으면 잃어버리기야 하겠습니까?"

"잔소리 말고 어서 갔다 와, 이놈아."

"네! 네!"

하고 아범은 후닥닥 한걸음에 뛰어나갔다.

잃어버리고 안 잃어버린 게 걱정이 아니라 그동안 병화가 그 편지를 뜯어보았을 것이 염려다. 그러나 어떻게 생각하면 어제 취했고 아직 이르니까 그대로 넣은 채 벗어두었으면 감쪽같이 주머니 속에 있을 것 같기도 하다.

이런 조바심을 하며 맛없는 아침상을 받고 앉았으려니까 아범이 다시 허둥허둥 뛰어 들어온다.

"왜 입때 안 가고 또 들어왔니?"

상훈이는 미닫이를 밀치고 또 호령이다.

"저어, 그 댁이 어디던가요?"

"미친놈! 옛이야기 같구나! 난 그렇게 뛰어나가기에 어딘 줄 아나 보다 하였구나……."

이렇게 나무라면서도 속으로는 웃지 않을 수 없었다. 가는 사람이나 보내는 사람이나 등신이긴 매한가지다. 그러나 병화가 어디 있는지 자기 역시 알 수가 없다.

생각다 못해 경애 집을 가르쳐주고 거기 가서 알아가지고 찾아가라고 일러 보냈다.

아범은 오정 칠 때나 헛발을 치고 돌아와서,

"그 댁에서두 모른답세요."

하고 머리를 긁적거린다.

밀담

"조 씨에게서 댁에 하인 갔지요?"

경애는 병화를 만나는 맡에 물었다.

"에? 하인요? 아니……."

"집을 가르쳐달라고 내게로 왔던데?"

"안 왔어! 이 곤룡포가 탐이 나서 상전 하인이 똑같이 몸이 달은 게로군!"

"하하하…… 아무러면 그럴라구, 참 어쨌든 그 외투를 찾아 입으슈. 너무 흉해요. 얼마?"

"얼만 줄 알면 찾아주려우?"

"많이는 못해두 조금은 보탤 수 있지만……."

"그만두슈."

병화는 너무 고마워서 실없는 말도 아니 나왔다. 언제 친한 사람이라고 그렇게까지 빈말이라도 해주는지 고마운 게 지나서 의혹이 들었다. 덕기가 그렇게 해주는 것은 어렸을 때부터의 소위 죽마고우니까 그럴지 모르지만 설사 덕기 부자의 친한 사람이라 하기로 그렇게까지 할 리는 없는 것이다.

'그야말로 내가 인복이 좋아서 그런가?' 하고 생각도 하여보았다.

"이것만 하면 되겠지요. 부족하면 남았을 테니 채시구려."

경애는 허리춤에서 지갑을 꺼내더니 오 원 한 장을 꺼낸다. 오 원 한 장쯤 아무것도 아닌 듯이 쑥쑥 빼내는 것도 의외이지만 병화는 아무려니 까닭 없는 돈을 이 여자에게 받으랴 하고 다시 넣으라고 단연히 거절하였다. 그는 고사하고 칠 원에 잡힌 것을 어제 조금 쓰고 오늘 아침에 일 원 얼마쯤 남긴 뒤에는 주인에게다 털어놓고 나왔으니 어차피에 그것 가지고는 찾지도 못할 것이다.

"그러지 말고 전당표를 이리 내슈."

하며 경애가 달려들 듯이 일어나서 다가온다.

이 계집애가 왜 이렇게 열심인가? 인제는 도리어 겁까지 날 지경이다.

"여기서는 이야기할 수 없고 어디를 같이 가야 할 텐데 내가 창피해요. 그 꼴을 하고는."

경애는 아주 노골적으로 말을 털어놓았다.

"어디를 가자는 건지 잔칫집이면 이 옷 입고 못 갈라구."

하며 병화는 버티었으나 경애는 인제는 달려들어서 외투 주머니에 손을 넣어서 뒤지었다.

"이건 뭐요?"

몸을 빼낼 새 없이 경애는 봉투 한 장을 쑥 빼 들고 겉봉을 보려 하는 것을 도로 뺏으려 하니 뒤로 감추고 서서,

"그럼 표를 내노슈. 바꿉시다."

병화는 하는 수 없이 전당표를 한 손에 꺼내 들고 마주 붙들고 바꾸었다.

이 편지를 경애에게 안 보이려느니보다도 좀 실컷 애를 태워주고 시달려보다가 보여주려고 온 터이라 그렇게 쉽사리 빼앗기기는 싫었다. 그러나 경애는 피봉 위에 이름이 아니 씌어서 그것이 뉘 편지인지는 몰랐다.

"그건 무슨 편지기에 그렇게 질겁을 하슈? 러브레터?"

"에! 러브레터!"

"그럼 좀 봅시다."

경애는 눈이 샐쭉해진다.

"러브레터기에 아니 보인다는데, 그러면 보자니 말이 되나?"

"자아, 외투 찾아드릴게 하이칼라하고 애인한테나 가슈. 이런 곱장사는 다시없을걸."

경애는 자기를 조소하듯이 실소하면서 전당표를 들고 안으로 들어간다.

삼십분도 못 되어서 요릿간 사내 하인이 외투를 찾아가지고 왔다.

"이건 너무 미안한데. 그 대신에 좋은 것 하나 보여드릴까?"

병화는 외투를 갈아입으면서 실없는 소리를 하였다.

"고만두어요. 남의 '러브레터' 조각이나 얻어 보려고 애쓰는 사람은 아니니…… 당신한테 반한 여자를 좀 보았으면! 오죽할라구."

하고 비꼬아주면서,

"이건 자네나 입게."

하고 경애는 병화가 벗어놓은 헌 외투를 옆에서 불을 쬐고 섰는 사내 하인에게 선심을 쓴다.

"절 주세요!"

하고 젊은 애는 말이 떨어지기가 무섭게 외투를 냉큼 집어서 팔을 꿴다.

"엣? 그건 임자가 있는데."

하고 병화는 놀라다가,

"그래버려라! 날 좀 뜨뜻해지면 이 외투를 벗어서 '바깥애'를 주지!"

하고 또 커닿게 웃는다.

"자아, 인제는 내가 차비를 차릴 테니 잠깐 기다려주어요."

하고 경애가 쪼르르 들어가더니 부리나케 양장으로 갈아입고 나온다.

"어디를 가자는 거요?"

"서백리아!"[167]

하고 경애는 앞장을 선다.

주부는 그제야 나와서 일찍 들어오라고 신신당부를 한다.

"좀 걸어보지 않으랴우?"

"아무려나."

오후 네시나 되어 쌀쌀하여지기는 하나 그래도 오늘부터는 날이 풀려서 손발이 시릴 지경은 아니다. 길을 남산으로 들어선다. 병화도 잠자코 따라설 뿐이다.

"지금 무얼 하세요?"

경애는 별안간 불쑥 묻는다.

"낮잠 자고 술집 가서 쌈이나 하고!"

병화는 혼자 웃었다.

"하지만 이때껏 내가 무얼 하는지도 모르고 사귀었습디까?"

벼락닫이[168]로 사귄 터이라 그렇기도 하겠지만 자기의 정체를

167 '시베리아'의 음역어.
168 '벼락치기'의 뜻으로 쓰인 듯함.

알면 이 여자가 놀랄 것이요 '다이너마이트'를 만지던 아이가 내던지고 물러서듯이 질겁을 하리라는 생각도 든다. 그러나 평범한 여자가 아니니만큼 코웃음을 칠지도 모를 것 같기도 하다.

"어디 취직이라도 하면 어떠슈? 총독부 속은 얼를 수도 없겠지만 허다못해 군 서기고 군속이고……."

경애는 시치미 떼고 이런 소리를 한다.

"그 얘기 하랴고 끌고 나왔소?"

"그래요. 총독부 관리를 소개해드릴까 하고 이렇게 외투까지 찾아 입혀가지고 나왔지."

"고마운 말씀요. 시켜준답디까?"

"응!"

"그래 내가 취직을 하면 어떻게 하겠다는 거요? 우리 집 동리에서 움집에서 사는 사람들에게 구세군 쌀—섣달 대목에 구세군에서 주는 쌀을 얻어주고 구문을 얻어먹는 전도 부인도 보았지만 당신도 내가 취직하면 구문이나 생길 줄 알고 이러는 거요?"

"무어요? 우리 집 동리에서 토굴 속에서 구세군에서 쌀을 주어서…… 하하…… 왜 그리 '서'가 많소. 어쨌든 취직하고 결혼하고 뜨뜻이 먹고 때고 들어앉았으면 좀 좋겠소."

"만사구비萬事具備에 지결동남풍只缺東南風[169]이라더니 다른 것은 다 돼두 색시 없어 고만둘래요."

하고 병화가 웃어버리려니까,

"그거 무어 어렵소. 정 없으면 나라두 색시노릇 해드리리다그려."

169 모든 일이 다 준비되었으나 다만 결정적인 한 가지가 갖추어져 있지 않다. 적벽대전 중 제갈량의 말에서 유래함.

하고, 경애도 농치다가,

"여보……."

하고 경애는 또 말을 추겨내려고 사내 말투처럼 병화에게 다시 말을 건다.

"조상훈 씨한테 어제처럼 공연히 그리지 말아요. 있는 사람이 뻗대는 거야 당연한 일인데 그걸 일일이 탄하다가는 아무것두 안 되어요. 귀에 거슬리는 소리가 있더라도 슬슬 흘려들어만 두면 그만 아니요."

경애는 타이르듯이 낮은 소리를 한다.

"언제 볼 사람이라구! 심사 틀리면 집어치는 거지 별수 있나!…… 그래두 덕기의 낯을 보아서 참았지."

병화는 속으로는 경애의 말을 옳게 생각하였으나 이런 소리를 해보았다.

"그렇지 않아요. 사람이 살자면 서서 똥 누기로 되나. 어쨌든 내 말대로만 해요."

경애의 이 말에 병화는 귀가 번쩍 띄었다.

"그럼 어떻게 하겠다는 말이요?"

"별로 당장 어떻게 하겠다는 게 아니라…… 나도 돈바람에 휘둘려 오늘날 이 지경이 되었으니까 돈을 먹어도 먹고 무슨 끝장이든지 내야지……. 하지만 어제는 그렇게 했더라도 인제는 조 씨 보는 데 우리가 친한 듯이 보일 것도 아니요. 좀 주의를 해요."

"언젠 누가 어쨌나?"

병화는 핀잔을 주다가,

"이거 왜 이렇게 끌고 가는 거요? 어 추워 추워. 그까진 이야기하자고 남산 골짜기까지 찬 바람 맞고 올라올 거 무어 있소."

"또 이야기가 있지만 어데든지 들어가시랴우?"

"불기 있는 데면 아무 데나 좋지."

인기척이라고는 없는 쓸쓸한 조선 신궁 앞마당을 휘이 돌아서 삼백여든 몇 층이라는 돌층계를 나란히 서서 간신히 내려서니 해는 벌써 뉘엿뉘엿하여졌다.

전차 선로까지 와서 경애는 자기 집이 바로 저기니 같이 가서 저녁이나 먹자고 한다.

병화는 좀 의외이었으나 아무려나 좋다 하면서 따라섰다.

어떤 생활을 하는지, 문제의 아이는 어떠한지 구경하고 싶은 호기심이 여간치 않으나 그보다도 자기 집에까지를 끌고 가려 할 만치 무관히 구는 것이 어쩐 까닭인지 알 수 없다. 꼬물꼬물하는 성질이 아니요, 발자하고 경쾌한 신경질적 영리한 계집애이기는 하지만 오다가다 만난 사람이나 다름없는 자기를 제 집에까지 끌고 가는 것은 여간 친절히 생각한 것이 아니면 안 될 것이다.

"우리 집에 와본 남자 손님이라고는 당신 알라 세 사람밖에 없어요. 내가 이러고 다니니까 이놈저놈 함부로 끌어들이는 듯시피 생각할지 모르지만 우리 집이 아무리 더러워도 여간 사람은 못 오는 데요."

마치 요샛말로 하면 치수 나가는[170] 명기名妓의 말티[171] 같다.

"매우 치수가 나가는 거로구려! 그 단 셋에 하나 끼었으니 채표[172] 타기보다도 어려운 행운이요 알성급제[173]만한 명예는 되겠

170 '값이 높은'의 의미로 쓰임.
171 말투.

지만, 나 빼놓고 두 사람의 행운아는?……"

이죽이죽하는 병화의 말을 경애는 가로막으며,

"비꼬지 말아요. 내가 기생인 줄 아슈?"

하고 나무란다.

"황송한 말씀입니다……. 하여간 나 말고 다른 두 사람이 누군가요?"

"한 사람은 보셨고 또 한 사람은 인제 기회 있으면 뵈어드리지요."

"만나본 사람이 누구인가?"

병화가 어리벙벙한 표정으로 눈을 끔벅거리니까,

"애아버지. 구경 안 했어요!"

하고, 핀잔을 준다.

"그럼 둘째 애아버지만 구경하면 다 본 셈이로군! 그리고 내가 셋째 애아버지! 허허……."

"이거 왜 이렇게 사람이 컴컴해!"

하고 경애는 큰길 사람이 보는 것도 창피한 줄 모른다느니보다도 계관치 않고 병화의 넓적팔을 쥐어박는다.

"내가 컴컴하우? 당신이 말을 잘못했소?"

병화는 여전히 느물느물 웃기만 한다.

"몰라요 몰라요. 마음대로 생각해두구려."

"그런데 그 첫 애아버지하고는 어떻게 된 셈속인지 좀 들어봅

172 중국에서 하던 복권의 하나로 일정한 표를 발행하고 몇 사람을 제비로 뽑아 많은 돈을 층이 지게 주는 것.

173 조선시대 임금이 성균관 문묘에 참배한 뒤 보이는 과거 시험에 합격하던 일.

시다그려? 처음에 어떻게 애아버지가 되고 지금은 왜 애아버지 노릇을 쉬고 있고, 또 무슨 까닭에 요새로 별안간 애아버지 복직 운동을 하려는지? 우렝이 속 같애서 도무지 알 수가 있소."

"아이가 나면 애아버지 노릇하고 애어머니가 구박하면 애아버지 구실이 떨어지고, 또 마음을 돌리면 애아버지를 다시 시키고 마음 못 돌리면 귀양 보내고…… 뻔한 노릇이지."

"한참 당년의 ×비 같구려? 세도 좋은 품이! 하지만 어떤 애아버지든지 멱국은 먹는[174] 거로군? 나는 어떻게 종신관終身官으로 될 수 없을까?"

"객쩍은 소리 그만두어요. 그따위 실없는 소리를 할 때가 아니애요. 우리 집에 들어가서 그런 실없는 소리 하다가는 빰 맞고 쫓겨날 테니 정신 바짝 차려요!"

경애는 실없는 듯이 이런 소리를 하였으나 별안간 그 말소리라든지 얼굴빛에 추상같은 호령과 남을 압두하는 표독한 기운이 차 보인다.

병화는 무심중에 선뜻하며 여자의 얼굴이 다시 쳐다보였다. 그러나 병화는 태연한 낯빛으로 여전히 싱글싱글하면서,

"그 호령이 어디서 나오는 것이요? 어따가 준비해두었다가 쑥 내놓는 것 같으니?"

하고, 역시 농담을 붙여보았으나 경애는 다시는 입을 벌리지 않았다. 생각할수록 경애란 이상한 계집애다. 지금 말눈치로 보아서는 노는계집과 다름없고, 자기에게 성욕적으로 덤비는 것같이

174 '미역국을 먹다'로 일정한 지위에서 떨어져 나가다의 뜻.

밖에는 보이지 않았다. 그뿐 아니라 어제 상훈이에게 끌고 간 것이라든지 또 전일에 상훈이 앞에서 키스를 한 것이라든지 혹은 자기와 상관한 남자들을 모두 서로 대면시키려는 말눈치로 보면 일종의 변태 성욕을 가진 색마나 요부妖婦 같기도 하다. 그러나 또 이렇게 호령을 하고 윽박지르는 것을 보면 그것이 혹시는 '히스테리'증의 발작인지는 모르겠으나 어떻게 생각하면 불량소녀의 괴수로서 무슨 불한당의 수두목 같아도 보인다. 옛 책이나 탐정소설에서 볼 수 있는 강도단의 여자 두목이라면 알맞을 것 같다. 사실 청인의 상점이 쭉 들어섰고 아편쟁이와 매음녀가 꼬이는 음침하고 우중충한 이 창골 속을 휘돌아 들어갈수록 병화는 강도들의 소굴로 붙들려 들어가는 듯한 음험한 불안과 호기심을 느끼는 것이었다.

그러나 경애 집 문전에 왔을 때, 병화는 이때까지의 자기의 종작없는 공상을 속으로 웃었다. 조촐한 기와집이 문간부터 깨끗하고 얌전한 것이 도리어 의외이었다. 중문간에 고르게 팬 장작을 가뜩 쌓고 비스듬히 들여다보이는 장독대가 겨울철이건만 앙그러져[175] 보이는 것을 보니, 불한당이나 불량소녀의 소굴은커녕 사실 이놈저놈 함부로 드나드는 뜨내기의 난봉살림은 결코 아니다.

'나두 퍽 신경쇠약이 되었나 보다.'

고, 병화는 공연한 겁을 집어먹었던 자기를 또 한 번 웃었다.

경애는 안방으로 병화를 데리고 들어가서 외투와 모자를 벗어 던지고 아랫목에서 자는 아이 옆에 가만히 앉는다. 그러나 아이

175 모양이 보기 좋다.

는 눈을 반짝 뜨고 캥캥댄다.

"응 응, 엄마 몸 녹여가지고! 엄마 몸이 차요."

하며, 달래는 경애를 병화는 이상스러이 쳐다보고 앉았다.

바커스의 경애, 상훈이 앞에서 보는 경애—아니, 그는 고사하고 지금 대문 밖에서의 경애와 이 방 안에서의 경애가 이렇게도 다를까 싶었다. 여자란 그런 것인지 모르지만 이 여자같이 다각형으로 자유자재하게 변화하는 성격을 가진 여자는 없으리라고 생각하였다.

"인제는 다 살아난 셈이얘요. 삼사일 전만 해도 죽는 줄 알았어요."

경애는 어린애의 머리를 짚어보며 얼러주다가 병화를 돌려다보고 상냥스러이 말을 건다. 집 안에 들어오더니 자기가 주인이라 해서 그렇겠지만 아까 새롱거렸다 호령을 했다 하던 것은 잊어버린 듯이 다정스럽게 대접을 하고 말씨도 고와졌다.

"어머니 어머니, 나 좀 보세요."

부엌에서 애년을 데리고 밥을 짓는 모친을 불러올리더니 돈 일 원을 내주고 반찬을 좀 해달라고 이른다.

"술도 조그만치만 사 오라고 하세요."

경애는 그제서야 짱알거리는 아이를 안아 올려놓고 달래면서 먹먹히 앉았는 병화에게 아까 그 편지를 보이라고 조른다. 편지가 보고 싶은 것이 아니라 벙벙히 앉았는 병화를 이야기를 시키려는 것이다.

"진정한 사랑은 자랑이 아니라 비밀이요 행복이 아니라 고통인 것쯤은 알 터인데 남의 비밀을 자꾸 보자니 딱한 양반이요."

하며 병화는 웃었다.

"당신 같은 분도 그런 연애의 경험이 있을지?"

"남만 업신여기시는구려. 당신은 '애아버지'하고 어댔을꾸?"

"어쨌든 첫사랑이었으니까……."

"첫사랑—첫정이면야 나중에는 또다시 그리 쏠리고 말지."

"하지만 원체 나이가 틀리고 불시에 우격으로 그렇게 되어서 그랬던지 지금 생각하면 그저 어리둥절하고 정 반 미움 반인 것 같애요."

"그래두 아이가 있으니까. 평생 연을 끊지는 못하지요."

"끊으라면 끊고 말면 말고……."

경애는 신푸녕스럽게[176] 대꾸를 하다가,

"그런데 참 아까 좋은 것 하나 보여주신댔지? 편지 대신에 그 좋은 거 좀 보여주시구려?"

하고 말을 돌린다.

"글쎄, 그것도 함부로는 좀 어려운데! 보이기는 보이지만 보여드리는 대신에 무슨 턱을 낼 테요?"

"무슨 딴소리야? 외투 찾아준 대신에 보여주기로 한 것인데."

하고 어린 계집애처럼 조르다가,

"그래 무슨 턱이든지 소원대로 낼게 보이세요."

하고 덤빈다.

"빈말로만이야 소용 있나마는 속는 셈 치고 그래버리지."

하고 병화는 아까 그 봉투를 꺼내서 경애에게 툭 던진다.

176 '신청부 같다'로 근심걱정이 너무 많아 사소한 일을 돌볼 여유가 없다.

"무어길래 야단스럽게 그러는 건구."
하며, 경애는 찬찬히 꺼내 펴본다.

마침 급한 판에 잊지 않고 보내주신 것은 여간 생광스럽게 쓰지 않겠습니다. 그러나 왜 십여 일이나 그렇게도 뵈일 수가 없습니까? 하여간 이따라도 들러주세요. 이렇게 어름어름하시고 마신다면 저는 죽는 사람입니다. 집안에서는 날마다 야단입니다. 어쨌든 급한 것이 민적을 가르시는 것입니다. 아버니께서는 경성부에 가셔서 민적 조사를 하신다고까지 날마다 야단이십니다. 뵈입고 자서한 말씀하겠지만 시원스런 말씀을 곧 해주셔야 일가나 친구들에게도 망신을 안 하겠에요. 몸이 달아서 안절부절을 하고 그날 그날을 보냅니다. 그나 그뿐입니까, 남에게 말 못할 이런 사정을 좀 생각해주셔요. 사람을 세워놓고 너무 급해서 무슨 소리를 썼는지 모르겠습니다. 어쨌든 이따 여섯시에 거기 가서 기다리겠에요. 그저께도 밤 열한시까지 기다리다가 허발[177]을 치고 돌아와서 꾸중만 들었에요…….

"놀랐지요?"
편지를 다 보기 전에 병화는 놀리듯 충동이듯 웃는다.
"놀라긴, 그런 사람인 줄 언제는 몰랐던가? 허지만 이게 어디서 나왔에요? 외투 속에서?"
병화는 그렇다는 대답 대신에 흥— 하고, 웃어버렸다.

177 목적을 이루지 못하는 공연한 걸음을 함.

"응, 그래서 몸이 달아 찾으러 다녔군! 하지만 누굴까?"

"왜 알면 쫓아가서 들부어놓으랴우?"

하며, 병화는 껄껄 웃다가,

"정신 바짝 차려요. 애아버지 빼앗긴 뒤에 후회 말고."

하며, 또 충동인다.

경애는 아무렇지도 않은 듯이 웃으면서도 그 편지 임자가 누구인지 몹시 몸이 다는 모양이다.

"허니까 아범이 심부름 가서 맡아가지고 온 것을 외투에 넣은 채 잊어버린 것이군요? 그러니 아범을 갖다 주고 좀 물어봐다 주시구려? 다시 잘 봉해드릴게."

경애는 장 밑에서 붙임풀 그릇을 찾아내 가지고 얌전히 봉해서 다시 준다.

"그래도 마음에 안 놓이는 게구려? 그러지 말고 당신도 이혼하고 어떤 계집애인지 이 계집애도 떼버려야 애아버지 노릇을 다시 시켜주마고 해보구려?"

"그랜 무엇하게. 몇 년이든지 데리고 놀라지. 하지만 남의 집 딸년을 모조리 버려놓는 게 안됐으니까 좀 버릇을 가르쳐놓아야 하기는 할 거야. 더구나 이혼을 한다든지 하면 정말 혼을 내주고 말걸! 그전에는 나도 그런 생각이 없지 않았지만 덕기를 생각하면 그 어머니가 가여운 생각이 들어요."

병화는 경애가 그만큼 요량이 드는 것이 무던하다고 생각하였다.

밖에서 밥상을 보느라고 데그럭거리면서 모친이,

"먼점들 먹으랸? 기다릴 테냐?"

하고 물으니까 경애가 좀 천천히 먹겠다고 대답을 하는 양이 누구를 기다리는 눈치 같다.

"누가 또 올 사람이 있소? 그건 애아버지 아니요?"

병화가 또다시 실없는 소리를 꺼내려니까 경애는 눈으로 나무라고 자는 아이를 가만히 눕힌다.

수세미가 된 양복치마 앞을 털고 화로 옆에 동그랗게 꿇어앉으며 무슨 생각에 팔린 기색이더니,

"지금 회의 일은 어떻게 되어가는 셈요?"

하고 묻는다.

"회라니?"

병화는 생게망게한 소리를 묻는다고 놀란 눈을 멀뚱히 떠 보았다.

"×× 동맹 중앙본부 집행위원 아니세요?"

"그래, 어쨌단 말이요?"

그런 것쯤은 덕기에게 들어서도 넉넉히 알 일이지만 그 이야기를 왜 지금 별안간 꺼내는 것인지 알 수가 없다. 그뿐만 아니라 경애의 말 붙이는 태도가 너무나 긴장해 보이는 것이 이상하다.

"왜 그렇게 놀라세요? 회 형편이 지금 어떻게 되었는지 좀 알아보자는 거애요."

병화는 점점 더 의혹이 부쩍 들어간다. 아까 취직을 하라는 둥 총독부 속으로 소개를 해주마는 둥 할 때는 실없는 농담으로만 들어두었지만 지금 이런 소리를 꺼내는 것을 들으니 이런 사람의 습관으로 경계하는 공포심이 버쩍 나는 것이었다.

'이 계집애가 스파이가 아닌가?'

하는 생각이다.

"그건 알아 무얼 하랴는 거요?"

"글쎄, 무얼 하든지…… 그런데, 저번 통에 당신은 어째서 빠졌었소?"

경애의 말은 점점 더 의심스러워간다.

"저번 통이 무슨 통이란 말이요?"

병화는 어름어름하며 딴전을 붙인다.

"제이차 ××당 사건 말애요. 물론 당신네 회가 중심은 아니었지만……."

제이차 ××당 사건이 병화의 회에서 중심이 아니었던 것까지를 아는 것을 보면 경애가 이편이든 저편이든 하여간 좌익단체의 소식에 맹문이가 아닌 것은 사실이다. 병화는 너무나 의외인 데에 호기심과 놀라운 생각이 뒤섞여서 경애의 얼굴을 물끄러미 바라만 보고 앉았을 따름이다.

"왜? 무시무시하슈? 옭혀들까 보아 가슴이 덜컥 내려앉으시는 게로구려?"

하고 경애는 남자를 놀리다가 정색을 하며,

"당신이야말로 정신 차려요. 문간에 나가기 전에 본정서에서 형사대가 달겨들 테니. 독 안에 든 쥐지. 인제는 하는 수 있나! 공연히 창피한 꼴 보이지 말고 인제는 딱 마음을 먹고 종용히 당하는 대로 당하실 생각을 하슈. 그 대신에 잡숫고 싶은 것은 마음대로 해드릴 테니 내게서 마즈막 술 한 잔 잡숫고……."

하며 얼러대듯이 타이른다.

병화는 사실 저번 통 획책에 끼지 않았고 그 당시에는 그래도 미심쩍어서 며칠 떠돌아다니다가 간정되니까 필순이 집으로 들어간 터이다. 말하자면 병화와 몇몇 동지는 회의 뒷일을 보기 위하여 빠졌던 것이나 그 후에는 도망을 했던 것도 아니니 아무러면 못 잡아서 경애를 시켜 이런 군색한 짓을 할 리가 만무한 노릇이다. 그러나 참 정말 경애가 스파이라면 꼬염꼬염하여 내막을 떠보려고 할지는 모를 일이다.

"그래 그렇게 하나 낚아들이면 얼마씩이나 먹소?"

병화는 웃으면서 대꾸를 한다.

"먹긴 무얼 먹어요. 중국식으로 모가지 하나에 몇만 원씩 현상을 하고 잡는 줄 아슈."

"생기는 것 없이 돈 들여가며 술까지 받아 먹이고 붙들어줄 게 무어 있나?"

"그것두 내 재미지! 그런데 어쨌든 잡혀가두 억울하지는 않을 거 아니요?"

"잡혀가기로 무슨 상관 있나. 죄 없으면 내놓겠지."

하고 병화는 코웃음을 친다.

"죄가 없어? 들어간 사람의 뒤를 받아서 제삼 ××당을 조직해놓은 것을 뻔히 아는데?"

경애는 눈을 날카롭게 떠 보인다.

"그리구 책임비서는 김병화라고 보고가 들어갔습니까?"

"책임비서 노릇이나 할 자격이 웬걸 있기에! 그런 기미만 채면 겁이 벌벌 나서 꽁무니를 슬슬 빼고 베돌면서……."

"그런 걸 번연히 알면서 나 같은 놈은 잡아다가 무얼 한답디까?"

"그런 사람일수록 잡아다가 족치면 중정이 허하니까 물 쏟아놓듯 토하고 말라는 소리까지 분단 말이죠! 불기만 하면 당장 놓여나올 거니까. 몇십 명이 옭혀 들어가도 자기만 어서 모면하고 빠져나오랴고……."

"어떻게 그렇게 잘 아우?"

하며, 병화는 이죽이죽 웃기만 한다.

"그만 것두 모를까? 나는 관상쟁이는 아니라두 사람을 쓱 보기만 하면 알아요. 애초에 당신 같은 사람이 사회 운동이니 무어니 하고 나돌아 다니는 것이 잘못이지."

경애는 야죽야죽 골만 올리려고 애를 쓴다.

"그러니까 군속이나 면 사무원 노릇이나 하라는 거구려?"

"아니면 덜!"

"그건 그렇다 하고 제삼 ×××당을 조직한다는 말은 뉘게 들었소?"

"그게 다 어림없는 소리애요. 뉘게 들었다고 내 입으로 말을 할 듯싶소? 그건 고사하고 벌써 일주일 전부터 시내 각 경찰서에서 뒤집어엎고 법석인데 그걸 이때까지 꿈속같이 모르고 조상훈이의 꽁무니나 줄줄 쫓아다니며 바커스에나 들어엎데 있고 싶어하는 이런 운동자두 있나? 키스 한 번에 이렇게 녹초가 되었으니 내 침이 초보다두 더한가 보군!"

경애의 입에서 이런 심한 소리까지 나오는 것을 듣고는 병화는 그대로 앉았을 수가 없었다. 기연가미연가[178]하는 의혹도 의혹이려니와 아무리 실없는 소리라도 거기까지 막 트고 덤비는 데는 모욕을 느끼지 않을 수 없었다. 분한 생각과 부끄러운 생각에

178 '긴가민가'의 본말.

얼굴이 벌게지며 모자를 들고 벌떡 일어섰다.

"누구를 어린애로 아는 셈이란 말이요? 가만히 듣고 앉았으려니까 나중엔 별 옴둑가지[179] 소리를 다 듣겠군! 스파이질을 해먹든지 잡아를 가든지 마음대로 해봐요!"

하고 병화는 문을 화닥닥 밀치고 마루로 나섰다.

그러나 방 안에서는 흐흥— 하면서 냉소를 등덜미에다 끼얹을 뿐이요 쫓아 나와 붙들려고는 아니한다.

"어디 얼마나 마음대로 가나 봅시다! 대문 밖까지도 못 나가고 다시 들어오지는 말아요."

하고 경애는 또 부아를 돋우는 소리를 한다.

"사람이 아모리 타락을 했드라도 제 밑천은 찾어야지! 여기까지 쫓아온 내가 잘못이지만."

병화는 좀 실컷 들이대고 싶었지만, 속아 넘어간 것이 자기 불찰이라는 열적은 생각도 들고 또 한편으로는 이것 역시 이 계집의 무슨 꾀에 한 수 넘어가는 것이나 아닌가 싶은 어리둥절한 생각이 들어서 빼진 소리가 나오지를 않았다.

건넌방에 있던 모친은 무슨 일이 난 듯이 눈이 휘둥그레서 내달아 나오며,

"당신이 누구인지는 모르겠소마는 왜 남의 딸자식을 가지고 타락을 했느니 이찌니 하고 야단이요?"

하고 역성이 시퍼렇다.

병화는 잠자코 꾸부리고 앉아서 구두를 신으려니까 이번에는

179 '옴두꺼비'의 서울 방언. 쓸모없고 보잘것없는 것을 일컫는 말.

중문이 찌이걱 하며 우중우중 누가 들어온다.

병화는 무심중에 가슴이 선뜻하는 것을 깨달으며 쳐다보았다…….

후죽은하게[180] 차린 현줄한[181] 양복 신사가 앞에 와서 딱 서며 입가에는 조소를 머금고 면구스러이[182] 바라보는 눈이 안경 뒤에서 부리부리한다.

'형산가?'

하는 뜨끔한 순간이 지나니까 병화는 이상히도 마음이 가라앉으며 획 지나쳐 나가려 하였다.

그 청년의 신은 구두 본새가 조선에서는 보기 드문 서양제나 상해 다녀온 친구가 신은 것을 많이 본 것 같은 점과 양복을 모양낸 것은 아니나 몸에 턱 어울리는 것이 어딘지 외국 갔다 온 사람 같은 인상을 주었던 것이다. 형사의 티라면 어둔 밤중에 손끝으로 더듬어 만져보고도 알 만큼 그들에게 접촉이 많은 병화가 얼떨결에라도 겁을 잠깐 집어먹던 자기를 속으로 웃으며,

'이것이 그 소위 이 집에 드나드는 둘째 남자, 둘째 애아버지인가?' 하는 생각을 하였다.

"마침 잘 들어왔네."

모친이 반색을 하는 눈치로 알은체를 하려니까 안방 문이 열리며 경애가 눈짓을 하고 나온다. 병화는 그 눈짓을 못 보았다.

"여보세요, 날 좀 보세요."

180 후줄근하게.
181 헌칠한.
182 민망스럽게.

김 선생이라고 하기도 싫고 말다툼 끝에 친숙히 병화 씨라고 부르기가 서먹해서 그대로 소리만 쳤다.

병화는 건넌방 모퉁이를 돌쳐서려다가 돌아선다. 그대로 갈 것이지만 그러면 정말 겁이나 나서 줄행랑을 치는 줄이나 알까 보아 가는 것도 우습다고 생각한 것이다.

"벌에 쐬었소? 이야기를 하다 말고 가는 법이 어데 있에요."

경애는 내려와서 끈다.

"들어가시지요. 오비이락으로 오자 가시니 미안하외다그려."

그 청년도 생각하였더니보다는 소탈하게 말을 붙이고 껄껄 웃는다.

"오비이락으로 말하면 내가 할 소리외다. 관할 경찰서에서 문간에 와서 지키고 있다기에 지금 자수를 할까 하고 나가려는 길인데 마침 마주 들어오니 노형이 그거든 같이 갑시다그려."

하고, 병화도 마주 웃는다.

"잘 생각하셨소. 내가 뭐랍디까? 문지방도 못 넘어서 다시 들어올걸 왜 그러는 거요."

하고 경애도 놀리며 웃었다.

그러나 모친만은 웃을 수도 없었다. 무에 무언지 영문을 몰라서 마루 한가운데 섰을 뿐이다.

"어머니, 이시 차려서 상을 건넌방으로 들여다 주세요."

경애는 남자들을 안방으로 몰아넣고 이런 부탁을 하며 따라 들어갔다.

"두 분이 인사하세요. 이분은 우리 일가 오빠—이번에 시골서 올라오셨에요. 또 이분은 ××회 간부로 계신 분—며칠 있으면 군속이나 면서기로 취직해 가실 양반입니다. 오늘은 환영 겸 송별 겸 약주나 한잔 대접하려구……."

두 남자가 통성명을 하고 앉았는 동안에 경애는 혼자 조잘댄다. 그러는 병화는 이 청년이 시골서 올라온 오빠라는 말에 그의 얼굴을 다시 보고 다시 보고 하였다. 그 소위 '둘째 애아버지'가 아닌 것이 섭섭도 하거니와 차림차리나 수작 붙이는 것이 촌속에서 갓 잡아 올린 위인은 아니다. 그건 그렇다 하기로, 하고많은 성명에 가죽 피 자 가죽 혁 자의—피혁皮革이라는 성명이 있을 리 없다. 피혁상을 하는 놈인가 바지저고리의 껍질만 다니는 놈인가? 위인 됨됨이 껍질만도 아닌 양하다. 또 혹시 성은 피가라 하여도 이름을 하필 혁이라고 지었을꼬? 외국 나간 사람이나 요새 젊은 애들이 무슨 필요로는 물론이요 필요하지 않은 경우에도 신유행의 첨단적 모던 취미로인지 부모가 지어준 이름을 거꾸로 세로 뜯어 발겨서 쓰는 것을 많이 보았지만 하여간 경애가 오빠라는 말이 준신[183]할 수 없는 것만치 피혁이란 성명도 입에서 나오는 대로 떠대는 이름 같다.

병화는 꿀 먹은 벙어리처럼 이 사람 저 사람 눈치만 보고 앉았다.

피혁 군은 밥을 먹을 때 별로 말도 없이 병화의 인금을 보는지 슬슬 눈치만 보다가,

"관변에 취직을 하려면 용이할까요? 다른 사람과 달라서."

이런 소리를 떠듬떠듬한다.

"공연히 누구를 떠보는 수작인지 실없이 놀리는 것이지요."

183 확실히 믿다.

병화는 심중의 경계를 풀지는 않았으나 아까 같은 불뚝한 감정은 어느 결에 스러져버린 기색이다.

"술 몇 잔에 마음을 돌리셨구려? 아까 같애서는 곧 무슨 야단이라도 낼 듯싶더니! 그러기에 값이 싸단 말애요. 지금 누가 돈 천은 고사하고 돈 백 주어보슈. 주의구 사상이구 가을바람의 새털이지!"

경애가 또 갉작거린다.

"주어봐야 알지."

"보나마나! 지금은 아주 입찬소리를 하지만 총독부 사무관 하나 준다 해보구려—아니 사무관까지 얼를 게 아니다 그저 당신께는 군속이 제격이지. 하하하……."

"그 역 지내봐야 알지. 당신은 나하고 언제 지내봤다고 그렇게 남의 속을 잘 아슈? 여자의 좁은 소견으로 큰 새의 마음을 어찌 알리요?"

하고 병화가 호걸풍의 웃음을 터뜨려놓는다.

"그야 그렇지요. 아낙네들—더구나 요새 모던걸들의 물욕이 교폐한[184] 그런 염량으로야. 하하하."

피혁 군은 경애의 눈총에 껄껄 웃어버리고 말을 돌려서,

"아, 그럴 거 없이 정 그런 튼튼한 자국으로 취직이 하고 싶으시다면 우리 고을로 가십시다. 내 권리 자랑 같소마는 군청 속에 한 자리 비집기야 그렇게 어려울 것도 아니니……."

하고서 병화를 본다.

184 폐단을 고쳐 바로잡다.

"노형까지 왜 이러슈."
하고, 병화는 웃으면서,
'이 사람들이 왜 이러는 건구?'
하며 점점 더 의아하여진다.

"누구니 누구니 하는 사람들도 미즈텐[不見轉—절개 없는 기생] 볼쥐지르게 변절도 하는데 상관있나요. 김병화를 누가 그렇게 끔찍이 안다고—."

"김병화도 쫄딱 망했구나. 그러나 대관절 내가 무슨 짓을 했기에 이렇게 깔뵈이는 건가?……"

병화는 자탄하듯이 이런 소리를 하고 밥상에서 물러나 앉는다.

"어쨌든 도회에 있으면 아무래도 유혹이 많으니까…… 당장 입에 풀칠을 할 수 없는 데다가 속에 똥만 들어앉았어두 이름은 나고 게다가 정치의 중심이 있는 데니까 그런 유혹의 손이 뻗기도 쉽고 따라서 끌리기도 쉬운 일이지. 그런 걸 보면 오히려 지방 청년들이 곧이곧솔이요 도리어 열렬하지. 첫째 지방 관헌이야 그런 고등정책을 쓸 여지도 없고 머리도 없으니까. 늘 대치를 해 있기 때문에 긴장해 있고 투쟁적 자극이 더 심하거든……."

피혁 군의 의견이 병화에게도 그럴듯이 들렸다.

병화는 역시 맹문이가 아니구나 하는 생각을 하면서,

"고향이 어디세요? 무얼 하시나요?"
하고 묻는다.

"나요? 나는 저 황해도 두메에서—촌구석에 들어엎데서 부조덕택으로 밥이나 치우고 있는 위인이지요."
하고, 피혁 군은 자기를 조소하듯이 웃어버린다.

병화는 더 캐어묻고 싶었으나 대답이 탐탁지 않아서 입을 닫쳐버렸다.

밥상을 물리고 나니까 경애는 안방으로 건너가서 후딱 옷을 입고 나온다.

"난 벌이 가야 하겠습니다. 앉아들 이야기하세요."
하고, 건넌방을 들여다보고 인사를 하자 그 김에 병화도 따라 일어섰다.

"더 놀다 가시지요."
하고, 피혁 군은 인사로 붙드는 모양이나 그리 탐탁지 권하지는 않고 마루 끝까지 나와서 작별을 하고 들어간다.

경애는 내려서서 마루 위에 섰는 남자의 기색을 살피다가 병화더러는 문밖에서 기다리라 하고 다시 구두를 벗고 방으로 따라 들어갔다.

"어때요? 쓸 만해요?"

급급히 소곤소곤한다.

"응! 어쨌든 자조 오게 해주."

피혁 군도 수군수군한다.

경애는 더 캐지 않고 생글 웃으며 나가버렸다.

"그거 누구요? 정말 일가요?"

병화는 컴컴한 속에서 나란히 걸으며 말을 꺼냈다.

"그럼 정말 일가지 가짜 일가두 있나?"

"그런데 왜들 자꾸 까부는 거야."

"왜? 무얼 어째서?"

"글쎄 말야."

"흐흥……."

하고 경애는 코웃음을 치다가,

"선을 뵈었으니까 왜 안 그렇겠소."

하고 소리를 내어 웃는다.

"선을 뵈다니?"

병화는 눈이 뚱그레진다.

"사윗감을 고르구 다닌다우. 그래서 내가 당신을 중매를 들랴는 건데 다른 것은 다 가합해두 당신이 주의자인 것하구 놀구 술자시는 것만은 싫답니다. 그래서 자꾸 군속이든지 면서기라도 취직하라고 뇌까리지 않습디까?"

"당자가 얼굴만 예쁘면 당신 사위 노릇은 못 하겠소."

"하지만 주의도 버리고 술도 끊어야지."

"글쎄— 생각해봐서."

하고, 병화는 코대답이다.

"생각해보고 뭐고가 있나. 벌이 있고 술만 끊으면 고만이지. 무남독녀 외딸에 지참금은 적어도 오백 석은 되겠다!"

"호박이 굴렀군! 간밤에 꿈자리가 하두 좋더라니."

"남의 말은 듣나마나."

"그런데 주의를 가지고 있으면 고자가 된답디까?"

"고자나 다름없지. 밤낮 감옥살이나 하구……."

"감옥에 들어가게 되면 대리를 세우고 들어가지."

하고 병화는 느물느물하다가,

"그런데 여보! 그 사람이 언제 들어왔소?"

하고, 별안간 딴청을 한다.

"무에 언제 들어와?"

"밖에서 언제 들어왔느냐 말얘요."

"아까 저녁때 들어오는 것 당신도 보지 않았소."

경애도 웃으며 딴전이다.

"그만두우. 나를 이때까지 시달렸겠다! 두고 봅시다. 인제는 내가 꼬질 테니."

"잠꼬대 고만하고 이쁘게 보여서 어서 국수나 먹여요."

"여보!……"

하고 병화는 금시로 은근히 부른다.

"왜?……"

"황송한 말씀입니다만 국수는 우리가 그 사람을 먹입시다? 그러는 게 옳겠지?"

병화는 술내 나는 입을 경애의 뺨에 닿을 듯이 들이대고 웃는다.

"이거 왜 이리 컴컴한 소리를 해."

하고 경애는 핀잔을 주고 물러선다. 그러나 결코 노한 기색은 아니다.

"하고 보면 그동안 내게 왜 그렇게 친절했나 하였더니 결국……."

하고 병화는 말을 뚝 끊는다. 자기의 아까 말이 너무 노골적인 것이 잘못이라고 후회하였다.

"결국 어째?"

"글쎄 말야. 결국에 그 사람에게 소개하려고 한 것 이외에는 아무 의미도 없단 말이지?"

"무슨 의미?"

경애는 말귀가 어둔 것은 아니나 시치미 떼는 것이다.

전찻길로 나서니까 피차에 잠자코 말았다.

'대관절 피혁이란 위인의 정체는 무엇인구? 사위를 고르러 왔다는 말은 역시 경애의 입에서 함부로 나온 소리겠지만 정말 무슨 일거리를 가지고 다니는 자인가? 계통은 무슨 계통일꾸?……'

병화는 겹겹한 성미에 다시 뛰어가서 단도직입적으로 물어보고 싶었다. 그러나 그자가 정말 무슨 계획을 가지고 국외에서 숨어 들어온 자라면 무슨 계획일꼬? 응할까? 안 응할까? 그것도 문제지만 그렇다면 단단한 결심과 각오가 있어야 할 것 같다. 어쩐지 몸이 으슬으슬한 것 같기도 하나 이러고 무위하게 지내는 판에 일거리가 생겨서 막다른 골목에 든 운동을 다시 뚫어나갈 수 있게 된다면 활기가 생겨서 도리어 다행하기도 하다.

'그건 그렇다 하고 요놈의 계집애는 어쩔 텐구? 차차 두고 볼수록 여간내기가 아닌데 이대로 씁쓸히 하고 말 수야 있나? 상훈이하고 그렇거나 덕기의 서모뻘이 되거나 그거야 누가 알 일인가?……'

병화는 기위 내논 발길이면야 갈 데까지 가고야 말아야 하겠다고 생각하였다. 그리고 요 김을 놓치고 미끄러져버리면 안 되겠다고 생각하였다. 설사 그 남자와 무슨 일을 하게 된다 하더라도 경애와의 관계가 두 사람을 맞붙여주는 데 그치고 경애는 발을 쑥 빼버리든지 하면 아무 흥미가 없어지는 것이다. 일을 팔아서 사랑을 살 수는 없으나 일은 일이고 사랑은 사랑이다. 사랑까지 얻고야 말겠다는 욕심이다.

"그런데 무얼 보고 그이가 외국서 들어왔다는 거요?"

컴컴한 길에 사람이 뜸한 데를 오니까 경애는 아까부터 물어보고 싶은 말을 꺼낸다.

"내가 해삼위[185] 시대에 본 사람이얘요."

"무어? 공연한 소리……."

경애의 목소리는 천연한 듯하면서도 놀라는 기색이다.

"당신이 언제 해삼위 갔다 왔어요?"

"어머니 배 속에 있을 때!"

하고 병화는 웃으면서,

"하여간 그 방면에서 온 것은 사실 아니요?"

하고 다진다.

"글쎄, 무얼 보고 그런 눈치더냐는 말얘요!"

"구두를 봐두 그렇고 양복 스타일을 봐두 그렇지 않소. 여보! 내 눈에 그렇게 띌 제야 나보다 더 밝은 눈이 얼마든지 있으니까 주의를 하라고 하슈."

경애는 깜짝 놀랐다. 병화의 눈치 빠른 것도 탄복할 만하지만 어서 옷을 갈아입혀야 하겠다고 생각하였다.

"자, 여기서 나는 실례!"

조선은행 앞까지 와서 경애는 장갑을 빼고 하얀 손을 내밀어 악수를 청한다.

경애는 웬일인지 힘을 주어 흔들면서,

"아까 그 편지 꼭 물어다 주세요. 내일두 그맘때 오세요."

하고 떨어져 총총총 가버린다. 병화는 그 편지를 잊지 않은 것을

185 블라디보스토크.

웃으며 한참 바라보고 섰다가 걷기 시작하였다.

편지

"필순아, 군불도 그만두고 방이나 좀 치어라. 오늘도 또 어디서 한잔 걸린 게다 보다."

저녁 밥상을 내다 놓고 필순이가 설거지를 하려고 부엌으로 들어오는 것을 모친이 한사코 올라가서 쉬라고 쫓아내다가 이번에는 동나무 단을 들고 나서는 것을 보고 그것도 말리는 것이었다. 모친은 추운데 온종일 빼치고[186] 온 딸을 위하려 애쓰고 딸은 찬물에 하는 설거지를 모친에게 쓸어맡기기가 딱한 것이었다.

"오늘은 전차 타고 와서 괜찮아요."

하고 건넌방 군불을 때기 시작한다.

불을 한 거듬 넣다가 아궁이 앞에 종이 부스러기를 모아서 들이밀려던 필순이는 손을 멈칫하고 그 대신 나무를 또 꺾어 넣어서 불을 살려놓고 눈에 띈 반 토막 양봉투를 집어 불에 비춰본다. 상경구上京區 무슨 정町이라고 번지 쓴 것이 덕기의 편지 겉봉 같아서 별 뜻이 있는 것은 아니나 집어보고 싶었던 것이다. 세 토막, 네 토막에 난 것이나 속에 편지가 든 채 찢어버린 것이었다.

필순이는 한 손으로 나무를 꺾어 넣으며 네 겹에 접은 채로 찢어진 알맹이를 꺼내보았다. 글씨 구경이나 하겠다는 생각이었다.

186 '피곤하다'의 방언.

……왔던 것은 아……

……양을 만나고 가……

……든 보람이 있……

……실없는……

어느 가운데 토막인지 위아래 없는 이런 말을 읽다가, '양을 만나고 가……'라는 구절을 두 번 세 번 노려보고는 얼굴이 저절로 취해 오르는 것을 깨달았다.

양孃이란 글자 위에는 암만해도 '필순'이란 두 자가 씌었을 것 같다. 아궁이의 불은 넣기가 무섭게 호르르 타고는 껌벅거린다. 필순이는 수지[187]를 뒤지는 손 밑이 컴컴하여지는 것을 보고야 깜짝 놀라 나무를 꺾어 넣는다.

이 편지도 여러 장을 찢어버리는 길에 함께 찢어버린 것인지 좀처럼 다른 토막이 나오지는 않았다. 그래도 급한 대로 뒤져서 지금 것과 맞대어 보니 의미가 잘 닿지는 않으나,

……실없는 말로만 하였지만……

……공부를 할 의향……

……도리는 있……

이러한 구절은 분명히 볼 수 있었다.

"무얼 그렇게 뒤지고 있니? 바람은 부는데 어서 때고 들어가지."

187 나뭇가지.

모친이 부엌문을 찌이걱 닫치며 소리를 치는 바람에 필순이는 정신이 홱 돌며 북데기를 손으로 긁어 들이뜨리고 몽당비를 들어 아궁이 앞을 쓱쓱 쓸어넣은 후 기왓장으로 막고는 마루로 올라왔다.

"방은 내가 치울게 안방에 들어가 앉어라."

그래도 딸을 어서 뜨뜻한 데 쉬게 하고도 싶지만 그보다도 홀아비 방을 커단 딸에게 치우라고 싶지 않았던 것이다. 한집안 식구 같다 해도 나 찬 딸을 가진 어머니의 생각은 늘 조심성스러웠다.

"괜찮아요. 내가 칠 테야요."

필순이는 얼른 비를 들고 앞장서 들어갔다. 퀴퀴한 사내 냄새인지 기름때 냄새인지가 훅 끼쳐서 필순이는 눈살을 짜붓한다.

"에이, 방 속두……."

코를 찌르는 냄새가 좋을 것도 없으나 싫을 것도 없어 필순이는 이런 소리만 하고 비질을 하기 시작한다. 그러나 모친이 어서 가주었으면 좋았다. 방을 치울 정성이 난 것보다도 서랍을 좀 뒤져보고 싶은 것이었다.

모친이 건너간 뒤에 비를 놓고 책상 앞으로 다가앉았다. 지금 본 덕기의 편지가 경도 가서 처음 온 것인 모양인데 혹시 그 후에 또 온 것이 없을까 저번에 써 부치던 그 편지의 답장이라도 있을 것 같다. 그러나 찢어버렸을 것도 같다.

도둑질이나 한 듯이 임자가 들어올까 보아 밖으로 귀를 기울이며 서랍을 열어보던 필순이의 눈은 번쩍 띄는 듯하였다. 편지봉투라고는 별로 없고 종이 북데기 위에 넣어놓은 허리가 두 동강이 난 편지봉투가 역시 아까 아궁이 앞에서 보던 그런 양봉투다.

'이것은 왜 안 찢어버렸을까?'

하는 생각을 하면서 무어나 훔쳐내듯이 가만히 놓인 모양을 눈여겨본 뒤에 꺼냈다.

이렇게 훔쳐보는 것이 옳고 그른 것을 생각할 여유도 없이 다만 '양을 만나고'란 말과 '공부를 할 의향'이란 말이 누구를 두고 한 말인지 그것이 알고 싶어서 조바심을 하는 것이었다.

자네는 왜 그렇게 밤낮 으르렁대나? 비꼬지 않으면 노기를 품지 않고는 말이 아니 나오나? 필순 양에게 대한 이야기로만 하여도 그렇게까지 심하게 말할 것은 없지 않겠나……?

여기에서 필순이는 눈이 화끈하며 목덜미까지 발갛게 피어 올라오고 목이 메는 것 같아서 마른침을 삼키었다.

자네는 투쟁 의욕—의욕이라느니보다도 습관적으로 굳어버린 조그만 감정 속에 자네의 그 큰 몸집을 가두어버리고 쇠를 채운 것이, 나 보기에는 가엾으이. 의붓자식이나 계모 시하에서 자라난 사람처럼 빙퉁그러진 것도 이유 없는 것이 아니요 동정은 하네마는 그런 융통성 없는 조그만 투쟁 감정을 가지고 큰 그릇이 되고 큰일을 경륜[188]한다는 것은 나는 믿을 수 없네. 그건 고사하고 내게까지 그 소위 계급 투쟁적 감정으로 대하는 것이 옳은 일일까? 자네는 평범한 사교적 우의보다는 동지로의 우의—동지애를 구한다

188 천하를 다스리다.

고 하데마는 그것이 그릇된 생각이라는 게 아니라 너무 곧이곧솔로만 나가기 때문에 공과 사를 구별치 못하는 것이 아닌가? 자네가 가정에 대하여 반기를 들고 부자간 의절까지 한 것도 그런 편협한 감정 때문이지만 만일 자네가 기혼한 사람으로서 그 부인이 자네 일에 이해하는 정도로 내조만 하는 현부인이었을지라도 동지가 아니라는 반감으로 이혼하였을 것이 아닌가? 동지애를 얻으면 거기에서 더한 행복은 없을지 모를 것이지마는 그렇다고 사생애와 실제 생활도 돌아보아야 할 것이 아닌가? 투쟁은 극복의 전全 수단은 아닐세. 포용과 감화도 극복의 유산탄榴散彈[189]만한 효과는 있는 것일세. 투쟁은 전선적全線的, 부대적部隊的 행동이라 하면 포용과 감화는 징병과 포로를 위한 수단일세. 포용과 감화도 투쟁만큼 적극적일세. 지금 자네는 자네 춘부椿府께 대하여 당당한 포진을 하고 지구전을 하는 듯싶지만 나 보기에는 그 조그만 감정과 결벽과 장상長上[190]에 대하여 어찌하는 수 없다는 단념으로 퇴각한 셈이 아닌가? 훌륭한 패전일세. 이렇게 말하면 춘부께는 실경일지 모르지만 포용과 감화라는 적극 수단으로 종교의 성루城壘에 돌진할 용기는 없나? 그와 마찬가지로 내게 대하여도 만일 동지애를 구한다면 자네로서는 당연히 조그만 투쟁 감정을 떠나서 제이의 수단을 취할 것이 아닌가? 결코 쫓아가면서 비릿비릿하게 애걸하는 것은 아닐세마는 자네 태도로서는 그러해야 할 거라는 말일세. 나 같은 사람도 자네 옆에 있어서 해될 것은 없네. 자네의 반려가 되겠다고 머리를 숙이고 간청하는 것은 아닐세마는 나도 내 길을 걷

189 많은 작은 탄알을 큰 탄알 속에 넣어 만든 포탄.
190 나이 많은 어른.

노라면 자네들에게도 유조한 때도 있고 유조한 일도 없지 않으리라는 말일세. 이왕이면 한 걸음 더 나서서 자네와 한길을 밟지 못하느냐고 웃을지 모르지만 나는 내 견해가 따로 있고 나와 같은 처지에 놓인 사람에게는 피하지 못할 딴 길이 있으니까 결코 비겁하다고 웃지는 못할 것일세. 공연한 잔소리같이 되었네마는 내 딴은 잔소리만이 아닐세. 자네 의견이 듣고 싶으이…….

필순이는 자기의 지식욕으로 아무쪼록 뜯어보려 하였으나 애를 써 찾는 말이 아니니만치 흥미도 없고 터득도 잘되지 않았다.

그런데 참 여보게, 요새도 거기에 매일 발전인 모양일세그려? 크림값을 보내라고? 지금은 자네가 바를 크림값만 들지 모르겠지만 조금 있으면 홍경애의 크림값까지 대라고 하지 않겠나? 그러나 크림값보다도 당장 술값이 급할 걸세. 대단히 동정은 하네마는 동정뿐일세. 날도 차차 뜨뜻해갈 테니 그 외투나 처분하게그려. 연애에는 원래 밥도 안 먹어야 철저한 것인데—누가 아나마는 세상에서 그렇다고들 하던데 외투쯤은 고사하고 아주 벌거벗고 다닌들 누가 뭐라겠나. 홍경애의 눈에만 들면! 그러나 깊이 생각하게.

필순이는 아랫입술을 물고 숨을 죽이며 웃었다. 편지가 인제 차차 재미있어 간다고 생각하였으나 홍경애란 어떤 여자고 김 선생님(병화)이 간다는 데는 어딘가 궁금하다. 김 선생님이 연애를 한다는 생각을 하니 암만해도 정말 같지도 않다.

……내가 그 여자를 아느냐고? 내가 알고 모르고 간에 자네가 사랑하면야 했지 무슨 관계 있나. 그러나 그 소위 동지애를 얻을 수 있을까? 허영심과 그 발자한 성질로 끌릴지도 모를 것일세. 돈 없는 남자를 사랑한다는 것도 어떤 경우에는 자랑이 되고 자살이라도 해서 신문에 이름이 한번 나보았으면 좋겠다는 여자도 없지 않은 세상이니까 말일세. 그러나 무척 이지적이면서도 타산적인 여자니까 문지방에 발을 걸쳤다가는 싹 돌아설 여자일세. 깊은 고비에는 결코 들어가지 않을 것이라는 말일세. 그것은 연애에도 그렇고 일에도 그럴 걸세. 그러나 자네로서도 깊은 데까지 끌고 들어갈 거야 무어 있나? 자진하여 앞장을 서지 않는 한에는 남자로서도 힘에 겨운 짐을 지워서 되겠나? 더구나 비합법적인 경우에 말일세. 여자는 밥만 짓고 아이만 기르라는 거냐고 흔히 말하데마는 세상에는 밥 짓고 아이 기를 손이 필요한 것을 어떻게 하나? 남자에게 유방이 생기기 전에는 여자의 가정으로부터 해방이란 관념상 문제가 아닌가? 여자로 하여금 가정을 지키게 할 원칙을 버릴 이유가 어디 있나! 가두街頭에는 남자만 동원하여도 될 게 아닌가?

내가 왜 이 말을 하였는가? 홍경애에게 어린아이가 매달렸다고—자네는 아는지 모르겠으나 그 아이가 내 동생이라고 그 아이를 못 기를까 보아서 이런 말을 한 것인가? 또 그에게는 노모가 있다고 그 노모를 돌볼 사람이 없을까 보아 이런 말을 하였는가?…… 홍경애가 자네들과 휩쓸려서 무슨 일을 할지 안 할지 그 역시 추측조차 못 할 일이 아닌가. 그러나 '바커스'의 주부가 평범한 여자가 아닌 것을 생각할 제 홍경애도 다만 술을 팔고 웃음을 팔고 자네게까지 키스를 팔기만 하는 여자가 아닐 것 같으이. 자네 역시 그 주부의 이름조차 누구인지는 모를 걸세마는 내가 떠나오던 날 홍경애를 잠깐 만났을 제(떠나올 제 만났다니까 자네는 떼버리고 혼자 바커스에 갔던 줄 알지 모르지만 정거장에 나가는 길에 어린애 병위문으로 잠깐 들렀던 걸세) 하여간 그때 홍의 말이 그 주부의 부탁이라 하면서 경도에 가거든 동지사 여자부 영문과에 있는 오정자라는 여학생의 소식을 알아서 기별해달라고 하데그려. 오정자라는 이름만 들으면 조선 여자로 알 것일세마는 조선 가 있던 판사인가 검사의 딸이라는데 어쨌든 그대로 듣고 와서 그동안 분주한 통에 잊었다가 그저께 유학생회가 모였을 때 동지사에 있는 동포 여학생을 만나서 생각이 나기에 물어보니까 여보게 자네는 놀라지도 않겠지만 지금 미결감에 있다지 않나! 사건은 아직 신문에 해금解禁도 아니 되었다네마는 어쨌든 판검사의 딸로서는 의외 아닌가? 그건 고사하고 그 말을 듣고 홍이 자네에게 우박 같은 키스인지 진눈깨비 같은 키스인지를 하였다는 말을 생각해보니 거기에 무슨 맥락이 있는 것 같기도 하이. 그야 그 주부라는 사람과 오정자는 오래 연신[191]이 끊였던 것으로만 보아도 일가 간이라든지 보통 아는 사이일지도 모르지만…….

필순이는 홍경애라는 여자를 좀 보았으면 하는 생각과 함께 머릿속이 뒤숭숭하여졌다. 세상이란 퍽도 복잡하구나! 하는 생각도 났다.

191 소식.

공연히 이런 소리를 해서 숙호충비가 되지 않을지? 호기심과 정열에 부채질을 하는 셈일세마는 나는 무엇보다도 홍을 거기서 나오게 하고 싶으이. 무슨 의미로든지 거기 두어서는 좋을 일이 없지 않은가? 자네가 사랑하면 할수록 그렇게 권하게.

또 필순 양의 일만 해두 그렇지 않은가? 자네는 자네의 동지로서 지도하고 싶어 할 것일세마는 만일에 자네 친누이나 자네 딸이었다면 어떻게 하였을 것인가?……

필순이는 가슴이 덜렁하며 한 자 한 자를 눈으로 집어가며 읽는다.

자네는 누이동생같이 생각한다지 않았나? 그러나 '누이동생같이'와 누이동생과는 다르지 않은가? 우리는 다만 그의 부모가 원하는 대로 맡겨둘 것이요 그 자신이 걷고자 하는 길을 열어주도록 하는 이외에 남의 생활에 간섭할 것이 아닐세. 인생에 대한 경험이 없는 어린애를 자기의 뒤틀린 환경에서 얻은 경험이나 사상이나 습관 속에 몰아넣으려는 것은 죄악이요 모든 비극은 여기서 시작되는 것이라고 생각하네. 또 한 가지 생각할 것은 청춘의 꿈은 그것이 꿈이라 해서 경멸하여서는 아니 될 걸세. 꿈은 조만간 깰 것이요 꿈에서 깨면 환멸의 비애를 느낄 것이니까 애초에 꿈을 꾸지 말게 하거나 혹은 얼른 꿈에서 깨게 하겠다는 것도 몹쓸 생각일세. 피어나는 청춘의 꿈을 왜 미리 깨우려나! 조금이라도 더 꾸게 내버려두는 것이 먼저 살아온 사람의 의무는 아닐까!

인생에 있어서 청춘의 꿈을 빼놓고 또다시 행복이 있을 것인가? 청춘의 꿈을 애초에 빼앗아버린다는 것은 긴 일평생에서 그 짧은 행복의 시간까지를 빼앗는 것일세. 인생에 있어서 꿈 이외에 행복을 찾을 데가 다시없기 때문일세. 현실에서 만족을 얻을 아무것도 없고 아무 수단도 사람에게는 없거니와 설사 현실에서 만족을 얻는다 하여도 그것은 행복이 아니라 다시 더 높은 행복의 출발점밖에 아니 되는 것일세. 그러면 다시 새로운 더 높은 행복을 바라는 마음—그것은 무엇인가? 꿈이 아닌가? 공상, 환상, 몽상일세. 그러므로 행복은 언제나 현실적인 것이 아니라 실현의 과정에서 경험하는 불만과 갈망과 노력에서 맛보는 것이라고 생각하네. 그렇지 않고서야 이 괴로운 세상을 어떻게 산단 말인가?

또 잔소리가 길어졌네마는 이십도 못 된 젊은 처녀에게서 꿈 중에도 제일 행복스런 청춘의 꿈을 빼앗거나 깨뜨리지는 말게. 그의 운명에 대하여 간섭하지를 말게. 만일에 친절하거든 그 꿈에서 저절로 깨어날 제 그 몹쓸 절망에 빠지지 않을 만큼 마음의 준비를 하도록 지도해둘 필요가 있을 걸세. 이것도 여담일세마는 오늘 온 신문을 보니 서울서 양가의 부녀자가 정사를 하였다고 뒤떠들지 않나? 그것이 소위 연애의 극치를 찾는 이성 간의 순정적 정사로 볼 것도 못 됨은 물론일세. 또 여러 가지 원인을 주워섬기는 속에는 어찌할 수 없는 성격적 결함이라는 것도 한 가지 칠 것이요 생리적 조건이라든지 기후 관계 같은 것, 여성의 특수성…… 이러한 것들을 헤일지도 모르네. 그렇지만 무엇보다도 앞서 산 사람이 자기의 뒤틀린 경험과 사상과 습관 속에 뒤에 오는 사람을 가두어넣으려 하는 데서 그 비극의 씨를 뿌려가지고 청춘의 꿈이 깰 때 어떻게 집심執心하고 조신操身하겠는가 하는 마음의 준비를 시켜주지 못하고 방임하였던 실책에서 그 열매를 거둔 것이나 아닐까? 이것이 너무나 실제에 먼 관념론이라 할까?…… 만일 나의 이 의견과 이 관찰이 옳다면 그리고 자네가 정말 필순 양을 누이동생같이 사랑한다면 자네의 인생관이나 자네의 사회관 속에 들어와서 자네 생활을 생활하라고 강제하여서는 아니 될 것일세. 그것은 너무나 극단이요 자기만을 살리는 이기적 충동이요 남의 생명의 존재를 무시하는 것일세. 그가 그대로 자란 뒤에 자주적 자발적으로 자네의 길을 함께 걷는 것은 상관없지만 지금부터 서둘러서 피어날 꽃에 찬 서리를 맞혀 떨어뜨려 버린다면 그것은 얼마나 애처로운 일인가? 꿈을 꾸는 대로 내버려두라는 말일세. 청춘을 행복한 꿈속에 안온히 평화롭게 즐기게 하라는 말일세. 자네는 내가 왜 이처럼 필순 양에게 열심이냐고 의심하는 모양이데마는 길 가는 손이 바위틈에 돋아난 가련한 꽃 한 송이를 꺾는 것은 욕심이요 죄일지 몰라도 아름다운 것을 아름답다고 느끼지 말라는 것도 안 될 일이요, 흙 한 줌 북돋아주고 가기로 그것을 뒷날에 크거든 화초분을 가지고 와서 모종 내 갈 더러운 이해타산으로만 보는 것은 보는 사람의 자유라 하여도 너무나 몰풍취 몰인정한 일이 아닌가?……

필순이가 여기까지 읽는 동안에 모친은 안방에서 어서 치우고 건너오라고 두 번이나 소리를 쳤다. 필순이는 마지막을 급급히 읽는다…….

장장이 허리가 두 동강에 난 것을 몰려가며 이어 보기에 필순이는 애를 썼으나 그래도 자기에게 관한 말은 어렴풋이나마도 짐작이 들었다.

결국 말하면 공부를 시켜주마는 말이나 반갑다느니보다도 부끄러운 생각이 앞을 섰다. 고마운 것은 말할 것도 없지만 과분한 생각이 앞을 섰다. 내까짓 것을 무얼 보고—더구나 얼마 사귄 것도 아닌데 고렇게까지 고맙게 굴까? 지나는 나그네가 바위틈에 돋아난 꽃 한 송이를 보고 아름답다고 못 할 게 무어 있으며 흙 한 줌 북돋기로 그것을 욕심이 시키는 일이라고만 하느냐고 책망한 말을 필순이는 보고 또 보고 하다가는 자기의 얼굴을 머릿속에 그려보았다. 내가 꽃일까? 거울을 보지 않아도 핏기 하나 없는 팔초한[192] 이 얼굴이다. 필순이의 머리에는 추석 뒤에 배틀어진 산국화 한 송이가 쓸쓸한 산허리에서 부연 햇발을 받으며 간들거리는 양이 떠올라왔다. 혼자 어이없는 웃음을 해죽 웃다가 자기 손이 눈에 뜨이자 얼굴이 혼자 붉어졌다. 몇천만의 낯모를 사람이 이 손으로 만든 고무신을 신고 다니는지, 피가 마르니 뼈가 굵어졌는지 뼈마디가 불퉁겨지니[193] 피가 속으로 스미는지 전차 속에서도 손잡이에 매달리면 손이 창피하여 한구석에 기대어 섰는 요새의 필순이다. 어쨌든 이 손이 유공하다. 네다섯 식구가 이 손으로 일 년 동안이나 입에 풀칠을 하여왔다.

'그러나 내가 공부를 한다면 누가 벌어먹을꾸?'

필순이는 손 부끄러운 생각을 하다가 이런 실제 문제가 머리에 떠올라 오자 가슴이 답답하였다.

"무얼 그렇게 하는 거냐? 냉돌에 앉어서."

192 얼굴이 좁고 아래턱이 뾰족하다.
193 '불퉁그러지다', 마디가 겉으로 불퉁하게 튀어나오다.

모친이 안방 문을 여닫는 소리가 난다. 필순이는 마침 접어 넣은 두 쪽 봉투를 서랍에 들어뜨리고 얼른 쓰레기를 쓰레받기에 그러모았다.

"무얼 하고 있니?"

모친은 방문을 열고 들여다본다.

"신문 좀 보았에요."

필순이는 쓰레받기와 비를 좌우 손에 들고 나오면서도 병화가 들어와서 그 편지를 꺼내본 줄 알지나 않을까 좀 애도 씌었다.

'그러나 어째서 그건 찢다가 말고 넣어두었누? 나를 보이려고 두었나?'

하는 생각도 들었다.

"아버지께선 왜 이렇게 늦으시누?"

필순이는 모친과 마주 반짇고리를 끌어다 놓고 앉으며 혼잣말을 하였다.

"또 김 선생님과 술타적[194]이나 하고 다니시는 게지."

모친은 못마땅한 듯이 이런 소리를 한다. 모친으로 생각하면 시집갈 대가리 큰 딸년을 내놓아서 벌어먹는다는 것이 그나마 죽술도 제때에 흘려 넣지 못하는 터에 남편이라고 한다는 일이 객쩍게 형사들이나 뒤밟는 짓이요 쭉치고 들어앉던 때는 열 손길을 늘어뜨리고 앉았지 않으면 술이나 얻어걸려서 늦게 들어와 주정을 해대니 오십 줄에 든 사람이 이 판에 벌이 구멍이 입에 맞은 떡으로 있을 리는 없지만 그래도 무슨 변통성이 좀 있어야

194 술타령.

삼백육십오 일에 하루라도 사는 듯한 날이 있겠건만 앞일을 생각하면 캄캄하다.

"아버진들 화가 나시니까 그렇지요."

필순이는 어머니도 동정하지만 아버지 사정도 동정 아니할 수 없다.

"화난다고 계집자식은 입에 물 한 모금이 안 들어가도 술만 잡숫고 다니면 되겠니?"

"그야 돈 가지고 잡숫나요. 생기니까 잡숫지."

"그러니 말이다. 술을 사준다거든 처자식 굶겨놓고 술 먹겠느냐고 대전을 달라지."

"에그 어머니두…… 남부끄럽게 그런 말이 나와요?"
하고, 필순이는 웃어버린다.

"그는 그렇지. 술은 사주어도 밥 한 끼 먹이라면 눈을 찌푸리는 법이지만……."
하고, 모친도 웃고 말았다.

필순이는 내일 신고 갈 버선을 감치면서 잠자코 앉았다. 머리에는 어리둥절하게 편지 사연의 구절구절이 떠올라왔다. 그러나 어떻게 할까 하는 분명한 생각이라고는 하나도 나지를 않는다. 그러면서도 어쨌든 이때까지 비었던 마음의 한구석이 듬뿍이 차진 것같이 든든하였다. 실상은 지금까지 자기 마음의 한구석이 비었던지 찼던지도 몰랐다가 그 무엇인지 자리를 잡고 들어앉으니까 비로소 한구석이 비었던 거구나! 하는 생각이 드는 것이다. 어쨌든 이 세상에 자기의 행복을 축수하는 사람이 의외의 곳에 살아 있구나 하는 생각을 하면 희한하기도 하고 부끄러우면서도 기쁘다.

'행복스러운 청춘의 꿈을 꾸게 하게…….'

필순이의 머리에는 또 이런 편지 구절이 떠올라왔다. 그러나 어떤 게 행복스런 청춘의 꿈일꾸?—필순이는 무엇이 그 꿈인지 알 수 없다. 지금 당장 자기가 청춘의 꿈을 행복스러이 꾸는 줄은 깨닫지 못한다.

바깥애

"자아, 보고를 하세요."

"무슨 보고?"

"몰라요!"

하고 경애는 앵돌아져 보인다.

"남의 부탁은 하나도 안 들어주고……."

"참 깜박 잊었군."

하며 병화는 웃다가,

"그렇게 몸이 달거든 ××유치원에 가보슈."

하고 또 웃어버린다.

"흐흥…… 그런 데 있는 것이야?"

"응, 그런 데 있는 것이야."

경애의 코웃음 치는 양이 우스워서 병화도 까짜를 올리듯이[195]

195 추어올리는 말로 남을 놀리다.

이렇게 대꾸를 한다.

"이름은?"

"그렇게 쉽게 거저 대줄 수야 있나! 나도 기밀비를 상당히 쓰고 반나절이나 다리품을 팔고 얻어 온 리포트인데……."

"만나보았소? 예쁩디까?"

"응, 쫓아가 보았지. 양귀비 외딴칩디다."

대답이 너무 허청 나오는 것 같아서 경애는 도리어 김이 빠지었다. 어쨌든 그 여자가 ××유치원에 다니는 것은 사실일 듯싶으니 그렇다면 매당집인가 하는 술집에 드나드는 여자려니 하던 추측과는 틀렸을 뿐 아니라 듣고 보니 의외의 질투 비슷한 생각이 들었다. 사실이고 보면 뜨내기로 노는계집과 달라서 자기와 얼마쯤 경쟁적 적수가 될 것이요 또 정말 미인이고 보면 자기에게 별안간 덤벼드는 것은 무슨 수단으로 농락을 하는 것인지도 모를 일이다. 무슨 농락일까? 그 계집이 이혼을 해달라고 하도 조르니까 본마누라가 있는 것은 싹 속여버리고 경애 자신의 소생을 떼어다가 '자, 이렇게 헤어지고 자식까지 뺏어 왔다'고 증거를 보이려는 수작인가? 일전부터 자식은 자기가 데려가마고 서두르던 생각을 하면 더욱 이렇게밖에 의심이 아니 들어간다. 어쨌든 이 김에 자기와는 셈을 닦고 자식 문제를 귀정을 내려는 것인가 보다고 경애는 곰곰 생각하는 것이다.

'만일 그렇다면 더군다나 가만히는 안 있을걸! 게[蟹]도 잃고 구럭도 잃게[196] 망석중이[197]를 만들어놓고 말걸!'

196 게도 잡지 못하고 가지고 갔던 바구니도 잃다.
197 나무로 다듬어 만든 인형의 하나로 팔다리에 줄을 매어 그 줄을 움직여 춤을 추게 함.

하고 경애는 혼자 분에 못 이겨 입술을 악물었다.

"그래 아범이 일러줍디까? 나 좀 못 만나볼까?"

경애가 열심으로 물으니까,

"글쎄 ××유치원으로 쫓아가서 김의경이만 찾으면 당장일걸!" 하고 병화는 추겨내는 눈치이다.

×

병화의 말을 들으면 어젯밤에 경애와 헤어진 뒤에 술을 한잔 더 먹고 싶으나 집으로 나가서 필순이의 부친을 끌고 나오기도 싫고 동지를 찾아가서 끌고 다니는 것도 요새 형편에 더욱 안되었고 해서 종로 바닥을 빙빙 돌다가 경애의 부탁을 생각하고는 화개동으로 '바깥애'를 찾아갔더라 한다. 물론 '바깥애'에게 선심도 쓸 겸 주붕으로 선술집에나 끌고 갈까 하는 생각이 더 긴하였던 것이다.

'바깥애'는 조상훈 씨 저택에까지 들어갈 것 없이 동구[198]의 반찬가게 앞 병문에서 마침 잘 만났다.

"여보! 동무! 매우 춥구려, 한잔합시다그려."

병화는 댓바람에 이렇게 말을 붙였다.

아범―(아범이니 '바깥애'니 하는 것은 조상훈이 집의 아범이요 조상훈의 '바깥애'지 병화에게는 친구다. 병화는 도리어 이런 친구와 놀기가 좋았다.)―은 얼떨떨하여서 한참 바라만 보고 말

198 동네 어귀.

이 아니 나왔다. 어제 일도 어제 일이거니와 별안간 이런 농담을 붙이는 게 암만해도 정신에 고동이 잘못 틀린 것 같다.

"술도 아무것도 싫습니다. 그 편지나 내노세요. 그것 때문에 오늘 온종일 다릿골만 빠지고 저 댁에서는 쫓겨나게 되고…… 흥, 참 수가 사나우려니까……."

아범은 잡담 제하고 맡긴 것 내놓으라는 듯이 손을 내밀고 섰다.

"편지가 무슨 편지란 말요?"

"응, 외투가 또 바뀌었군! 훌륭한데요! 그러나 그 외투—편지든 내 외투 말씀얘요! 그건 어따 내버리셨에요?"

아범은 막 내 외투라고 한다.

"글쎄, 이 사람아! 그까짓 외투니 편지니 사람두 되우 녹록은 하군. 이따 찾아줄게 술이나 먹으러 가잔 말야."

"천만의 말씀 마시고 외투든지 편지만 내노세요. 왜 또 오서서 '히야까시'[199]를 하십니까?"

아범은 어제부터 심사 틀리는 분수로 할 양이면 한번 집어세거나 한술 더 떠서 "그래보세그려. 한잔 낼 텐가?" 하든지 무어라고 대꾸를 하고 따라나서서 여차직하면 입은 외투를 벗겨라도 보고 싶었으나 그래도 상전의 친구라 꾹 참는 수밖에 없었다.

"글쎄, 외투구 편지구 찾아준단밖에 퍽두 조급히는 구는군. 춥건 이거 벗어줄게 입우."

하며 병화는 입은 외투를 정말 벗어주랴는 듯이 서두른다. 벗어주면 당장 아쉽다는 생각도 잠깐 까먹었던 것이다.

199 일본어로 '놀림, 조롱'을 뜻함.

"주면 못 입을 게 아니지만 누구를 까짜를 올리는 거요? 약주가 취했건 곱게 가 주무슈."

아범은 볼멘소리로 불공스러이 대꾸를 하다가 구경거리나 난 듯이 눈들이 휘둥그레서 물계만 보고 섰는 병문친구[200]들을 돌려다 보며 입속으로,

"나 온 별꼴을 다 보겠군!"

하고 중얼거리었다.

"압다. 입게그려. 어제 그것보다 아주 신건인데."

한 자가 껄껄대며 충동이니까,

"못 이기는 체하고 입어두게그려. 게다가 술까지 생기고…… 복야 명야 하는구나."[201]

"어디 나두 대서볼까. 말하자면 그 외투 입어주는 품삯으로 술 사준다는 게 아닌가? 그거 무어 어려운가! 나리, 내가 대신 입어다 드릴까요?"

제각기 한마디씩 하고는 미친 사람이나 놀리듯이 웃어대었다.

병화는 옆에서 떠드는 것은 못 들은 척하고 외투를 훌떡 벗더니,

"자아, 우선 입우. 편지도 그 속에 들었으니…… 인제 가겠지? 친구가 술 한잔 먹자는데 이렇게 승강이를 할 거야 무어람."

하고 벗은 외투를 뚤뚤 뭉쳐서 복장을 안기듯이 아범에게 내민다. 병화는 물론 강주정이었다.

아범은 외투를 정말 벗는 것을 보니 놀랍고 의아하여 시비조가 쑥 들어가고 미안한 생각이 도리어 났다.

200 골목 어귀의 길가에 모여 막벌이를 하는 사람.
201 복이야 명이야 하다. 뜻밖에 좋은 수가 나서 어쩔 줄 모르고 기뻐하다.

"그럼 갈 테니 어서 입으십쇼. 그리고 제가 손을 넣어서는 안 되었으니 편지나 끄내십쇼."

하며 아범은 다시 말공대가 나왔다.

"주머니 속의 편지가 도망갈 리는 없으니 자, 가세."

하고 병화는 외투를 뭉뚱그려 든 채 앞장을 섰다. 아범도 헛기침을 하고 따라섰다.

"이왕이면 외투도 입고 대스게그려."

"술 사달라고 조르는 놈은 보았어도 술 사주마고 시비하는 사람은 요새 세상에 좀 보기 드문데!"

"부처님 가운데 토막이로군!"

"압다, 우리 같은 막벌이꾼하고 술집에 같이 들어스기가 싫으니까 모양을 내서 데리고 가자는 말인 게지."

"선뵈러 가나! 괭이털은 내 뭘 해."[202]

"제 꼴은 얼마나 얌전하기에."

"어쨌든 땡일세. 나두 어디 밤 새우고 섰어볼까? 혹시 그런 활불이라도 걸릴지."

"옳은 말일세. 꼼짝 말고 고대로 섰게. 통명태가 다 되면 새벽녘쯤 경성부에서 '들것' 들고 모시러 올 테니 '고태골' 나가다가 막걸리 한잔 먹여줌세그려."

뒤 남은 병문친구들은 두 사람이 화개동 마루턱으로 우중우중 내려가는 것을 부러운 듯이 바라보며 팔짱을 끼고 서서 이런 객담을 입심 좋게 주거니 받거니 하는 것이었다.

202 아무리 모양을 내더라도 제 본래의 빛깔은 감추지 못한다는 말.

술을 오륙 배나 먹도록 아범은 첫 잔부터,

"그렇게 못 먹는뎁쇼. 그렇게 못 먹는뎁쇼."

하고 사양을 하였으나 그 외에는 군소리 한마디 없이 넙적넙적 잘 먹었다.

"우리 인사나 하고 지냅세."

병화는 인제야 생각난 듯이 말을 걸었다.

"천만의 말씀이십니다. 저는 원삼이라고 합니다."

고 아범은 꾸벅하였다.

"나는 김병화요. 그러나 성은 없단 말요, 원씨란 말요?"

술청에 앉았는 주인은 두 사람의 수작에 싱긋 웃었다. 들어올 때부터 양복쟁이는 이 추운 날 외투를 뚤뚤 말아 들고 서로 입으라고 미루는 양이 우스웠지만 실컷 먹다가 인제야 통성명하는 것도 우스웠다.

"네, 제 성은 김가입지요. 저도 꼴은 이렇습니다만 청풍 김가랍니다."

원삼이는 술이 들어가니까 마음이 확 풀려서 이런 소리도 하였다.

"허어, 알고 보니 우리 종씨로군! 하지만 꼴이 이렇다니 어때서 말이요. 청풍 김가면 또 어떻단 말이요?"

하고 병화는 웃었다.

"일자무식으로 남의 행랑살이나 다니니 말씀입죠."

"구차하면 글 못 읽고 글 못 읽으면 무식하지 별수 있소. 하지만 청풍 김가라는 것이 자랑이 아닌 것처럼 무식한 것도 흉이 아니요. 남의 행랑방살이를 하기로 내 노력 팔아먹는데 부끄러울

거 있소. 놀고먹는다면 모르겠지만…….”

병화는 평범한 말이나 힘을 주어서 가르치듯이 말하였다. 그 언성이 매우 친절한 데에 원삼이는 감동되었다느니보다는 고마웠다.

“그야 그렇지요만…….”

원삼이는 좀 더 말이 하고 싶으나 자기 뜻을 말로 표시할 줄 몰랐다.

“무식한 것이 걱정이면 내가 가르쳐주리다. 사십 문장이란 옛적에만 있는 것이 아니니까.”

“말이 그렇지, 이 나이에 무에 되겠습니까? 그저 간신히 기성명이나 하니 그대로 늙어 죽는 것이지만 어린놈이나 남과 같이 가르쳐보고 싶습니다.”

“그것두 좋은 말이야. 더구나 기성명을 하는 다음에야…….”

“통감 셋째 권까지는 뱄더랍니다마는 이십여 년을 이렇게 살아오니 무에 남았겠습니까? 그저 목불식정目不識丁은 면하였을 따름이죠.”

아범은 문자를 한 번 쓰며 자탄과 자긍이 뒤섞인 소리를 한다.

“그럼 염려 없소. 넉넉히 책을 볼 것이니 내 요담 올 제 책을 가져다줄 게 읽어보우. 공부라는 것은 사서삼경을 배워야 맛이요? 아무 책이나 잡지 같은 것이라도 소일 삼아 보아두면 지식이 느는 것이 아니요? 자식을 가르치려도 세상물정을 알아야 아니하우.”

“이르다뿐이겠습니까?”

원삼이는 제가 판무식이 아니라는 자랑 끝에 부친 대까지도 글자나 하는 집안이라는 자랑을 하고 싶었으나 병화의 말이 다른 데로 새니까 원삼이도 얼쯤얼쯤 대꾸만 해두었다.

"제 이름도 원래 원삼이는 아니랍니다. 항렬자를 달아서 분명히 지었었으나 서울 올라와서 이 지경이 되니까 일가고 무어고 다 끊어버리고 아주 숨어버리느라고……."

원삼이는 그래도 자기의 근지가 그렇지 않다는 것을 이야기하고 싶어 했다.

"또 청풍 김씨가 나오는구려? 이름은 부르자는 이름이지 족보 놓고 골라내자는 이름이겠소."
하고 병화는 듣기 귀찮다는 듯이 핀잔을 주면서도 그만큼 행세하던 집 자손으로 아무리 영락하였기로 말투까지 저렇게 '아범'이 되었을까 하는 생각을 하고는 혼자 우습기도 하고 그럴 것이라고 속으로 고개를 끄덕였다.

병화의 생각으로 하면 이러한 사람이 자기의 동지가 되리라고 믿는 것도 아니요, 또 동지로 끌어넣자는 것도 아니다. 처자가 주줄이 달린 오십 줄에 든 사람을 끌어 내세우느니보다는 그 자신이 프롤레타리아 의식만 가지고 그 동무들에게 이해를 가지게 전도傳道를 하게 되는 정도에 만족하려는 생각이었다. 그러노라면 자식들도 그 감화를 받을 것이니 후일 정말 일꾼은 그 자식들 가운데서 구할 것이라고 비교적 원대한 생각을 가지고 있는 것이다. 당장 아쉽다고 비루먹은 당나귀 한 마리까지 앞에 내세우자고 욕심을 부리다가 그 새끼까지 굶겨 죽이느니보다는 그 자식을 잘 길러줄 만큼 그 아비를 교양시키는 한도에 만족하자는 것이다. 또 이러한 생각으로 병화는 병문친구를 많이 사귀는 것이다.

병화는 자기의 첫째 볼일이 끝나니까, 둘째 볼일—경애의 부탁을 염탐하기로 하였다.

병화는 편지를 내주면서 차츰차츰 물으니 원삼이는 처음에는 실실 웃기만 하다가 한잔 김이기도 하지만 어떤 집 하인이나 상전을 헐고 싶은 생각은 가진 것이라 고맙게 굴어준 대접으로도 저 아는 대로는 일러준 것이다.

"작은댁인가 싶어요. 어제는 ××유치원—저어 △△골에 있는 유치원 말입쇼. 그리로 매삭 보내는 돈을 보내드리고 이 답장을 맡아 온 것입니다마는 그 아씨 댁은 모르겠에요."

"그런데 작은댁인지 무언지 어떻게 알았소?"

"저거번에 안동 별궁 뒤에 있는 어느 댁으로인지 그리 한번 편지를 가지고 가본 일이 있는뎁쇼. 그 집이 보통 여염집 같지는 않고 그 아씨 댁 같지도 않고…… 좀 자세히 알 수가 없어요."

"어떤 집이기에?"

"글쎄올시다. 누구 작은댁 같기도 하고 술집 같기도 한데 주인 마나님은 늙수그레하고 젊은 아낙네들이 많아요."

"그럼 색주가인 게로군?"

"그런 것 같지도 않어요. 그러나 손님들이 술은 자세요."

그러나 원삼이가 그 집 번지는 모른다 하여 병화는 집만 자세히 물어두었다.

그 여자의 편지에 거기서 만나자는 거기가 즉 그 집이구나 하는 짐작이 들었던 것이다.

"요담 또 편지 가지고 갈 일이 있거든 내게 기별 좀 못 해줄까?"

"그럽죠. 댁만 알려주시면."

원삼이는 선선히 대답을 하였으나 병화의 집이 새문 밖이라는 데는 입을 딱 벌렸다.

"술값이야 주지. 어쨌든 그렇게 해주우."

병화는 이런 객쩍은 부탁을 하는 자기의 할 일 없는 사람 같은 짓이 속으로는 낯이 붉어졌으나 경애의 환심을 사자면—그리고 상훈이를 떼버리게 하자면 발바투 뒤를 캐어보아야 하겠다고 생각한 것이었다.

·

김의경

오늘 아침에 병화는 김의경인가 하는 여자를 ××유치원으로 찾아갔다. 이왕이면 철저히 캐어보겠다는 호기심도 있지만 새문 밖에서 들어오는 역로라 무작정하고 들러본 것이다. 유치원 아이들을 놀리는 것이 언제 보나 재미있어서 심심하면 지날 길에 들여다본 적도 있던 것을 생각하고 들어갔다. 그러나 가놓고 보니 오늘이 공일인 것을 깜박 잊었다.

'그야말로 천사 같은 남의 집 어린애들을 데리고 노는 계집애가 안국동에 있다는 집이 어떤 집인지 그런 데로 숨어 다니며 못된 짓을 하는 년의 얼굴을 좀 보았으면……' 하는 생각을 하며 나오다가 문간의 행랑채 같은 데서 늙직한 교지기 같은 영감이 성경책인지 책보를 끼고 나오는 것과 만났다.

"김의경 선생 댁이 어데요?"

하고 물어보았다.

"왜 그러슈?"

하고 영감쟁이는 병화의 위아래를 훑어보더니,

"만나실 일이 있건 나하고 예배당으로 갑시다."

한다.

"예배당엔 갈 새가 없고 그 댁에 볼일이 있는데……."

하고 집을 가르쳐달라니까 그자는 집을 정말 몰라서 그런지 하여간 예배당이 바로 요기니 같이 가서 당자를 만나보고 물어보라고 한다.

병화는 도리어 괜찮겠다고 따라섰다. 예배당에서는 주일학교 공부를 시키는 모양이었다. 밖에 잠깐 섰으려니까 앞서 들어간 영감쟁이가 조그마한 금테안경 쓴 여자를 앞세우고 나온다. 모든 구조가 작고 가냘프지만 허리통은 한 줌만 하고 수족은 여남은 살 먹은 아이 같다. 눈 하나만은 서양 인형 같으나 얼굴은 동양화를 생각하게 하는 미인이다. 살갗은 건드리면 미어질 것같이 두 볼이 하늘하늘 얇다. 병화의 눈에는 열대여섯 살 된 계집애같이 보였다. 그러나 말을 붙이는 것을 보니 역시 나이 차 보였다.

알지 못할 남자가 헙수룩히 우뚝 섰는 것을 보고 김의경이는 축대 위에 멈칫하며 말뚱히 바라보다가 두어 발자국 내려서며 아무에게나 하는 버릇으로 생글하고 인사를 해 보였다.

"물론 모르실 것이올시다. 댁을 알이다 딜라는 사람이 있어서 학교로 갔다가 이리 왔습니다."

병화는 모자를 벗고 천연히 말을 붙였다.

"누구신데요?"

"나요?"

"아뇨, 저—집에 찾아오신다는 이가요."

여자는 무엇을 경계하는 눈치다.

"댁 어르신네께 가 뵐 양반이 있어서요……."

"간동 ××번지얘요."

"녜. 고맙습니다."

병화는 고개를 꾸벅하고 휙 돌아서 버렸다.

그길로 병화는 자기네들의 단골 책사에 들러서 자기들이 만든 '팸플릿—조그만 책'을 두세 권 얻어가지고 간동 ××번지를 찾아갔다.

병화는 간동 초입의 커단 솟을대문 앞에서 몇 번이나 오락가락하였다. 큼직한 문패에는 김○○라고 씌어 있다. 그러나 그 외에도 네다섯 개나 문패가 붙었고 그중에도 김가가 두엇 있으니 어느 것이 김의경이 집 문패인지 알 수가 없다. 어쨌든 조그만 문패의 하나가 의경이의 부친의 이름이려니 하고 문 안에 들어서서 빨래하고 앉았는 행랑어멈더러,

"김의경이란 여학생의 집이 어느 채에 들었소?"

하고 물어보았다.

"여학생요? 안댁 아가씨 말씀요?"

안댁 아가씨라는 말에 병화는 좀 놀랐다.

"아니, 세 든 이 가운데 유치원 선생 다니는 이 없소?"

"세 든 이 중에는 없에요."

"그럼 안댁 아가씨로군. 지금 계시우?"

"안 계서요. 예배당에 가셨에요? 어대서 오셨에요?"

어멈은 학생 아가씨에게 찾아오는 남자라 해서 눈이 점점 커

졌다.

"주인 영감 계시우?"

"출입하셨에요."

"어디 다니시는데?"

"지금은 다니시는 데 없에요."

어멈은 별걸 다 묻는다는 듯이 한참 만에 불끈하는 소리로 대꾸를 하고는 빨랫돌에 무엇인지 쓱쓱 비비고 엎댔다.

"그래 다시는 여기 세놀 방이 없소?"

병화는 좀 더 캐어보려야 별로 물을 말이 없어 셋방 얻으러 다니는 것처럼 말을 돌려대었다.

"없에요!"

어멈은 또 쥐어박는 소리를 한다.

"사랑채에 방이 났다는데?"

추근추근히 묻는다.

"큰사랑은 벌써 들었고 영감님 쓰시던 작은사랑도 며칠 전에 사람이 들었에요. 인젠 꽉 찼에요."

또 한참 만에 마지못해 볼멘소리를 하고는 물통을 들고 안으로 들어가 버린다.

병화는 간동서 나와서 원삼이에게 책을 주러 갔었다. 사랑으로 들어가긴 싫고 어정버정하다가 행랑방 문 앞에 사내 고무신이 놓인 것을 보고 두들기니까 문이 풀석 열린다. 가지고 간 책을 들어뜨리고 원삼이와 같이 나왔다.

"오늘 안동 좀 가보시지 않으랍쇼?"

아범은 밤사이로 무척 친숙하여졌다.

"왜?"

"색시도 보구 약주도 잡숫게요."

하며 원삼이는 웃다가 오늘 저녁 일곱시쯤 해서 가보라고 한다.

원삼이는 조금 전에 그 집에를 다녀왔다고 한다. 병화가 뒤를 캐는 것을 보니 원삼이도 웬일인가 하는 궁금증도 나고 또 병화에게 알리러 가마고 약속한 것을 생각하고는 편지를 들고 나와서 제 방에서 몰래 뜯어보았던 것이다.

"댁까지 가서는 무얼 합니까? 제가 뜯어보고 이렇게 만나 뵈옵건 일러드리기만 하면 좋지 않습니까?"

하고 원삼이는 껄껄 웃는다.

"그러니까 그 집에서는 또 그 색시 집으로 기별을 해둘 모양이로군?"

병화는 이런 소리를 하다가,

"오늘이 공일인데 저녁 예배는 안동 그 집에 모여서 볼 모양이로군."

하고 마주 웃었다.

"술상 놓고 색시 끼고 보는 예배가 어데 있습니까마는 한번 놀러 가보셔요. 그런 것을 보아두어야 세상물정을 안다지 않습니까?"

"인제 알었더니 원삼이도 오입쟁이로군!"

하고 병화는 다정스러이 원삼이의 어깨를 탁 치고 나서,

"그건 다아 실없는 소리요. 지금 갖다 준 그 책이나 잘 읽어보우. 우리는 두 주먹밖에는 아무것도 없지만 돈도 명예도 지체도 종교도 아무것도 없는 우리 같은 사람이 정말 사람다운 구실을 하고 세상일을 하려고 손목만 맞붙들면 무어나 되는 것이요. 저

사람들은 말하자면 인간의 찌꺼기요 걸레들이요. 기생 자릿저고리란 말이 있지 않소? 값진 비단은 비단이지만 닳고 해져서 쓸데없는 헌 넝마란 말이요. 우리는 싱싱한 베올 같은 사람들이요. 짜놓으면 투박하고 우악스럽지만 그것이 우리에게는 쓸모가 있는 것이 아니요……."

"그렇습죠."

원삼이는 장단을 맞추었다.

"지금도 그 문제의 계집애의 집에를 무슨 일이 있어서 찾아가보았지만……."

병화가 다시 말을 꺼내려니까, 원삼이는,

"그전부터 아십니다그려?"

하고 놀란다.

"어쨌든 말야. 의외에도 훌륭한 집에서 살 뿐 아니라 상당한 집 딸이요. 공부까지 하였나 보드군마는 그렇게 돌아다니는 것은 무슨 때문인 줄 알우? 그 훌륭한 집에 채채이 세를 들이고 심지어 주인 영감이 쓰던 큰사랑 작은사랑에까지 사람을 들였다는 것을 들으면 그전에 잘살다가 갑자기 어려워지고 버는 사람은 없으니까 다만 하나 남은 집 한 채를 가지고 세를 놓아먹는 모양이나 그 집인들 웬걸 자기 손에 지니고 있겠소. 몇 달이고 몇 해 안 가서 쳐나가면 인제는 자기네가 셋방으로 빌려 나갈 것이로구려……."

"헤에, 그런 대가 댁 따님애요."

하고 원삼이는 눈이 둥그레진다.

"글쎄 그런 대가 댁 딸이면 무얼 하나 말요. 호화롭게 자란 버릇은 그대로 남아 있고 유치원 같은 데서 받는 것쯤이야 분값도 안 되고 하니까 원삼이네 댁 영감한테 월급을 받아야 살지 않겠소. 월첩이란 별거요!"

하고 병화는 웃는다.

"그렇습죠. 그러나 그러면 상관있습니까? 그렇게라도 한세상 잘 지내면 좋지요."

"좋고 안 좋은 것은 고사하고 그런 월급을 제꺽제꺽 주는 주인 영감은 또 어떻게 되어가는지 아느냐는 말이요. 모르면 몰라도 김의경인가 하는 여자의 부친도 연전까지는 그런 월급을 몇몇 년에게 척척 치렀을 것이지만 오늘날 저렇게 된 것을 보면 그네들의 앞길이란 뻔히 보이지 않소?"

"그렇기로 아무러면 우리 댁 영감이야 그렇겠습니까."

원삼이는 그런 것은 상상도 못 할 일 같았다.

"그러리다. 경복궁 대궐을 다시 질 때 누가 백 년도 못 채우고 남향 대문인 광화문이 동향이 될 줄 알았겠소! 하여간 그 책을 잘 읽어보우. 지금 내 말을 차차 터득하게 될 것이니!"

병화는 이런 부탁을 남겨놓고 헤어져서 돌아다니다가 경애를 찾아온 것이다.

×

"하지만 그 계집애를 만나면 어떻게 할 테란 말이요?"

경애가 나갈 차비를 차리고 나니까 병화도 이렇게 급히 서두는 것을 속으로 웃었다.

"만나보고 어쩌든지 어서 나갑시다."
하고 재촉을 한다. 경애는 손님이 꼬여들기 전에 어서 빠져나가려는 것이다.

"지금 간동으로는 가서 소용없고 이대로 가서 저녁 겸 점심이나 먹읍시다."

길거리로 나와서 병화는 이런 발론을 하였다.

경애는 잠자코 걷다가 어느 소삽한[203] 골목쟁이로 돌더니 커단 문을 쩍 벌려놓은 요릿집으로 뒤도 아니 돌아다보고 쏙 들어가 버린다. 병화도 물어볼 새 없이 따라 들어섰다.

"여기는 김의경이 집이 아닌데?……"

병화는 구두를 벗으며 놀랐다.

"잔소리 말아요. 김의경이가 어떤 년인지 아무러면 그까짓 걸 쫓아다닐 홍경앤 줄 알았습디까!"

경애는 그따위쯤을 적대를 해서 시기를 하거나 질투를 하겠느냐고 큰소리를 치는 것이다.

"흥, 조상훈 선생이 오신다고 이 집으로 지휘가 나린 게로군?"

병화는 권하는 대로 상좌로 화로를 끼고 앉으면서도 짓궂은 소리를 하였다.

"그런 눈치 없는 어림없는 소리 좀 말아요. 당신두 언제나 좀 똑똑해질 모양이요?"

경애는 혼자 깔깔 웃는다.

"너무 똑똑해서 밥이 없는데 예서 더 똑똑하라면 어쩌란 말요?"

203 바람이 쓸쓸하다.

"자아, 잔소리 말고 오늘은 피혁 씨의 장래 사위님께 첨을 하느라고 한턱내는 것이니 부자 사위 돼서 거드럭거릴 때 나 같은 사람두 잊지는 마슈."

"여부가 있소? 하지만 부자놈이 웃돈까지 놓아서 없는 놈에게 딸을 복장 안길 제야 가지可知지. 오죽하겠소. 남편이란 이름값 받아서는 첩치가하라는 것일 게니 그때 가선 또 한 번 중매를 들어서 정말 미인 하나 골라줄 것까지 미리 부탁해둡시다."
하고 병화는 껄껄 웃어버렸다.

"아무려나 합시다. 그때 가선 나두 과히 흉하지 않다는 처분이시면 수청을 듭지요."

경애도 지지 않고 대거리를 하다가 낯빛을 고치며 목소리를 낮춰서,

"그건 그렇다 하고 피혁 씨의 눈에 몹시 든 모양인데 대관절 승낙을 할 테요?"
하고 경애는 밑도 끝도 없이 묻는다.

"그 중매쟁이 매우 서투르군. 선도 보이고 내력도 캐어보아야 승낙이고 무어고 하지 않소?"

병화는 기연가미연가하면서 우선 이렇게 수작을 붙여보았다.

"선이야 어제 보지 않았소. 또 내력은 어젯밤에 내게 말한 것 같이 당신이 눈치챈 그대로만도 넉넉히 짐작할 게 아니요……."

경애는 이 멍텅구리가 정말 혼인 이르는 것으로만 고지식하게 알까 보아서,

"신방이야 벌써 서대문 박—독립문 밖에 꾸며두었답디다마는 그건 당신 하기에 있으니까 들어가게 되면 들어가고 말면 말

고…… 하하하…….”

하며 경애는 웃으며 남자를 말뚱히 쳐다보았다.

병화도 그런 어림이 없던 것은 아니나 인제는 일이 딱 닥쳤구나! 하는 생각을 하니 마치 밤길을 걸으며 도둑이나 산짐승을 만날 듯 만날 듯 조바심을 하다가 검은 그림자와 딱 맞닥뜨린 것같이 머리끝이 쭈뼛하면서도 이상히도 도리어 마음이 후련해지는 것이었다.

병화는 얼굴이 벌게지며 눈이 크게 뜨이더니 허허! 하고 웃음이 터져 나왔으나 그 웃음이 무엇을 의미한 것인지는 자기도 알 수 없었다.

“허지만 좀 더 자세한 이야기를 들어야 하지 않겠소? 첫째 당신을 내가 믿을 수 없으니 따라서 그 사람을 믿을 수가 있어야지…….”

한참 무슨 생각을 하는 눈치더니 병화가 조용히 말을 꺼냈다.

“되레 못 믿겠소? 나는 당신이 풋내기가 아닐까 그게 염려인데 말하면 내야 상관있나? 나는 중매노릇만 할 뿐이지만 나중에 낭패가 되면 그이가 곤란이요. 애를 써 진권한 내 낯도 나지를 않을까 보아 걱정이지!”

“응, 그래서 어제 온종일 나를 면서기를 시키느니 어쩌느니 하고 찧고 까불렀구려? 여보, 내 걱정은 말고 당신네들이나 무슨 장난들이 아닌지?……”

“쓸데없는 소리 고만두슈. 김병화 씨가 무에 그리 장해서 우리가 함정 파고 끌어너려고 할 리가 있겠에요. 그런 염려는 말고 단단한 결심을 가지고 일을 맡겠거든 오늘 밤으로라도 그 사람을 가서 보슈. 나는 소개뿐이니까. 자세한 것은 직접 이야기를 해보면 아실 거니……."

"그 사람을 예전부터 알았습디까?"

"외가 쪽으로 어떻게 되어요. 어머니 조카뻘얘요."

경애의 말로 하면 수원집을 팔아가지고 올라와서 맡겼던 돈을 자기 외삼촌이 가지고 상해로 도망한 뒤에는 일 년에 한두 번씩 소식이 있을 뿐이었고 그동안 내리 외가에서 살다가 부친도 외가의 건넌방에서 돌아간 뒤에 비로소 따로 살림을 하게 되니까 외삼촌댁은 더구나 살 수 없고 집은 내놓게 되어서 지금은 새문 밖 현저동에서 아이들을 데리고 셋방살이를 하고 있는 터이라 한다. 그런데 상해에 있던 외삼촌이 그 후 얼마 만에 어느 방면으로 도망하였다던 이 조카—즉 지금 온 피혁 군과 어디서 어떻게 만났는지 이번에 외삼촌의 편지를 가지고 별안간 찾아온 것이라 한다. 물론 외삼촌 댁에게 보내는 안부편지와 살림에 쓰라고 돈 백 원을 부탁해 보낸 것이나 셋방 구석으로 떠돌아다니게 된 후로는 이태나 되도록 소식이 끊겼던 터이므로 피혁 군도 천신만고를 해서 집을 찾았으나 찾아가 보니 외가에는 묵을 방이 없고 한만히[204] 여관에 들 수도 없고 해서 우선은 경애 집으로 끌고 와서 건넌방에 묵게 한 것이라 한다. 그러지 않아도 피혁 군이 떠날 때 경애의 외삼촌은 자기 집에나 자기 누님 집에 묵으라고 일러 보냈던 것이다. 이러한 관계로 피혁 군은 경애의 집에 묵으면서 사회의 물계도 살피고 경애의 위인을 엿보다가 그런 방면 사람 중에 아는

204 되어가는 대로 지내다.

사람이 있느냐고 물으니까 처음에는 아는 사람도 없었고 또 무심하고 들어두었더니 얼마 후에 우연히 병화를 알게 되니까 병화 이야기를 피혁에게 하였던 것이라서 무슨 인연이 닿느라고 그런지 일이 여기까지 발전되어온 것이라 한다.

경애는 피혁 군의 일이 어떠한 종류의 것인지 확실히 알 수도 없고 또 자기로서는 그런 일에 찬성인지 불찬성인지 자기의 마음조차 분명히 알 수는 없으나 어쨌든 애를 써 멀리 온 사람이요 무슨 일을 의논해보고 몇 마디 부탁만 하고 갈 것이니 튼튼한 사람 하나만 대어달라니까 대어줄 따름이라고 한다. 거기에는 물론 피혁 군 자신이 어서어서 제 일을 끝내고 달아나 버리려는 조바심도 있겠지만 경애로서는 눈치가 뻔하니만치 얼른 뚝 떠나보내야 우선 마음이 놓이겠다는 생각도 섞인 것이다. 그래도 뒤에 무슨 일이나 없을까? 자기가 '중매'를 들어주니만치 옭혀들 경우가 되면 어쩌나 하는 겁도 없지 않기는 하나 그렇다고 모른 척할 형편도 아니요 또 그런 성질도 아니었다.

'무슨 일이 있어도 하는 수 있나!'—이러한 각오도 가지고 있기는 하는 것이다. 그러나 될 수 있으면 만일의 경우에 발을 뺄 준비는 단단히 하여두려고 약게 일을 꾸미는 것이다.

"난 몰라요. 다만 외가 쪽 오빠가 사윗감을 얻어달라는데 마침 조덕기의 부자를 친히 아는 관계로 그 친구인 당신을 대어준 데 지나지 않으니까 무슨 말썽이 나는 때라도 당신도 그렇게만 대답을 하시고 또 그렇지 않으면 그런 말 저런 말 다 고만두고 피혁 씨가 당신을 직접 찾아가서 만났다고 해도 좋을 게 아니요. 그래서 당신과 나하고도 자연히 알게 된 것이라고 합시다그려."

경애는 일후에 무슨 일이 있으면 말이 외착[205]이 나지 않게 하느라고 미리 부탁을 하는 것이었다.

"되우 겁은 나는 게로군. 나두 몰라! 내가 쫓아다니는 게 성이 가시고 보기 싫으니까 일부러 조상훈이와 모해를 해서 끌어넣은 것이라고 할걸……."

하고 병화는 남은 열심으로 하는 말을 여전히 농담으로 받아넘긴다.

"그런 쑥스런 소리 고만두고 인제는 술도 정침하고[206] 정신 차려요."

경애도 그 말은 그만 집어치우자는 듯이 술잔을 들어서 합환주를 해서 병화에게 주며 눈웃음을 쳐 보인다.

"이것이 모두 꼬임수였다! 그러나 이런 술은 수모[207]가 먹여주어야 할 건데……."

하고 병화는 웃으며 받아 마시고 잔을 돌려보내려니까,

"또 그런 분수없는 소리!"

하고 경애는 웃는 눈을 흘기며 잔을 내미는 남자의 손등을 탁 때린다.

그럭저럭 전등불을 켜놓고서 밥을 먹고 나니 거진 일곱시나 되었다.

"그럼 이 길로 가보실 테요?"

문밖에 나와서 경애는 물었다.

205 착오가 생기어 일이 어그러짐.
206 일을 하다가 중도에서 그만두다.
207 전통 혼례에서 신부를 도와주는 여자.

"글쎄 좀 더 생각을 해보고……."

병화의 말눈치가 마음이 썩 내키지를 않는 것 같은 데에 경애는 잠깐 경멸하는 마음이 생겼다.

"왜…… 겁이 나는 게로구려?"

"흥! 아무러면 사람이 그렇게 얼뜰라구! 하지만 나두 인금두 달아보고 믿을 만한지 어쩐지 알아놓고서야 말이지. 하여간 본성명을 대어주."

"그것두 당자더러 물어보세요."

경애는 가르쳐주고 싶었으나 당자의 의향을 알 수가 없어서 말하기 거북하였다.

"그거 보우. 당신부터 나를 아직 탐탁히 믿지 못하는데……."

"그렇게도 생각하겠지만 당자가 자기 이름은 절대로 뉘게든지 비밀히 해달라니까……."

이 말을 들으니 그 본성명을 대면 운동자 축에서나 당국에서 짐작할 만한 인물 같기도 하다.

두 사람은 더 이야기를 하려고 명치정 쪽으로 빠지는 으슥한 길로 돌면서 수군수군 말을 잇는다.

"비밀히 한다는 약속을 했다면야 군이 알려고는 하지 않지만 일을 부탁하려는 내게까지 비밀히 하려고는 아니하겠지? 그뿐 아니라 이름을 듣고 알 만한 사림이면 문제없고 나는 직접 몰라도 물어볼 만한 데 수소문을 해보고 만날만 해야 만나겠다는데 안 알려주면 어쩌잔 말요."

"그두 그렇지만 여기저기 떠들고 다니며 아무개가 들어왔다는 소문을 내놓으면 아무리 동지 간에라도 누설되기 쉽지 않아요?"

"그야 나두 그런 어림없는 짓을 할라구?"

"쓸데없는 소리 마슈. 단 세 사람이 한 이야기도 벌써 날만 새면 흘러 나가는 세상에…… 당신네들의 실패가 모두 그런 데서 생긴 일이라고 그 사람이 그러던데?"

"그럼 당자를 만나봐두 자기 본성명이나 내력은 말 아니할 테구려?"

"그야 모르지."
하고 경애는 한참 생각하다가 앞뒤를 돌아다보며 사람이 끊인 것을 보자,

"거기 나가서는 이우삼이라고 했답디다."
고 귀에다 대고 소곤소곤하였다.

"무어? 무어?"

병화는 채 못 들었는지 듣고도 자기 귀를 의심하는 것인지 급급히 묻는다.

"이우삼—."

경애는 또 한 번 소곤댔다.

병화는 다시는 입을 벌리지 않았다.

"알우?"

경애는 어린애처럼 남자의 콧구멍을 들여다보듯이 착 붙어서 쳐다본다. 병화가 채 대답할 새도 없이 큰 길거리로 나서게 되었다.

"자아, 그럼 난 가우."
하며 병화는 아래편으로 돌쳐섰다.

"어디루?"
하고 경애가 발을 멈췄으나 병화는 그대로 휘죽휘죽 가다가 획

돌쳐서 다시 쪼르르 쫓아오더니 찬찬히 걸어가는 경애의 손을 뒤에서 꽉 쥔다. 경애는 깜짝 놀라며 섰다.

"난 누구라구? 애 떨어지겠소."

"몇 달 됐는데? 그럼 그렇다고 말을 해주어야지."

하고 병화는 웃다가,

"이번에는 둘째 애아버지 거요?"

하고 또 실없는 소리다.

"듣기 싫어요. 그렇단 말이지 누가 정말……."

"겨우 안심이 되는군! 그런데 이따가 만날까?"

다정스러이 묻는다.

"지금은 어딜 가길래? 집에?"

"글쎄 어딜 가든지 이따 열시나 열한시쯤 저리 가리다."

병화는 경애의 대답도 아니 듣고 또 휙 떨어져 가버린다.

경애는 남자의 뒤를 돌아다보면서 '저렇게 헐렁개비처럼 서두는 사람이 무슨 일을 할꾸?' 하는 생각을 하다가도 천진스런 아이들 같은 거동이 도리어 사랑스럽게 보여서 유쾌도 하다.

경애는 지금 무슨 볼일이 있는 것은 아니나 병화를 끌고 집으로 가기는 싫었다. 인제는 그만큼 하여주었으면 저희끼리 만나든 말든 내버려두리라는 생각이다. 그러나 주의主義를 떠난, 일을 떠난 병화의 몸뚱이와 마음만은 그래도 아직 한끝이 자기 손에 붙들려 있는 것 같았다. 지금까지는 피혁이의 심부름을 하느라고 친절히도 하고 실없는 농담도 하여왔지만 그러는 동안에 어쩐둥 자기 마음의 한끝이 병화의 마음에 말려들어 간 것 같다. 아니 병화라는 남자가 자기 마음속에 마치 옷자락이 수레바퀴 밑에 말려들어 가듯이 말려들어 온 것이라고 하는 편이 옳을지 모른다. 경애는 그 옷자락을 탁 무질러버릴까 하는 생각도 해보았으나 차마 그러기에는 용기가 부족하다.

두 사람은 만나면 실없는 농담으로 서로 비꼬고 놀리고 할 뿐이지, 젊은 남녀들의 감정을 과장한 로맨틱한 꿈도 없고 서로 경대하고 사양하고 하는 애틋한 말 한마디 주고받은 일은 없으나 그래도 은근한 맛은 있는 것 같고 만나지 않을 때는 그렇지도 않다가 만났다 헤어진 뒤면 미진한 것이 남은 것 같아가는 자기 마음을 경애는 웃으며 들여다보는 것이었다.

'무슨 점을 보구 그럴꾸?'

하는 생각을 혼자 해볼 때도 있으나 특별히 무슨 점을 보고 그러는 것이 아닌 데에 도리어 사랑은 눈트는 거나 아닐까 하는 생각도 든다. 어쨌든 김의경인가 하는 여자의 뒤를 그처럼 열심으로 충실하게 캐어다 준 것을 보아도 그것이 한갓 경애에게 호의를 표한다거나 자기의 호기심으로만이 아닌 것 같다. 상관있는 남자의 결점을 찾아다가 그 여자에게 보여주는 일—그것은 연애하는 남자의 가장 야비하고 졸렬한 수단이지만 하여간 그것도 애욕의 표시는 표시다…….

'싫지는 않지만…….'

경애는 혼자 생각해보았다. 그러나 정말 사랑한다면 그런 위험한 일에 끌어넣지는 않았을 것 같다. 실상은 피혁이에게 끌어대어 주느라고 부지중 친해진 것이 사실이다. 그는 고사하고 병화에게서 그런 일을 빼놓으면 무에 남는가? 다만 룸펜(떠돌아다니는 자)이다.

그건 그렇다 하고 오늘 저녁에 상훈이를 어떻게 해줄까? 하는 생각을 경애는 해보았다. 선불리 안동인가 하는 데로 불쑥 찾아가면 마치 난봉 피는 남편을 붙들러 간 본마누라나 같아서 꼴사납고 김의경이의 코빼기야 보나마나 쑥스런 일이요 그렇다고 그대로 내버려두기도 밍밍하다.

'무슨 묘안은 없을까?' 하며 우선 팔뚝의 시계를 보니 아직 일곱 시도 아니 되었다.

주정꾼이 꼬이는 데로 아직 들어가기도 싫고 누가 있었으면 산보라도 하고 차라도 먹으며 라디오나 들을까 하는 생각이 났으나 아무도 없다. 어쩐지 애련하고 막막한 생각이 든다. 오래간만에 '사랑하고 싶은 마음'이 샘솟는가 하는 생각을 하니 가슴속이 근질근질하여 혼자 웃어보았다.

아이도 그만하면 살아났고 병화가 풍을 치고 가는 꼴이 피혁을 찾아간 모양이니 집에는 갈 필요 없고…… 오래간만에 활동사진이나 잠깐 들여다볼까 하는 생각을 하며 황금정 전찻길에서 중앙관으로 꼽들었다.

"안녕합쇼? 구경 가십니까?"

무심코 지나려니까 누가 인사를 건다. 활동사진관 못 미쳐 자동차부 앞에 섰던 운전수다.

바커스에서 손님이 청하면 늘 불러대는데다 경애도 여러 번 타서 잘 안다.

경애는 알은체해주고 구경을 들어갔다. 들어가 앉아서도 머리에는 안동 생각이 떠나지를 않으나 좇아가기는 아무래도 싫다. 호텔에서 자기에게 사람을 보내듯이 인력거나 보내서 오나 안 오나 구경이나 할까 하는 생각을 해보았으나 인력거꾼인들 입으로만 가르쳐주어서는 집을 찾을 것 같지 않다. 더구나 여기는 그런 사람 없다고 잡아떼어 버리거나 하면 공연한 헛수고만 팔 것이다.

'자동차를 타고 가서 데려 내올까?'

지금 만난 운전수 생각이 나서 이렇게 결심을 하자 엉덩이가 들먹거렸으나 이왕이면 한바탕 어우러지게 노는 판에 끌어내는 것이 좋겠다 하고 시간을 보내고 더 앉았었다.

매당

아홉시가 치는 것을 보고 경애는 활동사진관에서 나와서 자동차에 올라앉았다. 아까 그 운전수는 아니나 역시 아는 사람이다.

자동차를 재동 못 미쳐 큰길 거리에 던져두고 경애는 운전수를 끌고 골목으로 들어섰다. 병화가 가르쳐주던 대로 캄캄한 속을 차츰차츰 휘더듬어 들어갔으나 중턱에 들어가서는 게가 거기 같고 전등불도 없는 속에서 어리둥절하였다. 그러자 어느 구석에선지 대문이 찌이걱 열리는 소리가 나며 소곤소곤하는 소리가 들린다.

경애가 운전수를 손짓으로 가만있게 하여, 두 검은 그림자는 귀에 신경을 모으고 섰다—.

"어쩌면 좋아! 왜 왔더라고 하면 좋아요?"

겁을 집어먹은 젊은 여자의 목마른 목소리다.

"염려 없어! 내가 몸으로 슬쩍 막았는데…… 그리구 취한 사람이 무얼 분명히 보았을라구."

이것은 늙은 아낙네의 안위시키는[208] 말소리다.

"누가 오줌만 누고 그렇게 곧 나올 줄 알았나요. 뒤보러 간다고 하기에 나오시라고 한 것인데요……."

또 이것은 다른 젊은 계집의 망단해하는 소리다.

"상관있나. 예전부터 나하고 친한 터이니까 다니러 왔던 것이라고 하든지 무어라고 좋도록 꾸며대지."

노파의 목소리다.

"그러기로 병환은 저런데 밤중에 나다닌다고 할 게 아니애요?"

이것은 가려고 문밖에 나선 여자의 걱정이다.

"그러기로 제 속에만 넣어두었지 소문이야 낼라구! 친환은 내버려두고 술 먹으러 다니는 사람은 얼마나 낫기에! 자기가 창피해서두 모른 척할 테지."

"그두 그렇지만…… 일두 공교스럽게두 되느라구……."

"모두 내가 없었던 탓이지. 그러나 늦기 전에 어서 가요."

또 한참 소곤소곤하더니,

"안녕히 곕쇼."

"응. 잘 가거라."

"안녕히 기세요."

안에서 안 들릴 만큼 인사가 분주하더니 골목 밖으로 조그만 그림자가 쏙 나온다.

208 마음을 위로하다.

경애와 운전수는 인사하는 소리를 듣고 추녀 밑으로 비켜섰다. 나오던 여자는 멈칫하며 역시 이 집에 드나드는 축이겠지만 아는 동무인가 하고 바라보다가 컴컴한 속에서 보이지를 않는지 그대로 지나쳐 간다. 만또[209]를 두르고 까만 털목도리에 폭 파묻힌 머리에는 밤빛에도 금나비 금줄이 번쩍이는 조바위가 씌어 있다.

'분명히 저게 수원집인가 보다!'

경애는 속으로 웃었다. 병환이 어쩌고 하는 것을 들으면 상훈이와 맞장구를 쳐서 빠져나올 수가 없어 숨어 있다가 변소에 간 새에 도망을 쳐 나오다가 들킨 것이 뻔하다. 경애는 '잘들 놀아난다!'고 속으로 혀를 찼다. 운전수더러 그 집으로 들어가서 조상훈이를 찾으라고 하였다. 만일 없다고 하거든 큰댁에서 급히 오시라고 자동차를 가지고 사람이 왔으니 꼭 뵈어야 하겠다고 하라고 일렀다.

경애가 뒤에서 바라보니 전등 달린 커단 새 대문이 어느덧 꼭 닫히었다. 운전수는 들이 흔들다가 안에서 대답이 있는지 가만히 섰다. 경애는 또 숨어버렸다.

계집 하인이 나왔는지 중얼중얼하더니 운전수가 급히 뛰어나오며,

"됐습니다. 인제 나오시는 모양인가 봅니다."

하고 뛰어간다. 인젠 저는 먼저 나가 있을 테니 둘이 만나보라는 눈치다.

경애는 손짓을 하며 자기가 먼저 나가 있을 것이니 자동차 논

209 일본어로 '망토'를 뜻함.

데까지 끌고 나오라 하여 운전수를 다시 들여보내 놓고 뺑소니를 쳐 나왔다.

경애가 불 끈 자동차 속에 먼저 들어가 앉았으려니까,

"어디란 말인가? 이때까지 문밖에 있다던 사람이 예까지 나왔을 리가 있나?"

하고 상훈이가 술 취한 소리로 역정을 내며 동구 밖으로 나온다. 앞장을 선 운전수는 싱글싱글 웃으며,

"글쎄올시다. 먼첨 나오셔서 타셨나?"

하고 컴컴한 자동차 속을 들여다보며 문을 연다.

상훈이가 달려들어 들여다보려니까 경애가 해죽 웃으며 고개를 쏙 내민다.

"엉……."

상훈이는 경풍한 사람처럼 눈을 크게 뜨고 바라보더니,

"예이, 사람을 그렇게 속여!"

하고 경애에게 하는 말인지 운전수를 나무라는 것인지 이런 소리를 하고 머뭇머뭇 섰다.

"창피하니 잠깐 들어오세요."

"이러구 어딜 갈 수는 있어?"

하며 상훈이가 망단해하다가 올라서니까,

"가긴 누가 어디를 가재요."

하고 경애가 자리를 비키며 운전수에게 눈짓을 한다. 운전수는 냉큼 뛰어올라서 불을 번쩍 켜고 고동을 틀려 한다.

"가면 안 돼! 모자두 안 쓰고 나왔는데……."

상훈이는 당황히 소리를 지르며 엉덩이를 들먹거린다.

"걱정 마세요. 또 데려다 드릴게."

자동차는 뚝 떠났다.

"감옥 자동차는 용수나 씌우드군마는 맨다가리로 어델 가는 거야?"

상훈이는 그리 취하지도 않았지만 배반[210]이 낭자하게 벌여놓인 것을 그대로 두고 잠깐 나와서는 이렇게 끌려가는 것이 하도 어이없고 생각할수록 우스웠다.

"당신 같은 팔자가 어데 있어요. 주지육림酒池肉林에 경국지색을 모아놓고 밤 깊도록 노시다가 갑갑하실 때쯤 때를 맞춰서 바람이나 쏘이시라고 나 같은 모던 미인이 자동차까지 가지고 등대를 하고…… 하하……."

"어떻게 알았어?"

"냄새를 워낙 잘 맡거든요."

"사냥개던가!"

하고 상훈이는 실소를 하다가,

"김병화 요새 만나지?"

하고 묻는다. 아범이 잃어버린 외투 속의 편지를 생각한 것이다. 매당집에 다니는 것을 자기 패의 몇몇 사람 외에는 바깥애밖에는 모르는 터이니 병화가 새에 들어서 뒤를 밟은 것인 듯하나 혹시는 경애 자신이 매당집에 무슨 연줄이 닿아서 알았는지? 매당집이란 서울 바닥에서도 유수한 그러한 젊은 계집의 주름을 잡는 도가都家[211]인지라 경애 역시 그런 축으로 떨어졌기도 쉬운 일일 듯싶다. 하

210 술상에 음식을 차려놓은 그릇.
211 동업자들이 모여 의논을 하는 집.

여간에 경애가 이렇게 쫓아온 것이 불쾌할 것은 없다. 제아무리 배내미는 수작은 하였어도 다른 계집이 따르는 줄을 알고 몸이 달아 붙들려고 다니는 것을 보니 인제는 이편에서 배를 튀겨보고 싶다.

"친환은 침중하신데 수원집마저 매당집에 밤사진[212]을 하시느라고 병구원하실 겨를이 없으신 모양이고 딱하신 사정이기에 내가 모시러 갔었습니다만 어떻게 자동차를 큰댁으로 대랄까요?"

경애는 야죽야죽 놀린다.

자동차는 창덕궁을 등지고 무작정하고 동구 안으로 내려간다.

수원집이란 말에 상훈이는 아까 매당집 마당에서 슬쩍 지나치던 것이 정말 수원집이던가? 하는 놀라운 생각이 들면서 눈살을 찌푸려 보인다.

"이거 봐! 자동차를 다시 돌려!"

그렇지 않아도 운전수가 갈 데를 물으려 할 때 상훈이가 운전대에 대고 소리를 쳤다.

"나온 김에 남산으로나 올라가십시다그려."

평풍 친 온돌방 있는 그 호텔로 가자는 말이다. 거기에는 상훈이도 반대는 아니하였다. 시기가 나니까 제풀에 고개를 숙이고 앞장을 서는구나 하고 속으로 코웃음을 치면서도 어쨌든 싫지 않은 발론이었다.

차가 영락정으로 빠져나오니까 경애는 또 무슨 생각이 났던지 남대문 쪽으로 돌리라고 명한다.

"하여간 모자와 외투나 찾아 입고 나서야지 사람이 왜 그 모

212 사진仕進은 벼슬아치가 근무지로 출근하는 것을 이르고 '밤사진'은 빠짐없이 드나든다는 뜻.

양야?"

상훈이는 속으론 그렇지 않으면서도 짜증을 내 보인다. 그렇다고 물론 당장 매당집에 두고 나온 김의경이가 마음에 걸려서 그런 것도 아니다. 요새로 의경이에게는 졸리는 조건이 하도 많은지라 이렇게 빠져나온 것이 영 해롭지 않은 터이다.

"두루마기 바람이 대수얘요. 모자 외투야 어련히 작은마나님이 잘 맡아둘라구. 아, 그리구 큰댁에는 지금쯤은 수원 마나님께서 들어가셨을 것이니까 거기두 염려 없을 게니 오늘 밤은 아무리 바쁘신 몸이지마는 오래간만에 하룻밤 시간을 빌리시구려."

상훈이는 그 야죽야죽하는 말에 얄미운 생각도 드는 것이나 하는 수 없었다.

"그런데 수원집 수원집 하니 그거 무슨 소리요?"
하고 상훈이는 새삼스레 묻는다.

"왜 딴전을 하슈? 창피하신 게군요?……"

경애는 웃으며 남자를 돌려다 본다.

"조금 전에 뒷간에서 나오시다가 마당에서 보시구두 그러슈? 자동차 속에서 내다보니까 만또를 오그려 입고 도망꾼이처럼 앞뒤를 홰홰 돌아다보며 뺑소니를 치던데요!"

"미친 소리 말어. 잘못 본 게지. 그건 고사하고 수원집을 어떻게 알어? 그뿐 아니라 수원집이 그런 데를 다닐 리 있나?"

"수원집을 내가 왜 몰라요. 나도 '수원집'얘요. 하하……. 나 수원 태생이란 말씀얘요. 그건 그렇다 하고, 수원집은 왜 그런 데에 못 다닐 게 무어얘요? 당신이 다니시기나 수원집이 다니기나…… 하하하…… 켓속[213] 잘되었지요?"

상훈이는 얼굴이 벌게지며,

"지각없는 소리 말어! 그럴 리가 있나."

하고 목소리를 긁어 잡아당긴다.

"왜 내게 역정을 내실 게 무어애요. 꾸지람을 하실 테면 수원집을 가 보고 하시지……."

상훈이는 도깨비에 홀린 것 같았다. 지금 와서는 그 여자가 수원집이던 것이 가리울 수 없는 분명한 사실이지만 마당에서 마주친 것까지를 경애가 어떻게 본 듯이 아르켜내는지? 암만 생각해도 귀신이 곡할 노릇이다.

자동차가 진고개 초입께까지 오니까 경애는 별안간 청목당 앞에 대라 명하고 상훈이더러 어서 내리라고 재촉이다. 맨대가리에 두루마기 바람으로 내리기가 싫어서 무어 살 것이 있건 기다리고 앉았을게 어서 사가지고 나오라 한다. 상훈이는 경애를 집에 데려다 주고 자기는 그대로 탄 채 안동으로 가리라고 다시 생각한 것이다. 그러나 경애는 듣지 않았다. 저녁을 안 먹었으니 여기서 저녁을 먹여달라고 졸랐다.

"호텔은 그만두고 곧 놔드릴 게니 잠깐 나리세요."

저녁을 이때껏 안 먹었다는 것을 그대로 내던지고 간달 수도 없다.

"흥, 매당집이 못 잊으시면 불러다 드리지 걱정애요."

경애는 코웃음을 치며 먼저 튀어 내려버리니까 상훈이도 하는 수 없이 내우하는[214] 사람처럼 툭 튀어나와서 쏜살같이 청목당으

213 켯속, 일이 되어가는 속사정.
214 내외하는.

로 들어갔다. 경애는 생글 웃으며 층계로 올라가는 뒷모양을 바라보다가 운전수에게 돈도 치르지 않고 무어라고 한참 소곤거린 뒤에 돌려보내고 따라 올라갔다.

상훈이는 의관 안 한 것을 연해 창피하게 생각하는 모양이나 경애는 상훈이가 안절부절을 못 하고 허둥대는 양을 멸시하는 눈으로 한참 건너다보며 사오 년 전에 처음 볼 때는 그렇게도 무섭고 훌륭하고 점잖게 보이던 '조 선생님'이 이럴 줄이야 꿈에나 생각하였으랴 싶어서,

"그 왜 그러세요. 화롯가에 엿을 붙이고 오셨소. 남잣골 샌님은 뒤지[215]하고 담뱃대만 들면 나막신을 신고도 동대문까지 간다는데 모자 안 썼기로 누가 시비를 걸 테니 걱정이세요."

경애는 샐샐 웃다가,

"그런데 반했다는 색시 좀 보여주시구려?"

하고 조른다.

"반하긴 뉘게 반해. 나두 인제는 늙어가는 판 아닌가?"

하고 상훈이는 웃고 만다.

"좀 더 늙으시면 제이 김의경이—아니, 제삼 홍경애가 필요하시겠군요?"

하며 경애는 쏘아주었다. 상훈이는 덤덤히 앉았다.

"예서 저녁이나 먹고 어디 매당집 구경이나 가볼까!"

혼잣말처럼 하고 또 웃는다.

"마음대로……."

215 밑씻개로 쓰는 종이.

상훈이는 그 꼬집는 소리가 탄하고 싶지도 않거니와 데리고 가도 상관없을 것 같았다. 상관없다느니보다도 자랑이 될 것 같았다. 김의경이는 노할지 모르지만 도리어 제풀에 노해서 떨어져 주었으면 좋을 판이다. 이만쯤 되었으면야 경애는 다시 손아귀에 들어온 거나 다름없고 하니 마음이 느긋한 것이다. 그러나 다만 경애를 정말 들어앉혀서 살림을 시키려면 그런 데를 끌고 가서 못된 길을 터주어서는 안 되겠다는 염려도 없지는 않지만 그 역시 아까 수원집 놀래를 하던 것으로 보면 데리고 가고 말고가 없이 당자가 벌써 매당집을 자기보다 더 먼저 친히 아는지도 모를 일이다. 어쨌든 저희들의 내평이나 캐어보고 어쩌는 꼴을 보기 위하여서는 데리고 갈까 하는 생각을 하였다.

저녁을 먹겠다던 경애는 아무것도 싫다 하고 '퀴라소'[216]—술—를 병째 갖다 놓고 마시고 앉았다.

상훈이는 저녁도 안 먹을 지경이면 어서 가자고 졸라보았으나 점잖은 양반이 체통 아깝게 왜 이렇게 조급히 구느냐고 도리어 핀잔을 줄 뿐이다.

"병화는 요새 무얼 하고 있누? 언제 만났어?"

상훈이는 인제는 기진하였는지 앉았자는 때까지 앉았을 작정을 하고 자기도 술을 청해 마시며 말을 돌렸다.

"김병화한테 가 물어봐야 알지요."

하고 경애는 또 핀잔을 주다가,

"요새는 키스도 안 해주고 잡혀먹을 외투도 없고 하니까 눈에

216 오렌지 껍질을 넣은 양주.

안 띄나 보드군."

웃지도 않고 이런 소리를 한다.

"키스는 심심파적으로 하는 건가?…… 나는 무슨 까닭이 있다구!"

상훈이는 안심한 듯이 웃는다.

"왜 샘이 나슈?"

이런 잡담을 하고 앉았으려니까 보이가 들어오더니,

"손님이 오셨습니다."

고 한다.

"손님?……"

상훈이는 눈이 뚱그레졌다. 병화가 또 오지나 않았나? 병화와 짜고서 무슨 짓을 하는 것만 같아서 공연한 겁이 더럭 났다.

"들어오시라고 해주우."

경애가 선뜻 대답을 하였다.

문간을 노려보고 앉았던 상훈이는 경풍한 사람처럼 "어!" 하고 소리를 치며 열적은 웃음을 커다랗게 터뜨려놓는다.

세 여성

오십이 넘어도 가르마 자국 하나 미어지지 않고 이드를하게[217] 한참 기름이 오른 얼굴에는 별양 주름살도 없이 푸근한 젖빛 같은 살결을 보면, 십 년은 젊어 보이는 중년 부인이다. 회색 만또

217 약간 살이 찌고 윤이 나다.

를 한 팔에 걸고 의젓이 버티고 들어오는 뒤에는, 날씬한 트레머리 '여학생'이 곤색 외투를 사뿟이 입고 따라섰다. 언뜻 보기에는 대갓집 모녀분 같고, 좀 더 뜯어보면 노기老妓나 대궐 퇴물인 귀인의 행차 같다.

'흐흥, 이것이 장안의 명물 매당이군!'

경애는 고개를 갸우뚱이 비꼬고 의자에 딱 젖히고 거만히 비껴 앉아서, 들어오는 두 여자를 한 수 내려다보듯이 한편 입귀를 빼뚜름히 다물고 눈웃음을 쳐가며 쏘아본다.

상훈이가 어색한 웃음을 헤헤 웃으며 앉았자니까,

"아, 이거 무슨 난봉이 이렇게 난단 말씀요? 이왕 자리를 뜰 바에는 하다못해……."

하고 매당은 달뜬 목소리로 나무라듯이 소리를 치다가, 경애의 냉소하는 눈길과 마주치자 입을 담쳐버린다.[218] 뒤에 따른 '여학생'도 웃는 이빨에서 금빛이 반짝하다가 꺼지며 금시로 새침하여진다.

매당을 우선 초벌 간선한 경애의 눈길은 '여학생'—다음 시대에는 없어질 말이지마는 아직까지도 '여학생'이라는 이 말에는 좋고 나쁘고 간에 여러 가지 뜻이 포함되어 있는 것이다—에게로 옮겨 갔다. 포동포동한 얇은 살갗이나 깜작깜작하는 옴폭한 눈이 인형을 연상하게 하는 온유한 표정이요, 지수는 작으나 날씬한 몸매가 경애의 눈에도 예쁜 아가씨로 비치었다. 이렇게 첫인상이 좋은 데에 경애는 도리어 동정이 갔으나 이 애가 낮에는 유치원에

218 닫아버리다.

서 천사같이 나비춤을 추고, 밤에는 술상머리에 앉는고나!고 생각하니 경애는 속으로 혀를 찼다. 그러나 그것은 이 의경이를 나무라는 것인지 세상을 한탄하는 것인지 또는 자기 자신을 혀를 차는 것인지 자기도 모르겠다.

"앉으슈."

경애는 자기 옆자리를 권하였다. 의외의 양장미인이 앉았는 데에 저기沮氣가 된 의경이는, 쭈뼛쭈뼛하면서도 대항적 태도로 눈은 딴 데에다 두고, 고개만 까딱해 보이며 외투를 입은 채 의자에 걸어앉는다. 외투를 벗지 않고 체모를 차리지 않는 것이 좌중을 무시한다는 경애에 대한 무언의 반항을 의미하는 기색이다.

매당이 상훈이와 소곤소곤 무슨 이야기를 하는 것을 경애는 곁눈으로 거듭떠보며 자기의 퀴라소 잔을 들어 쭉 마시고 빈 잔을 의경이에게 내민다. 경애는 의경이가 일부러 자기를 무시하는 기색을 보이려는 눈치에, 반감이 생기어 첫눈에 가졌던 호감이 스러지고 '아니꼬운 년!' 하고 조금 시달려주려는 생각이다.

"에그 난 못 먹어요."

의경이는 저편 이야기를 골똘히 들으려고 정신이 팔려 앉았다가 질색을 하면서, 시키지 않은 짓 그만두라는 듯이 손으로 막는다.

"온, 소리 못하는 기생, 손 못 보는 갈보는 있더구먼마는 술 못 먹는 술집 색시는 처음 보겠네!"

경애는 의경이의 표정이 한층 더 아니꼬워서 이런 꼬집는 소리를 하고 깔깔 웃으니까, 매당과 상훈이가 말을 뚝 끊고 바라다본다.

"김의경 아씨! 한잔 드우. 여기는 유치원과 달러! 염려 말구 한잔 들어요. 우리 동창생 아닌가? 하하하……."

경애는 너 그럴 양이면 어디 견디어봐라 하는 반감과, 제 아무런 매당이라도 내 앞에선 꿈쩍 못하게 납찬장이[219]를 만들어보겠다는 객기가 난 것이다.

얼굴빛이 변해진 매당은 금시로 두 볼이 처지며, 눈이 실룩하여졌다. 그보다도 의경이는 얼굴이 푸르락 붉으락 어쩔 줄을 몰라 가슴을 새가슴처럼 발랑거리며 말끔히 경애를 치어다볼 뿐이다. 처음에는 누구인지 모르고 선불리 톡 쏘았으나, 술집 색시라고 모욕을 하는 데에 발끈한 것도 한순간이요, 자기 이름을 부르고 유치원을 쳐들고, 나중에는 동창생이 아닌가 하고 놓쳐버리는 데는 의기가 질리고 만 것이다.

"팔 떨어지겠군. 그래 이 잔을 그대루 놓을 수야 있나? 손이 무색지 않은가?"

경애가 일부러 혀 꼬부라진 소리로 약간 쇠하는 기색을 보이자,

"어쨌든 받으렴."

하고 매당이 타이른다. 그러나 입맛이 쓴지 눈썹 새에 내 천川 자를 누빈다.

의경이는 마지못해 잔을 받았으나 울며 겨자 먹는 상이다.

"술 튀정은 한다더구먼마는 술 한 잔 대접하기에 이렇게 힘이 들어서야!"

술을 따르는 경애는 의기양양하다. 장안의 여걸(?)이라는 매당이 자기의 외숫전갈[220]에 의경이를 끌고 온 것을 보고도 경애는

219 '납청장'이 원말로, 되게 얻어맞거나 눌려서 납작해진 사람이나 물건을 비유적으로 이르는 말.
220 속임수로 꾸민 내용을 전함. '외수'는 속임수를 뜻함.

속으로 샐쭉 웃으며 콧날이 우뚝해진 터에, 속은 쓰리면서도 의경이더러 술잔을 받으라고 뚱기기까지 하는 것을 보니, 경애는 인제는 매당을 완전히 기를 꺾어놓았다는 만심도 생기는 것이다.

"아참, 두 분 인사하시지. 이분은 조선의 여걸 장매당 마마. 이분은 서울의 모던 애기씨……."

매당이 고개를 끄덕끄덕하며 저만큼 떼놓고 보듯이 면구스럽게 바라보려니까,

"난 술장수 홍경애입니다. 말씀은 익히 듣잡고 이렇게 뵙기가 늦었습니다."

매당은 '술장수 홍경애'란 말이 자기를 빈정대는 것으로 들렸던지 좋지 않은 기색이었으나 만나기가 늦었다는 인사를 자기에게 가까이하려는 기미로 알아차렸던지 쓸모 있다는 생각이 돌아서 여걸풍의 너털웃음으로 농쳐버리며,

"우리 집에두 좀 놀라 오셔요."

하고 의미심장한 인사를 한다.

"그러지 않아두 아까두 댁 문전까지 갔었습니다마는 나 같은 것두 붙이십니까?"

하고 냉소를 한다.

"헤? 우리 집에를?"

하고 매당은 놀라다가,

"난봉 영감 붙들러 다니시기에 뼛골두 빠지시겠소마는, 이왕이면 좀 들어오시지를 않구."

"머리에 성에가 서는 영감은 붙들어다 약에나 쓸까마는 이 아씨 앞에서 그런 말씀 마슈."

하고 경애는 콧날을 째끗해 모이며 의경이에게,

"영감 뺏길 염려는 없으니 마음 놓슈마는 잃어버리지 않게 호패를 하나 해서 채슈."

하고 좌충우돌이다.

"객설 그만해!"

상훈이는 경애를 나무라며,

"그런데 저 색시는 언제부터 그렇게 잘 알던가?"

하고 아까부터 궁금한 말을 꺼낸다.

"장안 일 쳐놓고 나 모르는 일이 어디 있단 말씀요. 노상안면[221]야 많지. 우리 간동 근처서 늘 만나지 않았소?"

이런 딴전도 붙인다. 의경이는 말을 탄했다가는 자기만 밑질 것 같아서 그런지 얼굴이 발개서 눈만 깜작깜작하고 앞에 놓은 술잔을 노려보고 앉았다가 팔뚝시계를 보며 일어선다.

"왜 가시려우? 술잔이나 내주구 가야지 않소."

하고 경애는 일어나서 다정히 어깨를 껴안듯이 하여 앉힌다. 매당도 일어설 생각이 없는지 가만히 앉았다. 더 앉았고 싶은 것이 아니라 요년의 춤에 놀아서 어설피 나와가지고는 놀림감만 되고 그대로 간대서야 여걸의 체면에 참을 수 없기 때문이다. 의경이 역시 매당이나 영감이나 엉덩이를 들려도 않고 먼저 가라는 분부도 아니 내리니, 주저앉는 수밖에 없지마는 물계가 아무래도 영감을 뺏길 것 같아서 지키고 앉았자는 것이다.

술잔 재촉을 또 받고서 의경이는 어쩌는 수 없이 자기 앞의 잔

221 정식으로 인사를 나누지는 않았으나 길에서 만난 적이 있어 서로 알아볼 만한 얼굴.

을 '어머니'에게로 밀어놓았다. 매당은 잔을 성큼 들어 쭉 마시었다. 조선의 여걸도 브랜디 위스키는 알지마는 이런 기린 모가지 같은 병의 술은 처음 보는 거라 호기심으로 마시기는 하였으나 술잔을 요 괘씸하고 가증스런 양장미인에게 돌려보내고 따라 바치는 것은 한 번 더 치수가 떨어지는 것 같았다. 그러나 이것을 시초로 매당과 경애는 정종으로 달라붙어서 주거니 받거니 두 술장수가 내기를 하는지 판을 차리고 먹었다.

"이거 주류상 경음회競飮會인가 경음회鯨飮會[222]인가?"

상훈이는 재담을 한마디 내놓았으나 술잔은 그리 들지도 않는다.

"바커스 대 매당의 초회전初會戰이라우."

"플레이, 플레이! 바커스 세다!"

이호, 삼호, 둘씩 한자리에 앉히고, 주지포림[223]에 세상이 꾄 듯 싶은지 상훈이는 나이 아깝게 경애의 응원을 하고 앉았다.

"당신은 깃발 대신에 이거나 휘두르구 어머니 응원 좀 하우." 하고 경애는 앞에 놓인 수건을 의경이에게 던진다.

이런 객담으로 재미도 없는 술이 깊어갔으나, 매당은 아무래도 이 계집애를 잠빡 취하게 해서 자기 집으로 끌고 가고 싶은 것이다. 젊은 년이 무람없이 덤비는 것은 괘씸하나 여걸의 체면보다도 장사가 급하다. 수양딸이 삼고 싶은 것이다.

"에구, 벌써 자정 들어가네. 영감 인젠 일어섭시다."

매당은 시계를 보더니 남은 잔을 마시고 일어서려 한다. 경애는 매당의 "영감 일어섭시다" 하는 의논성스런 발씨가 그럴듯이

222 '술 마시기를 겨루는 것인가 고래가 물을 들이키듯 술을 많이 마시는 것인가'의 뜻.
223 '주지육림酒池肉林'의 다른 표현.

들렸던지,

"걸맞는 내외분 같구려. 따님 아가씨 데리구."
하며 깔깔 웃는다. 경애는 층계를 내려오는 발씨가 위태위태하였으나 매당은 자기 집에서부터 전작이 상당하건마는 아직도 싱싱하였다.

문밖에 나오니 인력거가 네 대가 대령하고 있다.

"우리 함께 가서 또 한잔합시다."

매당은 경애를 부추겨 태워주며 권하였다.

"그거 좋은 말씀요. 어디 하룻밤 새워보십시다요."

경애는 두말없이 대찬성이었다. 상훈이도 해롭지 않은 듯이 말리지는 않았다. 그러나 네 채가 의경이의 인력거를 앞세우고 열을 지어 큰길로 건너서니까, 둘째로 선 경애의 차가 채를 돌리면서,

"안녕히 가 주무슈. 구경 잘 시켜줘 고맙습니다."
고 소리를 치며 빠져 달아나 버린다.

인력거 위의 매당은 흥! 하고 콧소리를 내며 혀를 찼다. 동짓달 밤바람에 설취한 술도 다 깨어버렸다. 그러나 끝끝내 패에 넘어간 것이 분한지 우연히 그물에 걸렸던 단단한 한밑천감이 미꾸라지 새끼 빠져나가듯 놓쳐버린 것이 분한 것인지 알 수 없다. 하여간에 그런 재치 있고 색깔 다른 '수양딸'이라면 우선은 웃돈 주고라도 사들이고 싶고, 인물로만 해도 자기 집에 드나드는 누구보다도 나을 것 같아, 허욕이 부쩍 나는 것이었다.

"영감 덕에 오늘은 욕 단단히 봤소. 그 대신에 영감 솜씨로 고년 꼭 한번 데려와야 해요. 버르장머리를 단단히 가르쳐놔야지."

집에 들어가서 밤참으로 또 한 상 차려놓고 앉아서 매당은 상훈이에게 폭백을 하는 것이었다.

"재주껏 해보구려. 여간 그물에는 걸릴 것 같지두 않으니!"

상훈이도 오늘 눈치로는 경애는 인젠 단념하는 수밖에 없다고 생각하는 것이다. 샘이 나서 그러나 하였더니, 결국에 그야말로 구경이 하고 싶은 객기요 보복적 조롱에 지나지 않는 것을 인제야 겨우 짐작이 난 모양이다.

의경이도 이날은 여기서 묵고 말았다. 이 집에 드나드는 지가 벌써 서너 달 되어도 아직까지는 집에서 나와서 잔 일은 없으나, 워낙 늦기도 하였지마는 경애 같은 강적을 만난 뒤라 내친걸음에 한층 더 대담하여졌다. 게다가 요새는 또 한 가지 걱정이 생겨서 상훈이에게 아주 몸을 탁 실리는 것이다. 이달 들어서부터는 다달이 보이는 것이 없어져서 애를 쓰는 것이다. 애를 쓰면 쓸수록 점점 더 미끄러져 들어갔다.

중상과 모략

조 의관은 사랑에 누워서는 모든 것이 불편하고 안심이 아니 되고 누가 자기에게 약사발이라도 안겨서 죽일 것만 같아서 야단야단 치고 안으로 옮아 들어왔다. 아들이 있고 손자가 있고 증손자까지 두었건마는 그래도 수원집만은 모두 못하였다. 수원집이 옆에 앉았기만 하면 병은 저절로 나을 것 같았다. 그러나 절대로 안정을 시키라는 늙은이를 떠메어 들여왔으니 아무리 네 각을 떠서 들여온 것은 아니지마는 늙은이의 노끈 같은 허리가 아무래도 추슬렸을 것이다. 막 날 고비쯤 되었던 허리가 다시 물러났는지 옮아온 며칠 동안은 허리뼈가 여전히 시큰거리고 쑤시고 부기가 더 성하여갔다.

게다가 불질이 아무래도 심하니까 병실의 온도가 알맞지 못하여 조급한 성미에 이불을 시시로 벗기라고 야단이요, 그러는 대로 방문은 여닫고 하니까 감기 기운도 나을 만하다가는 다시 도지고 도지고 하여 이제는 시들부들 쇠하여버렸다. 그러는 동안에 제일 무서워하던 폐렴이 곁들었다. 한의 양의가 번갈아 들며 집 안은 약시중에 꼭두식전부터 오밤중까지 잔칫집같이 법석이었다.

수원집은 어쨌든 살이 더럭더럭 내렸다. 이목은 번다한데 귀찮은 내색을 보이지 않으려니만큼 속은 더 썩는 것이다.

꼴 보니 병은 오래 끌 모양인데 앓는 어린애처럼 한시 한때 곁을 떠나지 못하게는 하고 밤이나 낮이나 똥오줌은 받아내야 하니 낮에는 남의 손을 빌리지만 밤에는 제 손으로 치워야 한다. 그럴 때마다 단잠을 깨우는 것도 죽겠지마는, 마음대로 문도 못 열어놓으니 방 안에 냄새가 탕진을 하여 몰래 향수 뿌린 비단 수건으로 코를 막고야 자는 버릇이 생겼다. 그러나 이불 속에 넣은 수건은 눈에 안 보이고 냄새는 맡히니까 영감은 웬 향내가 이렇게 나느냐고 군소리를 중얼중얼하는 것이었다. 향내가 싫은 것이 아니라 자기에게서 무슨 냄새가 나니까, 그게 싫어서 향수로 소독을 하거니 하고 짜증을 내는 것이다.

그래도 수원집은 영감 앞에서는 입의 혀같이 살랑거렸다. 이번 판에 공을 들여놓아야 백 석이 이백 석 될 것이 아닌가? 그것도 그렇지마는 이번에는 손주며느리도 먹어내야 할 필요가 있었다. 아들 내외와 그만큼 버스러졌으니까 죽을 때에도 손자 내외에게 많이 몫을 지어줄지 모를 일이니 손자 식구마저 떼어놓으면 한 뙈기라도 그리 붙일 것을 이리로 더 붙이게 될 것은 인정의 어쩌는 수 없는 약점이겠기에 말이다.

"젊은것이 걀러빠져 못쓰겠어요."

조금만 영감의 눈살이 아드득 찌프러지는 것을 보면 모든 것을 손주며느리에게 밀어붙이는 것이다.

"아즉 어린것이 자식이 달렸으니까 그럴 수밖에! 또 무에 들지는 않았나?"

영감은 그런 중에도 손주며느리는 물오른 가지에 달린 봉오리처럼 귀엽게 보는 것이었다.

"게다가 또 있으면 어째요. 하나를 가지고도 헤나지를 못하는 치신에……."

수원집의 입은 샐룩하였다.

"그래두 있을 때가 되면 있어야지."

영감은 손자가 이번에 다녀갔으니까 있으려니 하는 것이다. 수원집 몸에 있는 것만은 못하여도 계계승승하여 억만 대에 뻗칠 ○○ 조씨의 손이 놀까 보아 이 영감은 병중에도 걱정인가 보다.

"몸은 편치 않으신데 별걱정을 다 하시우."

자기에게는 있어도 걱정이지만 시기가 나는 것이었다.

"어쨌든 시어미란 게 버려놓았어요. 네 것 내 것을 고렇게도 야멸치게 싹싹 가르고 요강 하나라도 이 방에서 나가는 것은 무슨 병이 붙어 나가는지 제 방 것을 부시면서도 건드리기는 고사하고 보기만 하여도 더러더러 하고 눈살을 찌푸리니 절더러 부시라는 건 아니건마는 그게 말얘요."

우선 초벌로 헐어놓는 것이다.

"그야 부실 사람이 없어 그 애더러 하랄까."

영감은 그만만 해도 자기에게 피침한[224] 일이니 듣기에 좋을 것은 없으나 이렇게 눌렀다.

"그러니 말씀이죠. 한 일을 보면 열 일을 안다고 약 대리는 것도 꼭 아랫것들에게만 맡겨두고 모른 척하니 그래 지날결에라도 들여다보면 못쓸 게 무어얘요. 아아니, 약은 그만두고라도 어른 잡숫는 찌개 한 그릇이고 숭늉 하나라도 정성이 있으면 더운가 찬가 애가 씌우고 들여다보는 게 옳지 않아요……."

영감은 여기 와서는 잠자코 귀가 솔깃해하는 눈치다. 영감이 잠자코 말면 이제는 귀가 뚫렸구나 하고 수원집의 입은 신이 나서 입술이 더 나불거리는 판이다.

늙은이 좋다 할 사람 없고 더구나 긴 병에 효자 없다 하지마는 자여손子與孫[225]이 남부럽지 않고, 그래도 경향 간에 누구라고 손꼽을 만한 천량을 가지고 앉아서도 늙게 의탁할 사람이라곤 뜨내기로 들어온 거나 다름없는 수원집 하나요, 세상에 없는 신약을 구하여 와도 하인년의 손에 달여 먹으니 졸아붙으면 물 타 올 것이요, 많으면 엎질러다 줄 것이다. 그걸 생각하면 그래도 괴롭다는 말 한마디 없이 고분고분히 시중을 드는 것이 신통하고 가상하다. 처음에 수원집을 끌어들일 때 말썽이 많고 온 집안이 반대

224 침범.
225 아들과 손자를 통틀어 이르는 말.

하였지마는, 지금 생각하면 수원집이나마 없었다면 어떻게 되었을꼬? 죽을 때 물 한 모금이라도 떠 넣어줄 사람은 그래도 수원집 하나뿐이라고 생각하는 것이다.

"덕기만 하더라도 제 처한테는 편지를 하면서 떠나간 뒤에 이때까지 영감께 상서는 없었지요?"

수원집은 덕기까지 쳐들었다.

"응, 도착하는 길로 한 번 오긴 왔지, 한데 언제 또 왔다고?"

"어제 또 왔나 보던데요."

영감은 손주며느리를 불러들였다.

"얘 아비에게서 편지가 왔다지?"

"예."

"그럼 날 좀 보여야지."

영감은 젊은 애가 내외끼리 한 편지를 보자고 한다. 다른 때 같으면 그런 생각 없는 소리를 아니하였겠지마는, 병석에 누운 뒤로는 신경이 흥분하여 망령 난 늙은이처럼 불관한 일에까지 총찰이 하고 싶고, 앓는 어린애처럼 노염을 잘 타는데다가 수원집의 그 말을 들으니 화가 발칵 난 것이었다.

"별말 없어요. 책을 한 권 건넌방에 빠뜨린 것하고 넥타이 두고 간 걸 보내달라는 거야요."

젊은 색시가 남편에게서 온 편지를 시조부 앞에 내놓기가 부끄러웠다.

"어쨌든 이리 가져와!"

영감의 말소리는 좀 역정스러웠다.

손주며느리는 웬 영문인지?—모른다느니보다도 또 수원집의 농간이려니 하는 생각을 하면서도 하는 수 없이 제 방으로 가서 편지를 가져다 바치었다.

편지에는 사실 그 말밖에 없었다. 그러나 할아버님 병환은 좀 차도가 계시냐고 한마디 물었을 뿐인데 어린아이에게 대하여는 감기 들리지 않게 주의를 하라는 둥, 잘 때에 젖을 물리지 말라는 둥 부인 잡지권에서나 얻어들었는지 하는 주의를 자질구러히 쓴 것이 영감에게는 눈에 거슬렸다.

'자깝스럽게 어린것이 자식 귀한 줄은 아는 게구나' 하는 생각을 하며,

"그래 부쳐달라는 것은 부쳤니?"

하고 물었다. 무슨 난데없는 호령이 내리지나 않는가 하고 조심하여 시조부의 낯빛만 내려다보고 섰던 손주며느리는 마음이 죄이면서,

"아직 못 부쳤에요."

하고, 대답을 하였다.

"난 편지 쓸 새가 없고 하니 자세한 답장을 해주어라. 내 병 이야기도 하고 나는 이번엔 아마 다시 일어날 수 없으리라고 하여라."

조부는 이렇게 이르고서 소포 부칠 것을 어서 싸서 사랑으로 내보내어 지 주사에게 부치라고 할 것과, 집안일에 네가 주장을 해서 잘 거두라는 것을 한참 잔소리한 뒤에는,

"약 같은 것도 그렇지 않으냐? 네가 전력을 해서 달이지 않고 부엌데기나 어린 계집애년들만 내맡겨두면 어쩌잔 말이냐? 약은 어쨌든지 간에 네 도리로라도 그러는 게 옳지 않으냐."

영감은 좀 더 단단히 말이 하고 싶으나 어린것을 그럴 수도 없

어서 참는 것이었다.

그러나 손주며느리로서는 억울하였다. 다른 것은 몰라도 약 달이는 데에 자기같이 정성을 쓰는 사람이 이 집안 속에 누구일까? 그렇게 말하면 수원집이야말로 공연히 떠들고만 다녔지 이때껏 약 한 첩 자기 손으로 달이는 것을 본 일이 없지 않은가! 그러나 분하여도 하는 수 없다. 친정 부모밖에는 이 집 속에서 하소연 한마디 할 데조차 없다.

"하느라고는 합니다마는……."

겨우 이렇게 한마디밖에는 말대답이 될까 보아 입에서 나오지를 않았다.

"글쎄, 그러니까 더 주의를 하라는 말이다."

영감은 이렇게만 일러 내보내놓고도 손자의 편지에 자기 병 걱정은 한마디 없이 어린 자식 조심시키란 말만 한 것이 아무래도 못마땅하였다.

아침 후에 상훈이가 문안을 왔다. 영감이 누운 뒤로 아침저녁 문안만은 신통히도 궐하지[226] 않는다. 그러나 문안이라고 병인의 방에 들어와서 잠깐 섰다가 나가는 것이건마는 그 이분이나 삼분 동안이 피차에 지루한 것 같고 성이 가시었다.

"너 날마다 아침 술을 먹고 다니니?"

부친은 앓는 아비를 주기 있는 얼굴로 와서 보나 싶어서 말하자면 공연한 트집이다. 실상은 어제 청목당으로 매당집으로 돌아다니며 술상이 벌어졌어야 모두 몇 잔 먹지는 않았다. 원체 폭음

226 빠뜨리다.

을 하는 것도 아니지마는 근자에는 그리 받지도 않는 터이다. 다만 늦게 자서 잠이 부족하여 눈알이 붉을 뿐이다.

"……너는 지금 앓는 애비를 보러 온 게 아니라, 해정[227]을 하려고 술친구를 찾아다니는 거냐?……"

영감은 돌아누워 버렸다. 상훈이가 먹먹히 섰다가 나오려니까,

"다시는 오지도 말고 죽어도 알릴 리도 없으니 어서 가서 술집에고 계집의 집에고 틀어박혀 있거라."

나가는 아들의 등덜미에 찬물을 끼어 얹듯이 이런 소리를 꽥 질렀다.

부친의 호령은 언제나 박박 할퀴는 것 같았다. 심장 밑이 찌르르하였다. 그런 때마다 하속배나 어린 며느리 자식 보기에도 창피한 증이 들었다. 여생이 얼마 안 남은 부친이니 그야말로 양지養志[228]는 못할망정 자식 된 자기로서 제 속마음으로라도 향의[229]만은 정성껏 하리라고 생각하다가도 주책없는 어린애처럼 배심이 드는 것이었다.

'내가 잘한 것이야 없지마는 효孝도 윗사람이 받아주셔야 될 것이 아닌가?'

상훈이는 이런 생각도 하였다. 언제라고 부자간에 따뜻한 말 한마디 주고받은 것은 아니로되, 수원집이 들어온 후로 한층 더 심한 것을 생각하면 밤낮으로 으르렁대는 자기 마누라만 나무랄 수도 없을 것 같았다. 더구나 어제 매당집에 왔던 생각을 하면 도

227 '해장'의 원말.
228 부모님을 즐겁게 해드림.
229 마음을 기울임.

저히 이 집 속에 붙여둘 수 없겠건마는 부친의 일을 어찌하는 수 없었다. 부친만 돌아가면 자식이야 있든 없든 남 될 사람이요, 또 벌써부터 뒷셈 차리느라고 그런 데를 드나드는 것이겠지마는, 큰 걱정은 까닭 없이 몇백 석이고 빼앗길 일이다. 그것도 잘 지니고 자식이나 기른다면 모르겠지마는 어떤 놈의 좋은 일이나 시키고 말 것이 생각하면 아까운 일이다. 그것을 장을 대고 벌써 어떤 놈이 뒤에 달렸는지도 모를 일—달렸기에 병인을 내버려두고 틈틈이 매당집에를 다니는 것일 것이다. 수원집도 제 밑 들어 남 보이기니까 어제 매당집에서 피차 만났다는 말이야 영감님께 하고 싶어도 못 하였겠지마는 오늘에 한하여 별안간 계집의 집에나 술집에 가서 틀어박혀 있으라고 부친이 역정을 내는 것은 웬일일꼬? 저는 발을 빼고 또 무어라고 헐어냈나? 정말 그렇다면 이 편에서도 가만히는 안 있으련다!

상훈이는 혼자 속으로 이런 생각을 하며 아이년이 업은 손자 새끼를 얼러주다가 사랑으로 나가려니까 안에서는 눈에 안 띄던 수원집이 사랑문 앞에서 들어오다가 마주쳤다.

"매당집은 언제부터 알았습디까?"

상훈이는 지나쳐 들어가려는 수원집에게 순탄한 낯빛으로 물어봤다. 어제 보았다는 표시를 해서 발등을 디디고 다시는 못 다니게 하려는 생각으로이었으나 마당에 섰는 사람들에게나 방 안에 들릴까 보아 사패 보아주어서 말소리만은 나직이 하였다.

"매당집요? 요전에 사귀었어요. 어제 종로까지 잠깐 무얼 사러 나갔다가 길에서 만나서 어찌 끄는지 잠깐 들렀었죠마는 나으리께서도 아셔요?"

상훈이는 유산태평으로 목소리를 크게 지르는 데 우선 놀랐다. 남은 일껏 사정 보아주어서 은근히 묻는데, 저편은 한층 더 뛰어서 모두 들으라는 듯이 떠들어놓는다. 더구나 어제 마주친 것은 시치미 딱 떼어버리고 나으리께서도 아느냐고 묻는 그 담찬 소리에는 깃구멍[230]이 막힐 노릇이다.

"알고 모르고가 없이 어제 거기서 만나지 않았소?"

상훈이의 입가에는 웃음이 떠올라왔으나 눈에는 꾸짖고 위협하는 빛이 어리었다.

수원집은 속으로 코웃음을 치면서도 깜짝 놀란 듯이,

"예에, 난 설마아 했더니! 그런데 나으리께서 어떻게 거기서 약주를 잡숫고 계셨에요? 그 집주인 사내 양반하고 친하세요?"

호들갑스럽게 딴청이다.

"에에, 그럭저럭 알지만……."

상훈이 역시 어름어름하면서,

"그건 고사하고 매당을 언제 알았습디까?"

하고, 다시 캔다.

"글쎄, 요전에 알게 되었에요. 조선극장에를 갔더니, 그이두 왔는데 데리고 온 계집애년이 예전에 우리 집에서 자라난 종년의 딸이겠지요. 그년하고 이야기를 하게 되어서 차차 알게 되었는데, 어제는 한사코 자기 집을 알아두고 가라고 끄는군요. 영감님은 저러시고 한가로이 놀라 갈 새는 없지만 뿌리치다 못해서 잠깐 들러보았지요."

230 기氣가 들락날락거리는 통로.

말이 혀끝에서 나발나발 힘 안 들이고 청산유수같이 나온다.

"하여간 그렇다면 몰라도 가까이 다니지는 마우. 남자들이 모여서 술이나 먹는—말하자면 내외주점 비젓한[231] 데니까……."

상훈이는 수원집의 말을 열 마디면 열 마디를 다 곧이들을 수는 없으나, 혹시 그랬을지도 모른다 하면서 이렇게 일렀다.

"예, 그런 데애요? 그럼 공연히 갔군요…… 퍽 잘사는 모양이요, 살림두 얌전한가 보던데 왜 그런 영업을 할까요?…… 주인 영감도 퍽 점잖은 영감이라던데요?"

수원집은 천만뜻밖에 소리를 듣는다는 듯이 연해 고개를 갸웃거린다.

"어쨌든 나는 남자니까 상관없지마는 다시는 가지 말우."
하고 상훈이가 헤어져 사랑문에 발을 들여놓으려니까 최 참봉이 뒷짐을 지고 담 밑에서 오락가락하고 있다.

상훈이는 최 참봉을 보자 저절로 눈이 찌프러졌다. 담 밑이 양지라 해서 거기서 어른거리는지도 모르겠으나 지금 자기네의 이야기를 들었을 것이 싫기도 하고, 날마다 대령하는 축이 아직 안 모여서 스라소니 같은 지 주사만 지키고 들어앉았는 이 사랑에 수원집이 나왔으면 최 참봉밖에 만날 사람이 누굴까. 최 참봉이란 늙은 오입쟁이다. 파고다 공원에 가서 천냥만냥하는 축이나 다름없으나 어디서 생기는지 인조견으로 질질 감고 번지르르한 노랑 구두도 언제 보나 울이 성하다. 또 그만큼 차리고 다니기에 파고다 공원에는 안 가는 것이다.

231 '비슷하다'의 방언.

어쨌든 이 사람은 수원집을 이 집에 들여앉힌 사람이니 주인 영감에게는 유공한 병정이다. 천냥만냥이 본업이요 그런 일이 부업인지, 뚜쟁이 계집 거간이 전업이요 땅 중개가 부업인지 그것은 닥치는 대로니까 당자도 분간하기가 좀 어려우리라.

하여간 요전에 들어온 이 댁 어멈인가 안잠자기[232]인가도 이 사람의 진권이라 하니 자기 마누라 말마따나 이 세 사람이 한통속은 한통속일 것이라고 상훈이도 짐작은 없는 배 아니다. 일전 파제삿날에 수원집과 싸우고 온 마누라를 나무랄 때 마누라 입에서 들은 말이지마는, 제삿날도 문간에서 최 참봉과 쑤군거리다가 어디인지 갔다 왔다 하지 않는가. 소문에는 원체 최 참봉과 그렇지 않은 새이나 살 수가 없어서 이리 들여앉힌 것이라는 말도 귓결에 떠들어온 것을 기억하고 있다. 어쨌든지 상훈이는 최 참봉만 보면 달라는 것 없이 미웠다. 미운 사람에는 또 한 사람 있다. 제삿날 저녁에 말다툼하던 재종형의 창훈이다. 이 두 사람을 꼼짝 못하게 만들어놓아야 하겠다고 벼르는 것이나 이편이 싫어하면 저편도 좋아할 리가 없다. 상훈이가 밖에 나가서 하는 일거일동을 영감에게 아뢰어 바치는 사람은 이 두 사람이다.

"요새 어떠슈? 살살 혼자만 다니지 말고, 어떻게 나 같은 놈도 데리고 다녀보구려? 과히 해로울 건 없으리다."

최 참봉은 이런 소리를 하고 껄껄 웃는다. 나이는 상훈이보다 육칠 년 위나 말은 좀 높인다.

"어디를 가잔 말요?"

232 여자가 남의 집에서 먹고 자며 그 집의 일을 도와주는 일.

상훈이는 핀잔을 주며 냉소한다. 어젯밤 일이 벌써 이 놈팡이에게 보고가 들어갔구나 하니 더욱 불쾌하다.

"매당집에 자주 간답디다그려? 거기나 가볼까?"

상훈이는 고쳐 생각하고 앞질러 떠보았다.

"그거 좋지! 매당이란 말은 들었어도 이때껏 가보지는 못했어."

"수원집이 다 가는 데를 못 가봤어? 퍽 고루하군! 서울 오입쟁이 아니로군!"

"이 늙은 놈을 가지고 그 무슨 말씀요. 허허……, 그런데 수원집이 그런 데를 가다니? 누가 그런 소리를 합디까?"
하며, 최 참봉은 자기 딸의 말이나 나온 듯이 놀란다.

"지금 못 들었소?"

상훈이는 여전히 코웃음을 친다.

"무얼 들었단 말씀요?"

이 사람도 딴전이다.

"모르면 모르고……."

상훈이는 툭 뿌리치는 소리를 하고 휘죽 나가려니까 최 참봉은 헤헤 웃고 바라보다가,

"이따 만납시다요. 나는 약조를 어기는 법은 없으니까."
하고, 소리를 친다.

안방에서는 영감이 들어와 앉는 수원집더러 상훈이와 무슨 이야기를 하였느냐고 묻는다.

"어제 갔던 집 이야기애요. 나으리도 그 집 영감하고 친하다나요. 어쩌면 벌써 아셨어!"

수원집은 어제 다녀 들어와서 지금 상훈이에게 한 말대로 영

감에게 벌써 이야기를 해두었던 것이다.

"그 집 주인은 무엇 하는 사람인데?"

영감은 의심쩍어 묻는 것은 아니었다. 의심쩍은 일이 있으면야 당자가 애초에 알려 바칠 리도 없으려니 하는 생각이거니와, 다만 아들의 친한 사람의 집이라니까 자기도 혹 짐작할 사람인가 하고 묻는 것이다.

"모르겠어요. 아마 같은 교회 사람인지도 모르겠어요."

수원집은 영감에게 매당이란 매梅 자도 입 밖에 아니 내었지마는, 매당에게 영감이 있다면 죽으로 있을지 몰라도 웬 놈의 그런 남편이 있으랴. 그러나 상훈이에게나 영감에게나 이렇게 발라맞추는 것이다.

"상훈이 친구면야 모두 그따위들이겠지마는 아무튼지 동무를 잘 사귀어야 하는 거야. 여편네가 요새 세상에 까딱하면 타락하는 것은 모두 못된 년의 꼬임에 넘어가는 것이니까…… 저만 봉변을 하는 게 아니라 남편의 얼굴에 똥칠을 하게 되고 가문을 더럽히고……."

영감이 또 잔소리를 꺼내니까 수원집은,

"염려 마세요. 한두 살 먹은 어린애니 걱정이십니까? 누구고 누구고 안 사귀면 그만 아닙니까."

하고 말을 막아버린다.

활동

경애가 바커스에서 자정이나 되어 집에 돌아와 보니 병화는 조금 전에 갔다 하고 건넌방의 피혁 군은 자는지 문을 첩첩이 닫고 감감하다.

"주무세요?"

하고, 소리를 쳐보았으나 대답이 없었다.

혹시 병화와 길이 어긋나지나 않았을까 하는 생각이 없지 않았으나 그대로 들어와 자버렸다.

이튿날 이른 아침에 문도 안 열어놓아서 문을 흔드는 소리에 부엌에서 불을 지피고 있던 모친이 나가보니 얌전한 처녀애가 보따리를 끼고 덮어놓고 들어서면서,

"홍경애 씨 계시죠?"

하고, 묻는다. 모친은 멀뚱히 치어다보다가,

"들어가 보우."

하고, 문을 지치고[233] 들어왔다.

"얘 내다봐라."

모친이 안방에다 대고 소리를 칠 새도 없이 건넌방에서 먼저 덧문이 펄썩 열리더니 피혁 군이 중대강이 같은 시퍼런 머리를 쑥 내밀며,

"새문 밖에서 오셨소? 이리 주슈."

하고, 보따리를 넹큼 받으면서,

233 문을 잠그지 아니하고 닫아만 두고.

"춘데 애쓰셨소이다."
하며, 인사를 한다. 그러나 처녀애는 아무 대답도 없이 머뭇머뭇하고 섰는 양이 주인을 좀 만나보고 가려는 눈치다.

"얘 그저 자니? 손님 왔다."

모친이 또 한 번 소리를 치니까, 그제야 머리맡 미닫이를 밀치고 경애가 잠이 어린 눈으로 내다본다.

"어디서 오셨소?"

경애는 머리를 쓰다듬으면서 묻다가,

"새문 밖에서…… 저 김병화 씨께서……."
하고, 필순이가 어름어름하는 것을 듣고는 반색을 하면서,

"예, 예, 어서 들어오슈."
하고, 부리나케 자리 속에서 나온다.

필순이는 곧 가겠다지도 않고 옷 입는 동안을 지체하여 안방문을 열기를 기다려서 들어갔다.

이 처녀는 병화의 부탁도 부탁이려니와 덕기의 편지를 본 후로 경애를 한번 보았으면 하는 호기심이 잔뜩 있던 터인데 이렇게 속히 만나게 될 줄은 의외이었다. 필순이는 첫눈에 예쁜 얼굴이라고 생각한 외에 별로 깊은 인상은 갖지 못하였으나, 누구나 자고 난 얼굴이란 볼 수가 없겠건마는 이 여자는 갖추지 않은 얼굴이 그대로도 남의 눈을 끄는 데에 필순이는 약간 친숙한 마음까지 일어났다. 방에 들어선 필순이는 방 치장이 으리으리하고 경애가 남자의 고의적삼 같기도 하고, 청인의 옷 같기도 한 서양 자리옷을 입은 양이, 눈 서투르면서도 더 예뻐 보이는 데에 잠깐 얼없이 섰었다.

그러나 자기 집 방 속을 머리에 그려보고는 너무나 동떨어진 데에 불쾌와 반감도 생기는 것을 깨달았다.

'허지만 카페 같은 데 가서 벌어서 이렇게 살면 무얼 하는 건구! 기생이나 다를 게 없지!'

이런 생각을 하니 필순이는 도리어 더러운 것 같고 경멸하는 마음이 생겼다. 경멸하는 마음이 생긴다느니보다도 애를 써 경멸하는 마음을 먹어서 자기를 위로하고 부러운 생각을 누르려 하였다.

"김 선생님 잘 가 주무셨수?"

경애는 자기에게 병화 심부름을 온 줄 알고 물었다.

"예, 그런데 조선옷을 가지고 왔에요."

경애는 어쩐 영문인지를 몰랐다.

"무슨 옷요? 어디 두었수?"

"건넌방에요……."

경애도 필순이의 대답을 듣기 전에 그러려니—하는 짐작은 있었던 것이다.

경애는 다시 한 번 고개를 끄덕여 보이고 무슨 생각을 하는 눈치더니, 발딱 일어나서 벽에 걸린 외투를 떼어 파자마(자리옷) 위에다가 들쓰며,

"김 선생님 언제 오신대요?"

"인제 뒤미처 오실걸요."

경애가, 잠깐 앉았으라 하고 급히 방문을 열고 나가려니까, 필순이도 따라 일어서며,

"두루마기가 짜르면 내가 예서 고쳐드리고 갈 테니 잠깐 입어 보시라고 하세요."

하고, 소곤소곤 이른다.

"뉘 건데요?"

"집의 아버님 건데 짧을 듯하다세요. 대중을 봐서, 절더러 고쳐놓고 오라고 하셨으니까 짧건 가지고 오셔요."

경애는 고개만 끄덕여 보이고 건넌방으로 건너갔다.

경애가 건넌방에 들어서며 눈을 크게 뜨고 깔깔 웃으니까,

"왜? 이상스러워?"

하고, 피혁도 웃으며 빤빤한 머리를 쓱쓱 쓰다듬는다.

"아주 젊으셨는데. 다른 양반 같애요."

"그럴까?"

하고, 피혁은 머리맡 석경을 들어 본다.

"어디서 깎으셨에요?"

"수염은 여기서 밀어버렸지마는, 하는 수가 있나. 현저동으로 가서 큰애더러 이발기계를 빌려볼 수 있느냐고 하니까, 얼른 제 동무에게 가서 빌려가지고 와서 제법 깎아놓겠지. 그 대신 이발료가 일금 일 원이면 싼 셈이랄까 비싼 셈이랄까."

피혁은 픽 웃어버린다. 현저동이란 경애의 외삼촌 집 말이다.

"일 원 아니라 십 원이라도 싸지요. 뭇사람이 드나드는 이발소에 가서 별안간 발갛게 깎다가 운수가 사나우려면 그중에 무에 있을지 누가 안다구……. 그래 어젠 어떻게 됐에요?"

"응, 잘되었어."

피혁은 간단히 이렇게만 대답을 하고 한참 무슨 생각을 하다가,

"거기서 우수리만 날 주고, 나머지는 그대로 저 사람이 달랄 때 내주우."

하고, 이른다.

경애는 더 캐어묻지도 않고 잠자코 듣고만 있다.

"이따, 언제든지 떠날 테니 안 들어오건 떠났나 보다 하우. 어머니께는 집으로 내려간다고 할 게니 그렇게 알아두고 잘 지내우. 언제 또 만날지 모르지마는 지금 같은 그런 생활은 어서 집어치우고 저 사람을 좀 도와주도록 하우. 감독을 한다든지 감시를 할 수야 없겠지마는, 옆에서 내용 아는 사람이 바라보고 있으면 행동이나 금전에 대해서 한만히 못 하게 될 것이요. 또 그런 사람한테 적당한 여성이 있어서 위안도 해주고 격려도 해주면 용기가 나는 수도 있으니까, 말하자면 저 사람을 못 믿는 것은 아니나 반은 경애를 믿고 가는 것이요."

경애는 고개를 끄덕여 보였다.

"그렇다고 둘이 너무 깊어져버려서 일이고 무어고 집어치워버리고 술이나 먹고 떠돌아다니면 큰일이야! 밖에서도 그런 소문은 빠르고 사실이라면 그때는 참 정말 큰일이니까!"

피혁은 이런 부탁과 어르는 수작을 찬찬히 일렀다.

"에이, 별걱정 다 하시는군! 그렇게 못 믿으실 지경이면야 어떻게 부탁을 하셨에요."

하고, 경애는 핀잔을 주듯이 웃는다.

"그야 못 믿는 것은 아니지마는……. 깊이 사귀어보지는 못했지마는, 아이 딴은 쓸 만하기에 부탁한 게 아닌가. 일이란 성패간에 한번 믿으면 딱 맡겨버리는 것이니까. 하루이틀 새에 다른 사람 같으면 경솔하달 만큼 쓸어맡기고 가나 그래도 모든 게 염려 안 된달 수야 있나."

피혁의 말도 무리하지 않다고 생각하였다.

"아무려니 그까짓 돈 얼마에 타락할 사람도 아니요, 낸들 돈을 먹자면 먹을 데가 없어서 그까짓 것에 허욕이 동해서 일에 방해가 되게 할까요."

경애 말도 그럴듯하다고 피혁은 속으로 웃었다.

피혁이의 말을 들으면 어제 병화와의 교섭이라는 것은 간단히 끝났던 모양이다.

피혁이란 이름도 물론 본성명은 아니지만 저기로 나가서 처음에 쓰던 이우삼李友三이라는 이름을 듣자 병화도 그가 누구인 것을 알고 탁 믿은 것이었다. 이우삼이란 이름은 경찰의 '블랙리스트'에는 물론이요, 그동안 몇몇 사람 공판 때마다 재판소 기록에 오르내리던 이름이니만큼 바깥에 있는 사람 중에서는 한 모퉁이의 두목인 것은 사실이요, 따라서 여기 있는 동지 간에도 본인이 누구인지는 몰라도 이름만은 잘 아는 것이었다. 어쨌든 그런 관계로 병화는 절대 신임을 하고 앞질러서 무슨 일이든지 맡으마고 나선 것이었다. 피혁이만 하여도 경계가 점점 심해가는 판에 머뭇거리고 있을 형편이 못 되었다. 자기가 맡아가지고 온 두 가지 일 중에 한편 일은 쉽사리 끝나고, 이편 일이 이때껏 미루미루 끌려 내려온 것이었다. 물론 속을 알고 보면 한계통의 한종류 사람들에게 부탁을 하는 깃이요, 후일 일이 탄로가 되는 날이면 너도 그런 일을 맡았던? 나도 이런 일을 맡았었다고 저희끼리 놀랄지 모르지마는, 지금은 설사 한자리에 자는 내외간일지라도 서로 각각 비밀히 일을 안기고 가려니까 피혁이로서는 힘이 몹시 드는 것이었다.

하여간 일이 이만큼 무사히 낙착되었으니까 피혁은 피혁대로 불이시각하고 들고빼려는 것이다. 여기에 대하여는 피혁이 자신도 그렇게 생각하였지마는, 병화의 의견대로 조선옷을 입고 떠나기로 하였다. 그래서 병화는 어젯밤으로 필순이의 부친과 의논을 하고 그이의 단벌 출입건[234]을 내놓게 하고 필순이 모친은 밤을 도와서 버선 한 켤레까지 짓게 하여 지금 필순이를 시켜 주어 보낸 것이다.

필순이 부친의 키도 그리 작은 키는 아니나 그래도 두루마기가 작았다. 바지저고리는 그대로 입을 수 있어도 두루마기의 화장[235]과 길이가 껑충한 것은 흉하였다. 흉하다느니보다도 남에게 얻어 입은 것이 뻔하여 급히 변장한 것이 눈치채어질까 보아 안 되었다.

피혁이는 그래도 관계없다고 하였으나 경애가 가지고 안방으로 건너왔다.

"시골 사람들은 정갱이에 올라오는 것도 입는데 길이야 괜찮겠지. 화장만 좀 늘였으면 좋겠는데 그대루 두우. 어머니께 고쳐 줍시사 하지."

경애는 필순이에게 보이기만 하고 그대로 못에 걸려 하였으나 필순이는 예서 펴놓고 고치기가 어려우니 가지고 가서 고쳐 오마고 빼앗아서 싸려 한다. 싸겠다거니 말라거니 하며 승강이를 하는 판에 병화가 후닥닥 뛰어 들어온다.

전신의 신경을 달팽이의 촉각같이 예민하게 하고 앉았던 피혁

234 집 밖으로 나갈 때 입는 옷가지.
235 소매 길이.

이는 병화의 기색이 좀 다른 것을 보고 병화의 입만 치어다보았다.

병화는 안방으로 경애를 따라 들어가서 잠깐 수군수군하더니 피혁이를 불러들여 갔다. 또 조금 있다가 경애가 나와서 아이 보는 년을 불러서 부엌 뒤로 끌고 나가더니 현저동 집에 가서 주인아씨께 잠깐 오시라고 전갈을 해서 뒷문을 열어주어 내보냈다. 뒷문은 그전에 누렁물[236]을 쓸 때는 열어놓고 썼었지마는, 뒤에 병원이 서게 되자 우물은 병원 안으로 들어가 버리고 병원 담과 이 집 사이에 토시짝 같은 골짜기가 생긴 뒤부터는 이 뒷문을 열어본 적이 일 년에 한두 번 청결[237] 때나 있을까 말까 한 터이다. 그러나 경애가 이 집에 온 뒤에 꼭 한 번 이 문을 긴하게 쓴 일이 있었다. 그것도 상훈이와 헤어진 뒤에 한참 달떠 다닐 때 일이었다. 지금 생각하면 까만 옛날 일이다. 그 남자도 경애 앞에서 스러진 지 오래다. 하여간에 아이 보는 년은 생전 여는 것을 보지 못하던 이 문을 열어주고 이리로 나가라는 데에 좀 이상한 듯이 주인아씨의 얼굴을 치어다보았으나 하라는 대로 그리 나와서 전찻길로 빠져 염천교 다리로 향하여 꼬불꼬불 걸어갔다.

뒤미처서 피혁이도 이 문으로 빠져나가 버렸다. 셋째로는 필순이가 가지고 온 것보다도 더 큰 보따리를 끼고 나갔다. 그동안이 십분, 오분씩 격을 두어서 이십분밖에는 걸리지 않았을 것이다.

피혁이는 병화가 서두는 바람에 줄이느니 늘리느니 하던 두루마기를 급히 꿰고, 병화가 옷과 함께 사 보낸 고무신을 신고 나선

236 누렁우물. 물이 맑지 않아서 먹지 못하는 우물.
237 청소.

것이다. 그러나 만일 무슨 일이 있다면 다른 사람은 상관없으나 어린 계집애년의 눈에 띄어서는 큰일이다. 계집애년만 붙들어 가면 그린 듯이 보고 들은 대로 아뢰어 바칠 것이요, 또 만일 잠깐 이년을 치운다 해도 앞문으로 내보냈다가 동구에서 서성대고 있는 사람이 정말 형사일 지경이면,

"얘, 얘, 너의 집에 지금 누구누구 있던?"

하고, 물어본다든지 하여 일은 단통 당하고 말 것이다. 그래서 창졸간에 생각난 것이 급한 대로 현저동에나 쫓아 보내자는 것이었다.

피혁이는 두루마기 위로 속적삼이 허옇게 나오는 두 팔을 귀에 찌르고 정처 없이 나섰다. '그 돈의 우수리'라는 삼백 원을 주머니에 넣었으니 가려면 어디든지 갈 것이나 동으로 가나 서로 가나 세상 사람의 눈은 모두 자기의 얼굴만 바라보는 것 같다.

경애와 병화는 삼백 원을 떼내고 남은 이천 원을 신문에 싸서 피혁이가 벗어놓은 양복 외투와 함께 단단히 뭉쳐서 급한 대로 필순이를 주어서 '바커스'로 보내놓고 모친더러는 뒤미처 또 현저동으로 쫓아가서 아이년을 거기 그대로 붙들어두라고 이르게 하였다. 아이년이 오다가 붙들려도 아니 될 것이요, 얼마 동안은 그 집에 보내두는 수밖에 없었다.

모친은 어쩐 영문인지를 분명히는 몰랐으나, 외국에서 들어온 조카의 신상에 급한 일이 생긴 것인 줄만은 짐작 못 하는 게 아니니까 하라는 대로 부리나케 옷을 갈아입고 나섰다. 나서면서도 병화와 젊은것 둘만 남겨두고 가는 것은 마음에 께름칙하지 않은 것도 아니었다.

경애와 병화는 우선 한숨 돌리고 마주 앉았으나 모든 것이 애가 씌우고 문간 쪽으로만 눈이 갔다.

그는 고사하고 돈과 피혁이의 양복을 필순이 집으로 가지고 가게 하였다가 거기도 위태할지 몰라서 바커스로 가서 기다리라고 집을 잘 일러주기는 하였는데, 거기 역시 또 어떨지 겁이 난다.

경애는 이때까지 파자마에 외투를 입은 채 옷도 갈아입을 새가 없었다. 세수도 하기 싫었다. 그대로 병화와 마주 앉아서 담배만 빽빽 피우고 있다. 아무도 입을 벌리는 사람은 없으나, 똑같은 불안과 그 불안을 어떻게 모면할까를 궁리하고 앉았는 것이다. 그러나 만일의 경우에 어떻게 대답을 하겠다는 것을 공론하지 않아도 피차의 생각은 똑같았다.

"제발 덕분에 무사히 넘어서야지. 붙들리는 날이면 우리도 납작해지는 판이로구려."

경애는 아직도 남의 일처럼 웃는다.

"하는 수 있나. 그건 고사하고 바커스에 어서 가보아야 할 텐데, 내가 나가다가는 뒤를 밟히지 않을까? 나두 뒷문으로나 빠져 나갈까."

하며 병화는 웃는다.

"큰일 날 소리! 그랬다가는 정말 야단나게! 앞으로 버티고 나가다가 붙들리면 붙들리구 말면 말지 그야말로 하는 수 있나."

경애 말을 듣지 않아도 그렇기는 그렇다. 뒷문으로 새어 나간 줄을 알기만 하면 의혹을 더 낼 것이니 달아난 사람도 곧 뒤쫓기게 될 것이다.

"그런데 정말 형사를 가지구 그러는지? 제 방귀에 놀라서 그러는 것은 아니요?"

"제 방귀에 어쨌요! 말버릇 얌전하다!"

병화는 커닿게 탄하면서,

"궁금하거던 좀 나가보구려."

하고 핀잔을 준다.

경애는 발딱 일어나서 나간다. 반쯤 열린 문을 닫는 척하고 내다보니 아닌 게 아니라 골목 모퉁이에 양복쟁이 하나가 비스듬히 섰다가 여기서 문소리가 찌걱찌걱 나니까, 고개를 이리로 획 돌리더니 다시 외면을 하고 누구를 기다리는 것처럼 길 밖을 내다보고 섰다.

경애는 말만 듣던 것과 달라서 딱 마주 바라보니 가슴이 뜨끔하다.

"있어 있어! 어떡허면 좋아요?"

나갈 때까지와 들어와서가 다르다.

"왜 보니까 겁이 나지!"

"겁은 무슨 죄졌나! 당신이나 벌벌 떨지 말우."

피차에 이런 실없는 소리나 하여 목줄띠에 닥친 불안과 공포를 서로 위로하려 하였다.

"이로너라―."

잠깐 있으려니 밖에서 소리를 치며 꼭 지친 문을 밀치고 우중우중 들어오는 구두 소리가 난다. 경애와 병화는 가슴이 덜컥하는 한순간이 지나니까 숨이 저절로 돌아 나오며 마음이 제대로 가라앉는다. 머리끝까지 화끈 솟아올랐던 피가 쭉 내려앉는 것 같다. 중문간에서 환도가 절그럭하고 부딪치는 소리가 나면서,

"주인 있소?"

하고, 소리를 친다.

경애가 마루 끝으로 나섰다.

"호구조사요. 홍경애가 누구요?"

장부를 손에 펴 들은 순사는 마루 가에 와서 서며 집 안을 휙 돌려다 본다.

"나얘요."

"이소사는?"

순사는 장부를 다시 들여다보며 묻는다.

"우리 어머님이셔요."

"정례는?"

"딸년예요."

"애아버지는 없소?"

"없에요."

"어디 갔단 말요?"

"돌아갔에요."

"그래 세 식구뿐이란 말요?"

"예—."

순사는 장부를 접어 들고 또 한 번 이리저리 휘휘 돌려다 보다가,

"이 구두는 뉘 거요?"

하고, 축대에 놓인 허술한 구두를 가리킨다.

"손님의 것얘요."

"방문을 좀 열어보슈."

경애는 깔깔 웃으면서,

"호구조사 하시는데 손님 선도 보세요?"

하고, 안방 문을 열어젖뜨리니까 병화가 모자를 쓴 채 앉았다가 헤헤 웃어 보이며 일어나 나온다. 순사는 병화의 얼굴을 뚫어지게 보면서,

"호구조사는 유행병 때문에 하는 거니까요."

하고, 변명을 하면서 건넌방을 열어보아도 좋으냐고 묻는다.

"아무도 없에요. 열어보세요."

순사는 건넌방 앞창을 열고 두리번두리번 자세히 본다. 그러나 거기에는 낡은 구식 이층장과 자리가 쌓여 있고 반짇고리니 방칫돌[238]이니 요강이니 하는 모친의 세간이 깨끗이 치어 놓였을 뿐이다. 순사는 다시 부엌으로 가서 기웃하면서,

"어머니는 안 계시우?"

하고, 묻는다.

"요 앞에 나가셨에요. 장안에 무어 사려구…… 그런데 이 겨울에 유행 감기도 전염병처럼 취체[239]를 하나요?"

경애는 생글생글 웃으며 오금 박듯이 물었다.

"누가 압니까. 하라니까 할 뿐이지요. 그런데 댁에는 이 외에 다른 식구는 없소? 부리는 아이년이구 행랑 사람이구?"

순사는 웬일인지 비로소 얼굴빛을 펴며 좋은 낯으로 묻는다.

"아무도 없에요."

"조용해 좋소그려. 방해되어 미안하우."

순사는 젊은 남녀만 있는 것을 빈정대듯이 이런 소리를 하고

238 다듬잇돌.
239 단속.

싱긋하며 나가버렸다.

병화의 뒤를 쫓던 그 형사가 앞 파출소의 순사를 들여보낸 모양이었다. 그것도 병화의 얼굴을 아는 형사가 이 근처를 아침저녁으로 순행을 하다가 어제 깊은 밤에 병화가 무심하고 파출소 앞을 지나는 것을 보았는데 오늘도 이른 아침에 이 근처에서 눈에 띄니까 뒤를 밟아 온 것이었다. 저희의 소굴이 이리로 옮겨 왔나? 혹은 병화의 집이 자기 관내로 떠나왔나 하여 다만 그런 단순한 의미로 쫓아본 것이었으나 문패도 똑똑히 붙이지 않고 국세조사 때에 붙인 쪽지에 이소사라고만 쓰인 것을 보고는 한참 동정을 보다가 파출소로 가서 순사에게 물어보고는 대신 들여보낸 것이다. 아까 경애가 문간에 나가서 본 사람은 형사는 아니었다. 제 방귀에 놀란 사람은 실상 경애이었다.

경애와 병화도 그만 짐작을 못 하는 것은 아니다. 정복 순사를 들여보낸 것을 보면 피혁이를 노리고 있는 것이 아닌 듯도 싶다. 만일 그렇다면 형사가 언제든지 달겨들 것이 아닌가? 혹은 새벽녘에 자는 것을 에워싸고 들어와서 잡았을 것이다. 그러나 어쨌든 아슬아슬하였다. 이렇게 된 다음에는 어차피에 경애도 주의인물이 되기는 하였지마는, 그들이 둘의 연애관계로만 생각한다면 다행한 일이다.

그러나 또 어느 때 정말 형사가 날려들지 피차에 내놓고 말은 안 하나 마음이 놓이지를 않아서 바늘방석에 앉았는 것 같다. 어쨌든 우선 병화라도 나가보고 싶었다.

나중에 바커스에서 만나기로 하고 병화는 필순이를 만나러 바커스로 갔다. 길을 돌아서 아무쪼록 호젓한 데로만 골라 갔다. 뒤에서 따르나 안 따르나를 보려는 것이었다. 결국 따르는 사람은 없었다. 도리어 이상하다는 불안을 느끼면서 바커스 앞에서 또 한 번 주의를 해 보고 들어섰다.

우중충한 속에 댕그렁히 혼자 앉았던 필순이는 반기며 일어선다. 얼었다 녹은 얼굴이 발갛게 피었으나 난롯불은 인제야 반짝거린다.

"퍽 기다렸지?"

"별일 없었에요?"

"응, 복장 입은 놈이 하나 다녀갔지만 상관없어. 어서 집으로 가지."

하고, 병화는 필순이를 재촉해 보내려다가,

"잠깐 가만있어."

하고, 양복을 훌훌 벗고 갈아입은 후에 보자기에는 자기 양복만 다시 싸서 준다.

"가다가 종로로 돌아서 아무 양복집에나 갖다 주고 뜯어진 것을 말짱히 꾸매고 고쳐놓으라고 해주게. 좀 비싸더라도 그대로 맡겨두고 가요. 영수증도 받고……. 혹시 집에도 누가 와 있으면 안 될 거니까 어디 다녀오느냐거던 공장에 가다가 배가 아파 다시 왔다고 하든지 잘 말해요."

병화는 이렇게 이르고 뒤로 빠지는 문을 열어주었다.

피혁이의 양복을 그대로 자기 방에 갖다 두면 혹시 가택수색을 당할지 모르니까 아주 자기가 입어버린 것이요, 자기 양복도 필순이가 가지고 들어가다가 어찌 될지 몰라서 처치를 하고 가게 한 것이었다.

주인 방은 그저 잘 리도 없는데 여전히 조용하다. 남은 외투를 쌀 신문지를 한 장 얻으려고 소리를 쳐보아야 감감하다. 방문을 두드리다가 열려니까 주부는 그제서야 밖에서 뒷문으로 들어온다. 손에는 반찬거리를 사 들었다.

"웬일예요. 이렇게 일찍들……."

하고, 주부는 인사를 하다가,

"그 색시는 갔습니다그려?"

하고 홀 안을 돌아다본다.

"내 누이라우. 양복을 이리 갖다 놔두라고 했는데…… 너무 일찍이 미안하외다. 한데 이거 좀 맡아두슈."

하고, 외투를 들어서 주부에게 준다. 그 속에는 이천 원을 십 원짜리와 백 원짜리로 섞어 싼 뭉치가 들어 있다.

주부는 받아 들다가 주머니 속에 무엇이 묵직하고 처지는 것 같으니까,

"여기 무에 들었기에 이렇게 무거워요? 벤또바꼬?"

하고, 웃는다.

"에, 벤또 그대루 넣어두슈."

병화는 대수롭지 않은 것처럼 대꾸를 하여두고 물이 더웠거든 술이나 좀 데워달라고 청한다.

주부는 외투를 자기 방에 갖다가 걸어놓고 술부터 데울 차비를 차린다.

외투도 여기 두어서는 안 되겠다고 생각하기 때문에 이왕이면 지금이라도 곧 화개동으로 가지고 가서 원삼이를 주고 싶으나 바깥이 어떤지를 분명히 몰라서 아직은 여기 앉아서 경애를 기

다리자는 것이다.

두 시간이나 넘은 뒤에 경애가 겨우 왔다. 물론 별일은 없으나 모친이 돌아와서 아침을 같이 먹고 치장을 차리고 나오느라고 그렇게 늦은 모양이다.

"오늘 일은 어떻게 그럭저럭 넘어갔지마는 인젠 주의해요. 여기마저 발이 달려 왔다가는 큰일이니까. 인젠 만날 것두 없구 좀 떨어져 지냅시다."

경애는 이런 소리를 하였다.

"그야 그렇지만 인젠 볼일 다 봤다는 말씀이시군? 무슨 말을 그렇게 야멸차게 하누? 하루 한 번씩이라도 안 만나고야 견디나."

병화는 비로소 바짝 죄었던 마음이 풀린 듯이 유쾌한 웃음을 터뜨려놓는다.

"만나서는 무얼 해요. 이젠 당신이 형사 같구 형사가 당신 같구……."

하며 경애도 웃었다.

"유일한 동지요. 유일한……."

병화는 말끝을 끊고 또 웃어버린다.

"으응—."

하고, 경애는 눈을 흘기다가 또 같이 웃어버렸다. 당면한 걱정이 덜리니까 새삼스러이 더 가까워진 것 같고, 행복스러운 애욕이 부쩍 머리를 드는 것이었다. 경애도 내심으로는 마찬가지였다.

"어쨌든 이동좌담회를 하루 두어 번씩만 열어봅시다."

병화의 발론이다.

"이동좌담회구 뭐구 술두 인제 그만해요. 그이도 가면서 퍽 염려를 합디다."

"무어라구? 술 때문에?"

"술두 술이지마는 돈을 객쩍게 쓸 것도 걱정이요, 우리가 너무 친할까 보아서도 걱정이요……."

"허허허…… 너무 친하면 어떻게 친한 건구?"

병화는 커다랗게 웃고 만다. 그 웃음이 무엇을 의미하는지 경애는 좀 알 수 없어서 한참 남자의 얼굴을 바라보다가 고개를 떨어뜨렸다. 그러나 병화는 아직 세상에 물들지 않은 새파란 젊은 의기에 그까짓 돈 몇천 원에 욕기가 난다든지 일에 비겁하기야 하랴—하는 생각을 한 것이었다.

"참 그런데, 이때껏 잊어버린 게 있군."

병화도 무슨 생각을 하다가 별안간 눈을 번쩍이며 말을 꺼낸다.

"조 군이 떠날 때 이 집 주인이 알아봐 달라구 부탁하던 오정자라나 하는 일본 여자, 지금 감옥에 들어가 있다는군."

"그렇다나 봐요. 그런데 덕기한테서 그런 말은 왜 당신한테루 기별을 해 왔어요?"

"삼단논법으로 당신두 빨갱이가 되었을까 봐 애가 씌운다구……." 하며 병화는 웃어버리다가,

"주인은 아마 빨갱인 모양이지?"

하고, 묻는다.

"한 서너 잔 먹으면 발개질 때도 있지만 워낙 안 먹으니까 늘 하얗지."

경애는 웃지도 않고 시치미 뗀다.

"어쨌든 이 집 주인이 주목을 받지는 않겠지?"

하고 다진다.

"아아니 왜?"

"주목을 받으면야 나두 올 수 없고 당신도 얼른 그만두어 버리는 게 좋니까 말이지. 당분간은 대근신을 해야지 않소."

경애는 그렇다고 생각하였다. 그러나 여기에서 별안간 발을 빼는 것도 문제이었다.

"어쨌든 돈을 쓰고 다니거나 하면 그것도 의심받기 쉬우니까 주의를 해야 해요."

경애는 병화가 요새 유행하는 마르크스 보이처럼 돈푼 생기면 금시로 헌털뱅이를 벗어버리고 말쑥이 거들고 다닐 그런 사람이라고는 생각지 않으나 또 한 번 주의를 해두는 것이었다.

"별걱정 다 하는군! 그런데 그 돈을 어따 맡기면 좋겠소?"

"참 어따 두셌소? 날 주슈. 내 처치를 해놓고 보고만 할게. 당신이 가지고 있으면 당장 발각되어요."

"외투 속에 넣어서 주인 방에 걸어놓았는데 어떻게든지 하구려."

"잘됐군. 그대루 둬요. 자세한 이야기는 나중 말하지."

병화는 조금 더 앉았다가 간밤에 잠을 잘 못 자서 좀 가서 눕겠다고 하품을 연발하면서 일어나 버렸다.

답장

"홍경애란 카페의 그런 여자인 줄만 알았더니 퍽 얌전하고 좋은 사람이던데요."

"어떻게 좋아?"

"모던걸은 모던걸이지마는, 얌전하고 싹싹해 보이지 않아요?"

병화도 필순이가 경애를 칭찬하는 것이 반갑기는 하나 단순히 싹싹하고 얌전하다고만 칭찬하는 것은 미흡하였다. 그보다도 경애가 자기네 일을 용감하게 도와주는 점을 칭찬하여주었다면 더 좋았을 것이다.

"카페 계집애려니 하는 생각은 어떻게 해보았어? 뉘게 들었어?"

필순이는 대답이 딱 막혔다. 덕기의 편지를 몰래 보고 알았다는 말을 해도 좋을 것 같기는 하나 그만두어 버렸다.

"진고개 그 집에 다니지 않아요? 어쨌든 선생님 행복이십니다. 그런 좋은 데가 있는데 왜 여기서 이 고생을 하셔요. 어서 떠나가셔요."

필순이는 놀린다.

"당치 않은 소리 말어! 그런데 참 여기 좀 앉어요, 할 말이 있으니."

병화는 벽에 기대어 섰는 필순이가 가까이 앉기를 기다려서 은근히 말을 꺼낸다.

"공장도 인제는 멀미가 나지?"

"그저 그렇지요."

"흠―."

하고, 병화는 잠깐 침음하다가,

"인젠 음력설도 얼마 아니 남았으니까 필순이도 열아홉이 되나, 스물이 되나?"

"그건 왜 물으세요?"

하고, 필순이는 얼굴이 살짝 발개진다.

"아니, 내가 중매를 하나 들어보려고. 허허허, 얌전한 신랑이 하나 있는데……."

병화는 또 금시로 실없는 소리를 꺼낸다.

"몰라요 몰라요."

하며, 필순이가 일어서려니까,

"잘못했어. 다시는 그런 소리 안 할게 앉어요."

하고, 병화는 빌어서 앉히고 그런 실없는 소리는 안 하리라고 생각하였다.

"그러니 지금 새삼스럽게 공부를 다시 시작할 수도 없고 언제까지 공장엘 다닌달 수도 없고 시집은 가기 싫다고. 어떻게 하면 좋담? 그야 내가 걱정을 안 해도 아버지 어머니께서 더 걱정을 하실 것이요 필순이도 생각이 있겠지마는……."

"무어 걱정애요. 귀찮은 세상 죽어버리면 그만이지요. 무에 알뜰한 세상이라구……."

필순이는 이런 소리를 잘 하였다. 이맘때 계집애는 이런 말이 입에서 저절로 나오는가 싶었으나 어쨌든 가엾은 일이라고 병화는 생각하였다. 일전에 받은 덕기의 편지가 생각났다.

'청춘의 꿈을 아름답게 꾸게 해주어라……'

병화는 코웃음을 무심코 쳤다. 필순이는 병화가 혼자 실소를 하는 것을 말끔히 치어다보다가,

"왜 웃으세요?"

하고, 시비조로 묻는다.

"아니—죽는다니 말야. 죽기는 그렇게 쉰 줄 아나? 아예 그런

소리 해 버릇 말어."

하고, 병화는 덕기의 말을 냉소한 것이나 딴청을 하고 나서,

"그래 공부를 해보고 싶어?"

하고 물었다. 그러나 덕기의 말을 전하려는 것은 아니었다.

"왜요? 무슨 도리가 있어요?"

필순이는 덕기의 말이 나오고 마는 게다 하며 반색을 아니할 수 없었다.

"어쨌든 할 수 있다면 해보겠어?"

"글쎄 어떻게 해요? 제일 집안 때문에?"

"집안일은 어떻게 되었든 간에."

"집안일만 되면 열아홉 아니라 스물아홉 되기로 못할 게 있어요."

필순이는 덕기가 자기 집 생활까지 돌보아주마고 하지나 않았나 하는 공상을 해보고는 고마운 생각과, 그 사람이 왜 그처럼 열심일까 하는 의혹과 겁이 뒤섞여 났다.

"그래 공부를 하려면 무얼 하겠누?"

"아무거나 하죠."

사실 이것을 하겠다고 결정한 것은 없다. 그러나 장래 취직할 수 있는 점을 첫째 조건으로 생각하는 것이다.

"그러면 말야. 좀 멀리 떨어져 가야 공부할 길이 생긴다면 어떻게 할꾸?"

병화는 한참 주저하는 눈치더니 딱 결단하였다는 표정으로 묻고 필순이의 얼굴을 바라본다.

"멀리 어디요? 일본요?"

필순이는 덕기가 있다는 경도를 생각하였다.

"아니, 그런 데는 아니고, 좀 가기 어려운 데야."

병화의 말에 필순이는 자기의 공상이 깨어진 듯이 얼굴빛이 차차 변하여간다.

붉은 나라 서울 모스크바로 공부하러 가지 않겠느냐는 말에 필순이는 놀라움과 실망을 느끼지 않을 수 없었다.

"그런 데를 내가 어떻게 가요? 단 세 식구에서 내가 빠지면 어머니 아버지는 어떻게 사시게요?"

필순이는 그런 일은 생각만 하여도 눈물이 날 것 같다. 굶으나 먹으나 따뜻한 부모의 사랑에 싸여 있고 싶은 것이다. 예전에 잘 살 때 집에 둔 개가 새끼 하나가 축이 난 것을 보고 먹지도 않고 온종일을 들락날락거리던 것이 생각난다.

필순이는 그 생각만 하고도 눈물이 고인다. 노서아[240]라면 첫대바기에 머리에 떠오르는 것이 서백리아다. 망망무제[241]한 저물어 가는 벌판에 다만 하나 어린 계집애가 가는 듯 마는 듯 타박거리며 가는 조그만 뒷모양이 원경으로 눈앞에 떠오른다. 그것이 자기라고 생각할 제 또 눈물이 솟을 것 같다.

"왜, 싫어? 어머니 치마꼬리에서 떨어질 수가 없어? 이런 속에 들어앉았으면 별수 있나? 시원하게 몇 해 동안 나돌아 다니며 공부도 하고 구경도 하고 오면 좋지 않어? 이 좁은 천지에 들어앉었으려야 나는 싫어! 나도 뒤쫓아갈 테니까 적적하다거나 염려될 거야 없지. 가보기로 하는 게 어때?"

병화는 열심으로 권한다. 그러나 필순이에게는 귓가로 들렸

240 러시아.
241 넓고 멀어서 끝이 없음.

다. 덕기가 아무쪼록 그러한 데로 끌어넣지 못하게 하는 것과는 정반대로, 자기 집 사정을 보다시피 뻔히 알면서 이렇게 강권하는 것이 한편으로는 무정한 것같이도 생각되었다. 그러나 자기가 나가면 뒤미처서 쫓아오겠다는 말을 듣자 필순이는 눈이 반짝 뜨이는 것 같았다.

일도 일이거니와 둘의 세계를 모스크바에 찾아가자는 말인가? 그러면 이 사람이 이때까지 내게 대해서 남유다른 생각을 가지고 있었던 것인가? 꿈에도 생각지 않았던 일이나 그렇다고 놀라지는 않았다. 그러나 덕기의 편지로 보거나 이때까지 서로 지낸 것으로 보거나 친하다면 남매간 같고 친구 같고 사제 간 같았을 뿐인데, 저에게는 그렇게 말을 하여도 그것은 공연한 소리요, 자기 속생각은 따로 있었던가? 만일 그렇다면 홍경애와의 관계는 어떠한 것인가?

그것은 또 그만두고라도 정작 공부를 시키겠다는 덕기의 말은 지날결에도 꺼내지 않으니 그것은 웬일일꾸? 혹시는 어제 달아난 피혁이라는가 하는 사람을 쫓아가라는 말인가? 그렇다면 피혁이의 일을 도우라는 말인가? 혹은 아까 중매를 서마느니 신랑감이 있다느니 한 것으로 보아서, 피혁이를 쫓아가면 자연히 공부도 되고 결혼도 하게 되리라는 계책으로인가?……

필순이의 공상은 끝 간 데를 몰랐다.

"부모가 안 계시면 아무렇게도 좋겠지마는…… 그것도 남같이 동기나 많으면 먼 데라도 가겠지마는 내가 없으면 어머니 아버지는 어떡허시라구!"

필순이는 또 한 번 같은 말을 탄식하듯이 뇌었다.

"만일 어머니 아버지께서 허락하신다면 어떡헐 텐가?"

"허락하실 리두 없구 또 그렇게까지 해서 공부하긴 싫어요. 나 같은 여자가 필요하다면 홍경애를 보내시면 어때요? 아무것도 모르는 나 같은 것이 그런 데를 가서야 공부도 안 될 것이요, 일도 안 될 게 아닙니까."

필순이는 아무래도 그런 일생의 무거운 짐을 지고 유랑의 생애를 보낼 생각은 없었다. 부잣집 며느리가 되어가지고 호강하자는 것은 아니나, 벌어서 부모나 봉양하다가 시집을 가게 되면 가리라는 생각밖에 그리 큰 생각은 없는 것이다. 공부를 하겠다는 것도 직공 생활보다는 좀 더 수입 있는 직업을 얻자는 수단이다. 평소에 부친이나 병화에게 감화를 받기는 받았으나 그렇다고 가정을 버리고 부모를 떠나서 무슨 일을 해보겠다는 것도 아니요, 결혼이나 일생의 행복까지 바친다는 것은 아니다.

"글쎄 말이야. 홍경애도 나갈 것이니 더욱 좋지 않은가. 내가 먼저 나가든 홍경애가 먼저 나가든 할 게니까 우리 모두 함께 나가서 마음 놓고 살아보자는 말이지."

이 말에 필순이는 다시 의심이 든다. 아까 말눈치로 보아서는 둘이만 나가자는 것 같더니 홍경애까지 데리고 가면 자기에게 무슨 애욕을 가지고 권하는 것이 아닌 것은 분명하다. 그렇다면 다만 일을 위하여서인 듯싶기도 하다. 그러나 그리 깊은 뜻은 없었다.

병화가 피혁이한테 맡은 일 가운데 남녀 학생을 수삼 인 골라 보낼 것도 하나였기 때문에 필순이의 사정은 모르는 배 아니나 공부하지 못해 애를 쓰는 판이니 어쩌면 나설 듯싶어서 물어본 것이나, 의외로 가정적 보통 여자와 다름없는 것을 보고 실망하였다. 경애도 가리라는 말은 실상 의논해본 일도 아니거니와 경애에게는 자식이 매달렸으니까 더욱 어려울 것이다. 그러고 보면 자기 아는 여자 가운데에서는 별로 고를 만한 사람이 없다. 어쨌든 병화는 자기 맡은 일을 엉구어[242]놓고서는 뛰어나가고 싶으나 그 전에 내보낼 사람을 내보내놓아야 할 것이요, 또 이왕이면 필순이나 경애 같은 잘 아는 여성 하나를 내보내두고 싶은 것이다.

"공부는 하고 싶어도 일본 같은 데 가서 편안히 대어주는 학비나 받아 쓰고 할 자국을 구하자니 어디 그런 입에 맞은 떡이 있을라구."

병화는 웃는다. 그러나 그 웃음이 비웃는 것 같은 데에 필순이는 깜짝 놀라서 얼굴이 붉어지면서도 심사가 나서 잠자코 있다.

"그런 자국을 얻자면 돈 있는 늙은 놈의 첩 노릇이나 할 생각이 있으면 모르지마는 지금 세상에……."

병화의 불뚝심지는 또 이런 듣기 싫은 소리를 거침없이 하는 것이다. 필순이는 듣기가 분하였다. 그러면서도 덕기의 말은 여전히 털끝만큼도 꺼내지 않는 것이 이상하다느니보다도 미웠다. 만일 덕기에게 시기를 해서 그런다면 더러운 일이라는 생각도 든다.

"아무러면 몸 팔아가며 공부하자나요."

필순이는 울고 싶은 감정으로 한마디 하였다.

"그렇게 노할 게 아니라 지금 세상이 그렇다는 말이지. 지금

242 여러 가지를 모아 일이 되게 하다.

세상은 교육이라든지 학문이라는 것이 직업을 얻기 위한 수단이라는 데서 또 한 걸음 더 타락해서 결혼 조건이나 여자의 몸치장의 하나가 되었으니까 말이지. 여학생이라면 계집자식 버리구 두 번 장가들려는 이런 세상이 아닌가. 허허허."

"그런 것도 있고 그렇지 않은 것도 있겠지요."

필순이는 앙하는 소리로 대꾸를 한다.

"그렇지 않은 사람은 누구야?"

병화는 덕기를 생각하며 물었으나 필순이는 대답을 주저한다.

"그래 그렇지 않은 사람이 공부를 하라면 할 텐가?"

필순이는 역시 대답이 없다. 대답이 없는 것은 그렇게 하겠다는 말 같다.

"조덕기 군이 공부나 시켰으면 좋겠다고는 하지마는, 남의 은혜란 무서운 것이요, 받으면 받으니만큼 갚아야 할 것이니 무엇으로 갚을 텐가! 갚기를 바라지 않는 사람이 이 세상에 얼마나 있을까?……"

필순이는 그도 그렇기는 하다고 생각하였다.

"만일 조 군이 독신이라면 나도 구태여 불찬성은 아니지마는, 처자가 있지 않은가. 게다가 나이가 어리지 않은가……?"

필순이는 고개를 떨어뜨리고 앉았을 뿐이다. 그 말도 옳은 말이라고 생각하는 것이다.

병화는 말을 끊어버리고 필순이를 내보낸 뒤에 버둥버둥 누웠다가 일전에 받은 덕기의 편지를 생각하고는 오늘은 답장을 써볼까 하여 책상 앞으로 다가앉았다.

서랍을 우선 여니 덕기의 찢어진 편지가 나온다. 일전에 피혁이와 만나게 되던 날 나갈 제 또 무슨 일이 있을까 보아 휴지를 모두 찢어버리는 길에 이 편지도 찢어버리려다가 답장을 쓰고서 버리려고 아직은 둔 것이다.

혹시 필순이가 이 편지를 꺼내보지나 않았을까 하는 생각을 하니 이렇게 눈에 띌 데에 넣어둔 것이 안되었다는 생각도 하면서 두 쪽에 난 봉투에서 꺼내서 맞붙여가며 다시 한 번 훑어보려니까 한편에는 제 차례대로 넣었으나 한 토막 편은 중간에 차례가 바뀌었다. 두 동강에 쭉 찢었다가 넣어둔 것이니 바뀌면 두 편이 다 바뀔 것이다.

"흐흥, 꺼내봤구나."

하며 병화는 하는 수 없다는 생각을 하였다.

> 무료한 세월이 고치에서 실 풀리듯이 지루하게도 질질 끌려나가네. 우리 나쎄에 인생이 무료하대서야 나도 벌써 쓰레기통에 들어갈 인생일세마는, 좀 더 긴장한 그날그날을 못 보내게 될지? 도리어 감옥에 들어가 있는 사람은 긴장한 저항력과 풀려나갈 희망을 가지고 있을 터이니만치 이따위로 죽지 못해 사는 생명보다는 훨씬 값이 있을 것일세. 사실 내게는 시간과 생명은 군두더길세. 할 일이 무언가? 그러나 이 시대의 조선 청년 쳐놓고 시간과 생명을 주체 못 하는 사람이 나뿐이겠나? 나뿐이 아니라고 결코 위로가 될 것도 아니지마는…….

피혁이를 떠나보낸 뒤로는 부쩍 신경이 더 날카로워지고 늘 신변에 검은 그림자가 쫓아다니는 것 같아서 앞뒤를 더욱 경계하고 조심조심하는 터이거니와 차차 본격적으로 활동을 개시할 터이니까 이 편지도 경찰에서 검열할지도 모르겠다는 짐작으로 일부러 이런 말부터 쓴 것이다.

이런 편지도 실상은 한가로우니까 소견 삼아 쓰는 것일세마는 인제는 그만두어야 할까 보이. 바빠져서 그런 게 아니라 결국 소용이 무어냐는 말일세. 자네가 아무리 나와 같은 시대에 숨을 쉬기로 자네야 미구에 할아버님이 그 유산과 함께 물려주실 시대의 꼬리에 매달려 갈 사람 아닌가. 매달려 간다기보다도 시대의 꼬리를 붙들고 늘어붙어 앉을 거 아닌가? 금고를 맡아보게. 돈을 만져보게. 지금 생각으로는 뻗어 나아가는 시대의 큰 수레에 탈 것 같을 듯싶지마는 그 육중한 금고를 안고 탈 수야 없으니 시대의 꼬리나 붙들고 늘어질 수밖에 더 있겠나. 시대를 붙들어놓으려는 엉뚱한 생각은 다만 보수적일 뿐 아니라 당랑거철螳螂拒轍[243]인 줄을 모르는 게 아니면서, 그밖에 갈 길이 없을 거니 내 설교쯤 마이동풍 아닌가? 쓸데없는 한문자閑文字의 유희는 해서 무얼 하겠나. 몇 해를 두고 길러내다시피 한 필순이도 실망일세마는, 필순이 역시 결국에 시대의 꼬리를 붙들고 주저앉을 위인밖에 아니 되네. 여자란 원체 보수적이요, 새 시대의 선도자가 되기를 기대할 수는 없는 것이며, 나이나 성격 관계도 없지 않겠지마는, 필순이 하나도 내 힘으로는 시대의 수레에 집어 올릴 수 없는 것을 생각할 제, 자네게 내가 천만언千萬言을 하면 무엇하겠나. 자기가 무력한

243 제 역량을 생각하지 않고 강한 상대나 되지 않을 일에 덤벼드는 무모한 행동. 중국 제나라 장공莊公이 사냥을 나가는데 사마귀가 앞발을 들고 수레바퀴를 멈추려 했다는 데서 유래함.

탓인지? 나 닮으라고 설교를 하거나 강요하는 것이 근본적으로 틀렸는지? 그것은 자네 판단에 맡기네마는 그러나 아직도 한 가지 믿는 것은 아무리 베돌던[244] 닭도, 때가 되면 홰 안에 제풀에 찾아들리라는 것일세. 필순이나 자네나 길을 돌아서라도 다시 만날 날이 있으리라는 말일세.

필순이는 지금 자네의 소원대로 그 소위 청춘의 꿈에 감잡혀 들어가는 판일세마는, 여기에 안된 것은 자네의 편지를 골독히 쑤셔 보았다는 사실이었네. 이러한 객쩍은 편지는 고만두자고 한 동기도 거기에 있거니와 내 시대로 걸어 나오다가 자네의 시대에 주저앉아 버린 중요한 암시를 준 것은 확실히 자네의 편지들이요, 자네의 그 값싼 동정인 것이 분명하이. 일이 이렇게 되고 보니, 그 맘때 아이들로는 무리치도 않은 일이나, 하여간 인제는 난 모르네. 필순이의 일은 자네 알아 하게. 나를 중간에 세우지 말고 자네네 뜻대로 자네 힘대로 하게. 그러나 꿈이 깰 때, 현실로 돌아오면 반드시 또다시 나를 찾을 것을 믿네. 또한 자네만 하더라도 미구불원[245]에 자네 할아버니께서 지키시던 모든 범절과 가규와 법도는 그 유산목록에 함께 끼어서, 자네가 상속할 모양일세마는, 자네로 생각하면 땅문서만이 필요할 것일세. 그러나 그 땅문서까지가 가규나 범절처럼 대수롭지 않게 생각될 날이 올 것일세. 자네게는 시대에 대한 민감과 양심이 있는 것을 내가 잘 아니까 말일세.

자네 부친—그이는 자네 조부에게는 기독교도로서 이단이었지마는, 자네에게도 시대의식으로서 이단일 것일세. 그에게는 얼마

244 한데 어울리지 아니하고 동떨어져 행동하다.
245 앞으로 얼마 오래지 아니하고 가까움.

동안 술잔과 십구 세기의 인형의 무릎을 맡겨두는 것도 좋은 일이나, '아편'을 정말 자시지나 않게 주의를 하게.

그리고 홍경애?—이 여자는 아마 자네 부친의 것이라느니보다도 내 것이 되기 쉬울 가능성은 충분하이마는 그는 십구 세기가 아니라 이십 세기의 인형일세. 그 정도로 나는 사랑할지 모르네. 그만쯤 알아두게. 더 쓸 것도 없고 쓰기도 싫으니 부득요령의 잔소리가 되었네. 그러나 요령 있는 말을 하다가는 감수減壽가 될 것이 아닌가.……

전보

영감의 병은 차차 눈에 안 띄게 침중하여 들어갔다. 따라서 지주사, 창훈이, 최 참봉 들 사랑사람은 밤중까지 안방에 들어와 살다시피 되었다. 그러나 영감은 병이 더하여 갈수록 아들과는 점점 더 대면도 하기를 싫어하였다. 상훈이는 인사를 차려서라도 아침부터 와서 밤에나 자러 가지마는, 사랑에서 빙빙 돌 뿐이다. 영감이 요새로 부쩍 더 그러는 데는 이유가 아주 없는 것은 아니다.

돌아갈 때가 가까워서 그런지 덕기를 보고 싶다고 몇 번이나 편지를 띄우고 전보를 치게 하였다. 그러나 아무런 회답이 없어서, 영감은 가뜩이나 손자놈을 못마땅하게 생각은 하면서도 날마다 아침저녁 차 시간만 되면 기다리는 터인데, 상훈이는 그런 줄은 모르고 시키지 않게 한다는 소리가,

"아버니 병환이 그렇게 침중하신 터도 아니요, 그 애는 졸업시

험이 며칠 안 남았으니 아직 그대로 내버려두시지요."

하고, 서두를 필요가 없다는 듯이 말리었다. 물론 그것은 앓는 부친이 자기 병에 겁을 내는 듯하여 안심을 시키느라고 한 말이요, 또 사실 덕기를 그렇게 시급히 불러낼 필요가 없어서 그렇게 한 말이나 부친의 불호령이 당장 떨어졌다. 전보를 치고 편지를 해도 답장조차 없는 것은 아비놈이 중간에서 오지 못하도록 가로막기 때문이라고 야단을 하는 것이다.

영감이 덕기를 어서 불러다 보려는 것은 귀여운 생각에 애정으로도 그렇지마는, 한 가지 중대한 것은 재산처리를 손자를 앞에 앉히고 하려는 생각이기 때문이다. 물론 아들을 쏙 빼놓고 하려는 것은 아니나 어쨌든 손자까지 앞에 앉히고서 유언을 하자는 생각이다. 그것도 자기가 이번에 죽으리라는 생각은 아니나, 사람의 일을 모르겠고 어차피에 언제든지 할 일이니까 나중 자기가 일어나서 또 하더라도 어쨌든 간에 이 기회에 대강만이라도 처리를 하여놓으려는 생각이 있느니만큼, 손자를 성화같이 기다리는 것이요 따라서 상훈이가 덕기를 못 오게 방망이를 드는 것이라고 넘겨짚고 아들에게 준금치산 선고까지라도 시키겠다고 야단을 치는 것이다. 그러나 상훈이로서는 부친의 그런 속셈이야 알 리가 없다. 하여간에 부친이 그렇게까지 하니까 자기라도 편지를 하든 진보를 놓겠으나, 창훈이가 전보는 연거푸 세 번씩이나 놓았으니 다시 놀 필요는 없다고 한사코 말리기도 하고, 또 그만하면 저기서 벌써 떠났을 듯하여 오늘내일 새로는 들어오려니 하고 기다리는 터이다. 그러나 며칠이 지나도 감감무소식이다. 창훈이는 참다못해 또 한 번 전보를 영감 앞에서 써서 제 손으로 부치러 나갔다. 그러나 그 이튿날도 역시 답장은 없다.

"어머니, 그 웬일인지 알 수가 없습니다그려. 병이 났는지? 떠나서 오는 중인지? 그러기루 온다 못 온다 무슨 말이 있을 게 아닙니까? 제가 한번 다시 놓아볼까요?"

손주며느리는 하도 답답하여 시어머니에게 이런 의논을 하였다. 시어머니도 요새는 날마다 오는 것이다. 자는 날도 있다. 그러나 안방에는 하루 한 번씩밖에는 못 들어간다. 시아버니의 노염이 풀리지 않은데다가 덕기가 안 오는 탓이 건넌방 고식에게까지 간 것이었다.

"글쎄 말이다. 설마 전보를 중간에서 채일 놈이야 있겠니마는."

시어머니도 의아해하였다.

"누가 압니까. 무슨 요변들을 부리는지. 겁이 더럭 납니다그려."

고식은 이런 의논을 하다가 시누이가 학교에서 오기를 기다려 직접 나가서 전보를 놓고 들어오게 하였다.

경도에서 떠난다는 전보가 밤 열한시에 배달되었다.

덕희의 이름으로 띄웠으니까 답전도 덕희에게 왔다.

노영감은 일본말은 몰라도 가나 글자를 볼 줄은 알았다. 손주며느리가 가지고 온 전보를 받아 들고,

"온 자식두……."

하며, 안심한 듯이 반가운 빛이 돌다가 주소 씨명을 한참 들여다보더니,

"이게 뉘 게로 온 것이냐?"

하고, 묻는다.

"아가씨한테로 왔에요."

"응? 아가씨? 덕희에게로?"

영감은 좀 의외이었다. 이 집으로 오는 편지는 조덕기 본제本第라 하고, 전보 같으면 어린 자식놈의 이름으로 하는 버릇이었을 뿐 아니라 이번에는 창훈이가 전보를 여러 번 띄운 터이니, 창훈이에게로 보내지 않으면 역시 자식놈의 이름으로 놓았을 터인데 어째 누이에게로 보냈을까? 영감은 또 의아하였다.

"아가씨가 아까 전보를 띄웠에요."

손주며느리의 말에 영감은,

"그 웬일일꼬?"

하고, 뒤로 가라앉은 눈이 더 커진다.

손주며느리는 조부의 말을 알 수가 없었다. 웬일이라니 웬일될 것이 없다.

"예서 아무 소리를 해야 그건 곧이들을 수 없어도 제 누이의 전보니까 그 무겁던 엉덩이가 이제야 떨어진 것인 게지요."

수원집이 옆에서 이렇게 씹는다.

"덕희더러는 누가 전보를 놓라고 하던?"

조부가 못마땅한 듯이 묻는다.

"하두 답답하기에 제가 또 놓아보라고 했어요."

"하여간 온댔으니 좋다마는 어째 너희들의 전보를 보고서야 떠날 생각이 났단 말이냐?"

일은 간단하다. 그러나 그 간단한 일이 영감에게는 간단하지가 않았다.

"그동안 놓은 전보는 주소가 틀렸는가? 하숙을 옮겼다던?"

영감은 하숙을 옮긴 것을 자기에게는 알리지 않았던가 하는 의혹도 들었다.

"안애요. 그대로 있나 봐요."

"그럼 웬일이냐? 시험으로 바쁘다는 아이가 그동안 어디를 갔었을 리도 없고…… 너희들이 다른 사람의 전보나 편지가 아무리 가더라도 떠나지 말고 너희가 기별하거던 오라고 일러둔 게 아니냐?"

영감은 자기 추측이 조금도 틀림없다는 듯이 역정을 낸다.

"그럴 리가 어디 있겠에요. 번지수가 틀렸는지 해서 안 들어갔던지 한 게지요."

손주며느리의 말도 그럴듯하기는 하였으나 영감은 그대로 그렇게 믿어서 집어치우려고는 아니하였다.

"그럼 전보가 아니 들어갔으면 돌아오기라도 하지 않겠니? 그만두어라. 그 애가 오면 알겠지."

당자가 돌아오면 알리라고 벼르기로 말하면 영감보다도 건넌방 속에서 더 벼르고 기다리는 터이다.

이튿날 저녁에는 덕기가 부산에 내려서 전보를 쳤다.

이때까지 시치미 떼고 있던 것과는 딴판으로 부산에 와서까지 병환이 어떠냐고 전보를 친 것을 보면 퍽 조바심을 하는 모양이다. 영감은 내심으로 기뻐하였다.

하룻밤을 새워서는 겨울날이 막 밝아서 덕기가 들어왔다. 정거장에는 창훈이와 지 주사가 마중을 나가 데리고 들어왔다.

창훈이는 덕기가 그저께 덕희의 전보밖에는 받아본 일이 없다고 하는 데에 펄쩍 뛰며, 그게 웬일이냐고 덕기가 속이기나 하는 듯시피 서둘러댄다.

"낸들 알 수 있에요. 하지만 이상하군요. 아저씨의 그 서투른 일본말로 번지수를 썼으니까 그렇지 않을라구."

덕기는 신지무의하고 이렇게 웃어만 버렸다. 어쨌든 조부가 그만하다는 데에 마음이 놓였다.

"이거 봐. 할아버니께서 무어라고 하시거던 전보 봤다고 얼쯤얼쯤해두어라. 전보 하나 똑똑히 못 놓는다고 또 꾸중이 내릴 테니, 학교에서 여행을 갔다가 와서 비로소 전보를 보고 마침 떠나려는데 덕희의 전보가 또 왔더라고 하든지, 무어라고든지 잘 여쭈어주어야 한다. 그동안 전보 사단으로 얼마나 야단이 났었던지……."

창훈이는 타고 오는 택시 속에서 연해 이런 당부를 하였다.

"그게 다 무슨 걱정이세요. 어쨌든 애들 쓰셨습니다. 그러나 다행히 그만하시다니 이 고비를 놓치지 말고 약을 바짝 잘 쓸 도리를 해야지요."

덕기는 창훈이가 병환의 경과 이야기는 안 하고 어느 때까지 전보 놀래만 하는 것이 못마땅하여 치사는 하면서도 핀잔을 주었다.

병실에 들어서니 조부는 일어나 앉자고 하여 앞뒤에서 부축을 하고 손자의 절을 받았다. 허리만은 조금 기동할 수 있게 되었지마는, 죽은 사람이나 누워서 설을 받는다는 미신이 기어코 일어앉히게 한 것이다. 병인은 죽을 사死 자만 눈에 띄어도 '사자'가 앞에 와서 막아선 것같이 질색을 하는 것이었다.

영감의 입에는 웃음이 어리었으나 보기에도 무서운 깔딱 젖혀진 두 눈은 노염과 의혹의 빛에 잠겼다.

"사람의 자식이 어디 그런—그런 법이 있니."

영감은 말 한마디에 세 번 네 번씩 숨을 돌려야 한다. 일어앉혔다가 뉘니까 담이 더 끓어오르고 기운이 폭 빠진 것 같다.

덕기는 조부가 허리를 쓰고 일어앉는 것을 보고 속으로 반기었으나 다시 누운 얼굴을 보고는 고개를 비꼬지 않을 수 없었다. 그렇게 혈색 좋던 조부의 얼굴이 불과 한 달 지내에 저렇게도 변하였을까 싶다. 누렇게 뜨고 꺼먼 진이 더께로 앉은 것은 고사하고 그 멀겋게 누런빛이 살 속으로 점점 처져 들어가는 것 같은 것이 심상하지 않아 보였다. 여러 해 속병에 녹은 사람 같다.

"전보를 그렇게 치고 법석을 해야 편지 한 장은 고사하고 죽었다가 살아 왔단 말이냐. 돈 삼십 전이 없더란 말이냐?"

담이 글겅거리면서도 급한 성미에 말을 빨리 죄어치려니 숨이 턱에 받쳐서 듣는 사람이 더 답답하다.

"전보를 못 봤에요."

"전보를 못 보다니? 그럼 노자는 어떻게 해가지고 왔단 말이냐?"

영감은 펄쩍 뛴다.

"주인에게 취해가지고 왔어요……."

덕기가 또 무슨 말을 하려는데, 창훈이가 옆에서 눈짓을 하는 바람에 말을 얼른 돌려서,

"그동안 스키를 하러 갔다가 와서 한꺼번에 전보를 받고 곧 떠났지요."

하고, 꾸며대었다. 덕기 역시 창훈이를 좋게 생각하는 터도 아니요, 또 조부를 속여가면서 구차스럽게 변명을 하기가 귀찮아 이실직고를 하려다가 흥분된 조부가 그 위에 큰소리를 내게 되면

모두가 재미없을 것 같아야 창훈이가 눈짓을 하는 대로 말을 돌려대어 버린 것이다.

"스키란 무어냐?"

"산에 올라가서 얼음 지치는 거얘요."

"산에 가 얼음을 지치다니 강에 가서 지친다면 몰라도?"

"일본에는 그런 게 있에요."

"일본이고 조선이고 얼음 지치는 것은 매한가지겠지. 그만두어라. 그런 얼토당토않은 거짓말을 듣자는 게 아니다."

조부는 역정을 내었다.

"허, 일본에 그런 게 새로 났니? 여기로 말하면 한강에서 얼음을 지치더라마는 시험 안 보고 얼음을 치치러 다녀?"

창훈이가 옆에서 이런 밉살맞은 소리를 하니까 수원집도 생글하고 비웃어 보인다.

조부가 거짓말로만 밀어붙이는 것이 다행하여 옆에서 부채질을 하는 것이지마는, 덕기는 일이야 어찌 된 것이든지 간에 일껏 자기 사폐 보아주느라고 꾸며대는 것인데 이편을 거들지는 못할망정 그런 공 없는 소리를 하는 것을 듣고는, 심사 나는 대로 하면 확 쏟아놔 버리고 싶었지마는, 이 자리에서 큰소리를 내서는 안 되겠다고 잠자코 말았다.

"그래 전보환으로 보낸 돈은 어떻게 했단 말이냐?"

"못 받았에요."

학비인 줄 알고 받아서 주인을 주었다가 다시 취해가지고 왔다든지 무어라고 꾸며대고 싶었으나 심사가 틀려서 그대로 내뻗어버렸다.

"아니, 그거 웬일일까? 자네 부치긴 분명히 부쳤나?"

"부치다뿐입니까. 영수증이 여기 있는데요. 참 드릴 것을 잊었습니다."

하며, 창훈이는 지갑을 꺼내서 한참 뒤적뒤적하더니,

"아마 집에 두고 왔나 봅니다. 제 손으로 부치지는 못하고 큰놈을 시켰습니다마는 영수증이 있으니까 갈 데 있겠습니까."

"그럼 이따가 가져오게."

영감은 어쩐 영문인지를 알 수가 없어서 갑갑하였다. 모든 것을 자기 손으로 또박또박히 하지 않으면 마음이 안 놓이는 이 노인의 성미로, 이렇게 오래 누웠는 것도 화가 나는데, 일마다 모두 외착이 나는 것을 보고는 한층 더 화에 뜨는 것이다.

"영수증만 있으면 나중에 찾기라도 하지요. 잘 알아보지요."

덕기는 조부를 안정시키려고 더 길게 말을 하려 않았다. 그러나 덕기가 시원스럽게 말을 안 하는 것이 조부가 보기에는 모두 속임수로 얼쯤얼쯤 묵주머니를 만들려는[246] 것 같아 또 화가 나나 멀리 온 귀여운 손자라 참는 수밖에 없었다.

열쇠 꾸러미

덕기는 한나절을 들어앉았는 동안에 머리가 지끈지끈하는 것은 고사하고 어쩐지 집안에 무슨 이상한 공기가 떠도는 것 같은

246 말썽이 나지 않도록 잘 달래고 주무르는 일.

감촉을 얻었다. 모든 사람의 얼굴에 나타난 떠들썩한 기분과, 서로 속을 엿보려는 듯한 시기와 의혹과 모색摸索의 빛이 덕기에게까지 전염되어 오는 것을 부지중에 깨달았다. 언제라고 서로 마음 주고 깔깔 웃는다거나 얼굴을 제대로 가지고 순편히 말 한마디라도 하는 사람들은 아니지마는, 이번에 와서는 더욱이 거친 저기압이 집 안의 어느 구석을 들여다보아도 자옥하다. 그것이 무슨 까닭인지 어디에 원인이 있는지 덕기는 알 수가 없다. 초상이 나려면 까마귀가 깍깍 짖는다더니 조부가 참 정말 돌아가느라고 죽음의 음기가 솟아나서 그런지? 어른의 병환이 침중하니까 수심에 싸여서들 그런지? 그런 열녀 효부는 가문에도 없으니 그럴 리도 없다. 그러면 그동안에 또 무슨 대풍파가 있었던가? 덕기 자신이 늦게 왔다 하여 그러는 것인가? 그렇다면 죄는 창훈이에게 있는 것이다. 세 번씩이나 쳤다는 전보가 왜 안 왔을꼬? 돈은 어디로 떠 날아갔는고? 알 수 없는 일이다. 아내의 말을 들으면, 안방으로, 사랑으로 밤낮 몰켜서 틈틈이 수군거리는 것들이 무엇인지, 그 중간에 무슨 요변, 무슨 동티가 있을 법하다더니, 과시 아주 터무니없는 말은 아닐 것 같다.

이 음산한 공기가 모두 안방에서만 흘러나오는 것이 아니라 사랑이고 뒤꼍이고 그 몇 연놈들의 몸뚱아리가 슬쩍하는 데서면 풍기어 나오는 깃 같기도 하다. 웬일일꼬? 논? 돈 때문에? 돈 동록[247] 냄새가 욕기의 입김에 서려서 쉬고 썩고 하여 나오는 냄새 같기도 하다. 그러나 돈을 어떻게 하겠다는 것인고?⋯⋯ 생각하

247 구리의 표면에 녹이 슬어 생기는 푸른빛의 물질로 독이 있음. 돈에 대한 욕심을 비유적으로 이르는 말.

면 뉘 집에서나 열쇠 임자의 숨이 깔딱깔딱할 때가 닥쳐오면 한 번은 겪고 마는 풍파가 이 집에서도 일어나려고 뭉싯뭉싯 검부잿불[248]처럼 보이지 않는 데서 타오르는 것일지도 모른다. 덕기는 정신을 바짝 차려야 하겠다고 생각하였다.

수원집의 태도도 퍽 이상하여졌다. 온종일을 두고 보아야 모친과는 으레 그러려니 하더라도 건넌방 식구와는 잇살도 어우르지를 않고 영감 옆에 꼭 붙어 앉았다. 그래도 예전에는 덕기에게만은 거죽으로라도 좋게 대하더니 이번에는 덕기가 무슨 말을 걸어도 귀먹은 사람처럼 모른 척하다가 두 번 세 번 채쳐야만 마지못해 대꾸를 한다. 더구나 못된 짓은 덕기가 안방에 들어가는 것을 몹시 싫어하는 눈치인 것이다. 낮이고 저녁결에 사람이 좀 빼었을 때 혼자 누운 조부가 심심할까도 싶고 이야기할 것도 있어서 안방에를 들어서면 더욱 그런 내색을 보이나, 그렇게 못마땅하고 보기 싫으면야 앉았다가라도 저만 획 일어서 나가버리면 그만일 터인데 나가지도 않고 턱살을 치받치고 앉았다. 나가기커녕 마루에나 뜰에 있다가도 덕기가 안방으로 들어가는 것만 보면 쪼르르 쫓아 들어와 지키고 앉았는 것이다. 자위가 폭 가라앉은 무서운 두 눈만 껌벅거리고 누웠는 조부와 무슨 비밀한 이야기나 할 줄 알고 그 안달을 하는 것인지? 덕기는 눈살이 한층 더 찌프러지건마는 내가 인제는 이 집의 줏대다! 하는 생각을 하면 얼굴빛 하나 말 한 마디라도 한만히 할 수는 없었다. 어쨌든 모든 사람의 입을 틀어막고 쉬쉬하여가며 건드리면 터질 듯한 큰소리

248 검불이 타고 난 뒤의 잿불.

가 나오지 않게 주의를 해야 할 것이라고 생각하였다.

그러나저러나 대관절 사랑축들이 안방에를 왜 이렇게 꼬여드는지 알 수가 없는 일이다. 지 주사는 한집 식구요, 약을 자기 손으로 지으니까 말 말고라도 제일 눈에 거슬리는 것은 최 참봉과 창훈이다. 어떤 때는 일가의 아저씨니 형님 아우니 말이 위문 옵네 하고 몰켜들어서는, 잔칫집 모양으로 떠들썩하니 안에서도 거기 따라서 더운점심을 짓네 어쩌네 하고 한층 더 부산한 것은 고사하고라도, 사랑에들만 몰려도 좋을 것을 병실에까지 무슨 종회나 가족회의하듯이 몰켜서 뒤집어엎는 데는 머리가 빠질 일이다. 그러나 당자인 병인이 그렇게 떠들썩한 것을 좋아하니 어찌하는 수도 없다. 그래야 너나 할 것 없이 모두 벌제위명[249]으로 큰일이나 보아주는 듯시피 입으로만 떠들어대고 수군거렸지 누구 하나 똑똑히 다잡아서 약 한 첩 조리 있게 쓰는 것도 아니다. 이런 때마다 덕기는 부친이 좀 다잡아서 엄숙하게 집안을 휘둘러놓았으면 하는 생각이 간절은 하나 역시 하는 수 없는 일이다. 그렇다고 어린 자기는 성검도 안 서고 공부하는 애가 무얼 아느냐는 듯이 도리어 휘두르려고만 든다.

"아저씨, 그 영수증 가져오셨나요?"

덕기는 안방으로 건너가서, 저녁 먹고 와서 앉았는 창훈이에게 전보환 부친 표를 채근하여보았다. 세 번씩 놓았다는 선보가 한 장도 들어오지 않은 것도 이상하거니와, 돈 부친 것까지 중간

249 겉으로는 어떤 일을 하는 체하고 속으로는 딴짓을 함. 중국 전국시대에 연나라 장수 악의樂毅가 제나라를 칠 때 제나라 장수 전단田單이 악의가 제나라를 정복한 뒤에 제나라 왕이 되려 한다는 헛소문을 퍼뜨리자 연왕이 의심하여 악의를 불러들였다는 데서 유래함.

에서 횡령을 당하지 않았나 의심이 드는 것이었다.

"응, 여기 가져왔는데 그 애가 잘못 부치지나 않았는지 문기가 들어오면 자세 물어보고 오려 했더니 아직 안 들어왔어."

창훈이는 눈에 잠이 어린 듯이 어름어름하며 지갑을 꺼내서 훔척거리더니, 착착 접은 종이를 꺼낸다. 등을 주황빛으로 인쇄한 것이 분명히 우편국에서 받은 돈 부친 표이기는 하다.

덕기는 받아서 펴면서,

"이게 웬일애요?"

하고, 놀라며 웃는다.

"왜 그러나?"

"이건 바로 돈표가 아닙니까. 이것을 보내야 돈을 찾아 쓰는 게 아닙니까."

"응? 그럼 영수증하고 바꾸어 보냈단 말야?"

"그렇지요. 그건 그렇고, 전보환으로 보냈다면서 이것은 통상위체通常爲替가 아닙니까?"

"무어? 통상위체? 통상위체란 어떤 건가?"

"통상위체면야 편지에 넣어 보내는 게 아닙니까."

"엉—."

하고, 창훈이는 금시초문이라는 듯이 눈이 뚱그레지다가,

"온 자식두, 빙충맞은 못생긴 자식두 다 보겠군."

하며, 아들을 혼자 나무란다.

"이리…… 이리 다오."

조부는 눈을 감고 누워서 삼종 숙질 간의 수작을 듣다가 눈을 뜨고 손을 내밀어 돈표를 받아 들고,

"그 왜 (에구에구) 얼빠진 그 애를 (에구에구) 시켰더란 말인가? (에구구) 그 앤 그렇다 하기로 (에구) 자네…… 자네두 이때껏 그런, 그런 분간이 없다…… 없단 말인가?"
하며, 당질을 나무란다.

"할아버니, 돈은 여기 이렇게 표가 있으니 염려 마시고 어서 주무세요. 숨이 더 차신가 뵈온데!"

덕기는 조부의 앓는 소리가 듣기에 애처로웠다.

"그러니까 돈하고 네게서 온 편지 겉봉을 안동[250]해주고 전보환을 부치라 했더니 이른 말은 까먹고 아무거나 돈표면 되는 줄 알고 받아서 그거나마 영수증 쪽을 찢어서 봉투에다가 넣어 부친 게로구나."

창훈이는 이런 변명을 하고 웃는다.

영감은 몸이 덜 아프면 좀 더 따졌을 것이나, 오늘은 저녁때부터 점점 더 기함이 되어가는지 다시는 말이 없이 돈표를 덕기 앞으로 던지고 다시 눈을 감아버린다. 그것을 보고 덕기는 이 판에 그까짓 놀래를 더 할 경황도 없어서 잠자코 돈표만 주머니에 집어넣고 창훈이에게도 나가자고 눈짓을 하여 가만히 나와버렸다.

밤 열시—정한 시간에 또 한 번 온 의사는 더하지도 않고 덜하지도 않으나, 영양이 없는데다가 오늘은 조금 흥분이 되어서 열이 생긴 것이니 그대로 안정하여 지는 대로 두라고 이르고 갔다.

이튿날 아침에는 문기가 와서 안방에 건성으로 잠깐 다녀 나오더니 건넌방에서 내다보는 덕기를 보고,

250 사람을 데리고 함께 가거나 물건을 지니고 감.

"아버니께 들으니까 무어 돈을 잘못 부쳤다구? 난 그런 게 처음이라 무언지를 알겠던가? 일본놈이 돈표를 해주기에 급하기는 하고 어떻게 부칠지를 몰라서 우편국에서 봉투를 사다가 넣어서 등기로 부쳤네그려. 여기 이렇게 등기 부친 표가 있지 않은가."
하며, 서류 부친 쪽지를 내어주고 열적은 듯이 웃는다.

"상관있소. 이왕지사 그렇게 된 것을……."
하며 덕기도 좋은 낯으로 웃어버렸으나 아무리 시골 생장[251]이기로 그런 반편일 수야 있을까? 암만해도 곧이들리지를 않았다.

"너 아범은 내가 어서 죽었으면 시원할 것이다. 너도 못 오게 하느라고 저희끼리 짜고 전보까지 새에서 못 치게 한 게 아니냐?"

조부가 이런 소리를 할 제 덕기는,

"그럴 리가 있겠습니까."
고, 하기는 하였지마는 덕기도 의아는 하였다. 부친이 설마 그렇게까지 하랴 싶으나 창훈 아저씨라든지 최 참봉이 부친에게 되돌라 붙어서 무슨 일을 하는 것인지 그도 모를 일이라고 의심도 난다. 그러나 아무래도 수원집과 부친이 한편이 될 리는 없고 창훈이와 부친의 새가 금시로 풀렸을 리도 없으니 십중팔구는 수원집이 중심이 되어서 무슨 농간이 있을 것이라는 짐작이 든다.

"제아무리 그래야 밥이나 안 굶게 하여주지, 그 외에는 막무가내다."

조부는 이런 소리도 하였다.

"왜 그런 말씀을 하서요. 그까진 재산이 무업니까. 그런 걱정

251 그곳에서 나서 자란 사람.

은 모두 병환 중이시니까 신경이 피로하셔서 안 하실 걱정을 하십니다. 얼마 있으면 꼭 일어나십니다."

덕기는 조부를 안위시키려고 애썼다.

"네 말대로 되었으면 재키나 좋으랴만 다시 일어난대도 나는 폐인이나 다름없을 것이다. 어쨌든 이 금고 열쇠를 맡아라. 어떤 놈이 무어라고 하든지 소용없다. 이 열쇠 하나를 네게 맡기려고 그렇게 급히 부른 것이다. 이것만 맡겨놓면 인제는 나도 마음 놓고 눈을 감겠다. 그러나 내가 죽기까지는 네 마음대로 한만히 열어보아서는 아니 된다. 금고 속에는 네 도장까지 있다마는 내가 눈을 감기 전에는 네 도장이라도 네 손으로 써서는 아니 된다. 이 열쇠는 맡아두었다가 내가 천행으로 일어나면 그대로 내게 다시 다오."

조부는 수원집까지 내보내놓고 머리맡의 조그만 손금고를 열라고 하여 열쇠 꾸러미를 꺼내 맡기고 이렇게 일러놓았다.

"아직 제가 맡을 것이야 있습니까. 저는 할아버니 병환만 웬만하시면 곧 다시 가야 할 텐데요! 그리고 아범을 제쳐놓고 제가 어떻게 맡겠습니까."

덕기로서는 도리로 보아도 그렇지마는 공부를 집어치우고 살림꾼으로 들어앉을 수도 없는 일이었다.

"다시 간다고?…… 못 간다. 내가 살아난대도 다시는 못 간다. 잔소리 말고 나 하라는 대로 할 뿐이다."

하고, 조부는 절대엄명이었다.

"하던 공부를 그만둘 수야 있습니까. 불과 한 달이면 졸업인데요."

"공부가 중하냐? 집안일이 중하냐? 그것도 네가 없어도 상관없는 일이면 모르겠지마는 나만 눈감으면 이 집 속이 어떻게 될지 너도 아무리 어린애다만 생각해봐라. 졸업이고 무엇이고 다 단념하고 그 열쇠를 맡아야 한다. 그 열쇠 하나에 네 평생의 운명이 달렸고 이 집안 가운이 달렸다. 너는 그 열쇠를 붙들고 사당을 지켜야 한다. 네게 맡기고 가는 것은 사당과 그 열쇠—두 가지뿐이다. 그 외에는 유언이고 뭐고 다 쓸데없다. 이때까지 공부를 시킨 것도 그 두 가지를 잘 모시고 지키게 하자는 것이니까 그 두 가지를 버리고도 공부를 한다면 그것은 송장 내놓고 장사 지내는 것이다. 또 공부도 그만쯤 했으면 지금 세상에 행세도 넉넉히 할 게 아니냐."

조부는 이만큼 이야기하기에도 기운이 폭 빠졌다. 이마에는 허한[252]이 쭉 솟고 숨이 차서 가슴을 헤치려고 한다.

"살림은 아직 아범더러 맡으라고 하시지요."

덕기는 그래도 간하여보았다.

"쓸데없는 소리 마라! 싫거든 이리 다오. 너 아니면 맡길 사람이 없겠니. 그 대신 내일부터 문전걸식을 하든 어쩌든 나는 모른다."

조부는 이렇게 화는 내면서도 그 열쇠를 다시 넣어버리려고는 아니하였다.

덕기는 병인을 거슬러서는 아니 되겠기에 추후로 다시 어떻게 하든지 아직은 순종하리라고 가만히 고개를 떨어뜨리고 있으려니까, 밖에서 버석버석 옷 스치는 소리가 나더니 수원집이 얼굴이 발개서 들어온다. 이때까지 영창 밑에 바짝 붙어 앉아서 방 안의 수작을 한마디도 놓치지 않고 엿듣고 앉았던 것이다.

252 몸이 허약하여 나는 땀.

덕기는 수원집이 들어오는 것을 보자, 앞에 놓인 열쇠를 얼른 집어 들고 일어서 버렸다.

"애아범 잠깐 거기 앉게."

수원집의 얼굴에는 살기가 돌면서 나가려는 덕기를 붙든다.

수원집은 열쇠가 놓였으면 우선 그것부터 집어놓고서 따지려는 것이라서 덕기가 성큼 넣어버리는 것을 보니 인제는 절망이다. 영감이 좀 더 혼돈천지로 앓거나 덕기가 이 집에서 초혼 부르는 소리가 난 뒤에 오거나 하였다면, 머리맡 철궤 안의 열쇠를 한 번은 만져볼 수가 있었을 것이다. 금고 열쇠를 한 번만 만져볼 틈을 타면 일은 피는 것이었다. 그러나 그 틈을 탈 새가 없이 이 집에 '사자'가 다녀 나가기 전에 덕기가 먼저 온 것이다. 덕기의 옴이 빨랐든지 저희가 굼뜬 탓이었든지? 어쨌든 인제는 만사휴의萬事休矣[253]다!

"이 댁 살림은 누가 맡든지 그거야 내 아랑곳 있나요. 하지만 지금 말씀 눈치로 보면 살림을 아주 내맡기시는 모양이니, 이왕이면 나더러는 어떻게 하라시는지 이 자리에서 아주 분명히 말씀을 해주시죠."

수원집은 암상이 발끈 난 것을 참느라고 발갛던 얼굴이 파랗게 죽는다.

"무엇을 어떻게 해달라는 말인가?"

영감은 가슴이 벌렁벌렁하며 입을 딱 벌리고 누웠다가 간신히 대꾸를 한다.

253 모든 것이 헛수고로 돌아감을 이르는 말.

"지금이라도 이 댁에서 나가라면 그야 하는 수 없이 나가지요. 그렇지마는 영감께선 안 할 말씀으로 내일이 어떠실지 모르는데, 영감만 먼저 가시는 날이면 저는 이 집에 한시를 머무를 수 없을 게 아닙니까. 저년만 없으면야 영감이 가시면 나도 뒤쫓아가기로 원통할 게 무에 있겠습니까마는—요 알뜰한 세상에 무얼 바라고 누구를 믿고 더 살려 하겠습니까마는, 이럴 수도 없고 저럴 수도 없는 제 사정도 생각해봐 주세야 아니합니까!"

수원집의 목소리는 벌써 울음에 젖었다.

"그 왜 무슨 말씀을 그렇게 하슈?"

덕기가 탄하였다.

"내 말이 그른가? 자네도 생각을 해보게. 할아버니만 돌아가시면 이 집안에서 나를 누가 끔찍이 알아줄 사람이 있겠나?"

수원집은 코 메인 소리를 하며 눈물을 씻는다. 덕기도 아닌 게 아니라 그렇기도 하다는 생각은 하였으나 어쩌면 눈물이 마침 대령하고 있었던 것처럼 저렇게도 나올까 싶었다. 그러나 지어 우는 것이 아니라, 계획이 틀린 데에 분통이 터져 나오는 진짜 울음이다.

"하지만 지금 할아버니께서 돌아가시는 거요? 또 내가 살림을 떼맡는 자국인가요? 이 자리에서 그런 소리는 도무지 할 게 아니애요."

그래도 덕기는 타이르듯이 달래었다.

"쓸데없는 소리들 말고 어서들 나가거라. 무슨 소리를 어디서 듣고 공연한 잔말이야?"

영감은 기운도 없거니와 수원집의 말을 듣고 보니 측은한 생각이 들어서 눈을 감고 듣기만 하다가 한마디 순탄히 나무란다.

"이렇게 말씀하면 엿들은 것 같습니다마는, 지금 애아범에게 모두 살림을 내맡기시지 않으셨습니까. 그러면 애아범 듣는 데라도 제 일까지를 분명히 말씀해두셔야 하지 않습니까. 실상은 집안사람을 다 모아놓고 일러두셔야 할 게 아닙니까."

"글쎄 딱한 소리도 퍽 하슈. 지금 할아버니께서 돌아가시니 걱정이슈? 또 설사 할아버니께서……."

덕기는 돌아간다는 말을 입 밖에 내긴 싫어서 멈칫하다가 다시 말을 돌린다.

"……할아버니께선들 어련하실 게 아니요. 내나 아버니께서나 무엇으로 생각하든지 조금치라도 부족하게야 할 리가 없지 않소. 사람을 지내보았으면 아실 게 아니겠소?……"

덕기는 조용조용히 일렀다.

"내가 무슨 욕기가 나서 이런 소리를 하면 이 자리에서 벼락이라도 맞고, 우리 어머니 배 속에서 아니 나왔네. 다만 하나 이것 하나(발치께서 자는 딸년을 눈으로 또 가리킨다) 때문에 앞일을 생각하면 캄캄하니까 그러는 게 아닌가."

영감은 깜박하고 들려던 혼곤한 잠에서 깨인 듯이 몸을 틀며 눈을 번쩍 뜨더니 푹 꺼진 그 무서운 눈으로 휘휘 둘러다 보고 나서,

"그저 잔소리냐? 떠들지들 마라. 어서들 자거라."

맥없는 소리를 잠꼬대같이 하고 또다시 눈을 스르르 감다가, 세 번째 눈을 번쩍 뜨고 안간힘을 쓰며 말을 잇는다.

"염려들 마라. 내가 내 생전에 이런 꼴을 볼까 보아 다 마련해

놓았다. 옷 마르듯이 다 공평히 나눠놓았다. 누가 뭐라든지 소용없다. 우리 아버니께서 살아오셔도 할 수 없다. 치수에 맞추어서 말라논 옷감을 누가 늘리고 줄일 수 있겠니! 내 앞에서 다시 누가 그댓말[254]을 꺼내면 내 손으로 불 질러버리고 죽는다."

영감의 입에서는 긴 한숨이 흘러나왔다.

덕기가 나온 뒤에도 안방에서는 수원집의 흑흑 느끼며 종알종알 암상맞은 말소리가, 어느 때까지 그치지 않았다. 제 말마따나 이따 어떨지 내일 어떨지 모르는 등신만 남은 영감을 조르는 것이나, 조르는 것이 아니라 숨이 넘어가는 사람을 들볶는 것이다.

제 생각에는 한 반이나 내주었으면 좋을 듯싶을 터이나 정이야 있든 없든 남편이라 이름 진 사람이 숨을 모는 그 자리에서까지 빚쟁이보다 더하고 물건 흥정보다 더하게 조르다니—그야 자식이 못되면 운명하는 아비를 내던져두고 형제끼리도 게걸거리며 싸우는 세상이지마는—하는 생각을 하다가 덕기는 다시 건너가서 수원집을 몰아대고 싶은 것을 참고 뒷일은 아내에게 일러놓고 훌쩍 밖으로 나와버렸다. 돌아온 후 이틀 만에 처음으로 문밖에 나서는 것이다.

변한 병화

어둔 지는 오래나 아직도 초저녁이다. 음력 섣달그믐이 내일

254 어떤 것에 대한 상세한 이야기.

모레라서 그런지 그래도 이 동네는 부촌이라 이 집 저 집에서 떡 치는 소리가 들리고 거리가 질번질번한 것 같다. 떡도 안 치고 설이란 잊어버린 듯이 쓸쓸한 집 안에 있다가 나오니 딴세상 같다. 덕기는 전차에 올라탔다.

오는 길로 병화에게 엽서라도 띄울까 하다가, 분잡통에 와도 변변히 놀고 이야기할 경황이 없을 것 같아야 틈나면 가보지 하고 그대로 두었었다. 지금도 새문 밖으로 갈까, 경애를 찾아서 바커스로 갈까 망설이면서 그대로 전차에 올라탄 것이다.

전차가 조선은행 앞을 오니 경성우편국이 차창 밖으로 내어다보인다. 불을 환히 켠 유리창 안에 사람이 어른거리는 것을 보자, 덕기는 속으로 내릴까 말까 하며 그대로 앉았다가 사람이 와짝 몰려 들어오며 막 떠나려 할 제 뒤로 비집고 휙 내려버렸다.

우편국 옥상 시계를 치어다보니 아직 여덟시가 조금 지났을 뿐이다. 덕기는 그대로 우편국으로 들어섰다. 창훈이 말이 자기 손으로 경성우편국에서 전보를 놓았다 하니 물어보면 알리라는 생각을 하였던 터에 지금 이 앞을 지나니 생각이 다시 난 것이다. 우편국에서는 귀치않아 하였으나 좀 한가한 때라 그런지 그래도 돈 부쳤다는 날짜에서 전후로 일주일간이나 경도로 띄운 전보지 축을 뒤져보아 주었다. 그러나 짐작과 같이 경성우편국에서 놓은 전보리고는 덕희가 친 것밖에는 없었다.

덕기는 분한 생각이 들었다. 내일이라도 단단히 족쳐서 인제는 꼼짝을 못하게 만들리라고 단단히 별렀다. 조부는 부친만 가지고 의혹을 하나 창훈이가 앞장을 서고 최 참봉은 수원집을 충동이고 하여, 무슨 짓이든지 꾸미려다가 제 패에 떨어진 것이 인제는 의심할 나위 없다고 생각하였다. 어지중간에 부친만 가엾다. 조부가 그대로 돌아가면 조부는 영원히 부친을 오해한 대로 돌아갈 것이요, 부친은 아무 영문도 모르고 이 집안의 객식구처럼 베도는 양을 생각하면 더 딱하다. 하여간에 시험을 못 보게 되더라도 잘 왔기도 왔고 수원집이나 부친에게 얼마씩 떼어놓았는지는 모르겠지마는, 조부의 처사도 옳다고 생각하였다. 부친에게 전부 상속을 안 하는 것은 자기로서는 죄송스러웠으나 요즈음의 부친 같아서는 역시 자기가 맡아놓고 부친이 돈에 군색지 않게만 하여드리는 편이 부친의 신상을 위하여서나 집안을 위하여 도리어 다행하다고 생각하는 것이다.

덕기는 병화를 찾아서 새문 밖까지 나가기는 좀 늦고 집에도 열시에 의사가 오기 전에 대어서 들어가야 하겠기에 거기는 단념하고 잠깐 경애에게나 들러보려고 본정통으로 들어섰다.

'바커스'에는 경애는 없고 전에 보지 못하던 미인이 하나 늘었다. 얼른 보기에도 일본 여자 같다. 주부는 반색을 하며 자기 방으로 데리고 들어갔다.

"아이상요? 요새 좀 난봉이 났지마는 인제 오겠지요."

주부는 이렇게 웃으면서 정다이 군다. 덕기는 너무 그런 데에 도리어 얼떨떨하였지마는, 오정자의 소식을 알아 기별해주고 한 일이 있어 그러려니 하였다. 주부의 말을 들으면 경애는 요새 이 집에 전같이 육장 붙어 있지도 않고 놀러 다니는 눈치다. 병화도 가끔은 오나 그리 자주 오지 않는다 한다.

어쨌든 경애도 기다릴 겸하여 잠깐 불을 쬐며 오정자 이야기를 하여 들려주기도 하고, 오정자의 내력도 듣고 앉았으려니까 경애가 소리를 치며 들어온다.

"아, 이거 누구라구! 언제 왔소?"

경애는 반가이 인사는 하였으나 속으로는 그리 반가운 것도 아닌 기색이었다.

덕기가 가까이 있다고 병화의 일에 쌩이질을 할 것도 아니요 또 병화에게 마음이 쏠렸기로 둘의 행동을 감시한다거나 방망이를 놀 것은 아니겠지마는, 그래도 전번과 달라서 상훈이가 뒤를 쫓게 된 오늘날에는, 덕기마저 한축에 어울리게 된다는 것이 이편에나 저편에나 창피하고 성이 가신 일이다.

"응, 할아버니께서 그렇게 위중하셔?"

내 어쩐지 상훈이를 요새 며칠 볼 수가 없더라니! 하는 생각을 하며 경애는,

'나두 머리 풀 일 났군!' 하고, 속으로 웃었다.

"김 군을 좀 만나야 하겠는데, 오늘 여기 오지 않을까?"

덕기는 말을 돌리고 눈치를 슬쩍 보았다.

"그이두 요새는 별로 볼 수 없습디다. 머리나 좀 깎구 다니는지."

경애는 지금 당장, 만나고 헤어져 오는 길이나 딴전을 해버렸다.

"그래, 아이는 인젠 몸 성하우?"

"에, 인젠 괜찮아."

덕기는 금고 속을 잠깐 생각해보았다. 같은 조카이건마는 그 속에는 그 애의 몫으로는 오리동록도 없을 것이라고 생각하였다. 그걸 보면 수원집 소생이 얼마나 팔자 좋을지 모르나 나중에 어찌 될는지는 자라봐야 알 것이 아닌가도 싶다.

아까 홀에서 보던 계집애가 들어오더니 경애에게 소곤소곤하

니까 웬일일까? 하는 듯이 고개를 비꼬다가 생글 웃으며,

"잘되었군! 당신이 만나시겠다는 친구 양반이 왔다는데."

하고, 덕기더러 먼저 나가보라고 한다.

경애는 조금 아까 참땋게[255] 헤어져 가던 사람이 왜 또 왔누? 하고 의아도 하였지마는, 별일이 있겠니 술이 못 잊어서 그렇겠지 하고 속으로 웃었으나, 병화 역시 요새로 부쩍 몸이 달아서 아우 타는 젖먹이처럼 한시 한때를 안 떨어지려고 하는 눈치를 생각하면 나무랄 수만도 없는 것 같다. 그러나 좀 더 삼가주었으면 좋을 것 같기는 하다.

"야아……."

"야아, 여전하이그려?"

"난 자네가 여기 온 줄 알고 찾아왔네."

밖에서는 두 청년이 인사를 하느라고 떠들썩하다. 병화는 덕기가 뛰어나올 줄은 천만뜻밖이나 이렇게 인사를 하는 것이다.

"내가 온 줄 어떻게 알았나? 우리 집에 들렀던가?"

"내 귀를 보게, 좀 큰가. 한데 아주 위중하신가?"

"그저 그만하시지만…… 참, 자네 편지 보구 왔네. 그 무슨 잔소리인가? 다시는 안 만날 것같이 서둘러대더니, 두었다가 만날 것을 괜히 만났네그려!"

그러나 덕기는 필순이 이야기는 건드리지 않았다. 병화도 픽 웃고만 만다. 무엇에 정신이 팔린 사람 같다.

"헌데 자네 웬일인가? 무슨 수가 있나?"

255 딴생각을 아니 가지고 아주 참하게.

"왜?"

하며, 병화는 머리를 쓰다듬는다.

"머리가 말쑥하고, 양복이 보지 못하던 거요, 아마 크림도 바른 모양이지? 하하……."

"응, 크림도 바르기는 발랐네마는 보지 못하던 양복이라니 고물상에서 사 입은 양복인 줄 아나?"

병화도 껄껄 웃는다.

"그러나 크림값은 대관절 어디서 났나?"

"허, 별걸 다 묻는군."

"이로오도꼬(미남자)! 축배나 한잔 올리고 싶으이마는, 곧 가야 하겠어. 섭섭하이."

덕기는 앉지도 않고 가려 한다. 병화도 잡을 생각은 없으나 어쨌든 잠깐 앉으라고 붙들었다.

덕기는 병화가 감정으로나 기분으로나 퍽 멀어진 것같이 보였다. 동문수학하던 사람이 몇십 년 후에 만난 것처럼 무관하면서도, 서어한 그런 감정이었다. 어째 그럴까? 덕기는 생각하였다. 돈에 꿀리지 않는 모양이기 때문인지 버젓하게 응대하는 그런 기색도 전에 못 보던 것이지마는, 전과 같은 두덜대면서도 침착한 그런 기분이 없이 무엇에 달뜬 사람처럼 건정건정 수작을 하는 양도 이상하다. 궁하던 사람이 금시로 피이면 기죽을 펴는 바람에, 너무 지나쳐서 있는 사람보다도 더 주짜를 빼는[256] 수도 없지 않지마는 꼭 그런 것도 아니요, 그저 서성대는 것이다. 경애도

256 난잡하게 굴지 아니하고 짐짓 조촐한 태도를 나타내다.

나와서 서로 변변히 인사도 아니하고 무슨 말끝에인지, 서로 눈짓을 하는 것을 보니 그것도 전과는 다른 눈치다. 그러고 보면 달뜬 기분은 연애를 하느라고 그렇다고나 하려니와, 돈도 경애에게서 나온 것인가? 덕기는 모든 것을 경애와의 연애에 밀어붙이려 하였다.

그러나 사실 그렇다면 덕기의 처지는 대단 우스웠다. 경도에 앉아서 편지로 실없는 말로 들을 때와 달라서, 이렇게 둘의 새가 좋은 꼴을 면대해놓고 보니, 속이 느글느글하기도 하고 창피스럽기도 하다. 저희끼리 좋아하면 했지, 내야 어쩌는 수 있나 하는 생각을 하면서도 부친을 생각하면—더구나 딸아이를 생각하면 이 현상을 무어라고 설명하면 좋을지 몰랐다. 어쨌든 자기로서는 눈감아버리고 영영 모르는 척하는 것이 상책이요, 금후로는 경애와 만나지 말 일이요, 더욱이 두 남녀가 마주 앉은 자리에 끼이지 않도록 기회를 피하여야 하겠다고 생각하였다.

이야기가 자연히 벗버스름하여지고,[257] 저희끼리 무슨 의논이 있어 온 눈치 같기도 하여 덕기는 자리를 뜨며,

"내일이라두 놀러 좀 오게."

"응, 틈나면 가지."

하고 탐탁지 않은 대답이다. 말눈치가 요새는 매우 바쁜 모양이나 전 같으면 몇 시에 온다든지 꼭 기다려달라든지 하며, 긴하게 대답이 나올 텐데 인제는 잔돈에 꿀리지 않아서 그런가? 하는 생각을 하며, 덕기는 조그만 불만과 함께 혼자 냉소를 하였다.

257 두 사람이나 단체의 사이가 서로 맞지 아니하여 틈이 벌어지다.

금고

이튿날 영감은 대학병원에 입원을 하였다. 덕기 부자는 수술을 할 병도 아니니 그만두자고 하였고, 의사도 고개를 비꼬았으나 수원집은 시중들기가 싫어 그랬던지 앞장을 서서 찬성이었고 병인도 그리 탐탁지는 않은 말눈치면서도 그래보았으면 좋을 것 같은 의견이기 때문에 저녁때 입원을 하게 된 것이다.

그러나 이 추위에 숨이 넘어갈 듯한 노인을 끌어다가 병원에 둔다는 것은 마음에 실쭉들 하였고 병원 구석에서 객사나 시키지 않을까 애가 쓰였으나, 덕기 부자는 반대만 할 수도 없었다. 병원에 좇아갔다가 온 수원집은 손주며느리에게 상냥스런 웃음을 띠어가며 병원 이야기를 들려주었다. 삼동[258]을 두고 양미간에 누벼놓았던 내 천川 자도 오늘은 스러졌다.

"너두 내일 아침결에 한번 가 뵈어야지."

"예에."

"그 길에 아주 친정댁에도 묵은세배 겸 좀 다녀와야 하지 않겠니."

"예에."

손주며느리는 편찮으신 할아버니께서 안 계시다고 어쩌면 저렇게도 금시로 변할 수가 있을라구? 하고 얄밉기는 하였으나, 친정에 묵은세배까지 하고 오라는 말은 반갑지 않은 것도 아니었다.

안방이 금시로 환하여진 것이 수원집을 또 웃겼다. 얼굴이 피

258 겨울의 석 달, 혹은 세 해의 겨울.

었을 뿐 아니라 몸도 가벼워졌다. 평생에 들어보지 못하던 빗자루도 들고나고, 걸레질까지 손수 치는 것이었다.

"이런 구살머리적은 속에 누우신 것보다 얼마나 좋은지 모르겠더라. 모두 정하고 조용하고 수증기 난로를 훈훈히 피워서 방 안은 후끈거리구 예쁜 색시들이 오락가락하구……."

늙은 병인에게 예쁜 색시가 무슨 아랑곳이냐고 어멈은 깔깔 웃었다. 어멈도 안방 마마에 못지않게 낄낄대고 좋아한다. 그러나 손주며느리만은 너무나 속이 빤히 보이는데, 눈살이 찌프러지지 않을 수 없었다.

"병이 안 나으래야 안 나으실 수 없겠더라. 설두 못 차려먹고 하였으니, 정월 보름 안으로 나으셔서 잔치를 한번 하면 오죽 좋겠니."

수원집은 이런 소리도 하였다. 저녁도 안방에서 모여서 먹었다. 수원집만 아니라 집안 식구가 누구나 무거운 짐을 내려놓은 것같이 한숨을 돌릴 것 같고, 침울한 기분이 확 풀려나간 것 같기는 하다. 그러나 수원집처럼 요렇게도 앓던 이 빠진 것처럼 시원해할 수야 있나.

대보름 안으로 나아서 이 집에 들어오기는커녕 그 안에 이 집 문전에 발등걸이[259]를 내어 달고 곡성이 났으면 춤을 출 것같이 서둔다.

그래도 수원집은 저녁 후에 병원 간다고 어멈을 데리고 나갔다. 덕기가 병원에서 묵으려다가 자리도 만만하지 않고 하여, 창

259 임시로 쓰기 위해 대충 엮어 만든 등 바구니. 흔히 초상집에서 썼다.

훈이와 상노놈을 남겨두고 자정에나 서모를 데리고 돌아왔다. 덕기의 말을 들으면 집에서는 저녁 일곱시에 나간 서조모가 병원에는 열시 가까이나 왔더라 한다.

"그동안에 어디를 갔었더람?"

하고, 아내가 물으니까,

"낸들 아나!"

하고, 덕기는 코웃음을 칠 뿐이었다. 하여간 최 참봉이 병원에 한 삼십분 먼저 오고 서조모가 나중 들어온 것으로 보아도, 저희끼리 모여서 무슨 의논을 분주히 하고 다니는 눈치다.

이튿날 개동[260]에 덕기는 병원으로 달아났다. 수원집도 아침 전에 잠깐 다녀오마 하고 병원으로 갔다.

"너두 친정댁에까지 다녀오려면 일찍 서둘러야 할 것이니, 내 다녀올 동안에 얼른 밥을 해치우고 차비를 차리고 있거라."

고, 일러놓고 나갔다.

손주며느리는 별안간 왜 저렇게 인심이 좋아졌누 하는 생각을 하면서도 하라는 대로 치장을 차리고 있었다.

열시나 가까워 수원집은 돌아와서,

"서방님은 거기서 아침 사 먹었다. 어서 가보아라. 어쩌면 오늘 저녁때나 내일엔 수술을 하시게 된다더라."

고 하며, 손주며느리를 늦는다고 재촉재촉하여 내보냈다.

"무어 이번에는 어른도 안 계시고, 다례도 안 지내실 모양이니 아주 설을 쉬고 와도 좋다만……. 병원에 가건 서방님더러 물어

260 먼동이 틈.

보렴."

대관절 수원집이 무엇 때문에 이렇게도 마음이 내켰는지 덕기댁은 도리어 의심이 들어갔다.

덕기 처가 병원에 가보니 오늘이 섣달그믐이라, 묵은 세배꾼이 입원한 문안을 겹쳐서 아침결부터 몰려들어 생사람도 조금만 앉았으면 머리가 내둘릴 지경이다. 그러나 어른들은 계시고 한데 별로 할 일은 없다 하여도, 곧 빠져나오기가 어려워서 손님들이 모여 있는 곁방에 잠깐 앉았으려니까, 남편이 오더니 어서 집으로 도로 가자고 한다.

"다례를 잡숫게 하라시는데 어떻게 하나. 얼른 가서 간단히 차려 지내야지."

덕기 내외는 모친을 모시고 나서면서 지 주사에게 돈을 내주어서 배우개 장으로 흥정을 하러 보냈다. 창훈 아저씨와 같이 보내려고 찾아보았으나 어디를 갔는지 눈에 띄지를 않았다.

별안간 다례를 지내게 된 것은 일전에 시골서 올라온 당숙 때문이었다. 오늘 아침에 와서 병위문을 하고 섣달 그믐날 수술을 하는 것은 아니 되었으니, 오늘내일 이틀을 연기하여 초하루나 지낸 뒤에 하는 것이 좋겠다고 병인 앞에서 발론을 한 것이었다. 그러나 영감은 오늘이 그믐날이라는 말을 듣자 자기 병 이야기는 고사하고 손자를 돌려다 보며,

"응? 오늘이 벌써 그믐이냐? 그럼 내일 다례 지낼 분별은 해 놓았니?"

하고, 놀라서 물었다.

"이 우환 중에 올에만은 안 잡숫기로 어떻겠습니까."

덕기가 이런 소리를 하니까, 조부는 소리를 지르고, 내가 살아서도 이럴 제야 죽은 뒤에는 어쩌려느냐고 야단을 치는 바람에 예예 하고 나온 것이다.

세 식구가 애 업은 년을 앞세우고 꽉 지친 대문 안을 들어서니 행랑에서 누구요? 소리를 경풍을 하도록 치며 뛰어나온다.

"에구, 어떻게 이렇게들 오세요. 안방마님은 출입을 하시나 보던데요."

어멈은 무슨 반가운 손님이나—반가운 손님이라느니보다도 이 집 주인이 따버리라고나 한 불긴한 손님이 들어오는 것을 못 들어가게 하느라고 막아내려는 듯이 앞장을 서서 허둥지둥 뛰어 들어간다.

'미친년두 다 많다. 제가 어째 앞장을 서누?'

누구나 이런 생각을 하고 쫓아 들어가니 대청이 텅 빈 것같이 인기척 하나 없고, 금방 뛰어 들어온 어멈도 어디로 갔는지 눈에 안 띈다.

수상하다는 생각에, 마치 도둑이 들어와서 집 안을 돌아다닐 때 느끼는 것과 같은 선듯한 마음이 들며 마주들 치어다보았다.

"모두들 나갔나?"

덕기는 모친이나 아내가 무슨 기미를 챌까 보아 아무 일 없다는 듯이 목소리를 크게 내며 마루로 앞장을 서 올라왔다.

그러나 여자들도 마루로 올라오려니까, 수원집이 사랑 편에서 고무신을 끌고 나릇나릇이[261] 놀란 기색도 없이 들어오며 가라앉

261 꽤 상냥하고 친절한 모양.

은 목소리로,

"어째들 이렇게 함께 몰려왔누? 너는 안 가니?"

하고, 방에 들어가려다 말고 마루 위에 섰는 손주며느리를 치어다보며 올라온다.

'웬일일꾸?……'

누구나 이런 의심이 들어서 말문이 막혀버렸다.

"사랑에 아무도 없어요?"

덕기가 건넌방에서 모자를 벗고 나오며 말을 걸었다.

"아무두 없드군. 무얼 좀 가질러 나갔더니 어따 두셨는지 눈에 안 띄어."

수원집은 여전히 심상하고 침착하다.

"무언데요?"

"응. 할아버니 잘두루마기[262]가 눈에 안 띄게 사랑에 그저 걸어두셨나 하구……."

"할아버니 잘두루마긴 병원에 입고 가시지 않았나요."

덕기 처가 대신 대꾸를 하였다.

"응. 참 내 정신두."

하며, 수원집은 풀 없이 웃어버린다. 어제 침대차로 영감을 모실 때 담요를 덮다가 잘두루마기를 내오라고 할 제 의걸이[263] 속에 있다고 자기 입으로 해서, 손주며느리가 꺼내다가 병인 위에 덮고, 그 위에 또 담요를 덮던 것을 그렇게 잊어버렸을까? 사실 그렇다면야 어째서 어멈이 곤두박질을 해서 뛰어 들어갔던 것인가? 그

262 검은 담비의 털을 안에 대어 지은 두루마기.
263 의걸이장. 위는 옷을 걸고 아래는 반닫이 장.

건 그렇다 하고 지금 어멈은 쥐구멍으로 안 들어간 다음에야 어디서 무얼 하고 있는가?

덕기는 사랑으로 나갔다. 사랑에는 금고가 놓였다……. 사랑에 아무도 없다는 말은 또 웬 말인가?……

사랑에는 과시 아무도 없었다. 그러나 사랑문을 지쳐만 둔 것은 웬일인가?

덕기가 사랑 앞문을 열고 소리를 치니까 어멈이 이번에는 안에서 긴 대답을 하며 안쪽 문으로 나온다. 숨바꼭질을 하는 것이다.

"아무도 없는데 문을 이렇게 열어두면 어떻게 하나."

"제 방에 잠깐 나가느라고 열고 나갔에요."

덕기는 문을 걸라고 하고, 큰 사랑방으로 들어갔다.

주머니의 열쇠를 꺼내서 다락문을 열었다. 문을 열면서 내닫듯이 마주치는 것은 금고다. 이 집을 사서 들 제 금고를 들여놓느라고 다락을 뜯어고치고 밑바닥에 기와집 서까래 같은 강철 기둥을 세우고 하던 것이 엊그제 같은데 벌써 열 몇 해가 지나갔다. 그리고 이 금고지기는 세상을 하직하려 한다. 조부의 일생은 말하자면 이 금고를 지키기에 소모되고 만 것이다. 언젠가 일고여덟 살 적에 조부는 금고를 열고 무슨 일을 하다가,

"덕기야, 너 이 속에 좀 들어가 보고 싶으냐? 말 안 들으면 이 속에 넣고 딱, 잠가버린다."

고, 실없는 소리를 하며 웃던 것이 생각난다. 인제는 키가 갑절이나 되었으니, 이 속에 들어가 갇히지는 않겠지마는, 조부는 역시 자기를 이 속에 가두고 가려 한다. 덕기의 일생은 이 금고 앞에서 떨어져서는 안 될 것을 엄명하였다. 그리고 이 금고지기의 생애

는 지금 이 순간부터 시작되는 것이다. 왜 의심이 부쩍 들었나? 왜 지금 이 금고를 보살피러 나왔는가?

'내 일생에 하지 않으면 안 될 가장 중대한 일은 이 금고 문을 여닫는 것과 사당 문을 여닫는 것 두 가지밖에 없단 말인가? 마치 간수가 감방 문을 여닫듯이. 그리고 그 중대(?)한 사업이 오늘 이 자리에서부터 시작되는 것이다!'

덕기는 금고가 전에 어떻게 놓여졌던지는 모르나, 누가 건드렸다 하여도 놓인 그대로 있을 것이요 열쇠를 몸에 지니고 있는 다음에야 누가 손을 댄대야 별수도 없을 것이다. 그러나 속에 무엇무엇이 들어 있는지 궁금증이 더 난다. '판도라'의 비밀상자도 아니니, 조부의 엄명을 어길지라도 잠깐 열어보고 싶은 생각이 들어서 전에 조부에게 배워둔 대로 호수를 맞춰서 열어보려 하였다. 조부는 집안 중에서 덕기에게만 금고 여는 비밀을 가르쳐 두었던 것이다.

덕기는 묵은 기억을 더듬어가며 금고의 배꼽을 뱅뱅 돌리다가 문턱에 부연 재가 떨어진 것이 눈에 힐끈 띄자,

'웬일일까?'

하며 자세히 보았다. 문 닫는 바람에 올크러졌기는 하나 분명 담뱃재다. 조부가 떨어뜨린 것일까? 조부가 누운 지가 벌써 한 달이 넘었는데 이 재가 한 달 묵은 재일까? 그러나 조부는 담뱃대 외에는 권연을 아니 피운다. 조부가 담뱃대를 물고 금고 문을 열었을까? 이 재가 담뱃대의 재일까?……

아무래도 믿을 수 없는 일이다. 어멈의 행동부터 수상하였다. 집안 식구를 어디로 내쫓았는지 안방 애보기년까지 눈에 안 띄

는 것도 이상하거니와, 사랑문이 열려 있는 것이 의아하였다. 어멈이 제 방에 불이 붙기로서니 안으로 돌아 나가지 않고 닫은 사랑문을 열고 나갈 필요가 무언가? 잘두루마기를 가지러 나왔더란 말도, 어설프지마는 서조모가 무슨 인심이 뻗쳤다고 자기 처더러, 본가에 묵은세배를 다녀오라고 하였던고? 다른 때 같으면 병원에 가는 것도, 바쁜데 어디를 나가느냐고 핀잔을 주었을 터인데 핑계 좋겠다 제가 간다 하여도 못 가게 하였을 것이 아닌가? 결국에 집안 식구를 다 내쫓고 집 지킨다는 핑계로 혼자 들어앉아서 무슨 짓을 하려던 것이 분명하다. 그렇게 생각하니 창훈 아저씨가 아까 병원에서 눈에 안 띄던 것도 다시 의심이 난다. 최 참봉 역시 아침에만 잠깐 보이더니 없어졌었다.

'흥! 저희들이 나를 옆에 두고 무슨 짓을 할 것 같은구? 다락문은 맞은쇠질[264]을 할지 모르지만, 금고까지 맞은쇠질을 할 재주가 있더람! 또 열어보면 어쩌려던 건고? 도둑질을 못 할 게 아니지마는, 그런 섣부른 짓이야 할 리 없고 은행통장을 꺼내낸대도 당장 발각될 것이요…… 땅문서의 명의를 고쳐서 감쪽같이 넣자는 것인가? 유서 같은 것이 들었으면 변작을 해놓자는 것인가? 그랬다가 만일 할아버니께서 살아나신다면 어쩔 텐구…….'

얼굴이 비칠 듯이 어른거리는 금고 문에 손자국이 몹시 난 것을 자세사세 들여나보나가, 덕기는 별안산 섭이 버썩 났다. 사랑문이 열린 것을 보면 어떤 놈이든지 빵소니를 쳤을 것 같기는 하나, 이 넓은 속에 또 누가 어디 숨어서 엿보고 있는지도 모를 것

264 제 열쇠가 아닌 것으로 자물쇠를 여는 짓.

같다. 뒤로 달겨들어서 깩소리도 못 치게 하고 나면 금고만이 멀뚱히 서서 모든 사실, 모든 비밀을 알 것이다. 돈이란—재산이란 이렇게도 무서운 것이요, 더러운 것인 줄을 덕기는 비로소 깨달은 것 같다. 금고 문이 유착스럽게 빼긋이 열리자 덕기는 차근차근히 뒤지기 시작하였다.

첫 번에 손에 잡히는 것은 유서—유서라느니보다도 발기[265]를 적은 것이었다. 그 속에는 집안 식구의 이름이 거의 다 쓰였다. 그리고 여남은 개나 되는 봉투에는 각각 임자의 이름을 써서 단단히 봉하여두었다. 덕기는 급한 대로 그 발기에 쓰인 이름과 봉투를 대조하여보니 축난 것은 없다. 수원집의 몫과 덕기 자신의 몫도 그대로 있고, 봉투를 뜯었던 자국도 없다. 그 외에 은행통장이라고 쓰인 봉투도 그대로 있고, 덕기와 조부의 큰 도장도 있다. 결국 저희들이 금고를 못 연 것이다.

덕기는 가슴이 빠근하면서도 후련한 것을 깨달으면서 그 발기를 자세자세 들여다보고 앉았다.…… 필자는 여기에 조씨 집 재산이 어떻게 분배되었는가를 잠깐 공개할 필요가 있다.

귀순이(수원집 소생)	오십 석
수원집	이백 석
덕희(덕기 누이)	오십 석
덕희 모(며느리)	백 석
덕기 처	오십 석

265 사람이나 물건의 이름을 죽 적어놓은 글.

상훈	삼백 석
덕기	천오백 석
창훈	현금 오백 원
지 주사	현금 오백 원
최 참봉	현금 삼백 원

이것은 물론 대략 쳐서 그렇다는 것이니, 그중에 수원집 한 사람 몫이 이백 석 같은 것은 실상 상훈이의 삼백 석의 거의 삼 갑절 폭이나 될 것이요, 또 덕기의 천오백 석이라는 것도 나머지는 다 쓸어맡긴 것이니 실상은 이천 석까지는 못 가도 천칠팔백 석은 될 것이다. 그 외에 은행예금 중 큰 것으로 일만 원과 지금 들어 있는 집이 덕기의 차지요, 수원집은 태평동에 있는 열다섯 간 집을 줄 것이요, 북미창정 집은 상훈이의 소생이 있다 하니 그 모에게 내줄 것이며, 현재 자기가 수중에 넣고 쓰는 예금통장에는 얼마가 남든지 장비를 쓴 뒤에 남는 것으로 창훈이와 지 주사 들의 상급을 주고, 나머지는 두 집의 용으로 쓰라고 하였다. 그것도 한 만 원가량 되었다. 그러나 남대문 안 정미소를 어떻게 처치하라는 말이 별로이 없는 것은 영감이 깜박 잊었는지, 대소가의 생활비를 그것으로 충용할 것인즉 특별히 몫을 짓지 않은 것인지 좀 모호하다.

그 외에 주의사항으로는 미성년자의 소유와 덕기 모친과 덕기 처의 몫은 두 계집애(귀순이와 덕희)가 자라서 시집갈 때까지, 또 모친과 처는 죽을 때까지 덕기가 감독하고 보관할 것을 써놓았다. 이것으로 보면 수원집이 이 집에서 죽지 않을 것을 생각하고 귀순이의 장래를 덕기에게 부탁한 것이요, 또 며느리나 손주며느리의 몫을 따로 정한 것은 장래 이혼을 한다든지 무슨 풍파가 있을 경우까지를 염려하고 한 것 같았다.

> 산産을 남겨줌이 도리어 후손에 화를 끼치는 수도 없지 않기로, 내 생전에 이처럼 분배하여놓은 것이니, 이는 나의 절대의사라 다시는 변통치 못할지며, 지어 덕기하여는 장래 조씨 집의 문장門長이라, 덕기 자신에게 줌이 아니라 조씨 일문에 대대로 물려 내려갈 생활의 자료를 위탁함이니 덕기 된 재 모름지기 푼전分錢이라도 소홀히 하지 못할지니라…….

운운한, 유언도 끝에 쓰이어 있다.

그리고 이 재산 처분은 자기가 죽은 뒤 안장을 마치고 여러 사람 앞에 공개하여 분배해주되, 특히 여자들의 몫만은 삼년상을 마친 뒤에 내줄 것도 자세히 기록하여 있다. 이것은 수원집 하나를 특히 구속하려는 뜻인 모양이다. 수원집이 딴 남편을 해 갈지라도 삼 년이나 마치고 가게 하자는 것이요, 그러노라면 네 살 먹은 귀순이도 학교에 갈 나이도 될 것이니, 아무의 손으로나 기르게 될 것이니까, 그것을 생각하고 한 것인 듯하다.

유서에 쓰인 날짜는 불과 십여 일 전 즉 안방으로 들어오기 전이니, 그 침중한 가운데서도 만일을 염려하여 오밤중에 혼자 일어나 엉금엉금 금고에 매달려서 꺼내고 넣고 하였을 것을 생각하니, 덕기는 조부가 가엾고 감격한 눈물까지 날 것 같다. 조부의 성미와 고루한 사상에 대하여서나 부자간에 그처럼 반목하는 것은 덕기로서도 불만이 없지 않으나, 자손을 위하여 그렇게 다심하게도 염려하는 것을 생각하면 고맙기 그지없다. 분배해놓은 것이야 일조일석에 한 게 아니요 몸이 편할 때에 시름시름 하여두었겠지마는, 늙은이가 아무도 모르게 혼자서 죽은 뒤의 마련을 하던, 그 쓸쓸한 심정이나 거동을 상상하여보면 또 눈물이 스민다. 남들은 노래에 수원집에게 홀깍 빠졌으니 그 재산이 성할 수야 있겠느냐고, 덕기가 듣는 데서까지 내놓고 뒷공론들을 하였지마는 결국 수원집 모녀 편으로는 이백오십 석이니, 상훈이의 단 삼백 석밖에 차례에 안 간 것을 생각하면 많은 편이나, 적은 셈이다. 원체 상훈이에게 삼백 석이라는 것은 너무나 가엾고 이것이 모두 영감의 고집불통 때문이지마는, 봉제사 안 하는 예수교 동티이다. 결국 영감의 봉건사상이 마지막으로 승리의 개가를 불러보는 것이다. 그러나 덕기가 재산은 상속하였을망정 조부의 유지도 계승할 것인가? 그는 금고 문지기는 될 수 있을지언정 사당 문지기로서도 조부가 믿듯이 그처럼 충실할 것인가 의문이다.

단서

덕기가 서류를 금고에 다시 집어넣고 섰으려니까 수원집이 어느 틈에 나왔었던지 축대 위에서 유리 구멍으로 들여다보며,

"병원에 가는데, 무어 가져오라시는 거 없던가?"

하고 소리를 치다가 채 고무신을 벗을 새도 없이 툇마루로 올라서며 미닫이를 와락 연다. 병원 간다는 이야기를 하려는 것이 급한 것이 아니라, 금고가 머리에서 떠나지를 않는 것이요, 아까 후

닥닥 뛰어나온 뒤가 애가 쓰여서 눈치를 보러 나왔던 차에, 금고 문이 열린 것을 보고 눈에 쌍심지가 올라서 뛰어들려는 것이다.

덕기가 금고 문을 땅 잠그며 뒤를 돌아다보니 수원집은 회색 외투에 두 손을 찌르고 매서운 눈치로 노려보는 것이 싸우려는 사람 같다.

"흥, 좋구먼! 인젠 맘대루 금고를 여닫구!"

이렇게 비양거리는 수원집은 금고 열쇠 구멍으로 제그럭 하고 빼어내는 열쇠 꿰미를 독살스러운 눈초리로 노려보는 것이었다. 그 눈과 마주치자 덕기는,

'이 열쇠 때문에 내 명에 못 죽겠다!'

는 생각을 또 한 번 하며 저그럭 하고 포켓에 넣고서,

"병원엔 잘두루마기 가져갔겠다 무어 다른 것은 없어요."
하고 비꼬듯이 코대답을 하였다.

"그래 금고 속은 어떻게 됐어?"

금시로 낯빛이 달라지며 빌붙듯이 교활한 웃음이 입가에 떠오른다.

"무에 어떻게 돼요?"

덕기가 성을 내며 후뿌리는[266] 소리를 하니까, 수원집은 자기의 말이 어색하였던 것이 분하기도 하고, 이 젊은 애의 위압적 태도에 반발적으로 다시 입이 뾰죽해지며,

"대관절 내 몫은 얼마를 떼놓셨는지 그걸 알자는 말야."
하고 덤벼드는 기세다.

266 못마땅해하다.

"그래 지금 그런 말을 또 꺼낼 땐가 생각을 해보슈."

"애아범은 꺼낼 때가 돼서 꺼내보았던가? 이때고 저때고 간에 나두 살려니까 그러는 거지. 지금 멀거니 앉았다가 돌아가신 뒤에야 입이 열이 있으면 무얼 하누. 보따리까지 빽구 내몰기루 별수 있겠던감!"

"당장 용돈을 꺼내 쓰려구 열어봤지마는 그래 몫이 얼만 줄 알면 수술을 하시는 양반께 가서 덧거리질[267]을 하시려우?"

"못할 건 뭐야!"

하고 점점 포달을 부리다가,

"난 몰라! 어쨌든 오백 석은 줘야 해! 나두 어린 자식하구 살아야지! 젊으나 젊은 년이 이 집에 들어와서 기죽을 못 펴구 갖은 고생 다 할 제야……."

하며 말을 채 맺지도 않고 축대로 내려서려니까, 장에 흥정 갔던 지 주사가, 치룽[268]을 멘 아범은 안으로 들여보내고 자기도 무엇인지 종이봉지를 들고 들어온다. 수원집의 심상치 않은 기색을 힐끈 치어다보고 눈살을 찌푸리며 마루로 올라오다가,

"참 병원에 지금 가슈?"

하고 뜰로 내려서는 수원집에게 말을 건다.

"왜요?"

하고 돌쳐서던 수원집은 포달을 부리던 끝이기는 하지마는, 아무 죄 없는 지 주사에게도 쏘는 소리를 한다. 지 주사가 제 편이 아니요, 매사에 이 등신 같은 영감의 눈까지 기워야[269] 하는 것이 평

267 정해진 수량 이외에 물건을 덧붙이는 일.
268 싸리로 만든 그릇. 채롱과 비슷하나 뚜껑이 없음.

소에 성이 가시고 못마땅도 하기는 하였던 것이다.

"지금 장에 가보니까 귤이 하두 탐스럽고 먹음직스럽더라니 영감님 좀 갖다 드릴까 하구 샀는데, 난 여기 일 땜에 지금 갈 새가 없으니……."

하고, 지 주사는 손에 든 봉지를 추켜들어 뵈다가, 방에서 마루로 나서는 덕기를 건너다보며,

"그러나 여보게, 이것은 내 돈으루 산 걸세!"

하고 한마디 하니까,

"온 천만에, 아무 돈으로 사셨거나 어떻습니까. 잘 사셨습니다."

하고 덕기는 말을 가로막는다.

"아냐. 셈은 셈대루 해야지. 하여튼 이것은 내가 특별히 마음먹고 산 건데, 내가 오늘 또 가게 될지 모르니……."

"무얼 그러세요. 귤을 잡숫구 싶으시다면 지금 가다가 사가지구 갈 테니 그건 영감님이나 두구두구 잡수세요."

수원집은 말을 채 다 듣지도 않고, 구살머리적다는 듯이 퐁퐁 쏘고 나가려 한다.

"아냐! 그야 돈이 없나, 물건이 없겠나마는, 이건 내가 사 보내는 것이라니까그래!"

하고 그렇게 유순하고, 꿈속 같던 지 주사도 '늙은이의 역정'으로 며느리나 나무라듯이 강강한 소리를 꽥 지르며,

"이십 년 가까이 노영감 옆에 있다가 입원까지 하신 걸 보니…… 허어, 내가 먼저 가야 할걸!"

269 숨기다.

하고 금시로 눈 속이 뜨거워지는지 안경 속의 눈이 꿈벅꿈벅하며,

"보자기에 싸드릴 거니 가시는 길로 컬컬한데 벗겨 드리시교."

하고 지 주사는 저편이 듣거나 말거나 모른 척하고 방으로 들어간다.

수원집은 눈살을 아드등 짜푸리고 섰으나, 덕기는 지 주사의 그 말에 콧날이 시큰하는 것을 깨달았다. 지 주사의 그 '마음먹고……'라는 말이 고맙고도 가여웠다.

'할머니가 사셨더면……?'

하는 생각도 난다.

방으로 들어간 지 주사는 귤 봉지 대신에 누르스름한 목도리를 들고 창밖으로 내밀며,

"이게 어찌 여기 떨어졌나? 창훈이 목도리 같은데 이 추운 날 목도리는 왜 두고 다니누?"

하고 혼잣소리를 한다.

수원집은 그 목도리를 보고 깜짝 놀라는 기색이더니,

"주실 테건 어서 싸주세요."

하고 방에다가 소리를 친다.

"아까 아저씨 왔습디까?"

아침에 창훈이가 병원에 목도리로 얼굴을 푹 싸고 왔던 것을 보았넌 바에야 물어볼 필요도 없시마는, 수원집의 망단해하는 기색이 수상쩍어서 물어본 것이다.

"몰라!"

수원집의 대답이 떨어지자 사랑문이 삐걱하고 마침 대령하고 있었던 것처럼 창훈이가 들어선다. 아닌 게 아니라 시퍼렇게 얼

은 턱 밑에는 목도리가 감겨 있지 않다.

"웬일들인가?"

우중우중 나선 것을 보고 먼저 말을 붙인다.

"어디를 가셨었나요?"

덕기는 좋은 낯으로 대꾸를 해주었다.

"응, 집을 내몰리게 되어서 좀 돌아다녔으나 어디 있어야지. 사글셋집이라곤 여간 몇백 원 보증금을 준대도 구하는 도리가 없고…… 그 큰일 났어."

창훈이는 혀를 찬다. 별안간 집 놀래는 금시초문이다.

"지금 댁도 사글셋집이던가요?"

"그럼 별수 있나……. 하여간에 과동이나 한 뒤에 내쫓겼으면 좋으련마는 주인이 일본놈이라 김장 해논 뒤고 섣달 대목이요 한, 그런 조선 사람의 사정이야 알아주나."

"그러기로 음력 섣달 그믐이니, 정초에 내쫓을라구요."

별안간 집 놀래를 꺼내는 것도 역시 까닭이 있어 그러는 게 아닌가 싶었다. 이 사람도 할아버니 생전을 노리는 모양이다.

"압다, 시원한 소리도 또 한다. 일본놈이 우리 구력 설이야 생각한다던가!"

창훈이는 덕기가 차차 이 집 주인이 될 테니까 그런지 별안간 '허게'를 붙이면서,

"이런 때 자네 할아버니께서 어떻게 집이나 한 채 내주셨으면…… 더두 말고 조그마한 오막살이라도 한 채 주셨으면 사람을 살리시는 일체이겠건만……."

하고, 혼잣소리처럼 껄껄 웃는다.

"할아버니께서 웬걸 집을 사두신 게 있을라구요."

"흥. 자네는 한칭 더하이그려. 허허……, 인제 자네두 살림을 맡을 테니까 그두 그렇겠지마는 지금 할아버니께서 척 맡으신 것만 해두 서울 안에 오륙 채는 될 것일세. 이 집이나 화개동 집, 북미창정, 태평통…… 그런 것까지 합하면 십여 채일세. 아무러면 자네가 더 잘 알겠나."

"그건 고사하고 그래 정말 섣달 그믐날 집을 보러 다니시니까 보여드리는 데도 있던가요?"

덕기는 웃어버렸다.

"그럼. 내가 거짓말인 줄 아나? 무엇하자고 거짓말을 하고 또 병원은 내버려두고 온 식전 이 추위에 나돌아 다니겠나! 다 틀렸군! 다 틀렸어! 나는 자네게 청이나 해서 할아버니께 말씀을 좀 해달라렸더니……."

덕기는 아무래도 창훈이 말이 곧이들리지 않았다.

"섣달 그믐날 집 보러 다니다니, 그 말 같지 않은 소리 그만하게. 그따위 얼뜬 짓 하려 다니느라구 이 추위에 목도리까지 빠뜨리구 다니나?"

지 주사는 과일봉지를 꽁꽁 뭉쳐가지고 나오면서 이런 핀잔을 준다.

"어참, 목도리가 여기 떨어졌던가?"

창훈이는 좀 어색한 낯빛이다.

"집을 두 번만 보러 다녔더면 목까지 빼놓고 다녔겠네그려."

지 주사는 또 비꼬으며, 그동안 안으로 들어간 수원집이 나오기를 기다리고 섰다. 덕기도 픽 웃고 말았다. 말눈치가 지 주사 역시 무슨 낌새를 챈 모양인가 싶어 덕기는 통쾌도 하다.

"하여간 올라오십쇼. 내일 대례를 지낼 텐데 좀 분별을 해주십쇼."

지 주사 말에 머쓱해서 어름더듬하던 창훈이는 이 말에 기운을 얻은 듯이,

"그거 보게. 할아버니께서 안 계시니까 벌써 이렇지 않은가. 집안에는 아무래두 늙은 사람이 있어야 하는 거야."
하고 자기 아니면 못할 소임이나 맡은 듯이 입찬소리를 하면서 들어오는 길에 방문 밑에 내던져둔 목도리를 얼른 집어 목에 걸고 모자는 벗어 못에 건다.

안으로 홍정이 온 것을 보러 들어갔던 수원집이 나오니까, 지 주사는 과일봉지를 내어주고 방으로 들어와서 창훈이와 마주 앉아 부시쌈지를 꺼내놓고 곰방대에 한 대 담는다. 담뱃대를 문 지 주사는 성냥불을 거으려다가 말고, 마주 붙은 커다란 유리창 밖을 멀끔히 내다보더니 물었던 담뱃대를 빼고 혀를 끌끌 찬다. 혀를 차기 위해서 일부러 담뱃대를 뺀 것이다. 덕기와 창훈이도 무언가 하고 내다보니, 수원집이 나가다가 문턱에서 만난 아이년의 등에 업인 딸년에게 귤 봉지를 뜯고 꺼내서 좌우 손에 쥐여주고 아이 보는 년도 한 개 주고 섰는 것이었다.

"영감은 그거 무얼 그렇게 역정을 내나?"

창훈이는 집은 몰린다면서 그래도 피죤 갑을 꺼내서 한 개 붙인다. 늙은이로는 좀 어울리지 않는다.

"요새 젊은 사람은 너무 늙은이 공괴할 줄을 모르니 말야. 정성이 있어야 하는 거야."

지 주사는 자기가 침이 넘어가는 것을 한 개도 축을 내지 않고 정성껏 보내는 것인데, 그것을 자식새끼나 애보기년에게까지 봉지를 찢고, 숫으로 축을 내는 것이 분해 못 견디겠는 기색이다.

"상관있나. 영감 자실 것 귀한 따님이 먼저 맛보기로……."

아까 목도리의 보복을 예서 하려는지 창훈이는 추근추근히 대꾸를 한다.

지 주사는 못마땅한 것을 꽁꽁 참고 앉았다가 창훈이의 목에 두른 목도리로 눈이 가더니,

"그래, 방 속에서까지 저렇게 두르고 앉었는 목도리를 무엇에 몰려서 떨어뜨리고 다녔던가."

하고 또 목도리 놀래를 꺼내며 실소를 한다.

"글쎄, 집에 몰린다지 않든가……."

창훈이는 농쳐버린다.

"난 조금 전에 병원에서 본 목도리가 여기 떨어져 있기에 어느 틈에 목도리가 제 발로 걸어왔는가 했지."

"허어, 목도리 목도리 하니 그렇게 탐이 나면 후무려넣을 일이지. 세찬[270]으로 줄까?"

하고 창훈이는 목도리를 벗으려는 듯이 손이 올라간다.

"후무려넣다니? 그따위 말버릇은 자네끼리나 통하는 말이겠지."

지 주사는 점잖게 냉소를 한다. 걸불병행[271]이라 하지마는, 남의 집에서 신세 짓고 사는 사람들이란, 공연히 서로 못 먹어서 하는 버릇이 있는 모양이다. 더구나 주인 영감에게 거진 반생을 바치고

270 연말에 선사하는 물건.
271 비럭질은 여럿이 함께하지 않는다는 뜻.

충직할 대로 충직한 이 영감으로서 보면 창훈이나 최 참봉 따위는 사람값에도 아니 가는 것이다. 그러나 또 창훈이는 창훈이대로 지 주사쯤은 이 조씨 집의 마룻구멍에서 늙은 개새끼만도 여기지를 않는 것이다.

"허어, 오늘 욕보는군. 아까 하두 춥기에 선술 한잔 하구 잠깐 들어와 누웠다가 나갔는데, 얼쩡한[272] 김에 떨어뜨렸더니만……."

창훈이는 조카를 돌아다보며 변명 삼아 묻지도 않는 말을 한다.

"참, 그런데 종용하니 여쭈어봅니다마는, 전보는 누구를 시켜 쳤기에 한 장도 안 들어왔에요?"

덕기는 지 주사와의 말다툼을 막으려는 듯이 말을 돌렸으나, 실상은 덕기대로 생각이 따로 있는 것이었다.

"아이들두 시키구 한 번은 바로 내가 가서 쳤는데……."

"그거 이상한 노릇이지, 지날 길에 경성우편국에서 놓셨다기에 가서 물어보니까 전부 뒤져봐두 없던데요."

"그럴 리가 있나. 하루 수백 장 수천 장 되는 것을 어떻게 일일이 뒤져보고 안다던가?"

"배달이 안 되어서 되돌아온 것을 조사해보면 알거던요. 경도에 가면 또 한 번 알아보겠지마는, 하도 이상하기에 말씀얘요."

"글쎄 말일세."

창훈이는 덤덤히 앉았다.

"전보구 전보환이구 분명한 사람한테 시켜야지! 전보지를 우편국 속 편지통에다 넣구 부쳤다는 건 아닌가?"

272 술기운이 조금 빨리 올라 얼얼하다.

지 주사가 이런 소리를 하니까 덕기는 실소를 하였다. 창훈이는 눈을 흘기며 일어나서,

"집에 잠깐 다녀옴세."

하고 모자를 떼어 쓰고 나간다. 좌우 협격을 받자니 성이 가셔서 삼십육계 줄행랑을 치는 모양이다.

"하여간 이번에 잘 왔네. 허나 조심하게. 앞뒤에 믿을 만한 사람이 있어야 말이지."

창훈이가 나간 뒤에 젊은 주인 앞에 덤덤히 앉았던 지 주사는 무슨 생각을 하였던지 이런 소리를 한다.

"왜들 그래요? 쳤다는 전보두 안 오구."

"별거 있나? 모두들 눈이 벌게서 노리는 게 저거지?"

하고 지 주사는 눈으로 다락을 가리킨다.

"그래야 별수 있나! 공연한 허욕이지마는, 아까들두 필시 그 자들이 여기 모여서 쑥덕거렸던 게지."

"누구누구들얘요?"

"뻔하지 않은가. 최가, 창훈이, 수원집, 게다가 바깥것 내외…… 지금 내가 저희들의 눈엣가시로 소리 없는 총이 있으면 쏘아 죽이고 싶으리마는, 내가 아무리 늙어두 그런 어리배긴가?"

지 주사는 한번 뽐내본다.

"창훈 아저씨두요?"

덕기는 일부러 놀라는 기색을 보인다.

"최가나 수원집과는 또 딴 배포일 거요, 서로 이용하는 것이겠지마는, 제일 무서운 것이…… 내 입으로 이런 말 하기는 거북하이마는, 수원집 아닌가 보이. 주의하게."

"그래, 어떻게 하겠다는 거얘요?"

"만일 자네가 오기 전에 돌아가셨다면 저 속을 뒤집어놓고, 송두리째 훔쳐낼 수야 있겠나마는, 유서든지 무슨 문서든지 뒤집어 꾸며놓고…… 큰 변 날 번하였네. 물론 아버니께서두 눈치는 채셨나 보데마는, 누가 있나. 나 혼자 애도 좋이 썼네."

지 주사는 공치사는 아니겠지마는, 자기의 노심을 자랑하고 싶지 않은 것도 아니었다.

"애쓰셨습니다."

"애랄 거 무어 있나마는, 아까만 해두 병원에서 흥정 가는 길에 아범을 데리러 왔더니, 사랑문이 안으로 걸려는 있는데, 들어가려니까 아범이 들어가실 건 무엇 있습니까, 곧 차리고 나옵니다 하고 가로막는 듯한 거동이 수상쩍기에, 아범이 나올 동안에 문틈으로 들여다보니 암만해두 방 속에 인기척이 있던 것 같애."

"설마…… 그러면야 밖에 신발이라두 있었겠지요."

"그러기에 말이지. 또드락 소리도 없는데 유리 구멍으로는 다락 앞에 사람 그림자가 얼찐거리니 간데없이 불한당이 든 셈 아닌가. 암만 생각해두 애가 씌우더니 들어와 본즉, 목도리가 윗간 방문턱에 떨어져 있데그려. 그래 목도리 놀래를 안 하려 안 하겠나? 하여튼 창훈이가 그 틈에 끼었다는 것은 한편으로 생각하면 최 참봉보다도 괘씸하지 않은가?"

"그야 그렇죠마는 또 한편으로 생각하면, 난봉꾼이나 있었더면 그 이상 별의별 일이 다 나지 않았겠습니까."

덕기는 태연히 웃는다.

"허어……."

하고 지 주사는 감탄하는 기색으로 덕기를 한참 치어다보다가,

"자네 생각이 그렇게 드는 것을 보니, 조씨 댁 염려 없네.……흠, 자네 그런 줄 몰랐네!"

하며, 지 주사는 별안간 덕기를 극구 찬양한다.

"별말씀을 다 하십니다. 나두 불시에 이런 큰살림을 맡게 되어 어리둥절합니다마는 잘 보살펴주십쇼."

덕기는 부친에게도 말 못하던 고독하고 불안하던 심중을 이 여생이 며칠 안 남은 노인에게 피력하는 것이었다.

"그야 내가 이 댁에 신세 진 것으로 생각하기로 여부가 있나마는 내야 뭘 아나! 그럴 기력두 없구."

지 주사는 이렇게 겸사하면서도 이 어린 청년과 주객主客이 간담상조肝膽相照[273]하게 된 것을, 그리고 틈이 벌어가고 한 모퉁이가 이지러져가는 이 집을 바로 붙드는 데, 자기가 한몫 거들어야 하게 된 것에 깊은 감격과 자랑을 느끼는 것이었다.

"그 외에 무어 들으신 말씀 없에요?"

덕기는 이 노인의 입에서 좀 더 무슨 자세한 말을 끌어내고 싶었다.

"들은 게 있나마는, 그 뒤에는 매당집이라는 무슨 고등 밀가루라고 한다든가? 하는 년이 또 있다네그려. 자네 어르신네도 거기 가서 술잔이나 자시고, 수원집과 맞장고를 친 일도 있다네!"

이 말에 덕기가 귀가 번쩍 띄는 눈치다.

"……하여간 그년의 집이 저희 패가 모이는 웅덩인 눈치인데,

273 서로 속마음을 털어놓고 친하게 사귐.

여기서 쑥덕거리지 않으면 틈틈이 거기로 모여서, 갖은 흉계를 꾸며가지고는 모든 일을 잡질러놓는가 보데."

"매당집이란 어디기에 아버니도 그런 축에 끼실까요? 같이 어울려 다니시지는 않나요?"

덕기는 부친을 그렇게까지 의심하는 것이 죄가 되겠다고는 생각하였으나 그래도 못 미더웠다.

"아냐, 자세는 몰라도 그럴 리는 없지. 그러나 매당이란 위인이 나는 보진 못했지만, 은군자의 주름을 잡고 앉아서 남의 등 쳐먹기로 장안에 유명짜한 년이라니까, 자네 어른과 수원집을 좌우로 끼고 안팎벽을 치는 것인가 보데그려. 두 군데서 다 얻어먹든지 그렇지 못하면 어디든지 한쪽 등이라도 쳐먹자는 게지."

"응! 그래요?"

덕기는 자기의 이해관계보다도 세상물정을 또 하나 알게 된 것에 호기심을 느끼는 것이었다.

"그건 고사하고 이런 말은 자네만 알아두게마는, 애초에 최 참봉이란 자가 수원집과 한통이 되어서 한박 먹어보자고 계획적으로 수원집을 들여앉혔나 보데. 거기에 창훈이가 툭 튀어든 것이나, 그놈들이 헉하고 나가자빠질 날이 있을 것이지."

지 주사는 고지식한 마음에 절치부심이다.

"그런 사람들에게 시탕을 내맡겨두었으니, 병환이 나시려야 나실 수가 있겠어요."

"여부가 있나!……"

약시시를 잘못하였으리라는 말에 지 주사가 신이 나서 여부가 있느냐고 대답하는 것을 들으니, 덕기는 가슴이 다 찌르르하며 놀랐다. 그러나 지 주사는 거기 대하여 구체적으로 예를 드는 것은 모피하는 눈치였다. 그러나 덕기는 어제 무심결에 들었던 아내의 말이, 다시 머리에 떠오른다. 약은 다른 사람은 건드리지도 못하게 하고 꼭 행랑어멈만 맡아 달이라 해서 안방에 들어가는 시중만은 자기(덕기의 아내)에게 시키는데, 그나마 조부가 듣는 데서 손주며느리가 약을 안 달이느니 정성이 없느니 하고 들컹거리지나 않았으면 좋으련마는, 사람을 미치게만 만드니 이럴 수도 없고 저럴 수도 없다고, 아내가 하소연할 제 수원집의 예증이거니 하고 들어만 두었으나, 지금 생각하니 그것도 의심이 난다.

어멈이란 위인이 너름새 좋게 뉘게나 굽실대고 일도 시원스럽게 하여주는 바람에, 처음에는 모두 좋아하였으나 두고 볼수록 뚜쟁이감이나 기생집 어멈같이 능글능글하고, 수다스러운 점이 뉘게나 밉살맞게 보여왔다. 어쨌든 그 어멈에게 약을 맡겨 달이게 하였다는 것이 덕기에게는 실쭉하다.

'두고 보면 알리라!'

이미 입원한 뒤니까 이런 청처짐한[274] 생각이겠으나 덕기는 속으로 눈을 홉떴다.

일대의 영결

여편네들만 빼놓고 남자들은 병원에 모여서 과세를 하였다.

274 동작이나 상태가 조금 느슨하다.

낮전[275]에는 번하던[276] 병인이 저녁때부터 혼수상태에 빠지면 새벽녘에나 조금 정신을 차리는 것이었다.

의사는 어차피에 원기가 돌아야 수술을 할 것이니까, 며칠 연기하는 것이 도리어 좋겠다는 의견이었다. 수술이라야 큰 절개수술을 하는 것은 아니요, 좌우쪽 갈빗대 사이에 물이 든 것을 뽑아낸다는 것이나, 원체 허약해져서 선뜻 손을 대기가 어렵다는 것이다.

의사도 왜 이렇게 탈진을 했는지 알 수가 없다고 의아해하였다. 돈 있는 사람이니 아무리 노쇠는 하였더라도, 보약도 상당히 먹었을 것이고 한데 이렇게까지 의식이 혼몽하도록 몸이 몹시 깎였다는 점을 의아해했다.

초하룻날 차례도 지내고 삼사일은 무사히 넘어갔다. 그래도 의사는 수술에 착수를 못 하고 있었다. 병인이 어디가 어떤지를 모르게 까부라져 들어가기 때문이다. 영양분이라고는 들어가기가 무섭게 되받아 나왔다.

'중독인가? 그렇다면 무슨 중독일까?…… 비소砒素 중독?'

의사는 우연히 이런 의문이 떠오르며 고개를 기웃하였다.

"암만해도 알 수가 없는데…… 아마 무슨 중독이 되셨나 보외다."

의사는 고개를 기울였다.

"무슨 중독이실까요?"

덕기는 눈이 똥그래서 바짝 채쳐보았다.

"글쎄, 그야 좀 더 두고 증세를 봐야 알겠지만요."

275 오전.
276 병세가 조금 가라앉다.

의사의 대답은 그밖에 없었다. 주사가 하루에도 몇 차례씩 딴딴히 굳어진 노인의 혈관 속으로 빨려 들어갔다. 영양분 대신에 주사로 명맥을 버티어가는 것이다.

덕기는 위보危報를 듣고 위문 겸 병원으로 찾아온 이때까지의 주치의와 병원의 박사와 대면을 시켰다. 될 수 있으면 입회 진단을 하여달라는 것이다.

두 의사는 피차의 경과를 보고하고 각기 그동안 투약한 처방전을 가져다가 서로 바꾸어 보았다. 진단이 틀렸으면 틀렸지 처방으로 보아서는 결코 중독될 여지가 없다. 그러나 배설물의 검사한 결과를 전의 주치의에게 보이니까 주치의는,

"허?—"

하고, 놀라며 고개를 비꼬았다.

이렇게 되니 남은 의문은 한방의에게로 돌아갔다. 두 의사는 한참 상의한 결과, 덕기에게 한약방문과 약 찌끼가 있으면 그것을 가져다 달라고 하였다. 의사들은 한약에 유의하느니만큼, 한약재의 연구에 대하여 흥미를 더 가지고 있는 것이었다.

덕기도 여기서 무슨 단서가 나올까 하는 생각으로 아무도 시키지 않고, 자기가 한방의에게로 갔다. 약 찌끼도 그대로 있다면 자기 손으로 긁어모아 가지고 올 생각이다.

한방의는 덕기를 따라 병원에 가서 양의들에게 자기의 진난을 개진하고 방문을 내보였다. 한방의가 내상외한內傷外寒[277]으로 집중을 하여 다스려 나왔다는 것은 그럴듯하나, 신열이 보통 감기의

277 기력이 쇠하여 생긴 병과 밖의 찬 기운으로 생긴 병.

열이 아니요, 폐렴으로 해서 내발하는 열인 것은 미처 몰랐던 모양이다. 하여간에 한약에서도 중독될 만한 의점疑點은 발견할 수 없었다. 더구나 약 찌끼라는 것은 찾으려야 찾을 수 없었다.

하여간에 병인은 해독제로 완화는 시켜놓았으나, 이 때문에 신장염과 위장 '가다루'[278]가 병발하고, 시력이 점점 쇠약하여갔다. 이만하면 비소 중독이란 진단은 결코 오진이 아닌 결정적 사실이요, 또 이것은 의학상 귀중한 연구재료로 아직 보류하려니와 당장 어디서부터 손을 대어야 할지 의사는 거진 절망이었다.

이 법석통에 수원집은 감기몸살이라 하여 꼼짝을 안 하고 드러누워서 병원에도 사흘이나 아니 갔다. 그래도 수술을 한다는 날에는 수원집도 깽깽 일어나서 병원에 나왔다. 그러나 그 앓는 소리는 옆의 사람이 듣기에도 송구스러웠다. 앓는 소리만 들으면 영감보다도 이 젊은 마누라가 먼저 갈 것 같았다.

"하두 오래 병구원하시느라고 저렇게 지쳤구려. 병구원하다가 먼저 돌아가리다."

일갓집 아낙네들은 이렇게 인사를 하는 게 아니라 놀렸다.

"대신 나를 잡아갔으면 작히나 좋겠습니까."

수원집은 숨이 턱에 닿는 소리로 이런 대답을 해서 여러 사람을 웃겼다.

하여간에 수술은 하였다. 수술이라야 가슴의 물을 빼내는 것이다. 그 덕으로 병인은 신열이 쑥 내려갔으나 그 대신에 기함이 심하여 혼수상태에 빠져버렸다. 이틀 동안을 눈을 한 번도 못 떠

278 카타르. 조직은 파괴되지 아니하고 점막이 헐면서 부어오르는 염증.

보고 그대로 자지러져 들어가던 숨을 마지막 들이 걷고 말았다.

의사는 이해 못 하는 가족들이 수술을 잘못하였다고 칭원할까 보아 비소 중독을 앞장세우고 또 누구나 의사의 말을 믿었으나, 그 정통 원인이 어디 있었느냐는 점에 이르러서는 의사가 말 못 하는 거와는 딴 의미로 아무도 개구를 못 하였다. 의사는 다만 의학상 과학적 문제로만 생각하나, 친근한 여러 사람은 법률문제—형사문제로밖에 아니 보이는 것이었다. 그러나 누구나 입을 봉하였다.

의사가 연구 재료로 해부를 해보아도 좋을 듯이 말을 꺼낼 제 맨 먼저 찬동의 뜻을 표시한 사람은 상제인 상훈이었다. 덕기도 실상은 그렇게 하자고 하고 싶었으나 일가의 시비가 무서워서 대담히 입을 벌리지는 못하였다.

과연 당장에 우박이 상훈이의 머리 위에 쏟아졌다.

"자네 환장을 했나? 자네 인제는 기를 쓰나? 조가의 집에 인제는 마지막으로 똥칠을 하려는 건가?"

첫 우박이 창훈이의 입에서 쏟아졌다.

나이 오십이나 된 놈이 지각 반 푼어치 없이 어서 분별을 해서 빈소에 모시고 발상을 할 생각을 하는 게 아니라 황송한 말씀이나 푸줏간에서 소 잡듯이 부모의 신체를 갈가리 찢어발기려는 그런 놈이, 집안 망할 자식이, 천지개벽 이후에 있겠느냐고 욕설이 빗발치듯 하고 구석구석이 모여서는 대격론이 일어나는 섯이었다.

부모가 아니라 원수더란 말인가? 생전에 삐진[279] 소리를 좀 하셨다고 돌아가시기가 무섭게 칼질을 해서 부모를 욕을 보이자

279 일정한 범위나 한계 등을 벗어나다.

하니 성한 놈이면 육시처참을 할 일이요, 미쳤다면 그놈부터 오리간[280]을 짓고 가두어두든지, 아주 조씨 문중에서 때려잡아 버려야 할 일이라고 은근히 떠들어놓는 사람도 창훈이었다.

그런 놈이니 제 아비에게 비상이라도 족히 먹였을 것이요, 제 죄가 무서우니까 시신도 안 남게 갈가리 찢어발겨 없애서, 증거가 안 남게 만들어가지고 불에 살라버리든지, 약병에 채워서 우물주물 만들려는 그런 무도한 생각도 하는 것이라고, 봉인첩설[281]을 하는 것도 최 참봉과 창훈이다. 누구나 또 그럴듯이 듣는 것이다. 이러노라니 수원집은 정신을 차리지 못하고 병실에서 울어젖히고, 수십 명 몰려든 사람들은 제각기 한마디씩 떠들어놓고 병원은 한 귀퉁이가 떠나갈 지경이다. 상훈이는 주먹 맞은 감투가 되어서 잠깐은 우선 물러앉는 수밖에 없었다. 할 말이 없는 게 아니요, 입이 없어 말을 못하는 것은 아니로되, 공격의 칼날이 날카로울 때는 은인자중하여야 할 것이라고 돌려 생각한 것이다. 만일 금고 열쇠가 상훈이에게로 왔던들 이 사람들이 상훈이를 이렇게까지 무시는 못 하였을 것이다. 무시는커녕 창훈이부터 "아무렴, 그 이상하니 해부해보세" 하고 서둘러댔을 것이다. 상훈이로 말하면 해부를 꼭 하자는 것도 아니다. 어떤 년놈들의 악독한 음모가 있었다면, 그것을 밝히겠다는 일념으로 선뜻 찬성은 하였으나, 기위 의사가 두 사람이나 증명하는 바에야 해부까지 할 필요도 없고, 또 후일 문제 삼자면 오늘날 안장하고서라도 다른 도리가 얼마든지 있는 것이라고 돌려 생각하였다. 그야 더운 김도 가

280 우릿간. 짐승을 키우는 우리.
281 만나는 사람마다 이야기하여 소문을 널리 퍼뜨림.

시기 전에 부모의 시신에 칼을 댄다는 것은 비록 묵은 관념이 아니기로, 차마 하고 싶지 않은 일이니 창훈이들의 주장이 옳지 않은 것은 아니요, 또 누구가 듣든지 옳다고 하겠으니까, 한층 더 기고만장을 하여, 상훈이만을 못된 놈으로 몰아붙이는 것이나, 계제가 좋아서 하기 쉬운 옳은 말 한마디를 하였다고 그 뒤에 숨긴 큰 죄악이 감추어지고 삭쳐질[282] 것은 아니리라고 상훈이는 별렀다.

'두고 보자. 언제까지 큰소리를 할 것이냐!'

고 상훈이는 이를 악물었다.

시체는 발상 안 한 대로 침대차에 옮겨서 집으로 모셔다가, 빈소를 아랫방으로 정하고 안치하였다. 발상에 상훈이는 곡을 아니하였다. 이것이 또 문젯거리가 되었으나, 상훈이는 내친걸음에 뻗대버렸다. 사실 눈이 보송보송하고 설운 생각이라고는 아니 났다. 그래도 울지 않는 자기가 눈이 퉁퉁히 붓도록 눈물을 짜내는 수원집이나 "어이, 어이" 하고 헛소리를 내는 창훈이보다는, 월등히 낫다고 상훈이는 생각하는 것이다.

상훈이의 존재는 완전히 무시되었다. 덕기는 깃것[283]만 안 입었을 따름이지 승중상[284]을 선 것이나 다름없었다. 조상꾼도 상훈이에게는 절 한 번뿐이요, 덕기에게로 모여들어서 이야기를 하고, 모든 분별을 창훈이가 휘두르면서 덕기에게는 허가를 맡거나 사후 승낙을 맡는 형식만 취하였으나, 상훈이에게는 누구나 접구를 안 하려 하였다.

282 뭉개거나 지워서 없애버리다.
283 삼우제를 지낸 뒤 제사 때까지 입는, 무명베로 지은 상복.
284 아버지를 여읜 맏아들이 할아버지나 할머니가 돌아가셔서 치르게 된 초상.

상훈이는 꾸어다놓은 보릿자루 모양으로, 사랑 안방 아랫목에 멀거니 앉았는 수밖에 없었다. 그러나 덕기로서는 부친에게 일일이 품을 하지 않을 수 없었다. 그것은 무시를 당하는 부친이 가엾어도 그렇고 도리로도 그러하였다.

그러나 상훈이는 절대 무간섭주의였다. 무슨 말을 물으나,

"너 알아 하려므나. 의논들 해서 좋도록 하렴."

할 뿐이다. 거죽은 좋으나, 그만치 속은 토라졌던 것이다.

그러노라니 덕기가 중간에서 성이 가시었다. 성이 가신 것은 고사하고 일이 뒤죽박죽으로 두서를 차리지 못하고 돈만 처들어갔다. 주인 부자가 이 모양이니, 누구나 먹을 콩 났다고 눈을 까뒤집고 덤비는 축들뿐이라, 나중에는 저희끼리 으르렁대고 저희끼리 헐어내기에 상두꾼[285]들이 악다구니들을 하는 거나 다름없었다.

그래도 이럭저럭 칠일장으로 발인을 하게 되었다. 누가 보든지 호상이었다. 상제는 후록코트를 입으려 하였더니 역시 굴건제복을 입고 삿갓가마를 탔다. 그 외에는 이백여 대의 인력거가 뱀의 꼬리같이 뻗쳤다.

"잘 나간다. 팔자 좋다! 세상은 고르지두 못하지. 나 죽어 나갈 제는 열두 방맹이 아니라 스물두 방맹이는 되렷다!"

아침밥도 못 먹고 모여 선 구경꾼들은 이런 허튼소리를 하는 것이었다. 그러나 그 뒤에는 얼마나 크고 작은 죄악과 불평과 원성이 따르고, 남는지를 뉘라 알랴.

이리하여 조부의 일대는 오늘로 영결하였다.

285 상여꾼.

새 출발

"서방님 계신가요?"

병화는 사랑마루 끝에 와서 소리를 치다가, 큰사랑 아랫목에 앉은 서방님이 유리로 내다보니까 허리를 굽실한다. 그래도 덕기는 미처 못 알아보았는지 내다보던 고개가 없어지고는 두런두런 자기네들 이야기 소리만 난다.

"식료품상이올시다. 댁에 용달을 터주셨으면 하는뎁쇼?……"

"그만두우."

방 안에서 다른 사람 목소리가 난다.

"적으나 많으나 전화만 하시면 금시로 배달해드리고 측전이나 다름없이 본값으로 해드립니다."

덕기는 목소리가 귀에 익어서,

"어느 집이요?"

하고, 다시 한 번 내다보다가 문을 활짝 열며,

"사—람은! 이게 무슨 장난인가? 연극하나?"

흰 두루마기를 입은 덕기는 일변 놀라며, 웃으며 뛰어나온다.

"천만의 말씀입니다. 오늘이 개시인데, 한 자국 떼주십쇼그려."

병화는 싱글거리며 연해 허리를 굽실거린다.

"정말인가? 허허허…… 사람두!"

덕기뿐 아니라 방 안 사람이 번갈아가며 내다보고는 빙긋빙긋 웃으나 병화는 반죽 좋게 버티고 서서 조른다.

"그런데 이건 별안간 어디서 얻어 입었나? 지금 무슨 연습을 하는 건가? 이리고 어디를 갈 모양인가?"

덕기는 여러 가지 의혹이 창졸간에 들었다. 닷새 전에 장삿날 반우터[286]에서 잠깐 만난 후로는 못 보았지마는 그때도 멀쩡히 양복을 입고 왔었는데, 그동안에 또 무슨 객기를 부리고 이 꼴로 돌아다니는지 우스운 것보다도 궁금하다.

"어서 올라오게. 도무지 왜 그리 볼 수가 없나?"

"가만히 계십쇼. 내 일부터 하고요."

하고, 병화는 가슴에 찔렀던 광고를 쓱 빼내서 한 장 준다.

"흥, 정말인가? 자네가 허나?"

"서방님 같은 분이 한밑천 대주시면야 모르겠습니다마는, 두 불알만 가진 놈이 웬걸 제 손으로 하겠습니까. 배달꾼입죠."

"말씀 좀 낮춰 하시지요."

"황송한 처분입니다."

"허허……. 그만하면 주문도리로는 급젤세. 자, 그만하고 인젠 좀 올라오게."

"바빠서 올라갈 새는 없어와요. 그럼 통장 하나 두고 갑니다."

하고, 가슴패기에서 이번에는 통장을 꺼낸다. '조' 자까지 미리 쓰고 한 장 넘겨서는 삼 전 수입 인지까지 붙여서 도장을 딱딱 찍어놓은 것이다.

"이력차이그려? 언제 다 이렇게 배워두었던가?"

덕기는 친구의 얼굴을 신기하다는 듯이 멀그미 치어다보며 웃는다. 바커스에서 잠깐 만난 뒤로는 초상 중에 조상 왔을 때 보았고, 반우터에서는 고개만 끄덕하고 헤어졌으니 자세한 이야기

286 장사 치른 뒤에 신주神主를 모시고 집으로 돌아오는 길목.

는 들을 새도 없었기는 하지마는, 어떻게 된 셈인지를 알 수가 없다. 경애와 같이 벌였나? 바커스의 한 끄트머리로 밑천을 얻었을까?……

“자네 같은 위험인물을 가외 일본 사람이 쓸 리도 없고, 누구하고 시작을 했나?”

“따끔나리[287] 보증으로 벼슬 한자리 했습죠.”

“인젠 어른께 말공대할 줄도 알고 하여간 제법 됐네.”

덕기는 아까부터 병화의 깍듯한 존대가 듣기 싫었다.

“백만장자와 반찬장수와 너무 왕청 떨어지기도 하지마는, 장사꾼의 분수를 잊어야 되겠습니까. 서방님! 이 김병화는 어제까지의 김병화가 아니라, ‘산해진山海珍’ 식료품 상점 배달꾼 김병화입니다. 그쯤만 통촉해두시고 물건이나 많이 팔아주십쇼. 소인은 물러갑니다.”

병화는 빙글빙글하며 꾸벅 인사를 한다.

“응, 잘 가거라. 옛날 임성구[288]가 살아왔구나!”

덕기는 어처구니가 없어 웃기만 하다가,

“쓸데없는 소리 말고, 좀 자세한 이야기나 듣세그려. 대관절 조선 사람에게 팔아먹자면야, 일본 반찬가게를 할 필요가 없고, 일본 사람에게 팔자면 자네 같은 불경이[289]는 문전에도 얼신을 못하게 할 거니 장사가 될 리가 있나?”
하고, 덕기는 우선 그 점을 염려하는 것이다.

287 ‘순검’을 비난조로 이르던 말.
288 신파극 초창기 연극인(1887~1921).
289 붉은빛을 띤 물건.

"불경이라니요? 저희 상점에는 막불경이는 아직 안 갖다 놓았습니다마는, 마른 고추, 실고추는 갖추갖추 있습니다. 그 외에 붉은 것을 찾자면 홍당무가 있삽고, 일년감[290]도 있삽고, 연시도 좋은 놈이 있습니다마는 일본집에는 형사 데리고 다니며 보증을 하고 팔면 될 게 아닙니까."

병화는 웃지도 않고 주워섬긴다.

"흥, 팔자는 좋으이! 보호순사를 데리고 다니면서 팔면 띄울 리도 없고 십상일세그려."

"한번 놀러 옵쇼. 예전 매동학교 근처올시다."

"응, 감세."

병화는 덕기의 웃음을 뒤에 남겨놓고 풍우같이 나왔다.

이 모양으로 오늘은 친구의 집, 안면 있는 집만 한 바퀴 돌고 상점에 돌아와 보니 경애가 와서 앉았다.

"그럴듯하구려. 우리 집에도 콩나물 일 전어치하고 두부 한 채만 배달해주구려."

"예! 그럽죠. 댁이 어딥니까?"

"남산골 솔방울 굴르는 집이요. 고명파도 잊어버리지 마우."

경애는 깔깔 웃고 말았다. 필순이도 옆에 섰다가 따라 웃으며,

"선생님같이 자전거를 타고 다니시는 게 아니라 끌고 다니시면야 배달은 다 하셨지."

하고, 필순이는 두 팔을 내저으며 자전거 타는 어설픈 숭내를 낸다.

"그래두 책상물림의 서방님으로서는 제법이지. 대관절 수판질

290 토마토.

이나 할 줄 아우?"

경애는 옆에서 또 농을 건다.

"주판은 여기 졸업생이 계신데!"

하고, 병화가 필순이를 가리키니까 필순이는 부끄러운 듯이 고개를 꼬고 웃는다. 필순이는 사실 일주일이나 주판 놓는 것을 배워 가지고 왔다.

"그런데 벗고 나와서 일을 좀 하든지 어서 가든지 하우. 양장 미인이 떡 버티고 앉았으면 영업 방핸데."

"나 같은 사람이 앉았어야 영업이 잘되어요. 일본 사람은 담뱃가게와 목욕탕에는 '간반무스메(간판으로 계집애를 두는 것)'를 내앉히지 않습디까."

"그러면 아주 지붕 위에 올라가 앉았지 않으려우?"

이런 실없는 소리를 하고 있으려니까, 일본 하녀가 통장을 들고 와서 파 한 단과 멸치 한 근을 가지고 간다.

몇 집 걸러 일본 하숙에서 온 것이라 한다. 뒤미쳐서 일본 노파가 달걀 세 개에 팥 닷 곱을 사러 왔다. 싸전은 아니지마는 일본식으로 잡곡을 놓아둔 것이다. 팥은 병화가 되어주고 달걀은 필순이가 집어주었다. 이것은 맞돈이라 노파가 일 원짜리를 내주니까 필순이가 주판을 재꺽재꺽 하더니 조그만 철궤를 쩔그렁 열고 칠십구 전을 거슬러 준다.

"얼마를 거슬러주었어?"

"칠십구 전요. 팥이 구 전, 달걀이 사 전씩 십이 전이죠?"

"응!"

하고, 병화는 웃었다.

경애는 두 사람의 일거일동을 빤히 노려보고 있다가 깔깔깔 웃는다.

"똑 걸맞는 양주 같구려. 아주 익숙한 품이 몇 해 해본 사람들 같은데!"

경애는 둘이 젊은 내외처럼 은근성스럽게 의논을 해가며 물건을 파는 양을 보고, 저러다가 아주 떨어지지 않게 되면 어쩌나 하는 불안과 투기가 나기도 하나, 한편으로는 서툰 솜씨로 잘못 팔까 보아 애들을 쓰는 것이 가엾어 보이는 것이다. 그러나 술이나 먹고 게걸거리고 다니던 병화가, 이렇게 벗어부치고 나서서 서둘러대는 것을 보니 이번 일야 영리사업이라느니보다도 까닭이 있어서 하는 일이지마는, 어쨌든 무얼 시키나 쓸모가 있고 평생에 굶어 죽을 사람 같지 않다고 속으로 기뻐했다. 지금 세상에 이만한 활동력이 있고, 게다가 돈이나 살림에만 졸아붙을 위인이 아니요, 무어나 큰일을 해보려는 뜻을 가진 청년도 드물겠다고 생각하면, 한층 더 믿음직하고 사랑하는 마음이 솟는 것이다. 뜻 맞는 손아래 오라비 같은 귀여운 생각도 든다. 그럴수록에 필순이에게 대한 막연한 질투심이 머리를 드는 것 같아야 겉으로는 웃음으로 그런 잡념을 쓱쓱 지워버리나 속으로는 애가 쓰이기 시작하는 것이다.

그러면서도 경애 자신이 이 상점을 잡어 차고 들어앉고 싶은 생각은 아무래도 아니 났다. 실상은 경애가 먼저 앞장을 서서 찬성하고 서둔 일이나, 벗고 나설 용기가 나지는 않는다. 발론의 시초는 조그만 화장품상이나 잡화상—그렇지 않으면 털실이니 레이스니 하는 것을 주로 삼고 어떤 여학교 하나를 끼고서 학용품

상을 벌여볼까 한 것이었다. 물론 자본은 상훈이에게 기댈 작정이었다. 상훈이도 경애가 나서서 한다면 대어줄 듯이 찬성이었다. 자기 아버니가 돌아가면—급히 돌아가지 않으면 이것도 저것도 허사이겠지마는, 돌아가만 놓으면 돈 몇천 원이고 못 돌리랴 싶어서 아무려나 해보라고 반승낙은 한 것이었다.

그러자 마침 지금 이 상점 자리가 난 것이다. 이 상점은 사백 원에 샀다. 바커스 주부가 새에 든 것이다.

방물장사니 잡화상이니 하고 의논이 분분한 판에, 주부가 아는 일본 사람으로, 얌전하게 반찬가게를 하다가 남편이 노름에 몸이 달아서 거덜이 나가니까, 홧김에 넘기려는 것이 있으니, 그것을 사서 해보겠느냐고 지나는 말로 한 것이 의외로 얼른 낙착이 난 것이다. 처음에는 집값이 이천 원, 전화 삼백 원, 현물 오백 원이란 금이었으나, 집은 사글세 삼십 원, 전화도 세로 정하고, 남은 물건만 사백 원에 넘겨 맡은 것이다.

등이 달아서 넘기는 것이니, 사는 사람으로서는 손은 안 되었다. 그러나 집은 다른 작자라도 나면 팔 작정이라는데, 일본 사람촌이 되어가는 이 좌처를 빼앗기면 안 될 터이니 이왕이면 곧 사는 것이 유리하였다. 사백 원은 병화가 덜컥 치렀으나 집을 사자면 상훈이가 셈이 피어야 할 것인즉, 결국에 조 의관이 돌아가기를 기다리는 사람은 여기노 또 하나 있는 셈이었었나. 인세는 돌아갔으니 집을 사게 될 듯도 하다.

병화의 사백 원은 물론 피혁이가 주고 간 속에서 나온 것이나, 경애의 명의로 치렀고 이 상점의 명의도 경애로 되어 있다.

피혁이가 그 돈을 줄 때 반찬장사를 하라고 한 것이 아니면야,

병화도 그 돈을 헐어서 첫 번에 쓴다는 게 하고많은 장사 중에 하필 반찬가게를 벌였으니 양심이 있는 놈 같으면 낯이 뜨뜻하였을 것이다. 피혁이는 보도 듣도 못 하던 김병화더러 애인과 같이 반찬가게나 벌이고 생활안정이나 하여서 살이나 피둥피둥 찌라고, 수륙만리의 머나먼 길을 갖은 고초를 다 겪고 다녀간 것은 아니었었다.

피혁이가 그 돈을 줄 때 다만 홍경애의 손만을 거쳐 넘어가게 한 것이 실수라고도 할 것이다. 병화와 서로 제주[掣肘][291] 할 만한, 또 한 사람을 맞붙여놓고 부탁을 하였다면, 저희끼리 헐고 뜯고 하여 지금쯤 병화는 얻어맞아도 상당히 얻어맞고서 경향 간에 소문도 파다할 것이니, 병원 아니면 경찰서에 들어가 앉았을 것이요, 산해진의 간판도 비거서남풍[292]하였을 것이다.

사실인즉 산해진의 간판은 아직 아니 붙였으니, 동지 간에 내용은 고사하고 병화가 일본 반찬가게를 냈다는 소문도, 아는 사람이 아직은 없다. 찾아오는 사람이 있더라도 두 번부터는 절대로 발그림자도 못하게 단연 거절할 작정을 병화는 단단히 하고 있는 판이다.

필순이는 그게 걱정이었다.

"어제까지 놀던 사람을 어떻게 야멸차게 못 오게 할 수야 있겠어요. 그러면 심사가 나서라도 짓궂이 더 와서 성이 가시게 할 것이요, 입을 모으고 무슨 훼방이든지 놀걸요."

필순이는 병화가 교제도 다 끊는다는 말을 들을 제, 자기도 아

291 철주, 간섭하여 마음대로 하지 못하게 함.
292 飛去西南風, 어느새인지 모르게 어디론지 영영 사라져버린다는 말.

는 사람이 많은데 어떻게 찾아오는 사람을 냉대를 해서 보낼까가 적지 않은 걱정이었다.

"아무러면 어떠리! 제까진 놈들 뉘게 와서 흑작질[293]을 할라구!"

병화의 팔심은 믿음직하기는 하지마는, 필순이더러 모스크바로 달아나라고 한 지가 한 달도 채 못 되는 사람의 말이 이러하다. 필순이는 안심이 지나쳐서 겁이 도리어 났다. 병화를 경멸하는 마음도 조금은 없지 않았다.

어쨌든 필순이 집은 이리 옮겨 왔다. 필순이를 공장에서 들여앉히기 위하여 이 장사를 하는 것만도 아니요, 필순이 집에서 없는 살림에 공밥을 이삼 년 먹고 신세를 진 값으로 이 집 세 식구에게 살 도리를 차려주느라고 급히 벌인 장사도 아니다. 그러나 필순이 집 세 식구는 다시 살아난 것 같았다. 또 필순이는 가게를 보게 하고 부모는 안에서 살림을 하며 뒷배나 보아달라 하기에 십상 알맞았다. 경애는 처음에는 필순이네는 식구가 많다고 반대하였으나, 남의 사람보다는 나은 점이 쓸모라고 찬성하고 말았다.

필순이는 요새 같은 깊은 겨울에도, 첫차가 나오는 소리가 뚜르르 나자 일어나서 가겟방에서 자는 병화가 깨일까 보아 조심조심 빈지를 열고 가게를 내노라면, 병화도 지지 않고 같이 일어나서 남대문 장으로 서투른 자전거를 빙판 위에 달리는 것이다. 필순이 부친도 조선옷은 안 어울린다 하여 고물상에서 주워 온 헌 양복바지에 재킷을 푸근히 입고, 가게 속에 놓인 화로 앞에 나와 앉는다. 모든 것이 아직 초대요 연습이었으나, 평화롭고 전도

293 흑책질. 교활한 수단을 써서 남의 일을 방해하는 짓.

에 빛이 보이는 것 같아야 흥이 났다.

필순이는 첫차 소리를 듣고 일어나면 막차가 들어간 뒤에야 자리에 눕지마는, 고단은 하면서도 자리 속에서까지 물건값을 외우고 파는 솜씨를 연구하기에 어느 때까지 잠이 아니 왔다. 요새는 공부하겠다는 생각도 잊어버렸다. 그러나 가다가다는 덕기 생각이 떠오르기도 한다. 상점 구경을 오면 부끄러워서 어떻게 볼꾸? 하는 생각을 하고는 혼자 얼굴이 붉어지다가도, 파르스름한 점원복을 입고 익숙한 솜씨로 물건을 파는 양을 보여주고 싶은 충동도 일어난다. 그러나 벌겋게 얼어서 터진 팔목을 걷어 올린 것도 보일 것이 걱정이다.

진창

덕기는 오늘 병화의 상점 구경을 나섰다.

초상 이후로 처음 출입이다. 복제기[294]이지마는 상제 대신 노릇도 하여야 하고, 집안 처리도 할 일이 많아서 바쁘기도 하였고, 정초에 나다닐 필요가 없어서 들어앉았다가 오래간만에 길 구경을 하는 것이다.

전차가 효자동 종점에 가까워졌을 때, 덕기는 차 속에 일어서서 박람회 이후로 일자로 부쩍 늘은 일본집들을 유심히 보았으나, 산해진이란 간판은 눈에 아니 띄었다.

294 1년 이하의 상복을 입는 사람.

차에서 내려서 되짚어 내려오며 차츰차츰 뒤지다가 좌등상점佐藤商店이란 간판이 붙은 가게의 유리문 안을 기웃해보니, 과실이 놓이고 움파니 미나리니 하는 것이 눈에 띈다. 담배도 있다. 담배나 한 갑 사며 물어보리라 하고, 문을 득 여니 여점원이 해죽 나온다.…… 필순이다! 덕기는 주춤하며 뒤로 물러설 뻔하였다. 필순이도 가슴에서 두방망이질을 치며, 얼굴이 화끈 취해 올라와서 어쩔 줄을 몰랐다.

"여기 계신 줄은 몰랐군! 김 군은 있나요?"

덕기는 하여간 들어섰다.

"이리 올라앉으세요. 인제 곧 오시겠죠."

조그만 다다미방에는 이전 병화 방에서 보던 일깃거리는 밥상만 한 책상이 놓이고, 화로 앞에는 방석 한 개가 깔려 있다.

덕기는 신기한 듯이 상점 안을 이 구석 저 구석 둘러보다가,

"어디 배달 나갔나요?"

하고, 방문턱에 걸터앉았다.

"아녜요. 서대문 감옥에 나가셨에요. 인제 곧 오시겠지요."

필순이는 부리나케 방 안을 치우고 방석을 내놓으며 권하였다.

"감옥에는 왜?"

"저번에 들어간 이들을 면회도 하고, 식사 차입도 하려고요. 벌써 가셨으니까 좀 있으면 오시겠죠."

필순이는 덕기가 곧 간다고 할까 보아 애를 쓰면서, 복제당한 인사를 하고 싶으나 무어라고 할지 몰라서 얼굴이 또 발개졌다.

감옥 친구에게 차입을 할 만큼 셈평이 피인 것도 고마운 일이지마는, 셈이 좀 돌렸다고 감옥 친구들을 잊지 않고 없는 돈에 차

입이라도 하는 것은 무던하다고 덕기는 생각하였다.

"그런데 좌등이란 간판이니, 일본 사람 것을 샀나요?"

덕기의 이 말에 필순이는 좀 의아하였다. 병화는, 돈이 덕기에게서 나온 듯이 말을 하던데 덕기는 아무것도 모르는 수작이다. 필순이도 피혁이가 돈 뭉치를 두고 간 줄을 알기 때문에 이 상점도 그것으로 하는 줄 알았더니 병화는 절대로 그 돈이 아니라고 부인하여왔다.

"그전 사람 이름인데 아직은 그대로 둔다나 봐요. 이 동네 단골이 떨어질까 보아서요."

그도 그럴듯하다고 생각하였다. 그러나 대관절 돈은 누가 대는 것일꼬? 덕기는 역시 궁금하였다.

이야기를 하는 동안에 구지레한 양복쟁이 둘이 길거리에서 원광으로 기웃거리는 것이 내다보이다가 없어지더니, 또 조금 있다가 한 청년이 성큼 들어서며,

"좌등이 있소?"

하고 우락부락히 묻는다.

옷 꼴이라든지, 길게 자란 머리라든지, 사구라[295] 몽둥이는 아니지마는 이 겨울에 우악스런 단장을 짚은 것이라든지, 험상궂은 눈을 잠시 한때 가만두지 않고 두리번거리는 것이라든지, 형사도 아닐 것 같고, 전일의 병화가 다시 온 것 같으나, 필순이도 보지 못한 사람이다.

"좌등이는 떠났습니다."

295 일본어로 '벚꽃'을 뜻함.

"그럼 주인이 누구요?"

"홍경애 씨애요."

"홍경애? 남자요? 여자요?"

"여자애요."

"그의 남편은 누구요? 바깥주인은 없소?"

"일 보는 이 있어요."

"누구요?"

"김청 씨애요."

"그 김청이는 어디 갔소?"

"어디 나갔에요."

"당신은 누구슈?"

"나두 일 보는 사람애요."

"당신이 김청이 부인이슈?"

"아뇨."

하고, 필순이는 얼굴이 발개지며 눈을 찌푸린다.

"그럼 김청이는 언제 들어오우?"

"모르겠어요."

청년은 첫마디부터 끝마디까지 훌닦아 세우는[296] 소리를 하다가 휙 나가버린다.

"누구세요? 왜 그리세요?"

필순이는 쫓아 나가며 물었으나, 그 괴상한 청년은 대답도 없이 뺑소니를 친다.

296 남의 잘못된 점이나 약점을 들어 몹시 쳐서 나무란다.

"일본 사람을 찾아온 것 같지도 않고, 김 군을 아는 모양도 아니요, 얼른 보기에는 쌈하러 다니는 장사패나 주의자 같지 않은가요?"

"글쎄 말씀입니다."

필순이는 눈을 깜짝거리며 얼굴이 해쓱해서 무슨 생각을 하고 섰다.

"친구들은 여전히 쫓아다니겠지요?"

"별로 오는 이도 없에요. 얼마 동안은 관계를 끊겠다 하시는데."

"그래 김청이라고 행세를 하는군요? 형사들은 안 오나요?"

"예, 형사들은 이렇게 맘을 잡고 실속을 차리게 되어서, 마치 환자가 병이 나면 의사가 파리채를 날리듯이, 저희 벌이가 안 되겠다고 놀리면서도 어쨌든 고마운 일이라고 저희들 집에도 통장을 트자 하고, 친구들도 단골을 몇 군데 소개까지 해주다시피 좋아들 하지요."

"흥, 그러나 으레 형사들의 버릇으로 다른 데 가서는 김 아무개는 인젠 아주 전향해서 돈벌이에 맛을 들이고 어쩌고 한다고 선전을 할 것이니까, 친구들이야 변절한變節漢이라고 가만있지 않을걸요."

덕기는 지금 왔던 청년이 병화를 문책하러 온 동지일 것이라는 말눈치를 보인다.

"선생님은 그런 것도 벌써 짐작하고 계서요?"

"흐응!"

덕기는 친구가 무슨 봉변이나 아니 당할까 염려가 되었다. 그러나 병화가 정말 그렇게까지 전향인지 변절인지를 하였을까? 경애에게 홀깍 반해서 경애가 시키는 대로, 겸노상전兼奴上典[297]으로 반찬가게의 배달도 못할 것은 아니요, 또 먹고살자면 사내답게 벗고 나서서 이것도 해보고 저것도 해보는 것이지마는, 그렇다고 동지를 배반하고 형사들의 도움까지를 받는다는 것은 좀 생각할 일이라고 덕기는 생각하였다. 그것도 처음부터 형사의 도움을 받자는 것이 아니요, 또 이용할 수 있으면야 이용한대도 상관이 없는 일이지마는, 병화에게 반감을 가진 사람으로는 문제를 삼자면 얼마든지 삼을 수 있는 것이다.

"홍경애가 돈을 내놓았어요?"

덕기는 주인이 경애라고 하던 말을 생각하고 물었다.

"그렇다나 봐요."

얼마나 들었는지는 모르지마는 경애에게 이만큼 벌일 돈이 있을까? 결국에 부친에게서 나온 것이나 아닐까? 그렇다면 병화와의 관계는 어떻게 되었는가? 알은척하기도 싫은 일이나 역시 궁금하다.

"하여간 어떠슈? 고되시지요?"

덕기는 한참 제 생각에 팔렸다가 은근히 물었다.

"고될 거야 무엇 있어요. 처음 해보는 일이라 손 서투르고 애가 씌워서요……."

서로 이런 통사정을 할 만큼 어느 틈에 친해졌는가? 하고 필순이는 신기한 일 같고 남자의 얼굴이 다시 치어다보인다.

"실상은 좀 더 공부를 하시게 하였으면 하는 생각들을 했지마

297 종을 거느릴 형편이 못 되어 종이 할 일까지 몸소 하는 가난한 양반.

는, 아무거나 경험 삼아 해볼 데까지 해보는 것도 좋겠지요. 하지만…….”

덕기는 또 한참 만에 말을 꺼내면서 병화의 편지에 필순이 일은 너 알아 하라고 한 말이 생각났다. 그러나 모처럼 재미를 붙여서 하는 것을 또다시 마음을 헛갈리게 하면 안 되겠다고 생각하고 말을 끊어버렸다.

필순이는 덕기의 뒷말을 기다리고 한참 섰다가,

“공부를 할 처지도 못 되죠마는, 제 따위가 무슨 공부를 하겠에요.”

남자의 말을 다시 끌어내려 하였다.

“어쨌든 필요한 때 말씀만 해주시면 좋을 대로 의논이라도 해드리지요.”

덕기는 퍽 대담한 소리를 한다고 생각하면서, 어쨌든 마음먹은 대로 한마디 표시를 하였다. 그러나 자기의 이런 호의를 필순이가 혹시 의심하거나 오해하지나 않을까 염려도 되었다.

필순이는 확실히 반기는 낯빛이다. 얼굴이 발개지며 입속으로 무어라고 대답을 하는 모양이나, 덕기에게는 잘 들리지 않았다. 아마 고맙다는 말일 것이다.

“야아, 어려운 출입했네그려.”

병화는 문전에 자전거를 세우고 소리를 치며 들어온다. 오늘은 양복 외투에 의관이 분명하다.

“오늘은 신사가 되어서 말공대가 변하였나?”

“물건을 사러 와보게그려.”

“그럼 마마콩 일 전어치 사볼까.”

하고, 덕기는 지갑을 꺼내는 체한다.

"예에, 고맙습니다. 그러나 저희게는 그런 구멍가게 물건은 없습니다."

필순이는 생글생글 웃다가,

"그런데 조금 아까 수상한 사람이 왔어요. 형사 모양으로 으르딱딱거리고 갔는데 또 올 눈친가 봐요."

하고, 자세한 이야기를 들려주려니까, 병화는 다 듣지도 않고,

"응, 알았어. 염려 없어."

하고, 말을 막는다.

"오시다가 만나셨에요?"

"아니, 만나지는 않았지마는 별일 없는 거야."

병화는 태연히 웃어 보이나, 별일 없는 것이라는 그 말이 별일 있다는 반어反語로 들리었다.

"몽둥이찜을 하러 온다데. 누구라든가 하는 일본 형사하고 동사를 한다든가—형사가 돈을 대주어서 한다는 소문이 났다데그려."

덕기가 실없이 넘겨짚는 소리를 하니까 병화는,

"잘 들어맞혔네."

하고 웃다가, 덕기를 끌고 안으로 들어간다. 상점 방에 연달린 방은 다다미방이요, 다시 꼽들어 서면 거기는 온돌방이다. 덕기는 거기서 필순이의 모친을 만났다. 바느질을 하고 앉았나가 반색을 하며 일어나서, 복제 인사를 하고 피해 나간다.

필순이 집까지 이리로 떠나온 것을 보고 덕기는 또 의아하였다. 얼른 보기에 병화는 이 집 사위 같다는 생각이 들었다.

"자네 어디서 그런 소문을 들었나?"

필순이 모친을 내쫓고 둘이만 마주 앉아 병화가 말을 꺼낸다.

"왜? 사실은 사실이지?"

덕기는 자기의 실없는 말이 들어맞았는가 싶어서 도리어 속으로 놀랐다.

"설마 그럴 리야 있나마는, 일부에서 오해하고 있는 것은 사실인가 보이. 지금 감옥에를 갔더니, 그 속에 들어앉은 사람까지 벌써 내가 이 일을 벌인 것을 알지 않겠나. 누가 면회를 가서 내 말을 했던가 보데마는, 아까 왔다는 게, 물론 그 축일 듯하기에 말일세."

"애초에 그자들과 발을 뚝 끊어버린 것이 잘못 아닌가. 양해를 얻어둘 일이지."

"그까짓 자식들과 양해는 무슨 양해인가. 공연히 헐고 다니는 축은 우리 편과는 또 다른 ××파니까. 말하자면 기분적 테러—폭력단—들이거든."

"그럼 자네 패에서는 어떤 모양인가?"

"우리 패야 얼마 남았나. 하지만 그 사람들도 지금 와서는 나를 옹호한다느니보다는 방관하는 모양이지. 어떠면 직접 내게 맞다닥뜨릴 수가 없으니까, 저자들이 떠들고 다니는 것을 속으로는 도리어 좋아라 하고 구경이나 하거나, 부채질을 하는 모양일 터이지."

"그러니 말일세. 왜 별안간 고립을 해버리나? 게다가 형사들의 주선을 받고 하니까, 더 의심을 받게만 되지 않겠나?"

"그야 상관없어. 의심을 받거나 말거나 그놈들이 와서 두들겨 패거나 말거나…… 그렇지만 자네게 하나 부탁할 게 있네……."

"무어?"

"내가 이걸 시작할 때 벌써 천 원 가까이나 쓰고 앉었네. 이 점방을 넘겨오는 데는 사백 원밖에 안 들었지마는 무슨 물건이 변변히 있던가. 그래서 오륙백 원어치나 우선 들여놓았는데……."

덕기는 돈 말이 나오는구나 하고 들을까 말까 하는 것부터 속으로 생각하며,

"그래, 그 돈은 불시에 어디서 나왔단 말인가?"
하고, 말허리를 자른다.

"어디서 나왔든지 간에 말일세. 어쨌든 그 돈이 자네게서 나왔다고 누구에게든지 해왔으니 무슨 일이 있어서 조사를 당하든지 또는 무릎맞힘[298]을 할 경우에는 전향하고 장사를 한다기에 자네가 천 원을 무조건으로 나를 취해주었다고만 대답해주게. 그러고 천 원의 수수(주고받는 것)는 자네 조부가 돌아가시기 전에 조부가 가지셨던 현금을 꺼내다가 병원에서 주었다고만 해주게."

덕기는 혼자 깔깔 웃었다.

"그거 어렵지 않은 일일세. 그런 헛생색이면야 얼마든지 내줌세마는, 그래 그 천 원이란 것은 어디서 나온 것이기에, 그렇게 쉬이쉬이하는 건가?"

"그걸 말할 지경이면야 자네게 이런 얼뜬 부탁을 하겠나!"

"형사—서쪽에서 돌아 나왔다는 게 사실인가?"

"자네두 미쳤나? 설마 나를 그렇게 사귀었단 말인가?"
하며, 병화는 분연해 보이면서,

298 무릎맞춤. 두 사람의 말이 서로 어긋날 때 제삼자를 앞에 두고 전에 한 말을 되풀이해 옳고 그름을 따짐.

"그럼 자네는 어서 가게."
하고 창황히 일어선다.

"왜 이리 축객인가? 좀 더 이야기하세."

"그자들이 또들 올 거니까, 자네가 있으면 재미없네."

"그러면야 더구나 갈 수 없지 않은가."

"흥! 자네 따위 샌님이 한몫 거들어주려나? 자네 같은 부르주아는 어설피 걸리기만 하면 빼도 추리기 어려울 걸세, 허허……."
하며, 병화는 자기 방으로 들어가서 양복을 벗고 점원 옷으로 부덩부덩 갈아입는다.

"부르주아는 두부살에 바늘뼈던가! 그는 하여간 자네 지금 편쌈판에 나가나?"

덕기는 구두를 신고 내려서며 웃었다.

"편쌈도 하고, 일도 보고……."

병화는 유산태평으로 껄껄 웃는다.

덕기는 그래도 그대로 갈 수가 없어서 잠깐 서성거리려니까 문이 드르르 열리며, 아까 왔던 청년이 문밖에 우뚝 서서, 병화를 건너다보고 고갯짓으로 불러낸다. 병화는 기다렸다는 듯이 선뜻 나서며 덕기더러,

"그럼 자넨 어서 가게. 내일 모렛새 만나세."
하고, 나가다가 문 안에 진흙 발자국이 드문드문 몹시 난 것을 보자 필순이를 돌아다보며,

"이거 웬 흙이 넉절했나.[299] 좀 쓸어버려요."

299 여기에서는 '너저분하다'의 뜻인 듯.

하고, 소리를 친다.

필순이는 대답을 하며 쫓아 나왔으나 이런 것 저런 것 경황이 없었다.

밖은 한나절 녹인 땅이 벌써 꺼덕꺼덕 얼어간다. 두 청년은 무슨 이야기를 하는 눈치도 없이 넘어가는 햇발을 빗겨 받으며 전차 종점으로 걸어간다. 필순이와 덕기는 쓸쓸한 뒷모양을 바라보다가 전차 종점에서 오른편으로 꼽들어 가는 것을 보자 덕기가 잠깐 다녀오마 하고 따라선다. 필순이는 덕기마저 걸려들까 보아 애가 쓰이기는 하나 말릴 수도 없었다.

그들이 추성문으로 돌쳐서려 할 제 병화가 휙 돌려다 보더니, 덕기가 뒤를 밟는 줄 알자 가라고 손짓을 하며 멈칫 섰다. 덕기가 줄달음질을 쳐 가는 것이 멀리 보인다. 기다리고 섰던 병화와 잠깐 무어라고 하더니 덕기는 돌쳐서 다시 온다.

"무어라고 해요?"

모녀가 나란히 보고 섰다가 소리를 친다.

"추성문 안으로 해서 삼청동 친구의 집으로 간다는군요. 삼청동 백십 번지로 가는데, 한 시간 안으로 올 것이니 아무 염려 말라기는 하나 내가 쫓아간대도 별수는 없을 거요. 집에 좀 가봐야는 하겠고……."

덕기는 집에서 저녁상식[300]을 안 지내고 자기를 기다릴 것을 생각하면 어서 가보아야는 하겠다. 한 번쯤 상식 참례를 안 하기로 상관없을 듯하나 첫 삭망도 안 지낸 터에 아직은 여편네들만 말

300 상가에서 저녁때마다 궤연几筵 앞에 올리는 음식.

겨서 지내게 할 수가 없었다. 그러나 무슨 핑계같이 알 것이 안되기도 하였다.

"암 그러시죠. 별일이야 있겠습니까."

필순이 모친은 이렇게 대꾸를 하여주면서도 속으로는 역시 애가 씌어서,

"너 아버니는 어디 가서 이때것 안 오시니?"
하며, 걱정을 한다.

"하여간 오시거든 곧 좀 가보시라 하시지요. 나도 집에 가서 상식만 지내고 또 오지요."

덕기는 자기 집에 전화를 걸어놓고 갔다.

필순이가 한소끔 모여드는 손님을 혼자 치르고 나니까, 벌써 전등불이 들어왔으나 간 사람은 감감하고, 부친도 돌아오지를 않는다. 모친은 저녁밥을 지어놓고 나와서 마주 붙들고 걱정을 할 따름이나, 어떻게 하는 수도 없다. 무슨 일을 꼭 당하는 것만 같아서 입에 침이 바짝바짝 마를 뿐이다.

필순이는 시시각각으로 문밖에 나가서 병화가 가던 추성문 쪽을 부연 열사흘 달빛에 비춰보고 서서, 검은 그림자만 가까이 와도 가슴이 덜렁하고 올라오는 전차 속에 비슷한 사람만 띄어도 반색을 하였으나 모두 눈속임이었다.

여섯시나 되어 덕기에게서 전화가 왔다. 상식을 지내고서 거는 모양이다. 그저 감감무소식이란 말을 듣고 누구나 사람을 얻어서라도 보내보는 것이 좋겠다고 하면서 자기는 밥을 먹고 오마 한다. 여기서도 사람을 구해 보낼 생각은 있으나, 아주 낯 서투른 사람을 보낼 수 없어 부친만 들어오기를 기다리는 판이었다.

"어머니, 암만해두 제가 갔다 와야 하겠어요."

필순이는 또 모친을 졸랐다. 벌써부터 필순이가 나서겠다는 것을 모친은 날이 저물었는데 달은 있다 하여도, 어린 딸을 내놓아서 삼청동을 헤매게 할 수가 없어서 조춤조춤하고 붙들어둔 것이다. 필순이 역시 가게를 모친만 맡겨두어서는 손님이 와도 담배 한 갑 변변히 팔 수가 없을 것이 걱정이 되어서, 멈칫거렸으나 부친도 이렇게 늦는 것을 보니, 어디서 함께 붙들려서 곤경을 치르지나 않는가 싶은 겁이 펄쩍 들자 결단하고 나섰다. 인제는 모친도 잡지를 않았다.

이런 때 경애나 와주었으면 하는 생각이 간절하나 오늘 온종일 경애는 얼씬도 안 하고 하루해가 졌던 것이다.

필순이를 내보내놓고 모친은 안절부절을 못 하며 문을 열고 내다보고 섰으려니, 전화가 또 때르르 운다. 이번도 덕기에게서 온 것이다. 덕기는 필순이가 갔다는 말을 듣고 자기도 삼청동으로 다녀서 오마고 한다. 그만만 해도 저윽히 마음이 놓였다.

그런 후에도 얼마 만에 우비 씌운 인력거 한 채가 쭈르르 오더니 상점 앞에 뚝 선다. 쓰러질 듯이 내리는 사람은 홍경애다.

이 여자가 언젠가처럼 또 취했나 보다 하는 얄미운 생각이 나면서도 반가웠다.

"어디루 오슈?"

"병화 씨, 병화 씨 없에요?"

두 사람의 말은 동시에 마주쳤다.

"병화 씨는 벌써 아까 해 있어서……."

하고, 필순이 모친은 대답을 하다가 깜짝 놀라며,

"이거 웬일이요?"
하고, 경애의 왼편 빰을 가까이 들여다본다. 한쪽 볼이 부풀어 오른 데가 퍼렇게 멍이 들었다. 불빛에 자세히 보니 부은 편 눈도 충혈이 되고 작아졌다.

필순이 모친은 가슴이 서늘해지며 우선 머리에 떠오르는 것은 자기 딸의 얼굴이었다.

"그럼 그때 나가서 안 들어왔에요? 누구하구?"

경애의 목소리는 울음 섞인 것처럼 콧소리로 약간 떨었으나 주기도 없지는 않았다.

"글쎄, 그래서 지금 필순이를 쫓아 보내고 기다리는 중인데, 대관절 어디서 저렇게 되었소?"

경애는 입을 악물고 눈물이 글썽글썽하다가, 거기에는 대답을 안 하고,

"인력거꾼부터 보내주셔요."
하고, 방문턱에 주저앉아 버린다.

인력거꾼에게 어디서 왔느냐고 물으니, 화개동 청요릿집에서 왔다고 한다. 저 부르는 대로 팔십 전을 한 푼 깎지 않고 주고, 급히 들어와서 그 청요릿집에 누구누구 있었더냐고 물어보았으나 경애는,

"아실 것 없에요. 나 혼자 있었에요."

할 뿐이다. 경애까지 이렇게 된 것을 보니 나간 사람들이 모두 무사하지는 않으리라는 또 한 가지 애가 늘었다.

아무리 물으나 경애는 잠자코 앉아서 무엇을 골똘히 생각하는 눈치다가 눈물을 똑똑 떨어뜨린다. 지금 욕을 보던 것을 생각하

고 분에 못 이겨서 쓴 눈물이 스며 나오는 것 같았다.

"그래 따님은 어디로 찾아 나선 것인가요?"

경애는 한참 만에 목소리를 가다듬어가지고 묻는다.

"삼청동 백십 번지라든가요?"

경애는 발딱 일어선다. 두 눈은 금시로 마르고 어쨌든 찾아 나서겠다고, 살기가 쭉 내솟은 눈치다.

"에구 천만에! 이리고서 또 어디를 가신단 말요. 조덕기 씨도 간다고 했으니까 조금만 기다려보십시다."

필순이 모친은 지성으로 말렸으나, 이 근처 인력거방이 어디냐고 연해 물으며 쏜살같이 달아난다.

필순이 모친이 쫓아 나가보니, 경애는 인력거방을 찾아가는지 종점 편으로 종종걸음을 쳐 간다. 아까 인력거에서 내릴 때는 곧 쓰러질 것 같더니, 저렇게 생기가 돋아난 것을 보면 악이 받쳐서 그렇기도 하겠지마는 자기만 곤욕을 당한 것이 아니라, 누구보다도 병화가 붙들려 갔다는 바람에 발악이 난 모양이다.

경애는 인력거방을 찾느라고 진명여학교 편으로 꼽들이려는 모양이더니, 주춤 서며 멀리 바라보는 거동이다. 이것을 본 필순이 모친도 정신이 홱 돌며, 큰길로 나서서 부연 달빛에 비춰보니 검은 그림자 한 떼가 이리로 향하여 온다. 설마 이 밤중에 추성문으로 넘어오랴 싶었으나, 경애가 곧장 달아나는 것을 보고는 필순이 모친도 정신없이 뛰기 시작하였다.

의외다! 좌우로 부축을 해서 앞에 선 사람은, 분명히 자기 남편이다. 그 뒤에 경애가 달아나서 매달리듯이 붙드는 사람은 병화이었다.

"이게 웬일이냐? 에구머니 생사람을 이게 무슨 일이냐?"

모친은 숨이 턱턱 막히며 우는소리를 떤다.

"떠 떠 떠들지 말아……."

딸과 외투 입은 원삼이에게 부축된 남편은, 숨이 턱에 받는 소리로 말리었다.

"제 애비 에미를 죽인 원수란 말이냐, 사람을 이렇게 만들 수야 있니. 선생님은 어떠시냐?"

병화는 인력거꾼에게 부축이 되었는데, 그래도 걸음은 싱싱히 걷는다.

"먼저 가세서 자리를 펴놓셔요. 방에 불이나 때놓셨는지?"

베 두루마기 위에 외투를 입은 덕기가 병화 옆에서 걸으며 주의를 시킨다.

필순이 모친은 허둥지둥 앞서 달아난다.

"처음엔 청요릿집에 갔었습디까?"
하고 경애가 묻는다.

"청요릿집이라니?"

병화는 코피가 나서 손수건을 오려 막았기 때문에 코 먹은 소리를 하나 흥분된 기운꼴 찬 음성이다.

"그럼 청요릿집 안 가셨구려? 망한 놈들!"

"청요릿집에 붙들려 갔던 게로군?"

"그렇다우. 어떤 놈 둘이 바커스로 와서 당신이 급히 오란다고 하기에 따라갔더니 세 놈이나 앉아서 찧구 까불구 마냥 먹구……."

경애는 치가 떨리는 소리를 한다.

"그리기로 당신까지야 그럴 게 무어 있나."

덕기가 한마디 한다.

"손은 대지 않았겠지?"

병화가 천천히 묻는다.

"동네 건달 같은 놈들인데, 무슨 짓은 안 하겠기에!"

경애는 악을 바락 쓴다.

"어떻게 합디까? 때립디까?"

병화는 자기 맞은 것은 여하간에 경애에게까지 손찌검을 했다는 데에 가슴이 아프고 분통이 터졌다.

"차차 이야기하죠. 한데 어디를 다치셨소? 결리거나 쑤시진 않우?"

"쑤시긴…… 아무렇지두 않지마는 코피가 좀 나서……."

병화는 의외로 태연하다.

"어디서 딩굴었기에 모두 진흙투성이슈? 몇 놈이나 돼요?"

"모두 여섯 놈이나 되지마는 술 먹은 세 놈이야—아마 그놈들이 청요릿집에서 온 놈이겠지마는—도리어 혼 좀 났을걸……."

겨우 상점 앞에 와서 불빛에 보니 그 꼴이란 당자들도 놀라지 않을 수 없었다. 며칠을 두고 녹인 수렁이 거죽만 살얼음이 잡힌 데서 삼십분 넘어나 뒹굴었으니, 양복은 진흙으로 배접을 한거나 다름없고 손과 얼굴이란 차마 볼 수가 없다. 몸을 제대로 가누지 못하는 필순이 부친은 오히려 얼굴은 상한 데가 없으나, 병화의 양복은 넉절을 한 진흙 위에 선지피가 고랑을 져서 흐르고, 입가는 사람 잡아먹은 범의 입이 저럴까 싶었다. 오른 손등은 깨물렸는지 살점이 뚝 떨어져 나가고 그저 피가 줄줄 흐른다. 문전에 구경꾼이 모일까 보아서 옆 골목으로 해서 안으로 데려다 놓고, 씻기고 벗기고 하기에 한참 부산하였다. 그동안에 덕기는 이때껏 따라온 인력거꾼에게 후히 행하를 하여 돌려보냈다. 이것은 수하동서 타고 간 인력거꾼이다. 인력거는 삼청동 편 돌층계 아래에 놓아두었기 때문에 이 사람은 다시 추성문 안으로 넘어가서 끌고 갈 모양이다. 덕기는 인력거를 타고 화개동으로 가서 '바깥애' 원삼이를 불러가지고 앞장을 세웠으나 무슨 일이 있을까 보아 인력거꾼까지 응원대로 데리고 다닌 것이었다.

그다음에 덕기는 원삼이를 시켜서 가게 빈지를 얼른 들이게 하고 일변 전화통에 매달려서 자기 집 단골의사를 불러냈다.

×

그들은 일곱 사람의 작당이었다. 실상 그중에서 한 사람만이 모든 내용을 알고 이 한 사람이 지휘를 한 것이다.

한 사람에게, 두 사람씩 매달려서 붙들어 갔다. 맨 먼저 출입한 필순이 부친이 근처에서 장맞이[301]를 하던 사람에게 붙들려 갔고, 병화를 지키던 한 패는 병화가 상점에서 뛰어나와서 내려가는 전차를 훽 집어타는 바람에 놓치고서 돌아올 때까지 반나절이나 장맞이를 하여 잡아간 것이다.

그러나 그중에도 제일 곤경을 치른 사람은 경애이었다. 보지도 못한 사람이나 바커스로 와서 병화가 술이 몹시 취했는데, 당

301 사람을 만나려고 길목을 지키고 있는 일.

신만 데려오라고 야단이니 잠깐만 가자고 서두르는 바람에 좇아 나섰던 것이라 한다. 안국동서 전차를 내려서 화개동 마루턱의 조그만 더러운 청요릿집으로 끌고 들어가는 대로 따라 들어갔더라 한다.

"병화 어디 갔나?"

"병화? 그놈 벌써 지옥 갔네. 만나고 싶건 지옥 가서 찾게."

저희끼리 이런 수작을 할 때는 겁이 또다시 더럭 나고 불한당 굴에 붙잡혀 왔구나! 하며 떨리었었다. 경애는 어떻게든지 빠져나오려고 앙탈도 해보고 꾸짖어도 보고 강권하는 대로 고분고분히 술잔도 들어보고 하였으나, 기회를 엿보아 일어서려면 한 놈이 문부터 가로막는 데에 하는 수가 없었다. 그런 중에도 듣기 싫은 것은 병화에게 대한 욕설이요, 또다시 놀란 것은 무턱대고 돈 내놓으라는 것이었다.

돈이라는 말에 경애는 어찔하였다. 모든 비밀이 탄로된 줄로만 알았었다. 병화도 그 때문에 벌써 붙들려 가지나 않았나 애가 쓰이고 이 사람들이 형사들의 끄나풀이 아닌가도 싶던 것이었다. 그러나 경무국의 기밀비를 먹은 것을 내놓으라고 얼러대는 데에 가서 경애는 겨우 안심이 되었다는 것이다.

"언제부터 경무국에 드나들었나? 오천 원 나왔다드구나? 김병화에게 이천 원 주어서 장사 시키면야 삼천 원은 남았겠구나? 우리들에게 그것만 슬쩍 주면 우리 대장에게고 뉘게고 시치미를 떼고 눈감아버릴 것이요, 당장에라도 보내주마꼬나."

이렇게 얼러도 대고 달래기도 하는 것을, 듣고는 비로소 안심도 되고 속으로 코웃음도 쳤었다 한다.

"김병화에게로 가십시다. 그러면 김병화하고 의논을 해서 결정집시다그려."

경애는 곧 들을 듯이 좋은 낯으로 선선히 나섰다. 그러나 그들은 듣지를 않았다. 나중에는 빰을 갈기며 위협을 하였다. 이러기를 두세 시간이나 하다가, 저희도 하는 수 없던지 수군거리고 나서 병화를 부르러 간다고는 하였으나 인제는,

"너 가라—난 싫다."

하고, 저희끼리 서로 밀고 한참 실랑이를 하다가, 결국에 경애를 데려온 자가 술이 덜 취하였다 하여 어름어름 나가더니, 얼마 만에 데려온다던 병화는 안 오고, 또 다른 나이 지긋한 청년을 데리고 들어왔더라 한다. 주정꾼이에게 또다시 실랑이를 받고 앉았던 경애는, 하여간 맑은 정신을 가진 청년을 만난 것만 다행하였으나 이번에야말로 불한당의 두목이 들어온 것 같아서 속은 더 떨렸었다.

이 청년은 쑥 들어서면서 배반이 낭자한 것을 보고 두 주정꾼이를 나무랐다.

"무슨 술들을 웬 돈이 있어서 이렇게 먹는 거야? 저리들 나가!"

하고, 눈을 부라리며 소리를 치니까, 두 청년이 쥐구멍을 찾듯이 슬슬 피해 나가는 것을 보고, 경애는 어쨌든 마음이 시원하고 이 청년이 도리어 믿음직한 것 같기도 하였었다.

"언제 오셨나요?"

그 청년은 경애더러 앉으라 하고 점잖이 말을 붙였다. 경애는 이자가 시킨 일이구나 하는 생각으로, 밉고 분하면서도 점잖은 수작에 더욱 마음이 놓이기는 하였었다.

"당신이 나를 꼬여 왔소? 당신은 누구요?"
하고, 경애는 덤벼들였었다.

"나는 김병화 군의 친구요. 미안하게는 되었습니다마는 묻는 말씀을 한마디만 분명히 대답을 해주시면 곧 가시게 할 것입니다."

이렇게 말을 꺼내놓고 병화의 쓰는 돈의 출처를 대라는 것이었다.

"남의 돈 쓰는 것을 내가 어떻게 알까요? 그까짓 말 묻자고 바쁜 사람을 속여서 이런 데로 끌어오셨나요?"

"그까짓 말이 아니라, 필요하니 이실직고를 하슈?"

"난 몰라요."

"그럼 이것부터 말을 하슈. 저번에 댁에 와서 묵고 간 사람 아시겠구려? 지금 어디 가서 있나요……."

경애는 가슴이 덜컥 내려앉았었다.

두 청년이 기밀비 오천 원 놀래를 하며 등을 쳐먹으려고 하는 것과는 달라서, 정통을 쏘며 족치는 데에 경애는 진땀이 빠졌었다. 달래고 어르고 하는 품이 여간 형사에 질 배가 없었을 뿐 아니라, 나중에는 서너 번 뺨까지 후려갈기며,

"너 같은 년이 농락을 부려서 김병화를 유혹하고 타락시킨 것이니까, 너부터 그대로 둘 수는 없다!"
고 곧 사람을 잡을 것같이 서둘렀다. 그런 말을 들으면 확실히 병화나 필순이의 동지 같기도 하나, 혹시는 동지인 척하고 속을 뽑는 것인지도 모를 일이요, 설혹 동지라도 발설을 할 일이 못 되니 경애는 맞아 죽는 한이 있어도—하는 비장한 결심을 하였던 것이라 한다.

이렇게 부대끼기를 또 한 시간이나 하였을 때쯤 되어서 또 다른 보지 못하던 청년 하나가 기웃이 들여다보니까, 가만히 있으라 하고 나가서 수군수군하고 들어와서 "나는 바빠서 가기는 가지만 일간 다시 만날 기회가 있을 게니, 잘 생각해두었다가 그때는 바른대로 대야 돼!" 하고 의외로 뒤가 물게 총총히 가버리더라 한다.

이것은 병화를 불러다놓았다는 기별이 왔기 때문이었던 것이다. 병화는 일장설화를 가만히 듣고 누웠다가,

"미안하우. 애썼소."

하고 위로를 할 따름이다.

그러나 경애는 그러고도 또 주정꾼들에게 붙들렸더라 한다.

"막 나오려는데 어디 숨었었든지 그 두 놈이 화닥닥 나오는 것을 보고는 참 정말 눈물이 핑 돌아요. 그래 하는 수 없기에 이번에는 취한 사람을 덧들여서는 안 되겠다 하고 또 얼마 동안을 살살 달래고 빌고 한 뒤에 셈을 해 오라고 해서 요리값을 선뜻 치러주니까 그제서야 좀 마음이 풀리겠지요."

"그럼 술 사 먹여가며 매 맞은 셈쯤 되었구려?"

필순이 모친은 옆에서 남편의 허리를 주물러가며 분해 못 견딜 듯이 한마디 한다.

"그건 어쨌든지 저희끼리도 말이 외착이 나니 그 웬일애요?"

"응, 한편에서는 기밀비니 어쩌니 하고, 두목가는 사람은 '그런 말'을 하니까 말이지?"

병화가 얼른 알아듣고 대답한다.

"그러나 무슨 일이든지 한두 사람 이외에야 아나. 그 아래서

노는 사람들이야 제멋대로 떠들 것이 아니겠소. 그뿐 아니라, 그 두 사람은 진정한 동지도 아니요, 말하자면 여기 집적 저기 집적하고 돌아다니는 덜렁꾼이거던."

"내 그저 그런 듯싶더군! 기밀비 삼천 원이 어디 있는지 저희들이 먹겠다고 허욕이 나서 덤비는 수작이 왜 그리 덜 익었누 했지."

경애는 비로소 생긋 코웃음을 쳐 보인다.

"그따위 위인들이 무얼 하겠다고 하는 건가? 거기도 직업적 브로커가 있군."

덕기가 분개를 하며 비꼰다.

"그리게 누가 탐탁히 일을 시키나! 그렇지만 그런 사람도 있어야 되거든! 무슨 일이나 혼자 하는 줄 아나? 우선 오늘 일만 해도 경애 씨를 후림새 있게 불러오는 데는 난봉꺠나 피워보고, 덜렁대는 그런 모던보이가 적임자요, 또 김병화가 기밀비를 먹었다—하는 소문을 내놓자면 그런 자들을 이용하는 것이 신문에 광고를 내는 것보다 훨씬 효과적이란 말일세. 그런 위인이란 저희 집 재산을 다 까불리고 인제는 요릿집은 고사하고, 술 먹을 밑천도 없고 기생집에 가야 푸대접이요, 다마쓰기[302]도 돈 들고, 집에 들어앉았자니 갑갑하고 하니까, 일이 있으나 없으나 서울이 좁다고 싸지르는 축이니 발은 넓어서 안 가는 데가 없으니까, 필요한 때 무슨 말 한마디만 들려 내보내면 신문 호외 이상으로 당장 그 소문이 쫙 퍼지네그려. 따라서 또 그 대신에 소문을 알아들이는 데도 그만큼 유용한 정보망이 없다네. 내가 이런 장사를

302 일본어로 '당구'를 뜻함.

벌인 것도 그런 사람을 먹여 길르자는 것일세."

"흥, 붉은 맹상군孟嘗君[303]일세그려? 하지만 아는 도끼에 발등 찍힌다고 모가지 두엇 가지고 다녀야 하지 않겠나?"

"그야 주의를 해야지. 하지만 그 대신에 잘 양성만 해놓으면 그중에서 정말 동지를 얻을 수도 있거든."

장훈이

필순이 부친의 신음소리에 둘러앉은 사람들은 하던 이야기를 가다가다 뚝 그치고 시계들을 치어다보며, 그만하면 올 때도 되었는데—하고 의사를 기다리곤 하였다.

필순이 아버지는 실상 아무 까닭도 없이 볼모로 붙들려 가서 이런 횡액에 걸린 것이다. 병화가 늦기 때문에 공연히 거레를 한 것이지마는 원래 그 축에서는 이 사람을 무능은 하여도 원로 격으로 대접하는 터이므로 그 집 속에서는 경애와 같은 곤경은 치르지 않았었다. 묻는 것이 있으면 아는 대로 대답할 뿐이요, '산해진'에서 점방을 보살펴주는 것도 상말[304]에 목구멍이 포도청이라 해서 전후 체면 없이 앉았는 것이 아니라, 병화의 계획이 무엇인지는 모르되 그것을 도와주는 셈이라고 병화의 변명도 하여주었다. 병화가 와서 주인과 단둘이 격론을 하고 실랑이를 하다가 결국에 무

303 중국 전국시대 제나라 재상으로 천하의 인재를 초빙해 식객이 3천 명에 이르렀다고 한다. '붉은 맹상군'이란, 형편이 어려운 사람을 보살피는 사회주의자를 빗대어 한 말.
304 상스러운 말.

사히 병화와 함께 풀려나왔던 것이다.

나와서도 큰길로 총독부 앞을 돌아만 왔다면 이런 일은 없었을지 모른다. 그러나 이야기가 무사타첩[305]된 데에 마음도 놓였고 밤이 든 터도 아닌데 경무대 앞만 빠지면 바로 거기니 길을 돌 묘리가 없어서 추성문으로 들어서려고 마악 돌층계를 올라서자니까, 우선 비쓸하는[306] 놈과 병화가 딱 마주치며, 어깨를 서로 스치고 지나쳤던 것이다. 물론 병화는 자기는 자신이 있으나 필순이 아버지를 위해서 잠자코 층계를 올라섰었다.

"되지 않은 놈, 어디서 빌어먹던 놈이야?"

주정꾼은 모른 척하고 지나려는 병화의 고작을 낚아채는 바람에 싸움은 시작된 것이다. 컴컴한 속에 어디에 매복을 하였었던지 이것을 군호로 서너 명이 소리도 없이 우중우중 나서는 것을 병화는 벌써 알아차리고 닥치는 대로 집어 쳤으나 그러는 동안에 필순이 아버지는 대번에 나가자빠져서 저 지경이 된 것이라 한다.

요행히 행인이 오락가락하고 동네에서 뛰어나오고 하여 법석을 하는 통에, 마침 일이 되느라고 필순이와 덕기의 일행이 달겨들어서 뜯어말려 가지고 온 것이다.

필순이는 삼청동 백십 번지를 허희단심[307] 겨우 찾아가니, 손님이 금방 나갔다는 말에 일편 마음이 좀 놓이기도 하나 기운이 풀어지며 되돌아 나오려는데, 인력거에서 내린 덕기가 인력거 등불

305 아무 사고 없이 무사히 잘 끝남.
306 비틀거리는.
307 허희단심, 허우적거리며 무척 애를 씀.

을 앞세우고 원삼이와 이리저리 집을 찾는 것과 마주쳤던 것이다. 필순이는 세상에 나와서 이때같이 남의 정이 고마운 것을 몰랐고 이때같이 덕기에 대하여 감사와 감격에 남몰래 가슴을 떤 때가 없었다.

"아무리 술들이 취하고, 입을 모으고 헌 계획적 테러기루 대로상에서 광고를 치고 그게 뭔가. 바로 조금 가면 다리 건너 파출소가 있는데, 순사를 부르러 가느니 하고 법석들이든가 보든데 결국 누워서 침 뱉기 아닌가? 주착없은 것들!"

이야기 끝에 덕기가 이런 소리를 하니까, 부친의 어깨를 주무르고 앉았던 필순이는 덕기를 말끔히 치어다본다. 그 눈에는 점점 영채가 돋아 오르며 입가에 웃음이 피어오르다가, 눈이 마주치자 찔끔하며 고개를 떨어뜨린다. 자기도 한마디, 아까 그 컴컴한 골목 속에서 타박타박 나오다가, 덕기와 만났을 제의 감격을 이야기하려다가 만 것이다. 입 밖에 내느니보다도 그 기쁨, 그 감격을 가슴속에 혼자만 깊이깊이 간직해두는 것이 더 행복스러운 것을 느긋이 느끼는 것이었다.

의사가 왔다. 그의 시선은 우선 자리보전하고 누운 사람에게로 가더니, 다음에는 뺨이 부풀어 오른 경애에게로 갔다. 안팎에 사람이 늘비하고 백만장자의 손자인 덕기가 앉아서 부르는 터이라, 도대체 어쩐 영문인지 몰라서 의사는 눈치만 슬슬 보며 환자에게로 다가앉는다.

"허어, 늑골이 두 개가 상했군요. 어쩌다 이렇게 되었는지 원체 쇠약하신 모양인데, 바로 왼쪽 폐 위가 되어서…… 허……."

의사는 덕기의 얼굴을 치어다보며 기색을 살핀다. 덕기가 탐탁하게 뒷배를 보아주어서, 고쳐주려는지 그 기미부터 떠보려는 것이다.

"허어 그래요? 그럼 댁으로라두 곧 입원할 수 있을까요?"

덕기가 다가앉는다. 방 안은 긴장하여졌다. 의사는 알아차린 듯이,

"그게 좋겠죠. 우선 뢴트겐을 좀 봐야 하겠는데 가까운 의전醫專에 교섭해볼까요?"

"어디든지! 보시다시피 여기는 착박[308]하구 한시가 급하니까."

덕기가 동독[309]을 하는 바람에 의사는 몸이 가벼워져서 점방으로 나가, 의전에 전화를 걸어본다.

"밤중이라 뢴트겐은 어려우나 입원은 될 듯합니다. 어떠면 급한 대루 나하구 수술도 되겠죠. 이대루 두면 아무래두……."

의사는 여러 사람이 열좌하여 있느니만큼 대단한 의협심을 보인다. 이리하여 병화는 피가 난 턱 밑과 손등에 약만 발라달래서 일어나고, 필순이 부친은 서둘러서 입원을 시키게 하였다.

의사가 의전병원에 있었던 관계로, 전화로 당직인 친구를 불러내 가지고 당장 입원을 시키고 밤을 도와 수술을 하게 되었다. 약관弱冠 조덕기의 한마디 말이지마는 천석지기가 된 조덕기의 소개다! 범연할 리가 없다.

병화도 입원하는 사람을 따라간다고 나섰으나 좌우에서 말려서 주저앉았다. 사실 몸도 아프거니와 필순이 모녀가 따라가니까, 경애더러 혼자 집을 보랄 수도 없으니, 자기가 처지는 수밖에

308 답답할 정도로 매우 좁음.
309 독촉하고 격려함.

없었다.

"누웠게. 자네 대신 내 감세."

덕기가 나서는 것은 의외이었다. 필순이 모녀는 마주 보며 너무 고마워서 눈물이 나올 듯싶었다. 의사까지 따라 타고 택시는 떠났다. 집에서는 경애가 병화를 간호하며 묵을 차비를 차리었다. 정신을 차리고 조용히 앉으니 이제야 시장기가 든다. 필순이 어머니는 이때껏 아무도 손을 댄 사람이 없는 저녁 밥상을 내놓고 갔으나, 흥분된 끝이라 두 남녀는 저를 들려고도 아니하였다.

"병원은 어찌 됐누? 전화나 걸어볼까?"

하고 병화가 일어서니까,

"그만두세요. 내가 걸게. 찌개가 식기 전에 어서 잡수세요."

하고 경애가 앞장을 섰으나, 병화는 가만있으라 하고 나가서 전화통에 섰다. 경애는 하는 수 없이 외투를 들고 나와서 걸쳐주고, 방으로 다시 들어와 찌개를 화로에 놓는다.

"아무래두 지금 곧 수술을 할 모양이라는군. 암만해도 좀 가봐 주어야 하겠는데……."

전화를 걸고 들어온 병화는 망단해서 밥 먹을 생각도 없어졌다.

"그렇게 위중하대요?"

"수술만 하면 별 탈은 없다지마는, 까닭 없는 조 군이 밤을 샌다는데, 내가 가만있을 수야 있나! 조 군은 또 어쨌든, 수술을 한다는데 모른 척할 수 있나."

"그두 그렇지만 어디 성하슈? 무정해 그런 게 아니라, 하는 수 없는 사정이요, 덕기가 있어주마는 데야 당신이 가신다고 수술이 더 잘될 것도 아니요……."

경애는 아무래도 내보내지는 않을 작정이다.

"그야 그렇지만 인사가 되었나."

"정 하면 내가 대신 갔다 오지. 그건 고사하고 성한 사람들이나 이 추운데, 무얼 먹어야지요. 아주 여기서 무얼 시켜 보낼까?"

"응, 우선 그렇게 하는 게 좋겠지. 먹을 경황들도 없겠지만."

이번에는 경애가 점방으로 나가서 소바집에 전화를 걸었다. 소바집은 여기와 병원 새에 있으니까, 시켜 보내기에 똑 알맞았다. 그 길에 병원에도 전화를 걸고 덕기를 불러내서 저녁을 시켜 보내니 필순이 모녀를 강권해서라도 먹이라고 일러놓았다.

병화는 경애가 전화를 거는 소리를 가만히 들으며, 필순이네를 언제 친하였다고 저렇게 다정히 하나 하는 생각을 하면 또 감사하였다.

"벌써 수술실에 들어갔는데 십오분만 하면 끝난다는군. 그리고 다 간정되면 덕기가 이리 올 테니 아예 얘기 쐬고 올 것 없다구!"

경애는 전화를 끊고 들어와서 이런 소리를 하며 상을 차린다.

병화는 가만히 듣고만 앉았다가 눈물이 글썽글썽하여졌다. 모든 사람이 가엾고 불쌍하고 그리고 다정하고 고마운 생각을 하면 저절로 창연하면서도 기쁘고 감격에 넘쳐서 눈물이 나는 것이다. 경애의 기구한 신세도 가여웠다. 그 경애가 오늘 자기 때문에 반나절이나 발발 떨며 감금을 당하고 얻어맞고 죽었다 살아난 듯이 고초를 겪은 것을 생각하면 미안한 것은 둘째요 애처롭다. 또 그 경애가 지금 이 앞에서 저 시장한 줄을 모르고 도리어 자기를 위로하고 필순이 모녀의 걱정까지 해준다. 그 마음부터 귀여우면서 가련한 것이다.

필순이의 세 식구—현저동 아래턱 오막살이를 면하고 나온 지가 겨우 열흘도 못 되었다. 이제는 운이 겨우 터지어 아침 먹으면서 저녁 걱정은 않게 되었다고 좋아한 것도 꿈이 되고 남편은 갈빗대가 부러져서 생사가 오락가락한다. 살아나기로 성하게 다니는 꼴을 볼지 알 수가 없는 이 지경을 당한 두 모녀의 마음을 생각하면, 측은도 하고 눈물이 아니 나올 수 없다. 또 그 당자는 어떤가! 감옥살이에 지치고 나와서는 하고한 날 굶주리고 들어앉았다가 어쨌든 처자나 굶기지 않게 된다는 바람에 마음에 없는 장삿속을 배우겠다고 터덜거리고 다니다가, 죄 없이 뭇매를 맞았으니, 그 꼴도 마주 볼 수 없이 가엾고 딱하다…….

덕기—이 사람은 금고지기이다. 그러나 금고지기로 늙지 않겠다고 보채는 배부른 서방님이니만치 그에게도 또 숨은 고통이 있겠지마는, 팔자에 없는 고생을 하느라고 자기 대신 밤을 새워주는 것을 생각하면 어쨌든 고마운 일이다.

병화는 모든 사람을 사랑하는 마음이 가슴에 넘치었다. 분한 끝의 센티멘털한 기분만이 아니었다.

"장개석蔣介石이도 결코 나쁜 사람이 아니야. 나쁘기는커녕 그놈의 본심을 오늘 알았어! 알고 보니 그만한 놈도 없어!"

병화는 젓가락을 들다가 별안간 이런 소리를 혼잣말처럼 중얼중얼한다. 경애는 뭐요? 하는 듯이 고개를 쳐들고 말뚱히 바라본다. 이 사람이 잠꼬대를 하나? 너무 들볶여서 실성을 했나?……겁도 났다.

"그게 무슨 소리슈? 장개석이가 어쨰요."

"하하하……."

인제야 제정신이 든 듯이 웃는다. 병화는 여러 사람들의 심성과 사정을 생각해보다가 거기 연달아서 무심하고 나온 말이었다.

"장개석이 몰라? 하하하……."

또 웃는다.

"무에 씨셨소? 왜 이리슈?"

경애는 의아한 눈으로 바라보며 따라 웃지 않을 수 없다.

"이때껏 우리를 시달리던 장개석이 말이야? 장훈이 말이야!"

"그 사람이 장훈이래요? 장개석이야?"

두 사람은 마주 웃었다. 그 두목가는 청년은 조선에는 희성稀姓인 장가蔣哥이었다. 그래서 별명이 장개석이라 한다.

"그래 장개석이가 어쨌단 말얘요?"

"자식이 의뭉하단 말이야."

병화는 밥을 두어 젓가락 떼어 넣는다.

"무에 의뭉해요?"

경애는 너무나 의외의 소리에 눈이 뚱그레진다.

"우리가 결국 그놈한테 한 수 넘어갔어……."

시장한 줄도 몰랐던 장위를 건드려놓으니까, 무작정하고 들어오라는 모양이다. 젓가락도 안 드는 경애에게 권하기만 하면서, 연해 퍼 넣는다.

"천천히 잡수세요. 이야기나 해가며……."

몸 아픈 사람이 체할 것도 걱정이지마는, 이야기를 듣기도 경애는 급하였다.

그러나 병화는 먹기가 급하다. 밥 한 그릇을 후딱 먹고 나는 것을 보고 경애는,

"에그 체하시겠소."

하고 애를 쓰면서,

"그래, 이야기를 하세요."

하고 말뒤를 채친다.

"무어?"

잊은 듯이 딴청이다.

"장개석인가 장훈인가 말애요!"

"응, 그건 그쯤만 알아두어요."

"누구를 놀리슈? 못할 말이면야 왜 애초에 끄냈더란 말씀요?"

경애는 병화가 그래도 자기를 못 믿고, 어느 한도 이외에는 실정을 토하지 않는 것이 늘 불만이었다.

병화는 담배만 피우고 앉았다가 가만히 누워버린다. 한 팔은 빼근하고 속으로 아프고 한 손은 쑤시고 부어올라 왔다.

"여자라고 해서 못 믿으시지만, 그런 것은 구식—봉건사상이애요! 구태여 알자고 애를 쓰는 것도 아니지마는, 영문을 시원스럽게 알고서나 얻어맞어 가며 다녀야지! 그것도 아주 처음부터 내가 관계 안 한 것이면 모르지만……."

경애는 토라진 수작을 하며 밥상을 내다놓고 자기 주머니에서 해태표를 꺼내어 화롯불에 뱅뱅 돌려가며 골고루 붙인다.

똑똑 똑똑…… 담배 파우, 담배 파우…….

남자의 목소리다. 눕고 앉고 한 사람은 귀를 세우며 마주 보았다.

"어렵지만 좀 나가보우."

말이 떨어지기 전에 경애는 벌써 방문 밖으로 나갔다.

"무슨 담배애요?"

안에서 소리를 치며 질러놓았던 조그만 안빗장을 빼니까 빈지짝에 달린 샛문이 밖으로 펄썩 열리며, 찬 바람이 확 끼치고, 뒤미쳐서 꺼먼 두루마기를 입은 자가 꾸부리고 기어 들어온다.

경애는 머리끝이 쭈뼛하며, 한 걸음 뒤로 물러섰다. 하마터면 소리를 칠 뻔하였다.

거기에 미소를 띠고 우뚝 선 사람은 아까 청요릿집에서 시달리고 족치던 그 무서운 청년이다.—지금 병화가 금방 말하던 '장개석'이다. 장훈이다.

검정 수목[310] 두루마기에 꾀죄죄한 목도리를 비틀어 끼우고, 흰 고무신에 중같이 덧버선목이 대님 위로 올라오게 신은 양이, 변장한 형사 같으나 분명히 아까 본 그 사람이다.

사람을 놀리는 듯한 미소를 여전히 머금고 턱으로 안을 가리키며,

"김 군 있나요?"

하고 제잡담하고 올라가려 한다.

경애는 아까 병화에게 들은 말이 있는지라 다소 안심은 되나, 이 밤중에 별안간 달겨든 것을 보니 그래도 미진한 것이 있단 말인가? 또 작당을 해 오지나 않았을까 하는 의심도 나서,

"가만히 계시요."

하고 제지를 하여놓고 밖에 누가 또 있나 없나를 보려고 문을 다시 열려니까, 그동안에 병화가 부스럭부스럭 일어나 나온다.

"어서 올라오게."

310 낡은 솜으로 실을 켜서 짠 무명.

병화는 놀라는 기색도 없고, 그렇다고 반기는 양도 아니다.

"응, 마침 잘됐네. 올라갈 건 없고 궁금해서 잠깐 들렀네."

하고 붕대 처맨 손으로 눈을 주며,

"과히 다친 데는 없나?"

하고 웃는다. 아프냐고 물어가며 때리는 사람도 이 세상에는 있는지? 덜 다쳤다면 더 때려주마고 쫓아왔는지? 때려놓고 위문 오기란 술 먹여놓고 해장 가자 부르러 오기보다도 더 친절한 일인지?…… 병화의 대답이 또 요절을 하겠다.[311]

"나는 그만하면 겨우 연명은 되네마는, 이 동무(필순이 부친)는 갈빗대가 단 하나 부러졌다네."

하고 병화는 손가락 하나를 쳐들어 보인다.

"허허……."

'장개석' 군은 염치 좋게 너털웃음을 내놓더니,

"그래 누워 있나?"

하고 묻는다.

"부러진 갈빗대는 두면 무얼 하나? 성이 가시다구 아주 떼내 버리러 갔네."

"허허허……."

또 허허허…… 다.

"자네 소윗증[312] 안 나나? 가는 길에 의전병원에 들러보게. 지금쯤 오려 내놨을 테니 물고 가서 쟁여를 먹든 구워를 먹든……."

병화도 빙긋해 보인다.

311 몹시 우스워 허리가 아플 정도로 웃다.
312 채식만 하여 고기가 먹고 싶은 증세인 '소증素症'의 뜻인 듯.

"허허허…… 자네 노했나?"

"노할 거야 있나마는 어린애들을 시켜서 늙은이를 그게 무슨 짓인가?"

병화는 눈을 찌푸리고 입을 삐쭉해 보인다.

"게다가 백정놈들 모양으로 연장까지 가지구!"

"여보게, ××사 사람 들으리! 하지만 이 세상 놈들 쳐놓고 어떤 놈은 인백정 아닌가?"

'장개석' 군은 코웃음을 치다가,

"하여간 미안하이. 그렇게까지는 하지 말라고 단속을 하였건만 그예 그렇게 되고 말았네그려. 하나 지난 일을 어쩌나! 자아, 난 가네. 어떻게 됐나 궁금해서 잠깐 들른 걸세. 아까 내 말대로 오해는 결코 말게."

장훈이는 훌쩍 나가버렸다.

옆에 섰던 경애는 어이가 없어 말이 아니 나왔다. 이 사람들이 참 정말 실성들을 하였단 말인가? 자기네 딴은 운치 있는 농세상으로 알고 하는 짓들인가? 서로 약은 체를 하고 서로 딴죽을 걸어 넘기는, 패를 쓰는 것이란 말인가? 깃구멍이 막힐 노릇이다.

"사람이 죽네 사네 하는데 그것들이 희락요? 무엇들요?"

경애는 문을 단단히 잠그고 들어와 앉으며 시비를 한다.

"저도 겁이 났든지 애가 쓰이든지 해서 위문을 온 모양이지."

병화는 번듯이 누우며 웃어버린다.

"꼬락서니하고 할 일은 무척 없는가 봐. 사람 죽여놓고 초상 치러주러 다닐 놈 아닌가! 그게 고작 한다는 일이야?"

경애는 분하고 미워 죽겠는 모양이다.

"그런 게 아니야. 제 딴은 나를 위해서 기밀비를 먹었다고 소문을 내놓은 것이라서, 젊은 애들이 들고 일어나서 너무 날뛰니까 끌어간 것이요, 손찌검은 하지 말라고 당부한 것도 사실은 사실인 모양이야."

"어림없는 소리두 퍽 하우. 면에 못 이겨서두 그렇구 뒷일이 무서워두 그렇게 말할 거지. 누가 내가 시켰다고 할까. 또 돈만 해두 하필 경무국 기밀비만 돈일까. 정말 당신 일을 위해서 헛소문을 내어준다면 친구가 대어준 것이라든지, 하고 많은 말에 꼭 기밀비 문제를 꺼낼 게 무어더란 말씀요."

"응, 그런 게 아니지. 피혁이가 여기 들어와서 실상은 나보다도 장훈이를 먼저 만난 건 사실인 모양이야. 장훈이의 말은 이렇거든.—어디서 언제 뉘게 얼마를 주었는지 나는 안다. 아는 사람은, 주고받은 사람 외에, 두 사람이 있다. 홍경애와 자기다. 그런데 그 돈으로 별안간 홍경애와 반찬가게를 열었으니, 둘이 먹어버리고 입 쓱 씻으면 그만일 줄 아느냐?—장훈이의 첫째 문제가 이거란 말이야."

먹어도 소리나 없이 슬금슬금 먹어버리거나 뒤떠들고 가게를 벌이고 하면 당국에서나 동지 간에 기밀비가 아니면 밖에서 들어온 돈이라고 단통 떠들 것이니, 그러고 보면 남의 일까지 방해될 것이다. 더구나 형사들이 거죽으로는 김병화가 마음잡았다고 추어주고 다니지마는, 실상은 무슨 냄새를 맡아내려고 그러고 다닐 것일 것이다. 벌써 냄새를 맡았는지도 알 수가 없다. 턱 걸리기만 하면 이따 어떻게 될지 내일 어떻게 될지 마음을 놓고 일을 하는 수가 없다. 병화가 붙들려 들어가서 피혁이 사건이 단서가 난다면 장훈이도 단박에 경을 치는 판이다. 그러고 보니 첫째는 장훈이 일파와 읍각부동[313]이라는 것을 저자들에게 알릴 필요가 있다. 전기의 절연체로 막아버리듯이 딱 끊어버리면 장훈이에게 불똥이 튀어올 리는 없다. 또 만일 외국에서 들어온 돈 때문에 시비가 난 것을 당국이 노려보더라도 얻어맞은 놈이 먹었다 할 것이요, 때린 놈은 못 얻어먹은 분풀이를 한 것이라 할 것이니, 장훈이에게는 유리한 발뺌이 될 것이다. 장훈이는 앞질러서 변명을 해두자는 것이다.

둘째는 김병화를 반성시키자는 것이니, 계집에게 빠져서 그렇든지 돈에 팔려서 그렇든지 간에 둔마[314]된 투쟁욕을 각성시키고 회복시키자는 것이다. 또 그리함으로 말미암아 타락해가는 다른 동지에게 볼모를 보이고 징계를 하는 방부제로 쓰자는 것이다.

셋째는 기밀비를 먹었다고 소문을 내놓아야 장훈이 일파와 충돌이 일어날 이유가 생기기도 하지마는, 한편으로는 병화에게 대한 경찰의 의혹이 엷어질 것을 생각한 것이다. 기밀비란 한 군데서만 나오는 것도 아니지마는, 저희끼리도 어느 구멍에서 어떻게 나왔는지를 모르기 때문에, 특별한 사건이 생기지 않으면 세상에서 떠드는 대로 그런가 보다 하고 내버려두거나, 도리어 저희 끄나풀로 이용하려드는 것이다. 사실 지금 병화가 이용을 당하고 있는지는 모르겠으나, 아무리 이용이 된대도 설마 피혁이가 다녀나갔다는 것까지 알려 바칠 리가 없겠고, 또 만일 병화가 무슨 일을 은근히 한다면 당국의 주의가 엷어지느니만큼, 일시 오해를

313 원문에는 '읍각부동'임. 규칙이나 풍속이 각 고을마다 차이가 있음.
314 굳어서 정신이 흐려짐.

받는 것이 성이 가시기는 해도 도리어 편한 점도 있을 것이다. 이것은 만일의 경우에 병화의 뒷길을 터주자는 것이다.

물론 장훈이는 제 비밀을 한마디도 입 밖에 내이지는 않았다. 장훈이의 말은 간단하였었다.

"자네 그 돈 내게 주게."

장훈이는 맡긴 돈처럼 만나는 길로 손을 내밀었었다.

"돈이 무슨 돈인가?"

"두말 말고 내놓게. 반찬가게 하라고 준 것도 아니요, 홍경애 용돈 쓰라고 준 것도 아니니까."

"자네 언제 내게 돈 맡겼나?"

장훈이는 아무 말 안 하고 벽장에서 똘똘 뭉친 봇짐을 꺼내서 툭 내던지며,

"그럼 이걸 사 가게!"

하였다.

"무언가?"

"무어나마나 풀어보게그려. 그 값어치는 될 게니."

병화가 안 펴보니까 장훈이가 폈다. 검정 두루마기와 구두 한 켤레와 그리고 조그만 백통 권총 한 자루.

"이 두루마기 눈에 익겠네그려?…… 이 구두도 보았겠네그려?"

장훈이는 셋째로 권총을 가리키며,

"이것은 자네게 쓰자는 것은 아니었으나, 자네가 이것도 안 사 간다면 그 값에 자네 목숨을 내가 사겠네. 그 대신 그 돈은 홍경애에게 유산으로 주면 그만 아닌가!"

이때의 장훈이의 입가에는 그 독특한 쌀쌀한 미소가 떠올라

왔었다.

"알았네! 그러나 지금 사지는 못하겠네! 돈으로 사지는 못하겠네."

"무엇으로 사겠나?"

"목숨으로!"

"그럼 자네 지금 하는 일은 무언가?"

"보호색保護色! 사람에게도 보호색은 필요한 걸세."

두 사람의 문답은 간단명료하였다.

"그럼 두말 안 하네. 이 두루마기와 구두만 해도 자네가 변장을 시켜서 내보낸 증거는 확실하니까, 아무리 변심을 하는 한이 있어도, 후일 자네 입으로 탄로는 못 시키렸다? 자네만 아니라 두루마기 임자며 그 딸, 그 아내…… 여러 사람이 엇걸렸으니까! 그러기에 내가 이렇게 한만히 자네게 보이는 것일세……."

"어쨌든 어서 집어넣게. 그리고 자네가 가지고 있는 것은 위험하니 잘 처치를 하게."

아까 삼청동에서 만나서 한 이야기는 이것뿐이었다.

병화가 장훈이와 만나던 일장설화를 듣다가, 경애는 놀라는 기색도 없이,

"그런데 그이가 게다가 벗어놓고 갔을까?"

하고 눈만 깜박거린다.

"두루마기가 원체 작아서 장훈이 것과 바꿔 입었다는군. 그때 바로 서울을 떴을 줄 알았더니, 어디 가서 앉아서 장훈이까지 만나고 간 거야."

경애는 고개를 끄덕여만 보인다.

피혁이는 경애 집에서 달아날 때, 병화가 사다가 준 고무신이 댓가래 같아서 걷기 어렵기도 하고, 급한 판에 조선 버선을 바꿔 신고 하기가 거추장스러워서, 그대로 신던 구두를 신고 갔는데, 그것도 장훈이에게 벗어 맡기고 간 모양이다. 그러나 육혈포[315]가 웬 것인지? 그것만은 장훈이도 그댓말은 안 하였다.

장훈이는 언제 무슨 일로 가택수색을 당할지 모르니까, 두루마기와 구두는 집에서 입고 끌던 것이요 무기만 다른 데 감추어 두었던 것을 찾아다가 오늘 활극에 잠깐 쓴 것이었다.

"제가 정말 그러면야 부하를 시켜서 사람을 죽도록 패기까지 할 거야 무어 있겠소?"

경애는 그래도 미심쩍었다.

"그렇지 않아도 헤어질 때 혹시 그놈들이 가만있지 않을지 모르니 조심하라고 은근히 일러주더군."

"참, 당신두 왜 이렇게 어림이 없으슈! 뒤로 일러주기까지 할 테면야 부하를 그리 못하게 말릴 게 아니겠소."

"응, 그렇게만 나하고 수군거린 뒤에 당장 표변을 해서 도리어 말리면 그놈의 기밀비인가를 둘이 나누어 먹기로 타협이 되었다고 부하들이 들고일어날 테니까, 장훈이 역시 암만 부하라도 그 당장에는 어찌하는 수 없거든. 그뿐 아니라 장훈이로서는 어느 때든지 육박전이 한 번 나서, 우리 둘 새는 영영 갈라섰다는 것을 세상에 알리자는 것이거든! 그래야 서로 일을 하기가 편하고 나 역시 기밀비를 먹고 반동분자로 회에서 제명을 당하였다는 소문

315 탄약을 재는 구멍이 여섯 개 있는 권총.

이 나는 것은, 해롭지 않은 판에 도리어 잘된 셈이지. 당신하구 필순이 어른만은, 좀 가엾게 되었지마는……."

"'좀'만! 요행 나는 갈빗대만 안 부러졌을 뿐이지 그런 봉변은 난생처음이니까!"

하고 경애는 암만해도 분해서 핀잔을 준다.

"그는 그렇다 하고, 아무러면 당장 칼부림이 날 줄 알면서 멍텅구리처럼 어슬렁어슬렁 이 밤중에 그 무서운 길로 들어서는 사람이 어디 있단 말요?"

"그러지 않아도 돌아올까 하다가 그놈들 주정꾼이를 마침 만났는데, 그놈들도 오늘 그 일에 한통속일 줄야 알았나. 애초에 나를 부르러 온 놈들 역시 테러패(폭력단)들이기에 걸렸고나 하는 생각은 하였어도 장훈이가 시킨 것일 줄은 천만의외이었거든! 딱 가보니 그놈이겠지."

"에이, 듣기 싫소! 그 천치 같은 얼빠진 소리 그만하구 정신 좀 차려요. 장가에게 한 수 넘어갔다지만 한 수커녕 두 수, 세 수…… 나중에는 몇백 수나 넘어갈지? 참 수 났소!"

경애는 열이 나서 퍼붓고 코웃음을 친다.

"왜?"

"왜가 뭐얘요! 안팎벽을 치고 알로 먹고 꿩으로 먹고 하자는 수작이 뻔하지! 그래도 정신이 덜 나신 게로구려?"

경애는 혀를 찬다.

"설마……."

병화는 자신 없는 눈치로 빙그레하며 눈을 껌벅거리고 천장만 바라보다가,

"그럼 그 두루마기고 권총이고는 어디서 났더람?"

"그리게 알로 먹고 꿩으로 먹는단밖에! 그이(피혁)는 벌써 반 죽음은 되어서, 지금쯤 어느 유치장 속에든지 꿍꿍 알어누웠을 것이요. 장가야말로 그 신야넋이야 하는 기밀비를 먹어도 상당히 먹었을 게지!"

"설마……."

"설마가 사람 죽여요! 이 밤이 못 새어서 오토바이 한 패가 달겨들 테니 두고 보슈!"

경애는 입술이 뾰족해서 내던지듯이 핀잔을 준다.

"결단코 그럴 리 없지!"

병화도 마음이 오락가락하였으나 조금 있다가 용기를 뽐내어서 단연히 이렇게 한마디 하였다. 그러나 경애는 귓가로 듣는다.

"어쨌든 오늘 예서 주무시지 맙시다."

"별소리를! 정 그렇게 마음이 안 뇌거든 집으로 가서 자구려."

병화가 도리어 핀잔을 준다.

"당하면 같이 당하지! 집에 가서 자면 마찬가지 아닌가?"

말이 떨어지기도 전에 전화가 때르르 때르르 하고 불만 환한 점방에서 울린다.

"병원에선가?"

경애는 입으로는 이런 소리를 하였으나 도깨비 이야기한 뒤에 밖에 나갈 때처럼 가슴이 설레며 머리가 으쓱해졌다.

"긴상 있습니까?"

전화통을 떼어 들은 경애의 얼굴은 해쓱하여졌다. 일본말 발음이 조선 사람 같지 않기 때문이다.

"누구세요? 왜 그리세요?"

경애의 혀는 뻣뻣하여졌다.

"나는 금천이올시다."

경애도 상점을 벌인 뒤로 이 사람을 몇 번 만나서 안다. 그러나 부전부전히 인사할 경황도 없어, 그대로 수화기를 앞턱에 놓고 뛰어 들어갔다.

"누구? 금천이?"

병화는 누운 채 묻는다.

"어떻게 하시려우? 없다고 할까?……"

경애는 놀란 기색을 감추려 하였다.

"받지!"

하고 병화는 낑낑 일어난다. 경애도 없다고 한들 소용없을 것을 돌려 생각하였다.

"허허―, 용하게 아셨구려?"

"아―니, 손등을 좀 다쳤지만……."

"무얼 취해서들 그런 거지요……."

"글쎄― 하하하…… 그렇게 흔한 기밀비면야 나 같은 놈도 좀 주었으면 고마울 일이지만, 핫하하……."

저편에서 껄껄 웃는 소리도 수화기 옆에 붙어 섰는 경애에게까지 들린다.

"내일 아침 아홉시? 예― 가지요. 그러나 거기서 재일 필요야 없지요? 아무쪼록 깨어서 내보내주시지요."

"예― 그럼 내일 뵙지요. 안녕히 주무십쇼."

전화는 탁 끊었다. 병화의 '하하하'가 연발되면서부터 경애도

얼굴을 펴며 따라서 상긋하고 섰다가, 전화통에서 떨어지자 병화의 성한 손을 매달리듯이 붙들며,

"내일 오래요?"

하고 묻는다.

"응! 그런데 그 취한 패가 붙잡혔다는구먼!"

"어떡해서?"

"모르지. 그런데 궐자[316]가 나를 놀리는데.—기밀비를 혼자만 먹지 말고 한턱낼 일이지 동냥도 아니 주고 쪽박 깨뜨리는 셈으로 때려만 주었느냐는군."

"헌데 그놈들이 경찰서에까지 가서 기밀비 놀래를 한 게지?"

"그야 취중에 오죽 들쐈을라구. 그러나 오늘은 유치장에 재고 안 내보낸다는데."

"고소해라!"

경애는 자기 감정을 과장하여 입으로는 이런 소리를 해도, 유치장에서 잔다는 것이 그렇게 고소할 것까지는 없었다.

그러나 내일 왜 오라나 그것이 경애에게는 또 걱정이었다. 당장 와서 데려가지 않는 것을 보면 사건을 중대시하는 것이 아닌 모양이기는 하나, 어디로 뛸 염려가 없으니까 슬며시 늦춰주어 놓고 거동을 보아가며 차츰차츰 옭아 넣으려는 술책이나 아닐까, 경애는 그것이 걱정이었다. 병화도 그런 염려가 아주 없지는 않으나, 경애를 안위시키느라고 도리어 경애의 신경과민을 웃어주었다.

덕기는 자정 가까워서 전화만 걸고 자기 집으로 돌아갔다. 늦

316 '그'를 낮잡아 부르는 말.

기도 하였지마는, 경애와 단둘이만 있는 데 오기가 싫기 때문이었다. 하여간 수술한 경과는 양호하다 한다.

흥분과 혼란과 신음 속에서 밤을 드새고 나서 신새벽에 병화는 경애만 남겨두고 병원으로 달아났다. 병위문도 급하고 손등의 붕대도 갈아매야 하겠지마는, 아홉시에는 경찰서에 출두할 것이 커다란 일이었다.

오늘은 가게도 못 열었다. 며칠 안 되는 터에 안 열어서는 안 되었으나, 사람도 없고 자고 나니까 손이 더 쑤시고 저려서 빈지부터 여는 수가 없었다. 그러나 다행히 병화가 나서자 필순이가 달려들었다. 아침밥 후에 모친과 교대하기로 하고 가게를 내려온 것이다.

병화는 길에서 만나서 역시 가게를 쉬자고 하였으나, 필순이는 들어오는 길로 가게를 부랴부랴 내었다. 경애도 벗고 나서서 한몫 거들었다.

"선생님은 나 혼자만 맡겨두는 게 미안하다고 그러시지마는, 안 열면 되나요. 단골도 있고 한데. 이런 때일수록 할 건 제대루 해야지요."

필순이가 이런 소리를 할 제 경애는 필순이가 다시 한 번 치어다보였다. 고맙고 기특하다고.

"한 시간만 견습을 하면 나 혼자도 볼 수 있으니 물건값부터 가르쳐주고 병원에 어서 가보우."

"천만에요. 난 무얼 아나요."

두 여자는 다른 걱정 다 잊어버린 듯이 깔깔대어 가며 의취 좋게 가게를 보았다.

조금 있으려니 원삼이가 터덜터덜 온다. 병화가 가다가 오늘만 일을 보아달라고 불러 보낸 것이다. 원삼이는 오는 길로 벗어부치고 달겨들었다.

"이래 뵈두 무어든지 할 줄 압니다. 밥두 짓고 국두 끓이구 배달을 나가라시면 자전거도 탈 줄 압니다. 그러나 여기 서방님같이 사람은 치고 다닐 줄 모릅니다."

원삼이는 여자들을 웃겨가며 빗자루부터 들고 나서 서둘러댄다.

소녀의 애수

아침 한차례 판 후에 경애가 틈을 타서 집과 바커스에 다녀오기를 기다려 필순이는 병원으로 뛰어가 모친과 교대를 하였다. 그때까지 병화는 경찰서에서 나오지 않았다.

필순이는 병상 앞에 지키고 앉았다가 부친이 잠이 혼곤히 드는 것을 보고, 가만히 나와서 유리창 밖으로 길거리를 내다보고 섰었다. 마주 보이는 것은 개천을 새에 두고 부연 벌판에 우뚝 선 옮겨 온 광화문이다. 날이 종일 흐릿하여 고단하고 까부라지는 필순이의 마음은 한층 더 무거웠다.

무슨 연鳶들을 개천 속에서 날리는지, 두 패 세 패가 조무래기들에게 휩쓸려서 법석들이다.

'오늘이 명일이로군. 연이고 널이고 내일까지뿐이다!'

이런 생각을 하니 언제라고 남의 집 처녀들처럼 새 옷을 입고 널을 뛰러 다니고 하며 설을 쇠어본 일도 없지마는 올에는 널뛰는 소리도 들어봤던가 싶다. 어쩐지 자기만은 어려서부터 세상 처녀들과 뚝 떨어진 딴세상에서 자라난 것 같다.

공연히 세상이 쓸쓸하고 처량한 생각에 잠겨 들어가서 맥을 놓고 한참 섰으려니까, 실컷 울고 싶기도 하고, 무엇인지 깜짝 놀랄 만한 일이 닥쳐올 듯 올 듯이 마음이 덜렁덜렁하는 것 같기도 하여, 지향을 할 수가 없는 것을 깨달았다. 그러나 그 놀랄 만한 일이란 결코 불행하거나 슬퍼서 가슴이 터지게 울 것 같은 그런 일 같지도 않고, 그렇다고 덜퍽지고[317] 시원스럽게 깔깔 웃을 일도 아닐 것 같으나, 무엇인지는 알 수 없는 행복스런 그림자가 노곤한 봄날에 단잠이 소르르 올 듯이, 차츰차츰 손 닿을 데까지 기어드는 것같이 공연히 마음에 키이는 것이었다. 처녀가 혼인 날짜를 받아놓았을 때와 같이, 울고 싶은 것도 아니요 웃고 싶은 것도 아닌 것 같으면서, 역시 울고도 싶고 웃고도 싶은 그런 얼떨떨한 공상에 잡혀 들어가나, 기실은 무엇을 공상하는지 아무것도 머리에 떠오르는 것은 없다. 다만 가슴속이 답답하면서 근질근질하여 시원스런 사이다— 한 고뿌를 마시거나, 손이 닿는 데면 살살 긁어보고 싶을 뿐이다.

필순이의 머리에는 어느덧 덕기가 안 오나? 하는 생각이 떠올라와서 병원 앞으로 향하여 오는 사람이면 유심히 바라본다. 아침에 상점으로 전화를 걸고, 병화를 찾다가 필순이가 받으니까, 간밤 경과를 묻고 나서 이따가 병원으로 오마고 하였던 것이다.

'그러나 지금 그이가 오나 보다 하고 기다리고 섰는 것은 아니

317 푸지고 탐스럽다.

다. 도리어 와두 성이 가시고 부끄러워.……'

필순이는 혼자 속으로 이렇게 변명을 하며, 머리에서 덕기 생각을 쓱쓱 지워버리려니까, 이번에는 덕기의 누이동생이라는 처녀가 머리에 떠오른다. 한 번도 보지는 못했으나 행복스럽게 깔깔대며, 큰 집 속을 휘젓고 다니는 곱게 꾸민 예쁜 아가씨로 상상이 되는 것이다. 고 또래의 계집애들이 모여 서서 널을 뛰며 발깍 뒤집으며 노는 양이 눈에 보이는 것 같기도 하다.

'어떻게 팔자가 좋으면 일생을 그렇게 아무 근심 걱정 없이 지내누?'

부러운 듯이 이런 생각을 한 것조차 부끄러운 듯이 얼굴이 발개지며, 그 생각도 잊어버리려 하였다. 아버지와 김 선생이 좌우에 서서 "지각없는 못생긴 소리 작작 해!" 하고 소리를 치는 것 같아서, 정신이 반짝 들며 병실 문 편을 해죽 돌려다 보았다. 부친의 음성이 분명히 들리는 것 같아서 가까이 가서 방문을 가만히 열어보니, 세 개가 놓인 침대 중에 저편 창문 밑으로 누운 부친은 그대로 자는 모양이요, 다른 병인들의 하얗게 세인 얼굴들만 이리로 향하여 기웃한다. 필순이는 문을 곱게 닫고 섰던 자리로 와서 선다.

'하루에 입원료가 삼 원씩, 한 달이면 구십 원…… 하루에 팔리는 것이 처음이라 그런지 오 원어치나 될까 말까 한데, 게다가 몇 식구씩 매달려서 먹고 입원료 치르고…… 이익은 고사하고 이러다가는 밑천째 들어먹겠다…….'

필순이의 생각은 또다시 어두워 들어갔다.

'어쨌든 이불이나 한 채 어서 만들었으면…….'

필순이의 한시가 급해서 애절을 하는 것은 부친의 금침이다. 삼동을 난 부친의 때 묻은 백지장 같은 차렵이불을 들쓰고 누운 양은, 차마 볼 수가 없다. 남볼썽에도 얼굴이 뜨뜻하고 창피하다. 병원 이불을 한 채 주마고는 하는데, 뒤집어씌우는 껍질을 빨러 가서 오지 않았으니, 조금만 참으라는 것이다. 게다가 먼저 들어온 사람이 좋은 자리를 차지해서, 한데로 난 창 밑이라 외풍이 심하다. 병화가 아까 와서 보고 이불이 추울 테니 자기 것을 가져다가 덮어드리라고 하더란 말을 모친이 집에 와서 하나, 다다미방에서 자느라고 일전에 일본 이불 한 채를 사다가 며칠 덮지도 않은 것을 염치없이 갖다가 더럽힐 수도 없지마는, 당장 병화는 무얼 덮으라고 가져올까……. 필순이는 꽁꽁 앓으면서 입속으로 돈! 돈! 할 뿐이다.

'저러다가 고뿔이나 들리셔서 폐렴이 되고 더치시면 어쩌누?……'

겁이 펄쩍 난다. 상여 뒤에 따라가는 자기 모양이 눈앞에 떠오른다. 눈물이 핑 돌며 고개를 흔들었다. 그러자 유리창에 물이 묻었는지 눈에 눈물이 가렸는지 어른어른하며 비스듬히 아래로 양복 입은 덕기가 종친부 다리를 건너서려는 것이 내려다보인다.

가슴의 피가 머리로 쭉 솟는 것을 애써 가라앉히며 필순이가 눈물을 살짝 씻고 내려다보니, 덕기는 벌써 다리를 건너섰다. 여기서 먼저 알은체를 할까 하다가 그만두어 버렸다. 유리창을 열고 손짓을 하여 보이며 반기는 웃음의 인사 한마디라도 내려보내고, 아래서는 되받아 올려 치치고 하면 그 얼마나 운치 있는 일이요 유쾌한 일이랴마는 지금의 자기 처지는 그러한 화려한 행동을 막는 것을 필순이는 잘 요량하고 달뜨려는 제 마음을 걷잡았다.

웃음 한 번이라도 절제를 하는 것은 자기 부친이 병석에 있음으로만이 아니다. 신분이 틀리고 교육이 다르고 빈부가 갈리고 그리고 계급이 나누인 그 사람에게, 함부로 웃어 보이고 따르는 눈치를 보이는 것은 아양이나 부리는 노는계집 같을까 하여 필순이의 자존심이 허락지를 않는다. 그러나 저편이 고맙게 구는 것이 고맙지 않은 게 아니요, 그의 지체와 재산과 교양을 벗어놓은 덕기란 사람만은 어디인지 모르게 우아하고 탐탁하고 언제 보나 반가운 것을 또 어찌하랴. 필순이는 언제든지 반갑고 기꺼운 웃음이 눈찌와 입가에서 피어 나오다가는 무슨 바늘 끝이 옆구리를 꼭 찌르는 것처럼 살짝 감추는 것이었다. 그러나 두 번 감추면 두 번만큼, 열 번 감추면 열 번만큼 마치 흐린 날 연기 서리듯 마음에 서려서 남아 있으리라. 또 그것은 압착壓搾된 산소나 질소 같은 것이다. 고화固化하면 살에서 나오는 '무'처럼 일생의 고질이 되어 비지같이 뭉크러져 터져 나와서 큰 험이 질 것이요, 그대로 서려 있다면 언제든지 한 번은 폭발이 되고 말 것이다.

병원 문 앞까지 다가온 덕기는 벌써 알아보고 위층을 쳐다보며 웃는다. 필순이도 미소로 대답을 하고, 창 앞을 떠나서 찬찬히 층계로 향하였다. 내려가서 맞으려는 것이다.

현관에 올라온 덕기와 만나서 나란히 돌쳐서려니까, 밖에서 자전거를 버티는 소리가 나며 문을 열고,

"서방님!"

하고 부른다. 원삼이다.

"벌써 넘어오셨에요."

원삼이는 꾸뻑하고 일변 자전거에 실은 짐을 풀어 들여다놓려 한다.

"응, 애썼네."

덕기가 받으려니까 필순이가 대신 빳듯이 받으며,

"무얼 이렇게 가져오셨에요?"

하고 두 볼이 살짝 발개졌다. 한 손에 든 것은 과실 광주리요, 한 손에 든 것은 길 떠나는 행구같이 가죽띠로 비끄러맨 누런 담요이었다.

"아씨, 오늘은 산해진 배달 겸 댁의 아범 겸 두 가지 심부름을 함께 왔습니다."

원삼이는 껄껄 웃고 나가버린다. 담요는 댁의 심부름이요, 과실은 산해진에서 가지고 온 것이라는 뜻인 모양이다.

"좀 쉬어서 녹여 가시구려. 또 저리 가시우?"

필순이가 밖에 대고 소리를 치니까,

"에이, 괜찮습니다. 바빠서 어서 가봐야지요. 인제 마님이 오신댔으니까, 아씨는 저리 오시겠죠?"

원삼이는 자전거를 돌려놓고 몇 마디 하고는 훽 올라앉아서 기세 좋게 나간다. 두 사람은 나가는 뒷모양을 바라보며 마주 웃었다.

"잠깐 지내봐두 퍽 좋은 이애요."

"쓸모 있다면 아주 댁에 데려다두셔도 좋겠죠."

"허지만 자기가 와 있으려 할지도 모르고 또 화개동 댁에서 내놓으시겠에요."

"그야 어떻게든지 하지요."

긴 복도를 걸으면서 이런 이야기를 하다가 덕기는 말을 돌려서,

"그 담요요, 할아버지 쓰시던 건데 어떨까요? 돌아가실 때는 덮으시지도 않기는 하였지마는?……"

하고 의향을 묻는다.

"온 천만의 말씀두, 아무러면 어떻습니까마는, 이런 걸 왜 또 가져오셨에요. 여러 가지로 온 무어라 말씀할지……."

"아무러면 어떻습니까. 어제 보니 추우실 것 같아서 마땅한 이불이 있으면 가져올까 하다가, 이것이 도리어 편할 듯하기에……. 그러나 기하는[318] 사람은 역시 기하니까요……."

"그렇게 말씀하면 병원 이불이나 침대는 산 사람만 깔고 덮을까요. 어쨌든 가져오셨으니 덮어드리기는 합니다마는……."

필순이는 지금도 이불 걱정을 막 하고 난 판에 어찌나 고맙고 생광스러운지 목이 꽉꽉 메는 것 같아서 말이 아니 나왔다. 게다가 돌아간 조부의 물건이라고 기하고 꺼림칙해하지나 않을까, 그것까지를 염려하여주는 그 마음을 무어라고 할지 이로 치사를 할 수가 없다.

담요를 이불 속으로 푸근히 덮어주니 병인도 좋아하는 기색이나, 말할 기력도 없는지 인사 한마디 변변히 못한다.

덕기는 조금 앉았다가 필순이더러 나가자고 눈짓을 하여 데리고 복도로 나왔다. 아까 필순이가 섰던 유리창 앞에 나란히 서서 덕기는 담배를 붙이며,

"김 군 소식 못 들었지요?"

318 꺼리다.

하고 찬찬히 말을 꺼낸다.

"아직 못 들었에요. 왜요? 무슨 일이 있에요?"

필순이는 눈이 똥그래지며 묻는다.

"조금 전에 가택수색을 해 갔다는군요."

"에? 상점에를요?"

필순이는 놀랐다.

"어머니께서도 혼자 퍽 놀라셨겠지만, 경애 씨도 찾더라는 것을 목욕 간 것을 집에 갔나 보다고 했다는데, 한 놈은 아직 남아서 지키고 있더군요. 나도 누구냐고 묻기에 물건 사러 온 것처럼 하고 과실을 사서, 들려가지고 간 담요와 함께 원삼이더러 가져오라 하고 나와버렸지요. 그것도 마침 원삼이가 밖에 나와 섰다가 미리 귀틈[319]을 해주고 어머니께서도 눈짓을 하시기에 모른 체하였으니까 그대로 빠져나왔지, 그렇지 않았더면 언제까지 붙들려 앉았었을지 모르지요. 가는 사람마다 그 자리에 금족을 시키거나 데려간다니까……."

"그럼 어머니도 못 나오시겠군요?"

필순이는 여기서 먼저 갔다가 자기마저 붙들리고, 모친도 빠져나오지 못하게 되면, 병원 일을 어떻게 하나 애가 쓰였다. 그러나 피죤 한 갑에 십 전 하고, 매코가 오 전씩인 것밖에는 해태표만 되어도 얼마에 팔지를 모르는 모친에게 가게를 보여둘 수도 없는 일이다.

"전화를 좀 걸어보고 올까요?"

319 귀띔.

"어머니 오시라구?"

"글쎄요. 어머니가 오시는 걸 보고, 내가 가야 하겠는데요."

필순이는 아래로 내려가다가 얼마 만에 웬 양복 입은 남자 하나를 뒤에 달고 올라온다. 덕기는 즉각적으로 그게 누구인 것을 알아차렸다.

"여기 계십니다."

필순이는 덕기에게 눈짓을 하고 망단한 기색으로 그 남자를 돌아다보았다.

덕기는 객의 얼굴을 버티고 서서 바라보며, 속으로는 필순이를 데리러 온 게 아닌 눈치에 우선 안심이 되었으나, 그래도 마음이 선듯하지 않을 수 없었다. 손은 모자를 벗으며,

"조덕기 씨신가요?"

하고 사람을 놀리는 듯이 빙긋하며 지나치게 공손하다. 덕기는 불쾌하면서도 자기가 재산가라는 의식을 똥겨주는 것을 깨달았다. 필순이도 돈의 위력을 생각하였다. 속이야 어쨌든 남이 일컫기를 만석꾼의 숨은 부자라는 조 아무개의 손자—엊그제 장사를 지내고 오늘에는 갈데없는 상속자라니, 금단추의 학생복 입은 이 꼴이야 이무기가 다아 된 형사 나리 눈에, 찼으랴마는, 그래도 허리가 구부러지는 것이다.

"××서에 있습니다. 댁에 지금 전화를 걸어보니 여기 오셨다고 해서 …… 미안합니다만 잠깐만 같이 가시죠."

"무엇 때문인가요? 김병화 군에게 돈 대었다고 그러는 건가요?"

덕기는 한 수 더 뜨려고 이렇게 웃었다.

"가십시다. 그러나 남 애를 써 마음을 잡고 생화를 붙들려는

사람을 자꾸 들쑤셔서 다시 악화를 시키면 안 되지 않겠나요."

"여부가 있나요. 별일야 있겠습니까. 공연히 한편에서 떠들어 대니까, 참고로 그러는 거겠지요."

애송이라고 넘보았더니보다는 덕기의 분명한 어조와 태도에 형사도 끌려 들어갔다.

덕기가 병실에 벗어놓은 모자를 가지러 들어가려니까 필순이가 앞질러 들어가서 중절모를 집어다 주며,

"경애 씨도 들어갔대요. 형사는 그래두 그저 있대요."

하고 전화로 알아본 소식을 소곤소곤 일러준다.

"그럼 여럿이 와서 에워싸고 있는 게로군요."

아까는 하나만 남아 있는 줄 알았는데, 경애를 데려가고도 또 지키고 있다는 것을 보면, 일이 퍽 중대하여진 것 같아서 덕기도 좀 뜨끔하였다.

"그럼 여기 계시겠나요? 어머님 오신대요?"

덕기는 형사를 따라나서면서 물었다.

"못 오신대요. 예서 기다릴 테얘요."

필순이의 목소리는 흐려졌다. 나가는 사람의 뒷모양을 바라보며 문간에 오도카니 섰는 필순이는 지금 가면 영영 못 올 길을 가는 사람같이만 생각이 들어서 섭섭한 마음을 걷잡을 수가 없었다.

만일 피혁이 일이 탄로가 났다면 자기도 불려 갈 터인데 형사가 다녀가면서도 아무 말이 없는 것을 보면, 거기까지 일이 커진 것 같지는 않다고 필순이는 생각하였다. 모두 이렇게 붙들려 갈 지경이면야 자기도 불려 간들 어떠랴도 싶다. 뒤에 남는 어머니

가 걱정될 뿐이지 겁날 일은 조금도 없다. 도대체가 덕기까지 붙들려 가는 데에 실망이 되어서, 이런 막가는 공상도 한 것이나, 다시 생각하면 덕기야 아무 죄 없지 않은가? 오늘 해전으로 못 나온대도 곧 놓일 것은 분명하고 병화도 함께 풀려나올 것 같다. 이렇게 생각을 하니 까부라져 들어가던 마음에 다시 생기가 난다.

깜박깜박 졸음이 올 것 같은 어둠침침한 병실에 간신히 마음을 진정하고 앉았던 판에, 의외로 모친이 뛰어드는 것을 보고 필순이는 무척 반가웠다.

"어머니! 어떻게 오세요?"

필순이는 내달으며 눈물이 글썽하다.

"응, 어서 가봐라. 원삼이란 그이한테만 맡겨두고 왔다. 둘이 다아 전화를 걸 줄 알아야지. 그래 기별두 못 하구 뛰어왔다."

"형사는 갔에요?"

"응, 지금 막 갔다. 그런데 조 선생님은?"

"지금 여기서 불려 가셨에요. 형사가 와서."

"엉, 그것 안됐구나! 가엾어라. 저걸 어떻게 하니? 어제 그 애를 써주구 잠두 잘 못 잔 이를!"

모친도 아들이나 그렇게 된 듯이 놀란다.

"그리구 이 담요까지 손수 가지고 와서, 그 신세를 다 어쩌니."

모친은 담요를 손으로 쓰다듬는다.

필순이가 상점에 가서 앉으니, 오늘은 유난히도 손님이 불어서 꾸준히들 들락거린다. 서툴기는 하지마는, 새로 개업을 하였다 하여 남보다는 싸게 팔고, 파 한 뿌리라도 낫게 주기 때문일 것이다.

손님이 삐기만 하면 필순이는 문턱에 기대서서 시름없이 먼 산만 바라보고 있다.

"아씨, 저 댁에 전화나 좀 걸어봅쇼."

원삼이도 갑갑증이 나는지 뒤에서 소리를 친다. 덕기가 나왔으면야 전화라도 아니 걸리야 없으리라는 생각은 들면서도 걸어보니, 단통 덕기가 나오는 데는 놀랐다.

'어쩌면 그럴꾸!'

필순이는 바작바작 타던 자기 생각을 하면 덕기가 집에 돌아와 있으면서 전화를 아니 걸어준 것이 야속한 마음까지 든다.

덕기는 조금 전에 나왔는데 또 들를 데가 있으니까, 거기 돌아서 뒤미처 오마는 것이다. 그러나 여덟시가 넘어 겨울밤이 들도록 또 감감무소식인 것을 보니, 경찰서에를 다시 들어갔을 리는 없고, 사람도 무심하다고 노여운 생각부터 앞을 선다. 자기 볼일도 있겠고, 부득이한 사정이야 있겠지마는, 무심하다느니보다도 무시를 당한 것 같은 고까운 생각이 드는 것이다. 자기가 덕기를 생각하고 아끼는 반만큼도 생각하여주지 않는다는 원망이다.

'허지만 그 양반이 무얼 잘못했다구 원망을 할꾸…….'

필순이는 오늘에 한하여 왜 이렇게 덕기에게 노염을 탈꾸? 하며 제 마음을 나무라도 보는 것이었다. 그래도 덕기가 인력거를 타고 오는 것을 보니 하도 반가워서 체면 안 차린다면 뛰어나가서 손에라도 매달리고 싶다.

"병화 군에게 돈 천 원 준 증거를 보여달래서 형사를 데리고 집에 왔다가, 또다시 경찰서에 들어갔었지요.……"

덕기는 이렇게 늦은 변명 삼아 이야기하는 것을 듣고 필순이는,

'그런 줄은 모르구……'

하며 혼자 애절을 하고 까닭 없이 원망을 한 것을 뉘우쳤다.

"그래 보여주셨에요?"

"분명한 것은 없으나, 마침 할아버니께서 돌아가시기 전전날에 천 원짜리 소절수[320]를 떼어낸 것이 있으니까, 그것을 보여주었지요."

필순이는 안심이 되었다.

"그러나 곧 나올 것 같지 않기에 지금 경애 씨 집에 들러서 덮개와 솜옷을 들여보내게 하였는데, 좀체 받아주어야죠. 경애 어머니는 그저 거기 이불 보퉁이를 지키고 있는데, 어떠면 곧 내놓을 것 같기두 하구……."

이 말을 들으니 필순이는 한층 더 얼굴이 붉어지며 미안한 생각에 머리가 숙어졌다.

"원삼이, 이 근처에 설렁탕집 있나? 저녁을 안 먹어 좀 시장한데……."

"에구, 어쩌나 저녁두 못 잡숫구…… 진지는 있지마는, 반찬이 무에 있어야지."

필순이는 당황하였으나, 이런 귀객을 어찌하는 수도 없었다.

"어쩌다 저녁상을 받으실 새도 없이 그놈들에게 끌려다니셨에요?"

원삼이는 설렁탕집으로 나서며,

"이 아씨두 그저 잣입[321]이루 계신뎁쇼. 두 그릇 시켜 올까요?"

320 수표.

321 '잔입'. 아무것도 먹지 아니한 입.

하고 필순이를 치어다본다.

"난 싫어요. 먹구 싶지 않아요."

"그럼 세 그릇 시키게. 자네두 먹어야지."

"안욥시다. 저는 먹었습니다."

원삼이가 나간 뒤에 필순이는 부엌으로 들어가서 상을 차려다가 길체[322]로 놓으며, 설렁탕이 오기를 기다린다.

"전 선생님께 뭐라구 말씀해야 좋을지 모르겠에요."

필순이는 난로 앞에 고개를 떨어뜨리고 섰다가 이런 말을 꺼낸다.

"왜요?"

"저녁 진지두 못 잡숫구 그렇게 애를 쓰시구 돌아다니시는 건 모르구 전화두 좀 안 걸어주시나 하구 섭섭한 생각이 들던 게 죄가 되겠에요."

"천만에! 허나 그러시기야 하겠죠. 혼자 마음을 졸이구 계실 줄은 알면서두 곧 오려니 하는 생각에, 그럭저럭 그만 미안하게 되었습니다."

"그렇게 말씀하시면 더 죄송합니다. 어제부터 횡액에 걸려드셔서 너무나 애를 쓰시구 다니셔서……."

"무어, 천만에! 그런 말씀 마세요."

덕기는 이 소녀의 꾸밈없는 솔직한 말이 고맙고 정다이 들려서 기뻤다. 이 여자의 몸의 어디서 고무 냄새가 날까! 어디서 직공티가 보일까! 그 순진한 심보를 언제까지 그대로 길러나가게

322 한쪽으로 치우쳐 있는 자리.

했으면 얼마나 좋을까 싶었다.

"그런데 이 상점은 어떻게 떠맡았는지 혹 들으셨에요?"

덕기는 화두를 돌려서 제일 궁금한 조건을 물었다.

"모르겠에요. 누가 뭐라구 해요?"

하고 필순이는 말하기가 거북하다는 표정으로 남자를 치어다본다.

"아니, 뉘게 들은 말은 없지마는, 장훈인가 하는 자가 들고 나서고, 나더러는 천 원 밑천을 대준 것같이 해달래서 경찰에도 불려 가구 했지마는, 암만해두 미심쩍은 일이 있기에 말얘요."

덕기는 필순이의 대답을 기다리는 모양이나, 필순이로서는 난처하였다. 말을 할까 말까 망설이는 판에, 원삼이가 설렁탕을 시켜가지고 들어섰다.

덕기를 방으로 올려앉히고 상을 차려 내면서, 어젯밤에는 경애가 병화 앞에서 이렇게 시중을 들었으려니 하는 생각을 하니, 얼굴이 저절로 붉어 오르는 것을 깨달았다.

"이리 가지고 와서 함께 자십시다요."

"안얘요. 전 이따 먹겠에요."

필순이는 귀밑까지 발개지며 문턱으로 비켜 앉는다.

"식습니다. 그럼 여기서라두 잡숫죠."

원삼이가 설렁탕 한 그릇을 집어다가, 난로 위에 놓아준다.

"자네는 그 거스른 것 가지구 추운데 막걸리라두 먹게그려."

원삼이는 그러지 않아도 생각이 나는 판에 좋아서 뛰어나간다.

"그 장훈이란 이는 아니 들어간 모양이죠?"

필순이는 궁금해서 이렇게 말을 붙이면서도 덕기가 알고 싶어하는 것을 모른 척하고 속이는 것이 역시 미안하였다.

"경찰서에서도 그자의 말은 묻지 않는 것을 보면, 일은 더 확대되지는 않을 상싶더군요. 문제의 초점이 천 원인데, 그 천 원을 장훈이가 내놓은 거야 아니겠지요?"

또다시 천 원 놀래가 나온다. 이 말을 또 꺼내고 싶어서 원삼이를 내보냈는지도 모른다. 필순이는 덕기가 국물을 훅훅 마셔가며 달게 먹는 것을 보고 난로 위에 놓인 뚝배기를 들어다가 뜨거운 국물을 더 담아주면서,

"그동안 누가 밖에서 왔었지요."

하고 필순이는 제풀에 말을 꺼냈다. 이 남자를 못 믿어서 속일 수는 아무래도 없다고 생각한 것이다. 그처럼 친절히 해주는 이 사람을 속이는 것은 의리가 아니라고 다시 생각하고, 그 큰 비밀을 대담히 말하는 것이다.

"헤에, 그래요?"

덕기는 귀가 번쩍하였다.

"그래서 무슨 일을 하라고 김 선생님한테 돈을 드리고 갔는데, 그걸로 이것을 벌였다고 장훈이란 이가 트집인가 봐요."

필순이는 이런 비밀을 제 입으로 꺼내기가 그래도 무서운 기색이다.

"허어, 그러면야 더구나 장씨가 떠들어내다니 말이 되나!"

하고 덕기는 혀를 찬다.

"그래서 만일 그 사람이 잡혔다면 일은 커질 것이요, 저두 잡혀 들어갈지 모르겠죠."

필순이는 상을 물려 내가며 이런 소리를 한다.

그러자 밖에서 두런두런 소리가 나며, 자리 보퉁이를 든 인력

거꾼을 앞세우고 경애 모녀가 들어온다.

부모들

경애 모친은 경찰서에서 곧 내보낸다는 말에 지키고 있다가 마침 나오는 딸을 데리고 집으로 가려 했으나, 경애가 이리로 온다니까 상점 구경 겸 따라온 것이다.

이 마님은 병화를 앞장세우고 장사를 한다는 데, 그리 찬성도 안 하였으나, 병화 따위와 깊은 사이가 생될까 보아 애를 쓰는 판에, 어제 딸이 여기서 잤다는 말을 오늘 아침에 듣고 내심에 불쾌도 하거니와 더 애가 쓰이는 것이었다. 그러나 다친 사람을 병구완하느라고 그랬다는 데야, 하는 수 없다고 생각한 것인데, 아까 덕기에게 자세히 들은 즉 필순이 집 식구는 다아 나가고, 둘이만 있었다고 하니, 인제부터는 가만 내버려둘 수 없다고 속으로 앓는 것이다.

첫째 이 상점은 상훈이가 벌여준 것으로 믿는 터이다. 피혁이가 돈을 맡기고 갔는지 그때 사정은 모를 뿐 아니라, 저희 주제에 목돈을 만들 것 같지도 않으니, 으레 상훈이에게서 나왔으리라고 믿는 것이다. 어쩌니 저쩌니 해도 상훈이와는 미운 정 고운 정이 다아 들고, 자초를 생각하면 은인이다. 게다가 아이가 달렸다. 몇 해 동안 그렇게 버스러져 지냈다 하여도 언제든지 다시 만나 살고야 말리라고 믿었던 것인데, 노영감이 돌아가자 장사를 시킨다는 말을 듣고, 인제는 제 곬으로 들어서는구나 하며 반색도 하고,

으레 그럴 것이라고 생각한 것이었다.

인제는 말없이 구수히들 살기만 하면 재산이야 덕기 앞으로 갔다 하여도, 쌈지의 것이 주머니의 것이요, 주머니의 것이 쌈지 것이니, 여생을 편히 지낼까 보다고 찰떡같이 믿는 터이다. 그러나 이 판에 떠꺼머리총각놈과 어울리다니 위태롭기 짝이 없다. 전자에는 피혁이 때문에 교제를 한 것이라 할지라도, 애초부터 장사를 시작할 때에 병화를 데리고 하는 것은 마음이 안 놓였던 것이다. 상훈이가 승낙을 하였기에 병화를 내세운 것이요, 또 병화 몫으로는 필순이란 계집애가 있다고는 하지마는 만일에 삐뚝해서 상훈이의 의혹을 사게 되면, 모처럼 풀리려는 돈구멍이 막힐 것이요, 이래저래 말썽만 벌어져놓을까 보아, 몇 번이나 딸에게 다진 일이라서, 그놈 때문에 이런 봉변을 당하고, 게다가 자세 듣고 보니 이때껏 상훈이는 이 상점에 발그림자도 안 했다니, 도무지 그 내평을 알 수가 없다.

경애 모친은 필순이는 본체만체하고 덕기에게만 인사를 한다.

"에구우, 이 춘 밤에 어서 댁으로 가실 일이지 감기 드시겠군."
하며, 흐들갑스럽게 인사를 하다가, 설렁탕 그릇을 물려논 것을 보더니,

"저런! 설렁탕을 어떻게 자셨소!"
하고 또 놀란다. 덕기는 웃기만 한다.

경애 모친은 수선스럽게 이 방 저 방으로 돌아다니며 뒷간까지 열어보고 오더니,

"여름 한 철은 그런대로 살 수 있지마는 난 겨울에는 못 살겠다!"
하고 누가 와서 살라는 듯이 이런 소리를 한다.

딸은 못마땅하였다. 모친의 생각에는 사위가 사준 집이니, 내 딸의 집—내 집이라고 휘젓고 다니는 것이겠지마는 필순이 보는 데 민망하였다.

"어서 어머니 가슈."

딸은 성이 가셔서 어서 쫓아 보내려는 것이다.

"왜 넌 안 가련? 같이 가자꾸나."

"난 나중 가요. 내 걱정은 마시고 어서 가셔서 주무세요. 아이가 깼으면 안 될 테니요."

"오늘은 어서 가서 뜨뜻이 무어라도 먹고 편히 쉬어야 하지 않니."

데리고 가려거니 안 가려거니 하고 모녀가 다투는 판에, 병화가 툭 뛰어 들어오며, 뒤미쳐서 원삼이 처가 함께 온 것처럼 따라 들어온다.

모여 앉았던 사람은 너무나 의외인데에, 우중우중 일어서며 반색을 하였다.

"처음부터 문제가 될 게 있나! 어쨌든 조 군은 말할 것 없고 여러분 애들 써서 미안하군."

병화는 고단한 기색도 없이 큰소리를 치며 들어와 앉는다.

"좀 저 온돌방으로 들어가서 눕구려. 몸부터 녹여야지."

경애가 이렇게 권하는 것도, 모친은 속으로 망한 년! 하고 고개를 외로 꼬았다.

"아참, 그렇게 하게. 저리 들어가세."

덕기도 끌었다.

"아니, 춥지도 않고 자네가 들여보낸 밥을 먹어서 든든하이.

그러나 이야기는 차차 하기로 하고 오늘은 개업 피로연 겸 한잔 먹세. 앓는 이는 미안하지마는, 이렇게 잘 모였으니……."

병화는 손등 아픈 것도 잊어버리고 매우 신기가 좋은 모양이다.

원삼이 처는 제가 온 사연을 발설할 틈을 타려고, 한옆에 원삼이와 느런히 비켜섰다가 남편더러,

"어서 갑시다."

하고 재촉을 하면서 좌중에 대하여,

"영감마님께서 야단이세요. 온종일 집안일은 모른 척하고 무엇 하느라고 밤중까지 틀어박혔느냐고 꾸중이세요."

하며 하소연이다.

원삼이를 역정스럽게 불러 가는 것을 보면 상훈이가 감정이 난 모양이다. 누구나 그 뜻을 알았다. 경애 모친은 그럴수록에 병화가 밉살스럽고 병화 앞에서 알찐거리는 딸이 못마땅하였다. 그러나 경애는 코웃음을 치는 것이다.

'노하겠건 노하라지! 이 집을 사주든 오므라져 들어가든 할 대로 하라지! 자식? 정 말썽을 부리겠거든 데려가라지! 어머니도 잘 맡아 기르실지 모르겠지마는, 더구나 내 일에 새삼스럽게 총찰을 하실 경우가 무슨 경우더람! 아무리 부모기로 시집 하나 변변히 안 보내주고, 지금 와서 병화에게 돈 없다고 쌍지팡이 짚고 나서실 경우던감!'

경애는 애초에 상훈이와 그렇게 된 것이 모친이 상훈이의 돈에 장을 대고, 그래도 좋을 듯이 귀틈을 하기 때문에 용기가 나서 내뻗어버린 것이지, 만일에 모친만 다잡아서 안 된다고 뿌리치고 다른 데로 시집을 보냈다면, 오늘날 이렇게는 안 되었으리라고

생각하는 것이다. 그렇다고 모친을 그다지 원망은 안 하나 지금에 제 마음대로 겨우 병화를 붙든 것을 반대하는 데는 화가 나는 것이다.

원삼이 내외가 간 뒤에 경애는 재촉재촉해서 모친을 먼저 보냈다. 경애는 모친이 경찰서로 가지고 갔던 옷이며 금침을 가지고 가겠다고 실랑이를 하는 것을 기어이 빼앗아두었다. 얼마 동안은 병인을 위하여서도 여기서 묵어야 하겠고, 인제는 상점 일을 탐탁히 다잡아보아야 하겠다고 생각하는데, 마침 이부자리를 가져오게 된 것은 잘된 것이다. 모친은 부르르 화를 내고 가려다가, 그래도 마음이 아니 놓이는지 문턱까지 배웅 나온 딸을 밖으로 데리고 나갔다.

"너 어쩌자고 그러니?"

모친은 으슥한 데 비켜서서 딸을 족친다.

"무얼요?"

경애는 무슨 말이 나오려는지 모르는 것은 아니나, 입을 배쭉하며 도리어 핀잔을 준다.

"무어라니, 일껀 마음을 돌려서 이렇게 가게까지 내주었는데, 남의 공은 모르고 너는 너 할 대로만 하면, 누구는 역심이 아니 나겠니?"

"누가 가게를 내주구, 무얼 나 할 대로 했에요?"

딸의 말은 점점 뾰롱뾰롱 빗나가기만 한다.

"원삼이가 자기 상점이나 다름없는 여기 와서 일한다고 역정을 내는 걸 봐도 알 일이 아니냐? 모든 게 병화 때문 아니냐? 그놈부터 내쫓아야 한다. 그놈을 밥을 먹여가며 두어야 경찰서로 불려나 다니고, 매나 얻어맞으러 다녔지 소용이 뭐냐?"

"그런 걱정 마시고 어서 가세요."

경애는 속이 바르르하는 것을 참고 큰소리 없이, 어서 모친을 가게만 하려 하였다.

"걱정이 왜 안 되니. 그놈하고 공연히 엉정벙정하다가는, 요거나마 들어먹고 인제는 굶어 죽어! 왜 정신을 그래도 못 차리니?"

모친의 목소리는 불끈하였다.

"가령 먹을 것은 먹고 헤어지는 한이 있더라도 조금은 몸조심도 하고, 저편을 달래서 이 집값이라도 치르게 하고, 차차 네 마음대로 어떻게든지 하기로 좋을 게 아니냐?"

"새삼스럽게 누구하구 헤지구 말구가 있에요? 어떤 년은 누구 등쳐먹으러만 다니는 그런 더런 년인 줄 아셨습디까?"

경애는 발끈 터지고 말았다.

"그럼 뭐냐? 지금 하는 짓이?"

"누가 무슨 짓을 했단 말얘요? 이 상점을 누가 벌였기에, 집임자를 어디로 내쫓으란 말씀얘요? 이 상점에 조가의 돈이 오리동록이나 든 줄 아슈?"

경애는 안 하려던 말까지 해버렸다.

"그럼 뉘 돈이란 말이냐? 이때까지 한 말은 모두 거짓말이었단 말야?"

"거짓말이든 정말이든 그건 그렇게 알아 무얼 하실 테얘요? 계집에 미쳐서 자기 아버지한테도 신용을 잃고, 땅 섬지기나 얻어가지고, 그게 분해서 자식까지 의절하려 덤비는, 그런 사람을 무얼 바라고 어쩌란 말얘요?"

경애가 너무도 야박스럽게 덤비는 바람에 모친은 말이 없이 멀거니 섰다.

"모르시거던 가만 계서요. 행세하는 자식이 있고, 귓머리 맞풀고 이삼십 년을 살던 조강지처까지 내몰려고, 나이 오십 줄에 들어도 정신을 못 차리고 입에서 젖내 나는 년을 집구석으로 끌어들이고 지랄을 버릇는, 그게 사람이라고 생각하슈?……"

"무어……?"

경애 모친은 금시초문이라는 듯이 놀랐다. 그러나 캐어물어야 딸은 핀잔만 주었다.

전차에 올라앉아서도 딸의 말이 정말일까? 병화란 녀석한테 홀깍 빠져서 상훈이와 떨어지려니까 있는 흉 없는 흉을 떠들쳐 내는 것은 아닌가? 곰곰 생각하여보았다. 모친은 전차가 총독부 앞에 오자, 홧김에 이 길로 상훈이에게를 가보리라고 차를 내려버렸다. 아홉시나 되었으니 늦기는 하였지마는, 지금 집에 들어앉았는 모양이요, 대관절 어떤 년을 떼어 들여앉히고 마누라까지 소박인지, 딸에게 못한 화풀이도 할 겸 생각난 김에 가서 단 몇십 석이고 귀정을 내자는 것이다.

'이러나저러나 그놈은 떼놓아야지.'

병화는 오늘로 아주 이 마님의 눈 밖에 났다.

대문은 닫혔으나 찌걱찌걱 흔드니 행랑에서 "누구세요?" 소리를 치고 원삼이가 뛰어나와 문을 연다.

"이거 웬일이십니까?"

금방 효자동에 있던 사람이 이 밤중에 달려든 것을 보고, 또 무슨 일이 났나 하여 놀란다.

"영감 계시지?"

마나님은 따라 들어서며 수군수군 묻는다.

"지금 막 나가셨에요."

"무얼! 주무시니까 어려워서 그러겠지마는, 급한 말씀이 있으니 좀 여쭙게!"

"아니와요. 정말 나가셨에요."

"이 밤중에?"

"아아, 영감께서야 인제 초저녁이십죠."

하며 원삼이는 웃는다.

"그럼 색시는 있겠군?"

"색시가 누굽니까?"

원삼이는 또 헤헤…… 웃는다.

"어쨌든 사랑문을 좀 열게."

경애 모친은 컴컴한 속에서 아범과 숙설거리고 섰는 것이 싫어서 사랑문으로 향한다.

"들어가 보시나마나 아무도 없어와요. 색시는 그저께인가 그끄저께 왔다가 도루 갔에요."

"흥……."

딸의 말이 아주 터무니없는 말은 아니로군 하는 생각이 들었다.

"그럼 안에는?"

"안에야 마님이 계십죠. 그런데 왜 그리세요?"

원삼이는 이 마님이 왜 이렇게 몸이 달았는지 영문을 알 수가 없다.

"정녕 없지?"

"그렇게 못 믿으시겠거든 들어가 보세요. 하지만 이따라도 또 데리고 오실지는 모릅죠. 첫날 와서 주무시고 한바탕 야단이 난 뒤에는, 밤이면 이슥해서야 같이 들어오시니까요."

"흥!"

—한 풍파 있었다는 것이 재미있게 들렸다.

"만나시려면 내일 아침에 일찍이 오십쇼."

그도 그럴듯하다고 생각하였다.

"그래 야단은 무슨 야단인가?"

"마님께서 가만 계신가요. 문전이 더러워지고 자식 기를 수 없다고 야단을 치시고, 영감님께 데리고 나가라 하시니 말씀이야 옳죠마는, 영감님은 또 어디 그렇게 호락호락하십니까. 도리어 마님께 나가라고 야단이십죠…… 암만해두 이 댁두 어떻게 되시려는지?…… 전에는 영감께서 약주 한잔을 잡수셔도 쉬쉬하시고 그런 외입을 하시기로 누가 김이나 맡았겠습니까마는, 뭐 요새는 그대로 마구 터놓고 밤이나 낮이나 기를 쓰시는 것 같아요. 노영감님을 쫓아가시려고 돌아가실 때가 되어 그런지, 재산이 아드님께로 가서 화에 떠서 그러신지 알 수가 없습니다……."

"흥, 그 색시가 이 집 차지를 하겠다는 거로군?"

"그렇습죠. 그 아씨가 무어 애가 들었다나요. 그건 고사하고 저기 안동 사는 매당집이라든지 하는 그 댁 마님의 수양딸이라나요. 그래서 그 염병 때 마님이 앞장을 서서 서둘러대기 때문에 아마 영감님께서도 쩔쩔매시구 어쩔 줄을 모르시는가 봐요……."

원삼이는 흥이 나서 묻지도 않은 말까지 제풀에 숙설댄다. 경

애 모친은 들을 것을 다아 듣고 나서,

"그럼 내일 올게 영감께는 암말 말게."

이렇게 부탁을 하여놓고 나와버렸다.

상훈이는 경애가 산해진에서 침식을 하고 있는 모양이라는 말을 원삼이에게 듣고 화증이 나서 다시 뛰어나간 것이다. 오늘 신새벽에 병화란 놈이 와서 아침 단잠을 깨워놓고 원삼이를 잠깐 빌리라기에 사랑방에는 의경이도 자고 있는데, 긴 잔소리가 나올까 보아 어서 배송을 내느라고 선뜻 들어주었지마는, 원체 그 산해진이란 경애가 병화를 데리고 하는 것이 못마땅하여 한 번도 들여다본 일이 없는 터이다. 집을 사달라고 조르니까 그러마고는 하였지마는, 그따위로 병화와 동사를 하는지 동거를 하는 동안은 결코 사줄 생각은 없다.

하여간 오늘은 덕기까지 함께 꺼들려서 경찰에 붙들려 갔다 왔다는 데는 화도 나고 궁금증이 아니 날 수 없다. 우선 경애를 불러보리라 하고 거리로 나와 전화를 빌려 걸어보니, 지금은 아무래도 나올 수 없다는 냉랭한 대답이다. 한참 실랑이를 하다가 결국에,

"그렇게 급한 일이면 내일 아침에 댁으로 가죠."

하고 전화를 끊어버렸다. 경애도 들은 말이 있는지라, 의경이와 사랑방살이 하는 꼴이 보고 싶어서 발그림자도 안 하던 집에를 아침결에 오겠다는 것이겠지마는, 상훈이도 오늘은 의경이가 아니 올 거니 상관없을 것 같아서 아무려나 하라고 내버려두었다.

하여간 장사 터전을 마련해주는 조건으로 병화와는 하루바삐 떼어놓아야 하겠고, 제 의사나 한번 들어보고 나서 의경이의 살

림도 따로 내든지, 큰마누라를 아들에게로 보내고 아주 들여앉히든지 귀정을 내려는 작정이다. 아무래도 경애를 영영 떼어버릴 수도 없고 그렇다고 홀몸도 아닌 의경이를 어찌하는 수도 없는 형편이다. 사실 의경이의 사정도 제 잘못은 어쨌든, 집에서는 나와버리고 유치원도 그만두어 버렸으니, 인제는 큰마누라의 바가지쯤 귓가로 들을 작정 치고 사랑방으로 기어든 것이다. 그런 중에도 다행한 것은 노영감이 돌아가 준 일이다.

매당집 떨거지 때문에 노영감은 더 살려야 살 수도 없었는지 모르지마는, 마치 죽어 자빠진 파리 한 마리에 개미 거동이 일어나듯이 의경이까지 이 사품에 덕을 보겠다고 덤벼드는 판이다. 매당은 개미굴을 지키는 왕개미 격은 된다.

"아우님 차례는 얼마라던가?"

"단 이백 석이라우! 귀순이 몫이 따루 오십 석!"

"흥,…… 하지만 그거라두 우선 받아두는 게지."

노영감의 초상을 치르고 나서 매당과 수원집이 만나서, 조상으로 받은 첫인사가 이것이었다.

"우리 조카님이 수 났더군!"

수원집은 의경이를 보고 비꼬았다.

"그야 그렇지! 미우나 고우나 아들 아닌가. 말이 그렇지 아들 제쳐놓고 손주에게 물리는 법이 있겠나."

매당은 제 남편이나 장안 갑부가 된 듯시피 허욕에 입이 벌어졌다. 그러나 수원집은 콧날을 째긋하며,

"천석꾼이가 된대야 형님을 드릴 테니 걱정이슈."

하고 핀잔을 주다가,

"삼백 석! 게다가 현금이 한 이삼천 원 차례에 갔는지."
하고 비꼬는 것이었다.

"고작 삼백 석?"

거리에서 주워 걸린 사위―상훈이가 단 삼백 석이라는데, 매당은 놀라 자빠졌다.

"하지만 그렇게 꼼꼼하고 바자위게[323] 하고 간 영감이 정미소 하나만은 뉘게로 준다는 말이 없이 유서에도 안 써놓았으니, 인제 좀 말썽일걸! 우리도 그까짓 정미소에는 쌀섬이나 있으려니 했더니, 웬걸 영감이 꼭 가지고 쓰던 장부에 보면 줄잡아도 현금이 삼만 원 넘고 집이며 기계며 할 만하다는데!"

이 말에는 수원집보다도 매당집의 입에 침이 고이며 안심이 되었다.

"일 맡아보는 놈이 임자 없는 거라구 홀깍 집어삼키면 어쩌누?"

매당은 이런 걱정도 하는 것이었다.

"별걱정을 다 하슈. 장부가 뻔한데! 그건 어쨌든지 영감이 그걸 왜 잊어버렸는지……."

수원집은 수원집대로 애가 말라하는 것이다. 하여간 매당집은 새판으로 팔을 걷고 나설 차비를 차렸다. 그래서 우선 의경이부터 단단히 굳히려고 급기야에는 화개동 집 사랑으로 끌고 가서 살림을 시키라고 복장을 안긴 것이다.

"이왕이면 화개동 집으로 들어가서 살자지. 어차피 나는 쫓겨날 거요. 화개동 마누라는 큰집으로 들어갈 것이니까, 얼른 서둘

323 성질이 너그러운 맛이 없다.

러야지. 그렇지 않으면 홍경애에게 자리를 뺏길걸…….”

수원집이 이렇게 충동이지 않아도 매당은 벌써 계획이 선 것이었다. 수원집으로서는 어서 떼어 가질 것을 떼어가지고, 태평통에 있는 집을 달래서 옮아가자는 것이다.

유서대로 삼 년씩이나 상청[324]을 지키고 있을 맛도 없거니와 따로 나가 앉아야 남편을 골라도 고르고 정미소를 삼분파하자고 떼도 써볼 수 있지, 한집 속에 있으면 맞대해놓고 싸우기도 어렵다. 어쨌든 그러자면 화개동 집이 뒤집혀서 덕기 모가 밀고 들어오게 되고 따라서 수원집이 쫓겨 나가는 모양이 되면 남 듣기에라도 삼 년 못 참아서 제 몫만 찾아가지고 달아났다고는 안 할 것이요, 도리어 내쫓은 며느리가 심하다고 할 것이다.

아니나 다를까. 의경이가 오던 이튿날 덕기 모가 아들에게 쭈르르 와서 하소연을 하니, 아들도 그럴듯이 듣는 모양이다. 수원집은 속으로 웃으며 저희가 무어라 할 때까지 가만히 거동만 보고 있었다. 뻔한 일이지마는 계획이 의외로 속히 귀정 날 것 같은 기미를 본 수원집은, 의경이가 첫날 다녀온 뒤로는 어린 마음에 아예 가기 싫어하는 것을 매당과 함께 달래서 날마다 화개동으로 쫓아 보내는 것이었다. 큰마누라에게 등쌀을 대자는 것이다. 어제도 며칠 있다가 오마던 의경이가 밤중에 또 달겨든 것은,

“그래서는 안 된다. 인젠 거기가 제 집인 줄 알고 꾹 들어앉았어야지, 갑갑하다구 쭈르르 오면 어쩌는 거냐.”

하고 나무라고 구박을 하여 쫓아 보낸 것이다. 이튿날 상훈이는

324 죽은 사람의 영위 등을 벌여놓은 곳.

경애가 정말 아침결에 달겨들면 한집 속에 세 계집이 맞장구를 칠 것이 싫어서 의경이를 얼른 매당집으로 쫓아 보내려는 판인데, 겨울 해에 열시도 못 되어서 경애는 달겨들었다. 의경이가 아침이면 간다니까, 몸은 고되건마는 꼴이 보고 싶어서 일찍이 동한 것이다. 이편에서 싫어하는 것같이 되어서는 돈도 아니 나오고, 체면도 좋지 못하니까, 의경이 때문에 물러나는 것처럼, 뒤집어씌워야 말하기가 어엿하기에 그러는 것이다.

경애는 다짜고짜 안으로 들어갔다. 주인마님은 안방에서 유리 구멍으로 내다보다가, 고개를 오므라뜨리고 원삼이 처만 부엌에서 밥상을 보다가 그래도 어제 한 번 보아서 낯이 익다고 반색을 한다.

"에구, 어떻게 오세요."

하고 멋모르는 어멈은 안방에다 대고 손님 오셨다고 마님을 부른다. 마님은 시키지 않은 짓도 한다는 듯이,

"왜 그래?"

소리를 몰풍스럽게 지르고 내다보며 인사도 하는 둥 마는 둥이다. 사오 년 전 감정이 그대로 남아 있는 모양이지마는, 사랑에 하나 자빠져 있는데 또 하나가 기어드는 것도 보기 싫고 도대체 이따위들을 딸자식에게 보이기가 싫은 것이다.

"얼마나 속이 썩으십니까. 잠깐 지나는 길에 영감께 권고나 갈까 하고 들어왔습니다."

경애는 얼마쯤 동정하는 소리를 남겨놓고, 사랑으로 나와버렸다.

마루 위로 잡담 제하고 올라서며 문을 똑똑 두드리니 속살속살 이야기하는 소리가 뚝 그치고 상훈이가 마주 나오면서, 몹시

당황해한다. 의경이는 세숫대야를 곁에 놓은 채 체경 앞에 돌아앉아서 머리를 가리고 있고, 영감은 지금 막 일어난 모양이다.

체경 속에 비친 의경이는 잠깐 놀라는 기색이더니 새치미 떼고[325] 빼쭉 웃으며 그대로 빗질을 하고 있다.

"신혼 재미가 어떠신가요. 하지만 이게 뭐얘요. 남의 집 귀한 따님을 데려다 놓고 곁방살이를 시키다니?"

경애가 첫대바기에 농조로 붙이는 바람에 상훈이는 허허 웃고 말았다. 의경이도 거기 끌려 생글하고 돌아다보며 인사를 한다.

이 여자의 입에서 가시 돋친 소리가 나오지 않는 것만은 다행하나, 그래도 노하고 덤비지 않는 것을 보니 상훈이는 마음에 덜 좋았다. 큰마누라가 바가지를 긁는 것은 큰마누라답지 않고 성이 가시기는 하지마는, 그래도 내 사람이기 때문이다. 그러나 경애가 깔깔 웃고 마는 것은 벌써 마음이 천리만리 떨어져 나간 증거다.

"살림이나 시작하시고 구경 오라고 하실 일이지, 한참 재미있게 지내시는 자랑하려고 부르셨소?"

"살림은 누가 살림한대?"

상훈이는 열적게 웃는다.

"또 남 못할 소리를 하시는구려?"

하고 경애는 나무라듯이 남자를 흘겨보다가, 의경이를 돌려다 보며,

"여보 아씨, 이 어른은 곧잘 미친 체하고 떡 목판에 엎드러지는 양반이니 정신 차리고 꼭 붙들우. 그 댁이나 내나 팔자가 사나와 이 모양 되었지마는, 마음을 한군데 꼭 붙이고 풍파 없이 잘

325 쌀쌀맞게 시치미를 떼다.

살아야 하지 않소."

하며 큰마누라나 된 듯시피 이런 듣기 좋은 소리를 한다. 의경이는 생글생글 웃기만 하면서 머리를 틀어 얹고 핀을 여기저기 찌르고 앉았다.

"당신두 거울하고 의논을 해보슈. 머리에는 눈발이 날리고 돈 한 푼이라도 쓰면 없어지는 것은 고사하고 욕애요. 백 원을 쓰면 백 원어치, 천 원이면 천 원어치의 욕을 버는 것은 모르고...... 욕 주머니를 차고 천당에를 가서 하느님께 끌어 올려주십사고 보채실 작정이면 모르겠지만......."

"죄가 무거워서 올라갈 수는 있구요! 해해해."

의경이가 새치기를 하는 바람에 경애도 웃고 말았다. 상훈이는 듣기에 창피도 하고 어쭙지않아 보이기도 하나 경애의 태도가 다시는 말을 붙여볼 여지가 없게 되어가는 것이 안타까웠다. 인제는 단념해버려야 하겠구나―하는 생각을 할수록 더욱 마음이 끌리고 아까운 생각이 간절하다.

보기에는 그렇지 않을 것 같건마는 진탕 먹고 입고 법석을 하거나, 진고개 바닥으로 싸지르며 쓸 것, 못 쓸 것 흥청망청 사들이거나 하며 세월을 보내야지 그렇지를 못하면 온종일을 톡톡 쏘고 짜증만 내는 이런 어린애는 하루이틀은 데리고 지내기에 재미가 날지 몰라도, 길게 갈 것 같지가 않다. 벌써 초로初老의 고비를 넘어선 자기에게는 철이 들고 살림을 잡을 만하게 된 경애가 알맞게 생각이 드는 것이다. 그러나 아무래도 남의 사람 같다.

"병화가 장사가 다 뭐야? 어젠 또 무엇 때문에 잡혀들 갔더란 말인가?"

이번에는 상훈이가 한마디 걸어보았다.

"남의 걱정은 왜 이렇게 하슈! 지금 남의 걱정 하시게 되셨소?"

경애는 병화라는 이름을 쳐드는 것까지 듣기 싫어서 핀잔을 준다.

"남의 걱정이 아니라 그 모양으로—끌고 다니는지, 끌려다니는지 알 수 없으나—어쨌든 장사는 고사하고 큰코다치지!"

"속 시원한 소리두 퍽 하슈. 그러기에 내가 차지를 하자면 저 들여논 돈을 얼른 빼내주어서 배송을 내자는 거지."

"모두 얼마만 있으면 된단 말야?"

상훈이는 다가앉는 말눈치다. 의경이의 눈은 깜작깜작하여지며 다음 말에 귀를 반짝 든다.

"이천오백 원—삼천 원까지는 있어야 될걸?"

두 사람은 잠자코 말았다. 상훈이는 그 돈만 내놓으면 병화를 내쫓겠느냐고 다지고 싶으나 의경이 때문에 입을 담쳐버리는 것이다.

안에서 어멈이 밥상을 들고 나온다. 겸상이다.

"나는 세수도 안 했는데, 왜 이리 급하냐?"

주인 영감은 역정을 내면서, 일어서는 경애를 붙든다. 자기는 나중 먹을 테니 여자들끼리 먼저 먹으라는 것이다.

"두 분이 재미있게 자실 것을 입이 부르게!"

하고 경애가 코웃음을 치며 일어서려니까 사랑문을 찌걱찌걱 흔드는 소리가 난다.

어멈이 상을 놓고 나가서 여니, 경애 모친이 들어온다. 전도부인처럼 손에는 검정 우단 주머니를 들고 자줏빛 목도리를 코

밑까지 칭칭 감았다. 모녀는 서로 놀라며 주춤하고 상훈이는 어이없이 헤헤 웃으면서 바라만 보고 섰다.

경애는 모친을 그대로 끌고 가려 하였다. 아까 말눈치 같아서는 밑천을 해줄 모양인데 공연히 더뜨려놓으면 창피만 스럽고 뿔끈하는 성미에 내키던 마음이 다시 들어갈까 보아, 앞질러 모친을 달래려 한다.

그래도 모친은 한바탕 푸념을 한 뒤에 모녀를 못 데려가겠거든 일평생 먹을 것을 내놓거나, 그것도 안 들으면 재판을 하겠다고 막 잘라 말을 하였다.

"자식두 걸어서 재판질을 한다는데 왜 내가 재판을 못 하겠니! 너는 무엇하러 비릿비릿하고 구칙칙하게 줄줄 쫓아만 다니는 거냐? 세상에 사내가 동이 났더냐?"

이 마님의 입이 언제부터 이렇게 막 뚫은 창구멍이 되었는지 상훈이는 예배당 시대를 생각하면 자기도 변하였지마는 놀라지 않을 수 없다.

자식을 걸어서 재판질을 한다는 것은 상훈이 들어보라는 말이다. 정미소를 덕기가 두말없이 곱게 바치면 모르거니와, 그렇지 않으면 소송이라도 제기한다는 소문이 나기 때문이나 이것은 창훈이와 최 참봉의 입에서 나온 말이다. 이 두 사람은 깔끔한 덕기에게 붙어서 먹을 것이 없을 상싶은데, 또 한 가지는 상훈이가 초상 때에 무시를 당한 것이 분해서, 돌아간 노영감의 중독 문제를 쳐들어 내어 흑백을 가리려는 기미가 보이자, 상훈이를 달래고 첨을 하느라고 돌라붙어서, 정미소를 안 내놓으면 소송한다고 떠들고 다니는 것이다. 이것은 우선 음포[326]지만 그 길에 지금 들어 있는 집도 내놓으라는 것이다. 그것은 노영감이 전답은 대부분을 덕기의 명의로 바꾸어놓았으니까 꼼짝 건드릴 수 없으나 이 큰 집만은 명의를 그대로 두고 덕기가 들어 있으라고 유서를 썼을 뿐이니까, 법률상으로 상속권이 있는 상훈이가 주장을 하면 차지할 수 있기 때문이다. 물론 덕기가 일을 거칠게 할 리가 없는 것을 알기 때문에, 상훈이를 에워싸고 있는 놈들이 변죽을 울리고 다니는 것이다.

어쨌든 경애 모친은 이렇게까지 막 잘라 말하려고 온 것은 아니었는데, 의경이를 보니 자기 딸이 밀려날 것 같아서 괘달[327]이 나온 것이다. 그러나 길거리에 나와서는 금시로 후회를 하고,

"말이 그렇지만 어린것을 생각하기로 아주 인연을 끊는 수야 있니. 입에서 젖내 나는 것하고는, 꼴 보니 오래갈 것 같지도 않지 않으냐."

하고는 이번에는 다시 딸을 달래려 한다.

경애는 모친의 얼굴을 치어다보았다. 모친의 성품이 이렇게 변한 것을 인제야 안 것은 아니나 마음에 싫었다. 더구나 상훈이를 놓치는 것이 아까워하는 양이 답답하였다.

이날 낮에 덕기 모친은 침모더러 안세간을 큰집으로 실려 보내라고 일러놓고 휙 나와버렸다. 영감은 암만해야 쇠귀에 경 읽기로 점점 더 빗나갈 뿐이요, 늙은 년 젊은 년들이 신새벽부터 패패이 꼬여들어서 저자를 벌이는 그 꼴이야 인제는 더 볼 수 없다는 것이다. 상훈이는 마누라가 큰집으로 들어간대야 그다지 시원

326 엄포.

327 거칠고 뻔뻔한 성미와 심술.

할 것도 없으나, 되어가는 대로 내버려두었다.

아들이 왔다 갔다 하고 한참 뒤숭숭하였으나, 결국 이틀 후에는 모녀가 큰집으로 옮았다. 원삼이 내외는 있을 맛도 없는 판에, 매당이 제 사람을 들이려고 행랑도 내놓으라니까 마침 잘되었다고 산해진에 가서 일을 보기로 하고, 효자동 근처에 셋방을 얻어 갔다. 원삼이는 비로소 행랑살이를 면하고 상점원이 되었다.

덕기 모친의 세간을 부덩부덩 디미니 수원집은 안방은 내놓지만, 삼년상이나 마쳐야 떠나지 않느냐고 점잖게 버티어보았다. 어쨌든 난 모르니 자기 세간은 광 속에라도 몰아넣고 방 하나만 내놓으라 일러놓은 후 화개동으로 조카님—의경이가 집 드는 구경을 갔다. 인제는 매당집의 마당에서 마주칠 때와 같이 상훈이에게 싸고 기우고 하지도 않거니와, 상훈이 역시 덕기에게 대한 불평이 같기 때문인지 서모와 매우 구순하게 지낸다.

매당은 신이 났다. 시집간 딸을 세간이나 내주듯이 큰마누라의 세간짐이 문전을 채 떠나기 전에 동생 형님 하는 축을 앞뒤로 거느리고 쭉 들어섰다. 그래야 매당이 가지고 온 것이라고는 성냥통 한 갑뿐이다. 집 안을 들부셔내고 안방에 채를 잡고 앉아서 세간을 사들이는 판이다. 살던 솜씨요 하던 솜씨라, 발기가 머릿속에 있고 말 한마디면 떼그르 하고 영등같이 들어서는 것이다. 심부름꾼은 창훈이와 최 참봉이다. 이 마누라쟁이의 손으로 수양딸 조카딸 아우님 들의 세간을 일 년에도 한두 번 내는 것이 아니요, 그럴 적마다 최 참봉이 심부름을 한 것이니 최 참봉도 이력이 뻔하다. 그러고 보니 종로 각 점방에서도 매당이 적어 내보내는 발기면 두말없다.

'값은 좀 비싸도 물건만 좋은 것으로'라는 것이 마누라의 심탁[328]이다. 어차피에 돈 쓰는 놈은 따로 있는 바에야 사는 사람도 그렇겠지마는, 파는 사람도 물건만 눈에 차게 쭉쭉 뽑아서 들여놓아 주면 한 푼 깎지 않고, 군소리 없이 제꺽제꺽 치러주게 하니, 이 마누라의 신용과 위세가 더 떨치는 것이다.

장전에 기별해서 화류 삼층장, 체경이 번쩍거리는 의걸이, 금침은 아직 없어도 금침장, 사방탁자, 문갑, 요강 받침, 체경, 보료, 안석, 장침, 사방침, 무엇무엇…… 찬장, 뒤주는 찬간으로 들여 모시고 마루에는 양식으로 꾸밀 터이란다. 유기전이요, 사기전이요, 드팀전[329]이요…… 삼백 석을 한목에 팔아 대라는지 정말 혼인집 같이 며칠을 두고 엉정벙정 법석이다. 마누라가 홧김에 솥도 빼어가지고 갔기 때문에 부엌에서는 솥을 거는데 건넌방에서는 이 집 저 집 침모 마누라가 모여 와서 금침을 꾸미기에 부산하다. 그래야 원삼이 친구들은 한 푼 벌이 구멍에 걸리지도 못하고 세간짐이 들어갈 때마다,

"며칠이나 살려누?"

"어떤 히사시가미[330]인지 큰마누라 내쫓는 날로 저렇게 껄어들이고서도 신상이 좋을라구!"

하고 숙설거리는 것이었다.

"나두 딸 하나만 얌전히 두었으면 부원군노릇 한다네……."

"이르다뿐인가! 우리 언년이 년을 열두 살만 먹여 기생방에

328 굳게 믿어 지키고 있는 생각.

329 유기전은 놋그릇을 파는 가게고 드팀전은 피륙을 파는 가게.

330 앞머리를 모자 차양처럼 내밀게 한 머리로 여학생들 사이에 크게 유행해 여학생의 별칭이 되었음.

박네고려…….”

“그래서?”

“다섯 해만 키우면 ×× 대감 막내 마마가 되네그려.”

“압다, 말만 하게그려.”

양지에 팔짱을 끼고 서서 주거니 받거니 시장기도 잊어버린 모양이다.

“더 들어는 뭘 하나! 그때 쓱 올라서면, 변리[331] 놔서 두 잔 낼 테니, 오늘 한 잔 내보란 말이지.”

“그거 좋은 말일세. 그 변리 한 잔부터 자네가 내보게. 오 년 후에 먹을 거다가 먹세그려나?”

“아차차! 언년이부터 어서 만들어놓아야 하겠네. 하하하!”

“허허허…….”

객쩍은 입씨름이 충복[332]이나 된 듯시피 껄껄 웃고 만다.

매당은 집 든 지 대엿새 만에 이 상점 저 점방에서 뽑아 들여온 청구서 한 묶음을 상훈이 앞에 내놓았다. 상훈이는 펴보지도 않고 그대로 집어서 최 참봉을 주며 덕기에게 갖다가 주라고 명하였다.

덕기는 최 참봉이 주는 청구서 뭉치를 받아서, 한 장 두 장 떠들쳐 보다가 발기 뒤의 총계 일천사백 몇십 원이라는 것을 보고 입을 쩝쩝 다시었다.

“이전에 가져가신 저금통장만 해두 사천여 원은 남았던데, 그건 다아 무얼 하셨기에 이걸 내게루 보내시면 어떡하란 말씀인

331 이자.
332 고픈 배를 채움.

지?……"

저금통장이라는 것은 장사 후에 부자가 유서를 꺼내 보고 나서 땅문서는 건드리지 않고 장비 쓰고 난 예금통장 하나를 부친이 집어넣고 간 것이다.

"그건 고사하고 지금 쌀 한 섬에 십사 원밖에 안 하는데 백 석을 팔아야 이 돈이 나옵니다!"

덕기는 딱하다는 듯이 혼잣소리처럼 하며 문서를 척척 접어 밀어놓는다.

"글쎄, 나 역 모르겠네마는 어르신네 분부니까 자네 알아 할 것 아닌가."

어르신네 분부라는 말에 덕기는 잠자코 앉았다가 청구서 뭉치를 문갑에 넣었다. 이튿날 낮에 덕기는 대관절 어떤 형편인가 하고 화개동으로 올라갔다.

안방에서는 떠들썩하고 마루에서도 요란스러이 도마질을 하는 한편에서 상을 보고 무슨 잔칫집 같으나 그보다도 덕기는 들어서면서부터 집을 잘못 찾았나? 하는 생각이 들 만큼 모두 눈 서투르다. 세간이 눈 서투르고 사람이 눈 서투르다. 마루 끝에 여자의 흰 고무신이 쭉 늘어놓인 것을 보고는 축대 위에 올라설 용기도 아니 났다. 뜰과 마루에서 오락가락하며 음식을 차리던 여편네들은 낯 서투른 남자 손님을 흘금흘금 바라들만 보다가 누구인지 안방에 대고 소리를 치니까, 방 안이 잠잠해지며 최 참봉이 내다본다.

"어서 올라오게. 아버니 여기 계시이."

덕기는 하는 수 없이 마루로 올라서려니까 방 안에 뿌듯이 들어앉았던 젊은 색시들이, 군호나 부른 듯이 와짝 일어서며 미인의 시선이 일제 사격을 하는 바람에 덕기의 얼굴은 화끈 달았다. 어떤 얼굴이 어떻게 생기고 누가 무엇을 입었는지는 눈에 하나도 보이지 않았으나, 그 여자들이 들어서는 자기와 바꾸어 행렬을 지어 마루로 나가는 것을 보니, 소리를 배우고 파해 가는 기생들 같다.

'무슨 잔친가? 집알이들을 온 건가?'

하는 생각을 하며 방 안에 들어서니까, 소복한 서조모가 서모와 함께 일어나며,

"어서 오게."

하고 알은체를 한다. 그 옆으로 앉았는 우둥퉁하고 거북살스런 중로 부인은 매당일 것이나 아랫목 새 보료 위에 앉았던 부친은 좀 어색한 눈치였다. 창훈이는 눈에 안 띄고 최 참봉이 문 밑으로 앉았다.

"어젠 예서 주무셨습디까?"

덕기는 어제 서조모가 집에 들어와 자지 않은 것을 생각하고 인사로 한마디 하였다.

"응, 한데 어떤가? 아주 딴 집같이 눈이 부시지?"

수원집은 덕기가 무슨 말을 하러 온 것인 줄 짐작하기 때문에 짓궂이 이런 소리를 하고 방 안을 돌려다 본다. 덕기도 아무 말은 아니하였으나 무심코 방 안을 둘러보았다.

유리같이 어른거리고 찬란한 속에서도 덕기의 눈을 놀라게 하는 것은 방 안 사람의 얼굴이 아랫목에서도 보이고 윗목에서도 보이고 맞은 벽에도 자기의 얼굴과 그 뒤에 일자로 쭉 걸린 여자

만또와 조바위와 목도리들이 찬란히 행렬을 지어 있는 것이다.

무심하였더니 덕기의 뒤에도 체경이 달려서 마주 달린 체경이 서로 몇 겹으로 반사를 하는 것이었다. 도대체 이 집은 체경으로 도배를 한, 말하자면 체경방이다. 매당집의 고안이겠지마는 이것은 또 무슨 취미인구? 하며 덕기는 오래 앉았었을수록 알지 못할 후터분한 공기가 압박을 하는 것을 깨달았다.

"어제 그건 봤니?"

부친이 비로소 말을 붙이나 아들은 다음 말을 기다리고 가만히 앉았다.

"치를 수 없거든 거기 두고 가거라."

역정스런 목소리나 여자 손들이 많은데 구차스럽게 세간값으로 부자 충돌을 하는 꼴은 보이기 싫기 때문에 아들의 입을 미리 막으려는 것이다.

"안 치러드린다는 것은 아닙니다마는……."

덕기는 너무 오래 잠자코 있을 수 없어서 말부리만 따고 또 가만히 고개를 떨어뜨리고 앉았다. 그러나 복통이 터져서 속은 끓었다. 속에 있는 말이나 시원스럽게 하고 싶으나 부친 앞에서 더구나 조인광좌 중에서 그럴 수도 없다.

"이 판에 용이 이렇게 과하시면 어떡합니까. 여간한 세간 나부랭이야 저 집에 안 쓰고 굴리는 것만 갖다 놓셔도 넉넉할 게 아닙니까?"

안방 치장 하나에 천여 원 돈을 목아서[333] 들인다는 것은 생돈

333 온통 한데 몰아서.

잡아먹는 것 같고 누가 치르든지 간에 어려운 일이다.

"이 판이 무슨 판이란 말이냐? 그따위 아니꼬운 소리 할 테거든 그거 내놓고 어서 가거라. 안 쓰고 굴리는 세간은 너나 쓰렴!"

영감은 자식에게라도 좀 점해서[334] 그런지 화만 버럭버럭 내고 호령이다.

"할아버니께서 산소에 돈 쓰신다고 반대하시던 걸 생각하시기로……."

"무어 어째? 널더러 먹여 살리라니? 걱정 마라. 아니꼽게 네가 무슨 총찰이냐? 그러나 정미소 장부는 이따라도 내게로 보내라."

부친은 이 말을 하려고 트집을 잡는 것이었다.

"정미소 아니라 모두 내놓으라셔도 못 드릴 것은 아닙니다마는, 늘 이렇게만 하시면야 어디 드릴 수 있겠습니까."

"드릴 수 있고 없고 간에, 내 거는 내가 찾는 게 아니냐?"

"왜 그렇게 말씀을 하셔요. 제게 두시면 어디 갑니까?"

"이놈, 불한당 같은 소리만 하는구나? 돈 천도 못 되는 것을 치러줄 수 없다는 놈이 무어 어째?"

부친은 신경질이 일어났는지 별안간 달겨들더니 주먹으로 뺨을 갈기려는 것을 덕기가 벌떡 일어서니까 주먹이 어깨에 맞았다. 병적인지 벌써 망령인지는 모르겠으나 점점 흥분하게 해서는 아니 되겠다 하고 마루로 피해 나와버렸다. 그러나 금시로 정이 떨어지는 것 같고, 그 속에 앉은 부친은 딴 세상 사람같이 생각이 들었다. 신앙을 잃어버리고 사회적으로 활약할 야심이나 희망

334 부끄럽고 미안하다는 뜻인 '점직하다'의 준말.

까지 길이 막히고 보면야, 생활이 거칠어가는 수밖에는 없을 것이라고 동정도 하는 한편에, 이미 신앙을 잃어버린 다음에야 가면을 벗어버리고 파탈하고 나서는 것도 오히려 나은 일이라고도 하겠으나, 노래에 이렇게도 생활이 타락하여갈까 하고, 덕기는 부친에게 반항하기보다도 다만 혼자 탄식을 하는 것이었다.

집에 돌아온 덕기는 십 원, 오십 원 많은 것은 백 수십 원 되는 소절수를 십여 매나 떼어서 상점 발기와 함께 지 주사를 내주고 곧 가서 셈을 치르고 오라 하였다.

부친의 첩치가는 끝났으나 또 급한 것이 수원집 처치다. 어린 애를 데리고 본가로 갑네 하고 나가 앉았으니, 트집은 트집이요 하여간 집이 급하다. 태평통 집을 급히 내게 하고 들어앉게 하여 놓으니까, 수원집은 이사할 분별은 꿈도 안 꾸고 손부터 내민다. 자기 몫을 어서 내라는 것이다. 그러나 여자들의 몫은 삼년상이 끝날 때까지 맡아두라는 것이 조부의 유언이다.

"지금 아니 가져가시기루 축이 나겠으니 걱정이슈? 삼 년 받드는 동안 내가 시량[335] 범절을 아니 댈 테니 돈 쓸 일이 있어 그러슈? 할아버니 유언을 어쩌면 달이 가시기두 전에 거역한단 말씀요."

"삼년상 안 받들고 내가 딴 맘 먹을까 봐 그런 유언을 하셨는지 모르지마는, 그래 나를 그렇게 못 믿더란 말인가?"

"못 믿기로 말하면야 나를 못 믿어 그러시는 거 아니겠소?"

"그야 내 칼두 남의 칼집에 들어가면 찾기 어렵지 않은가. 재물이란 조화가 붙은 것이라 앞일을 뉘 알리!"

335 땔나무와 먹을 양식을 아울러 이르는 말.

이 모양으로 이틀을 두고 실랑이를 한 끝에 수원집이 아주 집을 든다는 날 부친이 와서 금고 문을 열라는 엄명에 열고 말았다.

"줄 건 어서 주어버리지 잔뜩 붙들고 있으면 무얼 하니. 가겠으면 가구 제 정성 있으면 삼 년이라두 붙어 있는 거요."

부친의 의견대로 수원집 모녀 몫을 내주는 길에 부친의 삼백 석도 가져갔다. 나눌 것을 다 주고 나니 덕기는 한시름 잊었다. 지 주사만은 오백 원을 주니까, 도리어 맡아두라 한다. 나 죽거든 장비 쓰고 남는 걸랑은 단 하나 남은 딸에게 주어달라는 것이다. 장비야 염려 말고 쓰고 싶은 대로 쓰든지 딸을 갖다 주라니까, 쓸 데도 없거니와 딸이 굶을 지경은 아니니 하여간 그대로 두라는 것이다.

부친의 첩치가에 과용을 하였느니 큰마누라를 내몰았느니, 수원집의 하는 소위가 가증하다느니 말은 많았어도 모친을 모시게 되고 부친이나 수원집도 소원대로 자리를 잡고 나니 일이 모두 제 자국에 들어선 셈이다.

애련

덕기는 이만하면 한시름 잊게 되었으니 이번 초하루 삭망이나 지내고 나서 경도로 떠날 작정을 하였다. 시험 준비도 충분치 못하고 어떠면 추후 시험을 보게 될지 모르나 왕복 두 달 예정만 하면 졸업장을 맡아가지고 와서 경성제대의 본과에 들어가리라는 예정이다. 그러나 이월 초하루 삭망도 지내고 막 떠나려는데,

신열이 나고 감기 기운이다. 쓰고 누울 지경은 아니니까, 하루 연기하지 하고 지 주사가 몇 해 동안 약시중하던 솜씨로 집 안에서 지어주는 약 두 첩을 써보았으나 좀처럼 열은 내리지 않는다.

겨우내 유행하던 독감이 왔나? 하고 병원에를 가보니 그런 증세라 한다. 게다가 초상을 치르고 병화 일로 해서 연일 밤늦게 돌아다니고 무어니 무어니 집안 정리에 푹 지쳐서 몸살이 난 모양이다. 오한이 심한 저녁때 안방에 들어와 누워버린 것이 이틀 사흘 이내 일어나지 못한 것이 벌써 대엿새 되고 말았다.

병화가 삼사일 두고 무심히 지내다가 전화를 걸어보고 뛰어와 본 것은 한참 열에 떠서 신고할[336] 때였다. 그렇게 열에 떴으면서도

"그래 장사는 잘되나? 인젠 형사는 쫓아다니지 않나? 필순 양의 어른은 경과가 좋은 모양인가?"

하고 연거푸 묻는 것이었다. 병화가 돌아와서 필순이더러 덕기가 부친의 병위문을 하더란 말을 하니까, 필순이는 좋아하면서,

"에그 어쩌나? 그렇게 신세를 짓구 난 가 뵙지두 못하구……."

하며 애를 쓰는 것을 보고 병화는 그 심정을 모르는 것은 아니나 못 가볼 것이 뭐냐?고 한다든지 가보라고 권하지는 않았다. 병화와 원삼이가 아침저녁으로 돌려가며 문안을 다니는 것을 보고도 필순이는 혼자 속으로 애절을 할 뿐이요 가겠다는 말을 냅뜰 용기가 아니 났다.

모친도,

"저를 어쩌나? 인사두 못 가구……."

336 고생하다.

하고 애를 쓸 뿐이다. 저편이 하두 부자라니 정성이 부족한 것은 아니나 감히 엄두를 못 내는 것이다. 그러나 병화가 한 사날 후에 위문을 갔다 오더니,

"필순이, 과일이나 한 광주리 싸가지구 좀 가보지?"

하고 똥겨준다. 그 말이 떨어지기를 기다렸던 듯이 필순이는 반색을 하면서도 그래도 망설이었다. 첫째 무엇을 입고 가나? 병원 같으면 몰라도 그 크낙한 집에를 어떻게 들어갈 수 있을까 부끄러운 것보다도 겁이 났다. 그러나 병화는,

"무얼 그래? 그 집두 사람 사는 집인데……. 어서 갔다 와요. 좀 보내달라기에 보내마 하고 왔는데."

하며 귤이며 사과, 배를 과일 광주리에 주섬주섬 넣는 것이었다.

"과일을 좀 보내달라세요?"

필순이는 귀가 반짝 띄며 채쳐 묻는다.

"응."

"그럼 원삼 씨 들어오건 갖다 두구 오라죠."

필순이는 자기를 보내라는 것이 아니라 과일을 보내라는 것에 지나지 않다는 말눈치에 실망한 것이다.

"아무나 가져가면 어떨꾸. 아주 그 김에 인사라두 때구 오면 좋지 않아?"

실상은 덕기가 필순이를 좀 만났으면 하는 눈치기에 가라고 한 것이나 그댓말을 당자에게 하기는 싫었다. 필순이가 덕기에게 가까이하지 못하게 하자는 것이 아니라 공연히 어린 마음을 더 뒤숭숭하게 더뜨려놓을까 무서운 것이요 또 혹은 덕기로서 생각하면 저희에게 하노라고는 하였는데 어쩌면 한 번도 아니 들여

다보나? 하는 고까운 생각으로 연해 필순이 편 사정을 묻는 것인지도 몰라서 이러니저러니 말할 것 없이 어쨌든지 과일이나 가지고 가보라는 것이다.

"괜히 옷 걱정을 하는 게지? 부잣집이기루 수단[337] 치마를 입어야 가나? 반찬장수가 그런 걸 떨치구 나서면 되레 흉봐요."

필순이는 아픈 데를 꼭 집어낸 것에 부끄러우면서도 힘을 얻었다. 사실 아무렇게나 입고라도 인사를 가야 옳겠다고, 부끄러우니 뭐니 교계[338]치 않고 나섰다.

그러나 일러주는 대로 전차를 구리개 네거리(황금정黃金町)에서 내려서 수하정水下町으로 찾아 들어가 솟을대문 문전에를 다다르니, 고개가 옴츠러지는 듯싶고 가슴이 설렁하여 공연히 혼자 쭈뼛쭈뼛할 수밖에 없었다. 무어라고 부를 수도 없고 불쑥 들어갈 수도 없어 한참 망설이고 섰으려니까, 어멈이 행주치마 밑에 밥그릇인지 무언지 불룩이 집어넣고 나오다가 물끄러미 치어다보며,

"왜 그러우?"

하고 말을 건다. 그대로 갈 수도 없고 망단한 판에 살아난 듯싶다.

"저어, 산해진서—효자동서 과일을 가져왔는데요."

필순이는 아는 남자의 병위문을 온 것이 아니라, 병화의 심부름으로 왔거니 하는 생각을 하니 의외로 말이 당돌히 나왔다.

"들여다 두슈."

어멈은 그대로 자기 방으로 들어가려는 눈치다. 그러나 어멈을 놓쳤다가는 큰일이다.

337 수놓은 것같이 짠 비단.
338 서로 견주어 살펴봄.

"어렵지마는 이것 좀 들여다 둬주세요."

방문을 열고 춘데 어서 들어가려는 어멈을 매달리듯이 붙들었다. 어멈은 필순이를 한참 위아래로 훑어보고 나서,

"배달해 온 거란 말요?"

하고 다지며 광주리를 받아 들고 안으로 들어갔다. 배달부냐? 친구로서 위문품을 가져온 거냐?는 말눈치다. 아무렇거나 필순이는 그대로 두고만 가더라도 자기가 위문을 다녀간 줄은 알 것이니 그것이 도리어 다행하다고 약은 꾀가 난 것이다. 필순이는 어멈이 들어간 뒤에 안에서 무어라나 덕기의 말소리가 듣고 싶으나 누가 뒤에서 붙드는 거나 같이 줄달음질을 쳐서 나왔다.

금단추의 학생복을 아무렇게나 입고 좁아터진 점방에 와서 귀떨어진 소반에 설렁탕 뚝배기를 놓고 먹던 그 덕기가 저런 고랫등 같은 집의 주인이라는 것은 정말 같지 않다. 덕기는 좋아도 솟을대문이 싫었다. 솟을대문이 정을 떼어놓는 듯싶다. 돈 없는 덕기였다면 얼마나 좋았을까 싶다.

그러나 그런 팔자 좋은 부잣집 서방님이 무엇하자고 병화와 어울려 다니고 자기 같은 사람과도 사귀는지 알 수가 없는 일이다. 돈 있는 덕기이기에 경의를 표하는 것이 세상 사람의 상정일 텐데, 돈 없는 덕기였다면 좋았겠다고 생각하는 자기가 이상한 것은 조금도 생각지 않고 이 처녀는 돈 있는 청년 같지 않게 소탈한 덕기를 더 이상히 생각하는 것이었다.

"여보, 학생! 여보, 나 좀 봐요!"

그러지 않아도 누가 뒤에서 부르는 것만 같아서 뒤를 돌려다보고 싶은 유혹과는 딴판으로 홍녀케[339] 골목을 빠져나오려니까

뒤에서 아까 그 행랑어멈이 헐러벌떡 뛰어오며 부른다. 필순이는 반가운 생각이 들며 돌쳐섰다.

"여보 학생, 귀먹었소? 걸음은 무슨 걸음이 그렇게 빠르단 말요?"

학생 아씨라고 부르기도 싫어하거니와 그런 존대를 받아본 필순이도 아니지마는, 필순이의 차림차리로 넘본 어멈은 걸음 빠른 것까지 훌닦아 세우며,

"서방님이 들어오라신다우."

하고 핀잔주듯이 전갈을 한다.

"뭐, 난 바루 갈 테얘요. 할 말씀두 없구."

필순이는 부르는 덕기 생각을 하고 저절로 얼굴이 상기가 되는 것을 깨달았다.

"안 돼요. 할 말이 있거나 없거나 그야 뉘 알겠소마는, 어서 들어와요. 남 야단 만나지 않게스리."

이번에는 핀잔만 주는 게 아니라, 빈정대는 말눈치를 못 알아들을 필순이도 아니지마는 그것이 귀에 거슬리기보다도 들어갈지 말지 망단해서 고개를 떨어뜨리고 잠깐 섰으려니까,

"남 추워 죽겠는데 무슨 생각을 하구 섰는 거요? 누가 서방님 앞에 올라가서 꿇어앉었으라니 부끄러워 못 들어간단 말요? 창문 밖에서 분부만 듣고 나오면 그만 아닌가."

필순이는 잠자코 따라섰다. 병위문 왔다가 부르기까지 하는데, 그대로 간다는 것은 얼뜬 일이요, 만나보고 싶은 마음이 간절하지 않은 것도 아니다. 부끄러운 말이지마는 세상 밖에 나온 뒤

339 서둘러 아주 빨리.

에 잘사는 집이라곤 가본 일이 없으니 구경이 하고 싶다는 호기심이 한구석에 있기도 하였다.

드높은 축대 위를 어느 편으로 올라가야 좋을지 발이 허청 놓였다. 그래도 사람이 북적댈 줄만 알았더니, 이 큰 집 속이 절간 같이 조용하고 보는 사람이 없는 것은 다행하였다.

"이리 들어오슈."

축대 위에서 건넌방 편으로 향하려니까, 의외로 안방 유리창에서 덕기가 내다본다. 얼떨결에 마루로 올라섰으나 고무신짝을 내동댕이나 치지 않았는지 방에 들어가서도 애가 씌었다.

"밖이 차죠? 어서 앉으슈."

덕기는 반색을 하며 웃어 보인다.

"좀 어떠세요?"

문 밑에 쪼그리고 앉으며 간신히 한마디 하고 고개를 떨어뜨렸다. 언 귀가 녹느라고 그렇겠지마는, 얼굴이 달아오르는 것이 필순이는 속으로 또 걱정이다.

"그건 뭘, 추운데 들구 오시느라고……."

윗목에 놓인 과일 광주리를 건너다보며 인사를 하는 것을 들으니, 필순이는 병화가 보내는 심부름을 온 것만으로 생각하였는데 의외로 생색이 나서 좋았다.

"그래, 아버니께선 그만하시다죠?"

"예에."

모본단 이불을 밀쳐놓고 명주옷에 푸근히 묻혀 앉아서 점잖이 수작을 하는 이 청년의 앞에 앉았기가 점점 괴로워지고 아까 행랑사람의 말버릇을 생각하면 그 주인에게 깍듯한 경대를 받기가 황송한 생각까지 든다.

"시탕하려, 점방 보려, 날은 춘데 참 어려우시겠군요."

"뭐, 요새는 경애 씨하구 원삼 씨가 보아주기 때문에 난 거진 병원에서 해를 보내니까요."

필순이는 그 덕에 한참 보기 흉하게 터졌던 손등도 보얘진 것을 무심히 내려다보다가 살짝 감추려 한다.

"경애 씨두 일을 좀 보나요?"

"예. 요새는 아침에 출근하듯이 와서 온종일 매달려 계시죠."

"허어, 맘잡았군!"

하고 덕기가 웃으니까,

"왜 언젠 달떴던가요? 요새는 살림에 찌던 아씨처럼 행주치마에 게다짝을 끌구 종일 섰답니다."

하고 생긋 웃는다. 촘촘한 하얀 이빨을 살짝 보이며, 고개를 잠깐 옴츠러뜨리다 마는 양이 어린 처녀다워 보였다. 이런 환한 방에 놓고 보니 그 흰 살갗이 도리어 푸르러 보일 지경이요 야윈 얼굴은 영양이 부족한 탓이겠지마는, 도리어 병후에 소복되어 가는 미인에게서 보듯이 청초하고 나릿한[340] 미태媚態[341]가 은연히 떠도는 듯싶다.

"그만 가겠에요."

말이 뜸한 틈을 타서 필순이가 일어서려 한다.

"가만히 계슈. 좀 할 말두 있구, 병원 가시겠군요? 아주 예서 점심 자시구 가시구려."

340 냄새, 공기, 소리가 사람의 감각기관을 약하게 자극하는 데가 있는.
341 아양을 부리는 태도.

덕기는 친숙한 친구의 누이처럼 흉허물 없이 구는 태도다.

"아녜요. 어머니께서 기다리시니까, 어서 가봐야 해요."

하고 필순이가 일어서는 것을 모른 척하고 건넌방에다 대고 아내를 부른다. 필순이는 마루를 건너오는 사람과 마주 나가는 수도 없고 그대로 섰다.

"몸도 채 못 녹이구 왜 이렇게 가슈."

덕기댁은 안방에 들어서며 웃는 낯으로 필순이를 치어다본다. 필순이는 고개를 꼬박하여 보였다. 부푸하고[342] 수더분한 색시라고는 생각하였으나 부잣집 며느리라고 어디가 다른지는 모르겠다.

"앉으시우."

필순이는 하는 수 없이 대접성으로 다시 앉는 수밖에 없었다.

주인아씨의 눈에 비친 필순이는 상냥하고 얌전한 처녀이었다. 활짝 피지는 못하였으나 조촐하고 야쁘장한 색시였다. 옷 입은 것은 볼 것 없어도 어깨통이 꼭 집은 듯하고 몸매가 나는 것도 우둥퉁한 자기로서는 부러웠다. 그러나 남편이 밖에 나가면 이런 여자들하고 교제를 하거니 하는 생각을 하면 역시 덜 좋았다.

효자동 산해진에서 왔다니 누구인지는 짐작하겠으나 그런 반찬가게에 나서서 일하는 여자 같지도 않아 보인다. 그러나 반찬장사치의 딸 같든 안 같든 병화라는가 하는 주인이 날마다 다녀가는데, 이 계집애가 왜 따로이 왔을꾸? 조금 의심이 든다. 김병화의 아내도 아니요, 이 여자가 벌써 바람이 들었나? 하고 다시 치어다보았다.

342 무게는 나가지 않지만 부피가 크다.

남편은 이 색시가 가져온 귤을 먹고 싶다면서,

"무어 점심을 좀……."

하고 눈짓을 한다.

"추우니 뜨뜻한 장국을 해 오구려."

하고 다시 이른다. 과자나 차 같은 것을 가져올까 보아 똥기는 것이다. 이 집 규모에(덕기 대에는 차차 어떻게 될지 모르지마는) 손님 대접이란 밥이요, 정초가 되면 떡국인데 그것도 여간 사람 아니면 내지를 않는 것이다. 다만 덕기 손님에게만은 과자와 차를 내는 것이다. 그도 그럴 것이 하루에도 안팎에 오는 손님이 십여 명씩 되는데, 일일이 어쩌는 수 없겠지마는, 조부의 치부도 그 규모 때문이기는 하다. 그런데 지금 이 손님에게는 뜨뜻한 장국을 차려 오라는 분부다. 극상등 손님 대접을 하라는 말이다.

아내가 고개를 갸웃하며 나가는 것을 보고, 필순이는 일어섰다. 이런 대가에 와본 일도 처음이라, 내심으로 쭈뼛거리는 판에 음식 대접을 한다니 대접이 아니라 죽을 고역을 치르라는 말이다. 더구나 병위문 와서 대접받고 앉았을 수는 없다. 어서 풀어 내보내주었으면 시원할 것만 같다. 올 때는 그립고 다정한 마음으로 왔으나, 맞대하고 보니 이 집 밖에서 보던 덕기와 이 집 안에서 보는 덕기가 딴사람같이 멀어진 것을 깨달았다. 덕기가 반겨하고 다정히 구는 것은 조금도 변함이 없건마는, 어째 고런지 사이에 무엇이 한 겹 가로막힌 것 같고, 여기 올 때까지 공상으로 그리던 감정이 솟아 나오지를 않아서 혼자 실망을 하는 것이다.

"왜 또 일어나슈? 좀 있으면 내 누의도 학교에서 올 것이요, 또 이야기할 것도 있어서 잠깐 다녀가시라고 김 군더러 부탁을 한 것인데…….”

덕기가 부탁을 해서 오라고 하였다니 기쁘기도 하고 뿌리치고 나설 수도 없다. 그러나 무슨 이야기인지 좀체 말을 꺼내지도 않는다.

“아버니께서는 전에 장사하셨나요?”

“아뇨. 학교 교사 다니셨에요.”

“헤에, 그 왜 그만두셨나요?”

“만세 때 그만두신 뒤로는 내리 노시죠.”

이런 이야기하자고 부른 것은 아니겠지마는, 상이 들어올 동안 심심하지 않게 하려는 수작이다.

“그래 만세 때 여러 해 고생하신 게군요?”

“그때는 일 년 반쯤이었대요. 그 후에 사 년 하셨답니다.”

“허어. 그때는 어디서 사셨기에요?”

사람의 내력을 듣는 것은 재미있는 일이지만 덕기는 그 부친의 내력에 더 흥미를 느꼈다.

“영성문永成門 안 살었죠. 영성문학교 바루 옆집에서 살았에요. 이 학년에 올라갈 때 그 풍파가 났답니다.”

필순이는 이야기에 팔려서 어느덧 아까 같은 사렴[343]하고 쭈뼛거리는 마음도 스러졌다.

“그럼, 그땐 아홉 살쯤 되셨겠군요?”

별로 신기한 일은 아니나, 덕기 생각에는 이 여자의 아홉 살 때라면 퍽 먼 날의 한참 귀여운 시절의 일 같다.

343 정분이 두텁지 못해 주저하게 되는 마음.

"어렸을 때 일이니까 어렴풋하지마는, 우리 어머니께서두 그 때는 우리 아버님같이 단단하셨죠."

하고 필순이는 열렬이란 말이 아니 나와서 단단하였다고 한 것이 우스웠던지 생긋 웃는다. 덕기도 거기에 끌려 웃었다.

"어쨌든 우리 집은 그때부터 거덜이 났죠. 어머니께서는 그때 영성문학교에 다니셨지마는, 생각하면 어머니께서두 고생 많이 하셨어요."

필순이는 영성문 앞집에서부터 산해진에 이르기까지 근 십 년간 고초가 한꺼번에 머리에 떠오르는지, 그 가냘픈 얼굴을 바르르 떠는 듯싶다. 덕기는 이 소녀의 혈관에도 혁명가의 피가 흐르는가 싶어서 무심코 눈을 내리깔았다.

"그러시겠죠."

남편은 감옥살이나 하고 아내는 학교에서 떨려나고 하면 집 팔아먹고 자식까지 공장에 내세워 벌어먹는 수밖에 없었을 것이다. 그런 처지야 한두 사람이 아니겠지마는, 그동안 자기 집안은 무엇을 했던고? 적어도 부친과 자기는 어떻게 살았던고? 하는 생각이 든다.

"그래두 어머니께서는 그때나 지금이나 변하신 데가 없지요. 거기 비하면 아버니께서는 퍽 변하신 셈이죠. 그렇다구 해서 아버니가 김 선생(병화)과 꼭 의사가 일치하는 것도 아닌 모양입니다마는……."

"흥. 좌우익左右翼에 부친은 중간적 존재시군? 그래 당신은 어느 편이신가요?"

"나두 이편저편 다 들지요."

하고 필순이는 생글 웃는다.

"팔방미인이란 말이죠? 기회주의자이시군!"

하고 덕기도 웃다가,

"그래두 한집 속에서 충돌이 없이 구순히 지내시는 게 용하외다."

하고 감탄한다.

"허기야 일치점은 있거든요. 구차하니 서로 동정하는 것이죠. 피차에 배를 졸라매구 앉았으니, 의견이 틀린다구 말다툼할 기운두 없어 서루 사패를 알아주는 건가 봐요. 그런 점은 가정적이나 사회적이나 일반일 거얘요?……"

덕기는 필순이의 예사롭게 하는 이 말에 확실히 일리가 있다고 생각하였다.

"사실이죠. 사회 운동이나 민족 운동이나 확실히 그 점에 가서는 일치점이 있지요."

"하기 때문에 어머니께서는 김 선생 하시는 일을 못마땅하게 생각하시구 뒷구멍으론 잔소리를 하시다가두, 급한 일이 생기면 도리어 어머니께서 앞장을 서서 서두르시구 무어나 군소리 없이 시중을 들어주신답니다."

필순이는 피혁이 때만 해도 아무 소리 없이 병화가 시키는 대로 정성껏 옷시중을 들어주던 것을 생각하며 이런 소리를 한다.

"그렇겠죠!"

덕기가 대꾸를 하여주며 고개를 끄덕끄덕한다.

"아마 선생님께서두 병화 씨에게 하시는 걸 가만히 뵈면, 집의 어머니 같으신 데가 있는가 봐요?"

"잘 보셨습니다!"

하고 서로 웃어버렸다. 덕기는 영리한 계집애라고 속으로 탄복하는 것이었다.

음식상이 들어왔다. 필순이는 어려서 혼인집에나 환갑집에 가서나 받아보던 듯한 편육이니 누름적이니 마른 과일이니 하는 접시가 늘비한 상이 들어오는 것은 고사하고, 상을 들고 들어오는 사람이 날마다 만나는 원삼이댁인 데에 깜짝 놀라서 반기었다.

"아가씨 오신 걸 알구 부리나케 쫓아왔죠. 어서 많이 잡수슈."

원삼이 처도 제 식구나 거두어 먹이려는 듯이 인사를 하고 긴 소리 않고 물러 나간다.

원삼이 처는, 이 집 행랑것이, 이사 간 수원집의 행랑이 나는 대로 떠나가면, 그 뒤에 대신 와서 살 작정으로 낮에만 와서 시중을 들고 있는 것이다. 셋방살이를 나서, 몸도 편하고 남에게 어엿한 대접을 받는 것은 좋기는 하나, 남편이 산해진에서 버는 잔다란[344] 돈냥으로는 살 수도 없거니와, 이런 크나큰 댁을 버리고 외톨로 나가 살기가 싫다는 것이다. 마님 아씨와 정도 들었지마는 제살이[345]로는 아무래도 굶어 죽을 것만 같아서 안심이 안 되고, 이렇게 풍성풍성히 먹고 입을 수가 없다는 것이다. 덕기는 원삼이 내외의 이 말을 듣고 해방된 흑노黑奴라고 속으로 웃었으나 웃고만 넘길 일이 아니라고 생각하였다.

필순이는 상을 받고 앉아서 얼떨하였다. 작년 가을에 덕기를 처음 만난 것이 서대문 밖 '소바'집이었고, 일전에 설렁탕도 한 상에서는 먹지 않았지마는, 함께 시켜다 먹었다. 그러나 처음 오

344 '잣단'으로 자그마하거나 하찮은의 뜻.
345 남에게 의지하지 않고 자기 힘으로 살아감.

는 스스러운 집의 남자 앞에서 대접을 받기란 그야말로 공경이 체중[346]이었다.

"선생님은 왜 안 잡수세요?"

"난 입맛이 써서⋯⋯ 귤이나 먹죠. 어서 식기 전에 드슈."

덕기가 귤을 까는 바람에 반병두리[347] 뚜께[348]를 여니 떡국이다.

'뭘, 만나던 첫 번에도 변도갑을 무릎 위에 놓고, 국수를 쭈룩 쭈룩 얻어먹었는데!'
하는 생각을 하며, 거기에 기운을 얻어 저를 들었다. 그러나 병원에 있는 어머니 아버지 생각에 목에 걸릴 것 같다. 보는 사람만 없으면 상에 놓은 것을 그대로 싸가지고 가고 싶다.

막 두어 술 넣으려니까, 주인댁이 아이를 안고 들어와 앉는다. 인사성으로 대객 삼아 들어온 것은 고마우나 또 주눅이 들어 얼굴이 다시 취해 올랐다.

"맛은 없어두 많이 자슈."

국수 외에는 하나도 건드리지 않는 것을 보고 덕기댁은 권하더니 아이를 떼어놓고 나가서 자기도 떡국 한 대접을 들고 들어오며,

"나하구 잡습시다."
하며 마주 앉는다. 덕기는 속으로 잘되었다 하고 빙긋 웃었다. 아내의 그런 너름새가 마음에 들었다.

"설에 친 떡이라, 마른 게 잘 붇지를 못했군."

346 몸이 무겁다.
347 놋쇠로 만든 그릇의 하나.
348 뚜껑.

하고 혼잣소리를 하며 편육을 집어 떡국 그릇에 넣어준다. 지금 부엌에서 원삼이 처가 필순이를 칭찬을 하는 바람에 아까보다는 퍽 호의를 갖게 된 것이다.

필순이는 인제야 마음이 풀리며, 이것저것 집어 먹어보았다. 편육도 일 년에 몇 번 술안주 썰 제 도마 머리에서 한두 점 얻어먹던 그 맛이 새롭거니와, 근년에는 설에도 구경 못 하던 전유어[349] 맛이란 잊었다가 새로 찾은 듯싶다. 도대체 겨우내 주리던 통김치를 보니, 그것만 가지고도 밥 한 그릇은 먹겠는데, 그 싱싱한 맛이라니 한세상 나서 잘살고 볼 거라고 어린 마음에 자탄을 하는 것이었다.

상을 물려서 주인댁이 들고 나가니, 덕기는 과일을 권하면서 다락문을 열고 돌아서서 무엇을 훔척훔척한다. 필순이는 병인 갖다 주라고 먹을 것을 싸주려나? 하며 고맙기도 하나 들고 나가기가 부끄러운 걱정부터 하며 고개를 떨어뜨리고 앉았다가 덕기가 돌아앉기를 기다려서,

"그럼 인젠 가보겠에요. 괜히 와서 여러 가지로 미안합니다."

하고 절을 꼬박 하려니까,

"그럼, 어서 가보슈. 이건 아버니 갖다 드려요."

하고 어느 틈에 넣었던지 요 밑에서 봉투를 꺼내놓는다.

"그건 무업니까?"

무언 것을 짐작하는 필순이는 얼굴이 또 홧홧하여졌다.

"떠나기 전에 한번 가 뵙자던 게 그만 늦게 되어서…… 이댔

349 생선전.

것 무어 위문도 못 해드리구 하였기에 마침 오신 길에…….”

“그만두세요.”

“무어 피차 뻔히 아는 처지에,…… 날마다 용에도 어려우실 거요…….”

입원료는 상점에서 그럭저럭 뜯어 대나 쩔쩔맨다는 말을 병화에게 듣고 병화 편에 전해달라려다가, 어차피에 한번 가보고 내놓는 것이 대접일 것 같아야 그대로 둔 것인데, 필순이가 과실을 가지고 온 것을 보니 그대로 보내기가 안되어 내놓은 것이다.

필순이가 일어서려니까,

“또 언제 오시려우? 내일 모렛새라도 틈 있거든 놀러 오시구려. 실상 한다는 이야기도 못 하고 말았지마는, 이렇게 누웠으려니까 갑갑하고 심심해서…….”
하고 서운해서 하는 기색이다. 필순이는 남자의 다정하고도 애소하는 듯한 이런 소리를 듣고 심약해진 병자를 동정하는 마음보다도, 이 남자가 무심중에 뒤로 바싹 끼어안아나 주는 듯한 무서운 마음과 기쁜 생각에, 또다시 얼굴이 볼그레 상기가 되면서 그 말을 누가 들었을까 보아 애가 씌었다.

“예, 봐서요.”

이렇게 얼버무려뜨리면서 나오기는 하였으나, 병원과 달라서 이런 데는 자주 올 수 없지 않으냐고, 방패막이를 미리 해두었다면 좋았다고 생각하였다.

‘하지만 또 오긴 미쳤나!’

필순이는 한옆에서 날마다라도 올 수만 있으면—하고 발버둥질 치는 마음을 나무라듯이 혼잣소리를 하였다. 덕기가 자기에게 무엇 때문에 그렇게 친절한지 그것이 못 믿을 일이다.

'그런 남부럽지 않은 아내에 자식이 있는데, 무에 심심하구 갑갑할꾸?'
하며, 그 말에 솔깃하여진 자기 마음을 어리석다고 스스로 코웃음도 쳐보았다. 언제라고 덕기가 총각이거나 독신 생활을 하는 남자라고 생각한 것은 아니나, 처자를 갖추고 호강스럽게 사는 양을 보기 전과, 본 뒤가 마음에 여간 달라진 것이 아니다. 남자의 다정한 말과 고맙게 구는 태도에 빠질 듯하던 마음이, 그 아내, 그 자식, 그 호화로운 살림을 생각하곤, 자기 따위는 교제도 그만두어 버려야 할 것이라고 낙망에 가까운 단념이 드는 것이다. 아까 그 집 안방에 들어가면서부터 전일에 병원에서나 산해진에서 보던 덕기와는 딴판 같고, 두 사람 사이에 무에 막힌 것같이 제풀에 설면해지던 것도, 이러한 실망과 자곡지심[350] 때문이었다. 그렇게 생각하면 덕기의 그 친절이란 것도 요새 돈푼 있는 집 자식들의 비열한 취미나, 심심파적으로 하는 농락은 아닌가 하는 생각이 든다. 잘못하면 자기도 홍경애 짝이나 되면 어쩌려는구?

약고 고생에 찌들어서 일된[351] 아이가 공장 생활 몇 해에 물은 안 들었어도, 보고 들은 것은 있는지라 그만한 깜냥도 들었고, 앞뒤를 잴 줄을 알았다.

"어머니, 지금 조 선생 댁에 갔다 오는 길인데요……."

병원으로 온 필순이는 어른 몰래 무슨 대담한 짓이나 저지르고 온 듯이 웃으며, 모친의 기색을 살핀다.

350 허물이 있는 사람이 스스로 고깝게 여기는 마음.
351 나이에 비하여 발육이 빠르거나 철이 빨리 들다.

"어, 어떻게? 잘되긴 했다마는……."

인사는 치러야 하겠지마는, 나이 찬 계집애년이 낯 서투른 집 남자를 찾아서 그런 데 한만히 다니는 것이 좋을 것은 없어하였다.

"김 선생님이 과실을 좀 가져다 두라셔서 문간으로 다녀만 오렸더니 자꾸 들어오라겠죠."

"간 바에야 들어가 봐야지."

모친은 말은 이렇게 하면서도 과실을 보내자면야 원삼이 편엔들 못 보내서―하는 생각도 없지 않았다.

"그런데 이걸 주시던데……."

하고 봉투를 꺼내놓으니까,

"그건 또 왜?"

하고 받아 뜯어본다.

'백 원 템이!'

필순이 모친은 반가우며 애가 쓰이며 이상한 표정이다. 돈 백 원이라면 필순이가 직공 시절에도 석 달은 죽을 고생을 해야 받아 오는 것이었다. 과실을 가져갔으니까 대거리로 보내는 것이요, 있는 사람은 백 원쯤 대수롭지 않을지 모르지마는 고마우면서도 마음에 꺼림하지 않을 수 없다. 덕기란 사람이 원체 뉘게나 다정하고 마음이 고와서, 불쌍하게 보고 그러는 것이겠지마는 남의 신세를 이렇게 지고 어쩌나 하는 겁이 어렴풋이 드는 것이었다.

"뭐요?"

부친도 멀거니 바라보다가 묻는다. 덕기가 보냈다니까,

"음……."

하고 무표정한 얼굴로 한숨을 쉰다. 부모들이 그렇게 반색을 하지 않는 기미를 보니, 필순이는 그 집에서 점심 대접까지 받고 왔다는 말은, 이야기 삼아 하고 싶어도 차마 못하였다.

이때껏 부모에게 털끝만한 일이기로 숨기는 것이 없고, 못할 말이 없었건마는, 떡국 대접 받고 또 놀러 오라더라는 말쯤 무엇 때문에 냅뜨지를 못하고, 마음에 무거운 짐이 되게 비밀을 가지게 되었는지, 두고두고 생각할수록 자기 마음을 알 수가 없다.

"그런 줄 몰랐더니 필순 아줌마 숙기두 좋더군. 처음 간 집의 안방에 들어앉아서, 떡국 한 대접을 넙죽넙죽 다 잡수시구……."

이튿날 낮엔가 손님이 뜸해서 난로를 끼고 경애와 단둘이만 앉었자니까, 이런 소리를 불쑥 꺼내며 놀린다. 경애는 딸을 새에 두고 필순이를 아줌마라고 부른다.

"그럼 하는 수 있나! 먹으래긴 하구, 먹구는 싶구, 형님 같으면 그런 때 어떻게 했겠소?"

필순이는 쓴웃음을 머금어 보인다.

"내야 배고프면 내라구 해서두 먹겠지만."

"난 그만 숙기가 없기에? 덕기 씨를 첨 만나는 길루 우동집에 들어가서 쭈룩쭈룩 먹어댄 건 어쩌구! 하하하."

"인제 알았더니 필순 아줌마두 버렸군! 버렸어!"

경애는 일부러 혀를 끌끌 찬다.

"아, 담배 직공 삼 년에 버려두 이만저만 버렸게!"

필순이도 장난의 소리지마는, 이렇게 퐁퐁 말대꾸를 하는 것은 처음 듣는 것이다. 필순이는 별로 비밀 될 것은 아니나, 어머니에게도 숨겨버린 것을 원삼이 처의 입에서 나왔겠지마는 경애가 놀리는 것은 유쾌할 것까지는 없었다. 그러나 필순이는 요새로 신경이 날카로워져서, 뒤게나 대들고 싶은 이상한 충동이 늘어가는 것이었다. 병원에서 날마다 잠자리가 편치 못해서 늘 잠이 부족하지마는, 어제는 쓸데없는 공상으로 눈을 붙인 것이 몇 시간 되지도 않았었다.

"아직 일러요. 남자 교제를 하려거든, 내 인제 좋은 신랑감 하나 골라서 바칠 테니, 그때 가서 국수를 한턱 잘 먹이라구."

"그건 또 무슨 밑두 끝두 없는 소리를 하시는 거요? 일꾸 늦구, 누가 남자 교제를 하구 싶대게!"

경애의 말이 악의 없는 한때 실없는 말인 줄은 알면서도, 덕기와의 왕래를 그야말로 '남자 교제'라고 밀어붙이는 것이 듣기 싫었다.

"그야 내 다 잘 알아요. 하지만 한 살이라두 더 먹은 내 말을 잘 들어두란 말애요. 오늘날 이 꼴이 된 내 처지를 잘 보아두란 말애요."

경애의 말은 어느덧 동생을 타이르는 형의 말씨같이 정다우면서도 심줄이 들어 있었다.

"누가 뭐 어쨌나요? 어제두 선생님이 과일을 가져다 두라시니까 갔던 것이지."

필순이는 얼굴이 발개지면서 변명이 급하였다.

"아니, 그것은 실없는 말이요, 어쨌든 주의하란 말애요. 덕기 같은 사람야 물론 좋은 사람이요 나두 잘 알지마는, 내가 필순 아줌마만 한 때 똑같은 처지에 있었기에, 남의 일 같지 않아서 조심하라는 말이지! 듣기 싫다면 다시는 말하구 싶지두 않지만……."

피차에 무슨 감정이 있는 것은 아니지마는 하고 싶은 말들을 노골적으로 시원스럽게 못 하니, 시시부지[352] 싸운 사람 모양으로 입을 담쳐버렸다. 필순이도 경애 말이 옳은 줄을 모르는 것은 아니나, 덕기의 이름이 경애의 입초[353]에 오르내리는 것이 첫째 싫은 것이었다.

'그는 하여간에 무슨 말을 하겠다는 것인구?'

이야기 끝에 또 머리에 떠오르는 궁금증이 이것이다. 새삼스럽게 공부를 하라는 것도 아닐 거요, 아무리 궁리해보아도 그 외에 자기에게 할 말이 있을 것 같지는 않다.

'일본에를 같이 가자는 걸까? 같이 가서 공부하자는 걸까?'

이런 공상을 하여보고는 얼굴을 혼자 붉히며 고개를 옴츠러뜨렸다.

'나 같은 것은 데려다가 밥이나 치우자구!'

자기의 분수없는 공상을 혼자 비웃어도 보았다. 그러나 다녀온 지 사흘째 되던 날인가 원삼이가 갔다 오더니 넌지시,

"저 댁 서방님이 내일 좀 다녀가시래요."

하는 전갈을 듣고는, 공연히 가슴이 덜컥하며, 자기 신상에 무슨 심상치 않은 변동이 닥쳐올 것만 같은 예감이 드는 것이었다. 물론 아무런 이유가 있는 것은 아니다. 그러나 간다는 것은 큰 짐이다. 병이 나서 기동을 하면 으레 올 거니, 그때에 만나기로 하고 단념하는 수밖에 없다.

"왜 오늘 좀 안 다녀오시겠어요?"

이튿날 낮에 원삼이는 이렇게 똥기었으나,

"어디 갈 새가 있어야죠."

352 끝을 분명히 맺지 못하고 흐리멍덩하게 넘겨버리는 모양.
353 입초시, 입길. 남의 흉을 보는 입놀림.

하고 필순이는 뒤숭숭한 마음을 꾹 참아버렸다.

가지 못할 데라고 단념을 하고 나니, 마음은 가뜬할 것 같은데, 어제오늘은 더 일이 손에 잡히지를 않고, 얼이 빠진 것 같다. 만나고 싶은 간절한 생각이 있다느니보다도, 무슨 말을 하려는지 그것이 궁금하고 애가 쓰이나, 아무리 생각하여도 나설 용기가 아니 났다.

소문

"자네 그 천 원은 헛생색만 내고 말 텐가?"

오라는 필순이는 아니 오고 병화가 저녁때 들르더니, 불쑥 이런 수작을 꺼낸다.

"천 원 주지 않았나? 경찰서 조서에까지 적혔으면야 게서 더한 증거가 어디 있나?"

병화도 껄껄 웃으며,

"그러지 말고 오늘 이행해보게."

하고 덮어놓고 조른다.

"그럴 의사 없는데."

"피스톨 구경을 해야 하겠나?"

"자네는 원체 조선 사람의 돈—흰 돈은 쓰지 않기로 결심하지 않았나. 외국서 들어온 붉은 돈을 가지고 왜倭 음식 장사나 하는 외국 무역상 아닌가? 허허허……."

"무어? 어째? 흰 돈이란 백통전이요, 붉은 돈이란 동전 말인가?"

하며 병화는 또 껄껄 웃었으나 덕기의 입에서 '외국서 들어온 붉은 돈'이란 말이 나오는 것을 듣고 속으로 놀랐다.

"왜? 겁이 나나?…… 하여간 아직도 밑천이 달리지는 않을 것인데, 정말 천 원을 내놓으면 이번에는 감옥까지 가라는 말인가?"

"삼 년 징역을 한다면 천 일이 넘지 않는가? 하루 일 원씩 쳐서 천여 원이니, 우수리는 할인하고 천 원만 내게."

"천 일 일수로 부어가면 어떻겠나?"

"자네는 언제부터 개업했나? 빚놀이두 유산목록의 하나던가?"

병화는 실없이 웃으면서도 기위 덕기의 입에서 '붉은 돈'이라는 말이 나왔으니, 아주 자세한 사정을 말해버릴까 말까 속으로 망설이었다. 필시 필순이에게 들었을 것이니, 도리어 자세한 사정을 말해두는 편이 나을 것 같으나, 도대체 여자란 입이 가벼워 못쓰겠다고 필순이를 속으로 나무랐다.

병화의 생각으로써는 경찰에까지 말썽이 된 천 원이니, 그것을 정말 내게 하여 상점을 확장하겠다는 것도 한 조건이지마는, 또 한편으로는 후일 또 무슨 일이 있는 경우에 덕기가 내었다던 천 원이 실상은 그 소위 '붉은 돈' 속에서 쓴 것이라는 것이 발각되는 날이면, 덕기의 신상에도 좋지 않으리라고 하여 이래저래 끌어내자는 것이다.

"자네, 수단 용한 줄은 알았지마는, 사람을 짓고생을 시키고, 이렇게두 덮테기[354]를 씌워 상관없겠나?"

병화를 얼마간 도와주려는 생각은 없지 않았지마는, 천 원이

354 덤터기. 남에게 넘겨씌우거나 넘겨 맡는 걱정거리.

나 내놓을 수는 없었다.

"사람두, 왜 이리 녹록한가 그럼 천 일 일수 부음세."

결국 자기가 기동한 뒤에 정미소에 나가서 돌려주마고 하였다.

"그런데 요새 이상한 소문이 들리니 웬일인가?"

병화는 제 볼일은 다 봤다는 듯이 총총히 일어서려다가 지나는 말처럼 꺼낸다.

"무어?"

"대단히 좋지 못한 소문인데, 자네 의사한테 돈 먹인 일 있나?"

"무어? 그거 무슨 소린가?"

덕기는 누웠다가 일어나 앉는다.

"글쎄 그럴 리는 없을 텐데! 약을 잘못 써서 노영감이 돌아가셨는데, 초상 뒤에 자네가 의사들에게 돈을 먹인 것을 보면 내용이 있는 일이라고들 한다네그려!"

"누가 그러던가?"

덕기는 눈이 휘둥그레진다.

"누구랄 건 없구……."

"들은 대로 말을 하게그려."

"어쨌든 약을 잘못 쓴 것은 사실인가? 의사들에게는 얼마나 주었나?"

"공연한 미친놈들이 그런 소리를 내놓으면, 입을 틀어막느라고 돈푼 줄 줄 알고 그러는 거겠지마는, 대관절 누가 그러던가?"

"원삼이가 제 친구에게 들었다고 어제저녁에 눈이 뚱그레 와서 그러데그려."

"원삼이가?…… 그래 원삼이는 뉘게 들었다던가?"

덕기는 출처가 의외의 방면인 데에 다소 놀라면서 원삼이가 직접 자기에게는 어째 말이 없나 하는 생각도 하였으나, 그런 말이란 더구나 아랫사람으로는 맞대해놓고 말하기가 어려워서 못한 것일 것이다.

"별일이야 있겠나마는 한 입 걸러 두 입 걸러, 퍼져나가면 성이 가시지 않은가?"

"온 말 같지 않은! 어떤 놈들이 그런 소리를 하고 다니는지…… 어쨌든 원삼이를 좀 보내주게."

"나 역 여기에는 필시 무슨 조건이 있는 거라고 생각하였기에 들어만 두라고 말한 걸세."

하고 병화가 일어서는 것을 또다시 붙들어놓고,

"여보게, 아주 잠깐 물어볼 말이 있네."

하고 말을 돌린다.

"무어?"

"자네 언제까지 장사를 할 텐가?"

"하는 대로 해보지. 한정이 있는 일인가. 또 설사 나는 손을 떼는 한이 있더라도 잘만 되면야 필순이네를 맡겨두 좋구."

"그야 그렇지! 그런데 재미를 보아가는 모양인가?"

한밑천 대마는 말눈치 같아서 병화는 눈이 번해서 열심으로 달겨든다.

"어쨌든 잘되겠지. 아직 한 달도 채 못 되네마는 밑질 리야 없고 그런대로 뜯어먹기는 하는 셈일세."

"자아, 그러니 말일세. 자네도 인제는 믿을 만한 사람을 얻어서 일가를 이루어야 하지 않겠나?"

병화에게는 좀 의외의 말이었다.

"그거 무슨 소린가? 모두 믿을 만한 사람만 모이지 않았나?"

"하기는 그렇지마는 이 사품에 아주 결혼을 하는 게 어떠냐는 말야?"

"온 당치 않은 소리! 내가 그걸 시작한 것이 나도 유자생녀하고 배 문질러가며 거드럭거리고 살자고 하는 거면 모르겠네마는, 저것은 장래에 내 사유물이 아니라 동지의 쌀자루 밥통으로 만들자는 것일세. 무슨 일을 허거나 먹기는 해야 하고 자금이 다소 있어야 하지 않나. 우선은 필순이네 세 식구를 굶기지 않고 나도 일시적 호신책으로 시작하였지마는, 차차 커질수록 우리들의 공동기관을 만들 작정이란 말일세. 누구나 들어와서 교대해가며 일은 할 수 있지마는, 먹는 것 외에 이익을 배당하려든지 한 푼이라도 축을 내서는 안 될 일—나부터도 그 멤버의 한 사람일 다름일세."

"그거야 아무렇게 경영하든지 간에, 자네 개인 문제도 해결해야 할 거 아닌가?"

"내 개인 문제라니? 이대로 살아가면 그만 아닌가? 결혼을 해서 사지를 결박을 짓지 않아도, 붙들어 매지 못해서 애를 쓰는 동아줄이야 얼마든지 있지 않은가! 필순이 어른을 보게. 누구나 결혼을 하면 그 모양으로 남 못할 노릇 시키고 폐인밖에 더 되겠나?"

"지금 생각에는 그렇지마는, 사람이 일생을 살자면 그런 것도 아닐세. 그는 그렇다 하고 우선 필순이 문제는 어떻게 하고 홍경애와는 어떻게 할 셈인가?"

병화는 흐흥— 하고 웃다가,

"알아듣겠네. 필순이로 말하면 제가 결혼할 때까지 물질적으로는 내가 어디까지 보호해주지마는, 그다음 일은 제 자유에 맽기고 제 부모가 알아 할 것이 아닌가. 내가 그 이상 간섭한다면 당자에게 불행이니까.…… 그리고 홍경애 역시 다만 이대로 우정 관계를 계속할 뿐이지 더 다시 발전될 것도 아니요, 결코 오래가리라고도 생각지는 않네."

하고 염담恬淡[355]한 태도로 도리어 핀잔을 준다.

"어디 일이란 그렇게 자네 형편만 좋게 되란 법이 있나? 만일 거기서 소생이 있게 된다든지 하면 지금 생각같이 간단히 처치가 되나! 그러니까 오래 못 갈 바에야 아주 얼른 처이[356]하고 결혼을 하라는 말이지."

"누구하구? 홍하구?"

"홍하고야 자네 형편에 되겠나. 주의 사상이라든지 생활 정도라든지 또 우리들 체면을 보든지……."

"응, 알았네. 무엇보다도 자네 체면 보아서 홍을 단념하고 필순이에게 장가를 들라는 말이지 또 혹은, 이건 내가 너무 넘겨짚는 생각인지 모르지마는, 필순이에게 대한 자네 감정이나 유혹을 청산해버리고, 단념을 해버리기 위해서 그렇게 해달라는 말인지도 모르겠네마는, 나는 도무지 모를 말일세. 되어가는 대로 할 수밖에 없고, 자네 알아 할 일은 자네 알아 하게! 난 모르네."

병화의 태도는 의외로 강경하였다.

"무얼 나더러 알아 하란 말인가?"

"필순이 일 말일세! 그렇다고 자네더러 데려가라는 말은 결코

355 욕심이 없고 마음이 깨끗함.
356 '처녀'의 방언.

아닐세. 다만 내게 올 소질이 없는 사람이요, 또 내게 와서 평생을 고생시키기는 가여우니 어쩌나! 나로서는 불간섭일세. 그렇게 걱정 않아도 저 갈 데로 가게 되겠지. 그리고 홍으로 말하더라도 설사 나와 산다기로 자네가 창피하다거나 성이 가실 일이 무언가? 어쨌든 지금 나는 그런 것으로 머리를 썩일 여유가 없네! 그까짓 일이야 아무렇게나 될 대로 되라면 그만 아닌가."

병화는 벌떡 일어서 버린다.

"그러나 한편에서 요구를 하면 어쩔 텐가?"

덕기는 마지막 또 다진다.

"누가? 필순이가?…… 그럴 리도 없지마는, 그렇다 하더라도 나는 단연 거절일세. 필순이는 내 동지 될 위인도 아니요, 자네 말과 같이 그의 행복을 위하여서도 안 되고, 또 누구나 부모까지 맡을 만한 여유 있는 사람이 아니면 안 되네!"

병화의 말도 그럴듯하고 필순이를 그 축에 맡겨두거나 병화와 평생을 고생하게 하기가 가엽기는 하나 또 그 밖에 별로 해결할 도리가 있을 것 같지도 않다.

'부질없는 간섭일지도 모르긴 하지마는…….'

덕기는 이런 생각도 없지 않으나 하여간 필순이의 의향도 물어보고 나서, 또다시 권해보리라고 생각하는 것이었다.

보내달라고 부탁한 원삼이는 날이 저물도록 아니 왔다. 기다리다 못하여 덕기가 몸소 사랑으로 나가서 전화를 걸었다. 날[癒] 고비에 외기를 쏘인다고 모친이 성화같이 나무랐으나 기동은 할 만하고 그 길에 필순이도 불러보고 싶었던 것이다.

필순이는 불러달랄 것도 없이 전화통에 나왔다. 역시 그 목소리가 반가웠다. 저편에서도 반기는 말소리가 그전같이 웃는 목소리는 아니다. 덕기 자신의 감정이 그래서 그런지 필순이는 자기의 감정을 자제하려는 눈치가 전화로 듣는 말소리에도 역력하다.

그동안 바빠서 못 가서 죄송하다면서 내일 오겠느냐니까 마지못해 그러마고 대답을 하였다. 전화를 끊고 나서 덕기는 멀거니 한참 섰었다. 전화로 목소리만 듣고도 그처럼 반가워하는 어리석고 주책없는 자기 마음을 덕기는 스스로 부끄러워하고 나무라는 것이었다.

자기의 이때까지의 노력이나 생각이 조금도 자기 마음에 부끄러울 것 없는 정당한 일이었다. 그러나 거기에 조금치도 허위가 없었던가? 진심으로 그 두 사람의 행복을 똑같이 축복하는 것이었던가? 필순이의 장래를 염려하듯이 병화의 행복도 조금도 못지않게 염려를 하여줄 성의가 있는가? 만일 그 두 사람이 기뻐서 약혼을 하였다면 자기의 마음은 어떠하였을까? 일생의 처음이요 마지막일지도 모르는 마음의 상처를 고이 덮어서, 가슴속에 넣어두고 평생을 살아갈 용기가 있을까?……

'나도 남모를 위선자다!'

그러나 이것만은 사실이다.—어서 필순이가 남의 사람이 되어서 가주었으면 자기는 더 깊어지기 전에 멀리 떨어져버리겠다고 생각한 것만은 사실이다. 그걸 생각하면 아까 병화가 남의 마음을 꼭 집어내서 '감정을 청산하고 유혹에서 벗어나려는 수단이라'고 하던 말이 남의 폐부를 찌르는 듯이 아프고도 시원하다. 그러나 유혹에서 벗어나려는 그 노력도, 그 사람을 위한다는 것보다도 자기를 위한 일이 아닌가? 이기적이다. 역시 위선자다.……

덕기도 자기비판, 자기반성에 날카로운 '인텔리'다. 자기비판이 냉철할수록 자기 속에서 사는 필순이의 그림자가 너무나 또렷이 나타나는 것은 참을 수 없는 모순이다. 괴로웠다. 마음이 아팠다.

원삼이가 삼십분도 못 되어 자전거로 뛰어왔다. 원삼이도 요새로 '바깥애' 티가 없어져가고 외투에 방한모를 눌러쓰고 자전거로만 뛰어다니게 되었다.

원삼이는 그 소문을 화개동 병문에서 노는 제 동무에게 들은 것인데, 또 그 동무는 그 동네 술집에서 옆사람들이 술을 먹어가며 수군거리는 것을 듣고, 어렴풋이 짐작한 것을 원삼이에게 물어보았던 것이라 한다. 그러나 술 먹으며 이야기 삼아 하던 그 사람들이 누구던가는 알 길이 없다. 다만 양복 입은 젊은 사람이라는 것밖에는 종을 잡을 수가 없다 한다.

덕기는 아무리 생각을 해보아야 이 집에나 화개동에 드나드는 사람 중에 양복 입은 젊은 애가 누구일지 짐작이 안 난다. 친구들이 없지 않으나 근자에 친한 사람들은 '경도'에 있는 유학생들이요 서울에 있는 사람은 중학교 동창생으로 모두 전문학교에 다니지 않으면 교회 방면 사람들이니, 선술집 같은 데 들어설 사람은 없다. 그 외에 노상안면쯤 있는 사람으로서야 의사에게 돈을 먹였느니 하는 남의 집 내막까지 참견할 사람은 못 된다.

하여간 원삼이더러 제 동무라는 자를 불러가지고 오라 하였다. 원삼이는 자전거를 타고 화개동에를 다녀오더니 그자가 없어서 일러놓고 왔으니까 내일 아침에는 어떻게든지 붙들어가지고 오게 되리라 하고 가버렸다.

"그거 큰일 났네. 암만해두 또 어떤 놈들이 흑작질일세그려."

지 주사는 옆에서 듣고만 있다가 입맛을 다신다.

"글쎄 말입니다. 누구든지 이 집안 내평을 빤히 아는 놈의 입에서 나오지 않았겠습니까? 도둑이 제 발이 저려서 그러는지요. 만일 그런 게 확적하면야 이번에는 가만 내버려두지 않을걸요."

덕기는 이를 악무는 소리를 한다.

"도둑이 도둑야아 소리만 질렀으면 좋으련마는, 그래놓고 뒤로 돌아가서 또 도둑질을 하려니까 걱정이지."

"물론 그러자고 하는 짓이 아니겠습니까?"

"그래, 의사들에게 무얼 좀 주었나?"

"선사를 하였지요. 으레 할 것이 아닙니까. 다른 자들이야 집의 단골이니까 약간 손수세[357]만 하고 병원의 일본 의사는 애도 썼고 박사란 체면도 보아서 좀 넉넉히 보냈지요."

"얼마나?"

"그것도 물건으로 하려다가 조수 말이 현금이라도 상관없다고 하며 도리어 현금이 좋을 것같이 말을 하는데 일이백은 좀 적은 것 같기에 삼백 원을 보냈지요."

"삼백 원 템이!"

하고 지 주사는 놀란다.

"그래야 우리 안목으로는 많은 돈 같지마는 저 사람들이야 그까짓 것 한 달 월급도 못 되지 않습니까."

덕기는 남이 많다고 하면 아무쪼록 변명을 하였다. 다른 의사들

357 손씻이. 남의 수고에 대해 사례하는 뜻으로 적은 물품을 줌.

에게는 이삼십 원짜리 상품권을 보냈는데, 병원 의사에게만 조선 사람 조수에게 현금 백 원과 과장에게 삼백 원은 많은 것이었다.

지 주사부터라도 그것이 의문이었다. 그 삼백 원이라는 것이 정말 무슨 일이 있는 것을 덮어두어 달라고 입수세[358]로 준 것인지? 내심으로는 분하면서도 가문이라든지 세상 체면을 보느라고 울며 겨자 먹기로 눈감아버리고 못된 놈들을 도리어 덮어주어 버렸는지? 또 혹은 장본인이 상훈이기 때문에 덕기로는 어쩌는 수 없이 몰려 지내는 것이나 아닐지?……

빤히 보고 지낸 지 주사로부터라도 이런 의심을 먹는 것이었지마는 원삼이 친구란 자를 불러다 보았어야 요령부득이요, 소문의 출처를 붙드는 수가 없었다.

이튿날이었다. 열한시나 되었을 터인데 덕기 집에는 인제야 아침이 한참이다. 필순이는 가뜩이나 쭈뼛거리는 마음을 참으며 마루 앞으로 들어서려니까, 부엌에서 어멈이 중얼거린다.

"……이렇게 일찍, 아침을 얻어먹으러 오나……."

중간 말은 안 들리나 분명히 이런 소리가 들릴 때, 필순이는 모닥불을 얼굴에 끼얹는 듯하였다. 원삼이 처는 눈에 안 띈다. 이 어멈이란 수원집이 끌어들인 것이지마는 필순이가 어쨌기에 저 번부터 못 먹어하는지 그것도 배냇병인가 보다.

건넌방에서도 인기척은 알았을 터인데 한참 만에야 주인 아씨가 내다보며 알은체를 하나 덜 좋은 기색 같다. 마루로 올라서 안방 문 앞으로 가려니까 건넌방에서,

358 입씻이, 입씻김으로 금품을 줌.

"어째 또 왔누? 계집애년이 저무두룩……"

어쩌고 하는 소리는 모친의 목소리인 모양이다. 필순이는 방문을 곱게 열고 뒤에서 등덜미를 탁 쳐서 들이미는 듯이 뛰어 들어오다시피 하였다. 얼굴이 확 취하기도 하나, 반발적으로, 그래도 자기네 체면을 생각하기로 그럴 수가 있나! 하는 분심도 났다.

덕기는 잠이 어리어리하였던지 눈을 반짝 뜨며 반기는 웃음을 웃는다. 그러나 필순이는 그것이 반갑다기보다도 여러 사람의 눈에 안 띄는 방 안으로 숨게 된 것만 다행이었다.

"좀 어떠세요?"

필순이는 무안쩍은 생각에 말수 없이 길치로 앉았다.

"예, 인젠 훨씬……. 헌데 아버니께서야말루, 저렇게 오래가셔서 걱정이군요."

이 처녀가 자기 집에 들어와서 무슨 욕을 보았는지 알 길이 없는 덕기는 몽총하니 좋지 않은 기색을 유심히 바라보았다.

"별루 더하실 것두 없습니다마는, 일전에는 너무 미안스럽습니다구 어머니께서 문안 여쭈라세요."

제 혼자의 전갈이다.

"온 천만에……."

덕기도 이 모처럼 청자 청자 하여 데려온 '귀객'의 신기가 몹시 좋지 않은 것을 보니, 기가 질려서 벙벙히 앉았다.

'왜 그럴꾸? 김 군이 섣부른 소리를 해서 오해를 한 거나 아닐까?'

어제 병화와 수작한 것을 벌써 들려주어서 노한 것만 같다. 그러나 병화가 아무리 숫기 좋고 말을 텅텅 하는 사람이기로 당자를 맞대해놓고 당신과 결혼하랍디다 하고 직통 쏘지는 않았을 것이다. 또 그렇기로 노할 것까지는 없을 것이다. 만일 그래서 노하였다면, 덕기 자신에게 대한 남다른 호의는 못 알아주고 가당치도 않게 친구와의 결혼을 권하였다 하여 야속하다는 것일지도 모르나, 그것은 지나친 지레짐작일 것이다.

"지금 병원에 가시는 길인가요?"

선뜻 나오는 말이 없어서 꺼낸 것이라서, 필순이는 이것을 언턱거리[359]로,

"예, 곧 가봐야 하겠에요."

하고 부리나케 일어선다.

"오시자마자 왜 그러슈? 왜 내가 뭐 잘못한 게 있건 용서하시죠."

약간 실없는 어조로 농쳐버리려니까 그제서야 생긋해 보이며,

"천만에요!"

하였으나, 안 올 데를 온 자기의 어림없는 생각을 또 한 번 뉘우쳤다. 분하던 것이 인제는 후회와 절망으로 변하였다. 이 남자와 이 이상 더 교제를 계속하였다가는 무슨 욕을 볼지 무섭기도 하거니와, 아무래도 자기 분수에는 어울리지 않는 것을 절실히 깨달은 것 같다.

"한 십분만 하면 이야기가 끝날 거니, 잠깐만 앉으셔요.…… 그래, 상점 일이 잘되어 간다지요?"

덕기는 더 옥신각신할 것 없이 다짜고짜 말을 붙였다.

"예. 잘 팔리는 셈애요."

필순이는 엉거주춤하고 다시 앉는다.

359 핑계.

"장사에 재미가 나요? 아주 장사꾼으루 나서시구 싶지는 않아요?"

필순이는 대답하기가 거북한 듯이 한참 남자를 바라보다가, 인사성으로 방긋해 보일 뿐이다. 이 남자가 하고 싶다고 벼르던 이야기란 것이 이것인가 생각하니 실망도 된다. 일본에를 같이 가자지나 않을까 하던 꿈이 어이없이 스러진 것도 도리어 코웃음이 날 지경이다.

"그야 어렵겠죠. 장사가 뼈에 밴 것도 아니겠고…… 하지만 내가 말씀하자는 것은 여자란—하필 여자뿐이겠나요마는, 더욱이 여자란 혼자 살기는 어려우니까, 또 그렇게 만들어진 사회니까……."

필순이는 눈이 똥그래지며 긴장하여졌다.

"……쉽게 말하면 얼른 의탁할 사람을 택하시는 것이 좋겠단 말씀요. 어차피에 할 결혼이면야 아주 속히 귀정을 내고 심신을 꽉 한 고장에 담는 것이 제일 좋을 듯싶은데?……"

필순이는 저절로 고개가 숙어지며 적지 아니 놀랐다. 이 남자의 입에서 결혼 문제가 나올 줄은 의외이었다. 결혼을 하라면 누구하고 하라는 말인가? 좋은 신랑감이 있으면 보지는 못하였으나 누의가 있다니 자기 매부부터 삼을 것이 아닌가 하는 생각도 무심코 떠오른다.

더구나 덕기의 입에서 병화의 말이 나올 제, 필순이는 눈이 회동그래지며 머리를 무엇으로 얻어맞은 듯이 뻑적지근하였다. 덕기는 귀에 잘 들어오지도 않는 잔소리를 한참 늘어놓은 뒤에, 이렇게 말을 맺었다.

"……어쨌든 그렇게 되면 김 군도 만족일 것이요, 필순 양도 불만은 없겠지요?"

이 사람이 속을 떠보느라고 객담으로 이러는 것인가? 약간 분한 생각까지 들었다.

'그건 안 될 말씀애요. 홍경애가 있지 않습니까?……'

하고 우선 속 답답한 소리를 딱 잘라버리고 싶었으나 홍경애 문제는 고사하고 필순이 자신이 이때까지 결혼하고 싶다는 생각을 해본 일도 없거니와, 더구나 병화에게 그런 감정이라곤 꿈에도 가져본 일이 없으니 애초에 이러고저러고가 없는 일이다. 병화와 친하기로 말하면 덕기보다 못할지 모르나, 결국에 친구일 따름이다. 어떻게 말하면 오라비나 삼촌 같은 것인지도 모른다. 필순이도 그렇게 생각하여왔거니와, 병화도 그 밖에 더 생각하지는 않고 있을 것이다.

"홍경애를 혹 어찌 생각하실지 모르지마는, 그거야 같이 장사를 하노라니까 친해졌을 뿐이지 별일 있나요. 원체 홍 씨란 사람이 살림이나 장사나 얌전히 들어앉아 할 위인도 아니지마는, 필순 씨가 김 군의 장래를 생각하여주고 지금 같은 그런 거칠은 생활에서 구해주실 성의가 있다면, 그 밖에 도리가 없을까 해서 말씀인데……."

필순이는 여전히 고개를 떨어뜨리고 앉았다.

"물론 아버님 어머님의 의사에도 있는 것이요, 내가 중뿔나게 나설 일이 아닌지도 모르지마는, 피차에 이만 통사정은 할 수 있는 처지요, 우선은 필순 씨의 의사부터 알아보는 것이 순서일 것 같아서 하는 말씀인데?……"

"전 모르겠에요……."

필순이는 간신히 한마디 대꾸를 하였다.

"그럼 부모님께 내가 여쭈어볼까요?"

거기 가서도 대답이 없다. 대답이 없다고, 반드시 반대의 뜻은 아니려니 싶어서,

"김 군 편만을 생각해서 헌 말씀은 아닙니다. 상점이 그만큼 되어가는 것을 보니, 두 분—두 분만 아니라 댁 전체가 합심해서 노력하시면 생활 근거도 잡히시리라는 점도 생각해본 것이애요."

하고 또 다른 각도로 권해보았다. 그러나 필순이는 검다 쓰다 말이 없다. 덕기의 친구를 위하고 자기 집의 생도를 염려하여주는 그 호의는 잘 안다. 그러나 병화를 자기의 결혼의 상대자로는 다시 생각해볼 여지도 없는 일이요, 홍경애의 존재를 모른 척할 수도 없는 일이다.

잠깐 피차에 말이 막히자 그 틈을 타서 필순이는 일어섰다.

"가봐야 하겠습니다."

조용히 사뿟 인사를 하며,

"다시는 그런 말씀 마세요. 저는……."

하다가 말이 콱 막혀버렸다. 하마터면 눈물까지 핑 돌 뻔하였다.

저는 저대로 살겠다든지 무어라고 그런 뜻을 표시하려는 것인데, 어쩐지 별안간에 눈물이 솟아나려는 것을 참은 것이었다. 필순이는 이때까지 이 남자에게서 무슨 말을 들었던지 다 잊어버리고 다만 한 가지 이 남자가 자기를 아무렇게도 생각지 않는다는 것만은 분명히 안 듯싶다. 동시에 무엇엔지 속았었다는 분한 생각이 드는 것이다. 이 남자가 자기를 속인 것은 결코 아닌데, 자기는 제풀에 속아 넘어갔다고 생각하는 것이다. 그나마 뉘게

하소연할 데조차 없고 이 남자 자신도 모르고 말아버릴 일이다. 그것이 더 분하여 울고 싶은지 모른다.

덕기는 필순이의 노기를 품은 듯한 언성과 글썽해지는 눈을 보고 깜짝 놀랐다. 이맘때 처녀의 심리를 잘 알 수 없는 덕기는 무슨 말이 이 여자의 귀에 거슬렸는가 애가 쓰였다.

"혹 내가 잘못한 말씀이 있더라두 오해는 마시구 찬찬히 잘 생각해봐 두셔요."

덕기는 따라 일어서며 이렇게 달랬다. 필순이는 가슴이 더 답답하였다. 남의 속을 이렇게도 몰라줄까 싶어 원망스럽기도 하고, 어떻게 생각하면 번연히 잘 알면서도 자기를 단념하라고, 모르는 체하고 일부러 시치미 떼는 것 같기도 하다.

필순이는 하마터면 잊어버리고 나설 뻔한 목도리를 다시 돌쳐서 집어 들고 나오려니까, 방문이 밖에서 열린다. 어느 틈에 나왔는지 건넌방 마님이, 문을 가로막고 선다. 딱 마주친 필순이는 이 마님의 심상치 않은 기색에, 가슴이 서늘해지며 주춤 남자의 옆으로 비켜섰다.

"약을 먹었으면 쓰고 눠서 조리를 해야지."

하고 들어보라는 듯이 필순이를 무안스럽게 위아래로 훑어본다. 그러지 않아도 대청으로 뜰로 빠져나가기가 큰 걱정인 필순이는 쥐구멍을 찾을 지경이다.

"왜 이러세요? 어서 들어가 계셔요."

덕기는 하도 망단해서 한 걸음 물러선 여자를 몸으로 가려주듯이 막아서며 모친을 밀고 나가려는 기세를 보인다.

"밖이 어떻게 춥기에 왜 나오려는 거냐? 손님 배웅은 내 할게 어서 누웠거라."

그 장한 손님 배웅에 앓는 귀한 아들이 찬 바람을 쏘일까 보아 애를 쓰는 것은 그럴 일이로되 가려고 나선 필순이를 보고,

"그럼 미안하지마는 오늘은 가주우. 몸이나 성해지거던 또 놀러 오든지."

하고 몸을 비켜 길을 터준다.

필순이는 어떻게 빠져나왔는지 이만큼 나와서야 제정신이 들었다. 나올 제 덕기가 뭐라고 하던지 누구들이 있었는지 하나도 생각은 아니 나나, 덕기가 마루 끝까지 나왔던 것과 건넌방 문이 방긋이 열리고 곱다란 여학생이 내다보던 것만은 분명하다. 그것이 아마 늘 말하던 누이인 모양이나, 그 계집애 눈에, 미친 불량소녀같이 보였을 것도 또 부끄럽다.

필순이가 나온 뒤에 덕기 집은 잠깐 발끈 뒤집혔었다.

"그건 시집간 년이냐? 아무리 반찬가게 년이기루 여기를 무엇하자구 제집 드나들 듯 하루가 머다구 오는 거냐?"

마님은 방에 들어오지도 않고, 마루에 서서 안방에 대고 듣기 싫은 소리를 한다. 가뜩이나 화가 나는 것을 참으며 수염도 없는 턱을 쓱쓱 문지르고 앉았던 덕기는,

"추운데 어서 들어가세요."

하고 한마디 대꾸를 하였다.

"너두 체통이 있어야지. 아무리 너 아버지 내력이기루 세상에 계집이 없어서 그따위 가게쟁이 딸년을 안방구석으로 끌어들여서, 씩둑깩둑하구 들어앉댔단 말이냐? 너두 인젠 집안 어른야. 어른 된 체통이 있어야지!"

덕기는 모친의 히스테리가 또 동했구나 하며 잠자코 듣고만 있으나, '너 아버지 내력'이란 말에 가슴이 쿡 찔리며 불현듯이 반감이 생기는 것이었다. 그 아버지의 자식이지마는, 아버지 같다는 것은 듣기 싫었다. 덕기는 자기가 부친같이 계집에 눈이 벌건 것은 아니라고 생각하는 것이다.

"홍경애가 우리 집에 드나들게 된 시초가 무언 줄 아니? 저 아버지가 애국지사루 옥중에서 중병에 걸려가지고 나와서 약 한 첩 못 쓰는 정상을 동정하구, 또 저희는 먹을 콩이나 난 듯이 덤벼든 거 아니던?……"

덕기는 이 말에 또 한 번 가슴이 선뜻하는 것을 깨달았다.

"지금 그 계집애 어른두 징역살이로 늙었다더라마는, 얻어맞구 입원해 있다는구나? 언제 안 사람이라구 웬 놈의 정성이 뻗쳐서 의사를 지시해준다, 담요를 갖다 준다 하더니 그 딸년을 끌어들이는 꼴이, 약값, 입원료도 좋이 무리꾸럭[360]을 해줄 거라! 제이 홍경애 아니구 뭐냐? 수원집, 경애, 의경이 그리구 삼대째는 뭐라는 년이냐? 무슨 산소 탓인지 어쩌면 너 아버지 걸어온 길을 고대로 걸어가려는 거냐?"

모친의 입심이 어쩌면 이렇게 좋아졌나 놀랐다. 덕기는 귀를 막고 싶었다.

"너두 누구 못할 노릇을 하고, 밥을 굶기려고 지금부터 그런데 눈을 뜨는 건지는 모르겠다마는……."

하고 며느리 역성을 드는 듯하더니,

360 남의 빚이나 손해를 대신 물어주는 일.

"그만해 두시구 어서 들어가세요. 감기 드십니다."
하며 부축을 하려는 며느리를 뿌리치고 이번에는 며느리를 들컹거린다.

"너부터 틀렸지! 너는 그 꼴을 보구두 왜 가만있니? 네 오장은 어떻게 됐기에, 저번도 고년을 한 상 떡 벌어지게 차려다 바치구 시중을 들구 대객을 하구…… 비위도 좋다!"

"그럼 어쩝니까. 첩을 얻건 어쩌건 맘대루 하라죠. 제가 압니까."
하고 며느리는 웃는다.

"주착없는 소리 그만두구, 어서 모시구 방으로 들어가! 누가 첩 얻는대?"

안방에서 소리를 꽥 지른다. 화풀이가 아내에게로 간 것이다.

"너는 아직 어리니까 그런 유한 소리두 한다마는 너 하나 문제가 아니야. 네나 내나 조씨 문중에 들어왔으면 조씨 집이 늘어가고 창성하여가게 할 책임이 있지 않으냐. 나는 팔자가 사나워서 이 지경 됐다마는, 너두 내 대를 물려서야 네 신세는 고사하구 조씨 집이 무에 되겠나 생각을 해보렴!"

시어머니는 일전에 필순이가 다녀간 뒤부터 시앗 보지 말라고 추겨대는 것이다. 말이야 옳지마는 며느리를 아끼고 조씨 집 가문이 기울어질까 보아서보다도, 왜 그런지 며느리가 유산태평인 것이 밉살맞아 보여서, 들쑤셔대고 싶은 것이다. 물론 아들 내외의 의가 좋기를 바라는 것도 아니다. 어떻게 보면 며느리를 꼬드겨서 자식 내외를 쌈이라도 붙이려는 것 같다. 하여간 이 사람 저 사람 닥치는 대로 들컹대고 큰소리를 내는 버릇이 요새로 부쩍 늘었다. 의식 걱정 없고 몸은 한가로우니 그렇지 않아도 꽤 까다

로워질 텐데 히스테리가 점점 도져가는 터이다. 십 년 넘어를 두고 영감과 말다툼으로 세월을 보내는 동안에 얻은 병인데 경애 사단이 있은 뒤로는 생과부로 살아왔으니 그도 그럴 것이다.

"세상에 첩 얻는 남자가 하나둘이겠습니까마는, 첩을 두기루 제 죄 될 거야 무어 있습니까, 얻으면 얻나 보다 하죠."

하고 덕기 처는 생긋 웃어버린다. 원체 제 성격이 유해서도 그렇겠지마는, 시어머니의 잔소리가 너무 심한 데에 역심이 나는지 한층 더 뛰는 소리를 한다.

"무어 어째? 넌 첩을 얻으라고 축수를 하니? 그거 알 수 없다! 넌 무슨 성미냐?……"

하며 시어머니는 눈이 커대진다.

"……그거 알 수 없구나? 무슨 딴 배짱이 있기에 그렇지?"

며느리는 어이가 없어 잠자코 있으려니까, 건넌방에서 시뉘가 나오며,

"어머니, 어서 들어가세요. 이거 무슨 병환이신지, 가만히 있는 형까지 들쑤셔가지구 왜 이러세요?"

하고 끄나, 모친은 꿈작도 안 한다.

"그래, 저두 뻔히 보다시피 대대로 첩년들 때문에 이 지경인데!……"

"무에 이 지경이란 말씀얘요? 누가 지금 첩을 얻는대니 걱정이십니까? 얻었으니 걱정이십니까? 오빠는 그렇지 않아요!"

덕희는 올캐 역성들랴, 오라비 역성들랴 부산하다.

"안 그럴 줄 뉘 아니! 그러니까 못하게 하자는 거지."

"글쎄, 어머니께선 어머니 걱정이나 하십쇼그려. 며느리가 시

앗 볼까 봐서 얻지도 않은 첩 걱정까지 하실 게 뭐애요?"

"요년 말버릇 봐!"

마님이 딸에게까지 덤벼드는 것을 보고, 오라범댁은 덕희를 말려서 들여보내려 한다.

"내가 샘을 내구 투기를 해서 그런 줄 아니? 고년 홍경애 후림새에 빗나기를 시작하더니 인제는 계집자식 다 내몰구 둘쨋년을 껼어들여 흥청망청 지랄들이구, 허구헌 날 난장판인지 노름판인지 벌이구 앉었다니, 그 삼백 석이 며칠 갈 듯싶으냐? 그나 그뿐이라던? 요새는 약주두 그리 잡숫지 않구 또 딴 구실이 생겼다더라!"

"별소리를 다 하시는구먼!"

딸이 질색을 하니까,

"별소리가 다 뭐냐. 인제 거적때기를 쓰구 내 눈앞에 기어들 날이 있으리라!"

하고 모진 소리를 한다.

모친이 무슨 잔소리를 하든지 안 들으리라 하고 신문만 골독히 들여다보고 앉았던 덕기는 귀가 번쩍 띄며 눈살이 저절로 찌프러졌다.

"인제는 그만하시고 들어가세요. 아무러기루 저희들 앞에서 그런 말씀을 하십니까."

덕기는 참다못하여 한마디 하였다.

"그래두 자식은 아비 뙇는 것이라, 듣기 싫은가 보다마는 두구 봐라. 내 말이 하나나 틀린가. 종로 바닥으로 거적을 들쓰고 침을 질질 흘리고 꾸벅꾸벅 졸며 걷는 것들은 처자식이 없고 천량이 없고 배운 것이 없어 그렇게 되었던?"

덕기는 선뜻한 마음이 들었다. 저번 경도에서 받아본 병화의 편지에 자네 어르신네는 정말 아편이나 자시지 말게 하라는 실없는 말이 쓰였던 것을 무심코 보았더니, 모르는 사람은 자기뿐이요 그것이 정말인가 하여 겁이 더럭 난다. 어쩐 내용인가 물어보고 싶은 것을 참고 일어나서 방문을 열고,

"어서 그만 들어가십쇼. 감기 드십니다."

하며 마루로 나가려니까, 아들이 찬 바람 쏘이는 것은 무서워서,

"아니다, 나오지 마라. 나 들어간다."

하고 그제야 모친은 그래도 미진한 듯이 돌쳐서 딸, 며느리를 데리고 건넌방으로 들어간다.

"오빠가 진작 마루로 나오시질 않구!"

하고 덕희는 쌕쌕 웃으며 모친을 따라 들어갔다.

덕기는 자리에 드러누우며 세상이 신산하다고 생각하였다. 나이 스물셋이 되도록 인생고초라고는 감기나 앓아보았을까 그 외에는 소설책이나 병화의 생활을 통하여밖에는 모르고 자라난 이 청년은, 사생활이나 가정일로 세상이 귀찮다거나 신산하다는 생각이 들어보기는 아마 오늘이 처음일 것이다. 모친의 퍼붓는 듯한 푸념에 귀가 징하고 머리가 아파서 신산한 생각이 든 것인지도 모르겠지마는, 지금까지는 살림이라는 것, 식구들의 불평이라는 것을 책임 없는 처지에서 원광으로 바라만 보던 것이 별안간 자기를 중심으로 자기에게 책임을 지우려 들고, 자기도 그 속에 휩쓸려 들어가지 않을 수 없게 되니까, 신산한 것인지 모른다. 그러나 책임은 걸머졌어도 자기 힘으로는 하나도 해결할 수 없는 데에 기운이 더 찌부러들고 신산한 생각만 들게 되는 것인지도 모른다.

생각하면 모친도 가엾다. 그 푸념이 병적이면 병적일수록 더 가엾다. 아내는 첩이라는 것에 무관심하고, 시어머니의 시앗 걱정을 도리어 우습게 여기는 말눈치지마는, 그것은 그 사람의 성격이나 그 사람의 경험이나 그 사람의 처지로 그러한 것이지, 모친의 성격, 모친의 경험, 모친의 처지로는 병이 되다시피 그렇지 않을 수 없는 것인 것 같다. 모친이 필순이를 그렇게 멸시하고 욱박질러 보낸 것이 몹시 불쾌하고, 그야말로 점잖은 집 실내마님의 체통에 그러실 법이 있나 하는 불평이 없지 않지마는, 하도 몹시 데이면 회膾도 불어 먹는다지 않는가 하고 돌려 생각이 든다. 그러나 모친을 동할 뿐이지 모친의 성격이나 처지를 자기의 힘으로 고치는 도리가 없다. 해결할 도리가 없다.

부친—부친도 가엾다. 때를 못 만났고 이런 시대에 태어났기 때문도 있다. 그러나 실상은 자기의 성격 때문이다. 조부의 성격 때문인지도 모른다. 같은 시대, 같은 환경, 같은 생활 조건 밑에 있으면서도, 부친의 걸어온 길과, 병화의 부친이 걷는 길과, 필순이 부친의 길이 소양지판[361]으로 다른 것은 결국에 성격 나름이다. 돈 있는 집 아들이라고 모두 부친 같은 생활을 할까! 그것을 생각하면 사람의 운명이니 숙명이니 팔자니 하는 것은 결국 성격에서 우러나오는 것, 성격 그것을 말하는 것 같다.

덕기는 어느덧 자기가 숙명론자가 되었나? 하고 혼자 코웃음을 치다가, 만일 병화가 이런 살림을 맡았던들 어땠을꾸? 하는 생각을 하여보았다. 피혁이를 만나고 반찬가게를 벌이고 하지는

361 하늘과 땅 사이의 차이라는 뜻으로, 사물들이 서로 엄청나게 다름을 이르는 말.

안 했겠지마는, 필순이의 집을 먹여 살리고 장훈이의 주머니밑천은 떨어지지 않게 하였을 것이요, 역시 경애를 바커스의 마담으로쯤은 들여앉혀 주었을 것 같다. 자기같이 이 구살머리적은 살림을 맡아가지고 애를 쓰거나, 그야말로 금고지기로 붙들려 들어앉았지는 않았을 것이다. 그걸 생각하면 병화[362]가 부럽다. 병화는 커녕 부친이 부럽다. 부친의 그런 생활이 부러운 것은 아니나, 부친의 그 삼백 석을 자기가 가지고 자기의 이천 석을 부친에게 바칠 수 있는 처지라면, 얼마나 시원하고 자유롭게 훨훨 뛰어다니며 생활을 향락할 수 있을까 싶다. 원체 책상물림으로 나이도 차기 전에 이런 크낙한 살림을 맡게 된 것이 짐에 겨운 일이지마는 돈에 인색지 않은 성격인 덕기로 생각하면 열쇠 꾸러미를 놓칠세라, 이천 석의 한 섬이라도 축이 날세라고 애를 쓰며 이 뒤숭숭한 집안의 주인인지 '어른'인지가 되기보다는, 반찬가게의 뒷방에 사랑의 보금자리를 꾸민 병화나, 삼백 석을 팔아가며라도 첩치가를 하고 마음 편히 들어앉았는 부친이 상팔자로 보이는 것이다.

'할아버니께서 좀 더 사시거나! 살림을 맡을 형이라두 있어주거나!……'

덕기는 살림을 맡은 지 한 달도 채 못 되어 벌써 찜증[363]부터 났다. 신산하였다. 새삼스러이 고독을 느끼었다.

그러나 오늘에 한하여 별안간 살림에 짜증이 나고, 병화가 부러운 생각이 드는 것은 모친의 첩 놀래나 부친이 그 무서운 아편

362 원문에는 '덕기'임.
363 제 마음이나 몸이 괴로울 적에 걸핏하면 짜증을 내는 짓.

까지를 피우는 눈치라는 데에 가슴이 더럭 내려앉아서만 그런 것은 아니다. 필순이를 그 모양으로 돌려보낸 것이 화가 나고, 노기를 품은 어조로 눈물이 글썽해지는 그 꼴을 생각하면 마음이 설렁해지는 판에, 모친의 첩 놀래가 도리어 기분을 휘저어놓았기 때문이다.

그러나 덕기는 필순이를 잊어버리려 하였다. 마음의 저어 속, 머리의 저어 속에, 깊이 숨겨버리려고 애를 썼다. 건드리기가 무서웠다.

그러자는 것은 아닌데, 동기는 그렇지 않은데, 결과로 보아서는 결국 두 사람이 결혼할 의사가 없다는 것을 떠보고 다지려고 한 셈쯤 되고 말았다. 그리고 어린 처녀의 순진한 마음을 실망의 구렁에 쓸어박고 말았는지도 알 수 없다. 실망까지는 몰라도 마음을 어수선하게 들쑤셔놓은 것만도 일을 저지른 것 같아서 애가 쓰이고 자기의 실수에 불쾌를 느끼는 것이다. 그러나 어찌하는 수가 없다. 이 역시 해결할 도리가 없다.

"너 아버지가 걸어가신 길을 그대로 뒤밟아 가려느냐?"

"경애 아버지의 약값 대다가 그렇게 되듯이, 너도 그 애 아버지의 약값, 입원료나 무리꾸럭을 해줄 거라!……"

모친의 이 말은 염통을 콕 찌르는 것이었다. 이때껏 무심하였더니만큼 덕기는 깜짝 놀란 것이다. 거기에는 무슨 숙명적 무서운 인과가 엉클어진 것같이 겁이 펄쩍 나는 것이었다.

'필순이를 제이 홍경애를 만들 수는 없다!'

덕기는 속으로 뇌었다.

'필순이를 누구보다도 사랑하기 때문이다!'

덕기는 어느덧 자기 눈에도 눈물이 핑 도는 것을 참았다.

검거 선풍

덕기는 안방이 싫증이 나서 자리를 걷어치우고 사랑으로 나왔다. 지 주사와 노인 축은 젊은 주인을 경원敬遠하여 건넌방으로 몰리고, 넓은 방에 혼자 앉았으니 공부라도 될 것 같으나, 책장이 놓인 자기 방—아랫방만 못하다. 할아버니 자리에 앉았기가 죄송스럽고 어색한 점도 있거니와, 문갑, 연상,[364] 탁자…… 고색이 창연한 할아버니 쓰시던 모든 제구가 골동품으로는 값이 나갈지 모르고, 가보로 대나 물릴지 몰라도, 자기에게는 어울리지도 않고, 눈에 띄는 것마다 할아버니 생각이 나서 기분이 가라앉지를 않는다. 잘못하다가는 추후 시험도 못 보게 될까 보아 애가 쓰이거니와, 하여간 하루바삐 경도로 떠나야 하겠다고 생각하였다. 아무래도 공부를 하자면 큰사랑 차지를 하고 앉아서는 될 상싶지 않고, 경성대학으로 오려는 계획도 집어치워야 하겠다고 다시 생각하였다. 바깥일은 지 주사와 정미소의 지배인에게 맡겨놓고 안살림이나 금전 출납의 전 책임을 모친에게 맡기면 그만이다. 그편이 도리어 모친을 위하여도 좋을 것이다. 돈을 만지고 살림에 재미를 붙여서 몸이 바쁘면 히스테리도 나을 것이라고 생각이 든다.

다만 한 가지 마음에 거리끼는 것이 필순이다. 나는 나대로라

364 작은 책상.

고 하겠지마는, 아무리 생각하여도 저는 저대로 내버려둘 수가 없다. 생각을 말자면서도 문득문득 머리에 떠오르면 그저 가엾고 미안한 생각이 드는 것이다. 반드시 자기 사람을 만들자는 욕심이 있는 것은 아니나, 다만 제이 홍경애가 될지 모른다는 기우로 피차의 본심을 속이거나, 있는 호의도 감추어버릴 이유가, 어디 있을까 하는 생각도 다시 드는 것이었다.

앙앙불락[365]한 이삼 일이 지나갔다. 어제부터는 약도 끊어버리고 인제는 차차 떠나봐야 하겠다는 생각으로 오늘은 낮에 행기[366] 삼아 좀 나가볼까 하는 판에 전화가 온다. 병화다. 일전에 돈 천 원을 조르고 간 뒤로는 처음이다.

"조금 전에 원삼이가 불려 갔는데…… 거기는 아무렇지 않은가?"

"원삼이가?…… 어디루?"

덕기는 일전의 그 소문이란 것이 직각적으로 머리에 떠올라왔다. 기에 어느 놈이 꽂은 모양이다. 별일이야 없겠지마는 성이 가시다고 눈살이 찌푸려졌다. 경도행을 또 연기하게 될 것도 걱정이다.

그러나 종로서에서 데려간 것이 아니요, 경찰부가 착수한 모양이라는 것이 이상도 하거니와 산해진이 포위 중에 든 모양 같으니, 정보만 전화로 연락하여줄 터인즉, 올 것도 없이 가만히 들어앉았으라는 것이다.

원삼이 처가 헐레벌떡 와서 걱정을 하다가 가더니, 어슬할 머리에 병화에게서 또 전화가 왔다. 원삼이 처를 끌고 와서 필순이도

365 매우 마음에 차지 아니하거나 야속하게 여겨 즐거워하지 아니함.
366 기운을 차려 몸을 움직임.

함께 데려갔다는 것이다. 경애도 오늘은 오지 않는 것이 필시 또 불려 간 모양이라 한다. 필순이도 들어갔다는 데는 덕기도 놀랐다. 단순한 자기 집안의 중독 혐의 사건만이 아닌 것이 분명하다.

"고등이라던가 사법이라던가? 고등이면, 내가 좀 알아볼 만한 데두 있지마는……."

"글쎄, 그게 분명치가 않아."

병화는 혼자 있어서 나올 수도 없다기에, 덕기가 저녁 후에 가마고 하였다.

전화통에서 떨어진 덕기는 경찰부면 기무라 고등과장을 찾아가 보나?…… 하는 생각을 혼자 하고 앉았다. 기무라 고등과장은 종로서 시대부터 덕기가 잘 아는 처지다. 조부가 정총대町總代[367]니 방면위원方面委員[368]이니 하여 공직자인 관계도 있었고 재산 있는 유력자라 하여 교제가 잦았을 때, 덕기는 조부의 통역으로 가끔 만나던 사람이다.

덕기는 자기 집 소문으로 일이 벌어졌다면 더 말할 것도 없지마는, 필순이까지 이 추위에 고생을 시키는 것이 애처로워서, 우선 병화와 만나 의논을 하여보고 당장에라도 기무라를 찾아가 보고 싶으나, 퇴사한 뒤일 것이요, 사택으로 찾아갈 만큼 자별치는 못한 터라 이리저리 궁리를 하며 저녁 후에 병화를 찾아 나섰다.

×

367 토지에 관한 열 가지 사항을 맡아보는 사람의 대표자.
368 일정한 지역 안에서 가난한 사람의 생활 상태를 조사하여 지도하고 구제를 일삼는 조직이나 단체.

사실 사건은 대강 짐작들 한 바와 같이 사법과 고등 두 갈래에 걸친 것이었다.

어제 저녁때 일이었다. 경찰부 기무라 고등과장이 인제는 퇴사를 할까 하는 생각을 하며 난로 앞에서 담배를 피우고 앉았자니까, 금천 주임이 들어와서,

"가오도노(과장 영감)! 오늘 저녁에라도 일제히 착수를 할까요?" 하고 최후의 결재를 재촉하듯이 품을 하는 것이었다.

"응? 글쎄…… 무어라고들 하던가?"

과장은 그리 탐탁지 않은 대답이었다.

"어차피 그놈들이야 무어 압니까. 어쨌든 확신은 있는 일이요, 일부를 건드려논 다음에야 인제는 철저하게 나가야 하지요."

금천 주임은 이번 일에 고등과장이 우유부단優柔不斷인 것이 불평이었다. 그 이유를 모르는 것이 아니다. 과장이 종로서장 시대에 조덕기의 조부와 비교적 가까이 지낸 관계가 있다. 돈 있는 사람을 괄시 못 할 점도 있다. 그러나 금천이로서는 타오르는 공명심을 걷잡을 수도 없고 과장이 그럴수록 고집을 세워보고도 싶은 것이요, 또 그만한 확신도 있는 것이다.

물론 덕기 자신의 문제나 그 가정 내의 문제는 발전됨을 따라 분리를 시켜서 사법계로 넘길 성질의 것이나, 고등계 소속의 금천 형사로서 노리는 점은 따로 있는 것이다. 즉 덕기 조부의 독살이 사실이라면 그리고 그 주범이 조덕기라면 분명히 그 교사자는 김병화라는 단안斷案이다. 첫째 부호 자제와 공산주의자가 그렇게 친할 제야 아무 의미 없는, 동문수학하였다는 관계뿐만이 아닐 것, 둘째 경도부 경찰부에 의뢰하여 조사해본 결과 특별히

불온한 점은 인정치 않으나, 덕기의 하숙에 두고 나온 책장에 마르크스와 레닌에 관한 서적이 유난히 많다는 점, 셋째 덕기가 돈 천 원을 주어서 장사를 시키는 점, 넷째 작년 겨울에 한참 동안 두 청년이 짝을 지어 바커스에 드나들었는데, 그 여주인도 다소간 분홍빛이 끼었다는 점…… 등등으로 보아서 조덕기는 그 소위 심퍼다이저(동정자)일 것이다. 그런데 재산이 아무 이유 없이 당연한 가독[369] 상속자인 조상훈이를 제쳐놓고 손자에게로 갔다. 여기에는 무슨 음모든지 있을 것이요 그 배후에는 김병화가 있지 않으면 안 될 것이다. 이러한 의문이 상식적으로만도 넉넉히 드는 터에 항간에는 중독설과 의사 매수설이 자자하다. 마침내 금천이는 단독으로 단연히 일어섰다.

그때의 과장은 좀 더 확증을 붙들 때까지 참으라고 며칠을 눌러 나오다가 하도 성화같이 조르는 바람에 어제 오후에 겨우 승낙을 하여주었다.

과장이 신중한 태도를 취하는 데는 부하가 공명심에 날뛰는 것을 경계하여 누르려는 생각도 있지마는, 좀 더 다른 계통으로 노려보는 점이 있기 때문이었다. 작년 겨울의 검거가 끝난 후 벌써 이삼 개월이나 되니 그 잔당 사이에 아무 책동이 없을 리가 없을 것인데, 표면상으로는 매우 잠잠하고 김병화란 자는 천만의 외에 식료품 장사 중에도 일본식 반찬가게를 시작한 것이 결코 홑벌로 볼 일이 아닌 일편에, 외지의 정보는 구구하나마 여러 계통의 인물이 책동 잠입하는 형적이 있다. 물론 그런 종류의 정보

369 집안을 감독하는 사람이라는 뜻으로, 집안의 대를 이어나갈 맏아들.

란 열이면 열을 다 믿을 수는 없으나 열에 한둘은 사실일 것인데, 여기는 아무리 부하를 동독해도 감감무소식이다. 지금 서울의 거두는 거진 일망타진하였으나, 그중 온건한 자로서, 김병화와 장훈이가 그 또래 중에서는 중심인물이다. 그러나 그 온건이라는 것이 폭발탄의 껍질같이 두루뭉수리의 온건인지 모를 일이다. 과장은 이런 방면에 더 착목[370]을 하고 있기는 하나, 금천이의 관찰도 무리치 않게 생각하는 것이었다.

어쨌든 과장이 고개를 전후로 흔드는 것을 보고, 금천 주임도 오늘 아침에 부하를 풀어놓아서 우선 아랫도리에서부터 착수한 것이다.

×

덕기가 산해진에를 와보니 문이 첩첩이 닫히었다. 그러지 않아도 그럴 염려가 없지 안 했지마는, 병화마저 잡혀간 것 같아서 슬며시 낙심이 되었다. 이 밤 안으로 자기에게도 형사가 달겨들지 모르겠다는 겁도 난다. 하는 수 없이 돌쳐서려니까, 마침 필순이 모친이 컴컴한 데서 걸어온다.

"누구세요? 밤에 어떻게 나오셨에요?"

하고 반색을 하며 소리를 친다.

"아, 따님이 들어갔대죠? 얼마나 애가 씌시겠나요."

"큰일 났에요. 지금 김 선생두 데려갔는데, 집이 비니까 하는

370 착안.

수 없이 날더러 경기도청 앞에서 만나자고 병원으로 전화가 왔기에 가보니, 열쇠와 돈을 맡기구 그만 끌려 들어가시겠죠. 이거 어떻게 되려는 셈인지 사는 것 같지가 않구……."

고생에 찌들어 퍽 암팡지게 생긴 이 부인도 울상이다.

"어서 들어가시죠. 그래, 병환은 요새는 어떠신가요?"

덕기는 문을 여는 뒤에 서서 인사를 붙였다.

"암만해두 사실 것 같지 않아요. 폐염이 어서 걷혀야 할 텐데 점점 더해만 가시구…… 그놈들 동티에 남 못할 노릇 하구 저희 못살구…… 아, 이렇게 막막할 수야 있겠어요."

앞서 들어가서 전등불을 더듬어 켜니 난롯불도 꺼지고 찬 바람이 휙 도나, 그래도 물건들은 질번질번히 놓여 있고 사람들을 휩쓸어 내간 집 같지는 않다.

필순이 모친이 이것저것 부산히 치우는 동안에 바커스에 전화를 걸어본 즉, 경애 모친도 경찰부에 불려 간 모양이라 한다.

"어쩌면 비루 쓸 듯이 모조리 데려갑니까."

필순이 모친은 자기마저 붙들려 가면 병인을 뉘게 맡길까 겁이 난다고 걱정이다.

"과히 염려 마세요. 어떻게 주선을 하면 곧들 나오게 될지도 모르죠."

우선 안심을 시키느라고 고등과장을 내일은 찾아가겠다는 이야기도 들려주었다. 혼자 떼쳐두고 나설 수도 없어서, 치울 것은 치우고 얼 것은 들여놓고 하기를 기다려서, 같이 나와 병원까지 바래다주고, 덕기는 화개동으로 올라갔다. 병후에 문안 겸 경찰의 손이 여기까지 뻗치지는 않았나 궁금해서다.

사랑에서는 과연 이야기에 듣던 바와 같이 문을 닫아걸고 마장이 한참이다.

“마침 잘 왔다. 지금 너의 집에 전화를 걸었다마는, 경찰부에서 원삼이를 붙들어 갔다지?”

“예에.”

“그 웬일이냐? 아까 최 참봉이 여기 놀러 온 것을 불러 갔는데 대관절 무슨 일이냐?”

“최 참봉두요? 모르겠에요.”

“그 길에 새문 밖 영기 집 주소도 물어 가더라는데, 온 그거 수상하지 않으냐.”

마장의 큰 노름판을 차리고 앉았느니만큼, 부친은 불안해 못 견디는 기색이다. 영기 집이란 창훈이 집 말이다.

“글쎄올시다. 내일 좀 알아봐야 하겠습니다.”

덕기는 어름어름하고 나와버렸다. 안에서는 어떻게 하고 있는지 모르겠지마는, 돈 아니 걸고 하는 노름이 있을 리 없고 덕기는 입맛이 썼다.

집에 돌아와 보니 지 주사가 불려 갔다 한다. 인제는 자기 신변에까지 닥쳐온 것을 생각하니, 별일이야 없을 것을 번연히 알면서도 가슴이 선뜻하지 않을 수 없다. 그러나 이 추위에 늙은이가 유치장에 들어갈 것을 생각하면 마음이 아니 놓인다.

자는 둥 마는 둥 하룻밤을 간신히 새우고 이튿날 아침결에 경찰부로 들어갔다. 어차피에 불려 갈 바에야 자수라느니보다도 고등과장을 한시바삐 만나자는 것이다. 그러나 과장은 아니 만나고 금천이가 직접 불러들였다. 어차피에 불러야 할 판인데, 제풀에 온 것이 다행하다고 과장은 만나지 않게 하고, 우그려 넣으려는 작정이다.

지금 사건은 두 군데로 나뉘어 진행되고 있다. 병화, 장훈이를 중심으로 필순이, 경애 모녀 들은 고등계에 불린 것이요, 지 주사, 한방의, 최 참봉 들은 사법계다. 덕기와 원삼이 내외는 두 군데 다 걸쳐 있다.

문제의 초점은, 재산의 대부분이 어째 덕기에게 상속되었는가? 조부의 유해를 해부하자는 데에 어째 반대하였으며, 의사에게는 무엇 때문에 과분한 사례를 하였던가? 병화를 원조하는 이유는 무엇인가? 좌익 서적은 얼마나 읽었는가의 네 가지다. 여기에 대한 덕기의 대답은 이러하였다.—

조부는 부친을 미워하고 못 믿었었다. 부친의 대에 가서는 가산을 탕진하리라는 것을 거의 미신적으로 단정하였었다. 부친보다 사오 배를 자기 몫으로 준 것은 준 것이 아니라 조가의 집을 위하여 자손을 위하여, 맡았을 따름이다. 중독설은 믿을 수 없다. 돈은 한약재 중에 중독소가 있는가를 연구하여달라는 부탁 겸 손수세로 보냈으나 지위와 명예로 보아서 과분한 액수는 아니었다. 해부를 반대한 것은 자식으로서 부모의 화장을 싫어하는 것과 같은 심리도 있지마는, 노환일 뿐 아니라 불미한 점이 있을 리가 없는데, 누워서 침 뱉는 일을 하여 가문을 손상치 않으려는 것이었다고 변명하였다. 그러나 무엇보다도 유력한 실증은 조부가 생전에 금고 열쇠를 내맡겼다는 사실과 유서이었다. 이튿날 불려온 수원집은 열쇠 꾸러미를 경도에서 오는 길로 받는 것을 목도하였다고 증언 아니하는 수 없었다.

병화와의 관계는 저번 판에 핵변한 것을 되풀이하였다. 함께 자라난 죽마고우가 집을 뛰어나와 굶고 다니는 것을 구제할 겸 전향시키려는 우정으로이었다는 것을 솔직히 말하였다. 그러나 경도 하숙의 책장에 좌익 서적이 많다는 점으로 보아 이 말은 용이히 믿으려 하지 않았다. 경제학을 연구하노라면 참고로 보아야 한다는 말도 귓가로 들리는 모양이었다.

이날 덕기는 과장의 낯을 보아서인지 앓고 난 뒤라 해서 동정을 하였던지, 숙직실에 누웠다가 거기서 쓰러져 자는 대로 내버려두었다.

금천 주임은 중독 사건은 수원집 일파를 사법계에 맡겨서 취조하는 것이 첩경이라 하여 그리로 넘기고, 병화와 경애 문제는 경애 모를 닥다르면[371] 무어든지 나오리라고 믿었다.

"술집에서 만난 놈이겠지마는 그놈은 바람이 잔뜩 키인 헐렁이지요. 그놈 때문에 나까지 욕을 보는 것도 분한데, 내 딸이 그렇게 어림없이 그놈하고 무슨 일을 할 듯싶은가요. 어서 내 딸이나 내놔주시고 그놈은 한 십 년 징역을 시켜주슈."

경애 모친은 이런 딴청을 하며 게두덜대었으나 차차 취조해가는 중에 이 늙은이의 남편이 그 유명한 독립운동자 홍××이라는 말에 금천 형사는 눈이 커대졌다. 더구나 이 여자도 야소교인이다. 결코 이렇게 말귀도 못 알아듣고 이면 경우 없이 덤빌 구식 여자가 아닌데, 이러는 것은 공연히 미친 체하고 떡 목판에 엎드러지는 수작이 아닌가 하고 금천이는 마음을 단단히 먹었다.

371 남을 몹시 욱대겨 주다.

더구나 본가 편 이야기가 나왔을 제 오라비가 상해로 달아난 뒤에는 부지거처란 말에 더 의심이 버쩍 났다. 이 집안 내력들이 이렇구나 하고 벼르는 것이다.

"그래, 그 오래비 이름은 무어야?"

"○○○라고 하지요. 그놈도 죽일 놈이지요."

"응? ○○○!"

금천 형사는 눈이 등잔만 해졌다. 경애 자신은 아직 변변히 취조를 못했으나 대강 병화와의 관계만 물어보기에 급하여 저희 집 내력을 이때껏 몰랐더니 알고 본즉 맹랑하다.

"참, 그런데 저번에 왔던 그 사람, 요새는 어디 있소? 그저 댁에서 묵지?"

금천이는 자기 친구의 소식이나 묻듯이 별안간 좋은 낯으로 묻는다.

"누구요? 우리 시뉘님요? 아직 집에 계서요."

수원서 사촌 시뉘가 와서 요새 묵고 있는 것은 사실이다.

"아니, 오라버니한테서 온 사람요."

"십여 년을 처자가 굶어 죽게 되어도 저만 벌어서 쓰고 돈 한 푼 안 보내는 그런 도척[372] 같은 놈이 무슨 정성이 뻗쳐서 사람까지 보내요. 그놈 우리 집 판 돈까지 알겨가지고 달아난 그런 못쓸 놈애요."

맨 딴청만 한다. 물론 넘겨짚고 물은 말이지마는 이 늙은이의 대답이 그럴듯은 하면서도 너무 능청스러운 점이 도리어 의심이

372 중국 춘추시대의 큰 도적. 몹시 악한 사람을 비유적으로 이르는 말.

난다.

"그런데 오라버니 집이 지금 어디란 말요?"

"현저동 어디서 산다는데 가본 일도 없에요."

"돈을 얼마나 떼었는지 동기간에 절연을 하여서야 그거 되었소."

금천이는 능청맞게도 잘하는 조선말로 이렇게 한가로운 수작을 하고 웃다가,

"그래 조카자식들도 있겠구려?"

하고 말을 돌린다.

"둘이나 있어요."

"벌어들 먹을 만하게 자랐나요?"

마치 여러 해 격조한 친구의 집안을 걱정해주는 것 같다.

"예에, 큰놈은 열아홉 살이나 먹고 작은놈은 열여섯인지 열일곱인지……."

금천 형사는 요놈들을 데려다가 물어보리라 생각하였다.

"바쁘신가요? 좀 급한데."

방한모에 조선옷을 입은 자가, 취조실로 창황히 들어오며 말을 붙인다.

"음, 가져왔나?"

"갖다가 세 군데나 감정을 해봐야 판에 박은 듯이 똑같습니다."

"그래 무어라구?"

"본새가 외국 건 외국 건데 상해제도 아니요, 미국제도 아니라구요."

"그럼 어디 거란 말인가?"

"묻지 않아도 로서아제지요!"

"그래 어따 두었나?"

"여기 가졌에요."

하고 그자는 금천 형사 앞에 앉았는 경애 모친에게로 눈을 보낸다. 두루마기 귀에 손을 찔러서 그 속에 무엇을 가지고 있는 것은 경애 모친도 눈치채었으나, 일본말로 수작을 하기 때문에 무슨 소리인지 알 수는 없었다.

금천 주임은 이 여자 때문에 가진 것을 내놓지 않는 줄 알았으나, 감출 필요가 없을 것 같아서,

"어디 좀 보세."

하고 손을 내밀며 경애 모친의 얼굴을 치어다본다.

두루마기 속에서 흙투성이의 너털뱅이 노랑구두 두 짝이 쑥 나오는 것을 보자, 경애 모친의 눈은 번쩍하며 고개가 뒤로 끄덕하여졌다. 두 형사의 눈은 노파의 얼굴에서 차차 떠나면서 저희끼리 마주쳤다. 경애 모친은 무거운 침묵이 등덜미를 짓누르는 것 같았다. 머리가 어찔하면서도 정신은 반짝 났다.

형사들은 뜻밖에 단서를 잡은 듯이 속으로 춤을 추었다.

"이 구두 뉘 것인지 알겠지?"

금천 형사의 눈은 금시로 험악하여졌다.

"뉘 건데요?"

"뉘 건데라니?"

옆에 섰던 부하가 마루청을 탕 구르며, 덤벼들어서 경애 모친의 어깨를 으스러져라 하고 후려잡고 흔들어놓으니, 애고고 소리를 치며 바닥에 뒹구는 것을 발길로 두어 번 걷어찼다. 우선 얼을 빼놓는 것이다.

이 구두는 장훈이 집에서 가져온 것이다. 장훈이는 두목이니만큼 감시만 하고 병화보다도 하루 늦게 잡아들이는 동시에 그 구두를 가져다가 몇몇 구둣방에서 감정을 하여 오라 하였던 것이다.

금천이는 저번 테러 사건이 있은 뒤부터 보지 못하던 구두를 장훈이 집의 사랑방(사랑방이라야 행랑방이나 다름없지마는) 툇마루 앞에서 발견하고 눈여겨보아 오던 것이다. 사흘 돌리[373]로 장훈이 집에를 순행하듯이 들여다보았지마는, 다녀간 사람이나 묵고 간 사람은 없다는데 주인이 집 속에서 끄는 헌 구두가 새로 생긴 것이 이상하였던 것이다. 더구나 그 구두는 장훈이에게는 넉가래[374] 같아서 출입에는 못 신는 모양인 것이다.

물론 가택 수색은 하였으나 다른 소득은 없었다. 어쨌든 무슨 언턱거리든지 잡아가지고 이 판에 '장개석'이 일파와, 김병화 일파를 뿌리를 빼자는 것이다. 두 사람이 일자이후로 반목 중에 있을 듯한데, 매 끝에 정이 들었는지 싸운 뒤에 도리어 친해진 듯한 눈치가 보이는 것이 수상하던 터이라 구두 조건을 얽어가지고 한번 건드려보자는 것이다.

"너의 집에서 장훈이와 김병화를 불러다가 노서아에서 들어온 놈과 만나게 해주었지?"

인제는 금천이도 경애 모친에게 '너'라고 마구 다룬다.

"그런 일 없에요. 아무것두 모르는 등신 같은 늙은이를 왜들 이러세요."

373 도리, '주기'의 옛말.
374 곡식이나 눈 등을 한곳으로 밀어 모으는 데 쓰는 기구.

경애 모친은 우는소리로 애걸을 하였다.

"네가 그랬다는 게 아니라, 네 딸이 그랬다는 말이야!"

또 소리를 벼락같이 지른다. 형사들도 물론 입에서 나오는 대로 넘겨짚는 소리다.

"우리 딸년은 분이나 바르고 향수나 뿌리고 밤을 낮으로 알고 돌아다닐 줄이나 알지, 그 외에 무슨 일을 하였겠어요?"

이 노부인도 남편의 덕에 이런 곤경도 좋이 치어나서 엄살로 목소리는 떨어도 여간해서는 속까지 떨리지 않지마는 저놈의 구두 하나만은 보고 볼수록에 뜨끔하다.

'그 빌어먹을 놈이 신기 싫으면 쓰레기통에라도 넣고 달아를 나거나! 누구 못할 노릇을 하려고 어따 벗어놓고 달아나서 이 불티를 낸단 말이람!……'

어떻게 되는 조카인가 하는 피혁이를 속으로 원망하고 앉았으나 원망한들 무엇하랴.

"그런 딸이 어째 김병화 같은 놈하고 사느냐는 말이야? 김가가 분 장수야? 향수 장사야?"

"낸들 알겠습니까마는 인물이 끼끗하고 허우대가 좋은 놈이 슬슬 꼬이는 바람에 그 미친년이 멋모르고 따라다녔겠죠. 그 놈팽이가 말 뼉다귀로 된 놈인지 소 뼉다귀로 된 놈인지 전들 알겠습니까?"

"흥, 아주 말 잘하는데! 남편—홍 선생님한테 배운 게로군?"
하고 금천이는 까짜를 올리면서,

"그래 이 구두는 정말 모르겠소?"
하고 다시 순탄한 목소리로 달랜다.

"알면 안다지, 무엇하자고 속이겠어요."

"응, 그럴 테지!"

금천 주임은 비꼬듯이 대꾸를 하고 부하에게 슬쩍 눈짓을 하니까, 옆에 섰던 형사가 별안간 일어나! 하고 소리를 버럭 지른다. 경애 모친은 하도 무서운 큰소리에 용수철이 튀듯이 일어나며 벌벌 떤다.

"대접이 받고 싶거던 바른대로 자백을 하는 게 아니라!"

부하는 혼자 중얼거린다.

십 년 전 남편 때문에 붙들려 갔을 때도 두 차례 세 차례씩 그 몹쓸 고생을 당하였다. 또 그러려고 끌고 가는 거나 아닌가? 하는 겁이 펄쩍 나서 두 다리가 허청 놓이며 부르르 떨린다…… 그러나 하는 수 없었다. 입 한 번만 벙긋하면 내 딸이 생지옥으로 떨어지는 판이다. 차라리 내가 예서 숨이 끊어질지언정 우리 경애를 삼사 년 콩밥을 먹일 수는 없다!고, 마음을 단단히 먹었다.

거진 한 시간 뒤에 경애 모친은 어둑컴컴한 속에서 만들어 붙인 고무손 같은 손으로 흑흑 느끼면서 옷을 주워 입고 형사를 따라 환한 방으로 다시 왔다. 아래위 어금니가 딱딱 마주쳐서 입을 어우를 수도 없고 어디가 앉을 기력도 없다. 손발은 여전히 내 살 같지가 않고 빠질 것만 같다.

"말 한마디에 달렸는 것을 그걸 발악을 하면 무얼 하우? 내 몸 괴로운 것은 고사하고 귀한 내 딸도 당장 그 지경을 당할 것을 생각하면 자식의 정리를 생각해서라도 얼른 시원스럽게 불어버릴 게 아니요. 우리야 범연히 알고 그럴 리가 있나! 손샷[375]같이 알기에 그러는 것을 속이려면 되나! 나 같으면 내 자식이 그런 곤경을 치를까 보아서라도 선뜻 한마디 할 테야……."

이렇게 달래는 것이었다. 그러나 딸이나 병화가 이보다 몇 갑절 고초를 겪을 거라는 생각을 하면 이만쯤한 것을 못 견디랴 싶었다.

겉늙은이 망령

아들이 잡혀 갇혔다는 말을 듣고 상훈이는 스르르 큰집에를 들렀다. 일자이후로 처음이다. 아들이 그런 누명을 쓰고 횡액에 걸린 것이 안되기는 하였으나, 별 죄가 있는 것 아니요 한 서너 달 미결감에 들어앉았다가 나오면 그만일 것이니, 젊은 놈 기운에 도리어 공부도 되고 이 세상 경험 삼아도 좋을 거라고쯤 생각하는 것이다. 하여간 몇 달 동안은 눈에 아니 띌 것도 해롭지 않다고 코웃음을 쳤다. 자식 앞에서라도 기죽을 못 펴다가 그동안만이라도 집안일을 마음대로 휘둘러볼 수도 있겠거니 해서 그런 것이다.

시어머니는 건넌방에서 내다보지도 않고 며느리만 나와서 맞는다.

"이놈은 몸 성하냐? 어디 나갔니?"

"안방에서 잡니다."

시아버지는 손자를 보겠다고 안방으로 들어갔다.

375 손샅, 손가락과 손가락의 사이.

'아닌 적엔 손주새끼가 왜 그리 귀여워졌누?'

하고 마나님은 코웃음을 쳤다. 아닌 게 아니라 영감은 아무도 없는 안방에 들어가서 자는 아이를 언제까지 들여다보고 앉았는지 도무지 감감하다.

건넌방에서 모친이 부어 앉았다가 며느리더러,

"얘, 무얼 하시나 좀 건너가 봐라."

아들이 밉다고 손주새끼까지 귀여워 못 하랴마는, 첩을 들여 앉힌 뒤로는 돈에 갈급이 나서 그런지, 아편 인에 몰려서 그런지, 무엇에 쓰인 사람처럼 얼굴까지 뒤틀리고, 눈자위가 바로 놓이지 않아서 다니는 사람이니까, 남편이요 시아버지건마는 무시무시하여 정이 떨어지는 터이다.

"그저 잡니까?"

며느리가 방문 앞에서 머뭇거리다가 인기척을 내고 문을 방긋이 열려니까, 발치께로 놓인 아들의 책상 앞에 돌아앉아서 무엇을 훔척훔척하다가 깜짝 놀라며 돌아다본다.

"응, 얘, 잠깐 들어오너라."

"무얼 찾으세요?"

책상 서랍이 열려 있다.

"사랑, 문갑 열쇠 어디 있는지 아니?"

"모르겠에요, 거기 어디 있겠죠."

열쇠 꾸러미는 조그만 손금고에 넣어서 다락 앞턱에 놓아둔 것을 아나, 모른다고 하여버렸다. 손금고의 열쇠는 물론 덕기가 돈 지갑 속에 넣고 다니는 것이다.

"다른 게 아니라 내게 두었던 문서 한 장을 초상 중에 문갑 속에 넣어둔 것이 있는데, 경찰서에 곧 갖다 뵈어야 이 애가 놓여나올 테구나……."
하고 망단한 듯이 먼 산을 치어다보고 앉았다가,

"넌 정말 모르니?"
하고 며느리에게 애원하듯이 얼굴을 치어다본다. 알고도 속이는 며느리는 면구스러웠다. 마치 난봉 피는 젊은 애가 휘이 들어와서는 남의 눈을 기어가며 집 안을 들들 뒤지는 것 같아서 어른 체모에 딱하고 흉하기도 하다.

"얘, 할아버지 쓰시던 조그만 금고 어디 갔니?"

"여기 있에요."
하고 며느리는 다락문을 열고 금고를 내다가 앞에 놓았다.

"열쇠 가져오너라."

시아버지는 반색을 하며 비로소 생기가 난다.

"집에 두고 다니지 않아요."

영감은 다시 낙심이 되었다. 어린애가 장난감 만져거리듯이 대그럭거리며 맞은쇠질을 하려 한다. 체통이 사나워 보인다. 며느리는 획 나오려다가,

"경찰서에서 가져오라 한다시니 그러면 누구를 보내서 열쇠를 내달라고 해 오랄까요?"
하고 물었다. 문갑에 무에 들었는지는 모르겠으나 그것만 가져가면 제 남편이 나온다는 말에 그래도 마음이 솔깃하여 열쇠가 있으면 시원스럽게 열고 싶었다.

"그만두어라, 어떻게 열리겠지."

며느리가 건넌방에 와서 그런 이야기를 시어머니한테 하니까

펄쩍 놀라며,

“애 쓸데없는 소리 마라. 공연한 말씀이다. 큰 금고 열쇠가 함께 꿰어 있을 줄 알고 그걸 훔쳐가려고 얼렁얼렁하시는[376] 소리다.”
하고 벌떡 일어나서 우당탕 문을 밀치고 나간다. 며느리는 또 무슨 야단이 날까 보아 조마조마하기는 하나 가만히 앉았으려니까, 안방 문이 우당퉁탕하더니 철궤를 들어서 마루로 탕 내부딪는 소리가 육간대청에 떼그르 하고 울린다.

“애, 이 철궤 내 방에 갖다 둬라. 인젠 내가 맡는다. 왜 우리마저 쪽박을 차고 나서는 꼴을 보려우? 낮도둑놈 모양으로 무슨 까닭에 여기까지 쫓아와서 작은 열쇠 큰 열쇠 하고 법석요? 그놈의 금고째 떠메 가든지! 이 짓 하려고 자식을 그 못쓸 데로 잡아넜구려? 이 죄를 다아 어디 가서 받을 테요?”

소리를 바락바락 지르려니까, 영감은 검다 쓰다 말없이 모자를 들고 나와서 내려가다가 며느리를 보고,

“난 모르겠다. 형사들더러 와서 가져가라지.”
하고 홀쩍 가버렸다.

덕희는 책보를 끼고 들어오면서 좌우 방문이 열리고 식구들이 우중우중 섰는 것을 보자 벌써 알아차리고 눈살을 찌푸렸다. 지금 전차에서 내리면서 원광으로 부친의 눈길과 마주쳤으나, 모른 척하고 휙휙 가버리는 뒷모양을 몇 번이나 바라보면서, 심사가 좋지 못한 것을 참고 들어오는 판인데, 집 안 꼴이 또 이 모양이다. 덕희는 누구 편을 들고 말고 없이 요새는 집이라고 들어올

376 남의 비위를 맞추거나 환심을 사려고 더럽게 아첨을 자꾸 떠는.

생각이 없다. 학교에서나 동무의 집에서 엉정벙정 지낼 때는 남과 같이 웃고 떠들다가도, 집에를 들어와 앉으면 무엇이 짓누르는 듯이 답답하고 누구의 얼굴이나 보고 싶지 않고 누구의 말이나 듣고 싶지 않다. 부친이야 원체 말할 것도 없고 남보다 좀 나을 따름이지마는 덕희는 모친과도 맞지를 않았다. 모친이 공부하는 묘리나 학교 켯속을 잘 모르는 것이 답답할 때도 없지 않고, 하루에도 몇 차례씩 끌어내놓는 푸념이나 히스테리 증세에는 머리를 내두를 지경이다. 이 집안에서 다만 한 사람 오라비만은 같은 시대에서 호흡을 하고 얼마쯤 이해를 해주고 귀해주는 점으로 제일 마음에도 맞고 남에게 자랑도 되었다. 그러나 그 오라비가 저 모양이 되었다.

"아버지 다녀가셨우?"

덕희는 오라범댁에게 물었다.

"그런데 또 왜 그러시우? 싸우셨우?"

"아니라우. 금고 열쇠를 찾으러 오셨더라우."

"아버지두 딱하시지!"

덕희는 한숨을 쉬었다.

"오빠는 저렇게 고생인데 그건 빼놓아주실 생각을 아니하시구 망령이시지……. 금고가 못 잊히셔서? 돈이 뭔구? 재산이 뭔구?"

공부방인 아랫방을 열고 들어가며 덕희는 혼잣소리를 한다.

"망령?…… 나이 아직 오십두 못 되어서 망령이야? 철 안 나고 계집 바치는 분수 보아서는 스무나문도 못 되었을라."

모친은 마루 끝에 앉아서 또다시 시작이다.

덕희는 문을 꼭 닫고 책상 앞에 가만히 앉아버렸다. 말대꾸를 하면 모친이 점점 더 화가 치밀어서 저녁도 못 자실 것이요, 귀가 아파서 못 견딜 것이니까. 그러나 모친이 그르다고는 생각할 수 없다.

'남의 집 부모는 안 그렇던데 우리 집은 왜 이럴꾸?'

덕희는 반찬가게 하는 동무 집이 새삼스럽게 부러웠다. 오라비는 친구의 반찬가게를 부러워하더니, 덕희도 동무 아버지의 반찬가게를 부러워한다. 이 남매는 부잣집에 태어난 것을 한탄하는 것이다.

저녁밥을 막 먹으려니까, 지 주사 대신 사랑을 지키는 영감이 앞장을 서고 상훈이가 사랑에서 들어온다. 영감이 어째 또 오나? 하는 생각을 할 새도 없이 뒤따른 두 양복쟁이를 보니 묻지 않아도 형사의 행색이다.

"어디요?"

형사가 후뿌리는 소리를 하니까 주인 영감은 급급히 마루로 올라서며 썰썰 기듯이 안방을 열어 보인다. 입회를 시킬 테니 방임자를 불러들이라 하고 형사들이 앞장을 서 들어갔다. 덕기 처는 겁을 집어먹으며 따라 들어가서 시아버니 뒤에 섰다. 시어머니와 덕희와 침모들은 마루에 떨고 서서 하회를 기다리고 있다.

형사들은 장문을 모조리 열고 쑤셔거려보고 책상 서랍을 뒤지고 책장을 열어보고 다락 속도 대강대강 뒤져보더니 조금 아까 다시 집어넣은 철궤를 들어내며 열어보겠다 한다.

"열쇠가 없는데요."

아까는 남편에게 기별해서 열쇠를 가져오게 하려느냐고 하던 며느리건마는, 당돌히 가로막고 나서는 기세다.

"아범에게서 받아 왔어."

옆에서 시아버니가 나지막이 귀틤을 해주었다.

"이 금고 열쇠가 있으니까 열겠다는 것 아니겠소?"

늙직한 형사는 젊은 형사가 꺼내 드는 열쇠를 가리키며 핀잔을 주는 동안에 젊은 사람은 종시 잠자코 호수를 맞추어가며 쇳대[377]를 넣어서 땡그렁 하고 열어놓는다. 나 먹은 형사는 부스럭부스럭 뒤지더니 열쇠 꾸러미를 꺼내 들어 보이며,

"이거요?"

하고 상훈이에게 묻는다.

"예, 예……."

마루에 섰는 마님은 영감이 왜 저렇게 겁을 먹고 허겁지겁을 해서 젊은 사람에게 쩔쩔매는지 창피스럽고 어이가 없었다.

형사는 열쇠 꾸러미를 들고 우우들 사랑으로 몰려 나갔다. 고식도 덕기를 내놓게 되는 문갑 속의 서류가 무엇인가 궁금하여 뒤쫓아 나갔다. 나가면서 마님은 사랑 영감더러,

"정말 형산가요?"

하고 물어보니까, 영감은 눈이 뚱그레지며,

"그럼 영감이 껄려다니시지 않습니까? 명함두 저기 받아놓았습니다는."

하고 새삼스럽게 무슨 소리냐고 핀잔을 주듯이 대답을 한다.

어쨌든 아들을 구해내게 된다는 자국에 무엇을 의심하랴고 돌려 생각을 하였다. 고식이 축대 위에 서서 전등불이 빤한 방 안의

377 열쇠.

광경을 노려보고 있으려니까, 문갑을 열어보는 눈치더니 다시 다락 속의 큰 금고를 후딱 열고 뒤져보고는 제대로 닫고 마루로들 나온다.

"거기들 왜 섰니? 들어가거라."

영감은 여자들을 보고 나무라며 축대로 내려온다.

"어떻게 되었에요?"

시어머니는 말을 하기 싫어하니까 며느리가 대신 물었다.

"응, 내일쯤은 놓여나올 것이다. 마음 놓고들 들어가거라."

영감은 상노 아이더러 문신칙[378] 잘하라고 일러놓고 형사들에게 꺼들려 나갔다.

×

"영감! 지금 댁으로 바루 가시겠습니까?"

"바루 가두 좋지. 하여간 택시를 불러 타세."

세 사람은 황금정으로 나와서 택시를 불러 탔다.

"저희들은 오늘 밤으로라도 들고뛰겠습니다. 논공행상[379]은 당장 하셔야 하십니다."

"염려 말게. 지금 가는 길로 줌세그려."

"하지만 잘못하면 삼 년—어떠면 오륙 년은 콩밥 귀신이 될 텐데, 천 원씩은 너무 약소합니다. 어쨌든 삼 년 동안 처자식 굶지 않을 만큼 만들어놓고 들고빼든 떼 가든 해야 하지 않습니까."

378 잡인이 대문으로 드나드는 것을 금하거나 드나들지 못하도록 살피던 일.
379 공적의 크고 작음 따위를 논의하여 그에 알맞은 상을 줌.

한 자가 이렇게 조르니까 또 한 자는,

"여부가 있나! 하지만 가만있게. 설마 영감께서 이렇게 성공한 바에야 처분이 계시겠지."

하고 추켜세운다.

"큰 것 하나씩 주서도 아깝지는 않습니다."

큰 것 하나라는 것은 만 원씩 말이다.

"압다, 이 사람들 퍽이나 조급히 구는군. 그런데 아차차 잊어버린 게 하나 있네그려."

상훈이는 놀라는 소리를 한다.

"무엇 말씀요?"

"자네들, 사랑에서 그 영감쟁이에게 내놓던 형사의 명함 말일세. 큰사랑 문갑 위에든지 놓였을 텐데…… 허허, 그거 낭패다."

상훈이는 자동차를 돌리라고 하여 다시 가서 뒤져가지고 오자고 한다. 그 명함은 최 참봉을 데려가던 형사에게서 받은 것이었다. 상훈이는 지갑 속에 있던 그 명함을 꺼내 주며 만일 무슨 표적을 달라거든 내주되 아무쪼록 쓰지 말라고 신신당부를 하였던 것이다.

"염려 없습니다. 경을 쳐도 가짜 형사질을 한 저희가 경을 치지 영감께야 무슨 상관이 있겠습니까."

"누가 경을 치든지 간에 다른 것은 집안 내의 일이니까 어떻게든지 되겠지마는, 그것이야 인감 도용이나 공문서 위조 사용과 같이 말썽만 되는 날이면 큰일 아닌가?"

"그렇게 애가 씌시면 제가 당장 뺏어다가 도로 드릴 테니 얼마 내시렵쇼?"

"이 사람! 자네는 아는 게 얼만가? 얼마든지 줄게 빼어만 오게 그려."

"글쎄 얼마 주시겠습니까?"

"어떻게 빼어 온단 말인가?"

"어떻게 빼어 오든지 그거야 아실 거 있습니까. 얼마란 값만 치십쇼그려."

"얼마만 했으면 좋겠나?"

"처분대로지요."

"그럼 백 원 하나만 줌세."

"그건 너무 헐합니다. 잘못하면 사람 목숨 하나 값이나 되는데요."

"미친 사람! 하여간 백 원 줌세."

"정녕 그러시지요? 그럼 쓰십쇼."

"증서를 말인가?"

"아니요, 소절수요."

"쓰지.…… 그 자리에서 다시 집어넣구 나왔네그려?"

"하여간 쓰십쇼. 그리고 그 길에 저희들 상급까지 써줍쇼."

"그건 안 돼! 당장 현금이 그렇게는 없으니까."

하며 상훈이는 자기 집 문전에 와서 세운 자동차 속에서 백 원 소절수를 떼니까, 한 자가 껄껄 웃으며 한 손으로는 돈표를 받고 한 손으로는 외투 주머니에서 명함 한 장을 꺼내서 맞바꾸었다. 돈 백 원이 억울은 하나 그 명함을 이자의 수중에 넣어두는 것은 큰집 문갑 위에 놓아두는 것보다도 더 위험한 것이었다.

×

내일 나온다던 사람은 그 내일의 짧은 해가 다 지도록 감감무소식이었다.

그래도 영감마저 붙들려 갔나 하는 염려도 있고, 영감만은 다녀 나왔으면 소식을 알리라고 어멈을 화개동으로 보내보니, 거기서는 도리어 여기서 무슨 기별이 가기를 고대하고 있더라 한다. 어제 초저녁에 형사 두 사람이 영감을 데리고 와서 작은집(의경이)마저 자동차에 실어가지고 가버렸다는 하회뿐이다.

고넌—첩년이야 한 십 년 가두어두었다가 내놓았으면 좋겠지마는, 영감까지 들어가서 유치장 신세를 지고 있을 생각을 하니, 아들만은 못하여도 가엾은 생각이 든다. 세상이 마음대로 되었으면 덕기 부자는 오늘 저녁으로 놓여나오고, 고년과 경애만은 하다못해 일 년만이라도 경을 뽀얗게 치고 나왔으면 시원하기도 하려니와, 그러노라면 영감도 마음을 잡고 여러 해 버스러졌던 의취도 돌아서게 되련마는…… 덕기 모친은 갖은 공상에 잠이 안 왔다. 하여간 이렇게 되고 보니 영감의 뒷배를 보아주는 사람이라고는 없다. 무엇을 먹고 그 추운 속에서 덮개도 없이 벌써 이틀이나 어떻게 지내는지 내일은 아들의 밥을 해 가는 길에 금침이나 차입을 하여야 하겠다고 생각하였다. 이렇게 생각이 드니 천리만리 떨어졌던 영감이 급작스레 가까워지고 남편의 옥바라지에 공을 들인다는 것이 그다지 장한 일은 아니로되, 그래놓아야 남편의 마음도 돌아서게 할 수단이 되겠고 한편으로는 젊었을 때의 정분이 새로 난 듯이 아까까지 욕을 하던 남편이 그지없이 정답게 생각되었다.

날이 막 밝으며부터 마님은 안방 다락 속에 배송을 내두었던 영감의 자리 보퉁이를 끌어내고 장속을 뒤져서 솜옷 일습을 내놓고 수건을 사 오너라 비누니 치마분[380]이니 하고 한참 법석을 하여 자리 보퉁이를 꾸려놓고 자기도 곱게 분세수를 한 후 온종일 한데서 떨고 있어도 좋을 만큼 든든히 입고 매일 식사 나르는 상노놈을 따라서 자동차로 나섰다. 그래야 집안에서는 누구나 밤새로 돌변한 마님을 비웃는 사람은 없었다. 도리어 마님의 하는 일 중에 제일 잘하는 일이라고 생각들 하였다.

그러나 집안에서들은 일전 덕기에게는 금침은 아예 아니 받으려는 것을 병중이라고 간청을 해서 들였는데 이번도 잘 받아줄까? 하고 마님의 하회를 기다리고들 있으려니까, 오정이나 되어서 자동차 소리가 밖에서 또 난다. 자동차로 오실 제야 허행을 하시는 게로군 하고 덕기 처가 나오려니까 뜻밖에도 남편이 마당으로 어정어정 들어온다. 집안 식구들은 죽었던 사람이나 살아온 듯이 법석을 하며 내달아 맞으려니까 중문간에서 양복쟁이 둘이 주춤하며 기웃거린다.

'또 왔구나!' 하는 직각이 누구의 머리에나 떠올라 왔다.

덕기는 떠들지들 말라고 손짓으로 제지하고 그 사람들을 불러들인 뒤에 마루로 올라서며 아내더러 다락의 손금고를 내오라고 한다.

"예? 금고요?"

아내는 눈이 둥그레졌다.

"손금고 말요. 열쇠만 꺼내와도 좋아요."

380 가루로 되어 있는 치약.

덕기가 앞을 서서 올라와서 방문께로 가려니까,

"그저께 경찰서에서 열쇠 가져가지 안 했에요?"

하고 뒤따른 아내는 어쩐 영문인지 몰라서 가만히 수군수군한다.

"뭐야?……"

덕기도 마주 눈이 커대지며 형사들을 돌아다보았다. 그 사람들도 알아들었는지 눈이 둥그레졌다.

"아버니께서 경찰서에 안 계서요? 어머니께선 조금 전에 차입하러 가셨는데……."

"무어? 아버니께서?"

덕기가 다시 형사에게 대고 일본말로 물어보니까 형사들은 도리질을 하며 그럴 리 없다고 얼굴빛이 달라진다.

"그래 언제 가져갔더람? 누구라고 합디까? 무슨 표적이 있겠지?"

"손금고 열쇠를 주어 보내시지 않으셨에요? 사랑에는 명함두 내놨다던데 사랑에 있을 거애요."

"손금고 열쇠는 여기 있는데!"

덕기는 하두 어이가 없어 맥을 놓고 열쇠를 꺼내 보인다.

"그래, 영감이 데리구 왔더란 말이지?"

한 형사가 묻는다.

"예, 처음엔 혼자 오셔서 문갑에서 꺼내실 것이 있다고 열쇠를 찾으시다가 가시더니 어슬할 때 형사 두 사람하구 오셔서 열쇠를 꺼내가지구 사랑 금고에서 또 무얼 찾아가셨에요."

"열쇠를 가지고 왔더랐을 제야 더 말할 것 있나마는…… 날이 저문 뒤에 가택수색을 하는 법이 있을 리가 있나!"

형사들은 이런 소리를 하고 덕기와 사랑으로 나갔다. 다만 남은 의문은 부친이 가형사에게 속아 끌려다니면서 곤욕을 당하고 있는지 혹은 한통속이 되어서 한 일인지 두 가지 중 하나일 것이다. 그러나 덕기는 아무려니 부친이 한통속이리라고는 생각하고 싶지 않다.

형사들은 금천 주임에게 전화로 보고를 하여놓고 그 가형사들이 두고 간 명함을 찾아보았으나 나오지를 않았다. 오늘 덕기를 데리고 온 것은 조부의 유서를 갖다가 보려는 것이요 마지막으로 그것만 틀림없으면, 우선 소위 중독 사건만은 일단락을 지어 무사히들 놓여나올 뻔하였는데, 일이 이렇게 되고 보니 여간 낙심이 아니다. 저 금고 속까지 텅 비었을 것이니 부친이 가져갔다면 그런 기막힌 일도 없다.

형사들은 조사를 마치고 덕기를 다시 데리고 가버렸다. 덕기가 떠나자 모친은 자리 보따리를 상노 아이에게 지워가지고 풀 없이 되돌아왔다. 경찰부에서는 모른다고 하여 덕기와 지 주사의 식사만 차입하고 종로서로 갔더니 종로서에서는 또다시 경찰부 사법과로 가보라 하여 왔다 갔다 다리품만 팔고 온 것이었다. 그동안 지낸 사연을 듣고 낙담하는 모친의 정상은 차마 볼 수 없었다.

피 묻은 입술

희미한 전등불이 으스름하게 내리비치는 쓸쓸한 긴 복도를 급한 발자취가 우르르 몰리며 수렁수렁한다.[381] 문을 꼭꼭 닫고 괴괴하던 이 방 저 방에서 덜걱덜걱 문이 열리며 고개만 내밀고,

"왜 그러나?"

"무슨 일야?"

하며 수면 부족으로 충혈된 눈들이 번쩍인다. 무슨 사건인 줄을 알자 누구나 '흥!' 하고 놀라는 것도 아니요 근심하는 기색도 아니나 저마다 살기는 더 뻗치고 얼굴들도 모지라졌다. 매일 이맘 때쯤이면 방방이 하나씩 데리고 앉아서 밤을 새워가며 취조를 하는 것이었다.

금천 부장은 허둥허둥 달겨든 부하들의 보고를 듣고 나서 한 사람에게는 당자를 이리로 데려오라 명하고 한 부하에게는 의사를 곧 부르라고 지휘하였다.

밖에서는 각 취조실마다 그 앞에 순사를 하나씩 배치하여 출입을 금한 뒤에 조금 있더니 검정 외투를 얼굴까지 뒤집어씌운 송장 같은 것을 오륙 명의 환도 없는 순사가 네 각을 뜨고 허리를 받치고 하여 가만가만히 모셔 온다. 이 사람들은 구두들을 벗고 슬리퍼를 신었기 때문에 발자취 소리가 없을 뿐만 아니라 누구나 의식이 엄숙한 장례에 참렬한 것처럼 말이 없었다. 취조를 받고 있는 연루자들이 눈치챌까 보아 절대 비밀을 지키자는 것이다.

금천 주임실 앞에 지키고 섰던 순사가 문을 여니까 환한 불빛이 복도로 쫙 끼얹듯이 퍼져 나오며 네 각을 뜬 송장이 소리 없이 불빛 속으로 꼬리를 감춘 뒤에 순사는 밖으로 문을 닫아주었다. 그러자 방문마다 지키던 순사들은 거동이 지나간 뒤처럼 우

381 술렁술렁하다. '수런거리다'의 뜻으로 쓰임.

우 몰려서 저편으로 가버렸다.

금천 주임의 방 안이다. 흙마루 바닥에 떠메어 온 것을 내던지듯이 덜컥 내려놓으니까 이때까지 송장인 줄만 알았던 사람이 외투 자락 속에서 꿈질꿈질하며 숨이 턱에 닿는 신음 소리가 난다.

금천 부장이 앞으로 다가오자 부하가 덮었던 외투를 휙 벗겼다. 무거운 숨결과 함께 가슴이 벌렁벌렁할 뿐이요 입에서는 피거품을 푸우푸우 내뿜는다. 금천이의 무된[382] 눈에도 끔찍끔찍하고 의사가 오기 전에 곧 숨이 질까 보아 애가 씌었다.

얼굴이 아니라 시꺼먼 선지 덩어리다. 코, 입, 눈…… 할 것 없이 그대로 넉절을 한 선지 핏덩이다. 사람의 얼굴이 아니라 마치 그믐 밤중에 메줏덩이를 손 가는 대로 뭉쳐논 것 같다. 입이 어디가 붙었는지 알 수 없다. 다만 눈만 반짝하고 뜬다.

"이게 무슨 못생긴 짓인가? 큰 뜻을 품은 일대의 남아가 비겁하게도 이렇게 죽는단 말인가? 비소망어평일[383]이지—장 군이 이렇게 비루할 줄은 몰랐군!……"

금천이는 피투성이의 얼굴을 눈살을 찌푸리고 들여다보며 말을 하였다. 듣기에 따라서는 비웃는 어조 같기도 하다.

"지사志士란 무사武士의 정신에 사는 것이다! 그리고 무사는 죽음을 깨끗이 잘 하여야 하는 것인데, 이것이 무슨 추태란 말인가? 이왕 죽으려면 저 피스톨로(자기 책상 위에 놓인 피스톨을 가리킨다) 비장하고 남자다운 최후를 마친다면 오히려 장쾌하지나 않을까? 하여간 장훈이! 자네는 인젠 마지막 아닌가! 시운

382 '무딘'의 의미인 듯.
383 非所望於平日, 어떤 일이 평상시에는 이렇게 되기를 바라지 아니하였다는 뜻.

이 불리해서 뜻은 이루지 못하였을지언정 내 먹었던 큰 뜻은 세상에 알려놓고 죽어야 하지 않겠나! 자기의 명예를 위해서도 그렇고 내 뜻을 이을 동지를 얻기 위하여서도 그렇지 않은가? 그러나 꼭 세 마디만 들려주게.—저 피스톨은 피혁이가 주고 간 것인가? 혹은 피스톨만은 다른 데서 나온 것인가? 또 피스톨을 가지고 무슨 일을 하려 하였던 것인가? 너희들이 피혁이에게서 받은 지령이 무엇이냐? 그 점만 말을 해주게. 이것은 김병화를 위해서 자네가 변명해주어야 할 일이 아닌가? 나만 죽어버리면 그만이라고 무책임하게 그대로 내버려두면 뒤에 살아남은 사람이 고생 아닌가?……"

금천이는 몹시 심약해진 이 판에 무슨 말이든지 시키자는 것이다. 그러나 그런 대답을 할 것 같으면 약을 먹고 혀를 깨물어버리지는 않았을 것이다. 장훈이 입에서는 사흘 낮 사흘 밤을 두고 다만 모른다는 말 한마디 외에 다른 말이라곤 나온 것이 없었다. 이런 쇠귀신 같은 놈은 경찰부 설치 이래에 처음 본다고 혀를 내두르는 터이다. 그러노라니 장훈이는 약을 안 먹기로 이 속에서 빼를 추리기는 어차피에 어려웠다. 자루 속에 뼈다귀를 넣은 것 같은 것이 장훈이의 몸이었다.

장훈이는 눈을 떴다 감았다 하며 혼곤한 듯이 금천 형사의 말을 듣다가 육혈포란 말을 듣자 정신이 반짝 든 듯이 무서운 눈을 똑바로 뜨고 한참 노려보더니 입을 쫑긋하며 무엇을 훅 내뿜는다. 금천이는 고개를 돌리며 나는 듯이 일어났으나 얼굴과 가슴에 유산탄을 받은 듯이 핏방울 천지다. 옆에 섰던 부하가 눈자위를 곤두세우며 이놈아! 소리를 치고 발길로 허구리를 지르나 장훈이는 눈도 안 떠보고 저어 깊은 통 속에서 울려 나오는 듯한 신음 소리가 무겁게 들릴 뿐이었다.

더운물을 떠 들여온다, 양복을 벗어서 빤다, 금천이는 와이샤쓰를 벗어놓고 속샤쓰 바람으로 세수를 한다 하며 한창 법석통에 의사가 달려들었다.

"얼른 좀 보아주슈. 어떻게 해서든지 살려놓아야 하겠는데……."

금천이가 수건질을 하며 의사를 동독시키는 품이 마치 숨만 걸린 자식을 애처로워하는 자부慈父와 같다. 의사는 이런 경우를 하도 많이 보았는지라 유도柔道꾼이 제 손으로 죽여놓고 제 손으로 소위 활活을 넣어서 살리는 그런 종류의 사실이려니만 생각하고 우선 맥을 짚어보려다가 무엇인지 독약을 제 손으로 먹었다는 말에 다소 놀라면서,

"허어? 무언데? 약은 어디서 났기에? 먹은 지가 오랜가요?"

하고 좀 서두르기 시작한다.

"그럼 이 피도 독약 때문에?"

"아뇨. 그건 혀를 끊기 때문에……."

의사는 컥컥 막히며 차마 들을 수 없이 신음하는 소리도 모른척하고 갓 잡은 소머리나 뒹굴리듯이 피에 뒤발을 한 머리를 주무르면서 무지스럽게 입을 뻐개고 혀를 빼내서 만져보며,

"서너 군데 몹시 찢어지기는 했어도 끊어지지는 않았군!"

하고 혼잣소리를 한다. 병자는 소리조차 지를 기운이 없이 끙끙 앓는 소리만 잦아간다.

단서는 경애 모친의 친정 조카, 경애의 외사촌 오라비 두 놈에

게서 잡았던 것이다. 피혁이가 왔던 것, 피혁이가 떠날 때 저희들 손으로 머리를 깎아준 것까지 알게 되자, 경애와 병화가 주리를 틀리기 시작하여 죽을 고비를 여러 번 넘겼으나, 모든 것을 장훈이에게로 몰아붙여 버렸다. 경애는 위협이 무서워서 병화를 진권해주었으나, 때마침 연애 관계가 시작되어가는 판이었으므로 병화가 직접 관계하는 것이 무섭고 싫었고, 병화도 전선에서 인제는 발을 빼려던 차이기 때문에, 서로 의논하고 또 한 다리를 넘겨서 소개해준 것이 장훈이라고 주장하였다. 장훈이 부하에게 필순이 부친과 함께 둘이 몹시 얻어맞은 것도 장훈이를 피혁이에게 소개만 하여주고, 저희 둘은 발을 쏙 빼어버린 것을 분개하는 동시에 비밀을 탄로시켜서 일에 방해가 될까 보아 미리 제독[384]을 주노라고 그리한 것이라고 변명하였다. 어쨌든 경애나 병화나 무어라고 꾸며대든지 조금도 외착이 날 염려는 없었다. 장훈이는 병화를 혼을 낸 뒤에 새삼스럽게 긴밀해지기도 하였지마는,

"언제 무슨 일을 당하든지 자네 편할 대로 대답을 해두게. 나는 어느 지경에를 가든지 벙어리가 되거나 정 급하면 이렇게 할 테니!"

하고 장훈이는 자기의 모가지에 손가락으로 금을 그어 보인 일이 있었다. 병화와 경애 역시 미리부터 입을 모아도 두었지마는, 장훈이를 절대로 믿게 되었던 것이다.

사실 장훈이는 제 말대로 하고 말았다. 만주 방면에서 들어왔다가 나간 친구에게 실없이 얻어두었던 '코카인', 그것이 장훈이

384 독을 없애버림.

의 목숨을 빼앗으리라는 것은 자기도 생각지 못하였던 일이다. 장훈이는 그 '코카인'을 종이에 싸서 양복 조끼 주머니에 넣어두었었다. 그것이 어느덧 주머니 바대[385]가 미어져서 속으로 들어가 버렸다. 안과 거죽 새로 떨어져서 옆구리의 도련께[386]에 처져 있었던 것이다. 장훈이를 처음 유치장에 넣을 제, 당번 순사는 물론 주머니 세간을 모조리 빼앗았지마는, 이것만은 손에 만칠 리가 없었다. 당자 역시 잊어버렸었다. 그러나 사흘 낮 사흘 밤을 두고 죽을 곤경을 치르고 나니까, 졸립다는 것보다도 아프다는 것보다도 죽고 싶다는 생각뿐이었다. 평시에 먹었던 마음, 병화에게 일러둔 말이 머리에 떠올라오면서, 누가 일러준 듯이 생각나는 것은 언제인가 얻어서 주머니에 넣고 다니며 심심하면 꺼내서 친구들에게 보이고 냄새를 맡고 하던 '코카인'이다. 그러나 어쨌든가 생각이 아니 났다. 언제부터인지 눈에 아니 띄었으나, 어따가 집어둔 생각은 아니 났다. 잃어버렸는지도 모르겠으나, 또 생각나는 것은 조끼 도련께 무엇인지 종이 부스러기 같은 것이 들어가서, 손끝에 만져지던 기억이다. 호주머니 속이 열파[387]를 하여서 연필 끄트머리나 동전푼을 넣으면 새어 들어가기 때문에, 그것도 아마 코 풀려고 가지고 다니던 원고지 부스럭지려니 하고 신지무의해버렸던, 그것이 생각났다. 만져보니 여전히 손에 만쳐졌다. 탈옥수가 쇠꼬챙이나 얻은 듯시피 반가웠었다.

장훈이는 입은 채 조끼 안을 쭉 찢었다. 미어지도록 닳아빠진

385 덧댄 헝겊조각.
386 저고리 가장자리.
387 찢어짐.

헝겊조각은 손을 대기가 무섭게 발발 나갔다. 손에는 종이봉지가 묻어 나왔다. 그러나 이것을 들고 보니 꺼내기 전에 반기던 것과는 딴판이었다. 용기가 줄었다. 절망과 공포가 아찔하고 눈앞을 스쳐 가는 것 같았었다.

'지금 죽어? 그러나 그 뒤에는?……'

이런 생각을 하다가 못생긴 생각도 한다고 혼자 나무랐다. 쓸데 있는 당면한 일은 생각이 안 나고 쓸데없는 죽은 뒤의 일은 무엇하자고 생각하는가 하고 혼자 화를 버럭 내었다.

'내가 지금 죽기로 비겁하다고 치소[388]를 받을 리는 없는 일이다.' 고 또다시 생각하였다.

'당장 고통을 견디지 못해서 죽는 것은 아니다. 몇십 명의 숨은 동지를 대신해서 죽는다는 것도 말이 안 된다. 그들 개인이나 그들의 가족을 고통과 불행에서 건져주려는 그따위 희생적 정신이란 것은 미안하나마 내게 없다. 나는 다만 조그만 시험관 하나를 죽음으로 지킬 따름이나 그 시험관은 자기네 일의 결정적 운명을 좌우하는 것이요, 지금 이 시각도 몇몇 우수한 과학적 두뇌를 가진 동지들이 머리를 싸매고 모여 앉아서 연구를 계속하는 것이다. 이 연구와 시험도 미구불원에 성공할지도 모른다. 이것을 죽음으로 지켜주는 것이 지금 와서는 나의 맡은 책임이다. 그것 하나만으로도 내 죽음은 값이 있는 것이다. 그러나 그 시험관의 결과를 못 보는 것만은 천추의 유한이다. 하지만 그 역시 내 눈으로 보자던 것도 아니었다. 그것은 벌써 각오하였던 것이 아

388 빈정거리며 웃음.

닌가…….'

장훈이는 저녁밥을 먹고 나서 물을 마실 때 위산[389]이나 먹듯이 입에 '코카인'을 들어뜨려 버렸다. 머릿속이 흐려진 장훈이는 이 모든 행동을 기계적으로 하였던 것이다. 죽음의 공포에서 초월하여 약이 창자에서 도는 증세를 가만히 노려보고 있었다. 혀를 깨문 것은 계획하였던 바도 아니요, 자기도 의식 있이 한 노릇이 아니었다.

이날 새벽에 장훈이는 이십칠 세의 일생을 마치었다.

부친의 사건

"아버니, 그 유서 가지셨에요? 어서 나가야 할 텐데 할아버니 유서가 있어야지요……."

"아아, 나는 나가지만 필순이! 이필순이 나갔에요? 좀 만나게 해주세요. 때리지는 마셔요. 그 여자가 아무 죄도 없는 것은 나도 알아요.……"

"……피스톨요? 몰라요……."

"……미안합니다. 고맙습니다. 병이 나면 집으로 가도 좋지요?"

병인은 이런 헛소리를 연거푸 주워섬기다가 눈을 번쩍 뜨고 휘휘 돌려다 보고는, 다시 눈을 스르르 감으면서 또 헛소리를 생시보다도 더 또렷하게 되풀이를 하는 것이다.

389 소화가 안 될 때 먹는 가루약.

덕기는 경찰부에서 독감이 도진 것을 참고 지냈다. 병을 감추어가며 참고 있었다. 약을 사다 달라거나 하면 병 핑계나 하려고 엄살하는 듯이 알 것 같아서 도리어 내색도 보이지 않고 근 일주일이나 지내왔었다. 실상은 그보다도 걱정이 태산 같아서 해가[390]에 신열이 오르락내리락하는 것쯤이야 생각할 여지가 없었다. 부친의 소식, 금고 속, 집안에서 걱정들 할 것, 필순이의 소식, 병화의 고초…… 생각하면 몸 아픈 것쯤은 문제도 아니었다.

그러나 집에 잠깐 끌려갔다가 온 뒤로 신열이 부쩍 더하여져서 몸을 제대로 가누고 앉았을 수가 없었다. 그래도 훈련원 벌판 같은 유치장 속에서 또 이틀 밤을 새웠다. 그 이튿날 아침에 불려 나가다가 유치장 턱에서 쓰러져버린 것을 그대로 끌려갔는데 요행히 고등과장이 부른 것이기 때문에, 뒤틀린 눈자위와 말 더듬는 것을 보고 서둘러주어서, 의사를 불러다 뵈고 저희끼리 의논을 하고 한 뒤에 말하자면 고등과장이 책임을 지고 의전병원으로 옮겨다가 가둔 것이다. 물론 집에는 가지 못하게 하는 것이요, 병원에서는 경찰부의 유치인 하나를 맡아서 치료하는 것이기 때문에, 형사는 육장[391] 하나가 와서 머리맡에 지키고 앉았는 것이다. 그 외에는 모친과 아내가 돌려가며 와 있을 뿐이요, 아무에게도 면회를 허락지 않았다. 필순이의 부모가 한병원 속에 있고 필순이 모친이 어제야 소문을 듣고 찾아왔건마는 만나 보이지 않았다. 고식도 이 때만은 형사가 고마웠다.

"……재산 다 없어져서 도리어 시원해요. 어머니! 거리에는

390 어느 겨를.
391 한 번도 빼지 않고 늘, 또는 힘이 센 장사.

나앉지 않게 할 테니 염려 마세요."

열에 떠서 이런 잠꼬대도 생시에 수작하듯이 영절스럽게 하는 것이었다. 모친은 눈물을 지으며 병인을 흔들었다. 그러나 꿈과 열 속에서 헤매는 병인은 제풀에 눈이 떨어질 때나 떠보았지 죽은 사람이나 다름없었다.

아내는 이렇다 저렇다 말이 없이 벌써 사흘 동안을 앉은 자리에 형사와 비스듬히 꼭 붙어 앉아서 시중을 들고 간호를 하는 것이다. 매무시 하나 고쳐 매는 일이 없고 세수도 똑똑히 하지 못하였다. 시어머니가 바꾸어가며 자라고 하여야, 꼬박꼬박 졸기는 하여도 팔베개를 하고라도 누워본 일이 없다. 아이는 인제는 젖 떨어졌으니까 암죽이고 무어고 먹여서 보아달라고 맡겨놓고 와서, 사흘 동안 그림자도 못 보았어야 보고 싶지도 않다. 다만 병인 하나 외에는 하늘이 무너져도 눈 하나 깜짝할 일이라고는 없는 듯이, 일심 정력을 병인의 숨소리와 검온기檢溫器[392]에 모으고 있는 것이다. 오늘은 시어머니는 쉬러 가고 친정 모친이 와서 같이 밤을 새워줄 모양이다.

그러나 이런 중에도 야속하고 겁이 나는 것은 헛소리 속에 필순이 논래[393]가 자꾸 나오는 것이다. 어떻게 정이 들었으면 혼돈천지인 이런 중에도 헛소리로 그런 말을 할까? 그야말로 오매불망이다. 생시에 먹은 마음이 취중에 나온다고 뼈에 맺히지 않았으면야 그렇게도 간절한 말이 나올까? 아니, 경찰부에서 형사들에게 애걸하던 말을 그대로 주워섬기는 것이 아닌가! 가다가는 정

392 체온계.
393 원문에는 '노래'임.

이 떨어지고 앞일이 캄캄하여지는 것 같았다. 재산 없어지고 시앗 보고! 구차살이나 시앗쯤이면 오히려도 웃고 넘길 일이지마는, 이혼 문제까지 난다면 이를 어쩌나? 하는 공상을 곰곰 할 때는 피로한 머릿속에 정신이 홱 들며 눈이 반짝 띄는 것이었다. 그러나 이것이야말로 꿈속 같은 일이요, 설사 그런 일이 닥쳐온다기로 지금 당장 생사가 왔다 갔다 하는 병인 앞에서, 이게 무슨 지각없고 객쩍은 망상이랴 싶어 자기 마음을 가누려는 것이었다.

아니다, 우리 남편만은 양반의 집 점잖은 장손으로 설마 그럴 리가 있겠니—이렇게 스스로 안위하려 하였다. 그래도 사흘 나흘 지나니까 침대 발치에 걸어놓은 증세표에 분홍 연필로 그어나가는 줄이 차차 내려가고, 하루에도 몇 번씩 올랐다 내렸다 하던 고저高低가 훨씬 줄어들어 잔잔한 물결같이 그리어나가게 되었다.

독감이란, 속병이 아니니 다른 증세를 끼지 않고 나으려면 금시였다. 그렇게 무섭게 앓던 사람이 열이 내리기 시작하니까, 닷새 엿새 만에는 기동을 하여 일어나 앉게 되고, 곡기를 똑 끊었던 사람이 우유만이라도 목구멍에 넘어가게 되었다.

집안사람들은 고맙기는 하나 속히 낫는 것도 반갑지 않았다. 죽으면 데려갈 '사자'처럼 머리맡에 지키고 앉았는 형사에게, 살려놓아도 또 빼앗길 것이 겁이 나서 병인이 이만한 분수로만 도리어 좀 더 오래 누웠으면 좋겠다고들 생각하였다.

"인젠 마음을 놓게 되었어도, 보시다시피 원체 약한 애가 앓으며 불려 가서 그 모양이 되어 왔습니다. 이번에는 훨씬 소복[394]이

394 원기가 회복됨.

될 때까지 참아주시도록 말씀 좀 잘 해주서요."

모친이 입으로만 간청을 하지 말고 두셋이 번을 갈아드는 그 자들에게 십 원 한 장씩이라도 담뱃값이나 하라고 넌짓넌짓이 쥐여주었다면 좋을 것을, 그럴 수단도 없거니와 내 자식 죽이러 온 사자로만 보이니 무섭고 밉기만 하였다.

무어라고 보고를 하였는지 이튿날 오후에 불시에 자동차를 가지고 데리러 왔다. 다리가 떨리고 아래가 허전거리는 사람을 인정사정 없이 내끌어다가 싣고 달아났다.

그러는 중에도 덕기는 필순이 부친의 병실에를 다녀가려고 하였으나 형사들이 듣지 않았다. 다만 간호부를 보내서 필순이 모친을 현관에서 잠깐 만나보았다. 필순이 모친도 눈물을 떨어뜨리며, 인사를 하는 것이었다. 고식은 그 꼴이 또 보기 싫었다.

덕기는 경찰부에 들어가서 이번에는 사법계 주임에게로 갔다.

"정미소는 조부 유서에 어떻게 처분하라고 씌었던가?"

첫대에 묻는 것이 이것이었다. 덕기는 의아하였다. 묻는 것이 새판인 것을 보면 그동안 부친이 잡혀와서 정미소 문제가 새로 나왔는가? 혹시는 부친의 행방은 여전히 몰라도 누구의 입에서 그 말이 나온 것인가? 어떻게 대답을 하여야 부친에게 유리할지 알 수 없다. 그러나 어쨌든 사실대로 유서에는 아무 말 없었다고 대답하였다.

"그럼 유언이라도?"

"유언도 하실 새가 없었지요."

"그러면 지금 누가 관리하는가?"

"내가 하지요."

"부친이 달라면 주려 하는가?"

"그야 적당한 때 드리려 하였지요."

"조부가 부친에게 상속한다는 유서를 따로이 써주었다는 말을 들은 일이 있었던가?"

여기 와서 덕기는 깜짝 놀랐다. 부친이 그동안 법석을 한 것은 큰 금고 속에 있는 조부의 도장을 집어다가 그런 유서를 위조해 가지려고 그랬던 것인가 보다 하는 짐작이 들었다.

"아마 그런가 봐요."

열쇠 분실 사건이 있은 지 벌써 열흘이 넘는다. 병원에서 세상을 모르고 앓는 동안 모두들 어찌 되었는지 궁금한 것은 말할 것 없거니와 부친도 이 속에 잡혀 들어와 있는 것이 지금 말눈치로 분명하다.

"가형사는 검거되었나요? 열쇠가 나왔어요?"

하고 물으니까 주임은 빙긋이 웃다가,

"가형사라니? 당신 부친 말야?"

하며 핀잔을 주고 나서,

"하여튼 당신 재산의 한 반은 노름 밑천으로 깝살릴[395] 것을 찾았으니 당신네 청년들도 경찰을 원망만 말고 고마운 줄도 알고 감사하다는 인사를 해야 할 거요."

하고 타이르는 소리를 한다. 덕기는 부친의 일이 애가 쓰이나 우선은 잘되었다고 반색을 하였다. 감사하다는 인사를 받자는 그 말은 무슨 암시를 주는 것인지? 잘만 하면 부친도 무사히 놓일

395 재물이나 기회 따위를 흐지부지 다 없애다.

것 같은 자신이 생긴다.

부친은 조부 생전에 벌써 화개동 집문서도 잡혀먹고 여기저기 걸린 수월찮은 빚은 노영감 돌아간 뒤로 성화같이 독촉인데 요새로 마장에 더욱 부쩍 몸이 달게 되었다. 첩치가에 덕기가 이천 원 내놓고 부친의 저금 사오천 원도 그럭저럭 부스러뜨리고 나니, 하는 수 없이 자기 땅문서로는 노름판에서 아쉰 대로 당장 삼천 원 빚을 썼으나 그동안 노름 밑천밖에 아니 되고 말았다. 마장에 손속[396]이 없을수록 몸은 달고 빚쟁이는 하나도 입을 틀어막지 못한 이런 막다른 골목이 된 판에, 넘기려는 주식 중매점이 하나 있으니 떠맡자고 꼬이고 다니는 자가 나타났다. 귀가 번쩍 띄었다. 회복할 길은 이밖에 없을 상싶은데, 하늘이 지시한 것같이 때마침 덕기가 붙들려 갔다. 그리하여 무죄석방이 된대도 삼사 삭이나 일 년은 걸리려니 하는 관측을 한 상훈이는 체면 여부 없이 불이시각하고 그런 비상수단을 쓴 것이었다.

그러나 모친의 등쌀만 아니었다면 상훈이 혼자기로 손금고 하나 맞은쇠질을 못하였을 것은 아니나, 계획을 꾸며놓고도 혹시 손쉽게 열쇠가 손에 들어올 수 있을까 하여, 망을 보려고 왔던 그날, 마님의 기세가 하도 험악하고 자기 뱃속을 들여다본 듯이 손금고를 내동댕이를 치며, 이것은 내가 맡는다고 야단을 치는 품이 심상한 수단으로는 도저히 될 상싶지 않아 최후의 수단을 쓴 것이다. 최후 수단이라야 별것이 아니었다. 마장 판으로 돌아다니며 판돈이나 떼어 먹는 늙수그레한 자 하나를 가형사로 내세우잤던

396 노름할 때 힘들이지 아니하여도 손대는 대로 잘 맞아 나오는 운수.

것인데, 먹을 콩이 났다고 눈이 번해 덤비면서도 정작 금고 묘리는 모른다니, 하는 수 없이 또 한 자 금고를 맡아 써보던 예전 어느 회사의 회계 퇴물 하나를 진권[397]하여 일은 계획대로 진행되었던 것이다.

그리하여 덕기가 열에 떠 아버지 유서를 가졌느냐고 헛소리를 할 동안, 벌써 땅문서도 일부분 현금이 되고 중매점 계약도 된 것이라서 아비 운수가 그뿐이었든지 자식의 재수가 좋았든지 걸려들고 만 것이다.

그러지 않아도 경찰부로서는 그 유서를 가져다가 보고 나면 덕기에 대한 혐의는 스러져서 석방을 해주는 동시에 마지막으로 상훈이를 불러들이려던 판인데, 이런 일을 저질러놓았으니 섶을 지고 불에 뛰어든 셈쯤 되었다. 덕기의 입장이 명백하여지면 당연히 치의致疑가 상훈이나 수원집으로 돌아갈 것인데, 상훈이는 그것을 미처 생각지 못하였던 것이다. 그러나 상훈이의 문서 절취 사건은 장훈이 사건이나 중독 사건과는 아무 관련이 없고 그리 중대시할 것이 아니기 때문에 간단히 집어치우려는 것이다.

부장은 손가방 속에서 종이 한 장을 빼내어 펴놓으며,

"이것은 뉘 필적인가?"

하고 묻는다. 문제의 조부의 유서다.

다음에 또 한 장 내놓았다.

"그럼 이것은?……"

덕기는 선뜻 대답할 수 없었다. 처음 것과 같은 날짜로 정미소

397 소개하여 추천함.

를 상훈이에게 준다는 역시 조부의 유서다. 물론 필적도 같다.

"조부의 필적입니다."

분명히 대답하였다.

"잘못하면 위증죄가 될 것이니 잘 생각해 말을 해야 해! 조부의 도장은 어디 있었나?"

"금고 속에 넣어두었는데 아버니가 달라셔서 드렸습니다."

"언제? 왜 달라든가?"

"정미소 명의를 고치시느라고 그랬던 것이겠지요."

"언제 주었어?"

부친이 언제라 하였는지 말이 외착이 날까 봐서 좀 뺑뺑하다. 그러나 수원집에서 태평통 집문서를 내어줄 때 쓴 일이 있으니까 그다음으로 대어야 하겠다 생각하고,

"지난달이던가요."

하고 부장의 눈치를 보았다. 부장은 더 추궁하지 않고 옆에 앉았는 부하에게 덮어놓고 데려오라고 명하니까 부하는 일어나 나갔다.

'부친을 불러다가 무릎맞춤을 하려나?' 하는 생각을 하면서 그렇게 되면 어쩌나 하는 겁을 집어먹고 앉았으려니까 오분도 못 지나서 문이 펄쩍 열리며 부친이 앞장서 들어온다. 돌아다보던 덕기는 목덜미에 칼이나 들어오는 듯이 고개를 덜컥 떨어뜨리며 뛰어 일어났다.

'이럴 수가 있나!'

하고 덕기는 몸서리가 치어지며 꾸벅 절을 한, 머리를 들지 못하였다. 유치장에 들어갈 제 끄나풀이란 끄나풀은 다 빼앗기는 법인 것을 덕기도 이번에야 알았지마는, 부친은 두루마기도 없이

고름 없는 저고리에 대님을 풀고 허리띠가 없으니까 뚤뚤 말아 오그려 붙들었다. 가짜 형사를 데리고 다녔고 어떤 형사의 명함을 이용하였다 해서 더 심하게 구는가도 싶지마는 유치장 속에서도 대우가 똑같지는 않다. 아무러면 이럴 수야 있나? 하고 덕기는 더욱이 마음이 아팠다.

부장은 잠자코 입가에 조소를 머금으며 상훈이를 훑어보다가, 앉기를 기다려서 가방을 열고 문서 뭉치를 꺼내더니 부자의 앞에 내던지며 사실해보라고[398] 한다. 부친은 가만히 고개를 떨어뜨리고 앉았고, 덕기가 한참 만에 펼쳐보았다.

금고에 넣어둔 땅문서의 반은 될 것 같다. 사실해보나 마나 없어진 것이 있기로 지금 와서 어쩌랴마는 그래도 세어보았다. 그러나 모두 몇 장을 꺼냈던지 모르나 졸망졸망한 것 대엿 장밖에 아니 된다.

"그중 너 어머니 것과 네 거 한 장이 축났다. 그 외의 것은 금고 속에 남아 있다."

부친이 풀 없는 소리로 설명을 한다.

부장은 문서 받은 표를 덕기에게 씌고 나서 상훈이에게 향하여, 정미소 상속한다는 유서는 언제 받았느냐고 물었다.

"아버니께서 돌아가실 때 받았습니다. 이 애를 시키셔서……."

하고 덕기를 가리켰다. 덕기가 잘 안다는 표시를 하는 것이 유리할 것 같아서 한 말인데, 부장은 덕기더러,

398 조사해 알아보다.

"지난달에 금고 속에 있던 도장을 꺼내주어서 명의를 고쳤다 하였지?"

상훈이는 부장이 자기에게부터 물어준 것을 다행히 생각하였었다. 아들놈이 아무리 분하기로 아비를 징역 시키려고 들지는 않을 것이니, 자기의 대답이 여간 엉터리없는 수작일지라도 덕기가 이 자리에서 모두 거짓말이라고 적발은 아니할 것인즉, 일은 도리어 피었다고 기뻐하였던 것이다. 그러나 지난달에 도장을 주었다고 대답을 벌써 해둔 모양이니, 상훈이의 말과는 외착이 났다. 인제는 꼼짝 수 없이 다 늙게 용수[399]를 쓰는구나—하는 생각을 하니 상훈이는 눈앞이 팽팽 돌았다.

부장은 부자가 얼굴이 벌게서 얼이 빠져 앉았는 것을 한참 바라보다가, 껄껄 웃는다. 원체 이 사람은 짓궂이 이 늙은 신사를 욕을 보이고 놀림감을 만들고 시달려주려는 악의를 가진 것 같아 보인다. 더구나 교인이라면 머리를 내두르는 터이라, 상훈이가 교인이요 예전부터 사회에서 무어나 해보려던 사람이니만큼, 밉게 보던 차에 이번 일을 보고 이런 때 단단히 골려주려는 것이었다.

부장은 또다시 부하더러 첩을 불러들이라고 명하였다. 의경이가 소리부터 휘뚝휘뚝하는 구두 소리를 내며 들어온다. 웬일인지 이 여자는 수갑을 아니 채웠으나 이 여자까지 공모자로 잡혔던가? 하고 덕기는 놀랐다.

형사는 덕기를 사이에 두고 상훈이와 격리시켜서 의경이를 앉

399 죄수의 얼굴을 보지 못하도록 머리에 씌우는 기구.

히었으나 덕기는 거들떠보지도 않았다.

"이 속에 얼마 들었어?"

부장은 앞에 놓였던 조그만 트렁크를 밀치며 묻는다. 덕기는 아까부터 그 가방도 부친의 것인가 하였지마는, 알고 보니 그 속에는 돈이 든 모양이다. 모친의 땅을 팔았거나 잡힌 돈일 것이다.

"이천삼백 원이지요."

의경이는 조금도 겁내는 기색도 없이 서슴지 않고 대답한다. 덕기는 액수가 적은 것을 듣고 잡혔구나 생각하였다.

"삼천오백 원에 잡혔다고 하지 않았나?"

"예, 선변[400] 삼백오십 원 떼고 평양 가서 용 쓰고 하였습니다."

부장은 열쇠 꾸러미까지 가방에서 꺼내 던지며 덕기더러,

"이것은 아직 여기 맡아둘 것이로되 보관하는 수속도 귀치않고 해서 우선 문서와 함께 내주는 것이야."

하고 또 영수증을 쓰라 한다. 덕기가 영수증을 쓰는 동안에 부장은 의경이를 놀리는 어조로 사담처럼 문초를 한다.

"본마누라의 땅을 잡혀서 큰돈을 쥐여주니까, 영감이 한층 더 정이 들고 고마웠겠지?"

덕기는 귀를 막고 싶었다.

"하하하…… 좋지 않을 것도 없지요마는 잠깐 맡은 것이지, 어디 나더러 쓰라는 것이던가요."

조금도 걱정하는 빛이 없이 생글생글 웃어가며 대거리를 한다.

"네가 졸라서 이런 짓을 시킨 거지?"

400 이자.

"졸르긴 큰마나님이 땅을 가졌는지 하늘 조각을 베어 가졌는지 누가 알기나 했나요. 영문도 모르고 놀라 가자니까 끌려갔었지요."

"그럼 왜 허구많은 문서 중에 큰마누라 몫부터 없애게 하였나? 나 먹긴 작고 그대로 두기는 배가 아프고 하니까 그것부터 없앱시다 하고 옆에서 한마디 충동였지?"

"모르죠. 큰 것은 잡을 사람도 살 작자도 안 나서니까 그동안 부비[401] 쓴다고 작은 것을 골라서 잡혔다니까 그런가 보다 하였지요."

부장의 묻는 수작이 옭아 넣도록만 음흉하게 슬슬 돌려대는구나 하는 생각을 하며, 의경이는 말끝을 잡힐까 보아 정신을 바짝 차리는 모양이다.

부장은 슬쩍 다시 농치면서,

"이왕이면 느긋한, 그 속에서 큼직한 것 하나를 떼어 가질 일이지? 저렇게 환귀본처[402]하는 걸 보면 분하고 아깝지?"

하고 또 껄껄 웃는다.

"징역하게요?"

"아무러면 징역 안 하나!"

"내가 왜 해요? 무슨 죄가 있다구? 여필종부니까 가자면 가고 오자면 올 뿐으로 딸려 다닌 것까지 죈가요?"

"옳은 말야. 여필종부이기에 남편이 감옥에 들어가니까, 아내도 따라 들어가야지. 헛허허!……"

취조실 안의 칼날 같은 서리[霜]는 녹고 어느덧 봄바람이 부는

401 일을 하는 데 써서 없어지는 돈.
402 물건이 본래의 임자에게 돌아감.

듯하였다. 그러나 남편이 감옥 간다는 말에, 모두들 뜨끔하였다. 주임은 별안간 상훈이를 보고 어조가 달라지며,

"……영감 나이 몇이요? 오십은 되었겠구려? 불혹지년[403]도 지내지 않았소? 글 거꾸로 배웠구려! 아들 보기 부끄럽지 않소?"

하고 호통을 한다. 젊은 자기는 이런 첩 하나 없는 것이 심사가 난다는 것인지는 모르겠으나, 삼십이 좀 넘은 자식 같은 새파란 젊은 애에게 이런 욕을 보고 앉았는 부친이 가엾고 밉고 분하고 절통하다.

"이립지년而立之年[404]밖에 안 되는……."

하고 부장은 그 능갈친[405] 조선말로 글자나 안다는 자랑인지 연해 문자를 써가며 아들은 있거나 말거나 준절히 나무란다.

"나 같은 젊은 놈이 난봉을 피운다면 욕은 하면서도 그래도 마음잡을 날이 있거니 하고 용서도 하겠지마는, 이거야 늦게 배운 도적질에 날 새는 줄 모른다고, 어디 영감 생전에 마음잡을 날 있겠소?"

덕기는 쥐구멍이 있으면 들어가고 싶었다. 그러나 상훈이는 요 방자스런 놈이―하는 분기에 떠서 부끄러운 생각도 뉘우치는 마음도 잊어버리고, 사는 것이 욕이라는 생각부터 들었다.

"원체 난봉자식이 아비 죽기를 죄이는 법이니까 이번 중독 사건도 당신의 짓이라고 우리는 인정하우?……"

부장은 중독 사건―죄명으로 독살 미수 사건은 수원집 일파

403 불혹의 나이라는 뜻으로, '마흔 살'을 이르는 말.
404 공자가 서른 살에 자립했다고 한 데서 나온 것으로, '서른 살'을 달리 이르는 말.
405 능청스럽게 잘 둘러대는 재주가 있다.

에게 지목을 하고 거진 단서를 잡게 되었지마는, 이렇게 한번 딱 얼러보았다.

"모두 내가 잘못이니까 그렇게 생각하시기도 용혹무괴이겠지마는, 결단코 그럴 리야 있겠습니까."

상훈이는 여기 와서는 기가 막혀서 말이 아니 나왔으나, 하는 수 없이 허리를 굽히고 말을 낮추어서 애원하였다.

"그럼 무어란 말야? 재산을 자식에게 뺏기게 되니까, 그따위 천하에 무도한 짓을 한 거지?"

주임은 소리를 버럭 지른다. 상훈이는 고개를 떨어뜨리고만 앉았다.

"또 이 틈을 타서 재산을 훔쳐다가 팔고 잡히고 한 것은 제 죄가 무서우니까 붙들리기 전에 멀리 만주로 뛰려던 것이지?"

며칠을 두고 이때껏 받은 취조에, 있는 대로 다 설명을 하였건마는, 또 새판으로 얼러대는 것이다. 부친은 잠자코 앉았고, 덕기는 말을 가로채었다가 야단이나 만나지 않을까 겁이 났으나, 한마디 변명을 아니할 수 없었다.

"그런 게 아닙니다. 빚에 졸리시는 조건이 있어서 곧 현금을 드리려 했었는데 별안간 제가 이리로 들어오게 되니까, 예금통장을 꺼내다가 쓰시려던 것이 이렇게 된 것이겠지요. 도대체 손금고 열쇠를 집에 두고 다니거나, 예금통장을 손금고 속에 넣어두었더면 이 지경은 아니 되는 것을, 통장과 도장은 안에 맡겨두고 또 어머니께서는 감시가 심하시고 야단을 치시니까, 이렇게 되었나 봅니다. 그 외에는 아무 일 없습니다……."

덕기는 지금껏 부친이 왜 그랬을까를 곰곰 생각하던 그대로를 이야기하였다. 주임은 가만히 듣다가 그럴듯하던지 별로 탄하지도 않고 형사더러 덕기를 고등계로 데려가라고 명한다. 덕기는 부친을 이대로 앉혀놓고 차마 일어설 수 없으나, 하는 수 없이 열쇠 꾸러미와 땅문서며 돈을 집어넣고 끌려 나갔다.

백방

덕기는 고등과장의 호의로 그날 저녁때 놓여나왔다. 실상은 호의라느니보다도 더 둘 필요가 없어 내놓은 것이다. 덕기는 시원은 하나, 부친까지를 그대로 내버려두고 혼자만 나오기가 안되어서 발길이 돌쳐서지 않는지, 몇 번이나 뒤를 돌아다보았다.

반가우며 걱정이며 집안은 법석이었으나, 덕기의 속은 그보다 더 끓었다.

"너 아버니는 한 십 년 콩밥 자시겠던?"

모친의 매정스런 인사다.

"걱정 마세요. 내일 아니면 모레는 나오시게 될 거니까요."

"애, 듣기 싫다! 누가 걱정한다던!"

모친은 애매한 아들에게 화풀이만 하였다. 평생에 처음으로 아니, 규각[406]이 난 지 십 년래에 처음으로 남편에게 정성을 부려서 금침이며 옷이며 손수 가지고, 추운 아침에 쩔쩔거리고 헤매던 분풀이를 예서 하는 거다. 마님은 다시는 속지도 않으려니와,

406 말, 행동이 서로 맞지 아니함.

인제는 영감으로도 생각지 않는다고 야단이다. 이 마님은 일자 이후에 며느리나 하속배 보기에도 대단히 부끄러운 생각이 들어 풀이 죽어 지내는 터이다.

저녁 후에 덕기는 몸이 고단한 것을 참고 부리나케 출입을 하였다. 번지를 전화번호책에서 뒤져내가지고 기무라 고등과장 집에를 가자는 것이다.

'인삼이나 두어 근 가지고 나올걸…….'

인력거 위에서 덕기는 이런 생각이 떠올랐다. 그러나 너무 현금주의現金主義 같고 어차피에 한몫 큼직하게 보내야 할 것이니 오늘은 점잖게 빈손으로 가는 것이 도리어 무관하리라 생각하였다. 또 그러나 일본 사람의 성질이 그렇지 않다 하고 다시 황금정으로 돌쳐서 아는 약방에서 인삼 두 근을 얻어가지고 기무라의 집을 찾아갔다.

기무라 집에 다녀 나온 덕기는 무슨 말을 들었는지 신기[407]가 좋았다. 별로 소청을 들어주마는 승낙을 받은 것은 아니나, 시원스럽게 사정 이야기라도 한 것이 좋았다. 하루걸러 일요일에는 아침부터 나서서 과장과 두 주임의 집을 휘돌며 문안을 드렸다. 사회 교제라고 첫출발이 고작 이것인가? 하며 코웃음이 저절로 나왔다. 그 바람에 오늘은 소절수 석 장을 큼직하게 떼어냈으나 아깝다기보다도 자기 재산의 반은 노름 밑천이 될 것을 찾아준 '감사한 인사'를 안 하는 수 없었다.

돌아오는 길에 의전병원에를 오래간만에 들렀다. 풀려나오는

407 몸의 기력.

길로 곧 위문을 가고 싶고 전화라도 걸어주고 싶었으나 별로 신신히 할 말이 없어 이때껏 내버려두었던 것이나 부친과 함께 필순이쯤은 나오게 할 자신이 생긴 때문이다. 기무라가 점심을 같이 먹고 가라고 붙들기까지 하던 것은 조부와의 교분으로 그렇다 하더라도, 마침 만난 금천이가,

"어떻게든지 되겠죠. 염려 마슈."

하고 현관까지 쫓아 나와서 인사하던 말을 생각하면, 자기 일생에 이런 반가운 인사를 두 번 들어본 일이 있던가 싶었다.

"에그, 어떻게 나오셨에요? 몸은 인제 어떠세요?"

필순이 모친이 또 눈물을 지으며 반기는 것을 보고는, 덕기도 눈물이 날 것같이 감상적으로 언짢았다.

"인제, 내일모레 새로 따님두 나올 겁니다. 염려 마세요."

덕기는 활기 있이 대꾸를 하였다.

"어떻게 됐에요?"

"장훈이 아시죠! 그 사람이 그 속에서 자결을 했지요."

이것은 기무라에게 그저께 비로소 들은 말이다.

"예……!"

필순이 모친은 자기 남편이 저 지경이 된 것도 잊어버린 듯이 그 놀라는 품이 이만저만 아니다. 그것을 보고 덕기는 혁명가의 아내니만큼 기질이 다르다고 감복하였다. 자기 자신과는 주의와 사상이 다르고, 남편을 저렇게 만든 장본인이 장훈이라는 것은 잊어버리고 기가 막혀 놀라는 것이었다.

"이렇게 말하면 안되었지마는, 그 사람이 전 책임을 지고 그렇게 죽어버렸으니까, 다른 사람은 도리어 잘될 것 같습니다."

필순이 모친은 잠자코 고개를 떨어뜨린다. 혼자 희생이 되었다는 것이 가엾어 저절로 머리가 숙어지는 양싶다.

그러나 병상에 눈을 감고 누운 사람을 들여다보니, 경험 없는 덕기의 눈에도 사색이 질려 보인다. 아내가 흔드니 눈을 무겁게 간신히 뜬다. 의식은 있는지 몰라도 알은체할 기력도 없는 모양이다.

"저래 어떡허시나요?"

하고 덕기는 얼굴이 찌프러졌다.

"그저 돌아가시기 전에 이 애나 어서 나왔으면요……."

필순이 모친도 기운이 까부라지는 기색이다.

"그야 염려 없에요. 과장과 주임에게 두 번이나 가서 단단히 부탁을 해놨으니까, 곧 나오게 됩니다."

덕기는 장담을 하였다. 이 부인의 기운을 돋우기 위하여도 장담 안 하는 수가 없었다.

장담대로 이튿날 월요일 낮에 필순이가 나왔다. 흥분한 코 메인 목소리로 거는 필순이의 전화를 받고 나자, 원삼이 내외가 달겨든다. 얼굴이 홀쭉해지고 눈이 멀거니 반은 혼이 나간 사람 같다. 원삼이 처도 생전 못 해본 유치장 생활에 근 이십 일이나 노심초사를 하느라고 얼굴이 세이고, 입술에는 핏기 한 점 없다.

"애들 썼네. 그래두 아이나 안 매달렸기에 다행하이."

덕기는 아이가 달린 경애나 수원집 형편이 어찌 되었나 궁금하였다.

"어쨌든 좋은 경험 하였습죠. 살아서 지옥 구경했으니 좀 좋습니까."

원삼이는 이런 소리를 하고 웃었다.

"그런데 영감님 나오셨는지 그댓말 못 들었나?"

"예? 삼청동 영감께서요?…… 영감님두 피혁이를 아시던가요?" 하며 원삼이는 펄쩍 놀라다가,

"그럼 서방님은 그동안 무사하셨에요?"

하고 묻는다. 안 걸려든 사람이 없다는 말을 듣고 원삼이 내외는 일변 놀라며 일변 위안도 되는 것이었다. 저희만 그 곤경을 치르는 듯이 드난[408]살이 하다가 별꼴 다 본다고 원망하는 마음이 없지 않았던 터이나, 비로 쓸 듯이 붙잡혀 가고 서방님까지 중병을 치러가며 유치장 신세를 졌다니, 이렇게 먼저 풀려나온 것만 다행하다고 스스로 마음을 풀어버리는 것이다.

"이거 무슨 동팁니까?"

원삼이 처가 묻는다. 이 여자는 노영감이 돌아간 동티요, 노영감 초상의 살이라고 생각하는 것이다. 그러나 정말 그렇다면 저희 내외는 그때 화개동 댁에 있었으니 그 동티, 그 살은 지금도 이 댁에 있는 행랑것, 수원집이 데리고 들어온 그 내외가 맞아야 옳을 텐데, 그놈의 에미네,[409] 붙들려 가지도 않고 지금 들어올 제도 유들유들하게 싱글싱글 누구를 놀리듯이,

"제살이하게 되었다기에 고맙구나 했더니, 되게는 혼났구려?" 하고 비양대니, 세상이 공평치는 못하다고 더 분한 판이다.

"돈 동티에, 살기 어려운 동티에, 여러 가지 동티라네!"

덕기는 이런 소리를 하고 웃어버리려니까, 원삼이가 뒤따라서,

408 임시로 남의 집 행랑에 붙어 지내며 그 집의 일을 도와줌.
409 '여편네, 아낙네'의 방언.

"행랑살이를 면해보려던 동티도 있습죠."
하고 픽 웃는다. 원삼이 내외가 안으로 들어간 동안에 덕기는 의관을 하고 나섰다. 화개동으로 가는 것이다. 청을 들어서 필순이와 원삼이 내외를 곧 내놓았을 제야 으레 부친이 나왔을 것이나 부친은 전화를 아니 걸지도 모르겠고, 전화를 기다리고 앉았을 인사도 아니니 급히 올라가는 것이다.

그러나 사랑문이 첩첩이 닫혔으니, 안에는 들어가기 싫건마는 안마당에 들어서 보았다. 늙은것, 젊은것, 계집들만 이 방 저 방에서 우글거린다.

"누구세요?"
하고 내다보는 젊은것마다, 저희도 낯 서투르겠지마는, 이편도 모를 얼굴뿐이다.

수원집 아이 보는 년을 만나지 않았다면 집을 잘못 찾아 들어왔나 하고 돌쳐설 뻔하였다. 덕기는 이것이 내가 자라난 집인가 하고 어이가 없었다. 수원집이 붙들려 들어간 뒤로 아이는 이 집에 와 있게 된 모양이다.

"나 좀 보세요. 아이, 난 누구시라구."

나오려다가 돌려다 보니 웬 노기老妓 하나가 안방에서 나오며 흐들갑스럽게 인사를 한다. 누구인지 모르겠다.

"온 아이들이 서방님을 몰라 뵙구…… 이런 죄송할 데가 있을까! 어서 올라오셔요."

자세 보니 월전에 세간값으로 해서 왔을 제 안방에 들어갔다가 잠깐 본 그 마누라다. 덕기 눈에는 얼뜬 보기에 늙은 기생 같았다.

"그래 얼마나 고생하셨나요? 그런 변이 어디 있겠어요?"

매당은 덤덤히 섰는 덕기에게 혼자 수다를 핀다.

"아버니께서 오늘쯤은 나오실 것 같아서 왔는데요……?"

"예에, 나오시게 되나요? 난 영감님이 대신 들어가셔서 아드님을 내보내시기에, 세상이 거꾸루 되나 했더니!……"

무슨 재담인지 아무 영문 모른다는 변명인지 이런 소리를 하고 깔깔 웃다가,

"그럼 이 댁 아씨두 물론 같이 나오겠지마는, 저 태평통 집두 함께 나오겠소?"
하고 수원집 걱정도 한다.

"그럴 겁니다."

덕기는 어머니 쓰시던 안방이 이 마누라의 소일터가 된 것도 불쾌하거니와 청산유수 같은 그 수다가 듣기 싫어서 훌쩍 나와 버렸다.

'할아버니께서 돌아가신 지가 인제 겨우 두 달밖에 안 되는데!'

덕기는 이 두 달 동안에 집안 형편이 이렇게도 변하였을까 하고 한숨을 지었다.

'병화란 놈은, 돌아갈 양반은 어서 돌아가고, 새 시대가 돌아와야 한다고 하였지마는…….'

덕기는 이런 생각도 하여보았다.

'물론 때는 흘러가는 것이지마는 그 대신에 들어설 준비가 되어 있어야지!'

덕기 생각으로는 때는 흘러 나가는 것이요, 조부가 돌아가고 새사람, 새살림, 새 시대가 바뀌어 들겠지마는 그것이 일조일석

에 되는 것이 아닌 것을 안 것 같다.

그는 지금 필순이를 만나러 소격동으로 돌아 의전병원으로 가는 길이다.

'할아버니께서 일흔이 넘어 돌아가셨으면 일찍 돌아가신 것은 아닐 거요, 결국 우리의 뒷받침이 늦은 것이다. 우리가 아무 준비도 없기 때문에 불과 두 달에 이 모양이다!'

덕기는 이런 생각을 하다가 늘 하는 버릇으로,

'병화란 놈이 내 처지가 되었더면 어땠을꾸?'

하고 돌려 생각하여보았다. 그러나 결국에 별수 없었을 것이라고 생각하였다. 그 괄기[410]에 아무 생각 없이 활수 좋게 돈을 뿌려버리기나 할지는 모르지마는, 이러한 혼란은 마찬가지였을 것이라고 생각하는 것이다.

병원 문 앞으로 다가가며 필순이가 내려다보는 것 같아야 눈이 저절로 위층으로 올라갔다. 언젠가 필순이가 위층에서 내려다보다가 문간까지 마중 나오던 것이 생각난 것이다.

병실 문을 똑똑 두들기고 열자니, 필순이는 마침 대령하였던 듯이 마주 나오려다가,

"앗!"

하고 딱 선다. 얼굴이 해쓱해지는 순간이 지나더니, 발갛게 피어오르면서 그제야 제정신이 든 듯이 고개를 꼬박하고,

"어머니!……"

하고 뒤를 돌려다 본다. 어머니의 응원이나 얻지 않으면 자기의

410 급한 성질.

감정을 추스를 수가 없었다. 해쓰륵히 야윈 얼굴에서 두 눈만이 흥분과 정열에 영채를 띠고 반짝이었다.

"얼마나 고생하셨에요?"

덕기의 목소리에는 애무하는 정서가 서리었다. 필순이는 입귀를 샐룩하며 웃음만 띠어 보였으나, 그것은 심중을 말없이 호소하는 듯한 비통하고 애절한 미소다.

"이 어린 걸 두 번이나 달구 치더라니……."

모친이 옆에서 대신 말을 받아준다. 덕기는 무어라고 위로를 해주어야 좋을지 몰라서 한숨만 내리쉬었다.

"그래두 그 두루마기 사단은 묻지 않더라니, 그렇기나 했기에 망정이지……."

필순이 모친은 말을 얼른 돌려서,

"그야 과장이나 주임에게 청을 잘해주셔서 이렇게 먼저 나왔죠마는 …… 이번에 이 어른께서두 고생두 많이 하셨지마는, 너 나오게 하시느라구 애두 많이 써주셨단다."
하고 덕기에게 인사를 한다. 필순이는 다시 얼굴이 발갛게 피어오르며 고개를 꼬박해 보인다.

"무얼요! 청한다구 다 들어주겠습니까. 불행 중 다행으로 두루마기 사단이 들쳐나지 않았기에, 저희두 더 어쩔 수 없던 거죠."

"그래두 먹으면 다르죠. 헌데 참 아버니께선 나오셨나요?"

"글쎄, 나오실 것 같은데…… 원삼이 내외는 나왔죠."

"예, 원삼 씨 나왔에요?"

모녀는 반색을 한다. 원삼이 이야기를 하고 있노라니 불러 댄 듯이 두 내외가 들어온다.

원삼이는 필순이 모녀와 인사가 끝난 뒤에 덕기를 보고,

"지 주사 나으리 나오셨죠. 새문 밖 영감님두 함께 나오셨대요."
하고 보고를 한다. 새문 밖 영감이란 창훈이 말이다.

"응? 사랑 영감 나오셨어?"

"그래 몸은 성하시던가?"

"예, 무어 그 영감님야 여전히 꼬장꼬장하시구, 좀 추어 걱정이지 사랑에 앉아 계시는 거나 별양 다를 것 없더라시던데요."
하고 원삼이가 껄껄 웃으니까,

"그 영감야 나이 덕 보셔서 그렇겠지마는, 유치장 헛다녀 나오셨구먼."
하고 필순이 모친은 만세 때 자기도 경험이 있었지마는 고문을 두 차례나 당하였다는 딸의 얼굴을 보면 기가 막힌다는 듯이 필순이를 치어다본다.

"그런데 전방廛房은 어떻게 됐습니까?"

원삼이는 제 벌이터니만큼 제 방구석보다도 더 애가 쓰였다.

"가끔 가보기는 했지마는 푸성귀며 과실 나부렁이는 날라다 먹구 그대루 잠겨 있다우."

"그럼 내일이라두 열까요?"

"글쎄……."
하며 필순이 모친은 덕기를 치어다본다. 덕기의 의향을 물어볼 성질의 일은 아니나, 병화가 없고 남편이 저 지경이니 자기 혼자서는 엄두가 아니 나는 것이다.

"자네 맡아보겠나?"

"밑천만 있으면야 장 봐 오고 파는 것쯤 누군 못하겠습니까.

저두 그동안 문리[411]가 났습니다."

"그럼 해보게. 내일부터 열라지요?"

하고 덕기는 필순이 모친의 의향을 묻듯이 치어다본다.

"그렇게 되면 재키나 좋겠습니까. 쟤두 여기서는 편히 쉴 수가 없구 한데……."

하고 반색을 하며 당장 물건 사들이려면 김 선생에게 맡은 돈도 있다고 한다.

"그럼 자네 내외가, 퇴원하실 때까지 저 아가씨 시중두 들어드리구 숙식을 아주 거기서 하게그려."

"시중은 무슨 시중……."

하고 필순이는 저 아가씨 시중들라는 말이 하도 과분해서 얼굴이 발개진다.

"좋습죠!"

원삼이는 서방님이 이번에 횡액에 걸려 고생하고 나온 상급으로 한밑천 대서 장사나 시켜주시려나 하고 신이 났다. 원삼이 처는 또 원삼이 처대로 이 아가씨가 우리 댁 작은아씨가 되지나 않을까 하는 짐작도 혼자 해보는 것이다. 필순이를 딸같이 귀엽게도 생각하던 터이라 몸조리하는 동안 시중을 들기로 아니꼽다거나 싫을 것도 없거니와 저희 내외는 전방이나 아주 맡게 되고 이 색시는 작은아씨로 들어앉고 하면 얼마나 재미있고 좋을까 싶었다.

병원에서 나온 덕기는 도청으로 들어가서 고등과장을 또 한 번 만날까 하다가 너무 조르고 다녀도 안 될 것 같아서 하루만

411 사물의 이치를 깨달아 아는 힘. 글의 뜻을 깨달아 아는 힘.

참아보자고 그만두었다. 그러나 이튿날도 감감히 하루가 넘어가는 것을 보고 퇴사 시간을 기다려 기무라를 또 찾아갔다. 곰곰 생각하여보니 '감사한 인사'를 사법계 주임에게는 하였지마는 사법과장에게는 아니하였다. 그러나 부하를 통하여서는 재미없을 것 같아서 기무라에게 사법과장을 만나는 것이 어떻겠느냐는 의논도 하고 소개도 하여달라려는 것이다. 그날부터 사법과장의 집에 댁대령[412]을 전후 세 번은 하였다. 그러나 과장은 시원스런 대답을 아니하는 것이었다.

"다른 것은 어쨌든지 간에 가형사질을 해서……."

정작 가형사 노릇을 한 자를 내어놓을 수는 없으니 그 주모자인 상훈이만을 무조건하고 선뜻 내보낼 수는 없다는 말이었다.

그러나 필순이와 지 주사들이 나온 지 닷새 만에 부친도 나왔다. 부친은 의외로 나오는 길로 덕기에게부터 들렀다. 자식들이나 며느리가 화개동으로 인사를 오면 성이 가시고 자식들이나 마누라에게 변명 삼아 야단도 칠 겸하여, 함께 나온 작은마누라는 집으로 올려보내고 엎질러 절 받으러 이리로 혼자 온 것이다.

마침 안방에 들어와 앉았던 덕기는 부친이 행여 어찌나 알까 보아 허둥지둥 뜰로 뛰어 내려와 절을 하고 며느리, 딸…… 온 집안이 몰려나왔으나 마나님만은 손주새끼를 무릎에 앉히고 안방에 앉은 채 내다보지도 않았다. 깜빡 속아 넘어간 것이 화가 나고 평생에 처음 겸 마지막으로 정성을 피우느라고 헛물만 켜고 다닌 것이 분한 것은 고사하고, 남편이라고—집안 어른이라고 뻔뻔스럽게 무슨 낯으로

412 대갓집에 늘 대령해 있다시피 붙어 있는 것을 이르는 말.

자식들을 보려 왔누? 하고 부아가 터지는 것을 참고 있는 것이다.

영감은 안방으로 올라가시라 하여도 마누라가 들어앉았는 모양이니까 싫어 그런지,

"아니다, 곧 가야 하겠다."

하고 마루에 걸터앉아서,

"너 어머니부터라도 나를 그르다고만 할 거다마는 이런 일도 너희가 할아버니보다도 더한층 나를 무시하고, 돈 한 푼 마음대루 못 쓰게 하기 때문에 그렇게 된 거란 말이다……."

하고 말을 꺼낸다.

"가짜 형사를 끌고 다녔다고 하지마는 열쇠를 가질러 네게로 사람을 보내도 면회를 아니 시킨다 하고 너는 언제 나올지 모르는데 내 사정은 시각을 다투는 조건이 한두 가지가 아니니 번연히 집안에 있는 돈을 내 마음대루 못 돌려쓴단 말이냐? 원체 정미소만 하더라도 선뜻 내게로 보냈으면 좋으련마는 어디 그 정미소 놈들도 이 핑계 저 핑계 하고 단돈 백 원인들 돌려주던? 자, 집에라고 들어와 보니 너 어머니는 손금고를 붙들고 늘어지고 내 사정은 한시가 급하고 한즉 금고 여는 놈을 데리고 왔을 뿐이지 내가 무슨 부랑자 난봉꾼 모양으로 도적질을 하려 불한당을 껄어들인 것이냐. 결국 예금통장도 눈에 안 띄어서 이용을 못 하였다마는 그 역 무작정하고 쓰자는 게 아니라 유리한 사업이 있기에 그 사업 하나를 사들이면 일이 삭 지내에 밑천을 뽑아내서 다시 보충을 해놓자는 것인데 그것이 바로 그 이튿날에 계약을 하기로 타협이 되고 보니 임시낭패[413]가 아니냐. 도대체 너 어머니만 그 극성을 부리지 않고 여자답게 내조의 덕이 있다든지 순

편히 굴었더면 이런 욕이야 보았겠니?……"

안방에서 마님의 코웃음 소리가 흥! 하고 나더니 그러지 않아도 자식들이 염려하던 말대꾸가 나온다.

"인제는 더 들을 소리는 없는지? 내조의 덕이 없어 유치장 신세를 지시게 해서 죄송하외다. 협잡꾼, 노름꾼 총중에 파묻혀 앉어서 새아씨의 내조의 덕으로 콩밥 자실 것을, 자식의 덕으로 모면된 줄이나 아시면 자식에게라두 고맙단 생각이 있으련마는……."

"어머니, 가만 계셔요."

하고 덕기가 말리며 부친더러,

"추우신데 사랑으로 나가시죠. 약주상 곧 봐 내보내요."

하고 부친을 일어서게 한다. 큰소리 나지 않게 하려는 것이다. 동시에 부친이 가엾은 생각이 들고, 부친의 위신을 세우도록 덕기는 애를 쓰는 것이다.

"난 간다. 인제는 너희들 알아 해라!"

부친은 풀 없이 일어나 나간다.

"추우신데 좀 들어가 앉으셨다가라두 가시죠."

부친은 잠자코 나간다.

"아범, 나가 인력거 불러오게!"

"응, 나가다가 타지."

덕기는 어깨를 꾸부정하고 나가는 부친의 쓸쓸한 뒷모양을 민망한 눈으로 바라보고 섰다.……

덕기는 이튿날 일요일 아침에 기무라 과장 집에 인사를 갔었

413 다 잘된 일이 그때에 이르러 틀어짐.

다. 소청을 들어주어서 부친도 무사히 그저께 나온 치사로 가는 길에, 인제는 수원집과 병화, 경애 모녀들을 위하여 새판으로 운동을 하자는 것이다.

학교는 졸업 시험도 벌써 끝나고, 인제는 졸업식을 할 때가 되었으니, 자나 깨나 걱정이지마는, 이왕지사 이렇게 된 바에는 웬만큼 뒤를 깡그러뜨리고 떠나는 수밖에 없다고 생각하는 것이다.

기무라에게 병화 이야기를 비치니까,

"그건 좀 무리인데. 정작 장훈이란 놈이 그 지경이 되어서 도리어 난처하거던. 홍경애 모녀는 어떠면 내놀 수 있을지 모르지마는……."

하고 어렵다는 기색이더니,

"혹 모르지. 장훈이 일파와 전연 관계가 없는 확증만 나타난다면 송국送局[414]까지는 않게 될지?"

하고 일루의 희망이 있는 말눈치였다. 여기에 힘을 얻은 덕기는 장훈이 일파에게 얻어맞은 필순이 어른이 방재 병원에서 명재경각[415]이란 것과, 병화와 필순이 가정과의 관계를 들려주며 장훈이와 읍각부동인 점을 역설하니까, 기무라도 그럴듯이 듣는 모양이었다. 그러나 수원집에 대하여는 신통치 않은 소리를 하였다.

"우리게는 소관 밖이니까 자세 모르지마는, 홑벌로 볼 여자가 아니라던데? 애초에 최가라는 자하구 짜구 들여앉혔더라면서?……"

하며 별걸 다 아는 소리를 한다. 덕기는 말이 막혀버렸다. 그러나

414 수사기관에서 피의자를 사건 서류와 함께 검찰청으로 넘겨 보내는 일.
415 거의 죽게 되어 곧 숨이 끊어질 지경에 이름.

미우니 고우니 하여도 조부 생각을 하면 가만 내버려둘 수 없는 일이다. 원체 이런 일이란 어느 놈이 한판 먹자고 버르집어 놓은 것인지 모르거니와, 돈은 쓰는 한이 있더라도 빼놓아야 할 책임이 자기에게 있다고 생각하는 것이다.

기무라에게서 헤어져 나온 덕기는 어쨌든 이 반가운 소식을 알려줄 겸 필순이를 만나보려 효자동으로 올라갔다. 전차에서 내려서 이만침 오려니까 필순이가 허둥허둥 마주 나오다가 반색을 하면서도 울상이다. 사날 전에 들렀을 때보다는 훨씬 생기가 돌아 보이고, 걸음걸이도 확실하여진 모양이나, 곧 울음이 터질 듯한 얼굴이다.

"왜 그러슈? 아버니께서 더하시다우?"

"지금 전화가 왔에요. 금시루 이상스러워지셨다는데……."

하고 필순이는 눈물이 글썽하여진다.

"그럼 어서 가십시다."

덕기는 앞장을 선다.

"바쁘신데 그만두세요. 저만 가겠에요."

두 남녀는 추성문 안으로 해서 삼청동으로 빠졌다.

"반생을 감옥으로 유치장으로 껄려다니시다가, 마지막에 매맞어 돌아가시다니 어떻게 된 세상이 이래요?"

필순이는 봉변하던 그날 밤에 부친이 쓰러져 있던 자리를 지나치며 이런 소리를 하고 눈물이 또 글썽해진다.

"이런 세상에서 맑은 정신, 제정신으로 살자면 그럴 수밖에 없지만……."

덕기는 한참 만에 말을 돌려서,

"훈련이나 조직이 없는 사회이고서야 그따위 일이나 저지를 수밖에! 그야말로 물를 수 없는 횡액이요 값없는 희생이죠!"
하고 마주 한탄을 하였다.

병인은 벌써 눈자위가 틀린 것이, 조부 때도 보았지마는, 몇 시간 안 남은 것 같았다. 그래도 의식은 분명해서, 딸이 온 것을 몹시 반가워하는 기색이요, 덕기도 알아본다.

"나는 시원히 간다마는, 너희들을 어쩐단 말이냐?"

간신히 띄엄띄엄 어우르는 말소리로 한마디 하고는 눈물이 주르르 흐르는 것이었다. 목숨이 무거운 짐이나 되는 듯이 시원스럽게 죽는다는 말에, 덕기도 가슴이 쓰린 것을 깨달았으나, 너희들을 어쩌느냐는 애절하는 소리에 모녀는 소리를 죽여가며 흑흑 느껴 운다.

"조 군! 여러 가지로 신세도 많이 졌고 미안하우. 나 죽은 뒤라두 의지 없는 것들, 염의는 없지마는, 전같이 친절히 돌보아주슈."

덕기는 이 말을 듣는 것도 괴로웠다. 한편으로는 반가우면서도 하도 부탁할 곳, 부탁할 사람이 없으니, 마지못해 하는 말 같아야 듣기가 괴로웠다.

"돌아가시는 것 아니요, 그런 말씀 마셔요. 친절히 해드린 것도 없습니다마는, 그런 염려 마시고, 마음 놓고 계서요. 모든 게 될 대로 잘되겠죠."

죽은 뒤의 일은 내가 맡는다고 할 수도 없고, 이렇게 안위를 시켰다.

'평생을 두고 먹는 걱정을 하고도, 또 부족해서 숨이 질 때까지 걱정을 해야 하는 게 사람의 일생이라 해서야…….'

덕기는 병원에서 나오면서 남의 일 같지 않아 마음이 무거웠다.

'마지막으로 가봐준 것은 좋으나 죽은 뒷일을 부탁을 하니, 지나는 인사인지도 모르지마는 어찌하란 말인구?……'

덕기는 어찌하겠다는 생각보담도, 불쑥 보지도 못한 경애 부친이 머리에 떠오른다. 그 노혁명가도 자기 부친에게 필순이 부친과 같이 부탁을 하였던지는 몰라도, 언제나 머리에서 떠나지 않는 모친의 말—너두 아버지의 길을 고대로 걷겠느냐는 말이 또 머리를 무겁게 하였다.

저녁밥 뒤에 사랑에 나와서 막 배달된 신문을 들여다보고 앉았으려니까, 원삼이가 터덜터덜 온다.

"늦게 웬일인가?"

"지금 병원에서 오는뎁쇼……."

"응, 돌아갔나?"

"예, 저녁때 돌아가셨다기에 점방을 닫고 병원으로 갔습죠."

"그럼 내게 전화라두 걸어주지 올 것까지 있나."

"장례를 내일 지내신다는데, 기별을 해드리면 추운데 또 오시기나 해선 미안하니까, 장사까지 아주 지내구 천천히 알려드린다구 전화두 안 거신댑쇼."

"그래두 그럴 법이 있나. 처음부터 내가 아랑곳을 안 했으면 모르거니와……."

그 심사는 짐작하겠고 한편으로는 고맙고 가련하지마는, 자기에게 통부를 즉시 안 한다는 것은 과한 일이라고 생각하였다.

"그래 제가 자의루 왔습니다. 봐하니 일가두 변변치 않구 장사 지내기두 퍽 어려운 모양인뎁쇼. 아마 가게 돈이나 긁어모아 쓰려는가 본데 혹시 부조 삼아 부의라두 하신다면 제가 갖다 둘까 하구요.…… 어찌 생각하면 부질없이 앞질러 서두는 것두 같습니다마는 보기에 하두 딱해서 나섰습죠."

행여나 서방님이 시키지 않은 짓 한다고 속으로라도 불긴히 생각하고 나무랄까 싶어서 연해 변명을 해가며 온 뜻을 말하는 것이다.

"응, 알았네. 잘 왔네. 어차피 나두 인사를 가야 할 거니 나하구 같이 가세."

"안욥시다. 가실 것까지는 없습니다. 그저 돈이나 좀 보태주시면 인사 가시는 것보다두 더 긴합죠. 지치신 끝에 밤출입하시다가 또 고뿔이나 드시면 어쩝니까."

그도 그럴듯하였다.

"내일 몇 시 발인이라든가?"

"몇 시 여부 있겠습니까마는, 조상야 나중인들 어떻습니까. 당장 돈이 긴합죠. 부의만 하시고 가실 건 없에요. 우중충한 곳간 속 같은데, 불두 땔 수 없구 가시면 병환 나실까 무서와요."

덕기는 내일 아침에 가보리라 하고 부의 돈을 싸주는 길에, 사랑 다락에서 조부 장사 때 쓰고 남은 지촉紙燭[416]을 꺼내 싸서 원삼이를 불러 주어 보냈다.

그러나 원삼이를 보내놓고 생각하니, 그만큼 자별히 지낸 터에, 더구나 아까 다녀온 끝이라 하룻밤 사이지마는 모른 척하고 있기가 안된 것 같다. 경칩이 지나 날씨도 푸근한데, 춥다고 못 나간다는 것도 우스운 말이다. 밤출입은 으레 계집한테 가는 것

416 종이와 초를 아울러 이르는 말. 흔히 상가에 부의할 때 씀.

으로만 아는 모친의 잔말이 듣기 싫어서 의관은 사랑에 두는 터이라 떼어 입고 나오면서 안쪽을 무심코 돌려다 보았다. 모친의 잔사설을 안 들어 편하기는 하나 궤연几筵[417]에서 "요놈, 하라는 공부는 안 하고……" 하고 꾸지람이 내릴 것 같다. 생각하면 조부 초상 후에 객쩍은 일만 하고 돌아다니기는 하였다. 고등학교도 못 나온 체신에 두 살림, 세 살림을 떠맡고 게다가 필순이 모녀까지 맡는다는 것도 주제넘은 짓일지 모른다. 그러나 그것이 사는 것, 생활이라는 것이 아닌가도 싶다.

'그것두 할아버니 덕분에 돈푼이 있으니까, 쓸데없이라두 바쁘구, 남이 알아주는 것이지 돈 없는 조덕기더면야 자기 같은 책상물림에게 누가 믿구 죽은 뒤라도 처자를 보살펴 달랄까?……'

그걸 생각하면 원삼이가 조상이 급합니까? 돈이 긴하죠! 하던 말이 옳기는 옳다. 필순이 부친이 죽은 뒤의 일을 부탁하는 것도 결국 돈 부탁이었을 것이다. 당자는 그런 생각이 아니라도 하다못해 장비 한 푼이라도 부조해달라는 말이었을 것이요, 처가속[418] 밥 한 끼라도 걱정해달라는 부탁이지, 설마 네 인물이 얌전하고 사윗감으로 쩍 말없으니 딸자식을 맡으라는 부탁은 아닐 거라. 원삼이의 말이 평범하면서도 정통을 맞힌 말이다.

'아버니의 홍경애에 대한 경우도 그랬을 거다. 돈 없는 아버니였더면 아버지보다 먼저 부탁을 받을 동지도 많았을 것이 아닌가. 아버니 경우나 내 경우나 돈 있는 집 자손이라는 공통한 일점에 똑같은 처지를 당하였을 뿐이지 무슨 숙명적 암합暗合이 있을

417 죽은 사람의 영궤靈几와 그에 딸린 모든 것을 차려놓는 곳.
418 아내의 친정 집안 식구들.

리가 있나. 그리고 아버니께서는 아버지답게 그 부탁을 이행하였을 따름이요, 나는 내 성격과 내 사상, 내 감정대로 이행해가면 그만 아닌가?……'

덕기는 필순이가 '제이 경애'라고 한 모친의 말을 또 한 번 힘있게 부인해보는 것이다.

'그러나 돈이란 뭐냐? 돈은 어디서 나온 거냐?……'

그는 필순이 부친이 아내나 딸을 자기의 돈에게 부탁한 것이지 돈 없는 덕기이었다면 하필 덕기에게 부탁하였으랴 하는 생각을 할수록, 마치 돈을 시기하고 질투하듯이 반문을 하여보는 것이다. 그러나 거기 대한 자신의 대답은 덮어두고 싶었다. 다만 '돈 없는 덕기'로서 지금 필순이 모녀에게 조상을 간다고 생각하고 싶다. 그보다도 애통하는 필순이가 춥고 음침한 마루방에서 어떻게 이 밤을 새우나 보고 오지 않으면 마음이 아니 놓여서 뛰어나온 것이었다.

덕기는 병원 문 안으로 들어서며, 아까 보낸 부의가 적었다는 생각이 들자 나올 제 돈을 좀 가지고 올걸! 하는 후회가 났다. 그것은 필순이에게 대한 항의로만이 아니었다.

'구차한 사람, 고생하는 사람은 그 구차, 그 고생만으로도 인생의 큰 노역이니까, 그 노역에 대한 당연한 보수를 받아야 할 것이 아닌가?……'

이런 도의적 이념이 머리에 떠오르는 덕기는 필순이 모녀를 자기가 맡는 것이 당연한 의무나 책임이라는 생각도 드는 것이었다.

—〈조선일보〉, 1931. 1. 1~9. 17.

염상섭 연보

1897년 서울 종로구 적선동에서 부친 염규환, 모친 경주 김 씨의 8남매 중 넷째로 출생. 호는 제월霽月, 횡보橫步.

1904년 조부에게서 한문 수학.

1907년 관립 사범부속보통학교 입학.

1909년 보성소학교로 전학.

1910년 보성중학교 입학.

1911년 일본 유학.

1912년 도쿄 아자부 중학교 2학년에 편입하였다가 중퇴하고 아오야마 학원에 입학.

1917년 교토 부립제이중학교로 편입.

1918년 게이오 대학 문과 예과에 입학. 한학기만에 병으로 자퇴.

1919년 황석우를 통하여 〈삼광三光〉 동인이 됨. 3월 18일 독립선언서를 발표하려다가 피검, 6월 10일 석방.

1920년 동아일보 정경부 기자로 입사, 6월에 퇴사. 남궁벽, 황석우 등과 더불어 〈폐허〉 동인 결성.

1921년 〈개벽〉에 단편 〈표본실의 청개구리〉 발표

1922년 최남선이 주재하던 주간종합지 〈동명〉 학예부 기자로 활동. 《묘지》 연재 시작.

1924년 첫 창작집 《견우화》와 장편 《만세전》 출간.

1926년 재 도일. 창작 활동에 전념.

1929년 김영옥과 결혼. 조선일보 입사, 학예부장으로 취임.

1931년 〈조선일보〉에 《삼대》 연재.

1935년 매일신보 입사.

1936년 만주로 이주하여 만선일보 주필 겸 편집국장으로 취임.

1939년 중국 안동으로 이주.

1945년 신의주로 귀국.

1946년 서울로 돌아와 돈암동에 거주. 〈경향신문〉 창간과 동시에 편집국장으로 취임.

1949년 단편집 《해방의 아들》 출간.

1950년 6·25 전쟁 당시 피난을 못 가 숨어 지냄.

1951년 해군 정훈장교로 종군.

1952년 〈조선일보〉에 《취우》 연재

1954년 예술원 종신회원으로 추대. 서라벌 예대 학장으로 취임.

1960년 단편집 《일대의 유업》 출간.

1962년 3·1문화상, 대한민국 문화훈장 수여.

1963년 직장암으로 사망.

02

삼대

염상섭 장편소설

초판 1쇄 발행 2014년 6월 16일
초판 4쇄 발행 2024년 6월 25일

지은이 염상섭
펴낸이 이범상
펴낸곳 (주)비전비엔피 · 애플북스

기획 편집 차재호 김승희 김혜경 한윤지 박성아 신은정
디자인 김혜림 최원영 이민선
마케팅 이성호 이병준 문세희
전자책 김성화 김희정 안상희 김낙기
관리 이다정

주소 우) 04034 서울특별시 마포구 잔다리로7길 12 (서교동)
전화 02) 338-2411 | **팩스** 02) 338-2413
홈페이지 www.visionbp.co.kr
이메일 visioncorea@naver.com
원고투고 editor@visionbp.co.kr

등록번호 제313-2007-000012호

ISBN 978-89-94353-39-5 04810

· 값은 뒤표지에 있습니다.
· 잘못된 책은 구입하신 서점에서 바꿔드립니다.